KB247761

허생전을 위한 의도적 저술,
옥갑야화

허생전을 위한 의도적 저술,
옥갑야화

허생전을 위한 의도적 저술,

옥갑야화

초판 1쇄 인쇄일 2026년 1월　2일
초판 1쇄 발행일 2026년 1월　10일

지은이 김치홍
펴낸이 양옥매
디자인 송다희 표지혜
마케팅 송용호
교　정 정혜성

펴낸곳 도서출판 책과나무
출판등록 제2012-000376
주소 서울특별시 마포구 방울내로 79 이노빌딩 302호
대표전화 02.372.1537　팩스 02.372.1538
이메일 booknamu2007@naver.com
홈페이지 www.booknamu.com
ISBN 979-11-6752-719-6 (03800)

이 책은 서울특별시, 서울문화재단 '2025년 창작집 발간지원 사업'의
지원을 받아 발간되었습니다.

허생전을 위한 의도적 저술,

옥갑야화

김치홍 지음

책나무과무

들어가는 말

연암 박지원이 "『열하일기』를 짓고 나서 그 이전에 쓴 글을 모두 없애버리고, '이 『열하일기』만 있으면 나머지 글은 후세에 전할 것 없다.'라고 하였다"고 유득공(柳得恭)은 그의 『고운당필기(古芸堂筆記)』에서 말했다. 이 말에는 『열하일기』에 대한 자부심과 열정을 쏟았던 노력에 대한 믿음이 담겨 있다. 그러나 비변문체(丕變文體)를 요구했던 정조가 자송문(自訟文)을 『열하일기』의 분량만큼 지어 바치라는 명령에 대해 "불후의 작품으로 자부하는 것이라 한들 '악시(惡詩)의 표본'이 될 것"이라고 하는 탄식이 담겨 있는 대목이기도 하다. '패관문학의 장본'이었을지라도 연암의 사상과 문학이 집약된 『열하일기』는 오늘날 불후의 명작으로 이후 연암의 대명사가 되었다.

당시 전인미답의 낯선 땅 열하에서의 견문은 동북아 지역에 대한 새로운 지평을 열어 주었을 뿐만 아니라, 여전히 오랑캐로 불러 적대시했던 청나라의 번성함과 정밀하고 체계적인 문물제도의 실상을 새로운 관점에서 조명함으로써 북학이라는 새롭고 실증적인이 학문의 장을 열게 하였다. 이뿐 아니라 경계의 대상으로 바라보았던 『열하일기』에 수록된

「호질」과 「허생전」은 연암의 문학작품 중에서 가장 나중에 창작된 것으로 '우언(迂言)'과 '외전(外傳)'의 표본이 되어 연암 문학의 정수(精髓)를 이루었다고 말할 수 있을 것이다. 그러나 연암은 『열하일기』로 많은 어려움을 겪었다. 그 와중(渦中)에서도 「허생전」은 절치부심 끝에 온전하게 보전할 수 있었다. 「허생전」을 오롯이 보전하는 데 버팀목이 되었던 것이 「옥갑야화」였다.

　「옥갑야화」에 관심을 갖게 된 것은 「허생전」에 대한 원고를 한 꼭지쯤 썼을 때였다. 갑자기 출전이 궁금해서 들여다보았는데 글의 형식과 내용이 너무 황당했다. 이 황당함에 노예가 되어 「허생전」 발단 부분에 대한 글을 40여 쪽 쓰고 나서는 한동안 「옥갑야화」에만 매달렸다. 「옥갑야화」에 대한 글이 완성이 되었을 무렵, 2022년 한국예술위원회의 문화예술진흥기금 공모사업 문학비평부분에 선정되어 논문을 제출했으나 서론과 문제 제기 부분만 「문장 웹진」(2022.12)에 공개되었다. 그 이후 대폭적인 수정과 보완을 하고 나니 한 편의 논문으로는 분량이 많고 단행본으로는 부족한 어정쩡한 처지가 되었다. 그러다가 2025년 서울문화재단에 예술활동지원의 일환으로 발간의 지원을 받게 되어 다시 원고를 가다듬어 초고에서 두 배의 분량으로 늘어났다.

　처음 「옥갑야화」를 읽었을 때의 황당함에 대해 해명이 필요할 것 같다. 황당함의 원인은 「옥갑야화」에 제목도 없이 「허생전」이 수록되었기 때문이었다. 「허생전」은 산만(散漫)한 일곱 편의 일화(逸話) 속에 놓여 있어 「옥갑야화」에 대한 이해가 없는 독자는 『열하일기』에서 「허생전」을 찾는 것조차 힘들었다. 왜 소설 「허생전」을 「옥갑야화」에 수록하여 『열하일기』의 한 편목으로 삼았는지 의문이 커졌다. 『열하일기』·「옥갑야화」·「허생전」이 흩어진 퍼즐 조각처럼 어지러웠다. 퍼즐 조각의 혼란스러움은 연암의 의도를 간파하고 났을 때 비로소 해소할 수 있었다. 그러나 연암의 의도를 읽어 내는 과정은 결코 쉽지 않았다. 연암은 스무 살 때 윤영으로부터 허생의 이야기를 들었고 연행에서 돌아온 뒤에「허생전」을 완성했다. 이를 보면 25년 안팎의 세월이 지난 뒤임을 알 수 있다.「허생전」을『열하일기』에 수록하기 위해 고심했던 시간이었다.

연암은「허생전」을 한 편의 전(傳)으로 펴내는 문제를 해결하기 위해서 다양한 문학적 장치를 이용하여 뒤탈을 막을 수 있었다. 수십여 년 전의 일화들과 함께「허생전」을 야화로 묶어「옥갑야화」를 구성하였고, 문체반정으로 위기에 몰리자 편목의 제목을 바꾸었으며 담화를 했었던 공간이나 시간을 재설정하였다. 그다음에 후지에서 보충 설명을 첨가하였다. 이러한 여러 가지 설정을 이용해「허생전」을 여섯 편의 일화와 함께 배치함으로써 날카롭고 까탈스러우며 고집스러웠던 보수적인 유학자들의 눈을 피할 수 있었던 것이다. 그러나 가족이나 후손들은「허생전」을 늘 부담스러워하여 끝내『연암집』을 인간(印刊)하지 못했다.

「옥갑야화」를 주목했던 이유는「허생전」에 대한 연암의 창작 의도를 읽어 낼 수 있는 단서들이 내재해 있기 때문이다.「옥갑야화」라는 문학적 장치를 활용할 만큼 창작을 해서라도 남기고 싶었던 그의 사상이나 문학적 욕망이「허생전」에 고스란히 담겨져 있다.「허생전」에 대한 이해에서 문학 내적 요소들과 함께 외적 요소를 살펴야 하는 이유가 여기에 있다.

문제의식은 터득하였으나 워낙 천학비재(淺學菲才)라 벌려만 놓고 거기다가 나타(懶惰)하여 제대로 수습을 하지 못한 채 상재(上梓)하게 되어 송구하기도 하다. 그러나 그간에 자료를 뒤져 보니「옥갑야화」를 진지(眞摯)하게 마주한 저술이 없어 이를 핑계 삼아 두꺼운 얼굴로 수치(羞恥)를 덮으려고 한다. 다만 이 책을 책망하고 더 나은 연구가 이어지고 이 저술이 만지장부(墁之醬瓿)만 면한다면야 더 바랄 것이 없을 것이다.

이 책을 출판할 수 있게 지원해 준 서울문화재단에 감사를 드린다. 그리고 완성하는 동안 지속적인 관심과 격려를 해 주셨던 김태준(金泰俊) 교수님과 작년에 작고하신 남이행 위원님의 충고를 잊을 수가 없다. 늘 옆에서 지켜 준 아내와 가족들, 특히 지치고 힘들 때마다 위로와 기쁨을 주었던 손녀 주아·윤아·지아의 해맑은 웃음도 기억해야 할 것 같다. 열악한 출판 환경에서도 흔쾌히 출간을 해 준 출판사 책과나무의 양옥매 사장님께도 감사를 드린다.

2025년 11월

김치홍

차
례

5장

득의의 작 「허생전」의 창작 의도

6장

결론: 지식인의 지난한 고심의 소산(所産), 「허생전」

1
장

서론:
『열하일기』 실타래 속의 「허생전」

1. 『열하일기』·「옥갑야화」·「허생전」

　「옥갑야화(玉匣夜話)」는 연암(燕巖) 박지원(朴趾源, 1737~1805)이 쓴 『열하일기(熱河日記)』에 수록된 26편[1]의 글 가운데 하나이다. 이 글에는 흔히 「허생전(許生傳)」이라고 부르는 '허생의 이야기', 즉 허생고사(許生故事)가 수록되어 있다. 「옥갑야화」는 제목이 암시하는 것처럼 옥갑(玉匣)이라는 곳에서 비장(裨將)들과 연암이 하룻밤을 지내면서 주고받은 이야기 7편을 묶어 놓은 것이다. 밤새 그들이 주고받은 7편의 이야기는 주로 과거에 중국을 왕래했던 역관들이 겪었던 이야기, 그리고 왜어(倭語) 역관으로 부자였던 변승업과 '허생의 이야기'들이다. 그들의 화제(話題)의 중심은 역관들이 어떻게 돈을 벌었고 의리를 지켰는가에 대한 것, 즉 화식(貨殖)과 신의(信義)에 대한 이야기였다. 그런데 이야기들은 끝 부분의 '허생의 이야기'를 제외하면 비장들이 구술한 이야기들로, 잘 짜여진 구조가 아니어서 어딘지 모르게 엉성해 보인다. 이것은 아마도 하루의 여정이 끝난 저녁에 누워서 심심풀이로 한 대화를 기록하였기 때문으로 볼 수 있다. 이런 면에서 보면 「옥갑야화」는 격식이 없이 그야말로 밤에 주고받은 야화(夜話)로, 잡다하면서도 짤막한 이야기인 야화(野話) 나 야담(野談)의 성격을 지닌 서사문학의 일종인 셈이다.

1　박지원, 이가원 역, 『국역 열하일기』Ⅰ·Ⅱ(수정재판본, 민족문화추진회, 1976.)를 근거로 했다. 『연암집』(11집~15집, 한국고전번역원, 영인표점, 한국문집총간, 2000, 한국고전종합DB.)에 수록된 『열하일기』에는 「양매시화(楊梅詩話)」가 빠져 25편이다. 이 『연암집』은 1932년 박영철(朴榮喆)이 자연경실본(自然經室本)을 대본으로 편집, 간행한 신활자본으로 별집 권11~15에 『열하일기』 전편이 수록되어 있다. 그러나 김혈조가 번역한 『열하일기』(개정신판)에는 「천애결린집(天涯結隣集)」을 「청나라 인사들에게 보낸 편지」라고 번역·수록하여 27편이다.

　그런데 이러한 야화를 기록하여 한 편으로 만든 「옥갑야화」를 기행록인 『열하일기』에 수록한 것은 아무래도 뭔가 의심스럽다. 『열하일기』는 조선 사람들에게 전인미답의 낯선 땅 열하에 대한 지리정보를 제공했을 뿐만 아니라, 여전히 오랑캐로 칭하고 있는 청나라의 번성함과 정밀하고 체계적인 문물제도의 실상을 북학의 관점에서 새롭고 실증적인 정보로 제공하여[2], 조선인에게 미지의 세계에 대한 지적 호기심을 충족시켰다.

　사실 연암은 지적 호기심의 정도를 넘어 국가의 명운에 관심을 두고 청나라의 역사 · 지리 · 풍속 · 문화 · 예술과 같은 문물이나 제도 등 다양한 분야에 깊은 관심을 보였고 그것을 기록하였다. 이국적인 정취에 그칠 마을에서 본 커다란 가옥과 반듯한 거리, 벽돌로 쌓은 담장, 수레, 책문의 규모나 시설에 놀라면서도 그것을 이용후생의 관점에서 효용성과 실용성을 염두에 두고 그들의 문물들을 사소한 것일지라도 관심 있게 보고 상세히 기술했다.

　그런 의미에서 『열하일기』는 단순히 청나라 기행문의 수준을 넘어 18세기 동북아 현장에서 접한 세계 문명과의 접촉이라는 측면에서도 그 의미가 매우 크다. 그래서 긴내 김태준(金泰俊)은 "18세기 후기 조선조 독서계층은 청나라와 함께 서양을 동시에 호흡한 점에서 더욱 풍부한 문화적 충격을 체험해야 했다."[3]라고 설파하면서, 그 이유를 "청나라의 여름궁전으로 피서산장(避暑山莊)이 있는 열하(熱河)까지의 노정은 바로

2　강창숙, 「『열하일기』 연행노정의 장소와 경관에 대한 지리적 고찰」, 《문화역사지리》제31권, 한국문화역사지리학회, 2019. p.130.

3　김태준, 「18세기 연행사의 사고와 자각」, 『비교문학산고』, 민족문화문고간행회, 1985, p.181.

한·중 교류사의 살아있는 현장"이어서 '연행노정은 세계로 향한 길"이
라고 했다.

　이러한 『열하일기』에 수록된 한 편의 글이라면 열하(熱河)나 연경(燕
京)에서 여행 중에 보고 들은 것을 기록한 기행문이어야 할 터인데, 「옥
갑야화」에 수록된 이야기는 당시와는 관련이 없는 과거의 연행(燕行) 중
비장들이 들었던 역관에 대한 이야기와 변승업이 재산을 정리한 이야
기, 그리고 연암이 들려준 '허생의 이야기'가 들어 있을 뿐이다. 거기다
'허생의 이야기'는 연암이 20세 무렵 봉원사(奉元寺)에서 들었던 이야기
이다. 물론 『열하일기』에 기행과 직접적인 관련이 없는 이야기를 수록
한 것이 적지 않으나 그것들은 대화나 견문과 관련이 있다. 그러나 아
무 관련이 없는 밤중에 주고받은 잡담 같은 이야기를 묶어 한 편목으로
수록한 「옥갑야화」는 어딘지 모르게 거편(巨篇)의 연행록의 일부분으로
서는 격에 맞지 않는다. 그렇다면 연경이나 열하의 이야기도 아닌 심심
풀이로 밤중에 한 옛이야기를 모아 『열하일기』에 수록한 의도는 대체 무
엇일까?

　「옥갑야화」에 대한 의문은 여기서 비롯되었다. 『열하일기』에 수록한
「옥갑야화」는 전체적으로 보아 이질적이어서 구색이 맞지 않는다. 우선
글의 성격과 형식이 다르다. 『열하일기』 대부분의 글에는 사소한 것까
지 자세하게 기록되어 있다. 그런데 「옥갑야화」는 글의 배경이 되는 여
행 일정과 장소와 인물을 구체적으로 제시하지 않은 채 모호하게 설정되
었다. 이는 도무지 이해할 수 없는 부분이다. 『열하일기』에는 견문이 아

4　　김태준, 「중국 내 연행노정고」, 『동양학』제35집, 단국대학교 동양학연구소, 2004.2.,
　　　　pp.45~46.

닌 자신의 주장을 펼치는 글에도 장소와 인물이 제시되어 있다. 그런데도 배경 설명도 없이 여행 도중 저녁에 심심풀이로 한 대화를 '야화'라고 하는 형식으로 묶어 편목으로 삼아『열하일기』에 수록했다는 것이 첫째의 의혹이다. 서두의 이야기만 놓고 보면 왜 이런 이야기를 수록했을까 하는 의문이 든다. 즉, 잡담에 불과한 야화를 묶은「옥갑야화」가『열하일기』에 수록할 만한 내용인가 하는 의문이다.

둘째는「옥갑야화」는 기행문인가 소설인가 하는 문제이다. 이것이 논쟁적 요인임를 구체적으로 입증해 주는 단서는「옥갑야화」와 똑같은 이야기를 다른 이름으로 쓴 이본(異本)인「진덕재야화(進德齋夜話)」가 존재한다는 것이다. 똑같은 이야기인데 서두에 '진덕재'라고 했던 것을 '옥갑'으로 바꾼 것이다. 장소의 명칭만 다른 이본이 존재한다는 것은 허구에 가깝다는 반증이라고 할 수 있다. 그러면 연암은 소설 한 편을 통째로『열하일기』에 수록한 것인가?

셋째는「옥갑야화」의 기술 방식이『열하일기』에 수록된 글들과 너무 다르다. 필자인 연암의 입장에서 전체의 글이 기술된 것이 아니고 익명으로 된 타인의 말을 인용했으며, 7편에서 '나도 이런 이야기를 했다'고 밝힌 것이 전부이다.『열하일기』의 별편으로 된 글들은 대개 자신이 쓴 글임이 분명히 밝히거나 암시적으로 드러냈다.

넷째,「옥갑야화」의 이런저런 이야기 끝에 결이 다른 '허생의 이야기'가 붙어 있는 것도 의심스러운 부분이다. '허생의 이야기'가 다른 이야기와 비교할 수 없을 만큼 긴 분량이고 비교적 잘 짜인 서사구조에 주제도 선명하게 드러나 있어, 엉성한 이야기들 가운데에 들어 있는 잘 짜인 이야기가 부조화를 이루고 있다. 이것은「옥갑야화」를 조금이라도 세밀하게 읽은 사람이라면 금방 눈치를 챌 수 있다.

다섯째, 잡담에 불과한 야화를 묶어「옥갑야화」로 편명을 붙이고『열하일기』에 수록한 이유는 따로 있었던 것인가? 이러한 의문들이 『열하일기』에 수록한 「옥갑야화」에 대해 의구심을 갖게 만들었다.

그렇다면 연암이 이 「옥갑야화」를 『열하일기』에 수록한 이유는 무엇일까? 여기서 주목을 요하는 것은 일화들과 함께 「허생전」이 제목도 없이 수록되었다는 사실이다. 『열하일기』에 제목도 없이 「허생전」을 수록한 이유는 무엇일까? 혹시 야화(夜話)를 빙자해서 한 편목으로 묶어 「옥갑야화」를 만들고 『열하일기』에 수록한 것은 「허생전」을 수록하기 위한 계책이었을까?

주지하는 바와 같이 『열하일기』에는 두 편의 소설이 있다. 「호질」과 「허생전」이다. 「호질」은 연암이 제목을 붙여 일기 속에 수록했으나 「허생전」은 제목이 없어 『열하일기』의 어디에 있는지조차 모른다.[5] 「호질」은 출처를 밝히면서 분명하게 제시했으면서도 「허생전」은 「옥갑야화」에 숨겨 넣은 것이다. 연암은 「호질」에 대해 몇 가지 근거가 될 만한 객관적 사실들을 제시하여 자신의 창작이 아님을 분명히 밝혔다. 그러나 「허생전」을 「호질」과 같은 방법으로 제시할 수가 없어, 여러 방안을 모색하다가 찾은 대안이 「옥갑야화」를 이용해서 『열하일기』에 수록한 것일 수 있다. 그렇다면 「허생전」을 제목이 없이 「옥갑야화」에 수록했던 것은 연암의 의도적인 행위임을 어느 정도 짐작할 수 있다.

그러면 연암이 「허생전」을 굳이 『열하일기』에 수록하려고 했던 이유는 무엇일까? 「허생전」을 독자에게 펼쳐 놓는 것은 당시의 상황에서 간단한 문제가 아니었기 때문이었을 것이다. 당시의 지배층에는 반청숭명(反淸

---

[5] 현재 쉽게 볼 수 있는 김혈조 역본 『열하일기』[(개정신판)1권, 돌베개, 2017, p.21.]의 경우, 목차를 통해 「호질」은 찾을 수 있어도 「허생전」은 찾을 수 없다. 「허생전」은 「옥갑야화」의 본문 속에 제목이 없이 수록되었기 때문이다.

 「허생전」을 위한 의도적 저술, 「옥갑야화」

崇明) 사상이 강하게 나타나 이를 토대로 정체성을 확립하고 있었다. 유교적 정통성을 중시하는 명분론에 입각한 명나라에 대한 숭배와 청의 문화와 제도에 대한 거부감으로 부정적 인식이 지배계층에 팽배해 있었다. 더욱이 「허생전」에서는 「호질」에서 선비를 비하했던 것보다 더욱 강하게 집권 계층의 무능과 북벌에 대한 부정적 인식을 드러냈다. 이러한 상태에서 「허생전」이라는 이름으로 펴낼 수는 없었을 것이다. 그렇다면 연암이 「옥갑야화」를 『열하일기』에 수록한 것은 「허생전」을 독자에게 펼쳐 놓을 수 없는 상황에서 찾은 해결 방법이었을 것이라고 추측할 수 있다. 중국에서의 역관들의 경험을 기록한 일화들과 변 부자의 일화에 허생의 이야기를 덧붙임으로써 흥미가 있을 만한 이야기의 모음집, 이것이 「옥갑야화」가 아닌가. 이 글을 쓰게 된 애초의 단서(端緒)는 여기에 있다.

「허생전」은 연암의 필생의 역작이었다. 연암은 '허생의 이야기'를 한 편의 전(傳)으로 만들기 위해 이십 년이 넘는 동안 무던히 애를 썼다. 그러나 글을 쓰는 것보다 더 어려웠던 것은 펴내는 것이었다. 그는 사대부 계층의 보수적인 독자가 「허생전」을 탈 잡지 않고 저항감 없이 읽어 주기를 바랐던 것이다. 그래서 「허생전」을 모나지 않게 여러 가지의 문학적 장치를 이용하여 마치 열하나 혹은 연경으로 가는 도중에 있었던 일인 것처럼 설정하고 조작하여 「옥갑야화」를 완성하였고, 이것을 『열하일기』의 한 편목으로 수록했던 것으로 추측할 수 있다. 그래서 이 글에서는 연암이 「옥갑야화」에 '허생의 이야기'를 수록하기 위해 이야기를 어떻게 설정하였고, 보존하기 위해 어떻게 조작하였으며, 조작한 이유는 무엇이었는가를 밝히려고 한다.

앞에서 언급했듯이 「옥갑야화」에 들어 있는 야화들은 제목도 없이 나열되어 있을 뿐 누가 말했는지조차 알 수 없다. 따라서 『열하일기』에서 이야기 모음집으로 소제목도 없이 이야기를 수록한 것은 오직 「옥갑야화」 한 편뿐이다.[6] 이것은 과거 역관의 연행과 관련된 이야기를 두서도 없이 주고받은 방담(放談)의 형식을 유지하였기 때문으로 보인다. 그럼에도 불구하고 제목도 없이 수록된 작품을 「허생전」이라고 칭하고 별도의 독립된 한 편의 소설로 인식하게 된 것은 후대에 눈이 밝고 관심을 가졌던 여러 사람에 의해 이루어졌다.

허생의 이야기만을 선택하여 독립된 글로 인식하고 「허생전」이라는 명칭을 처음 부여한 것은 성암(性菴) 김노겸(金魯謙, 1781~1853)에 의해서였던 것으로 보인다. 그는 『성암집(性菴集)』에서 "대체로 보아서 연암의 저술 가운데는 『열하일기』가 가장 성행하여 인구(人口)에 회자(膾炙)되었는데, 그 가운데서도 「허생전」·「호질(虎叱)」·「상방기(象房記)」 등을 사람들은 희롱(戲弄)으로 지은 작품을 면치 못하였다"고 했는데, 이것이 「허생전」을 한 편의 작품으로 인식한 그 시초로 볼 수 있을 것이다.[8] 김노겸이 『열하일기』에서 「옥갑야화」를 언제 읽었는지는 알 수 없지만, 연암 사후 반세기도 안 된 시점[9]에서 '허생의 이야기'를 「허생전」이라고

---

6 잡록처럼 보이는 글인 「산장잡기」·「구외아문」·「황도기략」·「알성퇴술」·「앙엽기」 등은 소제목이 있다.

7 "大抵燕巖所著中 熱河日記最爲盛行 膾炙人口, 而其中**許生傳** 虎叱 象房記 人皆稱之, 未免弄作."(김노겸, 「附錄 囈述」, 『성암집(性菴集)』권8.)

8 연민(淵民) 이가원은 「허생전」이라고 칭한 것은 '면우(俛宇) 곽종석(郭鍾錫, 1846~1919)에서 기인(起因)'한다고 하면서 면우가 "내가 일찍이 연암 박공의 이른바 「허생전」을 읽었는데 놀랍게도 일찍이 보지 못했던 것"이라고 하여 「허생전」이라고 호칭했음을 『와룡정유집(臥龍亭遺集)』권3, 부록 「묘갈명 서(墓碣銘序)」에서 인용하여 근거로 밝혔다.(이가원, 『연암소설연구』, 을유문화사, 1965, p.594.) 그러나 『성암집(性菴集)』 발문에 '임자년 9월 상순'이라고 한 기록을 근거로 하면 임자년(1852년) 이전에 성암이 쓴 것으로 볼 수 있다.

9 김노겸은 1814년 34세의 늦은 나이에 진사시에 합격한 뒤 관직 생활을 시작하였는데 아마도 이 무렵부터 다양한 독서를 했을 것으로 추측된다. 그는 생애 전반에 걸쳐 가까이는

칭하며 개별적인 독립된 작품으로 판단하고 기록으로 남긴 것이다.

연암 생존 시에 전사본을 읽은 많은 독자 중에 「허생전」을 거론한 사람은 아무도 없었다. 예를 들면 '초고본 계열'의 『열하일기』의 필사본을 열람하였던 유득공은 『열하일기』를 읽은 정조가 1792년 패관문체에 대해 문제 제기를 하고 연암에게 자송문을 요구했을 때, 『열하일기』에 대해 해설하는 글인 「열하일기」를 썼다. 그는 이 글에서 「상기(象記)」·「호질」·「야출고북구기」·「일야구도하기」 등을 언급했으나 「허생전」을 언급하지는 않았다.[10] 그런데도 성암이 「옥갑야화」의 마지막 부분에 제목도 없이 수록된 허생의 이야기를 서두의 일화들과는 다른 독립된 이야기, 즉 별도의 작품으로 판단하였던 것은 대단한 식견과 통찰력이 있었던 것으로 볼 수 있다.[11] 다만 「허생」[12]이라고 하지 않고 「허생전」이라고 한 것은 아마도 「홍길동전」 이후 'ㅇㅇ전(傳)'의 명칭으로 통용되었던 고전소설의 영향으로 보인다. 성암이 「허생전」이라고 별도의 작품으로 칭한 것은 연암이 애초에 의도했던 바였다.

한편 1900년에 『연암집(燕巖集)』을 편찬한 창강(滄江) 김택영(金澤榮, 1850~1927)이 『열하일기』「관내정사(關內程史)」의 「호질」과 「옥갑야화」

도성 인근의 명소와 사적지로부터 멀리는 제천과 영월을 비롯해 관동의 금강산까지 폭넓게 유람하면서 글을 썼다.(김미란, 「김노겸의 「유도봉기(遊道峯記)」에 드러난 독서와 산행의 모습」,《한국한문학연구》제87집, 한국한문학회, 2023, p.305.)

10   유득공, 김윤조 역, 「열하일기」, 『고운당필기』제3권, 고전번역서, 한국고전번역원, 2020, 한국고전종합DB.

11   김노겸은 '고증적인 학문 경향을 보이는 저술을 많이 남'긴 인물로 평가하고 있다.[서형수(徐瀅修), 이승현 역, 「사위 김원익 노겸에게 답한 편지(答金婿元益魯謙) 해설」, 「서(書)」, 『명고전집(明皐全集)』제6권, 성균관대학교 대동문화연구원, 2017, 한국고전종합DB.]

12   연민 이가원은 이에 대해 '허생전'이 아니라 '허생'이라고 해야 한다고 주장한 바 있다.(이가원, 『연암소설 연구』, pp.594~595.)

에서 허생의 이야기만을 골라 별도로 「호질」·「허생전」이라고 편집하여 출판하였는데 이것이 「허생전」과 「호질」을 대중화하는 계기가 되었다. 이를 근거로 간혹 창강이 최초로 「허생전」이란 명칭을 부여한 것으로 보기도 한다.[13] 그러나 「허생전」이라는 명칭을 처음 부여하고 독립된 작품으로 인식한 것은 김노겸이고, 일반적으로 많이 알려지게 된 것은 창강이 『연암집』을 내면서 별편으로 편집하여 인쇄·배포한 것이 그 계기가 된 것으로 보인다.

그 이후 「허생전」을 '소설'로 인식하고 언론매체를 이용하여 대중적인 확장이 이루어지기 시작한 것은 1907년 《대한자강회월보(大韓自强會月報)》에 「허생전」을 나누어 번역하여 '소설—허생전'을 게재한 것이 처음으로 보인다.[14] 이 이후 1917년에 동화생(東華生)의 「연암외집허생전(燕巖外集許生傳)을 독(讀)함」이 《반도시론(半島時論)》에 게재되기도 했다.[15] 놀라운 것은 비슷한 시기에 미국에 있는 교포 신문에서 「허생전」을 번역 게재했다는 것이다. 미국 샌프란시스코에 본부를 둔 대한인국민회(大韓人國民會, Korean National Associationg of North America)에서 기

---

13 김진균, 「허생 실재인물설의 전개와 허생전의 근대적 재인식」, 《대동문화연구》제62집, 성균관대학교 대동문화연구원, 2008, p.281. 각주 30. 김진균은 "박지원의 「옥갑야화」 소재 허생에 「허생전」이란 명칭을 부여한 사람은 창강 김택영이고, 그 명칭을 공식화한 해는 1900년이다."라고 단정했다. 그의 연구에 의하면, 창강 김택영(金澤榮)이 1900년에 『연암집(燕巖集)』(原集)6권2책을 간행하였고, 1901년 『연암집 속집(燕巖集 續集)』3권1책을 간행하였는데, 권6 별집 『열하일기』에서 '호질'과 '허생고사(許生故事)' 등을 따로 뽑아 「호질」·「허생전」이라는 제명과 함께 수록하였다고 하면서 "1900년 이전에는 '허생고사'를 '허생전'이란 명칭으로 사용한 예는 없는 것으로 보인다"고 했다.

14 박지원 찬, 이종준(李鍾濬, 8·9호)·이만무(李晩茂, 10호) 역, 「소설—허생전」, 《대한자강회월보》제8호(1907.2), pp.69~70., 제9호(1907.3), pp.51~53., 제10호(1907.4), pp.56~58.

15 동화생(東華生), 「연암외집허생전(燕巖外集許生傳)을 독(讀)함」《반도시론(半島時論)》1권 4호, 1917.7. pp.81~84.(김진균, 앞의 글, pp.281~282.)

관지로 발행한 《신한민보(新韓民報, The New Korea)》에서 1918년 8월 「허생」을 한글로 발췌 번역한 것을 2회로 나누어 연재했다.[16]

창강이 별도로 편집·배포한 이후부터 「허생전」은 독립된 한 편의 소설로 대중에게 알려지기 시작했고, 그 이후 「허생전」은 소설 연구의 대상이 되었으며,[17] 드물게 「옥갑야화」는 「허생전」의 출전으로만 알려졌다.

「허생전」을 가장 먼저 소설로 인식하고 연구한 사람은 「조선소설사」를 쓴 천태산인(天台山人) 김태준(金台俊, 1905~1949)이다. 그는 「조선소설사」를 《동아일보》에 1930년 10월 31일부터 1931년 2월 25일까지 연재를 했는데,[18] 이때 46회(1931.1.27.)에서 「대문호 박지원과 그의 작품(3): 허생전」을 게재하면서 '허생전'이라는 명칭을 쓰고 소설이라고 했다. 이것이 허생의 이야기를 소설의 관점에서 처음 연구한 것이다. 또한 이 「조선소설사」는 한국소설사를 통사(通史)의 관점에서 처음으로 쓴 것이다.

그는 이 「조선소설사」를 보완하고 묶어 1933년 청진서관(淸進書館)에서 단행본 『조선소설사』로 발행했고, 1939년에 다시 더 보완하여 『증보 조선소설사』를 임화(林和)와 함께 설립한 학예사[19]에서 발행하였다.[20] 김

16　동히슈부 역술, 「「허싱」—박연암 『열하일긔』에서 옴겨 씀」, 《신한민보》제499호, 1918.8.15., p.4., 제501호, 1918.8.29., p.4.

17　이윤석, 「김태준 『조선소설사』 검토」, 《동방학지(東方學志)》제161집, 연세대학교국학연구원, 2013.3., p.415.

18　총 연재 횟수는 속편을 포함하여 68회이나 64회분이 두 번이어서 실제로는 총 69회 연재했다.

19　방민호, 「임화와 학예사」, 《상허학보》26호, 상허학회, 2009.6., p.274.

20　이에 대한 연구는 이윤석의 논문 외에 류준필의 「김태준의 『조선소설사』와 『증보 조선소설사』 대비」(《한국학보》88호, 일지사, 1997, pp.91~111.)와 정길수의 「『조선소설사』의 비판적 검토—조선 후기 소설사를 중심으로」(《한국한문학연구》65집, 한국한문학회, 2017.3.,

태준은 이 책의 '제6편 근대소설 일반'에서 '제4장 대문호 박지원(연암)과 그의 작품'이라고 연암을 소개하면서, '제3절 연암소설 제편(諸篇)'의 서두에 '1. 허생전의 경개(梗槪)와 고평(考評)'을 통해 「허생전」을 비교적 상세하게 피력했다.[21] 그리고 이어 「대문호 박지원과 그의 작품 (4): 호질, 민옹전, 양반전」[연재 당시에는 47회(1월 28일 자)분]분을 함께 수록했다.

그런데 김태준은 《동아일보》에 연재했던 「조선소설사」를 단행본으로 출판하기 2년 전인 1931년에 『조선한문학사』를 조선어문학회(朝鮮語文學會)에서 발행했는데 그는 이 책에서도 「허생전」을 언급했다. 그는 이 책의 '이조편(李朝篇)'의 '7장 근세의 한문학—전기'에서 '2) 문호 박지원의 생애와 그의 저작(著作)'이라는 항목을 통해 "소설로 본다면 「호질문」, 「허생전」만 가지고라도 근세에 독보하는 한자소설"이라고 소개하고, 이어서 "더구나 「허후산유사(許后山遺事)」를 좀 더 소설화시킨 「허생전」에서는 번문욕례(繁文縟禮), 연골가례(軟骨苛禮)의 개혁을 주장했다"[22]고 그 의미를 피력했다. 이러한 진술은 《동아일보》에 연재했던 기사와 비교할 수 없을 정도로 간략하게 대강을 언급한 것이지만 한문학사에서도 「허생전」의 의미를 주목했던 것이다.

이와 같이 「허생전」을 소설로 인식하면서 연구자들은 「옥갑야화」를 서사 장르로 이해하거나[23] 소설로 단정하여 다양한 관점에서 논의했

pp.187~223.) 등이 있다.

21   김태준, 『증보 조선소설사』, 학예사, 1939, pp.173~177.

22   김태준, 최영성 교주, 『정본 조선한문학사』, 도서출판 심산문화, 2003, pp.284~285.

23   박일용, 「「옥갑야화」 '서두 이야기'의 서사 전략과 문제의식」, 《고전문학과 교육》17호, 한국고전문학교육학회, 2009.2, pp.309~347., 김영동, 「「옥갑야화」의 분석적 고찰」, 《한국문학연구》11집, 한국문학연구소, 1988, pp.123~151., 이선경, 「이광수의 고전 활용법—'허생

다.[24] 그러나 이것은 학문적 영역에서 「허생전」의 이해이고, 일반 독자의 경우에는 기행 문집인 『열하일기』에 수록된 작품이므로 「옥갑야화」에 제목 없이 수록된 허생의 이야기를 당연히 기행문의 일부로 읽게 된다. 허생의 이야기야 누구나 소설로 볼 수 있겠지만 일반 독자들은 그 이야기를 수록한 「옥갑야화」 전체를 소설이라고 생각하지 않고 있기 때문이다.

대부분의 독자는 「옥갑야화」가 당시 열하의 여행과 직접적인 관련이 없는 일화(逸話)들임에도 중국에서의 경험을 담은 이야기로 『열하일기』에 수록되어 있으니 의당 연경(燕京)이나 열하(熱河)의 여행 기록의 일부로 보게 되는 것이다. 더구나 『열하일기』에 수록된 많은 글 중에서 일기체의 글을 제외한 상당수 별편(別編)의 글들은 견문록으로서 분야가 다양하여 「옥갑야화」 또한 이러한 글과 같은 부류로 보는 것도 당연한 일이다. 이런 연유로 일반 독자들은 「옥갑야화」를 여행 중에 어느 특정 지

이야기'의 장르 개작 양상을 중심으로」, 《한국문학과 예술》24호, 사단법인 한국문학과예술연구소, 2017.12., pp.139~181.

24   김윤식은 「연암문학의 문제점」에서 연암소설을 언급하면서 「옥갑야화」를 전체의 맥락에서 한 편의 소설로 이해해야 한다고 주장했다.(김윤식, 『한국문학사 논고』, 법문사, 1973, p.81.) 그 이후 이재선은 「옥갑야화」를 액자소설이라는 견해를 피력하였고(이재선, 『한국단편소설연구』, 일조각, 1982, p.111.), 임형택도 전체를 한 편의 액자소설로 보아야 한다고 했으며(임형택, 「실학파 문학과 한문단편」, 『한국문학사 시각』, 창작과비평, 1984, p.428.), 김영동은 작품 전체의 내용을 후지와 함께 실학과 관련해서 소설로 분석하였다.(김영동, 「「옥갑야화」의 분석적 고찰」, 앞의 책, pp.123~151.) 이외에도 서인석의 「「옥갑야화」의 세계와 「허생전」」(『운당 구인환선생 화갑기념논문집』, 한샘, 1989, pp.739~758.), 김종철의 「「옥갑야화(玉匣夜話)」 이해의 시각」(《선청어문》28권, 서울대학교 국어교육과, 2000, pp.135~156.), 박일용의 「「옥갑야화(玉匣夜話)」 '서두 이야기'의 서사 전략과 문제의식」(《고전문학과 교육》17집, 한국고전문학교육학회, 2009, pp.309~347.), 이승은의 「「옥갑야화」 속 '허생 이야기'를 통해 본 조선 후기 야담과 소설의 관계」(《동방한문학》제80집, 동방한문학회, 2019), 그리고 「옥갑야화」를 포괄적으로 연구한 것으로는 강명관의 『허생의 섬, 연암의 아나키즘』(휴머니스트, 2017) 등이 있다.

역인 '옥갑'에서 있었던 사소한 이야기, 즉 여행담의 하나로 인식하게 되는 것이다.

　이와 같이 「옥갑야화」에 대한 일반 독자와 연구자들 사이에 간극(間隙)이 생긴 까닭은 「옥갑야화」를 바라보는 선입견과 관점의 차이에서 빚어진 결과이다. 그럼에도 불구하고 연구자들은 「옥갑야화」가 왜 소설인지, 그리고 소설을 통째로 『열하일기』에 수록하게 된 이유는 무엇인지에 대해 구체적으로 논의하지 않았다. 「옥갑야화」가 연행 일기 중에 들어 있는 「호질」처럼 여행 일기 내용의 일부로 삽입된 것이 아니고, 한 편목 전체를 한 편의 소설로 채워져 『열하일기』에 수록된 까닭을 연구자들은 해명하지 않았다. 이런 이유로 일반 독자와 연구자들 사이에서 「옥갑야화」를 바라보는 관점에 괴리 현상이 생긴 것이다.

　따라서 이 글은 『열하일기』에 수록된 대부분의 글처럼 「옥갑야화」도 연행(燕行) 중에 있었던 사실을 기록한 것이라고 일반화되어 있는 고정관념에서 벗어나서, 「옥갑야화」를 소설이라는 관점에서 논의를 시작하고자 한다. 그러므로 「옥갑야화」가 왜 소설이며, 소설을 연행록에 수록한 이유는 무엇인지를 해명하려는 데도 주목하려고 한다. 이것을 해명하는 과정은 먼저 「옥갑야화」가 애초부터 기행록이 아닌 것을 마치 연행의 일부 기록인 것처럼 가장하여 연행록의 틀에 적합하도록 짜맞추어 첨부한 허구일 것이라는 의혹을 다양한 관점에서 제시하고 구명(究明)할 것이다. 동시에 허구로 인식하도록 유도(誘導)하기 위해 어떤 방법과 장치를 이용했는지를 광범위하면서도 세심하게 검토하게 될 것이다. 더 나아가 「옥갑야화」에 대한 구조적인 문제와 함께 실질적으로 연행(燕行) 중에 고안(考案)하거나 집필된 것이 아닌데도 불구하고 왜 『열하일기』의 한 편목에 허생 이야기를 수록하게 되었는지, 더구나 연암은 득의의 작품임에도 「허생전」이라는 명칭을 쓰지 않고 여러 일화 중에 하나로 첨부하였는데 그 이유는 무엇인지를 상세하게 살펴보고자 한다.

「옥갑야화」에 대하여 이와 같은 의혹을 제기하는 것은 연암이 의도적으로 「옥갑야화」를 『열하일기』에 '첨부'한 것이 아닌가 하는 의심이 들게 하는 부분이 작품 내외에 상당히 존재하기 때문이다. 특히 「옥갑야화」 자체의 내용이나 구성 요소, 그리고 별도로 첨부한 기록인 「후지」 등에서 의도성을 발견할 수 있다. 이런 자료를 분석하여 연암이 「허생전」을 첨부하기 위해 어떤 장치들을 구사했는가 하는 것을 밝혀 연암이 의도적으로 설정하였을 것이라는 추측을 입증할 수 있다. 그뿐 아니라 당시 연암이 야화의 끝에 「허생전」을 배치할 수밖에 없었던 작품 외적 요인들이 존재하고 있었던 것도 추적할 수 있다.

특히 허생의 이야기를 열하나 연경 여행기의 일부인 것처럼 보이도록 고안(考案)한 의장(意匠, device)에는 「허생전」을 온전하게 보존하고 자신의 창작이 아니라는 사실을 입증하려는 연암의 의도가 개입되었을 것으로 보인다. 이것은 연암의 창작 의도를 살펴볼 수 있는 중요한 단서가 될 수 있을 것으로 짐작된다. 즉 이본(異本)이 존재한다는 것은 제목을 바꾼 것인데 바꾼 이유가 있었을 것이다. 그리고 허생과 윤영에 대해 해명하는 두 편의 「허생후지(後識)」를 기록한 것도 의도성이 개입된 설정일 수 있다.

이와 같이 이본이 존재한다는 것과 별도의 후지를 기록한 것은 「허생전」의 창작 의도에 대한 의구심을 부추겨 「옥갑야화」 전체를 의심하게 되는 단서도 될 수 있다. 만일 연암이 다양한 방식의 의도적인 장치를 구사하여 「옥갑야화」라는 하나의 편목을 만들어 『열하일기』에 수록했다면 이것은 「옥갑야화」뿐이 아니라 「허생전」을 이해하는 데 중요한 단서가 될 수 있다. 또한 이러한 정보의 제공은 연암이 「허생전」에 집중한 인상을 주게 되어 오히려 창작의 의도성까지 의심하게 될 수 있다는 것이다. 따라서 이러한 단서들의 분석은 「허생전」을 한층 더 섬세하게 이해하는 데 중요한 계기가 될 것이다.

『열하일기』는 원고가 탈고된 이후 장안의 화제를 불러일으키며 독서계에 급속도로 퍼져 나갔다. 이 독서계의 확산은 필연적으로 필사본의 양산을 가져왔고, 필사본으로 전사(傳寫)되면서 변질, 윤색되었을 것은 자명한 일이다. 이 윤색은 당시의 경직되고 폐쇄적인 인식과 제도, 그리고 문화적 풍토로 말미암은 전사자 자신에 의한 자기검열로 좋지 않은 쪽으로의 변질이었고 훼손이었다.[25] 그뿐 아니라 연암도 지속적으로 수정 보완했으며 그 후 후손들이 『연암집(燕巖集)』을 편찬하면서 부분적으로 손질을 가했다.[26] 이러한 점을 감안한다면 원전의 당시 배경을 이해하기 위한 작업은 창작과정뿐 아니라 이본 연구까지를 포함해 끊임없이 이행되어야 할 것이다.

따라서 이 글은 「허생전」 연구가 아니라 본격적인 「허생전」 연구를 위한 기초 작업이라고 할 수 있다. 이 기초 작업을 통해 「허생전」에 대한 이해의 폭과 깊이를 좀 더 심화 확대할 수 있을 것이다. 그 이유는 폴 프라이(Paul Fry, 1944~)가 "텍스트는 세계 속에 있는 하나의 대상으로서

---

25 김혈조, 「역자 서문, 개정판을 펴내며」, 『열하일기』(개정신판)1권, 돌베개, 2021, p.4. 이에 대한 논문으로는 김혈조의 「조선후기 서책의 검열과 소통」(《한국한문학》제68집, 한국한문학회, 2017, pp.7~38.)이 있다.

26 김명호, 「열하일기 이본의 특징과 개작양상」, 『열하일기 연구』(수정증보판), 돌베개, 2022, p.444. 김명호는 전사되는 과정에서 적잖은 개변이 이루어졌다고 하면서 그 결과 수많은 이본이 생겨나 국내외 현재까지 알려진 것이 50여 종 달한다고 했다. 정재철도 박종채가 『열하일기』의 문체가 순정하지 못하다는 세간의 의혹을 불식시키려, 『열하일기』를 교정하면서 원문의 내용을 대폭으로 수정하였다고 했다.(「박종채의 열하일기 교정과 편집」, 《대동한문학》제59집, 대동한문학회, 2019, pp.43~45.)

사회적 힘들에 의해 생산되고 유지되고 폐지되고 파괴된다"[27]고 주장한 원론적이고 거창한 견해를 굳이 빌리지 않더라도, 역사가 문학이 배태되는 배경이라는 것을 전제하면 당연한 것이기 때문이다. 그리고 이러한 작업은 현대문학에서도 소설이 그 시대적 배경을 내포하고 있다면 원전(原典)의 배경에 대한 연구가 작품을 이해하는 데 있어서도 진행형이어야 하기 때문이다. 특히『열하일기』의 경우, 원고의 개작이 자의와 타의에 의해 상당 부분 이루어졌는데, 이것은 당시의 시대적 배경과 아울러 이해해야 할 필요성을 제기하게 되는 큰 이유가 된다.

　이 글은 이와 같은「옥갑야화」의 성립과 관련된 여러 의문점을 해명하는 것이 주된 관심사가 된다. 편목의 명칭을 이본(異本)인「진덕재야화」에서「옥갑야화」로 바꾼 이유는 무엇이고, 그리고 많은 독자가 궁금해하는 옥갑은 어디이며 대담했던 사람들을 역관과 비장에서 비장들로 국한한 이유와 각각 쓴 후지(後識) 두 편은 어떤 의미를 가지고 있고 어떻게 변조되었는가 하는 문제를 알아볼 것이다. 나아가 정조(正祖)의 문체반정과 보수 세력의 반발에 어떻게 대처했는지 등 여러 사항과 관련된 것을 중점적으로 살펴봄으로써 작품에서 의도적인 장치 설정의 필요성을 감지하게 될 것이고 이를 통해 연암의 깊은 속내를 탐색할 수 있을 것이다. 이 과정에서「옥갑야화」와「허생전」에 대한 해명이 이루어질 것이다.

27　폴 프라이, 정영목 역, 『문학이론(Theory of Literature)』, 문학동네, 2019, p.374.

2. 연암, 연경(燕京)과 열하(熱河)로 가다

연암이 연행(燕行)을 하게 된 것은 그의 삼종형(三從兄)[28]인 금성위(錦城尉) 박명원(朴明源, 1725~1790)의 권유에 의한 것이었다. 박명원은 1780년(정조 4년) 청(淸)나라 황제인 고종[高宗, 건륭제(乾隆帝, 1711~1799, 재위 1735~1796)]의 칠십 수(壽)를 축하하기 위해 파견된 진하(進賀) 겸 사은(謝恩) 사절단[29]의 정사(正使)였다. 당시 삼사(三使)는 개인 수행 요원으로 전·현직 무관인 군관(軍官)을 데리고 갈 수 있었는데, 간혹 군관으로 집안의 자제나 친인척을 데리고 가면서 자제군관(子弟軍官)[30]이라고 하여 이들이 새로운 문물을 체험하게 하면서[31] 한편으로는 말동무를 삼기도 했다.

박명원은 정사에게 주어지는 특권으로 개인 수행원인 자제군관 자격

---

28 연암의 증조부는 형제가 일곱이었는데 증조부는 여섯째인 태길(泰吉)이었고, 종증조부(從曾祖父) 중의 맏이는 태두(泰斗)였다. 태두의 증손자가 박명원(朴明源)이었는데, 그는 영조(英祖)의 후궁인 영빈 이씨(暎嬪 李氏) 소생인 셋째딸 화평옹주(和平翁主, 1727~1748, 사도세자의 누이)와 혼인하여 금성위(錦城尉)에 봉해졌으며, 영조의 깊은 사랑을 받았다. 연암과는 8촌이었고 연암의 지극한 후원자였다.

29 이에 대한 자세한 연구는 김동석의 『노이점의 수사록 연구』(보고사, 2016, pp.46~53.)가 있다.

30 '자제군관'이라고 한 것은 사신을 개인적으로 호위하며 보좌하는 군관의 신분으로 연행에 참가하여 무관 복장을 하였기 때문인데, 실제로는 대부분 문인학자였다.(신익철, 『연행사와 18세기 한중 문화교류』, 한국학중앙연구원출판부, 2023, p.38.)

31 이러한 새로운 문물을 체험했던 자제군관들은 돌아와 기록을 남겼다. 김창업(金昌業)은 형인 김창집(金昌集)이 동지사행의 정사로 갔을 때 자제군관으로 따라갔다 와서 『노가재연행록(老稼齋燕行錄)』을 지었고, 홍대용(洪大容)은 숙부인 홍억(洪檍)이 동지사행의 서장관으로 갈 때 자제군관으로 따라갔다 와서 『담헌연기(湛軒燕記)』를 지었다. 이외에 유득공은 『열하기행시주(熱河紀行詩註)』, 이덕무는 『입연기(入燕記)』 등 많이 있다.(신익철, 앞의 책, p.32.)

으로 연암과 그의 서삼종제(庶三從弟)인 박래원(朴來源)에게 동행을 권유하여 사행(使行)에 동반할 수 있도록 하였다. 따라서 연암과 박래원은 정사 박명원의 자제군관이어서 공적인 의무가 없이 반당(伴當)[32]으로 참여하여[33] 연경(燕京)으로 가게 된 것이다. 이것은 당시 경화세족(京華世族)만이 누릴 수 있는 특권이었다.[34] 그때 연암은 44세로 비교적 많은 나이였다.[35]

당시에 자제군관들은 명문가의 자제들로 최고의 지성과 식견을 지녀서 필담(筆談)으로 중국의 지식인들과 교류가 가능하여[36] 체류하는 시간을 대부분 학자와의 학문적인 교류, 견문 확대와 민간 정보 획득에 활용했으며, 여행 중 사행 곳곳에 대한 묘사와 다양한 체험의 표현으로 사신

---

32 연암은 "놀 양으로 가는 나와 같은 이는 반당(伴當)이라고 부른다"라고 하면서 자신을 반당이라고 지칭했다. 이것으로 보아 연암은 공식적인 수행 요원이었으나, 놀 양으로 간 것으로 보인다.[박지원, 이가원 역, 「피서록」, 『국역 열하일기』 I (수정재판본), 민족문화추진회, 1976, p.161. 이후 『열하일기』의 본문 인용은 이 책을 이용했으며, '『국역 열하일기』 I · II'로 약칭했다.] 중국으로 들어갈 때 역관을 종사(從事)라고 했고, 군관을 비장이라고 했으며, 반당은 군관이나 역관보다 신분이 높아 사신 버금가는 대우를 받았다.[김명호, 『열하일기 연구』(수정증보판), p.589. 각주 76.]

33 열하로 갈 때 연암은 정사의 비장으로 갔다. 열하로 갈 때는 수행단 인원을 축소하였는데 그때 정사인 박명원(朴明源)은 비장을 주명신(周命新)만을 선택했으나, 부사 정원시(鄭元始)는 정창후(鄭昌後)와 이서구(李瑞龜), 서장관인 조정진(趙鼎鎭)은 조시학(趙時學)을 지명하여 4명이었다. 부사가 두 명을 지명하였던 것으로 보아 정사인 박명원이 한 명을 추천한 것은 연암을 비장 자격의 동행인으로 이미 결정했기 때문으로 보인다. 다만 정사 이하의 직함과 성명을 적어서 열하의 예부로 보내는 단자(單子)에서 연암을 뺐는데 이것은 그가 비장의 명목으로 별상(別賞)을 받을까 봐 미리 피험(避嫌)한 것이라고 했다.(「막북행정록」, 『국역 열하일기』, p.310.)

34 강창숙, 앞의 글, p.130.

35 홍대용은 34세, 이덕무 37세, 유득공은 31세, 이희경(李喜經)은 37세, 이의봉(李義鳳)은 27세에 연경을 다녀왔다.

36 윤경희, 「연행과 자제군관」, 《비평문학》38호, 한국비평문학회, 2010, p.40.

들이 기록하기 어려웠던 내용을 서술했다.[37] 이들은 공식 신분이긴 했으나 대부분 직무에서 배제되어 비교적 활동이 자유로워 정해진 공로(貢路)에서 벗어나기도 했다. 예를 들면 연암은 정사 일행과 떨어져 구요동으로 가서 관제묘(關帝廟)나 백탑(白塔), 광우사(廣祐寺) 등을 보고 신요동에서 합류하는 등 대열에서 이탈하기도 하여 의무려산(醫巫閭山), 각산(角山) 등을 유람할 수도 있었다.

그런데 연암이 연경(燕京)에서 열하[熱河, 현재 지명은 승덕(承德, 청더)]까지 가게 된 것은 그때 건륭제가 연경에 있지 않고 황제의 여름 별장인 열하의 피서산장(避暑山莊)에 가 있었기 때문이었다. 애초에는 조선의 사절단(使節團)이 열하까지 가기로 되어 있었으나, 도중에 많이 지체되어 연경에 도착했을 때는 열하까지 갈 시간적 여유가 없어 가기를 포기하였다. 그래서 연경 도착 후 사흘간을 머물러 있었는데 갑자기 열하로 오라는 황제의 명령으로 황급히 가게 되었다. 조선의 사절단이 사행(使行)으로서 열하까지 가서 황제를 알현(謁見)하고 연경으로 되돌아온 것은 연암이 처음이었다.[38]

그러나 연암은 애초에 열하까지 가지 않고 연경에 머물러 구경을 더할 생각이었다. 그는 먼 길을 와서 여독이 남아 있어 더 가기 힘들었고,

---

37 장안영, 「18세기 지식인들의 눈에 비친 역관 통역의 문제점 고찰」, 《어문논집》제62집, 중앙어문학회, 2015, pp.351~354.

38 1270부터 1894년까지 700년 연행의 역사에서 열하까지 간 사행은 건륭제(乾隆帝, 1711~1799)의 칠순인 1780년과 팔순인 1790년에 두 번뿐이다. 1780년은 연암이 간 경우이고, 1790년 팔순 잔치의 경우는 건륭제가 시를 잘 짓는 시인을 요구해 정사로 영조의 부마인 황인점(黃仁點), 부사로 서호수(徐浩修), 서장관(書狀官)으로 이백형(李百亨)를 임명하고 유득공·박제가는 서호수의 종관(從官)이었다. 이희경(李喜經)은 상사막객(上使幕客)으로 함께 보냈다. 다녀와서 유득공은 『열하기행시주(熱河紀行詩註)』 49수를 남겼다.[임명걸, 「『연대재유록(燕臺再遊錄)』에 나타난 유득공의 중국 인식 연구―「열하기행시주」와의 비교를 통하여」, 《새국어교육》104호, 한국국어교육학회, 2015, p.544~545.]

열하에서 곧장 귀국하게 되면 연경을 더 구경할 수 없을 것이라고 생각하여 열하로 가는 것을 주저했다.[39] 그러자 정사 박명원이 "연경을 멀다 않고 온 것은 널리 구경하고자 온 것인데 열하는 앞서 온 사람들이 보지 못한 곳일뿐더러 돌아간 뒤에 열하가 어떠냐고 묻는 이가 있다면 무어라 대답할 것인고? 그리고 연경은 사행을 다녀온 사람이 다 본 바이지만 열하의 여행길은 좀처럼 얻기 어려운 기회이니 꼭 가야만 할 것이 아닌 것이 아닌가?"[40] 하고 간곡하게 권유하여 열하까지 함께 가게 되었다. 연암의 일행이 열하의 태학에 머물렀던 기간은 8월 9일부터 14일까지 고작 엿새에 불과했다.

연암이 연경에 가기 전에, 전의감동(典醫監洞) 집에 혼자 기거하고 있을 무렵[41] 어울렸던 벗들이 잇달아 연행(燕行)에 나서고 있었다. 연암과 각별했던 홍대용(洪大容)은 이미 1765년에 동지사(冬至使)의 일원으로 다녀왔고, 1776년에는 박명원이 동지사로 떠날 때 친우 나걸(羅杰)이 수행원으로 가게 되자 연암은 개성까지 전송했다.[42] 1778년 3월에는 그와 아주 가까운 이덕무(李德懋)와 박제가(朴齊家)가 사은진주사의 일행으로 연경으로 함께 떠나는 것을 전송했었으며, 그해 7월에는 유득공(柳得恭)도 심양으로 떠났다.

그러나 1778년 연암은 홍국영(洪國榮)을 피해 가족들을 이끌고 황해도

---

39   「막북행정록」,「국역 열하일기」Ⅰ, p.310.

40   「막북행정록」,「국역 열하일기」Ⅰ, p.310.

41   연암은 1772~3년 무렵 가족을 장인의 고향인 경기도 광주 석마(石馬, 지금 성남시 분당)로 보내고 전의감동의 셋집에서 혼자 거처했다. 이때 홍대용 · 정철조 · 이서구 · 이덕무 · 박제가 · 유득공 등과 더불어 어울렸다.[박종채, 김윤조 역,「역주 과정록(過程錄)」, 태학사, 1997, pp.43~47.]

42   「피서록」,「국역 열하일기」Ⅱ, p.189.

금천 연암골로 들어가 2년 동안 은거하다시피 있었다. 그러다 홍국영이 실각한 뒤인 1780년 다시 서울로 왔으나 그때는 '훌륭한 벗들이 죽고 거의 남은 이가 없어서 울적하고'[43] 의기소침해 있을 때였다. 이때 마침 박명원이 사절단의 정사로 가게 되자 연암에게 같이 갈 것을 종용했던 것이다. 물론 연암골에 은거해 있던 기간에 연암은 독서와 사색을 통해 나름의 사상이 정립되었겠지만, 이미 연경을 다녀온 홍대용이나 박제가·이덕무 등을 통해 중국의 문물에 대해 통효(通曉)하고 있었던 그에게 중국의 여행은 자신의 사상에 대한 확신을 더해 준 기회[44]라고 볼 수 있다.

3. 『열하일기』의 구성

연암은 『열하일기』에 전체 여행 중에서 국내에서의 머물렀던 부분을 제외하고, 중국에서 머물렀던 기간만을 기록했다. 즉 전체 여행 기간인 한양을 출발한 1780년 5월 25일부터 연경에서 귀국한 10월 27일까지 약 5개월간의 여행 중에서, 『열하일기』는 6월 24일 압록강을 건너서부터 시작하여 목적지인 연경을 거쳐 열하로 갔다가 다시 연경으로 되돌아서 9월 17일 귀국을 위해 연경에서 출발한 때까지 85일간을 기록했다.

여기서 잠시 『열하일기』의 일정을 기록한 것에 대해 살펴보도록 한

---

43   박종채, 앞의 책, p.64.

44   김명호, 「연암의 현실인식과 전(傳)의 변모양상」, 임형택·최원식 편, 『전환기의 동아시아 문학』, 창작과비평사, 1985, p.69.

다. 그간에 알려진 『열하일기』는 이가원이 편역하여 민족문화추진회에서 1968년에 간행한 『국역 열하일기』(1976년에 수정재판)가 원전처럼 이용되었다. 이가원이 편역한 『열하일기』의 역주본(譯註本)은 연암이 소장했던 "수사본(手寫本), 또는 수택본(手澤本)을 근거로 삼고, 그중의 누락된 부분은 몇십 종의 제본(諸本)을 상세히 대조하여 보충하되, 일일이 주석(註釋)에서 표시하였"[45]던 것이라고 했다.[46]

김혈조 번역본 『열하일기』이나 북한에서 번역·출판한 리상호 역본 『열하일기』도 체제는 비슷하다. 다만 김혈조는 처음 번역·출판했던 것이 박영철본을 저본(底本)으로 했던 것을 개정신판에서 자신의 소장한 법고창신재본을 저본으로 삼았다고 했다. 그러나 저본은 달랐어도 이가원 역본이나 김혈조나 리상호 역본의 연행 일정은 모두 같다.

그런데 『열하일기』의 원조격인 『연행음청(燕行陰晴)』[곤(坤)]이 새로 발굴되면서 연행 일정을 기록한 것이 달랐음을 알게 된 것이다. 그간에 알려진 것과 달리 이 친필 수고본(手稿本)에는 5월 10일 연암이 연행을 위해 금천 연암골에서 개성으로 가는 것에서 시작해 7월 30일에 호타하에서 조림까지 40리를 이동한 80일간의 기록이 포함되어 있다.[47] 따라서 「도강록(渡江錄)」·「성경잡지(盛京雜識)」·「일신수필(馹汛水筆)」·「관내

---

45 이가원, 「『열하일기』 해제(解題)」, 『국역 열하일기』 I , p.2.

46 서현경은 이가원이 『국역 열하일기』에서 참조·대조를 했던 9종이 넘는 이본의 목록을 제시한 바 있다.(서현경, 「연민선생과 『열하일기』 번역」, 『열상고전연구』 26집, 열상고전연구회, 2007, p.156.) 그리고 그는 『열하일기』의 몇몇 이본의 목차를 비교하여 목차상의 상이를 보여 주었으며(pp.157~158), 부록으로 이본을 대비하여 『국역 열하일기』에 구체적으로 반영된 양상을 제시하였다.(pp.173~184.)

47 정재철, 「『열하일기』 초고본 계열의 이본 연구」, 《한국실학연구》제46호, 한국실학학회, 2023.12., p.237, 각주 17.

정사(關內程史)」의 일부를 포함하고 있다. [48]

박철상은 단국대학교 연민문고에 소장된 수고본 『연행음청』(곤)이 발견됨으로써 연암의 "친필본 『열하일기』의 시작을 알리는 것이라는 점에서 무한한 가치를 지닌다."[49]라고 하면서 "『열하일기』의 뼈대라 할 수 있다."[50]고 했다. 다만 초고본인 이 『연행음청』(곤)의 기록이 아직 『열하일기』의 독립적인 체제를 갖추지 못한 이본[51] 상태에서 이루어진 것이어서 어떤 특정 시기에 현재의 『열하일기』의 형태로 완성되어 전체 일정의 기록을 조정한 것으로 보인다.

김명호는 "일찍이 연민선생은 『연행음청』은 '경자(庚子) 5월 초 10일부터 9월 30일에 이르는 일기'라고 했는데 『연행음청』은 건·곤 2책의 체제로 되어 있으며, 그중의 첫째 책인 이 필사본에는 3종의 「황도기략」이 필사되어 있다. 이는 비록 난고(亂稿)이기는 하지만, 연암의 친필본이자 가장 이른 시기의 초고에 해당하는 필사본으로서 가치가 높다고 하겠다."[52]라고 한 바 있다. 따라서 이본 연구를 통해 어느 시기에 현재의 『열하일기』 형태로 일정이 확정되었는지 그 과정을 밝혀 보는 것도 흥미로운 일일 것이다. 아울러 『열하일기』에 누락된 5월 10일부터 6월 23일까지 43일간의 기록을 『연행음청』(곤)으로 살펴봄으로써 노이점(盧以漸,

---

48   박철상, 「연암 박지원 수고본 『연행음청』(곤)의 의미와 가치」, 《한국실학연구》제46호, 한국실학학회, 2023, p.288.

49   박철상, 앞의 글, p.311.

50   박철상, 앞의 글, p.291.

51   정재철, 「『열하일기』 초고본 계열의 이본 연구」, p.235. 정재철은 『열하일기』가 친필 초고본에서 『연암집』 별집에 수록하기까지를 네 단계로 나누었다.

52   김명호, 「『열하일기』 이본(異本)의 재검토」, 《동양학》48집, 단국대학교 동양학연구원, 2010, p.9.

1720~1788)이 『수사록(隨槎錄)』에서 기록한 일정[53]과 비교연구도 가능할 것이다.

『열하일기』에 기록한 글의 형식은 일정에 따라 자세하게 기록한 일기체의 글, 열하에서의 견문, 그리고 연경으로 돌아온 이후부터 9월 17일 귀국하기 위해 출발할 때까지 연경에 머물러 있으면서 보고 들은 것을 기록한 별편(別編)으로 구성되어 있다. 여행 중 머물렀던 곳만을 기록하여 제한적이긴 하지만 이 기간의 일정을 일기 형식으로 자세하게 기록하는 한편, 특정 지역이나 사건 등과 관련된 화제(話題)는 독립된 별편으로 따로 구성하였는데, 주로 가면서 본 것과 만나서 나눈 대화나 필담(筆談)을 기록한 견문 내용을 다루고 있다. 따라서 전체의 글을 두 유형

---

53 당시에 연암과 함께 연경으로 갔던 사람이 남긴 기록은 정사의 상방비장이었던 노이점(盧以漸, 1720~1788)의 『수사록(隨槎錄)』과 주명신(周命新, 1729~1798)의 『옥진재시고(玉振齋詩稿)』가 있다. 노이점은 『수사록』에서 연암이 기록하지 않은 5월 25일에 한양에서 출발하여 6월 24일 도강할 때까지와 9월 17일 연경을 출발하여 10월 27일 귀국할 때까지를 포함해 전체 일정을 일기 형식으로 기록하였다. 이 기록을 통해 『열하일기』에 생략된 구체적 여정을 알 수 있으며, 이와 함께 이국인과 수행원의 눈에 비친 연암을 제시하기도 하여 연행에 대한 풍부한 기록을 보여 준다.(김동석, 「노이점의 수사록에 대한 연구」, 《한국한문학연구》27집, 한국한문학회, 2001, pp.260~261.) 다만 그는 열하로 가는 일정을 포함에서 연경으로 올 때까지는 기록하지 못했다. 그는 나이가 많아 열하는 가지 않고 연경에 남아 있었고 대신 정사가 선택한 상방비장 주명신이 갔기 때문이다.(당시 노이점은 61세, 주명신은 52세, 박지원은 44세였다.) 주명신이 쓴 『옥진재시고』는 박지원과 노이점, 박명원 같은 사람들과 화운(和韻)한 시뿐만 아니라 연경에 가면서 보았던 명승지, 자신이 느꼈던 감회 등을 기록하고 있다.(김동석, 「장서각 소장 『옥진재시고』 연구—1780년 주명신의 북경 기행시를 중심으로」, 《장서각》32권, 한국학중앙연구원, 2014, pp.271~278.) 한편 상방비장인 주명신은 명의(名醫)로 허준(許浚)의 제자였으며, 그는 『동의보감』을 참조하여 56세가 되던 정조 8년(1784년) 임상치료학의 명저인 『의문보감(醫門寶鑑)』8권을 저술하였다.(유준상·김남일, 「『의문보감(醫門寶鑑)』의 편찬과 주명신의 행적에 대한 연구」, 《대한한의학원전(原典)학회지》제26권 2호, 대한한의학원전학회, 2013.5, pp.64~65.) 신호열·김명호 공역, 『연암집』제3권, 「공작관문고」, 「순찰사에게 올림(上巡使)」, 각주 6에 기록된 것이나 『민족문화대백과사전』(한국학중앙연구원)을 비롯한 많은 자료에서 『의문보감』의 저술 연대를 1724년이라고 한 것은 잘못된 기록이다.

으로 나누면, 일정을 기록한 7편의 일기 형식의 글과 19편[54]의 별편으로 나눌 수 있다.

연암은 많은 사람을 만났는데 별편은 그가 만난 지식인이나 관료와 나눈 필담을 기록한 것이거나 자신이 인식한 중국의 국내외 정세를 기록하거나 풍물을 소개한 글들이다. 『열하일기』는 연행에서 돌아오자마자 쓰기 시작하여 3년 만에 탈고[55]하였고 그 이후에도 퇴고를 거듭했다. 당시에 독자가 많아 전사본(傳寫本)이 다양하게 존재했는데 모두 26권[56] 10책[57]으로 구성되었다.

연암의 일행은 정사(正使) 박명원(朴明源)과 부사(副使) 정원시(鄭元始), 서장관 조정진(趙鼎鎭)을 비롯해서 역관 19명, 비장·하인 등 270명과 말 194필[58]로 구성되었고, 그들은 1780년(정조 4년) 5월 25일[59] 한양을 출발하였다. 21일 만인 6월 15일 의주에 도착하였으나 장마로 10

---

54   일기 형식으로 된 글이 아닌 편목의 숫자는 이가원(李家源)이 번역하고 편집한 『국역 열하일기』I·II를 근거로 한 것이다. 대부분의 『열하일기』에서 일기 형식의 기록은 순서가 같으나, 나머지 부분은 이본에 따라 편목 수와 차례가 다르다. 김혈조 번역의 『열하일기』는 보유편을 빼면 별편이 20편이다.

55   김하명, 「박지원 작품에 대하여」, 박지원, 홍기문 역, 『나는 껄껄선생이라오』, 보리, 2004, p.422. 김명호는 「도강록 서(序)」의 끝에 '숭정(崇禎) 156년 계묘(癸卯)에 열상외사(洌上外史) 제(題)'라고 한 것을 근거로 1783년에 탈고한 것으로 추정했다.(김명호, 『열하일기 연구』, 창작과비평, 1990, p.22.) 그러나 「피서록」의 오조(吳照, 1755~1811)에 관한 기록을 근거로 하면 1785년에도 「피서록」 원고를 작성하고 있었던 것으로 보인다.(「피서록」, 『국역 열하일기』II, p.226.)

56   박종채가 판각을 위해 만든 고본은 24권이다.(박종채, 앞의 책, p.303.)

57   26권 10책은 한국학중앙연구원 장서각 소장본으로, 제실도서지장(帝室圖書之章), 이왕가도서지장(李王家圖書之章) 등의 인장이 찍혀 있다.

58   노이점, 김동석 역, 『열하일기와의 만남 그리고 엇갈림, 수사록』, 성균관대학교출판부, 2015, p.68.

59   여기의 기록한 날짜는 음력이다. 참고로 양력으로 환산하면 1780년 6월 27일(화요일)로 약 한 달간의 날짜의 차이가 있다.

여 일을 머물다가 6월 24일에서야 겨우 압록강을 건넜다.[60] 『열하일기』는 여기서부터 시작된다.

1780년 6월 24일 압록강을 건넌 후 7월 9일까지 요동벌을 지나 십리하까지 15일간의 여정에서 책문(柵門) 안에서 벽돌을 사용한 것과 성제(城制)를 통해 그들의 이용후생적 건설을 목격하였다. 이것을 기록한 것이 「도강록(渡江錄)」이다. 7월 10일 십리하를 출발하여 성경(盛京, 심양), 영안교, 요하를 거쳐 14일 소흑산에 도착할 때까지 5일간의 기록이 「성경잡지(盛京雜識)」이며, 15일 신광령을 출발하여 23일 산해관(山海關)에 도착할 때까지 9일간의 기록으로, 거제(車制)와 교량(橋梁) 등에 대해 서술한 것이 「일신수필(馹汛水筆)」이고, 7월 24일 산해관을 출발하여 8월 1일 연경에 도착할 때까지와 도착한 후 8월 4일까지 구경하며 지낸 11일간의 기록이 「관내정사(關內程史)」이다. 이 「관내정사」에는 7월 28일 자 일기의 일부분으로 「호질(虎叱)」에 대한 기록이 있다. 28일 새벽에 풍윤성(豊潤城)을 떠나 저녁에 옥전현(玉田縣)에 도착하였고, 저녁에 성중에 들어가서 소주(蘇州) 사람 심유붕(沈由朋)의 점포를 조용히 구경하다가 안쪽의 벽 위에 걸린 한 편에 기문(奇文)을 기록한 액자를 보고 주인의 양해를 얻어 베꼈고 자신이 제목을 「호질」이라고 붙였음을 당일의 일기에 기록했다.

8월 1일 연경에 도착했으나 황제는 별궁인 열하의 피서산장(避暑山莊)에 가 있었다. 애당초보다 늦게 도착해 날짜가 촉박하여 열하까지 갈 수 없을 것이라 여겨 4일까지 연경의 숙소인 서관(西館)에 머물러 있었다. 그러던 중 4일 초저녁에 열하로 와서 예(禮)를 행하라는 황제의

60 　「도강록」, 『국역 열하일기』 I , p.118., 노이점, 앞의 책, pp.67~71.

명으로 8월 5일 연경을 출발하여 9일 열하에 도착하였다. 이때는 사절단을 줄여 정사·부사·서장관 외에 역관 3명과 비장 4명과 하인 등 74명과 말 55필만 갔다.[61] 연경을 출발하여 열하에 도착하기까지 5일간 여정의 기록이 「막북행정록(漠北行程錄)」이다. 열하의 태학에서 8월 9일부터 14일까지 6일간 머무르며 중국의 문인·학자들과의 교류와 문물제도에 대한 견문과 13일 황제의 만수절(萬壽節)을 기록한 것이 「태학유관록(太學留館錄)」이고, 8월 15일 열하를 출발하여 다시 연경으로 돌아온 20일까지의 기록이 「환연도중록(還燕道中錄)」이다. 『열하일기』에서 일기 형식의 기록은 여기까지이다. 그리고 8월 20일부터 9월 17일 귀국하기 위해 한양으로 출발할 때까지 연경에 머무르면서 문물과 제도를 구경하였다. 이것이 「황도기략(黃圖紀略)」인데 이것은 일기 형식으로 기록하지 않았다.

연경으로 되돌아와서 머물러 있는 동안에도 황제가 열하에서 연경으로 떠났다는 연락을 받고 8월 29일 연경을 출발하여 밀운현(密雲縣)까지 마중을 나가서 9월 3일 황제를 맞아 다시 연경으로 돌아왔다. 그리고 9월 15일에 오문(午門) 앞에 나아가 황제가 하사한 상품을 받은 뒤에 여섯 통의 회답 자문(咨文)을 받았고, 16일에 예부에 나아가 하마연(下馬宴)을 행하였으며 숙소로 돌아와 또 상마례(上馬禮)를 행하고, 17일에 출발

61　「행재잡록」,『국역 열하일기』II, p.320. '조선국 진하 겸 사은사(朝鮮國進賀兼謝恩使)로 먼저 열하 행재소(行在所)로 간 명단'은 다음과 같았다. "정사(正使) 금성위(錦城尉) 박명원(朴明源), 부사(副使) 이조판서[잠시 차함(借啣)] 정원시(鄭元始), 서장관 겸 장령(書狀官兼掌令) 조정진(趙鼎鎭)과 대통관(大通官) 홍명복(洪命福)·조달동(趙達東)·윤갑종(尹甲宗)과 종관(從官) 주명신(周命新, 정사의 비장)·정창후(鄭昌後)·이서구(李瑞龜, 부사의 비장)·조시학(趙時學, 서장관의 비장)과 따르는 사람[종인(從人)] 64명으로 이상 모두 74명과 말 55필."

하여[62] 10월 27일에 귀국하였다.[63] 이 일기 형식으로 기록한 7편의 글들과 연경의 풍물과 제도를 기록한 「황도기략」 등을 통해 열하까지 가는 여정과 연경에서의 전체 여행 일정 전모를 파악할 수 있다.

앞서 언급한 바와 같이 『열하일기』는 크게 두 부분으로 나누어, 전반부인 일정을 일기 형식으로 기록한 「도강록」부터 「환연도중록」까지와 일기 형식에서 벗어난 나머지 글들, 즉 열하와 연경, 성경 등 여행지뿐만 아니라 연행 도중에 곳곳에서 수집한 각종 자료인 비문이나 서적류의 발췌와 단편적인 소감의 기록과 메모, 사적(史蹟)에 대한 견문 등, 열하나 연경에서 그 지역 문인들을 비롯해서 명사들과 교유하며 필담했던 그곳 문물제도와 이용후생의 삶의 모습, 춘추의리론(春秋義理論)에 대한 비판, 주자학을 이용한 지식인의 회유정책과 몽고와 티베트에 대한 외교정책 등 연암이 현장에서 목격한 것을 세심하게 기록한 잡록이나 잡기(雜記), 야화(野話), 소초(小抄), 시화(詩話) 등 다양한 문장 형식으로 사소한 것까지를 기록한 별편 19편을 합쳐 모두 26편으로 구성되어 있다.[64]

이 중에 6일간 열하의 태학에서 머물며 만난 지식인들의 출신과 이력,

62　『정조실록』10권, 정조 4년(1780년) 9월 17일 임진. '진하 겸 사은 정사(進賀兼謝恩正使) 박명원(朴明源)과 부사(副使) 정원시(鄭元始) 장계(狀啓)', 이 장계에는 9월 17일에 연경에서 출발했다고 기록했다. 그리고 8월 1일 연경에 도착하여 열하로 가게 된 경위를 간략하게 기록하고 주로 열하에서 11일부터 14일까지 피서산장에서 황제를 만난 일을 비롯해서 열하에서 사행단의 공식 행사 등의 일을 상세히 기록했다.

63　노이점, 앞의 책, p.435.

64　전체 편수와 체제, 편집 방식에 따라 이본 간에 차이를 보이고 있으나, 박종채가 1826년 판각하기 위해 최종 편집한 것은 문고(文稿) 16권, 『열하일기』가 24권, 『과농소초(課農小抄)』 15권으로 되어 있다.(박종채, 앞의 책, p.303.) 이 체제와 관련된 것은 김명호의 「열하일기 이본의 특징과 개작양상」『열하일기 연구』(수정증보판), pp.27~47.]과 「『열하일기』 이본(異本)의 재검토—초고본 계열 필사본을 중심으로」[《동양학》제48집(2010년), 단국대학교 동양학연구소]를 참고할 것.

성격 등 그들의 면면을 기록한「경개록(傾蓋錄)」, 천하의 대세를 살핀 글로 청나라 학술과 사상의 동향뿐 아니라 지식인의 관리 통제라는 정치적 관점이 고려된「심세편(審勢編)」, 연암이 만난 가장 거물급 인사인 70세의 전 대리시경(大理寺卿) 윤가전(尹嘉銓)과 청의 학자인 혹정(鵠汀) 왕민호(王民皥) 등과 음악에 대해 필담(筆談)을 기록한「망양록(忘羊錄)」, 왕민호와 16시간 동안 필담으로 월세계, 자전(自轉), 역법, 천주 등 자연과학 분야의 문제를 비롯해서 종교·정치·역사·문화 등을 논한「혹정필담(鵠汀筆談)」, 살아 있는 부처로 통하는 티베트 승 반선(班禪, 판첸) 라마[65]를 만난 기록인「찰십륜포(札什倫布)」[66]와「반선시말(班禪始末)」, 열하에서 만난 지식인들과 더불어 나눈 라마교에 대한 필담을 기록한「황교문답(黃敎問答)」, 피서산장에서 본 시(詩)와 그것을 평한 시화(詩話)의 기록, 그리고 중국과 관련된 조선 시인의 작품에 대한 이야기를 수록한「피서록(避暑錄)」, 황제의 생일을 맞아 모여든 마술사들이 열하의 장터인 광피사표패루(光被四表牌樓) 밑에서 펼쳐 놓은 20가지 마술을 보고 중국 마술에 대해 기록한「환희기(幻戱記)」, 열하(熱河)로 가는 도중의 고북구(古北口)를 지나 피서 산장에 이르기까지를 쓴 기행록으로 연경에서 열하에 이르는 과정에서 있었던 기문(奇文)들을 모은 것과 만수절 행사를 기록하고 여기에「야출고북구기(夜出古北口記)」나,「일야구

---

65   원문에서 한자 음차(音差)인 '반선액이덕니(班禪額爾德尼)'로 표기된 것은 티베트어인 '판첸 라마'가 아니고 만주어인 '판천 어르더니'를 음차한 것이다. '반선액이덕니'의 의미는 '광명(光明)', '신지(神智)'라고 했다.(「반선시말」,「국역 열하일기」II, p.89.) '판천'은 판첸으로 대학자를 의미하고 '어르더니'는 만주어로 '존귀한 사람' 혹은 '진보(珍寶)'란 뜻이다.

66   '찰십륜포(札什倫布)'는 티베트 말로 큰 덕이 있는 승려가 거처하는 집으로 건륭황제가 열하에 황금 전각을 지어 활불인 반선이 거주하도록 한 수미복수지묘(須彌福壽之廟)를 지칭한 것이다.

도하기(一夜九渡河記)」, 코끼리 이야기「상기(象記)」」 등을 수록한 「산장잡기(山莊雜記)」, 연경에서 열하로 가는 도중의 고북구 밖의 이문(異聞)을 비롯하여 반양(盤羊)으로부터 천불사(千佛寺)에 이른 60종의 기이한 이야기를 모은 잡록인 「구외이문(口外異聞)」, 열하로 오라는 명령서와 열하의 피서산장에 있는 청(淸) 황제의 행재소에서 황제에게 올린 문서와 황제가 내린 칙교(勅敎) 등 보고 들은 외교문서를 주로 기록한 「행재잡록(行在雜錄)」 등이 열하에서의 견문을 쓴 기록이다.

열하에서 연경으로 돌아오는 길에 옥갑에서 비장들과 밤새 나눈 이야기를 모은 기록으로 알려진 것이 「옥갑야화(玉匣夜話)」이고, 나머지는 열하에서 연경으로 돌아와 그곳의 명승지와 건물들에 대한 내력을 엮은 것으로, 구문(九門)을 비롯하여 화조포(花鳥舖)에 이르기까지 40종의 문관(門館)·전각(殿閣)·도지(島池)·점포(店舖)·기물(器物) 등을 기록한 「황도기략(黃圖紀略)」, 연경의 태학에서 공자 사당을 참배하고 연경의 유교 명승지를 둘러보고 유교나 유학에 대해 쓴 기록인 「알성퇴술(謁聖退述)」, 연경의 유리창(琉璃廠)의 양매죽사가에 있는 서점 육일재(六一齋)에서 8월 20일 중국 문사인 황포(黃圃) 유세기(俞世琦)를 처음 만난 뒤 9월 17일 연경을 떠나기 전까지 일곱 차례 만남을 지속하며, 그때 유세기가 데리고 온 중국 명사들과 문답한 필담의 일부를 정리한 「양매시화(楊梅詩話)」[67], 중국의 의학 서적과 의술에 대한 기록인 「금료소초

---

[67] 이가원의 『국역 열하일기』Ⅱ 의 「양매시화」 항목에는 서문과 2개의 단락만 소개되어 있다. 그러나 단국대 연민문고 소장 「양매시화」는 32장(張)의 필사본 1책으로, 서문과 32개 단락의 본문으로 구성되어 있다.[김명호, 「『열하일기』'보유(補遺)'의 탐색」, 《동양학》제52집(2012년 8월), 단국대학교 동양학연구소, p.3.] 김혈조 역본인 『열하일기』(돌베개, 2009년)에는 게재하지 않았다가 개정신판(2017년)을 간행하면서 「양매죽사가에서 쓴 시화(양매시화)」라고 번역하여 수록했는데, 「양매시화 서」에 이어 12쪽의 분량을 담았다. 이것은 단국대 연민문고 소장본을 번역한 것으로 보인다. 한편 리상호 번역본 『열하일기』(보리, 2004)

(金蓼小抄)」, 동란재에서 머물며 조선과 중국의 특이한 역사·문학·지리·음악 등에 대해 쓴 수필인「동란섭필(銅蘭涉筆)」, 연경 안의 종교 유적지인 홍인사(弘仁寺)를 비롯한 이마두총(利瑪竇塚) 등 20여 곳을 둘러본 것과 도관(道觀), 사찰, 귀신, 묘지 등 유적(遺蹟)에 관한 기록인「앙엽기(盎葉記)」등으로 되어 있다. 「천애결린집(天涯結隣集)」[68]은 김혈조가 번역한『열하일기』에만 있는데 연암이 연경에서 만나 교유했던 중국의 명사들 4명에게서 받은 편지를 수록한 것이다.[69]

이와 같이 별편은 연경과 열하를 오가는 과정의 견문과 열하에서의 일을 기록한 것이 대부분이고 연경에서의 견문 기록은 6편뿐이다. 따라서 열하 이외의 기록은 이 6편의 별편과 6월 24일 압록강을 건너 8월 9일 열하에 도착할 때까지 일기 형식으로 기록한 5편, 열하에서 연경으로 되돌아간 것을 일기 형식으로 기록한「환연도중록」과 이야기 모음집인「옥갑야화」등 모두 13편이다. 그리고 나머지 열하에서 6일간을 일기 형식으로 기록한「태학유관록」과 별편 12편은 모두 열하에서의 기록이다.『열하일기』라는 명칭은 이와 같이 열하에서의 각종 견문과 필담을 집중적으로 기록했기 때문에 붙인 명칭일 것이다.

『열하일기』의 전체 26편의 편목을 장황하게 들춰낸 것은 일기 형식이 아닌 대부분의 별편이 그 내용 중에 특정 지역이나 날짜를 명시하고 있어 그 출처가 분명하다는 것을 밝히기 위한 것이다. 간혹「금료소초」처럼 여정을 구체적으로 기록하지 않은 편목일지라도 글의 내용을 통해 출

에는 없다.

68 김명호,「『열하일기』'보유(補遺)'의 탐색」,《동양학》제52집, pp.8~17.

69 김혈조 역,『열하일기』(개정신판)3권, pp.561~567.

처를 뚜렷하게 밝히면서 여행 중에서 겪은 객관적 사실을 기록하여 어느 곳에서 쓴 것인지를 분명하게 알 수 있다.[70] 그뿐 아니라 일기 형식의 글에서 편목에 대한 설명을 보충하고 있어 『열하일기』에 수록한 것이 별 문제가 되지 않는다. 굳이 이것을 밝히는 것은 별편인 「옥갑야화」만 편목의 명칭 이외에는 나머지 정보를 일기 형식의 글을 비롯해서 여타의 기록에서도 도저히 찾을 수 없기 때문이다. 더욱이 『열하일기』에서 일기문으로 된 글들과 별편으로 된 글들이 서로 유기적으로 연관되어 있어, 일기문의 내용이 별편으로 구체화되거나, 별편의 자세한 일정을 일기문으로 확인할 수 있게 상호 보완적으로 구성되어 있다.

그러나 「옥갑야화」는 열하에서 연경으로 가는 일기문인 「환연도중록」에서도 전혀 언급한 바가 없다. 그나마 이본(異本)인 「진덕재야화」는 구체적인 별도의 언급이 없을지라도 「태학유관록」에 열하에 진덕재가 있었음을 밝히고 있다. 하지만 「옥갑야화」는 편목의 명칭에만 구체적 지명이 있을 뿐, 「환연도중록」뿐만 아니라 그 어디에도 옥갑에 대한 정보를 전혀 찾을 수 없다. 그뿐만 아니라, 「옥갑야화」는 대화를 한 사람들이 익명화되어 있고, 현장에서 일정이 불분명하여 구술한 장소나 날짜를 도무지 알 수 없다.

따라서 이 책은 「옥갑야화」에 대한 의혹을 제기하고, 그 의혹을 근거로 「허생전」을 「옥갑야화」에 수록하기 위해 어떻게 의도적으로 장치를 했는지 다각도로 검토하고자 한다. 「허생전」을 수록하는 데 의도적인 장치가

70　사소한 것까지 기록하여 어디에서 기록했는지를 알 수 있는데 예를 들면, 「금료소초」 부록에는 열하에서 정리한 부분을 왕혹정에게 주었다고 기록했으나, 귀국하여 연암협에서 쓴 서문에는 연경에서 구하려 했던 일부 자료를 구하지 못했음을 밝히고 있다. 이로 보아 연경에서 있었던 일을 보완하여 부록으로 기록했음을 알 수 있다.(「금료소초」, 『국역 열하일기』II, p.341.)

필요했던 까닭은 어디에 있었으며, 결과적으로 나타난 것은 어떤 의미
를 가지고 있는지를 순차적으로 살펴보고자 한다.

「옥갑야화」에 대한 의혹의 구명(究明)

1. 「옥갑야화」에 대한 논의

「옥갑야화」가 일반인이나 연구자들에게 주목을 받았던 이유는 수록된 7편의 이야기 중에 허생의 이야기가 들어 있기 때문이다. 초기의 연구자들은 「옥갑야화」에서 허생의 이야기 부분만 떼어 내어 '허생전'이라고 명명하고 분리하여 연구했다.[1] 그 이유는 "「옥갑야화」의 이런저런 이야기 중에서 '허생의 이야기'가 가장 압권이어서 분리 독립을 하게 되었다"[2]고 한 임형택의 지적이 아니더라도 「허생전」이 워낙 뛰어난 작품성을 가지고 있었기 때문이다. 그러다가 1970년대 초반부터 「옥갑야화」 전체를 하나의 작품으로 보려는 경향이 나타나면서 이에 대한 연구가 본격화되었다.[3]

이 중에 변곡점(變曲點)이 된 탁월한 연구는 7편의 일화를 독립된 내부 이야기로 보고 순환 목적 유형의 액자소설로 주장한 이재선(李在銑)

1　이윤석, 「김태준 『조선소설사』 검토」, 앞의 책, pp.412~416.

2　임형택·김명호 외 , 「연암의 경제 사상ㅊ과 이용후생론」, 『연암 박지원 연구』, 성균관대학교 출판부·사람의무늬, 2014, p.53.

3　「옥갑야화」를 독립된 작품으로 보아야 한다고 처음으로 주장한 사람은 김윤식이다. 그는 「연암문학의 문제점」을 제기하여 「허생」을 독립된 작품으로 보는 것은 온당하지 않다고 하면서, 「옥갑야화」를 전체의 맥락에서 이해한다고 주장했다.(김윤식, 『한국문학사 논고』, p.81.) 그리고 그 뒤를 이어 임형택도 "「허생전」을 분리할 것이 아니라 전체를 하나의 작품으로 보는 것이 좋으며 그렇게 보면 그것은 액자형 소설이 될 것"이라고 했다.(「실학파 문학과 한문단편」, 『한국문학사 시각』, p.428.) 「옥갑야화」를 독립된 작품으로 보아야 하는 이유를 논리적으로 주장한 사람은 이재선이다. 그는 「액자소설의 원질(原質)과 그 계승」에서 「옥갑야화」 전체를 액자소설로 된 한 편으로 보아야 한다는 견해를 피력했다.(이재선, 『한국단편소설연구』, p.111.) 이외에 서인석의 「『옥갑야화』의 세계와 「허생전」」(앞의 책, p.739~758.), 김종철의 「「옥갑야화(玉匣夜話)」 이해의 시각」(앞의 책, pp.135~156.) 등 또한 위 논리에 힘을 실었다.

의 논문이다.[4] 그는 「허생전」을 「옥갑야화」 전체와 관련해서 이해해야 한
다고 주장하고, 그 근거를 액자식 구성이라는 완벽한 논리구조로 설명
했다. 그는 「옥갑야화」가 일종의 일화와 같은 단순한 설화(說話)를 늘어
놓음으로써 그 구성의 기조에 있어서만은 순환 액자의 성격을 그대로 지
니고 있다[5]고 말했다. 그러면서 그는 「허생전」을 독립된 작품으로 보는
것은 '액자소설에 대한 인식의 빈곤에서 연유'한 '오류'라고 하면서 순환
적 액자소설이라고 단정을 지었다.[6]

그러나 「옥갑야화」 전체를 묶어 액자소설로 보는 데는 무리가 있다. 일
부의 일화의 경우는 서사구조가 제대로 갖추어지지 않은 첨언(添言) 정
도의 것[7]도 있기 때문이다. 그럼에도 불구하고 구성상 7편이 독립된 이
야기이면서 일정한 주제를 형성하고 있으므로 액자소설로 인식하려고
하는 등 다양한 견해가 제시되었다.[8] 한편 「옥갑야화」 전편을 분석한 강
명관은 서두의 이야기를 화폐와 관련하여 설명하면서 '화폐로 인한 경제
적 변화에 맞서 화폐에 선행하는 가치'[9]의 관점에서 허생 이야기의 전제
로 해명하고 있을 뿐 다른 각도에서 상호 관련하여 구체적인 설명을 하

---

4   이재선은 「액자소설의 원질(原質)과 그 계승」에서 '연암소설의 액자적 성격'을 다루면서
     「옥갑야화」를 액자소설의 관점에서 분석했다.(이재선, 앞의 책, pp.109~114.)

5   이재선, 앞의 책, p.114.

6   이재선, 앞의 책, p.110~111.

7   예를 들면 둘째 예화의 경우, "어떤 이가 말하기를, "이 지사(李知事) 추(樞)는 근세에 이름
     있는 통역관이었으나 평소에는 돈 이야기를 한 적이 없었고, 40여 년을 연경에 드나들었으
     되 그 손에는 일찍이 은(銀)을 잡아본 적이 없었으며, 근실한 군자(君子)의 풍도를 지녔다."
     한다."(「옥갑야화」, 「국역 열하일기」 II, p.294.)라고 한 것과 다섯째 예화도 이에 해당한다.

8   김영동, 「옥갑야화」, 「증보 박지원 소설연구」, 태학사, 1993, pp.182~183., 박기석, 「연암소
     설의 심층적 이해」, 집문당, 2008, pp.302~303.

9   강명관, 앞의 책, pp.35~106.

지 않고 있다. 이와 같이 「옥갑야화」를 「허생전」의 출전으로만 인식했던 차원에서 벗어나 한 편의 소설로 보려고 하는 태도는 새로운 국면에서 「옥갑야화」를 바라보는 연구의 시도라고 할 수 있다.

그렇다면 대표적인 연행록 중 하나인 『열하일기』에서 야화를 수록한 「옥갑야화」가 소설이라고 했을 때, 연암이 자신의 연행과 관련이 없는 한 편의 소설을 편목으로 만들어 통째로 여행기에 수록한 이유는 무엇일까? 간혹 연행 기록 중 일기의 일부로 소설을 수록할 수는 있다. 예를 들면 『열하일기』에 수록된 「호질」의 경우이다. 산해관에서 연경으로 가는 과정의 11일간을 기록한 「관내정사(關內程史)」에는 7월 28일의 일을 기록하면서 일기 끝에 「호질」[10]을 삽입했다. 이것은 하루의 일정을 일기로 쓰면서 당일에 재미있게 읽은 한 편의 글인 「호질」을 수록한 것이다. 그것도 일기문에 사건의 자초지종만 기록하고 「호질」을 별편으로 삼은 것이 아니라, 일기체로 기록한 「관내정사」에 7월 28일의 일부분으로 끝에 작품 전체를 수록하면서 자신의 의견인 「후지」도 덧붙였던 것이다. 그러나 이러한 형식과 달리 일기문으로 기록하지도 않고 별편으로 구성된 편목에 대해서 어떤 설명도 없이 당시의 연행과 관련이 없는 한 편의 소설을 수록한 것은 「옥갑야화」 하나뿐이다.

그간 연구자들은 「옥갑야화」 전체를 소설이라고 전제하고 다양하게 논의하면서도 정작 『열하일기』에 수록하게 된 것에 관련해서는 문제를 제기하지 않고 있다. 막연히 『열하일기』에 수록된 한 편의 글인 「옥갑야화」가 소설이라고 단정하고 소설의 관점에서만 논의를 제기할 뿐이다. 장

10　심유붕(沈由朋)의 점포 벽에 걸려 있던 '기문(奇聞)'에는 애초에 제목이 없었던 것을 연암이 숙소로 돌아와 내용을 정리하면서 본문의 내용에서 '호질(虎叱)'을 골라 제목으로 삼았다고 했다.(「호질후지」, 「관내정사」, 『국역 열하일기』 I, p.279.)

편 기행문인 연행록임에도 불구하고『열하일기』에「옥갑야화」라는 소설 한 편을 삽입한 것은 예사롭지 않은 일임에도 그에 대해 주목하거나 해명하려는 논의가 없었다. 그러나 기행문으로 위장된「옥갑야화」에「허생전」을 수록한 것을 대수롭지 않은 것이라고 하기에는 그 이면에 너무 많은 의혹이 담겨져 있다. 따라서 이러한 의혹을 구명(究明)하기 위해서는 소설을『열하일기』에 끼워 넣은 이유는 무엇인가 하는 것과 수록하기 위해 어떤 장치를 하였는가를 해명해야 할 것이다.

그런 의미에서 연암이「옥갑야화」를 연행록인『열하일기』에 수록한 의도를 살펴보고,「허생전」만 따로 떼어 소설로 보지 않고「옥갑야화」 전체를 소설로 보는 이유는 무엇인지도 세심하게 따져 보아야 할 것이다. 우선 글이 기행문이 아니고 소설인 이유를 밝혀내기 위해 작품을 분석하여 내적 요소들을 두루 확인하고, 외적 요인으로 연행록에 수록할 수밖에 없었던 이유를 찾아야 할 것이다. 그래야 연암이『열하일기』에「옥갑야화」를 수록한 의도를 정확히 확인할 수 있을 것이다.

2. 「옥갑야화」의 이본(異本) 「진덕재야화(進德齋夜話)」

우선 문제를 제기하기 전에「옥갑야화」를『열하일기』에 수록한 것에 대한 가장 큰 의구심을 불러일으키는 요인 중에 하나로 이본(異本)에 관한 것을 짚고 가야 할 것 같다. 「옥갑야화」에 수록된 7편의 이야기의 서두만 달리하여「옥갑야화」가 아닌 다른 명칭으로 된「진덕재야화(進德齋夜

話)」[11]라는 이본이 있다. 같은 내용이면서 공간적 배경이 다른 이본이 존재하는 것은 기행문이 아니라는 사실을 반증해 주는 것이다. 내용은 동일한데 서로 다른 지명을 제목으로 삼았다는 것은 지명이 갖는 의미를 버린 것이다. 「옥갑야화」는 서두에 "옥갑(玉匣)에 돌아와서 모든 비장들과 더불어 머리를 맞대고 밤들어 이야기를 시작하였다(行還至玉匣, 與諸裨連牀夜語)[12]"라고 하여 「옥갑야화」라는 명칭을 부여하였다면, 이본인 「진덕재야화」의 서두에는 "여러 비장·역관과 진덕재에서 밤에 이야기를 나누었는데 이런 이야기가 있었다(與諸裨譯夜話進德齋, 有言)"라고 기록하여 이 글의 명칭이 「진덕재야화」가 된 것이다.

이 두 작품의 선후관계는 정재철의 연구[13]에 따르면 「진덕재야화」가 먼저 쓴 것이고 후에 필사 과정에서 「옥갑야화」로 제목을 바꾼 것이라고 한다. 그는 연암이 「진덕재야화」를 「옥갑야화」로 바꾸면서 「허생후지」의 내용을 교체한 이유를 「진덕재야화」의 「허생후지」의 내용이 당시 사람들이 연암을 비판하는 자료가 될 수 있기 때문이라고 말했다. 특히 연암의 행동을 주시하던 사람들이 이 글을 읽고 연암이 폐족이나 좌도(左道) 이단의 무리와 어울렸다고 공격하는 구실이 될 수 있다고 생각하여 내용을

---

11 이가원의 연구에 의하면, 「열하일기」를 별본(別本)으로 한 것은 10여 종이 있는데, 그중에 8종의 필사본과 1종의 인쇄본, 1종의 영인본으로, 그중에서 자신이 소장하고 있는 4종의 필사본 중 3종이 「진덕재야화」로 되어 있다고 했다.(이가원, 『연암소설 연구』, p.586.) 따라서 인쇄본이나 영인본이 8종 필사본 중에서 하나를 선택한 것이라면, 8종 필사본 중 5종은 「옥갑야화」인 셈이다. 이 글에서 작품 명칭의 사용은 따로 구분이 필요할 때 외에 일반적인 경우에는 판본 명칭을 제외하고 「옥갑야화」로 통칭했다.

12 「옥갑야화」, 『국역 열하일기』 II, p.293.

13 정재철, 「『열하일기』 「옥갑야화」 수록 허생후지 연구」, 《대동한문학》 제68집, 대동한문학회, 2021, pp.110~120.

바꾸면서 제목도 바꾼 것[14]으로 추측했다. 그런데 그동안 이 「옥갑야화」 로만 부르게 된 이유는 「진덕재야화」가 필사본으로 전하는 반면에 이름을 바꾼 「옥갑야화」는 활자본으로 출판되어 대중화되었기[15] 때문이다.

처음에 편목의 명칭을 「진덕재야화」라고 한 것은 열하에서 조선의 사신 일행이 태학관에 머물렀는데, 그 태학관의 부속 건물 중에 진덕재가 있었기 때문이었다. 그래서 진덕재에서 밤에 연암이 비장·역관들과 이야기를 나눈 것을 모은 야화집이라는 의미로 「진덕재야화」라고 했던 것이다. 그런 면에서 「옥갑야화」도 옥갑에서 구술한 것임을 의미한다. 그러나 연암이 그들과 실제로 진덕재나 옥갑에서 밤에 이야기를 했고 그것을 묶은 것이 「진덕재야화」 혹은 「옥갑야화」인가 하는 것은 구체적으로 확인된 사실이 아니다. 다만 제목에서 의미하는 바가 그렇게 느껴질 뿐

---

14   정재철, 「『열하일기』 「옥갑야화」 수록 허생후지 연구」, 앞의 책, pp.121~125.

15   『열하일기』는 26권 10책의 필사본으로 전해지다가 연암집이 간행되면서 「옥갑야화」도 함께 수록되어 간행했다. 1900년 창강(滄江) 김택영(金澤榮)이 『연암집(燕巖集)』을 전사자(全史字)와 1901년 간행한 『연암속집(燕巖續集)』권1·2(고활자본)로 간행하여 수록하였고, 1911년 최남선(崔南善)이 광문회(光文會)에서 A5판 286면의 활판본으로 『열하일기』를 간행하였다. 그 뒤 1916년에 중국 상해 남통(南通)에 있는 한묵림서국(翰墨林書局)에서 앞서 간행한 『연암집(燕巖集)』과 『연암집 속집(燕巖集續集)』을 합편(合編)하여 『중편연암집(重編燕巖集)』을 신활자(新活字)로 간행하였다. 그 후 1932년 박영철(朴榮喆)이 자연경실본(自然經室本)을 대본으로 편집, 간행한 신활자본 『연암집』 별집 권11~15에도 『열하일기』 전편이 수록되어 있다. 이를 계기로 필사본으로만 전해 오던 『열하일기』를 비롯한 연암의 저작을 활자로 간행해 보급함으로써, 대중들이 『열하일기』를 비롯한 연암 작품을 쉽게 접하게 되었고, 이런 출판은 뒤에 완전한 형태의 『연암집』이 간행되는 계기를 마련하였다.(정재철, 「김택영의 『연암집』 편찬과 그 의미」, 《한국한문학연구》63권, 한국한문학회, 2016년 9월, p.135.) 한편 김문식에 의하면, 자연경실본(自然經室本)의 체제는 박종채가 작성한 『과정록』 추기(追記)에서 연암의 글이 '문고(文稿) 16권, 『열하일기』 24권, 「과농소초(課農小抄)」 15권 합하여 55권'이라고 한 것과 정확하게 일치한다고 했다.(김문식, 「단국대 소장 연민문고 필사본의 자료적 가치」, 《동양학》제43집, 단국대학교 동양학연구소, 2008, p.166.) 따라서 초고였던 「진덕재야화」보다는 퇴고한 「옥갑야화」를 선택해서 편집·인쇄했던 데 대중화의 원인이 있었던 것으로 보인다.

이다.

그런 의미에서 연암이 「진덕재야화」를 「옥갑야화」로 바꾸어서 『열하일기』에 수록한 것을 보면 진덕재나 옥갑은 기행문의 일부임을 위장하는 요소로 의미가 없는 배경에 불과한 것임을 알 수 있다. 그러면 위장한 지명인 옥갑을 근거로 「옥갑야화」를 『열하일기』에 수록한 이유는 무엇일까? 아마도 그것은 앞선 정재철의 견해에 의하면 「허생전」에 담겨진 내용의 의도를 숨기기 위한 자기검열의 결과일 수도 있다. 그래서 연암은 「허생전」을 『열하일기』에 수록하기 위해 「옥갑야화」라는 한 편목을 만들었다고 할 수 있을 것이다. 이는 뒤에서 다시 언급하도록 하겠다.

3. 본래 창작 의도는 「허생전」

연암은 득의(得意)의 작품인 「허생전」을 『열하일기』에 수록하기 위해 「옥갑야화」라는 한 편목을 만들었다. 이렇게 단정하는 이유는 첫째, 애초에 연암이 지으려고 했던 것이 「옥갑야화」가 아니라 「허생전」이었기 때문이다. 「허생전」, 즉 허생의 이야기에 대한 언급은 후지에 있으나 「옥갑야화」나 옥갑에 대한 설명은 어디에도 없다. 그것은 「진덕재야화」의 경우에도 마찬가지이다. 「옥갑야화」에 대해 의혹을 해명하는 출발점은 여기에 있다. 「옥갑야화」를 『열하일기』에 수록했던 것은 연암의 창작 의도가 「옥갑야화」 아니라 「허생전」이라고 의심할 수밖에 없기 때문이다.

그 이유는 연암이 창작 동기를 언급한 것을 보면 알 수 있다. 「진덕재야화」 후지인 「허생후지」Ⅱ[16]에 윤영과의 두 번째 만남에서 나눈 대화에 "'자네, 일찍이 허생을 위해서 전(傳)을 쓰려더니 이젠 글이 벌써 이룩되었겠지'라고 하기에, 나는 아직 짓지 못했음을 사과했다."[17]라고 기록했다. 이로 미루어 보면 연암은 처음부터 허생의 이야기를 전(傳)으로 지으려는 의도가 있었음을 알 수 있다. 연암은 이미 여러 편의 전을 지었고 그것을 묶은 것이 초기의 구전(九傳)을 수록한 「방경각외전(放璚閣外傳)」이다. 여기에 수록한 작품은 20세 안팎에 지은「마장전」·「예덕선생전」에서 30세 무렵에 지은 것으로 추측되는「우상전」등 아홉 편이 있다. 그러나 이 「허생후지」Ⅱ를 근거로 하면, 허생의 이야기를 들은 이후 그는 열하로 가기 전까지 무려 24년여의 세월이 지날 때까지「허생전」을 짓지 못하고 있었던 것이다.

여기서 윤영이 언급한 '전(傳)'이라고 하는 형식은 일반적인 전기(傳記, biography)의 장르적 개념과 다르다. 대개 전기 혹은 전기문학은 실제로 살아 있던 인물의 일생이나 일생의 일부를 기록한 글로 특정한 인물의 남다른 경험이나 업적에 대하여 그가 겪은 실제 사실을 바탕으로 기록한 것을 지칭한다. 이것은 르네 웰렉(René Wellek, 1903~1995)이 '연대기적 재현으로 역사 편찬(historiography)의 일부'[18]로 언급했던 것과 같은 의미이다. 그러나 윤영이나 연암이 인식한 '전'의 개념은 이와 다르

16　이가원이 번역한 『국역 열하일기』(수정재판본)에는 「옥갑야화」의 본문 다음에 「허생후지」
　　Ⅰ과 「허생후지」Ⅱ를 첨부하였다. 「허생후지」Ⅰ은 「옥갑야화」(주설루본)에 있는 후지이고,
　　「허생후지」Ⅱ는 「진덕재야화」(일재본)에 있는 것인데, 이가원이 『국역 열하일기』에 그 둘을
　　동시에 수록하면서 번호 'Ⅰ'·'Ⅱ'를 붙인 명칭이나, 창작 순서로 보면 바뀐 것이다.

17　「허생후지」Ⅱ, 『국역 열하일기』Ⅱ, p.314. 이 진술은 허구적 장치의 일부라고 하기보다는
　　연암 자신의 진심으로 볼 수 있다.

18　르네 웰렉 · 오스틴 워렌, 김병철 역, 『문학의 이론(Theory of Literature)』, 을유문화사,
　　1988, p.108.

다. 연암이 인식한 전은 사마천(司馬遷)의 『사기(史記)』의 「열전(列傳)」[19]과 깊은 관련이 있다.

연암이 쓴 한문 소설은 전의 형식을 가지고 있는데, '전'은 동양의 전기문학을 대표하는 전통적 양식이다. 이것은 수집된 자료를 바탕으로 실재했던 인물의 생애를 객관적으로 서술하면서 그 인물이 지닌 개성과 생애가 시사(示唆)하는 도덕적 교훈을 아울러 전달하는 장르이다. 역사이자 동시에 문학이라는 양면성을 가지고 있으면서 도덕적 평가를 곁들여 후세에 전하는 데 목적이 있다.

이러한 전의 형식은 사마천에 의해 양식적 규범이 확립된 이후 한문학의 장구한 역사 속에서 고유의 형식과 지위와 전통을 수립한 것으로 되어 있다.[20] 김명호는 사마천이 『사기』의 「열전」 첫 장인 「백이열전(伯夷列傳)」에서 역사적 인물들의 운명과 관련하여 천도(天道)가 시행되지 않는 현실에 비분(悲憤)하면서 뛰어난 자질로써 천하의 공명을 세웠으되 세상에서 경시되거나 잊힌 이들의 행적을 후세에 널리 전하려고 했음을 지적했다. 그는 「열전」을 기록하는 의미를 이러한 탁월한 인물의 생애를 살펴봄으로써 그 시대의 진상(眞相)을 알 수 있고 또한 이들의 생애에 대한 포폄(襃貶)을 통해 난세의 올바른 처신을 제시할 수 있기 때문이라고 했다. 따라서 열전의 세계를 지배하고 있는 것은 사마천의 강렬한 비판 의식과 함께 인간 중심의 역사관이다.

이것은 실제로 역사를 움직이는 것이 살아 있는 현실의 인간이기 때문

19　사마천의 『사기』 「열전」의 첫머리에 "「색은(索隱)」에 「열전」은 신하의 사적을 차례로 나열하여 후세에 전해지게 하였기 때문에 「열전」이라 하였다."라고 그 의미를 제시하였다.(索隱列傳者, 謂敍列入臣事跡, 令可傳於後世, 故曰列傳. 正義其人行跡可序列, 故云列傳.)

20　김명호, 「연암의 현실 인식과 전(傳)의 변모양상」, 앞의 책, p.56.

에 시대를 주도해 나간 이들의 삶을 탐구함으로써 그 시대의 본질을 파악할 수 있다고 본 데서 열전의 체제가 착상된 것이다.[21] 이러한 역사에 대한 인식은 기록을 통해서 사실을 전달하면서 그 시대의 진실을 밝히는 데 그 목적이 있었다. 그래서 사마천은 인간의 삶이 어떤 시대적 환경에서 운명이 결정되는가를 주목하여 해당 사실들을 교묘히 편집·구성하고 간명한 논찬(論贊)을 덧붙임으로써 저자의 견해가 드러나도록 했다.[22]

여기에 『사기』의 발분저서(發憤著書)를 바탕으로 한 문학을 현실과 분리할 수 없는 것으로 인식한 사마천은 문학이란 현실에서 못다 이룬 의지의 대상적(代償的) 표출이며, 시속(時俗)의 불의에 항거한 나머지 겪게 된 참담한 곤궁 속에서 창출된 위대한 것[23]이라고 했다. 이와 같이 전의 장르적 개념은 일반적인 전기와 다르게 『사기』의 「열전」에서 지적한 천도(天道)가 시행되지 않는 현실에 비분하면서 뛰어난 자질로써 천하의 공명을 세웠으되 세상에서 경시되거나 잊힌 이들의 행적을 후세에 널리 전하여 이에 대해 포폄(襃貶)하고자 하는 데 목적을 두었던 것이다. 이런 이유로 「열전」 양식은 그 뒤 역사서 서술과 문인들의 전(傳)을 창작하는 하나의 전범이 되어 왔다. 연암도 『사기』와 「열전」을 통한 문학적 전통에서 벗어나지 않았음을 초기 구전을 통해 알 수 있다.

연암의 본격적인 글공부는 장인(丈人) 유안재(遺安齋) 이보천(李輔天)과 처숙(妻叔)인 영목당(榮木堂) 이양천(李亮天)의 가르침으로 시작되었다. 연암은 유안재로부터는 『맹자(孟子)』를, 영목당으로부터는 『사기』

---

21   김명호, 「연암문학과 사기」, 송재소·김명호·정대림 외 편, 『이조 후기 한문학의 재조명』, 창작과비평사, 1983. p.37.

22   김명호, 「연암문학과 사기」, 앞의 책, p.48.

23   김명호, 「연암문학과 사기」, 앞의 책, p.39.

를 배웠다. 특히 시문의 대가로 홍문관 교리를 지낸 영목당으로부터 『사기』를 배우면서 「열전」을 익혀 사상과 처세에 대해 아주 큰 영향을 받았을 뿐 아니라 그의 강직한 성품까지 배운 것으로 보인다. 그는 영목당이 작고하자 탄식을 하면서 시를 지어 곡(哭)을 했는데 "경서(經書)를 가르칠 제 엄격하여 사정을 두지 않았고, 세상 따라 문학이 쇠퇴해질 때 공이 다시 일으켜 세웠나니, 산문(散文)은 한유의 골수를 취했고, 시는 두보의 속살을 얻었네, 공의 유도에 힘입어서 우공이산(愚公移山) 바랐었다"[24]고 고백한 것에서 그의 영향을 알 수 있다.

영목당으로부터 『사기』의 「열전」을 학습한 연암은 초기의 작품에서 전이라는 전통적인 양식을 통해 자신의 생활 주변에서 선택한 소재를 바탕으로 하여 소설을 지은 바 있다. 「방경각외전」에 수록한 「양반전」·「광문자전」·「예덕선생전」·「김신선전」·「마장전」·「민옹전」 등의 소설들은 그가 목격자로서 사회 현실에 대한 새로운 인식을 가미하여 지향해야 할 인간 유형을 포착해 전으로 쓴 작품들이다. 여기에 수록한 「마장전」·「예덕선생전」 등의 소설들은 20세 전후에 쓴 것[25]으로, 이 무렵부터 그는 「방경각외전」에 수록한 소설에서 인간의 삶에 대해 기술함으로써 그 시대의 진실을 드러내면서 자신의 견해를 피력하였던 것이다.

특히 연암은 「열전」을 학습한 바대로 「방경각외전」의 「자서(自序)」를 「마장전」 앞에 배치하여 마치 『사기』의 첫 장으로 「백이열전(伯夷列傳)」을 수록하여 『사기』의 「열전」 전체의 서론적 성격을 띠고 있는 것처럼 배열했

---

24 박지원, 신호열·김명호 공역, 「영목당(榮木堂) 이공(李公)에 대한 제문(祭文)」, 「공작관문고」, 『연암집』제3권, 한국고전번역원, 2004, 한국고전종합DB. 이후의 『연암집』 인용은 이 자료를 이용했다.

25 김영동, 『증보 박지원 소설연구』, p.110.

다.[26] 이를 두고 이가원은 진정한 우도(友道)가 무엇인지를 묻는 「마장전」이 「방경각외전」의 소재 9전의 서론에 해당된다[27]고 하였다. 그는 점차 자신의 사상을 구체화하면서 당시 사회의 제도나 윤리적인 관점에서의 비판을 전이라는 형식을 통해 제시하게 된 것이다. 이와 같이 전의 문학적 특성을 인지하고 있으면서 소설을 창작했던 연암이 비슷한 시기에 접한 허생의 이야기를 전으로 쉽사리 완성하지 못했던 것은 그 나름의 창작 의도를 구현해 낼 수 있는 여건이 충분히 조성되지 못했음을 의미한다.

연암이 허생의 이야기를 듣고 그것을 '전(傳)'의 형식으로 창작할 의도를 가졌다고 하더라도, 작품을 완성하기 위해서는 몇 가지 과제가 있었다. 윤영에게서 들은 구체적 인물로서의 허생에 대한 실체적 접근과 허구화의 방법, 허생을 매개로 현실의 불합리한 사회제도나 왜곡된 북벌정책 등 당면한 문제를 규명하기 위한 서술 방식, 그리고 완성된 글을 세상에 내놓기 위한 문학적 형식의 문제를 해결해야 했던 것이다. 그러면서 「허생전」을 다 지었을 때 정작 세상에 펼쳐 놓을 방법이 쉽지 않을 것이라는 사실을 알았을 것이다. 이에 대한 방법을 모색하고 있던 차에 연행을 하게 된 것으로 보인다.

연암이 언제 「허생전」을 완성했는지는 구체적으로 알 수 없으나, 연행 이후에 전의 형식으로 어느 정도 완성한 것을 연행 중에 오가며 들은 다른 야화와 함께 한 편목으로 만들어 『열하일기』에 수록하려고 마음먹었던 것으로 추측된다. 그래서 그는 처음에 편목의 제명을 「진덕재야화」라고 하였고 '허생전'이라는 명칭은 버렸던 것이다. 그가 선택한 전의 형식은 그

---

26 연암은 상하로 나누어 「백이론(伯夷論)」을 썼다. 「백이론(伯夷論)」, 「공작관문고」, 『연암집』 제3권.

27 이가원, 앞의 책, p.155.

대로 둔 채 일화를 모아 묶은 '야화' 속에 '허생의 이야기'를 수록했던 것으로 추측할 수 있다. 이러한 추측을 근거로 한다면 「옥갑야화」는 「허생전」을 수록하기 위한 하나의 도구적인 형식에 불과한 것이라고 할 수 있다.[28]

　따라서 연암은 「허생전」을 완성하여 한 편의 글로 남기기 위해 열하에 있었던 진덕재를 이용하여 「진덕재야화」라는 편명으로 『열하일기』에 수록했다가[29] 혹 후일에 이 편명으로 인해 일어날 논란의 소지(素地)를 미연에 방지하기 위해 「옥갑야화」로 편목의 명칭과 서두와 후지를 바꾸었던 것이라고 추정할 수 있다. 논란의 소지가 될 수 있는 것은 동행했던 이들로부터 진덕재에 머무르지 않았다는 사실과 누워 방담을 한 일이 없었다는 등의 시비가 일어날 수 있고, 또 하나는 무엇보다도 자신의 글쓰기 태도에도 맞지 않았던 것으로 보인다.

4. 본연의 글쓰기 태도에서 벗어난 「옥갑야화」

　「허생전」을 『열하일기』에 수록하기 위해 「옥갑야화」라는 한 편목을 만들었을 것이라는 추정을 입증할 수 있는 또 하나의 의혹은 『열하일기』에

28　박기석도 추론의 과정은 다르지만 "연암이 「옥갑야화」라는 편목을 설정하여 『열하일기』에 수록한 것은 「허생전」을 저술하기 위한 방편이었다"고 했다.(박기석, 『연암소설의 심층적 이해』, p.313.)

29　『열하일기』의 이본들 중 초고본 계열이 아닌 「열하일기」 계열에 해당하는 필사본인 「다백운루본」·「옥류산장본」·「일재본」 등에는 「진덕재야화」로 되어 있다.(정재철, 「『열하일기』 「옥갑야화」 수록 허생후지 연구」, 앞의 책, pp.111~113.

서 보이고 있는 그의 글쓰기의 태도가 「옥갑야화」에서는 벗어나 있다는 것이다. 우선 『열하일기』에서 일기 형식의 글은 말할 것도 없고, 편목들의 경우에도 여행 과정에서 보였던 연암의 글쓰기 태도는 어떤 것이든지 진실되게 드러내는 것이었다.

연암의 이런 태도는 『열하일기』에서만 국한된 것이 아니고 그의 글쓰기 전반에 나타나는 것이었다. 따라서 『열하일기』에는 연행(燕行)에서 있었던 사소한 것들까지 기록하였기 때문에 대부분의 글은 열하나 연경 혹은 기타 지역의 명칭을 제시하지 않아도 연행과 관련된 것임을 쉽게 알 수 있도록 하였다.

그 구체적인 증거로 「옥갑야화」를 제외한 『열하일기』의 모든 편목에서의 기록에는 해당 편목과 관련된 인물이나 장소, 사건 혹은 심회 등 연행 과정과 관련이 있는 사소한 것들을 비롯하여 심지어 가는 도중 연암 주변에 있었던 비장들과 역관들의 이름까지를 상세하게 기록하였다. 이것이 연암의 글쓰기의 기본 태도이다. 있는 그대로를 빈틈없이 기록하는, 즉 진실성을 바탕으로 한 사실적 표현이 연암의 글쓰기의 방식 중에 하나이다.

이러한 연암의 글쓰기의 기본적인 태도는 「옥갑야화」에서 의혹을 제기하는 데 있어서 간과(看過)할 수 없는 중요한 논리적 근거의 대전제가 된다. 그가 글을 쓰는 데 있어서 중요하게 여긴 것은 진실성이었다. 진실성이란 글의 소재가 되는 사상(事象)을 진실하게 드러내는 데 있어서 정확하고 사실적으로 표현되어야 한다는 것이다. 그는 글쓰기에 있어서 이러한 태도를 여러 곳에서 강조했다. 이러한 그의 태도를 잘 보여 주는 것이 「공작관문고(孔雀館文稿)」의 「자서(自序)」이다.

글이란 뜻을 그려내는 데 그칠 따름이다. 글제를 앞에 놓고 붓을 쥐고서 갑자기 옛말을 생각하거나, 억지로 경서(經書)의 뜻을 찾아내어 일부러 근엄한 척하고 글자마다 정중하게 하는 사람은, 비유하자면 화공(畵工)을 불러서 초상을 그리게 할 적에 용모를 가다듬고 그 앞에 나서는 것과 같다. 시선을 움직이지 않고 옷은 주름살 하나 없이 펴서 평상시의 태도를 잃어버린다면, 아무리 훌륭한 화공이라도 그 참모습을 그려내기 어려울 것이다. 글을 짓는 사람도 어찌 이와 다를 것이 있겠는가. 말이란 거창할 필요가 없으며, 도(道)는 털끝만 한 차이로도 나뉘는 법이니, 글로써 도를 표현할 수 있다면 부서진 기와나 벽돌인들 어찌 버리겠는가. 그러므로 도올(檮杌)은 사악한 짐승이지만 초(楚) 나라의 국사(國史)는 그 이름을 취하였고, 몽둥이로 사람을 때려죽이고 몰래 매장하는 것은 극악한 도적이지만 사마천(司馬遷)과 반고(班固)는 이에 대한 기록을 남겼으니, 글을 짓는 사람은 오직 그 참을 그릴 따름이다. …… 그러므로 이 책을 보는 사람이 부서진 기와나 벽돌도 버리지 않는다면, 화공의 선염법(渲染法)으로 극악한 도적의 돌출한 귀밑털을 그려낼 수 있을 것이요, 남의 귀 울리는 소리를 들으려 말고 나의 코 고는 소리를 깨닫는다면 거의 작자의 뜻에 가까울 것이다.[30]

그는 이 인용문에서 글을 지을 때 진실성을 드러내기 위해 어떻게 써야 하는가를 말하고 있다. '글을 짓는 사람은 오직 그 참을 그릴 따름이다(爲文者惟其眞而已矣)'라고 반복 부연해서 강조했듯이 글이란 자신

30　「자서(自序)」, 「공작관문고(孔雀館文稿)」, 「연암집」제3권.

이 보고 느낀 바를 있는 그대로 진실하게 표현하여 참된 의미를 드러내는 데 있다고 한 것이다. 그러므로 글을 옳게 표현하기 위해서는 부서진 기와나 벽돌뿐 아니라 사악한 도올까지도 기록으로 남겨야 한다는 것이다. 이것은 맹자(孟子)가 "진(晉) 나라의 『승(乘)』과 초(楚) 나라의 『도올』과 노(魯) 나라의 『춘추(春秋)』가 똑같은 것이다(晉之乘 楚之檮杌 魯之春秋 一也)"[31]라고 한 것과 같은 말이다. 글을 쓸 때는 그것이 어떤 것이든 간에 호불호, 선악, 참됨과 거짓됨을 가리지 않고 대상에 대해 가감이 없이 적확(的確)하고 분명히 기록함으로써 참모습을 드러내는 것이어야 함을 주장한 것이다. 이러한 그의 태도는 「경지(京之)에게 보내는 두 번째 편지」에서도 보인다.

> 저 허공 속에 날고 울고 하는 것이 얼마나 생기가 발랄합니까. 그런데 싱겁게도 새 '조(鳥)'라는 한 글자로 뭉뚱그려 표현한다면 채색(彩色)도 묻혀 버리고 모양과 소리도 빠뜨려 버리는 것이니, 모임에 나가는 시골 늙은이의 지팡이 끝에 새겨진 것과 무엇이 다를 게 있겠습니까.[32]

이러한 그의 지적은 글이 개념으로 집약된 요체만을 전달하기 위한 것이 아니라 구체적인 행동이나 태도 외에 감각적인 음성이나 모양까지도 진실하게 표현해야 함을 주장한 것이다. 구체적인 사실이 제거되고 개념만 전달한다면 늙은이가 지팡이로 끄적거려 겨우 의미만 전달하는 것

---

31 『맹자(孟子)』, 「이루(離婁)」하.

32 「경지에게 답함」(2), 「척독(尺牘)」, 「영대정잉묵(映帶亭賸墨)」, 『연암집』제5권.

에 불과함을 지적한 것이다. 사실적인 묘사에 대한 지적이지만 어떤 대상이건 사물이나 풍경, 현상, 현실, 인물 등 구체적으로 형상화하여 정서적 동질감을 느끼도록 해야 함을 설명한 것이다.

이러한 것은 "마을의 어린애에게 천자문을 가르쳐 주다가, 읽기를 싫어해서는 안 된다고 나무랐더니, 그 애가 하는 말이, '하늘을 보니 푸르고 푸른데 하늘 '천(天)'이란 글자는 왜 푸르지 않습니까? 이 때문에 싫어하는 겁니다.' 하였소. 이 아이의 총명이 창힐(蒼頡)로 하여금 기가 죽게 하는 것이 아니겠소."[33]라고 한 것에서도 확인할 수 있다, 사실성이 결여되고 개념만 남은 것에 대한 비판이었다. 연암은 글쓴이의 곡진한 음성이 들리는 듯하고, 개별적인 속성이 드러나면서 정서가 잘 표현되어 작가의 심경이 잘 표현된 문장이어야 진실된 글이라고 한 것이다.

이러한 사실적인 글쓰기를 강조한 것은 개념만을 강조한 도문일치론자들에 대한 반발이라고 하기보다는 사마천의 『사기』의 「열전」을 읽으면서 글을 지을 때는 사회적 상황이나 개인들의 삶을 진실되게 반영되어야 함을 터득한 것에서 기인한 것이 아닌가 추측된다. 이러한 학습효과로 그의 글쓰기의 태도는 현실 문제를 목도하였을 때 폭넓고 심도 있게 나타나게 되었고, 초기의 「방경각외전」에도 그대로 반영되었다.

이러한 태도는 연암이 『열하일기』를 집필할 때뿐만이 아니라 평소에 글을 쓰면서 일관했던 것으로 보인다. 이에 대해 김명호는 『열하일기』에 두드러지게 나타나는 문예적 특징으로 극히 정밀한 세부 묘사를 통해 대상의 본질을 구체적이고 객관적으로 드러내려는 경향이 있다[34]고 했다.

33　「창애(蒼厓)에게 답함」(3), 「척독」, 「영대정잉묵(映帶亭賸墨)」, 『연암집』제5권.

34　김명호, 『열하일기 연구』, p.224.

연암은 글 쓰는 사람의 책무 중에 하나가 정확한 정보여서 정보가 정확성을 잃으면 신뢰가 깨진다는 사실을 분명히 알고 있었던 것이다. 그래서 간혹 연암의 「방경각외전」에 등장하는 인물 형상의 수법이나 사회 현실의 묘사를 『사기』의 '거사직필(據事直筆)의 사실주의 정신'과 연결해서 보기도 한다.[35] 즉, 연암이 당시 사회를 사실적으로 묘사하고, 권위주의적 양반들을 풍자하며, 시정(市井) 주변의 서민들을 포착하여 입전한 창작 정신은 사실주의적 창작 정신과 상통하는 것으로 파악하는 것이 더 합리적이라는 것이다.[36] 어떤 사상(事象)이나 사건을 보고 분발해서 마음을 일으켜 글을 쓰는 발분저서의 정신과 대상을 냉정한 시선으로 바라보며 현실의 문제를 날카롭게 드러내는 사실적(寫實的) 글쓰기라고 할 수 있다.

연암의 글쓰기가 진실됨을 드러내는 방식이라는 것은 이와 같이 대상을 적확(的確)하게 사실적으로 그려 낸다는 의미와 함께 진실된 면을 서술한다는 의미가 내포된 것이다. 앞에서 전을 쓰려고 했음을 지적한 것에서 언급했듯이 사실을 전달하면서 그 시대의 진실을 밝히는 것이 열전의 목적이었다. 더구나 사마천이 문학을 현실에서 못다 이룬 의지의 대상적(代償的) 표출이며, 시속(時俗)의 불의에 항거한 나머지 겪게 된 참담한 곤궁 속에서 창출된 위대한 것이라는 걸 익히 알고 있었기에 그의 초기작들이 전의 형식을 갖추었고, 그는 작품을 통해 선비로서 시대적 소명을 제기했던 것으로 보인다. 연암이 「방경각외전」 서(序)에서 스스로 "이것은 내가 젊었을 적에 작가에 뜻을 두어 작문하는 법을 익히기 위

---

35   김영, 「연암을 읽는 두 가지 코드, 『사기』와 『장자』」, 《민족문학사연구》30집, 민족문학사연구소, 2006.4., p.152.

36   김영, 앞의 글, p.152.

해서 지은 것"[37]이라고 했듯이 『사기』의 「열전」을 전범으로 삼아 기술(記述) 방법을 시험한 습작이라고 할지라도 가식 없는 인간의 진실된 삶에서 참된 의미를 드러내고 있었던 것이다.

특히 유득공(柳得恭)이 쓴 「열하일기의 서(序)」[38]에서 마지막에 언급한 부분은 유득공의 견해이지만 의미하는 바가 자못 크다. 그는 연암의 『열하일기』가 외전(外傳)이라고 하면서, 『춘추(春秋)』가 변한 것이 외전인데 대부분의 외전은 일반적으로 시대의 변화에 따라 참과 거짓이 섞여 있으나 연암의 『열하일기』는 그렇지 않고 진실성이 담겨 있다고 했다.

나는 이에서 비로소 장주(莊周)의 외전에는 참됨도 있고 거짓됨도 있는 반면, 연암씨의 외전에는 참됨은 있으나 거짓됨이 없음을 알았노라. 그리하여 이에는 실로 우언(寓言)을 겸해서 이치를 논함에 돌아가게 되었으니, 이는 마치 패자(覇者)에 비한다면, 진 문공(晉文公)은 허황하고 제 환공(齊桓公)은 올바르다는 말과 같은 것이다. 하물며 그 이치를 논함에 있어서도, 어찌 황홀히 헛된 이야기를 늘어놓은 것에 그쳤을 뿐이겠는가. 그리

---

37   「봉산학자전(鳳山學者傳)」, 「방경각외전」, 『연암집』제3권.

38   이 서문은 박영철본 『연암집』에는 없고 연암산방본(燕巖山房本)에만 있는데, 김혈조에 의하면 최근 발견된 유득공의 「영재서종(泠齋書種)」에 실려 있는 것으로 보아 이 글의 필자는 유득공으로 보아야 할 것이라고 했다.[김혈조, 『열하일기』1권(개정신판, p.26.)] 그리고 유득공 연보에도 『열하일기』가 탈고한 뒤에 「열하일기서」를 쓴 것으로 되어 있다.[김영진, 「유득공의 생애와 교유, 연보」, 《대동한문학》(제27집), 대동한문학회, 2007, p.22. 각주 44.] 그러나 연암의 「수산해도가(搜山海圖歌)」가 유득공(柳得恭)의 『영재집(泠齋集)』(권1)에 유득공의 작으로 잘못 실려 있는 것으로 보아 이 서문 또한 문헌 고증이 좀 더 필요하다고 본다.(「수산해도가」, 『연암집』제4권, 각주 1.) 다만 누구의 글이든 "연암씨의 외전에는 참됨은 있으나 거짓됨이 없음을 알았노라." 하는 진술은 『열하일기』에 대한 소견을 피력한 것임에 틀림없다.

고 풍속이나 관습이 치란(治亂)에 관계되고, 성곽(城郭)이나 건
물, 경목(耕牧)이나 도야(陶冶)의 일체 이용(利用)·후생(厚生)의
방법이 모두 그 가운데 들어 있어야만, 비로소 글을 써서 교훈을
남기려는 원리에 어긋나지 않을 것이리라.[39]

이 인용문에서 유득공은 연암의 외전 즉 『열하일기』에는 참됨이 있지
만 거짓이 없다는 것과 진리가 흘러서 된 우언을 겸해서 이치를 논한 것
임을 밝힌 것이다. 이러한 진술이 유득공 개인의 견해이기도 하겠지만
연암의 『열하일기』의 서문으로 쓴 것이라면 터무니없는 주관적인 주장이
기보다는 이 작품을 대하는 보편적 견해에 가깝다고 할 수 있겠다. 이에
대해 김혈조도 비록 이 서문이 연암의 글은 아니지만 『열하일기』 전체 내
용을 잘 파악하고 쓴 서문이라고 하면서 번역집에 수록하는 이유를 밝혔
다.[40] 이러한 글쓰기의 태도가 「진덕재야화」를 「옥갑야화」로 편명을 바꾼
이유 중에 하나가 될 수 있다. 이것은 지나치게 사실적으로 기술함으로
써 역설적으로 오해를 초래할 수 있을 것으로 예상했기 때문이었다.

그러나 「옥갑야화」는 이런 연암의 기본적인 글쓰기 태도뿐만 아니라
『열하일기』의 쓰기 방식에서도 벗어나 있다. 즉 연암의 글쓰기 방식인
진실성을 토대로 한 사실적 표현의 구현이 「옥갑야화」에는 어긋나 있었
다. 『열하일기』에서 보인 쓰기의 또 하나의 방식은 일기문과 별편의 글
이 상호 연관성을 가지고 있다는 것이다. 이것은 진실성을 확보하는 방
식이었다. 그러나 「옥갑야화」에는 앞에서도 잠시 언급한 바 있지만 일기

39   「열하일기 서(序)」, 『국역 열하일기』 I, p.13.
40   김혈조, 『열하일기』(개정신판)1권, p.26. 각주 1.

형식의 글뿐만 아니라, 열하나 연경에서의 별편의 기록에서도 「옥갑야화」와 연관된 어떤 흔적이나 단서도 발견할 수가 없다.

이야기의 공간적 배경으로 짐작되는 '옥갑'이라는 명칭을 기록하고 있지만 옥갑을 유추할 수 있는 어떤 단서도 기록하지 않아 그곳 역시 전혀 알 수 없고, 그뿐 아니라 옥갑을 추적할 수 있는 날짜에 대한 단서도 없다. 거기다가 대화의 상대자들은 열하로 간 비장의 명단이 분명히 존재했음에도 익명화되어 있어 누구와 이야기한 것인지조차 알 수 없다.

이와 같이 『열하일기』의 다른 편목에서 자세하게 기록했던 방식과는 정반대로 「옥갑야화」의 경우에는 꼭 기록해야 할 부분마저 전혀 기록하지 않았다. 다만 전체 내용 중에서 주된 부분을 형성하고 있는 허생의 이야기만 연행 중에 습득한 것이 아니라 연암이 오래전부터 이미 알고 있었던 것을 비장·역관들에게 들려준 것임을 밝혔을 뿐이다. 이것은 「옥갑야화」가 연행록인 『열하일기』이라는 큰 틀에서 기록했던 일반적인 글쓰기의 방식과는 근본적으로 어긋난 것임을 스스로 드러내고 있는 것이다. 따라서 『열하일기』에서 보인 글쓰기 방식이 왜 「옥갑야화」에 와서 달라져야 했는지 의구심을 가질 수밖에 없다.

그리고 연암의 글쓰기 방식에서 아주 벗어난 또 하나의 지점은 같은 이야기를 편목의 명칭을 달리하여 진실성이 상실되었다는 것이다. 「진덕재야화」를 「옥갑야화」로 편목의 명칭을 바꾼 것이다. 제목에서 제시한 지명을 바꿔도 내용이 그대로라면 기행(紀行)과는 관련이 없다고 할 수 있는 것 아닌가. 더구나 한 편의 글에서 무엇보다도 큰 구실을 하는 것이 제목인 것을 감안하면 이것은 간단히 지나칠 일은 아니다.

다만 진덕재를 공간적 배경으로 설정했다가 확인할 수 없는 옥갑으로 바꾼 것은 진실성의 문제와 허구화의 필연성과도 관련이 있을 것으로 보인다. 그런데도 이처럼 편명을 바꾼 것은 연암이 「옥갑야화」를 기록하여

『열하일기』에 수록하면서 자신의 글쓰기의 기본 태도와 허생의 이야기 사이, 즉 사실과 허구라는 두 관점에서 미묘한 갈등을 겪었던 것을 입증해 주고 있다.

그러면서 「옥갑야화」로 편명을 바꾼 것은 진실성을 포기한 것으로 한편으로는 외적 요인인 독자들의 비판을 감내해야 하는 어려운 상황에 봉착해 있으면서 택한 궁여지책으로 진실성을 포기한 것으로 추측할 수 있다. 있는 그대로 사실적으로 표현해야 되는데 「허생전」의 내용으로 인한 외부적 영향 때문에 사실대로 쓸 수 없었던 내적 고민이 만들어 낸 것이 「옥갑야화」라고 할 수 있다. 따라서 「옥갑야화」는 이러한 상황에서 미묘한 줄타기를 감행한 결과인 것이다.

5. 다양한 허구적 장치

결국 연암은 「옥갑야화」를 기행록인 『열하일기』에 수록하면서, 고수했던 자신의 서술 태도나 방식을 버리고 허구화를 시도했음을 발견할 수 있다. 그것은 연암이 허생의 이야기를 전(傳)으로 창작할 의도를 가졌을지라도 그것을 완성하려면 윤영에게서 들은 설화적 인물인 허생을 구체적이고 실제적으로 인물화하기 위해 다양한 허구적 장치[41]가 필요했기 때문일 것이다. 그리고 허생을 허구화하기 위해 현실에서 불합리한

---

41   강명관은 이것을 '문학적 장치'라고 했다.(강명관, 앞의 책, pp.31~32.)

사회제도나 왜곡된 북벌 정책 등 당면문제를 표출하기 위한 방식, 그리고 완성된 글을 세상에 펼쳐 놓을 방안으로서의 문학적 형식을 해결해야 했다.

따라서 이것은 「옥갑야화」라는 한 편목이 「허생전」을 위해 의도적으로 만들었을 것이라는 포괄적인 의혹을 다양한 관점에서 구체적으로 해명해야 할 과제라고 할 수 있다. 즉 「옥갑야화」에 대한 규명은 허생의 이야기를 수록하기 위해 지은 것을 『열하일기』에 의도적으로 끼워 넣기 위해 설정한 허구적 장치일 것이라는 의심을 해소해야 할 명분이기도 하다.

이 허구적 장치일 것이라는 의심을 토대로 추론을 상세화한다면, 첫째, 어느 날 밤에 연암과 비장·역관이 함께 누워 주고받은 이야기를 토대로 만든 야화집은 허구적 장치이다. 야화(野話)의 서사적 형식을 이용해 야화집(夜話集)을 만든 것이다.

둘째는 서사적 형식을 위해 그럴듯하게 보이도록 여러 가지 소설적 장치를 이용했다. 우선 이야기 전개를 여행담으로 보이도록 구성상 필요한 요건들을 허구적 장치로 설정했다. 인물로 선택한 비장·역관은 여행에서 관심의 대상이 될 수 있는 존재들이고 이국의 풍부하고 흥미 있는 화제를 가지고 있었다. 배경으로 구술의 공간을 열하의 진덕재나 연경으로 가는 도중의 옥갑으로 설정하여 이야기의 신뢰성을 부여했다. 그리고 연암이 밤새 그들과 이야기를 나눴다는 상황 제시도 허구적 장치이다. 연암은 양반이어서 실제로 그들과 함께 이야기를 나눌 수 있는 처지도 아니었고 그들과 함께 이야기할 시간적 여유도 없었다.

셋째, 허구적 장치의 실제화를 위해 공간적 배경을 변경했던 것을 들 수 있다. 공간적 배경을 진덕재에서 옥갑으로 변경한 것은 연암의 상황에 따라 허구적 장치를 구체화한 것이다. 그러나 공간적 배경을 변경한 것은 이야기의 시간적·공간적 배경이 되는 날짜와 지명(地名)의 불확정성을 초래했다. 설정에 의한 지명의 변경 결과 기행문의 형식으로서의 공간의 특정성을 상실한 것이다. 더구나 알 수 없는 장소로 바꾼 것은 기행문의 본래적 의미를 상실한 것이다. 따라서 편목의 명칭으로 제시한 배경은 허구적 장치인데 이것을 마치 사실인 것처럼 위장한 것이다.

넷째는 당시에 여행 중에 있었던 일이 아닌 과거의 일화를 묶은 것도 허구적 장치이다. 「옥갑야화」의 내용 중에서 허생의 이야기를 제외한 나머지 6편의 글은 당시 여행했던 열하나 연경과 전혀 관련이 없는 과거에 있었던 역관들의 단편적인 일화이다. 몇 편은 연행(燕行)과 관련이 있을 수 있는 일화이지만, 대화의 내용은 당시의 연행과는 특별한 관련이 없는 한 세대 전의 이야기들로, 주로 16세기 말부터 18세기 중엽까지의 역관들과 관련된 내용이라는 것과 발화자가 역관이나 비장이라는 형식만 갖추었을 뿐이다.

첫 번째 일화는 '서른 해 전'에 일어난 것이라고 했는데 이것은 연행 때인 1780년을 기준으로 본다면 1750년 무렵의 이야기이고, 두 번째 이야기의 대상인 역관 이추(李樞, 1675~1746)는 영조 때의 역관으로 18세기 중엽의 인물이며, 세 번째 이야기는 홍순언(洪純彦, 1573~1598)의 이야기로 만력(萬曆) 연간(1573~1620)의 일이면서 임란 이전 일이니 16세기 후반이며, 네 번째 이야기는 역관이 아닌 강희(康熙, 1662~1722) 연간의 중국의 상인인 정세태(鄭世泰)의 이야기로 그가 죽은 후의 일이니 18세기 초중엽이다. 다섯 번째 이야기는 정축년(丁丑年)에 두 번의 국상(國喪)[42]이 나오는 것으로 보아 1757년이니 당시를 기준으로 23년 전의

---

42   1757년(정축년, 영조 33년) 2월 15일에는 영조(英祖)의 왕후인 정성왕후(貞聖王后, 1693~1757) 서씨(徐氏)의 국상이 있었고, 3월 26일에는 숙종의 계비(繼妃)인 인원왕후(仁元王后, 1687~1757) 김씨(金氏)의 국상이 있었다.[『영조실록』89권, 영조 33년(1757년) 2

일이며, 여섯 번째 일화는 왜어 역관인 변승업(卞承業, 1623~1709)의 만년(晚年)의 일이므로 18세기 초의 일로 볼 수 있다.

이와 같이 일화들이 당시의 연행과 관련이 없이 단순히 한 세대 전의 의리나 인심과 같은 것을 이야기하고 있는 것은 기행록이 아니라 야담(野談)의 수준이다.[43] 혹 한 세대 전이라도 현재와 관련해서 연경의 변모된 모습을 비교한다든가 당시의 상황에서 유추된 특이한 사건이나 인물이라면 화제가 될 수 있다. 즉 전대의 일화라도 당시와 관련해서 그 일화를 말하게 된 동기가 분명하면 이야깃거리가 될 수 있다. 그런 의미에서 1화의 한 역관이나 홍순언의 일화는 연행 당시에서 보면 역관의 일화라는 점에서 화제가 될 수 있으며, 분명한 연대를 알 수 없고 단편적이지만 연경의 부자였던 정세태의 일화는 연경이라는 공간을 공유하고 있어 어느 정도 이야깃거리가 될 만하다. 그런데도 이러한 이야기를 모아 놓은 것은 그나마 이렇게 해서라도 연경에서 있었던 일, 즉 '연경의 에피소드'라고 하여 기행의 일부임을 위장하려고 했던 것으로 볼 수 있다.

다섯째, 「허생후지」는 본문의 내용을 보완하기 위한 허구적 장치이다. 「진덕재야화」와 「옥갑야화」에 각각의 '후지'가 있음은 앞에서 언급한 바 있다. 이 「허생후지」는 모두 본문 중에서 윤영과 허생의 이야기 부분을 보완해 주고 있다. 허생 이야기의 출처와 허생의 출신 성분에 대한 것을

월 15일, 3월 26일] 이가원 번역의 『국역 열하일기』Ⅱ, p.297에 '1517년'은 1757년의 잘못된 표기이다.

[43] 이승은은 "실제로 「옥갑야화」의 각화는 연행 환경뿐만 아니라 주제나 형식의 측면에서도 일화 혹은야담의 면모를 지니고 있다."라고 하였다. 그리고 그는 "허생이 구연(口演)의 상황이나 발화의 방식, 그리고 이를 기록하는 형식과 주제로 미루어 보아 본래 야담에 가까운 것이었음을 확인하였다."라고 했다.(이승은, 「「옥갑야화」속 '허생 이야기'를 통해 본 조선 후기 야담과 소설의 관계」, 《동방한문학》제80집, 동방한문학회, 2019, p.221, p.235.)

기술한 두 기록은 처음에 '후지'를 썼던 의도가 점진적으로 변화하여 모호하게 되는 것을 보이고 있다. 이야기의 유래를 기록한 「진덕재야화」의 '후지'와 이것을 수정하여 허생의 출신 성분을 제시하여 전혀 다르게 기술한 「옥갑야화」의 '후지'는 더욱 의도적인 설정이라는 의혹을 키우기에 충분하다.

이러한 허구적 장치를 이용해서 「옥갑야화」를 구성했으나 한편으로는 그 장치가 미흡하여 불완전한 면을 보이고 있다. 이것은 「옥갑야화」가 의도적으로 편집되었을 것이라는 의혹을 뒷받침해 주는 자료가 될 것이다.

첫째, 서두의 일화와 허생 이야기의 내용과 구성의 차이다. 구성과 내용을 중심으로 「옥갑야화」의 전체 이야기를 크게 둘로 나누면 서두에서 비장들이 알고 있던 것을 언급한 역관들의 일화와 연암의 담화인 허생의 이야기로 요약할 수 있다. 그런데 「옥갑야화」의 내용과 형식이 서두의 일화들과 허생의 이야기가 판이하게 다른 것을 발견할 수 있다. 즉 서두의 일화들의 내용은 연경과 관련된 것과 역관의 일화가 주류를 이루나 허생의 이야기 부분은 이와는 전혀 다른 국내의 제반 문제를 언급하고 있다.

그리고 서두 일화 부분의 구성 방식은 연암을 포함한 비장들이 방에 누워서 한 방담(放談)을 기록한 형식이다. 이 일화들은 대화 형식이면서 개별적인 일화가 단편적으로 독립된 형태의 단락을 구성하고 있어 근근이 유기적 관계를 형성하고 있다. 반면에 맨 마지막 7화인 허생의 이야기는 누워 방담을 한 것이라고 하기보다는 완벽한 전의 형식을 갖추고 있어 독립된 한 편의 글로, 이야기의 구성 방식이 서두의 일화와는 전혀 다른 것임을 알 수 있다. 특히 앞의 역관이나 비장들의 이야기들은 짧은 일화에 불과하지만 허생의 이야기는 제법 분량이 많다. 따라서 전체적인 구성으로 보면 앞의 6편의 일화들은 도입 부분이고 허생의 이야기 부분이 전체의 핵심이 되는 구조로 되어 있다는 인상을 준다.

그리고 허생의 이야기와 달리 서두 일화들은 이야기의 구성이 전반적으로 조잡하고 거칠다. 물론 그중에 홍순언(洪純彦)에 대한 일화는 비교적 잘 구성되어 있으나, 이추(李樞)에 대한 일화는 다른 사람의 대화에 끼어드는 듯한 말로 단 한 문장이고, 네 번째 이야기인 정세태는 연경의 갑부였으며 역관이 아니었다. 그의 회계를 보던 사람이 정세태가 죽은 뒤 일패도지(一敗塗地)하자 정세태의 손자에게 은혜를 갚은 신의와 관련된 일화이다. 다섯 번째 이야기는 누가 어느 곳에서 겪은 일인지 불분명한 곳에서 화물(貨物)을 검사하고 단속한 일화를 말하고 있다. 그 뒤 여섯 번째 이야기에서 변승업이 만년(晩年)에 재산을 흩어버린 이야기를 하자 연암이 이 이야기를 이어받아 일곱 번째 이야기로 변승업이 부자가 된 사연이 허생과 관련되어 있음을 말하면서 허생의 이야기가 제시된 것이다.

이와 같이 「옥갑야화」의 전체 대화의 흐름이 중구난방(衆口難防)이어서 여섯 편의 이야기가 조잡하게 전개되고 있음을 볼 수 있다. 그중에 홍순언과 정세태의 일화는 이야기가 안정되어 있기는 하지만 짤막한 이야기 한 토막에 불과하다. 서두의 일화들이 이처럼 조잡하고 거칠게 된 것은 그들의 정제되지 않은 대화를 그대로 제시했던 것으로 인식하도록 하기 위한 방편일 수도 있다. 이것은 연암이 손질한 이야기가 아니라 실제의 대화였음을 표방하기 위한 것이라고 볼 수 있다. 반면에 서두의 이야기의 구조가 허술한 것과 달리 허생의 이야기의 서사구조는 치밀하게 잘 짜인 소설적 구성 형식을 가지고 있어 일화가 아님을 추측하게 한다. 특히 전반부 일화의 주인공들은 일상적이고 삽화적(揷話的)인 인물임에 비하여 허생은 출중한 인물이어서 다른 일화의 인물과 큰 차이가 있음을 볼 수 있다.

따라서 구성과 관련해서 보면, 「옥갑야화」의 전반부는 일화이지만, 허생의 이야기는 일화가 아니라 서사 형식을 구비한 소설적 형태를 가지고 있다. 이것은 이야기의 서술 방식이 근본적으로 다른 것을 의미하는데, 특히 허생의 이야기는 인과관계에 의해 사건이 배열되어 있어 구성의 단계가 논리적으로 전개되어 창작에 가깝다면, 나머지 이야기 부분은 대화를 직접 인용한 것에 불과하다.

이처럼 「옥갑야화」가 허생의 이야기인 '전(傳)'을 일화와 함께 수록했다는 것은 소설과 야담을 함께 수록했음을 의미한다. 허생의 이야기가 야담의 수준을 넘어 소설적 형태를 지니고 있다는 것이다. 소설이라는 관점에서 허생의 이야기를 분석 정리한 이승은은 "실제로는 야담적인 존재성을 지니고 있었던 허생이 인물의 행적에 대한 포폄을 통해 가치를 전달하고자 했던 전이나, 주체와 세계의 대결을 그린 소설로 이해될 수 있는 여지가 있다"[44]고 했는데 이 또한 구성상의 인물의 특성을 언급한 것이라 할 수 있다.

둘째는 서두의 1화~6화까지의 일화는 이야기를 펼쳐 놓게 된 계기 즉 모티브가 없다. 즉 옥갑에 돌아와서 무슨 일이 있어서 연암이 그들의 대화에 참여하게 되었는지 그 계기가 될 만한 이야기가 전제되어 있지 않다. 그뿐 아니라 모든 발화자의 대화는 아무 설명 없이 그냥 누워 옛날이야기 하듯이 시작되어 있고, 그것이 대화를 이어 가는 방식으로 되어 있다. 그러면서 서두의 6편의 대화들은 줄거리가 이어지지 못한 채 분화(分化)된 한담으로 연이어져 있다.

그러나 허생의 이야기 부분은 6화에서 이어지면서 그 동기가 명확하

44   이승은, 앞의 글, p.235.

게 제시되어 있고, 변승업에서 허생으로 이어지는 대목이 아주 자연스
럽게 펼쳐지고 있다. 실상은 5화와 6화의 연계가 서두의 다른 일화와 마
찬가지로 맥락의 연계성이 전혀 없다. 그러나 이 대목에서 주목할 것은
6화에서 이야기가 갑자기 왜어 역관 변승업으로 전환되었다는 것이다.
이것은 연암이 「허생전」을 제시하기 위해 모티브를 마련한 구실이었음을
알 수 있다.

　처음부터 5화까지 일화의 공통점은 주로 화식을 일삼았던 중국어 역관
과 관련이 있거나 중국인 혹은 중국과 관련된 사건을 기록한 것이다. 그
런데 갑자기 6화에서 변승업에 대한 이야기로 바뀐 것이다. 이것은 전편
(前篇)의 일화와 관련해서 쉽게 이해하기 어려운 대목이다. 변승업은 중
국어 역관이 아니고 왜어 역관이었고 그와 관련된 일화가 중국에서의 사
건도 아니고 국내에서 있었던 일화이기 때문이다. 그러나 이것은 전편
에서 ‘돈 버는 일’과 관련된 일화를 제시하면서 역관으로 ‘돈 버는 일’로
성공한 변승업이 조선에서 손꼽히는 재산가라는 것을 명시하기 위함이
라고 볼 수도 있을 것 같다. 이렇게 제시한 것은 변승업의 재산 축적 과
정을 설명하고 그에 이어서 허생이 어떻게 재산을 축적했는지를 언급함
으로써 허생의 이야기의 전모를 펼쳐 놓을 수 있는 계기를 만든 것이다.
화제가 변승업의 축재(蓄財)에서 허생의 화식(貨殖)으로 이어지면서 자
연스럽게 허생의 이야기가 본격화된 것이다. 따라서 6화에서 화제를 변
승업으로 절묘하게 바꿈으로써 허생의 이야기는 군더더기 없이 매끄럽
게 이어지는 구성상 논리적 단계를 수립한 것이다.

　셋째는 「옥갑야화」가 『열하일기』의 보편적 기술 방식에서 벗어나 있다
는 것이다. 앞서 말했듯 연암은 『열하일기』를 기술하면서 별편과 일기문
을 연계하여 상호 보완적인 면을 보이고 있다. 「옥갑야화」는 이러한 서
술 방식에서 벗어나 있다. 누차 언급했듯이 「옥갑야화」는 기행록에 수록

된 글임도 어느 곳에서 언제 썼는지를 전혀 알 수 없다. 이 글이 일기 형식으로 쓴 글은 아닐지라도 일정을 추정할 수 있는 단서가 하나도 없다.

『열하일기』에 구체적 일정과 관계없이 기록된 별편은 모두 19편이 있으나, 이들은 열하와 연경에 머물면서 특정 사안에 대한 견문이나 그의 생각을 기록한 것으로 일정과 지명을 제시하지 않은 경우가 있으나 추정할 수 있는 인물이나 공간적 배경을 기록하여 어디에서 쓴 것인지를 알 수 있게 하였다. 연경의 동란재에 머물러 있을 때 쓴「동란섭필」, 황제의 행재소를 보고 쓴「행재잡록」 등은「옥갑야화」처럼 머물렀던 곳을 제목으로 삼는 경우이나 내용으로 전모를 알 수 있다. 그리고「망양록」이나「환희기」도 편목의 명칭으로만 보아서는 어디에서 쓴 것인지 알 수 없으나 내용 중에 인명이나 장소를 제시하여 열하에서 쓴 것임을 알 수 있도록 하였다. 그리고 간혹 일기 형식의 글에 '따로「야출고북기」에 적은 것이 있다'[45], '따로「만국진공기(萬國進貢記)」를 썼다'[46]와 같은 글을 남겨 기록의 배경을 이해할 수 있게 했다.

그러나 사행단이 이동하는 과정에서 장소나 날짜에「옥갑야화」와 관련된 기록이 전혀 없고, 자체의 글에서도 공간적 배경을 유추할 수 있는 단서가 하나도 없는 것은「옥갑야화」한 편뿐이다. 옥갑이라고 했으나 옥갑은『열하일기』전편 어디에서도 보이지 않는 지명이다. 이렇게 된 이유는 아마도 편목의 명칭을「진덕재야화」에서「옥갑야화」로 바꾸면서 구체적 명칭으로 말미암아 야기되는 문제점을 회피하면서 발생한 것으로 보인다. 혹은「옥갑야화」로 바꾼 시기가 일기문 부분이 다 완성되었

---

45 「막북행정록」,『국역 열하일기』Ⅰ, p.329.

46 「막북행정록」,『국역 열하일기』Ⅰ, p.333.

던 때였기 때문에 고치거나 추가할 수 없었던 것으로 추측할 수도 있다. 구체적 명칭을 이용하여 편목을 삼음으로써 실제인 것처럼 했으나 사실은 허구적 장치에 불과했다.

넷째는 이야기의 분량과 관련된 것이다. 일곱 편 전체가 비슷한 분량의 이야기가 수록된 것이 아니다. 그중에 네 편(1화, 3화, 4화, 6화)은 일화적 성격을 가지고 있으나 두 편(2화와 5화)은 대화에 끼어든 듯한 짤막한 첨언(添言)에 불과하다. 이와 같은 이야기의 흐름은 서로 다른 분량으로 나타났다. 그리고 그 분량이라는 것이 모두 한 쪽을 넘나들어 여섯 편 모두라고 해 봐야 5쪽 정도인 데 비해 「허생전」 부분은 12쪽에 이른다.[47] 이와 같이 전체적인 분량과 관련해서 보면 허생의 이야기 부분은 이야기 구조가 치밀하게 잘 짜여 있으면서 많은 분량을 차지하고 있다. 여기에 「후지」와 「차수평어」가 모두 허생의 이야기에 집중되어 있는 것은 핵심이 허생의 이야기이며 나머지는 구색을 맞추기 위한 것으로 볼 수 있다.

허구적 설정으로 야기(惹起)되는 서두의 도입 부분의 내용이 안고 있는 문제점, 내용상 이야기가 전개되는 과정에서 화제의 연속성에 대한 문제, 그리고 앞에서 언급한 편목의 제목이 「진덕재야화」에서 「옥갑야화」로 바꾼 것과 편목의 명칭을 바꾸면서 편목의 순서를 일정 순서에 맞게 재배치[48]한 것 등, 이런 것들이 「옥갑야화」에서 조작을 위한 장치로 볼 수

---

[47] 『국역 열하일기』 II 에 수록한 「옥갑야화」(pp.293~310.)를 근거로 했다. 참고로 김혈조 역 『열하일기』(개정신판 3권, 돌베개, 2017.)는 처음부터 6화까지가 7쪽이고 허생 이야기 부분이 14쪽이다.

[48] 「진덕재야화」로 했을 때는 열하에서의 이야기 편목과 같이 배치했을 것이고, 「옥갑야화」로 편명을 변경하고 나서는 열하에서 연경으로 오는 이야기이므로 연경에 대한 편목 앞에 배치했을 것으로 보인다. 김혈조의 『열하일기』가 이 순서로 배치했다.

있는 단서들이다.

그런 의미에서 박기석의 다음과 같은 발언에 주목하고자 한다. 그는 "이렇게 작품 배경이 되는 시간과 장소, 그리고 환담에 참여한 인물을 『열하일기』의 다른 글에서와 달리 모호하게 설정한 것은, 이 작품이 「진덕재야화」와 「옥갑야화」라는 두 가지 제명으로 존재하는 문제와도 무관하지 않다. '진덕재'라는 실제의 장소를 제목으로 삼았다가 다시 옥갑이라는 모호한 장소를 제목으로 삼은 것은 이 작품이 어떤 구체적인 열하여행 중에 함께 갔던 역관과 비장들과의 대화를 통해 얻은 이야기를 기반으로 하여 꾸민 것이었기 때문이라고 생각된다"고 하면서, "옥갑이라는 곳에서 비장과 역관들과의 환담은 실제 있었던 사건이라기보다 「허생전」이라는 작품을 『열하일기』에 자연스럽게 수록하기 위해 설정한 허구적 장치는 아닐까?"[49]라고 하여 편목의 변경을 근거로 조심스럽게 의문을 제시했다.

그러나 그는 의문을 제시하는 데서 그쳤을 뿐 더 이상 문제를 확대하거나 해명하지 않았다. 이제 그 의문의 실체들을 구체화하고 문제가 되는 허구적 장치를 찾아보려고 한다. 이 허구적 장치는 박기석이 의문을 제시한 편목의 변경뿐이 아니라 치밀하게 조작된 작품의 내적 구조와 후지를 비롯한 전체 구성 형식에도 발견된다.

여기서 짚고 넘어가야 할 것은 『열하일기』에 기왕에 쓴 글을 첨부한 것이 비단 이 「옥갑야화」만 있는 것이 아니라는 사실이다. 그런 의미에서 첨부된 여타의 글과 「옥갑야화」의 경우가 어떻게 다른 것인지를 좀 더 해명해야 할 필요가 있다. 연암은 여행 기간의 견문을 기록하여 소

---

49   박기석, 『연암소설의 심층적 이해』, pp.309~310.

개할 목적으로 『열하일기』를 집필하면서 화제와 관련된 다양한 내용들을 수록했다.

특히 피서산장을 유람하면서 쓴 「피서록」 같은 경우는 중국인과 관련이 있는 조선 시인의 작품이나 조선과 관계된 중국 시인의 작품을 해설과 함께 수록하기도 했다. 예를 들면 이덕무가 연경으로 갔을 때 반정균(潘廷均)을 만나 나눈 시화에 대한 이야기나, 그의 친구 나걸에 대한 사연과 시에 대한 이야기를 많이 첨부했다.

이뿐 아니라 연암은 29세 때인 1765년 가을에 유언호(俞彦鎬)와 신광온(申光蘊)과 함께 금강산을 유람하면서 지은 「총석정에서 해돋이를 보고 쓴 시(叢石亭觀日出詩)」를 「일신수필(馹汛隨筆)」에 수록하기도 하였고,[50] 그런가 하면 친구인 석치(石痴) 정철조(鄭喆祚, 1730~1781)와 말(馬)에 대해 논의한 것을 「태학유관록」에 삽입하기도 하였다.[51] 「총석정에서 해돋이를 보고 쓴 시」는 연암 자신이 소중하게 여겼던 시였기 때문이었고, 정철조와 말에 대해 논의한 것은 말에 대한 자신의 견해를 피력하기 위해 정철조와 대담한 것을 다시 기록한 것이었다.

그러나 이와 같은 글들은 편목 내용의 일부로 첨부된 것으로 전체 글의 균형으로 보아 어긋남이 없는 것들이다. 이렇게 첨가한 글들은 편목의 명칭으로 보거나 내용상으로 보아 하등에 탈 잡을 것이 없도록 당시의 상황에 연계하여 자연스러운 대화 속에 덧붙인 것으로 적절하게 보인다. 물론 이와 같이 첨부된 글들은 아마 약간의 메모나 자료를 근거로 후에 『열하일기』를 집필하면서 자세하게 보완하여 첨부한 것으로 추정할

---

50   『국역 열하일기』Ⅰ, pp.211~217., 박종채, 앞의 책, p.32. 『연암집』4권 「영대정잡영(映帶亭雜咏)」에도 수록되어 있다.

51   「태학유관록(太學留館錄)」, 『국역 열하일기』Ⅰ, pp.384~390.

수 있다.

　그런데「옥갑야화」는 성격이 다르다. 앞서 언급한 대로 지명이 불분명하고 글의 연속성이나 횡적인 연관성이 없으며 동기도 불투명하다. 이러한「옥갑야화」에 허생의 이야기를 여행 중의 이야기인 것처럼 수록한 것은 의도적인 장치와 편집을 통해 교묘하게 첨부한 것이라고 추정할 수밖에 없다. 앞에서 지적한 대로 내용 중에 부분적으로 일부를 끼워 넣은 경우는 있어도 한 편목의 핵심이 되는 부분을 통째로 끼워 넣은 경우는 없다. 따라서 이것은 연행과 관련이 없는 이야기인 허생의 이야기를 끼워 넣기 위해 구색을 맞추려고 부수적으로 나머지 일화들을 오래전 연행과 관련이 있었던 것을 야화로 채워 넣은 것으로 볼 수 있다. 그래서「옥갑야화」의 서두의 일화들과 허생의 이야기의 서술상의 차이가 생긴 것이다.

　이와 같이「옥갑야화」의 허구적 장치를 살펴본 것은 의혹을 해명하기 위한 기본적인 작업에 해당한다. 결국 이 부분에 대한 궁극적인 해명은 연암이 허생의 이야기를 왜『열하일기』에 첨부했을까 하는 데에 이르게 된다. 연암은 왜「허생전」을 독립된 한 편의 글로 묶어 펴내지 않고, 연행의 일정과 관련이 없으면서, 사행(使行) 과정에 특별히 주목할 만한 내용이 아닌 역관들의 일화들과 함께「옥갑야화」라는 항목을 만들어『열하일기』에 끼워 넣었을까?

　이것을 해명하기 위해서는 허구적 장치에 의한 6편의 이야기 서술구조와 이야기 전개 방식이「허생전」의 이야기가 다르게 전개되고 있으면서도 주제적인 측면에서 유기적 관련성을 갖고 있다는 점과 후지가 모두 허생의 이야기에 집중된 점을 고려하여「허생전」을 왜「옥갑야화」에 수록했는가 하는 점에 주목하여 그 의도성을 입증해야 할 것이다. 특히 앞의 6편의 일화와「허생전」과의 유기적 관련성을 총체적으로 살펴봄으로써,

연암이 「허생전」을 「옥갑야화」라는 이야기 형식의 일화를 빌어 형상화하
여 『열하일기』에 수록한 궁극적 의미를 이해할 수 있다. 그리고 『열하일
기』에 수록할 수밖에 없었던 배경도 아울러 살펴보아야 할 것이다. 이러
한 해명은 「허생전」의 작가의 의도를 파악하는 중요한 단서가 될 수 있을
것이다.

앞에서 제기한 여러 의혹과 연암의 글쓰기의 태도를 토대로 작품에서
의문을 제기할 수 있는 부분들을 구체적으로 분석하여 「옥갑야화」는 연
암이 허생의 이야기를 수록하기 위해 의도적으로 설정한 의장(意匠)으로
서의 허구적 장치라는 가설을 입증해 보도록 하겠다.

3장

「옥갑야화」의
의도적 장치의 양상(樣相)

1. '전(傳)'을 위한 문학적 장치

앞에서『열하일기』에「허생전」을 수록하기 위한 방편으로「옥갑야화」라는 편목을 설정한 것이 아닌가 하는 의혹을 제기했다. 이제「옥갑야화」의 이런 의혹을 구체적으로 살펴보면서 실체를 구체적으로 규명하여 보려고 한다. 이런 의혹 제기는「옥갑야화」가 다분히 의도적인 장치에 의한 설정에서 비롯된 것으로 보여 연암이 의도한 바가 무엇인가를 해명하려는 데 그 전초(前哨) 작업이 될 것이다.

연암이 오래전부터 허생의 이야기를 한 편의 전(傳)으로 지으려고 작정하여 긴 시간 동안 고심했었음은 앞에서 지적했다. 그렇다면 연암은 왜 '전'의 형식으로 짓지 못하고 오랫동안 고심하고 있다가 완성된 것을 당시의 연행과 관련이 없었던 일화들을 모은 것과 함께 제목도 없이 '야화(夜話)'라는 명칭으로 수록한 것일까?

일찍이 연암은 20세 무렵「방경각외전」에 수록된 아홉 편의 전(傳) 중에서「마장전」·「예덕선생전」·「민옹전」 등을 지었다. 그랬던 그가 허생의 이야기 부분이 전형적인 전의 형식과 특성을 지니고 있다는 것을 잘 알고「허생전」을 지으려고 했으면서도 쉽사리 짓지 못하였다. 그뿐만 아니라,「허생전」이 30대 후반 이전에 이루어진「방경각외전」보다 훨씬 후대에 이루어진 작품[1]임을 감안한다면 전에 대한 특성에 맞게 지을 수 있었음에도 짓지 못하고 있었던 것임을 알 수 있다. 그렇게 겨우 완성한 작품을「허생전」이라는 명칭을 쓰지 않고 연행록인『열하일기』에「옥갑야

---

1   김영동,「초기 구전」,『증보 박지원 소설연구』, p.110.

화」라는 편명의 일화의 한 부분으로 끼워 넣은 것은 무엇 때문일까? 그 것은 허생의 이야기가 당시 시대적 여건상 쉽게 말할 수 없는 내용[2]을 담고 있었기 때문일 것이다.

이미 언급한 대로 '전(傳)'은 사마천(司馬遷)에 의해 양식적 규범이 확립된 이후 한문학의 장구한 역사 속에서 고유의 형식과 지위와 전통을 수립하며 동양의 전기문학을 대표하는 장르가 되었다. 이는 수집된 자료를 바탕으로 실재했던 인물의 생애를 객관적으로 서술하면서 포폄(褒貶)을 통해 그 인물이 지닌 개성과 생애가 시사(示唆)하는 도덕적 교훈을 아울러 전달하는 성향을 지니고 있다.

연암은 초기의 작품에서 자신의 사상이 정립(定立)되면서 당시 사회의 제도나 윤리적인 관점에서의 비판을 전이라는 형식을 통해 구체적으로 언급하였다. 그는 사회 현실에 대한 새로운 인식을 전이라는 전통적인 양식으로써 구현하는 동시에 전을 통해 지향해야 할 인간 유형을 포착하고자 했던 것이다. 특히 그는 「방경각외전」에서 이미 현실의 새로운 추이(推移)와 서민의 사회적 성장을 포착하고자 하였다.[3] 이러한 점을 감안하면, 42세 무렵 연암골로 이거(移居)하였다가 44세에 다시 서울로 돌아와서 곧바로 5개월간의 연행(燕行)을 한 이후, 즉 40대 초·중반에 이러한 상황들은 그의 사상적인 변모를 이루는 데 지대한 영향을 미쳤을 것이다. 그런 의미에서 그의 연행은 그동안의 관념적 사유세계의 한계를 뛰어넘는 단계에 이르게 한 계기가 되었다고 할 수 있을 것이다.

---

2   강명관은 이를 '허생의 내밀(內密)한 생각'이라고 했다.(강명관, 앞의 책, p.32.)

3   김명호, 「연암의 현실 인식과 전의 변모양상」, 앞의 책, p.68.

그렇다면 그동안에 「허생전」을 쉽게 짓지 못하고 있다가 연행 이후에야 지은 이유는 무엇일까? 이것은 연행 이후 『열하일기』의 완성과 관련해서 이해할 수 있을 것이다. 『열하일기』가 완성이 되었다고 하는 것은 「허생전」의 내용의 완성과 공개의 문제가 해결되었음을 의미한다고 할 수 있기 때문이다. 연경과 열하라는 새로운 세계에서의 경험은 연암에게 사상적 깊이와 폭을 심화 확대하는 계기가 되었을 것이다. 특히 현지에서 만난 문인·학자·관리들과의 필담은 서로 다른 사고를 공유하면서 이론적 체계에 머물렀던 그의 사유의 세계를 현실과 접목해 구체화하게 된 것이다.

그 결과 허생의 이야기에서 파당 논리를 초월하고 인류의 보편적 가치를 지향하는 새로운 인물을 포착하게 되었고, 이것은 자칫 일부 보수적인 세력들에게 반체제적인 것으로 읽힐 수 있어 곤궁해지게 된 것이다. 연암이 「허생전」을 이루었을 때 아마도 '전'이라는 명칭을 부여하고 그대로 내놓기에는 내용의 폭발력이 너무 강하다는 것을 인식했을 것이다. 내용의 중심을 이루고 있는 허생의 이야기는 「옥갑야화」의 서두에 있는 간단한 야화들과 같은 범주가 아니었던 것이다. 이런 까닭으로 그는 오랫동안 완성하지 못했던 것을 다 이루고도 한 편의 작품으로 모습을 드러내는 데 주저했을 것으로 보인다.

이러한 난처한 처지에서 그의 의도를 담은 허생의 이야기를 공개할 수 있는 해결 방안을 찾은 것이 『열하일기』라는 거편의 완성이었을 것이다. 다양한 이야기를 수록한 『열하일기』 속에 액자식 구성이라는 문학적 장치를 이용하여 비장·역관의 일화와 함께 허생의 이야기를 수록하는 것이 가장 좋은 방법이라는 사실을 『열하일기』를 집필하면서 알았을 것이다. 여행 중에 있을 수 있는 한 편의 야화집으로 꾸며 연행록의 일부로 수록한다면 보수적인 사대부 계층으로부터의 비판을 피할 수 있을 것으로 판단했을 것이다.

더구나 서두의 일화들은 중국에서의 경험을 기록한 것이라는 관점에서 볼 때 여행담의 일부라고 판단할 수 있을 것이다. 그런 의미에서 허생의 이야기가 서두의 일화들과 유사한 범주의 내용은 아니지만, 다양한 주제를 다루고 있는 『열하일기』의 여러 편목과 함께 수록하는 것이 외부의 의심의 눈초리를 피할 수 있는 유일무이한 방안이라고 보았을 것이다.

아마도 연암이 의도한 것은 「옥갑야화」를 여행 중에 있었던 에피소드를 묶은 한 편 정도로 인식하도록 한 것이었다. 『열하일기』에 한 편목으로 첨부함으로써 드러나지 않는 구체적인 방도를 마련할 수 있다는 것을 비로소 터득했던 것이다. 그런 면에서 「허생전」이라는 명칭을 따로 쓰지 않고 야화들과 함께 묶어 수록한 「옥갑야화」는 최적의 돌파구였다고 할 수 있다. 그러므로 「옥갑야화」를 『열하일기』에 수록하였다는 것은 「허생전」이 완성되었고 공개의 방법을 결정했음을 의미한다고 할 수 있다.

열하의 진덕재에서 있었던 일로 설정한 것이나 후에 편목의 명칭을 고치면서도 지명에 없는 '옥갑(玉匣)'이라는 공간을 만들어 거기서 하루 묵으면서 주고받은 대화로 만든 것도 『열하일기』의 한 편목으로서 자연스럽게 보이기 위한 최선의 방법을 모색한 결과였다. 그러므로 연암은 「옥갑야화」에 수록된 다른 발화자들의 이야기에 장단을 맞추어 하나의 객담(客談)으로 「허생전」을 이야기한 것이 아니다. 오랜 숙고(熟考) 끝에 다분히 설정된 틀에 의해 계산된 의도를 담아 완성하려고 했던 것이다.

이러한 복잡한 설정으로 「허생전」은 겨우 '허생의 이야기'로 「옥갑야화」의 끄트머리에 첨부함으로써 그 모습을 드러낼 수 있게 된 것이다. 그 결과 꼼꼼하게 읽은 명철한 독자만이 「허생전」이라는 것을 알 수 있게 되었다. 이와 같이 다양한 방법의 장치를 설정한 의도가 무엇인가를 살펴 보기 전에 장치의 필요성을 인식해야 할 것이다. 설정의 필요성은 「허생 전」을 수록하기 위해 허구화해야만 하는 당시의 절대적인 주변적 상황과 자신의 진실된 글쓰기라는 신념과 작가정신의 충돌에서 빚어진 결과이 다. 그는 「허생전」이 허구라는 논리를 제시하지 않으면 작품의 존재뿐만 아니라 자신의 신분에도 지대한 영향이 미칠 것을 알았고, 그렇다고 허 생의 이야기가 어느 노인이 꾸며 낸 거짓된 이야기라고 하는 것은 「옥갑 야화」에 국한된 문제가 아니라 『열하일기』 전체에도 미치는 영향이 적잖 을 것 또한 인지했다. 이 문제를 해결하기 위해 「옥갑야화」의 설정이 필 요했을 것이다.

2. 편목의 변경과 서두에 전제된 두 설정

의도적 설정을 위한 장치를 규명할 수 있는 중요한 근거가 되는 것 중 의 또 다른 하나는 편목의 변경이다. 「진덕재야화」를 「옥갑야화」라는 명 칭으로 바꾸고 그것에 맞추어 서두를 바꾼 것은 '옥갑'이라고 한 공간적 배경의 절대성이 존재하지 않았음을 의미한다. 명칭이 「진덕재야화」가 되었든 「옥갑야화」가 되었든 내용과 상관이 없다고 하는 것은 공간의 특 정성이 없다는 것이다. 기행록에 수록하면서도 공간적 배경의 의미를 부여하지 않은 것은 설정된 장치이기에 가능하였던 것이다.

앞서 언급했듯 편목을 바꿈으로 인해서 서두의 첫 문장도 수정하게 되 었다. 「진덕재야화」의 서두에서 '여러 비장·역관과 진덕재에서 밤에 이야기를 나누었는데 이런 이야기가 있었다(與諸裨譯夜話進德齋, 有言)'라고 하였던 것을, 「옥갑야화」에서는 '옥갑에 돌아와서 모든 비장들과 더불어 머리를 맞대고 (침상에 나란히 누워)[4] 밤들어 이야기를 시작하였다(行還至玉匣 與諸裨連床夜語)[5]라고 바꾸었다. 편목의 명칭을 바꾸면서 작품의 구성상 중요한 요소인 인물과 배경을 바꾼 것이다. 인물은 비장·역관에서 비장으로 배경은 진덕재에서 옥갑으로 변경한 것이다. 이렇게 함으로써 어디서 누가 한 말인가 하는 기행문의 요건을 충족시킬 수 있었다. 그런데 이렇게 구체적으로 제시하였음에도 서두의 문장에서 제공하고 있는 모든 정보는 오히려 의혹을 가중시키는 장치로 설정되었다고 볼 수 있다.

우선 첫째, 글의 배경으로 제시된 공간인 옥갑은 어디인가 하는 것인데, 지명은 기행록의 배경이 된 일부분이기 때문에 의문을 제기하는 것은 당연한 수순이다. 더구나 제목으로 사용할 만큼 중요함에도 이에 대한 언급을 하지 않았다. 이것은 공간적 배경을 불분명하게 함으로써 선명하게 제시되어 야기될 수 있는 문제를 해소시킨 설정이다.

둘째, 「옥갑야화」에서는 「진덕재야화」에 있던 역관을 빼고 비장들과 이야기를 나눴다고 고쳤다. 이것은 비장들이 직급은 낮은 수행 요원이지만 연행에 관해서 많은 사실을 알고 있었고, 특히 가까이 접했던 역관들의 무역 행위를 보아 왔기 때문에 연행과 관련된 정보를 비교적 많이 집적한 주된 출처가 될 수 있었다. 그리고 한편으로 비장들이 자신의 이야

---

4 초고본 계열의 『행계집(杏溪集)』의 「옥갑야화」에는 처음이 "行還至玉匣 與諸裨連床臥語"라고 쓰여 있다.(정재철, 「『열하일기』「옥갑야화」 수록 허생후지 연구」, 앞의 책, p.121.)

5 「옥갑야화」, 『국역 열하일기』II, p.293., 김혈조는 "사신 일행이 돌아오며 옥갑에 이르렀다. 밤에 여러 비장 역관들과 침상을 나란히 붙여 놓고 밤새 이야기를 주고받았다."라고 번역했다.(김혈조, 「옥갑에서의 밤 이야기」, 『열하일기』(개정신판)1권, p.274.).

기를 하지 않고 역관 이야기를 화제로 삼은 것은 연행사절단(燕行使節團)에서 역관이 빼놓을 수 없는 유력한 존재들이었기 때문이다. 그리고 대담자들에서 역관을 제외한 것은 역관들이 자신의 이야기를 제시하는 것이 부적절하다고 판단했기 때문으로 볼 수 있다.

셋째, 상황의 의혹이다. 연암은 상황을 비장들과 밤새도록 이야기했다는 것을 전제로 작품을 구성하였다. 그런데 비장들과 함께 침상에 누워 있었다고 한 것은 무슨 일인가? 신분상이나 시간상으로 있을 수 없는 일이어서 실현이 불가능한 상황이었다. 그런데도 그들과 침상에 누워 더불어 한담을 나누었다고 한 것은 뒤에서 자세히 밝히겠지만 여행을 빙자한 설정이다. 이러한 설정 구도는 비장의 이야기들처럼 연암 자신이 말한 허생 이야기도 귀동냥으로 얻어들은 정도의 것이라는 사실을 제시하여 창작이 아니라는 것을 암암리에 내비치고 있는 것이다.

연암이 서두를 이와 같이 설정한 것은 「옥갑야화」가 『열하일기』의 일부분인 별편들과 같은 이야기 모음집 즉 야화집으로 인식하도록 조작한 것이다. 『열하일기』에는 「옥갑야화」 말고도 야화집 비슷한 이야기 모음집으로 「구외이문」이 있다. 「구외이문」은 '고북구 장성 밖'[구외(口外)]인 열하에서 들은 흥미 있는 이야기들을 모아 놓은 잡록 같은 것이지만 「옥갑야화」와 이야기의 성격이 조금 다르다. 그러나 유의해 읽지 않는다면 여행 중의 견문을 기술한 것으로 인식할 수 있다. 더구나 「구외이문」 다음에 「옥갑야화」를 배열하여 「구외이문」이 열하에서 수집한 흥미 있는 이야기라면 「옥갑야화」는 구외에서 연경으로 가는 도중에 들었던 흥미 있는 이야기 모음집이라는 연속성에서 이해할 수 있다.[6]

---

6   김혈조의 『열하일기』(개정신판)3권에는 「구외이문」 다음에 「옥갑야화」를 배치했다. 이것은

이렇게 편목을 변경함으로써 옥갑이라는 공간의 설정은 유추가 불가능하도록 했고, 야화가 이루어진 상황을 하루의 공식 일정이 끝난 뒤 누워서 담화를 했다고 함으로써 허생의 이야기가 자신의 창작일 것이라는 오해의 소지를 없앤 것이다.

1)「옥갑야화」로 명칭 변경

글의 배경 공간인 진덕재를 제목으로 삼은「진덕재야화」를「옥갑야화」로 명칭을 바꾼 것은『열하일기』에 수록한 기행문의 형식을 고수하려고 노력했던 흔적이다. 내용은 그대로 두고 이야기의 배경이 내포된 제목을 특정한 장소인 열하의 '진덕재'에서 열하와 연경 사이에 있음직한 '옥갑'으로 바꿈으로써 기행문의 형식을 유지하려고 한 것이다. 그러면서도 '옥갑으로 돌아와서'라고 하여 지나갔던 길을 다시 돌아온 듯한 느낌이 들도록 기술하여 구체성을 극대화하고 있다. 진덕재를 옥갑으로 바꾸면서도 시간적 상황을 구체화하여 설득력을 강화한 것이다. 이러한 장치는 사실적인 상황을 구체적으로 제시하기 위한 방편이었다. 그러나 배경을 바꾼 것은 구체적 공간으로서의 의미가 상실되고 단순히 '야화(夜話)'를 수록하기 위한 형식적 요건을 마련한 것에 불과했던 것이다.

「진덕재야화」는 배경만 구체적으로 제시한 것이 아니라 이야기를 나눈 사람이 역관과 비장임을 밝히고 있으며『열하일기』의「막북행정록」이나

연암이 비슷한 이야기를 나란히 배치함으로써 두 글의 성격을 유사한 것으로 판단하도록 하면서, 한편으로는 「옥갑야화」가 만리장성의 고북구에서 연경으로 가는 도중에 있었던 일임을 암시하기 위한 의도적인 배치로 의심해 볼 수 있다.

「태학유관록」과도 연계되어 있다. 그러나 「옥갑야화」로 편명을 바꾸면서 배경만 바꾼 것이 아니라 대화를 나눈 인물이 역관과 비장이었던 것을 비장만으로 변경하여 『열하일기』의 다른 편목들과의 연계성은 사실상 사라진 것으로 볼 수 있다.

이와 관련해서 먼저 짚어 볼 것은 앞에서 언급한 바 있는 「진덕재야화」와의 선후관계이다. 본래 「옥갑야화」의 명칭은 「진덕재야화」였다. 이본 대조를 통해 확인할 일이지만,[7] 여기서는 연암의 기록으로만 확인해 보면, 「진덕재야화」 후지 말미에 "평계(平谿) 국화 밑에서 조금 마신 뒤에 붓을 잡아 쓴다. 연암(燕巖)은 기록하다."[8]라고 첨부했다. 이 기록은 연암이 연경에서 귀국한 음력 10월 27일 이후 즉시 『열하일기』를 집필하였음을 알려 주는 단서이다. 나아가 이 무렵에 「진덕재야화」도 쓴 것으로 볼 수도 있다.[9] 도착한 날짜인 음력 10월 27일이라는 것과, '국화 밑'이라는 표현은 시간대가 거의 동일하여 집필의 시간적 배경을 알 수 있는 근거가 된다.

---

7 이본 대조를 통해 선후관계를 밝힌 논문으로는 앞에서 제시한 정재철의 「『열하일기』「옥갑 야화」 수록 허생후지 연구」가 있다. 정재철은 옥류산장본 「진덕재야화」가 『행계집』에 수록 되면서 「옥갑야화」로 바꾸었고 그 이후 계속 「옥갑야화」로 이어져 왔음을 밝혔다.(정재철, 「『열하일기』「옥갑야화」 수록 허생후지 연구」, p.120.) 김명호는 이본 대조를 통하여 「진덕 재야화」가 초고본 계열에 가까운 필사본인 일재본·다백운루본·수당본·만송문고본 등 에 수록된 것임을 밝혔다.[「열하일기 이본의 특징과 개작 양상」, 『열하일기 연구』(수정증 보판), pp.461~465.] 그리고 그는 초고본 계열 필사본의 「진덕재야화」는 첫머리가 "비장 과 역관들이 진덕재에서 밤에 대화를 나누었는데 이런 이야기가 있었다(與諸裨譯夜話進 德齋, 有言)."라고 되어 있어 여타의 이본들과 다르다고 하면서 '일재본의 「진덕재야화」야 말로 초고본에 가장 가까운 텍스트'라고 하였다.[김명호, 「열하일기 이본의 특징과 개작 양 상」, 『열하일기 연구』(수정증보판), p.497.]

8 「허생후지」 II, 『국역 열하일기』 II, p.315.

9 물론 먼저 써 놓았던 「허생전」을 「진덕재야화」에 첨부하여 한 편의 편목을 만들고 '후지'를 그때 당시에 쓴 것으로 판단할 수도 있다.

집필 공간으로 제시된 평계(平谿)[10]는 처남 이재성(李在誠, 1751~1809)의 집이었다. 연암은 42세(1778년) 때 홍국영의 득세로 신변의 위협을 느껴 황해도 금천(金川) 연암골로 거처를 옮겼다. 그 뒤 2년이 지난 1780년에 홍국영이 실각하여 재앙의 빌미가 사라지자 다시 서울로 돌아왔으나 집이 없어 평계에서 살고 있던 처남 이재성의 집[11]에 머물러 있다가 연경으로 가게 되었던 것이다. 청나라에서 귀국하자마자 그는 서울의 평계와 황해도 금천의 연암골의 집을 오가며 원고를 정리하고 작성하기 시작하여 3~4년간 지속하였다. 이것으로 보아「옥갑야화」보다「진덕재야화」가 먼저인 것으로 보이고, 후지 또한「옥갑야화」보다「진덕재야화」가 먼저 쓰인 것으로 추측할 수 있다.

『열하일기』에는「옥갑야화」의 '옥갑'에 대한 설명이 없는 것과는 달리 '진덕재(進德齋)'에 대해서는 구체적인 기록이 있다. 연경에서 열하로 간 8월 5일부터 8월 9일까지의 기록인「막북행정록(漠北行程錄)」8월 9일 자 끝부분에 진덕재에 대한 자세한 언급이 있다.

지난해에 태학(太學)을 새로 지었는데, 그 제도는 연경과 다름 없었다. 대성전(大成殿)과 대성문(大成門)이 모두 겹처마에 누런 유리기와를 이었고, 명륜당(明倫堂)은 대성전의 오른편 담 밖에

---

10 『연행음청』(곤)의 1780년 5월 17일 자 기록에 "서울에 돌아와 평동(平洞) 이재성(李在誠) 중존(仲存)의 집에 임시로 살았다."[박철상,「연암 박지원 수고본 '연행음청'(곤)의 의미와 가치」,《한국실학연구》46집, 한국실학학회 2023, p.288.]라고 한 것으로 보아 평계는 평동이다.

11 평계에 있던 처남의 집은 연암의 스승과도 같았던 장인 이보천(李輔天)이 살던 곳으로 그가 별세(1777년)한 뒤에 처남인 지계공 이재성이 살고 있었는데, 집이 없었던 연암은 그곳에 거처를 정하고 머물렀다.(박종채, 앞의 책, pp.63~64.)

있으며, 당(堂) 앞 행각(行閣)에는 일수재(日修齋)·시습재(時習齋) 등의 편액이 붙어 있고, 그 오른편에는 진덕재(進德齋)·수업재(修業齋) 등이 있었다. 뒤에는 벽돌로 쌓은 대청이 있고, 그 좌우에 작은 재실이 있어서, 그 오른편엔 정사가 들고 왼편엔 부사가 들었다. 그리고 서장관은 행각 별재(別齋)에 들고 비장과 역관은 한 재실에 모두 들었으며 두 주방은 진덕재에 나누어 들었다. 대성전 뒤와 좌우에 둘려 있는 별당(別堂)·별재 들은 이루다 기록하기 어려울 만큼 많고도 또 모두 화려하기 그지없는데, 우리 주방으로 인해 많이 그슬리고 더럽혀졌으니 애석한 일이 아닐 수 없었다. 따로 「승덕태학기(承德太學記)」를 썼다.[12]

이 기록에 의하면, 당시 열하에는 연경과 똑같은 태학(太學)을 새로 지었는데, 진덕재는 명륜당(明倫堂) 앞에 있는 여러 행각 중에서 오른쪽에 있었던 두 행각 중에 하나였음을 알 수 있다.[13] 이 기록을 근거로 하면

---

12 「막북행정록」, 「국역 열하일기」Ⅰ, p.337.

13 연암의 기록과 실제의 기록과는 좀 다르나 거의 유사하다. 연암이 열하에 간 다음 해에 기록한 『흠정열하지(欽定熱河志)』(1781)에 실린 「문묘전도」에 그려진 건물 배치는 대성전 바깥에 동서 양쪽에 각각 패루가 서 있었고, 내부 중앙에는 앞에서부터 차례로 영성문(欞星門), 반지(泮池), 대성문(大成門), 비정(碑亭), 동무(東廡)와 서무(西廡), 대성전(大成殿), 수성사(崇聖祠)가 배치되었다. 동원에는 존경각(尊經閣), 신주(神廚), 신고(神庫)가 위치했다. 서원(西院)은 강학의 기능을 했던 부학(府學)으로, 명륜당(明倫堂, 강당)과 여러 개의 재방(齋房)이 있었다. 명륜당 앞쪽의 서편에 수업재(修業齋)와 시습재(時習齋)가 나란히 있었고 동편에 진덕재(進德齋)와 일신재(日新齋)가 있었다. 명륜당 뒤쪽에는 교수서(教授署)가 있었다. 조선 사신의 숙소는 명륜당이었으며, 연암의 휴식과 교유와 집필은 이곳의 한 재각에서 이루어졌다고 추측할 수 있다.[이승수 외, 「연암 박지원의 열하 행보(行步)와 문심(文心)」, 《한국한문학연구》제78집, 한국한문학회, 2020, pp.84~85.] 그러나 이와 달리 연암은 명륜당 뒤쪽에 벽돌로 된 대청이 있고 거기의 여러 재실 중에 하나에 머문 것으로 기록했다.(「막북행정록」, 「국역 열하일기」Ⅰ, p.337.) 이 글과 연암의 기록을 참고한다면 명륜당 뒤쪽 교수서(教授署) 중 오른쪽 재실에는 정사가 왼쪽에는 부사가 머물렀던 것으로 볼 수 있

연암은 진덕재를 「진덕재야화」의 공간적 배경으로 설정한 것임을 알 수 있다. 연암의 기록을 중심으로 정리하면, 첫째로 진덕재는 연암이 실제 머물렀던 재실은 아니지만 태학관에 있는 한 재실(齋室)로 구체적 공간의 명칭이었고, 둘째로 진덕재에 실제로 머물렀던 사람들은 주방(廚房) 두 사람이었으며, 셋째로 비장과 역관들은 이 진덕재에 머물지 않고 태학의 이름을 알 수 없는 다른 재실에 함께 머물렀음을 알 수 있다. 그럼에도 불구하고 비장이나 역관이 진덕재에 함께 머물렀다고 한 것은 기억이 흐트러져서 착오를 일으킨 것인지,[14] 아니면 고의로 쓴 것인지 알 수 없다. 다만 「막북행정록」 기록과 「진덕재야화」의 내용이 다른 것을 나중에 발견하고 「옥갑야화」로 변경했을 가능성도 있다.

다만 그가 초고의 명칭을 「진덕재야화」로 선택한 이유는 조선의 사행단이 열하에서 머물렀던 태학관에 있는 재실 중에 하나인 진덕재를 편목의 명칭으로 사용하여 실제성을 확보하려고 했던 것으로 추측된다. 또한 이러한 실제성을 확보하기 위해 이야기를 나눈 사람이 역관과 비장임을 구체적으로 기술하고 있다.

한편 「태학유관록(太學留館錄)」 8월 9일 자의 기록에 명륜당 '오른편 행각에 들어가니 역관 세 사람과 비장 네 사람이 한 구들에 누워 자는데'[15]라고 하였는데, 오른편 행각이 어디인지는 알 수 없지만 「진덕재야화」에서 환담을 나눈 발화자 중, 연암을 제외하고 6명인 비장과 역관의

다. 당시 조선의 사신단 일흔네 명이 숙박하였다면 명륜당 앞뒤까지 모두 사용했을 것으로 추측된다.

14   연암은 대부분 꼼꼼하게 기록해 두었다가 옮겨 적었는데, 연경에 대한 기억이 모호해지자 친우인 정철조에게 『팔기통지(八旗通志)』를 참고하여 북경을 한눈에 볼 수 있는 지도를 그리게 하였다.(「황도기략」, 『국역 열하일기』 I, p.424.)

15   「태학유관록」, 『국역 열하일기』 I, p.347.

실제 수효가 한방에서 잔 상황은 거의 비슷하다. 실제로 연경에서 열하로 갈 때는 사행단을 축소하여 삼사(三使) 외에 비장은 주명신(周命新), 정창후(鄭昌後), 이서구(李瑞龜), 조시학(趙時學) 등 4명이었고, 역관은 19명 중에서 홍명복(洪命福), 조달동(趙達東), 윤갑종(尹甲宗)만 갔었다.[16] 「태학유관록」(8월 9일) 기록이 「진덕재야화」의 첫머리에서 여러 비장과 역관이 진덕재에서 머물렀을 것이라는 유추와는 다르지만, 역관과 비장이 함께 머물러 있었다고 한 것은 「진덕재야화」에서 한담을 나눈 상황과 같다.

다만 실제 기록에 따르면, 진덕재에 머물렀던 사람은 주방의 두 사람뿐이었다. 이를 전제로 보면, 「진덕재야화」에서의 '진덕재'는 비장과 역관들이 함께 환담을 나누는 장면을 설정하기 위해 사용된 장치적 공간 명칭일 뿐, 사실과는 다름을 알 수 있다. 따라서 진덕재는 연암이 상황 제시를 위해 구체적 공간의 명칭을 차용한 것으로 보아야 한다. 이처럼 실제 기록과 다름에도 불구하고 이러한 설정을 한 것은, 「진덕재야화」를 마치 사실 기록처럼 인식하도록 만드는 그럴듯한 서사적 장치였음을 보여 준다.

이와 같이 「진덕재야화」는 열하에서의 일기문인 「태학유관록」의 내용과 상당 부분 연계되어 있어 이야기의 배경이 진덕재임을 연암이 직접 언급한 바는 없지만 사실임을 짐작할 수 있도록 설정한 것이다. 『열하일기』에서 별편과 일기문이 상호 관련되었던 것을 감안하면, 일기문에 '따로 「진덕재야화」에 기록했다'라는 문구는 없어도 「진덕재야화」는 서두에서 '여러 비장·역관과 진덕재에서 밤에 이야기를 나누었'다고 밝힌 것과

---

16   「막북행정록」, 『국역 열하일기』 I, p.310.

「태학유관록」에서의 기록이 서로 긴밀하게 연관되어 있음을 알 수 있다. 일기문과 별편이 서로 관련이 있었던 것이『열하일기』서술의 기본적인 진술 방식이다.

그러나 「옥갑야화」로 명칭을 바꾸고 난 뒤에는 일기문의 글과의 연관성은 단절되었다. 이것은 「옥갑야화」로 명칭을 바꾸었을 때는『열하일기』가 이미 탈고된 시기였기 때문에 일기문에 옥갑과 관련된 기록을 첨가할 수 있는 계제(階梯)가 안 되었던 것으로 추측할 수도 있다. 초고의 탈고가 이루어진 시기를 1883년으로 보면 8, 9년이 지난 시점에 「옥갑야화」로 명칭을 변경했을 것이다. 김영동은 제목을 「옥갑야화」로 바꾸어 쓴 시기를 연암이 안의현감으로 부임한 다음 해인 1792년 남공철(南公轍)의 편지를 받은 이후로 보았다.[17] 1780년에 연행한 지 12년이 지난 뒤이다.『열하일기』가 거의 완성된 단계에서 고쳐진 것이어서 열하에서 연경으로 가는 기록인 「환연도중록」에 '옥갑'이라는 구체적 공간에 대한 설명을 추가할 수 없었기 때문에 연관된 내용이 하나도 언급되어 있지 않다. 다만 왜 알 수 없는 공간을 배경으로 했을까 하는 의문의 답은 쉽게 해명할 수 없다.

연암은 초고를 완성한 이후에도 퇴고(推敲)를 지속적으로 했다.『열하일기』의 초고를 탈고한 시기를 구체적으로 확인하기 어려우나 「피서록」 끝에 강서(江西) 사람 오조(吳照, 1755~1811)의 시를 소개하면서 그의 나이가 30세[18]라고 한 것으로 보아 1785년 무렵까지 원고를 작성하고 있

17　김영동은 연암이 후지를 다시 쓴 시기를 정조가『열하일기』의 인기에 맞먹는 순정한 글을 지어 바치라는 어명을 남공철로부터 전갈받은 56세 무렵으로 짐작하였다.(김영동, 「옥갑야화」,『증보 박지원 소설연구』, p.204.) 따라서 그는 이때 「옥갑야화」로 변경한 것으로 보았다.

18　「피서록」,『국역 열하일기』II, p.326.

었음을 알 수 있다. 그러나 「도강록 서(序)」의 끝에 "숭정(崇禎) 156년 계묘(癸卯)에 열상외사(洌上外史)는 쓰다."[19]를 근거로 1783년에 탈고한 것으로 추정하기도 한다.[20] 대체로 1783년에서 1785년 사이에 원고를 탈고하였을 것으로 보이며 그 이후에도 퇴고를 거듭했을 것이다.

따라서 「도강록」의 서문이나 열하에서의 일정과 남공철의 서신 등을 근거로 유추하면 「진덕재야화」가 초고의 명칭이고 퇴고 과정에서 「옥갑야화」로 고쳤을 가능성이 크다. 다만 퇴고를 하면서 「옥갑야화」와 관련된 기록을 「환연도중록」에 추가하거나 고쳐 넣을 수 있었을 텐데도 추가 기록이 없는 것은 기록할 수 있는 여건이 되지 않았을 수도 있지만 장소를 추적할 수 없도록 의도적으로 누락한 것으로 추측할 수 있다.

『열하일기』의 퇴고는 벼슬을 하면서도 지속되었다. 연암은 50세(1786년)에 유언호의 천거로 선공감(善工監) 감역(監役)에 임명되어 벼슬살이를 시작하여 65세(1801년)에 양양부사(襄陽府使)를 사직하여 15년간의 벼슬살이를 끝냈다. 앞서 언급한 대로 그는 안의현감으로 있을 때 남공철의 서신을 받은 것으로 보아 벼슬살이 기간에도 원고를 고쳤음을 알 수 있다. 다만 추가해서 다른 원고를 더 썼다기보다는 주로 첨삭을 했을 것으로 보인다. 남공철의 서신과 관련해서는 뒤에 상세히 살펴보도록 할 것이다.

이와 같이 진실성의 구현이라는 연암의 글쓰기의 태도로 보아서도 「진덕재야화」가 「옥갑야화」보다 먼저 기술된 것임을 알 수 있다. 나아가 진덕재는 연암이나 비장·역관이 실제로 머물렀던 재실이 아니었다. 그

19　「도강록 서」, 『국역 열하일기』 I , p.17. 열상외사는 연암의 호다. 이외에 연암(燕巖) 또는 연상(煙湘)을 쓰기도 했다. 자는 미중(美仲) 또는 중미(仲美)이다.

20　김명호, 『열하일기 연구』, p.22.

럼에도 「진덕재야화」에서 구체적인 공간적 배경으로 차용하여 설정하였
다. 그것이 허구적 속성을 드러내고 있을지라도 열하와의 관련성을 고
수한 것이다. 다만 진덕재라는 공간의 명칭을 차용한 것으로 본다면 이
미 다분히 허구적인 속성을 드러낸 것이라고 할 수 있다. 그런데도 「옥
갑야화」라고 편목을 변경하여 옥갑으로 바꾼 까닭은 무엇일까? 「막북행
정록」에서 진덕재에 대한 진술과 「진덕재야화」의 기록의 상이함을 극복
하기 위한 방안이었을 수도 있다.

2) 편목의 변경 사유

「진덕재야화」의 명칭을 「옥갑야화」로 바꾼 근본적인 이유는 앞서 언급
했듯 「허생전」을 허구화해야 하는 절대적인 상황과 자신의 진실된 글쓰
기라는 신념의 충돌에서 빚어진 결과로 볼 수 있다. 진실성의 피력이라
는 신념과 현실적 상황을 돌파하기 위한 허구 사이에서 내적 갈등을 극
복해야 하는 문제에 봉착한 것이다. 「허생전」이 허구라는 사실을 논리적
으로 제시하지 않으면 작품의 존재뿐만 아니라 자신의 신분에도 지대한
영향이 미칠 것이고, 그렇다고 허생의 이야기가 거짓된 꾸며 낸 이야기
라고 하는 것은 「옥갑야화」에 국한된 문제가 아니라 『열하일기』 전체에도
미치는 영향이 적잖을 것이기 때문이다. 이 문제를 해결하기 위해 먼저
실제도 아니고 허구도 아닌 모호하게 편목의 명칭을 바꾸었다.

「옥갑야화」로 명칭을 비꾼 이유 중에 하나는 당시의 지식인 계층의 반
응을 들 수 있다. 『열하일기』의 일부 원고가 유출되었을 때, 그 문체나
내용에 대해 많은 논란이 있었다. 우선 문체에 대한 논란은 문체반정 사
건으로 비약되었고, 내용에 대한 것으로는 명나라를 숭상했던 보수적인

세력들이 '노호지고(虜號之藁)'니 하는 지엽적인 문제들을 가지고 의론을 거세게 만들었다.[21] 이런 상황에 이르자, 연암은 「진덕재야화」의 허생 이야기가 공개되었을 경우에도 논란을 피할 수 없게 되어 그 파란(波瀾)은 불을 보는 듯할 것으로 판단하였을 것이다. 그는 주된 인물인 허생이 고분고분한 인물이 아니며 성격 또한 꼬장꼬장하고, 행동도 체제 순응적이 아닐 뿐만 아니라, 사용하는 용어들이나 언사(言辭)가 순정하지 못하다고 비판받을 가능성이 높은 정황(情況)임을 인지(認知)한 것이다.

따라서 「진덕재야화」를 「옥갑야화」로 바꾸게 된 중요한 이유는 무엇보다도 허생의 이야기의 내용과 관련해서 보아야 할 것이다. 이에 대해 정재철은 「진덕재야화」에 수록된 「허생후지」의 내용 중에서 윤영이 '폐족이거나 좌도(左道) 이단의 무리로 자취를 감추는 무리인지도 알 수 없는 일'이라고 한 것이 당시 사람들이 연암을 비판하는 자료가 될 수 있으며, 특히 연암의 행동을 주시하던 사람들이 이 글을 읽고 연암이 폐족이나 좌도(左道) 이단의 무리와 어울렸다고 공격하는 구실이 될 수 있다고 생각하여 내용을 바꾸면서 제목도 바꾼 것[22]으로 추측했다. 당시의 독자의 핵심이 되는 사대부 계층의 비판을 염두에 두고 교체했던 것으로 볼 수

---

21 「도강록 서(序)」의 초고가 유출되어 발생한 문제로, 연암과 경쟁 관계에 있던 문인 유한준(兪漢雋)이 『열하일기』의 문체로 인해 연암이 정조(正祖)의 견책을 받은 것을 기화로 『열하일기』에 대해 '오랑캐의 칭호를 쓴 원고[虜號之稿]'라고 비방하는 여론을 선동하였다고 한다.(박종채, 앞의 책, pp.240~241) 연암은 자신의 저서를 '노호지고'라고 한 것에 대해 "그네들이 떠들어 대는 '오랑캐의 칭호를 쓴 원고[虜號之藁]'란 무엇을 가리킨 것인지 알 수 없소. 연호(年號)를 말한 것이오? 지명(地名)을 말한 것이오? 이 책은 잡다한 여행 기록에 불과한 것이라, 있건 없건 잘 되었건 못 되었건 간에 본래 세도(世道)와는 관계가 없는 것이거늘, 애초부터 어찌 춘추대의(春秋大義)에 견주어 논한 적이 있었으리오? 그런데 지금 갑자기 어떤 사람이 나타나 현자(賢者)에게 완전무결함을 요구하듯이 한다면 이는 지나친 일이오."라고 그의 처남에게 편지로 토로했다.[「답이중존서(答李仲存書)」,(3), 『연암집』2권.]

22 정재철, 「『열하일기』 「옥갑야화」 수록 허생후지 연구」, 앞의 책, pp.121~125.

있다.

　그리고 다른 이유는 그의 글쓰기 태도와 관련해서 볼 수 있다. 앞서 정리했듯 그가 초고의 명칭을 「진덕재야화」로 기술한 이유는 그의 글쓰기의 기본적인 태도인 진실성의 구현을 위한 방안이었다. 그 일환으로 조선의 사행단이 열하에서 머물렀던 태학관에 있는 재실 중에 하나인 진덕재를 편목의 명칭으로 사용하여 실제성을 확보하려고 했던 것이다. 그런데 『열하일기』의 원고가 일부 유출되어 의론이 거세지자 허생의 이야기가 수록된 「진덕재야화」로 번져 나가는 것을 차단할 필요가 있었다. 그래서 편목 명칭을 「진덕재야화」로 정하였을 때 진덕재가 열하의 태학이라는 현장성과 관련해서 실제로 그런 일이 있었는가 하는 문제가 발생할 수 있다는 것을 뒤늦게 깨닫고 그 대안으로 제시한 것이 「옥갑야화」로의 변경이었다.

　더구나 「막북행정록」에서는 "비장과 역관은 한 재실에 모두 들었으며 두 주방은 진덕재에 나누어 들었다."[23]라고 기록한 바도 있고, 또 「태학유관론」에 '오른편 행각에 들어가니 역관 세 사람과 비장 네 사람이 한 구들에 누워 자는데' 등으로 기록하고서도 「진덕재야화」에서는 비장·역관이 진덕재에 머물렀다고 기록한 것으로 보아 연암이 열하에서 머물렀던 재실에 대해 약간의 혼란을 일으킨 것 같기도 하다. 「막북행정록」에 진덕재에 대한 기록이 있을지라도 만일 실제로 진덕재에서 방담이 있었다면 「태학유관론」에 "따로 진덕재야화에 적는다."라고 했을 것이다. 그러나 그렇게 하지 않았다. 이러한 처지에서 장소에 대한 문제가 제기될 수도 있다고 판단했을 것이다. 「옥갑야화」로 바꾸면서 「진덕재야화」에서

23　「막북행정록」, 『국역 열하일기』 Ⅰ, p.337.

발생할 수 있는 공간에 대한 사실성 여부가 허생의 이야기의 진실성 문제로 비화(飛火)되는 것을 막을 수 있을 것으로 생각했을 것이다.

결국 이렇게 장소를 변경함으로써 실제로 진덕재에서 있었던 일이 아니고, 알 수 없는 어떤 곳인 '옥갑'에서 주고받은 옛날이야기로 치부할 수 있도록 한 것이었다. 사실 「진덕재야화」를 기존의 정치권에서 탈 잡아 비판하지는 않았으나 언제든지 허생의 행태를 거론하여 비판할 가능성이 충분하다고 파악하였을 것이다. 이런 문제점을 스스로 인지하자 연암은 반발하는 세력들에게 근본적인 것을 뒤흔들 수 있는 공격의 빌미를 주지 않으려는 의도에서 작품의 내용을 수정 보완하지 않고 무마할 수 있는 방법을 찾아 고심하게 된 것이었다.

그리고 편목의 명칭을 바꾸게 된 근본적인 문제는 「허생전」을 허구화해야 하는 객관적인 상황에서 자신의 창작 욕구와 진실된 글쓰기라는 신념이 충돌하는 것을 해결해야 할 필요성이 컸기 때문이다. 편목 명칭을 「진덕재야화」로 했을 때, 열하에서 조선의 사신들이 머물렀던 태학관의 부속 행각 중 하나인 진덕재를 노출함으로써 당시 상황을 자세히 모르는 사람들에게는 「진덕재야화」가 열하에서 있었던 실제의 일로 인식하여 생생한 현장감을 느낄 수 있다. 이것이 구체적 지명을 이용하여 「진덕재야화」라는 편목을 쓴 이유였다.

그러나 당시의 상황을 잘 아는 사람들에게는 「진덕재야화」가 진덕재에서 있었던 실제의 사실이 아닌 것을 꾸며 낸 것으로 인식하게 됨으로써 허생의 이야기도 연암이 꾸며 낸 것이라는 의혹을 가지게 될 우려가 있다고 스스로 판단했을 것으로 추측할 수 있다. 더구나 「막북행정록(漠北行程錄)」 8월 9일 자 끝부분에서 "두 주방은 진덕재에 나누어 들었다."라고 한 것과 야화가 이루어진 장소가 동일하여 꼼꼼하게 읽으면 장소가 상치된다는 것을 곧 알 수 있었다.

무엇보다도 그는 글을 쓰는 사람이 지켜야 할 책무 중에 하나가 정확한 사실의 기록임을 강조했다. 기록이 정확성을 잃어 진실성이 없으면 신뢰가 손상된다는 사실을 분명히 알고 있었다. 그리고 한편으로「진덕재야화」가 꾸며 낸 이야기처럼 인식되는 것은 앞에서 밝혔듯이 자신의 글쓰기의 기본적인 태도에서 어긋나는 일이 되며, 이것은 자칫『열하일기』전체가 꾸며 낸 거짓된 기록이 첨가된 것으로 인식할 수 있다는 우려가 있었을 것이다. 한편으로는 이로 인해 허생의 이야기도 연암이 꾸며 낸 것으로 인식하게 될 수 있다고 판단했었을 것이다. 그렇게 되면 허생의 이야기를 수록한 저의(底意)를 의심받게 될 가능성이 농후해지기 때문에 부득이하게 편목의 명칭을 알 수 없는 옥갑으로 바꾸었던 것으로 볼 수 있다.

이와 같은 추측은『열하일기』의 일부 원고가 유출되었을 때 보수적이었던 사대부들의 비판과 관련해서 보아도 가능하다.『열하일기』가 많은 독서층에 유포되고 있었는데 그에 대한 비판적 반응도 만만치 않았다.[24] 한 예로 유한준(俞漢雋, 1732년~1811)의 아들인 독서광이었던 유만주(俞晩柱, 1755~1788)는『열하일기』를 틈틈이 읽었는데, 그중에서「호질」필사본을 그의 친구들에게 돌려 가며 읽게 하였고 보내온 편지에 담긴 평과 만나 나눈 대담을 그의 일기인『흠영(欽英)』에 기록하기도 했다.[25] 이에 대해서는 뒤에서 자세히 살펴볼 것이다.

한편 편명을 바꾼 이유를 명륜당이라는 장소의 특성과 관련해서 제시한 견해도 있다. 정재철은 장소가 진덕재에서 옥갑으로 바뀐 이유에 대

24   김명호,『열하일기 연구』(수정증보판), pp.352~363.
25   김명호,『열하일기 연구』(수정증보판), p.354.

해서는 알 수 없다고 하면서도, 바꾼 이유의 하나로 "연암은 진덕재는 성인의 학문을 배우는 교육기관에서 비장·역관과 허생이 장사를 통해 치부한 것에 이야기를 주제로 밤을 새워 이야기하는 것은 적절하지 않다고 생각했을 가능성을 들 수 있다"[26]고 하였다. 당시의 일반적인 독자를 유학자들로 상정한다면 유학의 교육장인 명륜당의 부속 재실인 진덕재에 대해서도 그렇게 인식할 가능성은 충분히 있다.

처음에는 그럴듯하게 하려고 진덕재를 편목의 명칭으로 사용했으나, 후에 여러 가지 문제를 고려하였을 때 그들로부터 흠 잡히지 않으려고 명칭을 바꾸었을 개연성이 있었던 것이다. 공간적 배경인 진덕재를 옥갑으로 바꿈으로써 실제의 지명을 모호하게 하여 사실 여부를 확실하게 판단할 수 없게 만든 것이다. 그러면서 부분적으로 허생의 이야기는 실제의 것이 아니라 윤영을 통해 들은 이야기일 뿐이라고 하면서 자신의 창작이 아님을 명확히 밝히려고 하였던 것이다.

그리고 서두에 대뜸 '옥갑에 돌아와서'라고 하여 옥갑이 열하에서 연경으로 돌아오는 길 어딘가에 실제로 존재하는 것으로 이해하도록 하였다. 이렇게 함으로써 구체적인 지명인 '석갑(石匣)'과 혼동하게 되어 사실로 인식하면서도, 실제로는 어느 누구도 공간을 구체적으로 추정할 수 없게 한 것으로 보인다. 여기에다 열하에서 연경으로 돌아오는 중도에 석갑쯤 이르렀을 무렵인 8월 17일 자 일기에 숙박 장소를 기록하지 않아 의혹이 증폭되어도 실재성(實在性)을 확인할 수 없게 하였다. 실제도 아니고 거짓도 아닌 어정쩡한 상태로 제시한 것이다. 그리고 「진덕재야화」와 달리 발화자로 역관을 제외하고 비장만 제시하여 담화의 내용

---

26   정재철, 「『열하일기』 「옥갑야화」 수록 허생후지 연구」, p.121, 각주 11.

을 비장들의 발언으로 바꿈으로써 역관들이 자신들의 비위를 드러내는 것보다 덜 충격적이면서 한편으로는 비장들의 오류일 수도 있다는 핑곗거리를 만들 수 있었던 것이다. 그러면서 후지를 다시 써서 허생의 존재 자체를 모호하게 만들었다.

따라서 「진덕재야화」에서 「옥갑야화」로 제목을 바꾸었다고 하는 것은 구체적인 지명의 가공화(架空化)라고 볼 수 있다. 진덕재라는 구체적인 지명에서 옥갑이라는 가공의 지명으로 바꿈으로써 구체적이고 실제적인 지명을 은폐하여 허구화한 것으로 볼 수 있다. 이것은 「옥갑야화」를 『열하일기』에 수록하기 위해서는 허생의 이야기를 허구화하고 발화자를 은폐해야 할 필요성이 내재해 있었음을 의미한다. 즉 「옥갑야화」의 이야기를 실화(實話)인 듯이 하면서 실재성은 감추는 효과를 가져온 것이다.

이러한 설정은 「호질」의 경우를 비교해서 살펴보면 더욱 명료해진다. 「관내정사」에 수록된 「호질」의 경우는 자신의 창작품이 아니라는 근거를 입증할 수 있는 객관적인 자료들을 자세하게 제시하고 있다. 그 기록에 의하면 7월 28일 새벽에 풍윤성(豊潤城)을 떠나 고려보를 거쳐 오전에 40리를 갔고, 오후에 바람과 우레가 쳐 잠시 머물렀다가 옥전현까지 40리 길을 저녁 무렵 도착하여 옥전성(玉田城) 밖에서 유숙했다. 저녁 무렵에 성 안으로 들어가 소주(蘇州) 사람인 심유붕(沈由朋)의 점포에서 글을 읽을 줄도 모르는 그가 계주(薊州) 장터에서 사 온 백로지에 작은 글씨로 쓴 것으로 작자를 알 수 없는 '절세기문(絕世奇文)'의 격자(格子)를 연암이 보았다. 연암은 주인의 양해를 얻어 같이 간 정 진사에게 중간부터 쓰게 하고 자신은 처음부터 베껴 썼으나, 돌아와 보니 차분하지 못한 정 진사가 쓴 부분에 빠진 것과 잘못 쓴 것이 수없이 많아 고치고 보충하였다[27]고 하면서 글의 제목을 「호질」로 자신이 붙였다고 명확하게 제시하여,[28] 비록 '자기 문맥화(文脈化)'[29]의 여지를 두고 언급했지만 베껴온 것임을 분명히 했다.

특히 ① '계주 장터'라는 추적할 수 없는 공간, ② '글을 읽을 줄 모르는 사람'이 사 온 것임에도 ③ '절세기문'이어서 베꼈다고 하면서 ④ 차분하지 못한 정 진사[30]와 함께 베꼈다고 한 것,[31] ⑤ "이 편이 비록 지은이의 성명은 없으나, 대체로 근세 중국에서 비분을 참지 못한 사람이 지은 글일 것이다."[32]라고 추측을 덧붙여 자신의 창작 의혹을 철저하게 부정했다. 특히 계주 장터를 언급한 것은 계주 성읍이 북경 동쪽의 큰 고을로 안록산(安祿山)의 난이 일어난 곳[33]으로 번잡한 곳이기 때문이었다. 계주성은 역사가 유구한 성(城)이자, 유명한 절 독락사(獨樂寺)나 반산(盤

27　「관내정사」, 『국역 열하일기』 I, pp.266~267.

28　연암은 「호질후지」의 말미(7월 28일)에 "이 편은 애초엔 제목이 없었으므로 이제 그 글 중에 「호질」이란 두 글자를 따서 제목을 삼아 두어 저 중원의 혼란이 맑아질 때까지 기다릴 뿐이다."라고 했다.(「관내정사」, 『국역 열하일기』, p.279.)

29　황패강, 『조선왕조소설연구』, 한국연구원, 1978, p.244.

30　「호질」을 나누어 필사했던 정 진사는 당시 나이가 60이 넘어 신뢰할 수 없는 인물로 기록했다. 연암은 정 진사는 눈이 희미했고(「관내정사」, 『국역 열하일기』 I, p.240) 좀 경솔한 면이 있어 달을 해로 착각하기도 했다(「일신수필」, 『국역 열하일기』 I, p.191.)고 기록하여 그의 말에 신뢰성이 없음을 언급했다. 정 진사는 본명이 정각(鄭珏, 1721~?)으로 당시 상방비장으로 연암과 동행을 하기도 했다.(「도강록」, 『국역 열하일기』 I, p.19.)

31　이재선은 정 진사가 베꼈다고 한 것은 의도적 배려라고 했다. 그 이유는 "첫째 서술에 확실한 증거를 보다 자연스럽고 신뢰성 있게 변명하고자 하는 배려요, 둘째는 내부 이야기의 사건적 분절단락과 연결시키려는 의도적 배려가 그것이다."(이재선, 앞의 책, p.116.)라고 하였다. 그는 정 진사가 베낀 중간 이후 부분이 '정(鄭)나라의 어느 고을'에서 시작되는 아주 민감한 내용이 들어 있는 부분이라고 했다.

32　「호질후지」, 「관내정사」, 『국역 열하일기』 I, p.277.

33　「관내정사」, 『국역 열하일기』 I, p.280.

山)의 소림사(少林寺)와 함께 맛이 좋은 명주(名酒)의 산지로 연행사들에게 익숙한 곳[34]이다. 번잡하고 익히 잘 아는 곳을 공간으로 설정함으로써 「호질」 같은 좋은 글이 있을 수 있다는 것과 계주 장터의 복잡성으로 출처의 추적이 쉽지 않다는 것을 객관적으로 제시하였다.

이렇게 여러 단계의 보호막을 치면서 철저하게 부정함으로써 더 이상 누구의 창작인지를 가늠할 수 없게 한 것이다. 이것은 「호질」의 내용이 가지고 있는 폭발력을 감안해서 미연에 철두철미하게 방지책을 세워 둔 것이라고 볼 수 있다. 이와 같이 「호질」을 자신이 지은 것이 아니라는 것을 밝히는 등 당시의 보수적이고 완고한 유학에 침윤된 양반사회에서 휘몰아칠 충격을 방지하기 위해서 여러 가지 근거를 덧붙이고 방책을 세웠지만 일부의 독자들은 그것을 곧이곧대로 읽지 않았다.

앞에서 잠시 소개한 유만주(兪晩柱)는 자신이 읽은 책과 빌린 책, 책을 사는 과정, 책에 대한 해제 등 책에 관련된 내용의 대부분을 『흠영(欽英)』에 기록했다. 그는 비슷한 성격과 처지에 놓여 있어 관직에 나가지 않은 채 독서인의 삶을 살았었던 민경속(閔景涑, 1751~1794)과의 만남에 관한 것과 가장 활발하게 서책을 교류했던 기록을 자신의 일기 속에 적어 놓았다.[35] 유만주는 『열하일기』를 틈나는 대로 읽었는데, 1786년 11월 1일 「호질」 필사본을 독서광인 그의 벗 민경속에게 보라고 보내 주었다. 민경속이 그다음 날 「호질」을 돌려주면서 "이 글은 선공감역인 연암

34 「관내정사」, 『국역 열하일기』 I , pp.281~282., 심익철, 앞의 책, pp.337~345.

35 김영진, 「민성휘(閔聖徽) 가문의 장서 연구—7대손 민경속과 유만주의 서적 왕래를 겸하여」, 《한국한문학연구》80집, 한국한문학회, 2020, p.308. 김영진은 민경속과 유만주의 서적 왕래를 표로 작성하였는데, 1786년 1월 9일 자에는 '환연기우름(還燕記于凜)'라고 하여 '燕記'(『열하일기』)를 늠(凜, 흠영에서 민경속의 별칭으로 썼다.—인용자)에게 돌려주었다고 했다.(김영진, 앞의 글, p.312.)

의 수법과 혹사하다"고 평을 담은 편지를 보내왔다고 그의 일기인『흠영』
(1786 11월 1, 2일)에 기록했다.[36]

「호질」의 지은이에 대해 이와 같이 방책을 세웠음에도 사대부층에서는
연암을 의심하였던 것이다. 그래서 「진덕재야화」는 너무 구체적이어서
오해의 소지가 있다고 판단한 연암은 열하의 진덕재가 아닌 옥갑에서 이
야기를 나눈 것으로 편목의 명칭을 바꾸어 「옥갑야화」라고 하면서 서두
의 내용을 변경하였고 '후지'의 내용을 새롭게 고쳐서 다시 쓴 것으로 보
인다. 이본 대조를 통해 「진덕재야화」가 「옥갑야화」보다 먼저 이루어진
것을 밝힌 정재철도 「진덕재야화」에 수록된 「허생후지」가 내용이나 주제
에 있어서 적지 않은 문제를 지니고 있다고 생각하고 이를 「행계집」에 옮
겨 쓰고 나서 제목을 「옥갑야화」로 고치면서 「허생후지」를 고쳐 썼다[37]고
했다.

결국 편목의 명칭을 바꾸었다는 것은 구체적 배경이 존재하지 않는다
는 것을 의미하는 것으로 「옥갑야화」가 허구임을 반증하는 것이다. 박
기석이 이를 두고, "진덕재라는 실제의 장소를 제목으로 삼았다가 다시
'옥갑'이라는 모호한 장소를 제목으로 삼은 것은 이 작품이 어떤 구체적
인 시간과 장소를 배경으로 하는 경험적 사실을 바탕을 둔 것이라기보다
는 열하 여행 중에 함께 갔던 역관들과 비장들과의 대화를 통해 얻은 이
야기들을 기반으로 하여 꾸민 것이었기 때문이라고 생각한다."[38]라고 한
것처럼 기행문을 칭탁(稱託)하여 「허생전」을 수록하기 위한 방편이었던

---

36   김명호, 『열하일기 연구』(수정증보판), p.354.

37   정재철, 「『열하일기』「옥갑야화」 수록 허생후지 연구」, p.132.

38   박기석, 『연암소설의 심층적 이해』, p.309.

것임을 말해 주고 있다. 비록 「허생전」이라는 제목을 쓸 수는 없을지라
도 내용을 온전하게 보존하기 위한 조치였을 것이다.

3) 설정된 배경으로서의 지명 '옥갑'

『열하일기』가 기행록임에도 일정이 불분명한 「옥갑야화」를 수록한 것
이 의도적인 설정을 위한 장치로 의심하게 만든 가장 중요한 단서는 '옥
갑'이라는 지명이다. 일반적으로 소설에서 지명은 작품의 공간적 배경으
로 이용되지만 간혹 복선(伏線)이나 상징적 요소로서 작품을 이해하는
데 큰 의미를 가질 수도 있다. 그리고 기행문이라는 것을 전제했을 때
지명은 여행의 일정(日程)과 관련하여 정서적 공감대를 형성하면서 의미
를 부여할 수 있는 중요한 요소이다.
「옥갑야화」의 경우는 구체적 지명을 편목과 서두에 인용함으로써 독자
는 공간에 대한 현장감을 충분히 느낄 수 있도록 했다. 그렇다면 옥갑은
실제의 지명일까? 실제의 지명이라면 어디일까? 연암은 「옥갑야화」의
첫 문장에서 '옥갑에 돌아와서'라고 했는데, 사실 이 내용만으로는 어디
에서 옥갑으로 돌아왔는지도 알 수 없다. 일반적인 해석은 열하에서 연
경으로 돌아오는 도중의 한 곳쯤으로 추측하여 '열하에서 옥갑으로 돌아
오는' 것으로 이해할 뿐, 그곳이 어디인지는 구체적으로 밝히지 않았다.
제목으로 쓸 만큼 중요한 장소인데도 이에 대한 정보를 남기지 않은 것
이다. 아니면 연암이 의도적으로 은폐한 것일 수도 있나. 이러한 까닭으
로 일부의 논자는 '열하에서 연경으로 돌아와서'로 이해하기도 한다. 더
구나 열하와 연경 사이에는 옥갑이라는 지명이 없다.
연암은 의미 있는 공간의 경우 아주 구체적이고 상세하게 설명하고 있

다. 압록강을 건너 통원보에 이르렀을 때 큰비가 내려 며칠째 고생하고 있었는데, 그때 연암은 어느 점방에 들어가 방고래를 열고 긴 가래로 재를 모아서 버리는 것을 보고 캉의 기본 구조와 제도를 아주 장황하게 설명했다(7월 5일). 열하에서 연경으로 가는 도중에 만리장성 밖에 이르렀을 때는 장성을 보고 그 규모와 역사, 그리고 지리적 특성을 상세하게 기록했으며(8월 17일), 「야출고북구기」에 나오는 고북구에 대해서는 역사와 주변의 모습과 지세 등으로 내용의 절반을 지명과 관련된 이야기로 채웠다.

이와 같이 연암은 여행 중에 보고 겪은 사소한 사건일지라도 세심하게 관찰하여 기록했다. 비단 사연이 있는 공간뿐 아니라 그저 지나치는 공간이라도 자신이 처음 가 보는 곳이면 그곳에 대해 자세하게 기록했다.[39] 그런데 옥갑은 편목의 제목으로 사용할 만큼 중요한 지명임에도 단 한마디도 언급하지 않았다. 옥갑은 어디일까? 연암은 없는 지명을 옥갑이라고 한 것일까? 아니면 혹시 다른 공간을 차용해서 쓰고 옥갑이라고 한 것은 아닐까? 옥갑이란 지명을 편목의 명칭에 썼던 것은 허생의 이야기를 은폐하기 위한 의도적인 명명이었을까?

(1) 옥갑의 위치의 추정

「옥갑야화」의 서두를 일반적으로 '옥갑에 돌아와서'로 해석할 경우, 돌아가는 도중을 의미하는 것이어서 열하로 가는 길이나 열하에서의 기록은 아니다. 이렇게 해석할 경우, 8월 9일 열하에 도착한 뒤, 황제의 탄신일인 만수절(萬壽節) 하반(賀班)에 참석하였고, 14일까지 엿새 동안

---

39 박수밀, 『열하일기 첫걸음』, 돌베개, 2020, p.268.

열하 태학관에서 머물다가 15일 열하를 출발하여 20일 다시 연경으로
돌아왔는데, 이 도중에 어느 날 '옥갑'이라는 곳에서 하룻밤을 잔 것으로
이해할 수 있다. 이것을 근거로 한다면 8월 15일부터 20일 사이에 구술
한 것이라고 할 수 있다. 따라서 기록한 날짜를 굳이 밝히려 한다면 열
하에서 연경으로 되돌아가는 15일부터 20일까지 6일간의 여정을 기록한
「환연도중록(還燕道中錄)」에서 찾아야 할 것이다.

　그러나 연경에서 열하로 가는 과정을 기록한 「막북행정록」에서뿐만 아
니라 연경으로 귀환하는 기록에서도 옥갑이라는 지명은 보이지 않는다.
다만 「막북행정록」에는 옥갑이라는 지명 대신에 비슷한 '석갑(石匣)'이라
는 지명이 보이는데 이곳은 열하로 가는 도중인 8월 7일 저녁 식사를 한
곳[40]이다. 그러나 연경으로 다시 돌아가는 과정에서도 석갑을 지났을 것
으로 보이는데 이에 대한 언급이 없다. 옥갑을 석갑에서 유추할 여지를
없앤 것일 수도 있다.

　이와 같이 「옥갑야화」가 기행록에 수록된 것임에도 다른 글들처럼 옥
갑에 관련된 여정이나 견문이나 소회(所懷)를 피력한 것은 한 군데도 없
다. 그러나 첫 구절에 유의한다면, 어느 곳인지 알 수 없지만 '돌아와서'
라는 말에는 조선의 연행사로서는 처음 갔던 열하에서 연경으로 돌아가
는 과정에서 먼저 열하로 급히 갔던 것과는 달리 무사하게 귀환하게 된
안도감이나 해방감 같은 것이 담겨 있는 것으로 한밤의 이야기의 꽃을
피우게 했을 것으로 추측할 수도 있다. 그때 침상에서 자신들의 관심사
이거나 일상사와 관련이 있는 역관들의 행태나 사행(使行)과 관련된 이

40　「막북행정록」, 「국역 열하일기」Ⅰ, p.327.

야기들이 자유롭게 오간 것[41]이라고 상상할 수도 있다. 이와 같은 상황을 고려했을 때도 열하와 연경 사이에 어느 지점이라고 추측할 수 있겠다.

(2) 옥갑에 대한 추론

이에 대한 논의를 위해 그간에 옥갑이라는 지명을 추정한 몇 가지 사례를 살펴보기로 한다. 옥갑이라는 지명을 추정한 논문은 박기석의 「옥갑야화와 허생전」[42]이 있다. 그는 이 논문에서 옥갑을 세 관점에서 해명하였는데, 첫째는 석갑의 차용, 둘째 석갑 주변의 고을, 셋째 연경 등을 중심으로 살펴보았다.

우선 박기석은 옥갑과 유사한 명칭인 '석갑(石匣)'을 옥갑이라고 할 수 있다[43]고 하여, 석갑이라는 지명 대신에 옥갑으로 바꾸어 썼을 가능성을 제기했다. 석갑에 대한 기록은 열하로 가는 일정을 기록한 「막북행정록」에 두 번 나온다. 첫 번째는 8월 7일 자에 "저녁나절에 석갑성(石匣城) 밖에서 밥을 지었다. 이 성의 서쪽에 갑(匣)처럼 생긴 돌이 있다 하여 역(驛) 이름까지도 석갑(石匣)이라 하였다."라는 유래와 '옛날 유수광(劉守光)이 도망쳤다가 잡힌 데가 곧 이곳'[44]이라고 역사적 사실을 기록했고, 두 번째는 이틀 뒤인 8월 9일 자에 새벽에 출발해서 거대한 난하(灤河)에 도착하니 건너려고 하는 수많은 사람과 수레와 말이 구름처럼 모여 있었는데 거기서 석갑에서 보았던 가마를 타고 기세등등했던 자를 본 것

---

41   김석회, 「홍순언 일화의 배치와 변용」, 박기석 외, 『열하일기의 재발견』, 월인, 2006, p.416.

42   박기석, 「옥갑야화와 허생전」, 『연암소설의 심층적 이해』, pp.301~327.

43   박기석, 「옥갑야화와 허생전」, 앞의 책, p.308.

44   「막북행정록」, 『국역 열하일기』 I, p.327.

45을 기록하였다.

그러나 「옥갑야화」의 서두를 열하에서 연경으로 가는 도중이라고 이해 한다면 이 기록들은 의미가 없다. 왜냐하면 열하로 가는 도중에는 일정이 촉박해서 저녁 식사가 끝나면 다시 길을 다투어 가느라고 '나흘 밤낮으로 가면서 눈 한번 제대로 붙여보지 못했기'(8월 9일) 때문에 침상에 누워 한가하게 이야기할 여유가 없었기 때문이다. 8월 1일 연경에 도착하여 숙소인 서관(西館)에 머무르고 있다가 4일 저녁에 예부(禮部)로부터 갑자기 열하로 오라는 연락을 받고 5일 연경을 출발하였으나 일정이 촉박하여 밤낮을 가리지 않고 갔었다. 8월 9일 아침 사시(巳時, 9∼11시)에 열하에 겨우 도착할 때까지 나흘 밤낮으로 눈을 붙이지 못해서 가다가 발길을 멈추고 졸기도 하여, 아름다운 경치를 두고 '취리(醉裏)의 건곤(乾坤)이고 몽중(夢中)의 산하'**46**라고 할 정도였다. 더구나 석갑에서 저녁 식사를 하고는 바로 고북구를 향해 출발했다. 따라서 가는 도중에는 한가롭게 누워 한담을 할 시간적·심적인 여유가 없었다.

그래서 박기석은 연경으로 귀환하는 과정에 석갑을 지났을 것이라고 판단하였다. 그 결과 석갑에서 숙박했을 것으로 추정하고 일정을 역(逆)으로 계산했다. 즉 「막북행정록」에는 사행단이 8월 7일 석갑성에서 저녁을 먹고 출발하여 8월 9일 오전에 열하에 도착하여 석갑에서 열하까지 이틀 만에 갔다고 하였지만, 실상은 7일 밤새도록 갔었고 8일 하루 종일 가서야 다음 날 오전에 도착했으니, 정상적인 행보라면 3일 정도 걸릴 것으로 추정했다. 따라서 열하에서 연경으로 출발한 날이 15일 오전이

45　「막북행정록」, 「국역 열하일기」 I, p.335.

46　「막북행정록」, 「국역 열하일기」 I, p.333.

므로 사흘째 되는 날인 17일에 석갑에서 유숙했을 것이며, 바로 이때 연암이 비장들과 환담을 했을 것으로 추측했다.[47] 의도적인지 우연인지 연암은 「환연도중록」에 다른 날에는 숙박한 지명을 기록했으나 17일만 숙박한 지명을 기록하지 않았다.

「환연도중록」에서 연경까지 숙박한 일정을 검토해 보면, 15일 열하를 출발해서 난하(灤河)를 건너 하둔(河屯)에서 1박을 했고, 16일은 아침에 일찍 길을 떠나 왕가영(王家營)에서 점심을 먹고 황포령(黃舖嶺)을 지나 마권자(馬圈子)에서 숙박했다. 17일은 청석령(요양 근처의 청석령과는 다른 청석량의 오기[48])을 거쳐 아침밥을 삼간방(三間房, 8일 새벽에 출발하여 반간방에서 아침 먹고 가다가 잠시 쉬었던 곳)에서 먹고, 관왕묘를 거쳐 고북구(古北口)로 갔다. 장성의 1, 2관문을 거쳐 고북구 관내의 점방에서 점심을 먹고 제3관문으로 들어갔다. 이날 숙박한 곳을 기록하지 않았다. 18일 아침에 길을 떠나 차화장(車花莊)과 사자교(獅子橋)를 거쳐 행궁을 지나 목가곡(穆家谷)에 이르러 점심을 먹고 석자령(石子嶺)을 지나 밀운(密雲)에 이르러 백하(白河)를 건너 회유현(懷柔縣) 성 밑 부마장(駙馬莊)에서 숙박을 했다. 19일은 회유현을 출발하여 남석교(南石橋)에서 점심을 먹고 임구(林溝)를 지나 청하(淸河)에서 숙박했다. 20일 해뜰 무렵에 출발하여 덕승문(德勝門)에 이르렀다.

이상의 일정에서 보면, 문제가 되는 것은 숙박한 곳을 기록하지 않은 17일이다. 열하로 갈 때인 7일 저녁을 석갑에서 먹고 고북구로 향했

47　박기석, 「옥갑야화와 허생전」, 앞의 책, pp.307~308.

48　김혈조 역, 『열하일기』(개정신판)2권, p.110.

다.[49] 이를 근거로 역으로 추정하면 고북구를 지난 다음이 석갑이 된다. 그렇다면 17일 숙박한 곳이 석갑이다. 그러나 중요한 단서는 18일 '아침에 출발하여 차화장(車花莊)과 사자교(獅子橋)를 지나니 황제가 묵는 행궁이 있었다'라는 것과 '점심을 목가곡에서 먹었다'는 기록이다. 특별한 사정이 없는 한 아침에 출발한 곳이 전날 숙박한 곳이라고 할 수 있을 것이다. 그런데 아침에 출발해서 차화장과 사자교를 거쳐 행궁을 지나 목가곡에서 점심을 먹었다고 기록하여, 출발해서 얼마만큼 가서 차화장과 사자교에 이르렀는지를 알 수가 없다. 따라서 차화장과 사자교가 숙박한 곳이라고 단정할 수가 없다. 그뿐더러 차화장과 사자교가 어느 곳인지도 알 수가 없다. 단지 17일 고북구 관내에서 점심을 먹고 난 후부터 18일 점심을 먹은 목가곡 사이에서 유숙했음을 알 수 있을 뿐이다.

핵심은 석갑을 중심으로 귀환한 길이 되는 고북구와 목가곡 사이인데 이 사이의 지명이 열하로 갈 때와 연경으로 되돌아갈 때가 서로 달라 추정이 어렵다. 이것을 재구성하면 삼간방→반간방→만리장성→석갑성이 될 것이다.[50] 이것을 열하로 갔을 때의 기록을 추적하여 유추한다면, 8월 17일 오후부터 18일 오전까지의 일정은 고북구 관내에서 점심을 먹고 (석갑성)→광형하(光硎河)→고북하(古北河)→(차화장·사자교)→신성→

49 「산장잡기(山莊雜記)」의 「야출고북구기(夜出古北口記)」에 고북구를 지나면서 먹을 갈아 '건륭 45년 경자 8월 7일 밤 삼경에 조선 박지원이 이곳을 지나다.'라고 썼다(「산장잡기」, 「국역 열하일기」 II , p.358.)고 한 것으로 보아 석갑에서 저녁을 먹고 한밤중에 고북구를 넘었음을 알 수 있다.

50 열하로 갔던 8월 6일 저녁 밀운대에서 유숙, 7일 목가곡(아침)→남천문→광형하→석갑성(저녁)→만리장성, 8일 반간방(아침)→삼간방에서 잠시 휴식했다. 이 일정이 연경으로 되돌아갈 때인 17일 새벽 청석량→삼간방(아침)→만리장성→고북구(점심)—이날 80리를 갔다고 기록, 18일 동틀 무렵 출발, 차화장·사자교 지나 행궁→목가곡(점심)→석자령→밀운대 등으로 기록하였다. 연경으로 귀환 과정을 대강 유추하면, 삼간방→반간방→만리장성→고북구→석갑성→목가곡으로 간 것으로 기록했어야 했다.

남천문→(행궁)→목가곡이 이에 해당한다.

그러나 이 일정을 근거로 석갑성에서 숙박했을 것이라고 단정하는 것은 조금 힘든 여정이다. 열하로 갈 때 여정을 살펴보면 8월 7일 목가곡에서 아침을 지어 먹고 남천문을 거쳐 광형하를 건너 빠른 행보로 하루 종일 가서 석갑에서 저녁을 먹었다는 기록이 있는데 이것을 귀환할 때로 바꾸면, 석갑에서 아침을 먹고 출발하여 빨리 간다면 저녁에 목가곡에 도착한다는 결론이 된다. 즉 목가곡과 석갑의 거리는 빠르게 걸어 하루에 갈 수 있는 거리로 하루 일정으로는 제법 긴 거리이다.

이것을 근거로 일정을 정리하면 석갑에서 점심을 먹고 가다가 중간 지점에서 유숙해야 그다음 날 목가곡에서 점심을 먹을 수 있다. 다만 열하로 갈 때처럼 급히 가야 한다. 정상적으로 간다면 아침에 석갑을 출발하면 다음 날 목가곡에서 점심을 먹을 수 있다. 이것을 토대로 추정하여 17일 석갑에서 숙박했을 경우 다음 날인 18일 석갑을 출발하여 하루 종일 가서 하루 숙박하고 그다음 날 19일 점심에 목가곡에 도착하면 정상적 일정이다.

그러나 만일 17일 석갑에서 숙박을 한다면 다음 날 이른 새벽에 출발하여 빠른 행보로 가야 저녁때가 되어서 목가곡에 도착이 가능하다. 따라서 17일 석갑에서 유숙하고 18일에 석갑에서 아침을 먹고 출발해서 목가곡에서 점심을 먹는 것은 불가능하다. 17일 숙박한 곳이 석갑을 지나 목가곡 쪽으로 반나절 이상을 더 간 지역이어야 다음 날 목가곡에서 점심을 먹을 수 있을 것이다.

그렇다면 차화장과 사자교는 광형하나 고북하, 남천문 사이의 어느 지점일 것으로 추산할 수 있다. 만일 17일 석갑에서 숙박을 하고 18일 아주 이른 새벽에 출발하여 뛰다시피 해서 갔다면, 다시 말해 열하로 급히 가던 속도의 두 배로 빠르게 갔다면 목가곡에서 점심이 가능했을 것이다.

 그러나 당시에는 그렇게 갈 필요도 없었고, 그래도 만일 갔다면 밤새 누워 이야기할 시간적인 여유가 없으므로 17일 석갑에서 유숙하면서 여유 있게 한담을 했을 것이라고 보기는 어렵다. 이렇게 노정을 추리하면 석갑은 16일 낮에 지났을 것으로 볼 수 있다. 그러면 삼간방과 고북구 사이에서 숙박을 했어야 18일 점심을 목가곡에서 먹을 수 있다. 그런데 기록은 고북관 내에서 점심을 먹었고 제3관문으로 갔다고 했다. 그렇다면 17일은 고북구 제3관문 근방이나 목가곡 방향으로 조금 더 간 곳에서 유숙했을 것이다. 열하로 갈 때의 지명으로 한다면 광형하(光硎河)→고북하(古北河)→남천문 근처에 해당하는 곳이다.

 그리고 고북구→석갑→목가곡은 이틀간의 거리여서 일정이 잘 안 맞는다. 즉, 16일 낮에 점심을 먹은 곳과 18일 목가곡 사이의 일정이 맞지 않아 추적이 불가능한데 이것은 기억의 착오이거나 의도적일 수 있다고 생각된다. 다만 연경으로 돌아오는 일정은 열하로 갈 때보다 하루가 더 걸렸던 것으로 보아 빨리 재촉하지 않았을 것을 감안한다면 석갑에서의 유숙은 불가능했을 것이다. 따라서 실제로 석갑에서 머무르면서 한담을 했을 것이라는 가설은 성립이 어렵다.

 하지만 날짜나 숙박 여부와 관계없이 석갑을 차용하여 옥갑이라고 했을 가능성은 있으며, 17일 유숙한 곳을 기록하지 않은 것은 의도적인 것으로 보인다. 실제로는 유숙하지 않았으면서도 석갑을 옥갑으로 유추하거나 판단하도록 유도한 것으로 보인다. 이렇게 보면 박기석의 17일 머문 곳인 석갑이 옥갑일 수 있다는 추측은 일정을 대강 검토한 결과임을 알 수 있다.

 그리고 박기석은 옥갑이 석갑이 아니라면 석갑 근처 어딘가에 옥갑이라는 지명이 있을 것이라고 추정하기도 하였는데, 그 이유로 '일반적으

로 고을 이름이 한 지역을 중심으로 비슷한 경우가 종종 있다[51]고 하였으
나 이 또한 근거가 없는 추측일 뿐이다.

박기석은 또다른 옥갑에 대한 가정으로 김영동이 추정한 연경의 조선
사행의 숙소였던 태학관[52]을 은유적으로 표현했을 가능성을 제기했다.[53]
즉 '옥갑에 돌아와서'를 '열하에서 연경으로 돌아와서'로 이해한 것이다.
그러나 연암이 연경으로 돌아와서도 비장들과 한가롭게 이야기한 흔적
은 없다.

연암은 8월 20일 연경에 도착하여 역관 조명위(趙明渭)와 함께 주루
(酒樓)로 가서 저녁 식사를 한 뒤에, 조명위가 자신의 방에 귀한 것이 있
다고 하여 그의 거처로 가서 화초와 나무들, 골동과 서책을 구경하고 서
관으로 돌아왔다. 밤에 여러 역관이 연암의 방으로 모여들어 술과 안줏
거리를 준비했으나 여행으로 인한 피로로 흥미를 잃고 다만 연암의 보따
리를 궁금해하였다. 연암이 보따리를 열어 지니고 다니던 붓과 벼루, 그
리고 필담을 나눈 초고와 일기를 보여 주었다.[54]

박기석은 이 부분에 대해, "어쩌면 이날 밤 연암은 이들과 침상을 잇
대어 놓고 이런저런 이야기를 나누다가 「옥갑야화」의 내용과 같은 이야
기가 화제로 올랐는지도 모른다. 그렇다면 옥갑이라는 장소는 북경의
조선 사신의 숙소일 가능성이 있다"[55]고 했다. 그러나 이것은 "약간의 주

---

51   박기석, 「옥갑야화와 허생전」, 앞의 책, p.307.

52   연경에서의 숙소는 서관이었고, 열하에서 숙소가 태학이었다.

53   박기석, 「옥갑야화와 허생전」, 앞의 책, p.308., 김영동, 「옥갑야화의 분석적 고찰」, 「한국문
학연구」11집, 동국대 한국문학연구소, 1988, p.127.

54   「환연도중록」, 「국역 열하일기」Ⅰ, p.427.

55   박기석, 「옥갑야화와 허생전」, 앞의 책, p.308.

찬(酒饌)이 있었으나 행역(行役)한 나머지 전혀 입맛을 잃었다."라고 한 바로 다음 문장을 주의하지 않은 단순한 추측에 불과하다.

도착하던 날 일행은 20일 해 뜰 무렵에 청하(淸河)를 출발하여 오전에 덕승문에 이르렀고 숙소인 서관으로 돌아온 것이다. 이런 처지에서 보면 그간의 여행으로 피로가 누적된 데다가 하루 일정이 고단하여 저녁에 침상에 누워 도란도란 이야기할 형편이 못 되었을 것이다.

그리고 그들이 연암의 방에 모여 있었던 것은 여행담을 이야기하기 위해 모인 것이 아니라 앞에서 언급한 대로 연암의 보따리에 관심이 있어 피곤을 참고 그것을 열기만 기다리고 있었을 뿐이었다. 그들은 연암의 보따리에 담겨 있을 별상금(別賞金)에 대한 호기심만 지니고 있었던 것이다.

그러나 연암은 별상금을 받지 않았다. 이미 연경에서 정사 이하의 직함과 성명을 기재한 단자를 열하로 보낼 때 연암의 이름을 누락하였는데 이것은 별상금을 피하기 위해 한 것이었다[56]고 했다. 따라서 그의 보따리를 열었으나 그 안에는 별상금이 없어 섭섭해하였다. 그러므로 그들과 함께 누워 이야기를 했다고 하기는 어렵다.

한편 김영동도 옥갑의 지명을 연경의 숙소와 관련해서 유추했다. 그는 연암의 연행 노정에 옥갑이라는 지명이 없음을 전제하고, 박기석처럼 '옥갑에 돌아와서'를 '열하에서 연경으로 돌아와서'로 이해하여 「옥갑야화」를 연경의 서관에서 머물러 있으면서 쓴 것으로 판단했다. 그래서 그는 연암이 '서관야화(西館夜話)'라고 하지 않고 '옥갑야화'라고 한 것에

56　「막북행정록」,「국역 열하일기」I , p.310.

의문을 제시하기도 했다.[57]

당시 조선의 사신들은 자금성(紫禁城) 서쪽의 서단(西單) 인근에 있던 서관(西館)에 머물렀는데, 1780년 연행했던 연암 박지원 일행도 이곳에 머물렀다. 「황도기략」의 「서관」에 대한 기록을 보면, 서관은 선무문 안의 첨운패루(瞻雲牌樓) 안쪽 사패루(四牌樓)의 큰 거리 서쪽, 백묘호동(白廟衚衕) 왼쪽에 있다. 정양문 오른쪽에 있는 것을 남관(南館)이라고 했는데 모두 우리나라 사신의 숙소였다[58]고 했다.

연경에 도착한 8월 1일 자 기록에도 연암 일행이 머물렀던 조선 사신 관소(館所)인 서관에 대한 설명이 있다. 순치(順治, 1644~1661) 초에 연경에서 조선의 사신들이 묵었던 관저는 옥하(玉河) 서쪽 기슭에 있는 옥하관(玉河館)이었는데, 1693년 악라사(顎羅斯, 러시아)인들이 점령하였다. 악라사는 코가 크고 사나운, 즉 대비달자(大鼻㺚子)로 가장 흉포하고 사나운 종족이라고 했다. 이런 이유로 '조선관'인 '회동관(會同館)'을 건어호동(乾魚衚衕)에다 세웠는데 이곳은 본래 도통(都統) 만비(滿丕, ?~1700)의 집이었다.[59] 이곳을 남관이라고 했는데 이 회동관이 한 해 전에 불이 나서 타 버린 뒤에 아직 새로 짓지 못해 서관으로 옮겨 거처하게 된 것[60]이다.

김영동은 이와 같은 사정을 근거로 서관을 옥갑이라고 하면서 서관뿐 아니라, 애초의 조선 사신의 숙소가 옥하관이었음을 상기시키며, 옥갑은 이것을 지칭하는 것으로 볼 수 있다고 확대 해석하였다. 그뿐 아니라

---

57   김영동, 「옥갑야화」, 「증보 박지원 소설연구」, p.179.

58   「황도기략」, 「국역 열하일기」 II, p.426.

59   「관내정사」, 「국역 열하일기」 I, pp.290~291.

60   「조선관」, 「알성퇴술」, 「국역 열하일기」 II, p.477.

경기궁(瓊其宮) 요기대(瑤其臺), 즉 옥으로 장식하고 누런 유리기와로 치장한 궁궐인 태화전(太和殿)이나 층마다 백옥으로 덮은 삼 층 월대(月臺), 유리기와 지붕을 덮은 대성전(大成殿) 등이 즐비한 황성(皇城)을 지칭한 것이라고 볼 수 있다[61]고 하였다.

그러나 이런 가설은 옥(玉)에서 유추하여 그 지명을 옥갑이라고 한 것에 근거를 둔 이론인데, 그렇다면 옥화관이나 궁궐 혹은 황성이 '갑(匣)'처럼 생긴 것이 아니므로 옥갑이라고 할 것이 아니라 차라리 옥전(玉殿)이나 옥각(玉閣), 혹은 옥루(玉樓), 옥성(玉城)이라고 했어야 할 것이다. 이와 같이 김영동은 옥갑을 불타 버린 사신의 숙소인 옥하관에서 유추하여 서관으로 보거나, 옥으로 장식한 연경의 황성(皇城)의 건축물들을 상징적으로 표현한 것으로 보는 것이 타당성이 있다[62]고 하였다. 그러나 이것은 지나친 유추에 의한 해석의 비약이라고 할 수 있다.

(3) 오자(誤字) · 석갑 유숙(留宿) · 편목 순서에 근거한 이론

한편 석갑과 관련한 추론으로 옥갑을 석갑의 오자(誤字)가 아닌가 하는 추측과 석갑에서 숙박을 했을 것이라는 추측, 그리고 『열하일기』에 수록한 「옥갑야화」의 배열 순서에 의해 옥갑의 위치를 추정한 경우도 있다. 김혈조는 『열하일기』를 번역하면서 「옥갑야화」를 「옥갑에서의 밤 이야기」로 풀이하여 제목으로 삼고, 주석을 달아 옥갑의 위치는 정확하게 알 수 없다고 단정하면서 다음과 같이 소개했다.

---

61   김영동, 「옥갑야화」, 『증보 박지원 소설연구』, p.179.

62   김영동, 「옥갑야화」, 『증보 박지원 소설연구』, p.179.

혹 (옥갑은) 석갑의 오자(誤字)가 아닌가 한다. 석갑은 석갑성 (石匣城)을 말하는데, 연행의 노정에서 연암은 열하에서 돌아올 때 여기 석갑성에서 하루를 잔 것으로 추정된다. 『열하일기』에 수록된 글의 순차상 「옥갑야화」는 열하에서 북경으로 돌아오는 과정에 놓여 있으며, 석갑성은 고북구 만리장성과 밀운성 중간에 있기 때문이다. 또 연암이 다닌 연행 노정에 갑(匣)이라는 이름이 들어간 지명은 유일하기 때문이다.[63]

이는 상당히 피상적인 유추로 보인다. 8월 7일 열하로 갈 때 석갑성에서 저녁을 먹고 바로 출발했던 것을 토대로 유추하거나 역으로 돌아올 때를 상정해서 위치를 추정한 것이며, 『열하일기』에 수록한 글의 순차를 근거로 주장한 것이다. 그러나 김혈조의 이러한 추론들은 문제가 있다.

첫째, 옥갑을 석갑의 오자(誤字)가 아닌가 하는 추측은 쉽게 납득하기 어렵다. 일정을 꼼꼼하게 기록한 연암이 명칭이 유사하다고 해서 지명을 잘못 표기했을 것 같지 않다. 연암은 사연이 있는 공간뿐이 아니라 그저 거쳐 가는 곳이라도 처음 가는 곳은 그 지역을 자세히 기록했다. 더구나 궤짝[갑(匣)]처럼 생긴 돌이 있는 역참(驛站)이라는 석갑성의 유래와 연왕(燕王)을 참칭(僭稱)한 유수광(劉守光, ?~914, 재위 기간 911~914)이 잡힌 곳이라는 역사적인 사건을 언급[64]한 것으로 보아 석갑을 착오로 옥갑이라고 한 것으로 볼 수 없다.

---

63 「옥갑에서의 밤 이야기」, 김혈조 역, 『열하일기』(개정신판)3권, p.274.

64 「막북행정록」, 『국역 열하일기』 I, p.327.

그리고 8월 9일 자에 난하에서 배를 타기 위해 기다리던 중에 석갑에서 보았던 가마 탄 자를 다시 본 것을 기록하여 석갑이라는 지명이 또 나오는 것으로 보아 오자라고 단정하기 어렵다. 오자가 한 군데이면 수긍할 수도 있겠으나, 이틀 뒤의 기록에서 동일한 지명이 제시된 것은 오자라고 보기 어렵다. 김혈조가 오자가 아닌가 하고 추측하는 이유는「환연도중록」8월 17일 자에 '청석량'을 요양 청석령의 지명 사이에서 착오를 일으켜 '청석령'이라고 잘못 표기한[65] 전례가 있었기 때문이다.

그러나 옥갑이라는 지명을 편목의 제목으로 쓴 것은 그 지명을 대단히 중요하게 생각한 것인데 그 제목을 실수로 석갑을 옥갑이라고 하였을 것이라고 추정하는 것은 설득력이 약하다. 오자라고 하기보다는 차라리 의도적으로 석갑을 차용하여 옥갑으로 바꾸어 썼을 것이라는 추측은 가능성이 있다. 더구나 기행의 글의 기본 요건이 일정인데 일정 중에서 지명을 바꾼다면 기록의 의미가 반감됨으로 다른 의도가 개입되지 않는다면 구태여 바꿀 이유는 없었을 것이다. 따라서 7일 자의 석갑 하나만 들어 오자라고 하는 것은 연암의 글쓰기 태도를 모독하는 잘못된 판단이라고 할 수 있다.

둘째는 연경으로 귀환할 때 석갑에서 잤을 것으로 추정했는데, 연경으로 되돌아갈 때는 일정 중에 석갑에 대한 언급이 없어 다만 추정할 뿐이다. 숙박 장소를 모두 기록했으나 17일은 기록하지 않아 이날 석갑에서 유숙했을 것으로 간단하게 추측하는데 이것은 좀 무리가 있다. 18일 아침 일찍 출발하여 차화장과 사자교를 거쳐 행궁을 지나 점심때 목가곡에 이른 것을 보면, 낮에 석갑성을 지나 광형하(光硎河)→고북하(古北河)→

---

65   「북경으로 되돌아가는 이야기」, 김혈조 역『열하일기』(개정신판)2권, p.110.

남천문 그 부근에서 숙박했을 것으로 보인다. 이것은 이미 앞에서 열하에서 연경으로 가는 8월 17일과 18일의 일정을 검토하면서 문제를 제기한 바 있어 줄인다.

한편 열하로 가는 과정에서 한담을 할 수 있었을 것으로 추측할 수도 있는데 이것은 '옥갑에 돌아와서'라는 말과 부합하지 않아 해당되지 않고, 더구나 열하로 갈 때는 석갑에서 저녁만 먹고 난 후에 바로 고북구를 향해 출발했었기 때문에 침상에 누워 여유 있게 한담할 시간이 없었다.

셋째로 그는 편목의 편집된 순서를 바탕으로 석갑을 추정하였다. 그는 "『열하일기』의 수록된 글의 순차상 「옥갑야화」는 열하에서 북경으로 돌아오는 과정에 놓여 있으며"[66]라고 했는데 이것은 『열하일기』의 편집 순서를 근거로 한 것이다. 그는 자신이 번역 편찬한 『열하일기』에 「옥갑야화」가 「구외이문」과 「황도기략」 사이에 배치되어 있기 때문에 이와 같이 추정한 것으로 보인다. 특히 고북구 장성 밖[구외(口外)]인 열하와 변경(邊境) 사이의 기록인 「구외이문」과 연경에서의 기록인 「황도기략」 사이에 「옥갑야화」를 배치한 것을 근거로, 열하와 연경 사이에 '~갑'이 들어 있는 지명은 석갑이 유일하다는 것에 착안하고 있다.

그는 「옥갑야화」가 열하에서 연경까지의 일정을 기록한 글 사이에 끼어 있는 것을 근거로, 열하와 연경 사이의 지명인 석갑이 옥갑이며, 이것이 기준이 되어 「옥갑야화」를 「구외이문」 다음에 배치한 것으로 본 것이다. 이렇게 배열한 것은 박영철본 『연암집』[67]의 순서에 따른 것으로 보

---

66   김혈조 역, 『열하일기』(개정신판)3권, p.274.

67   이 『연암집』의 11집 별집부터 15집 별집에 『열하일기』가 수록되어 있는데 14집 별집에 「옥갑야화」가 수록되어 있다.(한국고전번역원, 영인표점, 한국문집총간, 2000, 한국고전종합DB.) 리상호가 번역한 『열하일기』도 이 책을 접본으로 했다.

인다. 연민 이가원이 『열하일기』를 번역하면서 「진덕재야화」를 다백운루본(多白雲樓本)이나 일재본 『열하일기』에는 「환연도중록」 앞에 배치했다고 각주를 통해 밝힌 것도 같은 맥락이다.[68]

　그러나 꼭 그렇게 단정할 수 있는 것은 아니다. 연암은 『열하일기』의 편목을 배치하는 순서를 시간과 공간에 의한 추보식(追補式) 구성의 형식으로 배열하였다. 열하에 이르는 과정의 일기체 글의 배열이나 다시 연경으로 되돌아가는 글까지 시간 순서에 의해 배치하였다. 김명호의 이본 연구에 대한 논문에 따르면, 『열하일기』에서 편목 배치는 초고본인 「진덕재야화」의 경우와 이본인 「옥갑야화」의 경우에 따라 달랐음을 보여주고 있다.[69] 즉 초고본인 「진덕재야화」의 경우에는 「환연도중록」 앞에 배치하였고, 편명이 「옥갑야화」로 바뀐 뒤에는 조금씩 차이가 있으나 대개 「환연도중록」 뒤에 배치하였다.

　한편 정재철도 이와 비슷한 견해를 보이고 있는데, 옥류산장본 『열하일기』에는 「도고북구하기」·「일야구도하기」·「진공만거기」 다음에 「진덕재야화」가 수록되어 있는데, 이 네 편은 각각 지어진 시간 순서대로 배열된 것으로 「도고북구하기」와 「일야구도하기」는 열하로 들어갈 때 지은 것이고 「진공만거기」와 「진덕재야화」는 열하에 머물면서 지은 것[70]이라고 했다. 이런 의도적인 배열에 의해 「진덕재야화」는 열하에서의 기록인

68　연민(淵民) 이가원은 『국역 열하일기』 I 을 번역하면서 「진덕재야화」가 다백운루본(多白雲樓本)에는 「환연도중록」의 앞에 위치했었음을 각주로 제시했다.(「환연도중록」, 『국역 열하일기』 I , p.398.) 따라서 이러한 배치는 열하에서 지었다는 것을 의도적으로 제시하기 위한 장치인 것이라고 볼 수 있다. 한편 일재본에는 「진덕재야화」가 「관내정사」와 「막북행정록」 사이에 끼어 있다.(김명호, 『『열하일기』 이본의 특징과 개작양상」, 『열하일기 연구』(수정증보판), pp.461～462.)

69　김명호, 『『열하일기』 이본의 특징과 개작양상」, 『열하일기 연구』(수정증보판), pp.461～465.

70　정재철, 『『열하일기』 「옥갑야화」 수록 허생후지 연구」, pp.131～132.

「태학유관록」과 열하에서 연경으로 가는 기록인 「환연도중록」 사이에 배치하여 열하에서 쓴 것으로 인식하도록 했다. 이런 편목의 배치는 의도적인 장치의 일부라고 추정할 수 있다.

참고로 연민이 번역 편집한 『국역 열하일기』에는 「옥갑야화」가 「동란섭필」과 「행재잡록」 사이에 있다. 「동란섭필」은 연암이 연경에서 교유한 문사 황포(黃圃) 유세기(俞世琦)의 집을 방문하였을 때 동(銅)으로 만든 난(蘭)을 보고 빌려 와 잠시 머물던 연경의 거처에 두고 '동란재(銅蘭齋)'라고 이름 붙이고 그곳에서 쓴 글이다.[71] 그리고 「행재잡록」은 열하에서 쓴 글이다. 따라서 순서가 연경→옥갑→열하로 되어 있어 수록 순서가 일정의 역순으로 되어 있다. 그러나 이것은 연민이 『국역 열하일기』를 편집하면서 자신의 수택본을 중심으로 정리했기 때문에 차이가 난 것으로 볼 수 있다.

그리고 몇몇 판본에는 「옥갑야화」가 「구외이문」과 「금료소초」 사이에 배열된 경우도 있다. 『국역 열하일기』이 목차상 특징을 밝히기 위해 도표화한 서현경은 수택본인 충남대 소장본과 전남대 소장본, 광문회본, 박영철본 그리고 『열하일기』의 일반적 목차를 가다듬은 '정본'을 『국역 열하일기』와 비교한 바 있다.[72] 그는 이 표에서 「옥갑야화」가 「구외이문」과 「황도기략」 사이에 있는 경우도 제시했다.

연암은 편목의 제목에 나타난 공간적 배치도 추보식 순서에 따라 배열하였으며, 이에 따라 「진덕재야화」를 「환연도중록」 뒤에 두었다. 이후 「옥갑야화」로 편명을 변경한 뒤에는 그 위치를 「구외이문」과 「황도기략」

---

71   「동란섭필 서」, 『국역 열하일기』 II, p.239.

72   서현경, 「연민선생과 『열하일기』 번역」, 『열상고전연구』 26집, 열상고전연구회, 2007, p.157.

사이로 옮긴 것으로 보인다. 그러나 「구외이문」과 「황도기략」 사이에 배치했기 때문에 석갑에서 옥갑을 유추할 수 있는 것이 아니라, 옥갑을 석갑으로 유추하도록 의도적으로 「구외이문」과 「황도기략」 사이에 배치한 것이다. 이것은 다분히 의도성을 내포하고 있어 이 또한 허생의 이야기를 수록하기 위한 치밀한 장치의 일부라고 할 수 있다.

따라서 편목의 위치를 근거로 배경을 추정하는 것은 연암이 그렇게 유추하도록 의도적으로 편집한 것이어서 신뢰성이 크지 않다. 연암은 이렇게 배치함으로써 옥갑이 마치 열하와 연경 사이에 있는 공간의 지명으로 확신하도록 한 것이다.[73] 이것은 다분히 실제로 존재하지도 않는 지명을 제목과 첫 문장에 넣으면서, 연경으로 가는 도중에 옥갑이라는 곳이 있으며 거기에서 묵으면서 이야기한 것으로 추측하도록 설정한 것이다.

이와 같이 편목의 명칭에 따라 저술한 장소를 달리했다는 것은 의도적으로 설정을 통해 저술 장소를 유추하도록 한 것에 불과하다. 석갑을 지나면서 유숙한 것처럼 이해하도록 하기 위해 옥갑이라고 추정할 수 있는 곳에 편목의 위치를 배치하였다면 그것도 하나의 의도적인 장치로 볼 수 있으며 그럴 가능성은 충분히 있다. 따라서 저술한 장소가 달라지는 것은 진덕재나 옥갑이 고도의 장치를 통해 설정된 공간임을 의미한다고 할 수 있다. 그러나 이러한 배치를 근거로 석갑을 옥갑으로 잘못 기록한 것이라고 판단할 수는 없다.

73　이것은 초고본을 저본으로 했다는 김혈조의 『열하일기』(개정신판)1권, 「역자 서문1, 개정판을 펴내며」(돌베개, 2017, p.10.)와 리상호 역의 『열하일기』하권(보리, 2010)를 근거로 한 것이다. 그는 2025년 6월에 『정본 열하일기』를 교감(校勘)하여 돌베개에서 출판하면서도 순서는 마찬가지로 배열했다. 두 번역본의 순서는 『연암집』14·15권(한국고전번역원, 영인표점, 한국문집총간, 2000, 한국고전종합DB.)의 순서를 따른 것으로 보인다.

그래서 연암이 의도한 바대로, 김혈조는 석갑성이 고북구 만리장성과 밀운성 중간에 있는 것을 근거로 「옥갑야화」가 「구외이문」과 「황도기략」 사이에 배치되어 있다고 판단하고 석갑의 위치를 추정했다. 그런데 「구외이문」의 내용이 공간을 확정할 수 있는 조건에 부합하는 글도 아니다. 이것은 「구외이문」이라는 제목에 주안점을 두고 위치를 확정하여 장성 밖인 열하와 변경 사이에서의 다양한 이야깃거리를 기록한 것처럼 보이나, 실제 내용을 검토해 보면 「구외이문」은 이 지역을 중심으로 연암의 관심사가 되는 것들을 두루 기록한 것이다.

내용을 자세히 살펴보면 고북구와 관련이 없는 것까지 수록한 일종의 잡록임을 알 수 있다. 실제로 「구외이문」 중에 「고아마홍(古兒馬紅)」은 출처를 알 수 없는 이야기로 변절한 사람의 일화이다. 관청 노비인 정명수(鄭命壽)와 도원수를 지낸 강홍립(姜弘立)[74]은 오랑캐에 투항하여 이름을 바꾼 자들인데, 그들의 부끄러운 행위에 대한 일화를 적은 것이다. 주제만 다를 뿐 「옥갑야화」와 같은 한담(閑談)을 기록한 것이다.

이렇게 보면 「옥갑야화」도 글의 성격상 「구외이문」의 한 편이 되어도 무방하다. 다만 「구외이문」에 수록된 글들이 지극히 단편적인 글들임에 비추어 「옥갑야화」를 「구외이문」에 한 편으로 삽입하기에는 분량이 너무 많다. 따라서 「구외이문」도 편목의 명칭을 이용하여 배치한 것에 불과하다. 따라서 편목의 위치는 이본 간에 차이가 있어 이를 근거로 공간의 지명을 추정하여 단정할 수는 없다. 배경적 지명인 옥갑은 허구적 공간에 불과한 것으로, 편목의 배치를 통해 실제인 것처럼 조작했음을 근거

---

[74] 강홍립에 대한 기사는 6월 26일 구련성을 떠나면서 쓴 기록에도 자세하게 언급되어 있다.(「도강록」, 「국역 열하일기」 I , pp.32~33.)

로 석갑을 옥갑으로 판단할 수는 없다.

이런 편목의 명칭에 따라 배치를 다르게 한 것이 의도적인 장치라고 한다면 지명을 알 수 없는 옥갑보다는 지명이 분명한 진덕재가 더 신뢰성이 있어 보인다. 「옥갑야화」가 되었든 「진덕재야화」가 되었든 같은 내용[75]이고, 열하의 태학에서 머무르며 썼던 「진덕재야화」가 「태학유관록」과 관련해서 보더라도 좀 더 구체적이기 때문이다.

⑷ 옥갑에 대한 해명

이상에서 「옥갑야화」의 공간적 배경으로서의 지명인 옥갑에 대해서 다각도로 검토해 보았다. 종합적인 결론은 다음과 같다.

첫째, 옥갑은 실제의 지명이 아니라 허구적인 가상의 공간이다. 편목의 명칭으로 사용할 만큼 중요한 지명이지만 '옥갑'에 대한 구체적인 설명이 없었다. 따라서 옥갑은 비장들과의 대담이 이루어진 공간을 구체화하여 신뢰감과 현장감을 느끼도록 한 설정일 뿐이다.

둘째, 옥갑은 석갑에서 유추한 차명(借名)일 가능성이 크다. 옥갑에 대한 설명이 없는 것은 옥갑이 허구적으로 차명한 것이기 때문이다. 연암은 지나치다 잠시 머문 석갑에 대해서는 명칭의 유래와 역사를 구체적으로 설명했다. 그런데도 옥갑에 대한 설명이 없는 것은 옥갑이 구체적 지명이 아님을 말해 주는 증거이다. 연암이 석갑이라는 명칭에서 착안 및 차명하여 의도적으로 옥갑이라고 지명을 붙여 한 편목을 만든 것으로 볼 수 있다.

---

75   연민에 의하면 「옥갑야화」나 「진덕재야화」의 차이점은 서두의 문구 이외에는 몇몇 글자의 차이만 있을 뿐 동일한 것이라고 한다.(이가원, 앞의 책, p.586., 김영동, 『증보 박지원 소설 연구』, p.178.)

　결국 옥갑은 연암이 구체적 지명인 것처럼 제시했으나, 추상적인 상황
적 배경을 실제인 것처럼 명칭을 부여한 것에 불과하다. 일부러 석갑을
옥갑이라고 지칭하고 열하에서 연경으로 돌아올 때 석갑 지경에 이르렀
을 날짜에 숙박 지역의 이름도 기록하지 않았다. 그렇게 함으로써 석갑
이 옥갑일 것이라고 추측하거나 혼동을 일으키도록 의도적으로 설정하
였던 것으로 보인다.

　이 대목에서 짚고 넘어가야 할 것은 연경에서 열하로 갔을 때 기록했
던 날짜에 따른 지명을 열하에서 연경으로 되돌아갈 때는 일부의 지역에
서 동일한 지명을 자세하게 기록하지 않았다는 사실이다. 연경에서 열
하로 갔던 노정(路程)을 되돌아 연경으로 갔을 터인데, 되돌아가는 과정
의 16 · 17 · 18일 자에는 열하로 갔을 때 지명을 다른 지명과 함께 기록
함으로써 정확한 위치의 추정을 불가능하게 만들었다. 모든 일정을 꼼
꼼하게 기록하다가 석갑으로 추정되는 곳에 이르렀을 때 석갑에 대한 언
급은 제외하였을 뿐만 아니라 당일의 숙박 장소를 기록하지 않았던 것이
다. 좀 더 구체적으로 말하면 17일과 18일의 고북구와 목가곡 사이의 지
명이 열하로 갈 때와 연경으로 돌아올 때가 다르다. 이것은 석갑을 옥갑
으로 추정할 수 없게 하기 위해 의도적으로 혼란을 부추기면서 찾을 수
없게 한 것으로 볼 수 있다.

　당시 연경으로 돌아갈 때의 노정을 열하로 갔을 때와 맞추어 일정을
정리하면 다음과 같다. 8월 7일의 일정인 목가곡(아침)→남천문→신성
→광형하→석갑성(저녁)→만리장성을 17일 오후로 바꾸면 만리장성(제
3관문)→(석갑성)→광형하→신성→남천문(8월 7일)이었을 것이다. 그런
데 8월 7일 일정을 역순으로 기록하지 않고, 8월 17일 새벽 청석량→삼
간방(아침)→만리장성→고북구(점심)→이날 80리를 갔다고 기록했다.
그리고 18일에 차화장, 사자교→행궁→목가곡(점심)으로 기록하였다.

따라서 고북구와 목가곡 사이의 일정인 석갑성→광형하→신성→남천문→목가곡을 8월 17일과 8월 18일로 나누어 고북구→차화장, 사자교행궁→목가곡으로 기록하면서 지명을 달리 표기했다.

문제는 17일 오후에 제3관문을 넘어 8월 17일에 목가곡에서 점심을 먹었다는 기록이다. 이를 근거로 하면 17일 저녁 늦게 석갑성에 도착했을 수 있다. 그러나 다음날 석갑성을 출발해서 목가곡에서 점심을 먹을 수 있는 시간이 없다. 석갑성과 목가곡의 거리는 빠듯한 하루 일정이기 때문이다. 따라서 8월 17일과 18일의 일정은 열하로 갔을 때와 지명이 다를 뿐만 아니라 날짜도 맞지 않아 확인이 불가능하다.

이런 연유로 그는 지명 자체가 특별한 의미가 없는 것으로 중요하게 인식하지 않아서 「진덕재야화」라고 했던 것을 「옥갑야화」로 바꾸었으면서도 추적은 불가능하도록 했던 것이다. 따라서 이는 옥갑이라는 명칭이 허생의 이야기를 수록하기 위해 설정한 허구적 장치임을 증명하는 또 하나의 증거라고 할 수 있다.

셋째 편목의 위치를 「환연도중록」에 뒤에 「옥갑야화」를 배치한 것을 근거로 석갑이 옥갑이라고 단정할 수는 없다. 편목의 명칭의 따른 공간에 맞게 『열하일기』에 배치한 것이므로 이러한 배치는 석갑을 옥갑으로 유추하도록 한 의도적인 설정에 불과한 것이다.

이와 같이 옥갑이 불분명한 장소임에도 열하와 연경 사이에 있는 공간, 혹은 열하에서의 일이었던 것처럼 기록한 것이 「옥갑야화」이다. 따라서 「옥갑야화」의 옥갑이라는 곳에서 비장과 역관들과의 일화를 주고받은 환담은 실제 있었던 사건이라기보다 허생의 이야기를 『열하일기』에 자연스럽게 수록하기 위해 여행에 등장하는 역관이거나 그와 관련된 일화들을 의도적으로 설정한 허구적 장치일 것이라는 의심이 더욱 확고해

진다.[76]

이러한 혐의를 중심으로 살펴보았을 때, 「옥갑야화」의 수록은, 여행 중에 쓴 글이 아니고 당시의 여행과 관련이 있는 내용도 아닌 것을 『열하일기』에 한 편목으로 삽입한 것임을 알 수 있다. 따라서 이렇게 지명을 편목의 명칭에 썼던 것은 허생의 이야기의 출처를 은폐하기 위한 의도적인 명명(命名)일 수도 있다. 「옥갑야화」를 문제 삼는 이유가 여기에 있다.

4) 설정된 서두의 상황

(1) 「옥갑야화」 서두의 문제점

편목의 변경이 의도적으로 설정된 장치일 것이라는 의혹을 서두의 내용 제시에서도 찾을 수 있다. 대개 이야기 문학의 일반적인 서술 양식은 서두에서 시간과 공간의 배경이 제시되면서 인물이 등장하여 구체적 상황을 보여 줌으로써 이야기가 시작된다. 인물과 배경은 스토리를 구성하는 기본적인 요소가 되는 것이다. 그리고 스토리를 통해서 작가는 독자의 마음에 감동이 일어나고 마음속에 어떤 효과를 불러일으키도록 한다.

「옥갑야화」의 서두에서 제시된 내용에서 문제점은 두 가지로, 하나는 이야기의 발화자가 누구였는가 하는 인물에 대한 것이고, 하나는 밤에

76 　강명관은 '옥갑이 확인되지 않은 지명'이라고 하면서 '이런 착오와 불명료함이 허생을 위시한 이야기의 출처를 숨기기 위한 의도적인 책략의 산물'이라고 했다.(강명관, 앞의 책, p.28.)

침상에 누워 머리를 맞대고 이야기를 했다는 시간적·공간적 배경이다. 문제점은 두 이본 간의 인물 제시가 다르고, 시간적 배경과 공간적 배경으로 제시한 부분이 쉽게 납득하기 어려운 점이다.

먼저 이야기의 발화자인 인물에 대한 것을 보면, 「옥갑야화」는 '옥갑에 돌아와서 모든 비장들과 더불어 머리를 맞대고 밤들어 이야기를 시작하였다(行還至玉匣 與諸裨連牀夜語).'[77]라고 하여 이야기를 나눈 사람이 비장이라고만 했다. 반면에 「진덕재야화」에서는 '여러 비장·역관들과 진덕재에서 밤에 이야기를 나누었는데 이런 이야기가 있었다(與諸裨譯夜話進德齋, 有言).'라고 하여 비장과 역관이라고 하였다. 아마도 편목을 「옥갑야화」로 변경하는 과정에서 '비장과 역관'을 '비장'만으로 한정한 것으로 볼 수 있다.[78] 처음 원고에서는 비장과 역관만을 제시했으나 퇴고 과정에서 비장만 언급한 것이다.

---

77 「옥갑야화」, 『국역 열하일기』 II, p.293.

78 김혈조는 처음 번역본을 냈을 때(2009년)는 1932년 박영철이 인쇄본으로 출판한 『연암집』을 저본으로 하여, "사신 일행이 돌아오며 옥갑에 이르렀다. 밤에 여러 **비장**들과 침상을 나란히 붙여놓고 밤새 이야기를 주고받았다."라고 번역했다가 개정신판에서는 초고본 혹은 초고본 계열의 필사본을 바탕으로 한 것[「역자 서문1, 개정판을 펴내며」, 『열하일기』(개정신판)1권, p.10.]이라고 하면서, "……여러 **비장·역관**들과 침상을……"으로 바꾸었다.[김혈조 역, 『열하일기』(개정신판)3권, p.274.] 이것은 초고본으로 자신이 소장한 법고창신재본(김혈조, 「조선후기 서책의 검열과 소통」, 한국한문학연구68집, 한국한문학회, 2017, p.27. 각주 34.)의 의도를 살린다는 뜻에서 바꾼 것으로 보인다. 그러나 이가원이 역주본으로 낸 『국역 열하일기』의 「옥갑야화」는 연암의 수사본 또는 수택본을 저본으로 한 것인데, 박영철이 인쇄본으로 출판한 『연암집』14권의 원문과 같이 "行還至玉匣 與諸裨連牀夜語."으로 되어 있어 김혈조가 언급한 초고본과 달리 역관은 없다. 그러나 김혈조가 개정신판에 쓴 초고본이 「진덕재야화」는 아니다. 「진덕재야화」의 서두가 '여러 비장·역관과 진덕재에서 밤에 이야기를 나누었는데 이런 이야기가 있었다'로 되어 있는 것으로 보아, 김혈조가 저본으로 삼은 초간본 계열의 법고창신재본은 「진덕재야화」에 근접한 것으로 보이나, 초고본의 어느 계열인지 알 수 없다. 초고본 계열의 「행계집」에 수록되었던 「옥갑야화」에는 "行還至玉匣 與諸裨連床臥語"로 되어 있어 또 다르다.(정재철, 「『열하일기』「옥갑야화」 수록 허생후지 연구」, 《대동한문학》제68집, 대동한문학회, 2021, p.121.)

이와 같이 변경한 것은 「진덕재야화」에서 비장과 역관들의 대화가 역관 자신의 부도덕한 이야기를 비장들과 함께 한 것으로 되었기 때문에 「옥갑야화」로 변경하면서 의도적으로 당사자들인 역관을 배제한 것으로 보인다. 그러나 「태학유관록」 8월 9일 자의 기록에 따르면 비장과 역관이 한방에서 잔 것으로 되어 있어, 「진덕재야화」에서 비장과 역관이 함께 이야기를 했다고 하는 것은 당시의 상황을 상정한 것이어서 실제에 부합하는 합리적 표현으로 보일 수도 있다. 또한 역관들의 이야기를 역관들이 해야 신뢰성이 입증될 수 있다고 보면, 제목을 바꾸는 과정에서 누락되었음을 의심할 수도 있다.

이것은 다른 관점에서 보면 글의 신뢰성을 위한 장치일 수 있다. 발화자들을 비장이나 역관들로 설정하고 그들의 생활에서 반영된 제재들을 화제로 제시함으로써, 사실 여부나 구체적 장소와 관계없이 동행했던 비장이나 역관들이 여행 중에 들려준 이야기일 것이라고 신뢰할 수 있도록 한 장치라고 할 수 있다. 「태학유관록」의 기록과 「진덕재야화」의 인물 설정이 서로 부합하고 있기 때문이다. 연암은 이렇게 서두를 제시함으로써 「진덕재야화」가 진실된 기록임을 드러내고 있다.

그러나 편명을 바꾼 「옥갑야화」에서는 역관을 제외하고 비장만을 제시하였는데, 이는 「태학유관록」의 기록과 다른 것이다. 「태학유관록」에서는 비장과 역관이 한방에 머물렀기 때문이다. 따라서 편명을 「진덕재야화」에서 「옥갑야화」로 바꾸고 발화자를 비장만 제시하면 열하에서 있었던 방담으로 할 수 없었을 것이다. 인물을 비장으로만 제한함으로써 부득이 열하에서 연경으로 귀환하는 과정에서 있었던 것으로 재설정한 것이다. 「옥갑야화」가 열하에서 연경으로 가는 도중에서의 방담(放談)을 토대로 묶은 기록임을 표명하기 위해 그 서두의 내용을 바꾼 것이다.

(2) 「진덕재야화」 서두의 의문

서두의 내용과 관련해서 또 하나의 문제는 침상에서 밤늦도록 이야기를 한 시간과 공간에 대한 것이다. 그런데 서두의 상황을 구체적으로 살펴볼 수 있는 것은 「옥갑야화」보다 「진덕재야화」가 좀 더 구체적이고 사실적이다. 이것은 「진덕재야화」가 열하의 진덕재에서 어느 날 하룻밤에 있었던 일을 기록한 것으로 가정했을 때 열하에서 기록한 일기인 「태학유관록」과 관련해서 살펴볼 수 있기 때문이다. 즉 진덕재에서 밤새 비장·역관이 이야기한 상황은 연암이 태학관에 머물렀을 때 이루어진 것으로 이해하도록 한 것이다.

진덕재에서의 상황은 두 가지 관점에서 살펴볼 수 있는데 하나는 시간적 상황이고 또 하나는 신분적 상황이다. 첫째로 연암이 저녁 시간에 그들과 한가하게 이야기를 할 수 있는 상황이 아니었다. 연암은 낮에는 한가했으나 밤에는 문인이나 학자들과 늦게까지 필담을 나누었던 반면에 비장이나 역관은 낮에는 바쁘게 삼사(三使)를 수행하느라 고단해서 초저녁부터 잤기 때문이다. 둘째는 신분상으로 연암이 그들과 함께 누워 이야기할 처지가 아니었다. 이러한 상황을 6일간의 저녁과 밤의 일정을 「태학유관록」을 중심으로 좀 더 자세하게 정리하여 살펴보도록 한다.[79]

우선 시간적인 측면에서 보았을 때, 태학관에서 연암이 저녁에 비장이나 역관들과 더불어 머리를 맞대고 한가하게 대화할 시간이 없었다. 「태학유관록」에 따르면 8월 9일 열하에 도착하여 태학으로 들어갔다.[80] 태학

---

79   열하에서의 일정을 「태학유관록」을 토대로 자세하면서도 일목요연하게 도표로 정리하고 분석한 이승수 외의 논문이 있다.(이승수 외, 앞의 글, p.91.)

80   연암은 '태학관에 묵게 된 것은 황제의 명이었다'고 「막북행정록」 뒤의 「승덕태학기(承德太學記)」에서 밝혔다.[김혈조 역, 『열하일기』(개정신판)2권, p.541.] 이가원 역의 『국역 열하일기』 I 의 「막북행정록」 말미에는 「승덕태학기(承德太學記)」가 일실(逸失)되었다고 각주로

의 명륜당으로 들어가자마자 태학관에서 머무르고 있었던 전(前) 대리시경(大理寺卿) 윤가전(尹嘉銓)과 스스로 조선인이라고 한 귀주 안찰사(貴州按察使) 기풍액(奇豊額) 등을 만나 필담을 하였다. 초경(初更, 7시~9시)에 그들과 헤어져 삼경까지 혼자 명륜당 뒤뜰을 거닐다 들어갔다. 그리고 정사의 숙소인 방으로 들어가 잠자리를 보고 다시 달빛으로 그득한 명륜당 뒤뜰로 나와 돌아다니다가 삼경이 되었을 때, 이렇게 좋은 달밤에 함께 놀 사람이 없음을 애석하게 여기고 방에 들어가 쓰러지듯이 잤다. 이날 비로소 닷새 만에 제대로 자리에 누워 잠을 잤다고 했다.

10일에는 새벽에 겨우 일어나 황제의 거처인 피서산장(避暑山莊)에 가서 아침 식사를 하고 후당(後堂)에서 혹정(鵠汀) 왕민호(王民皥)를 만나 필담을 했다. 황제의 명으로 반선(班禪) 라마(喇嘛)를 만나라고 하여 사행단에서 논란이 벌어졌으나 날이 늦어 미루었다. 저녁밥을 먹고 윤가전의 숙소로 가서 기풍액과 더불어 필담을 나눴고, 기풍액과 밖으로 나가 대낮처럼 밝은 달을 구경했다.

11일에는 새벽에 궐내로 들어가서 아침 식사를 한 뒤 거리로 나가 구경을 하다가 피서산장 외곽에 있는 외팔묘(外八廟) 중의 하나로 찰십륜포(札什倫布)라고 하는 수미복수지묘(須彌福壽之廟)에 가서 반선 라마를 보았다. 저녁에 학성(郝成)의 처소로 가서 술을 약간 마시고 필담을 나누었는데, 왕민호와 추사시(鄒舍是)가 와서 이단(異端)과 활불(活佛)에 대한 이야기를 했다.[81]

<hr>

기록했다. 리상호 역본 『열하일기』에는 밝히지 않았다. 다른 기록에 따르면, 황제가 묵게 한 것은 열하 문묘가 여타의 지역 문묘와 달리 황가(皇家)의 시설로 운영되었기 때문이라고 했다.[콩링춘(孔令春), 「祭孔·興學·納客」, 《承德日報》(2013.9.30.)], 이승수 외, 앞의 글, p.83 재인용.

81　「황교문답」, 『국역 열하일기』 I , p.107.

12일에는 건륭의 생일 전날이라 궁궐에서는 새벽부터 연희가 펼쳐졌다. 사신들은 새벽 일찍 조반(朝班)에 참여하여 연희를 구경했다. 피서산장의 권아승경전(卷阿勝境殿)에서 황제가 반선 라마를 위해 베푼 연희에 세 사신은 초대받아 들어갔으나 연암은 느지막이 일어나 아침을 먹고 천천히 궁궐에 들어갔다. 하지만 연회의 참석자를 문관·무관 3품 이상으로 제한했기[82] 때문에 출입이 금지되어 궐 안으로 들어가지 못해서 문 밖에서 들려오는 풍악 소리만 들었을 뿐 연희는 볼 수 없었다. 담을 끼고 몇 발자국 가서 열린 문틈으로 발꿈치를 들고 구경했다. 사신 일행들과 같이 예쁘게 조각이 된 떡을 받았다. 이날 저녁에는 구름이 끼어 달빛이 흐렸다는 기록만 있다.

13일은 황제의 탄신일인 만수절(萬壽節)이어서 하반(賀班)에 참석하였고, 저녁에 황제가 내린 여지즙을 술인 줄 알고 마셨다. 밤에는 태학에 있는 기풍액을 찾아갔다. 달빛이 밝아 기풍액과 함께 명륜당 난간 아래에서 달과 지구에 대해 논하다가 기풍액의 방으로 가서 과일과 술을 마시며 필담을 주고받다 닭이 두 번 홰를 치고야 숙소로 돌아왔다.

14일에는 왕민호를 만나 시습재(時習齋)에서 악기 구경을 하였고, 태학관에서 나오다가 수백 마리 말 떼를 보았다. 오후에 세 사신이 대성전(大成殿)을 참배하는 데 참석하였다. 저녁 무렵 연경으로 돌아가라는 황제의 명령을 받았다.

82　　"12일에 황제가 희대(戲臺)에 나와서 놀이를 마련하고, 문관·무관 3품 이상으로 하여금 들어와 관람하도록 하였는데, 조선의 세 사신도 놀이를 관람하게 하였습니다. 그날 새벽에 신 등이 반열을 따라 들어갔는데 미시(未時) 정각에 파하였습니다. 황제가 놀이를 관람한 여러 신하들에게 차등 있게 비단을 하사하고, 신 등에게도 하사하였습니다."[『정조실록』10권 '진하 겸 사은 정사(進賀兼謝恩正使) 박명원(朴明源)과 부사(副使) 정원시(鄭元始) 장계(狀啓)', 『정조실록』10권, 정조 4년(1780년 9월 17일 임진).]

이와 같이 열하의 태학관에서 머물러 있는 동안에 바쁜 일정을 보내느라고 한가롭지 못했기 때문에 비장·역관들과 진덕재에서 함께 누워 환담을 나눌 시간적 여유가 없었다. 12일 저녁에 있었던 일을 기록하지 않은 것은 독자가 비장·역관들과 이야기를 한 날로 유추하도록 고의적으로 일정을 누락한 것으로 볼 수도 있다.

이 12일에 "이날 저녁에는 구름이 끼어 달빛이 흐렸다."라고만 기록한 것에 대해 이의를 제기한 견해가 있다. 열하에서의 연암의 행보에 대해 세밀하게 분석한 이승수는 "여느 날에 대한 연암의 기술 태도에 비추어 보면 이날의 기록은 지나칠 정도로 심심하다"고 하면서, "연희를 구경하지 못하고 물러나 나무 그늘에서 쉬었던 것처럼, 하루라도 일기를 빠트릴 수 없어 그저 수만 채우는 셈 치고 쉬어가는 것일까? 일기만 보면 그렇게 여겨지지만, 조금 시야를 넓히면 다르게 해석될 여지가 있다. 열하에서의 엿새 일기 내용상, 무미무취하게 그려진 이날이 왕민호와 8시간에 걸쳐 필담을 주고받은 날로 추정되기 때문이다."[83]라고 했다. 이승수는 연암이 이날 왕민호와 8시간[인시(寅時)부터 유시(酉時)][84]에 걸쳐 필담을 주고받은 날로 추정하면서 그 사실을 감춘 것이라고 했다.

그러면서 "그렇다면 심혈을 기울여 지은 「혹정필담(鵠汀筆談)」은 이날

83　이승수 외, 앞의 글, p.105.

84　이승수는 「혹정필담」의 대화 시간을 연암이 '인시(寅時, 3~5시)에서 유시(酉時, 17~19시)까지 대략 8시간 동안 필담을 나누었다.'(「혹정필담」서, 『국역 열하일기』II, p.9.)라고 기록했는데, 이대로 하면 8시간이 아니라 실제의 시간은 16시간이 되기 때문에 유시에서 인시까지로 바꾸어 표기해야 한다고 했다.(「연암 박지원의 열하 행보와 문심」, p.105. 각주 39.) 아마도 연암이 착각을 했던 것으로 보인다. 이날 오경(오전 4시경)에 사신은 축하 행사에 갔고 연암은 아침 식사 후에 혼자 궁궐 가까이 갔다고 했다.(「태학유관록」, 『국역 열하일기』I, p.375.) 이것으로 보아 낮에 왕민호와 대담을 한 것은 아니다. 김혈조는 16시간이라고 주석을 통해 밝혔을 뿐 의문을 제기하지는 않았다.[김혈조 역, 『열하일기』(개정신판)2권, p.395.]

대화의 결과가 된다.[85] 연암은 허허실실(虛虛實實)의 구성법으로 짐짓 그 사실을 감춘 것이다. 여기에는 세 가지 이유가 고려되었을 것이다. 첫째, 분량이 많고 주제의 독립성이 강해 일기 안에 담기 어려웠다. 둘째, 이튿날의 기풍액과의 대화는 이날 대화의 여파인 셈인데, 같은 주제가 이틀 연속 이어지는 것을 피하고 싶었다. 셋째, 달빛 없는 날과 달 이야기는 맞지 않다고 보았다. 하여 차라리 빈 채로 두었지만, 비어 보인다고 빈 것은 아니다."[86]라고 했다.

이러한 견해를 고려하면 연암은 이중적 의도를 드러낸 셈이다. 즉, 기록할 것이 많았음에도 모두 수록하기 어려운 내용을 일부러 감추거나 제거하면서 이날 비장·역관들과 이야기를 나눈 것으로 추측하도록 하는 여지를 부여하여 위장할 수 있는 이중의 효과를 얻을 수 있을 것으로 판단했을 수도 있다.

그러나 「혹정필담」의 대화 시간을 연암이 '인시(寅時, 3~5시)에서 유시(酉時, 17~19시)까지 대략 8시간 동안 필담을 나누었다.'[87]라고 기록했던 것에 문제의 핵심이 있어 보인다. 이에 대해 이승수는 이대로 하면 8시간이 아니라 실제의 시간은 16시간이 되기 때문에 유시에서 인시까지로 바꾸어 표기해야 한다고 했다.[88] 실제로 이날 오경(오전 4시경)에 사신은 축하 행사에 갔고 연암은 아침 식사 후에 혼자 궁궐 가까이 갔다

---

85 그러나 「혹정필담」에는 "내가 어제 성묘(聖廟, 공자의 사당)을 배알했을 때"(「혹정필담」,
   『국역 열하일기』 II, p.79)라고 했는데, 연암이 세 사신과 함께 공자의 사당을 배알한 것은
   14일 오후이다.(「태학유관록」, 『국역 열하일기』 I, p.395.) 이 기록을 따르면 15일에 혹정과
   대담을 한 것이 된다. 시간상의 착오로 보인다.

86 이승수 외, 앞의 글, p.105.

87 「혹정필담」서, 『국역 열하일기』 II, p.9.

88 이승수, 앞의 글, p.105, 각주 39.

[89]고 한 것으로 보아 새벽부터 저녁 시간까지 16시간 동안 왕민호와 필담을 나누었을 것 같지 않다. 오히려 이승수의 주장대로 왕민호와의 필담은 유시에서 인시까지일 수 있다. 즉 새벽부터 저녁때까지가 아니라 저녁부터 새벽까지였을 것으로 볼 수 있다.

더구나 이날 연암은 왕민호와 밤새도록 필담을 주고받아서 종이 30장을 허비하였다[90]고 한 것으로 보아 이러한 추론은 설득력이 있다. 그런데도 불구하고 이날 인시부터 유시까지로 기록한 것은 착각을 했거나 이날 저녁을 비워 두기 위해 의도적으로 시간을 앞뒤를 바꿔 오류를 자처했을 수도 있다.[91] 의도적이라고 하는 것은 앞뒤 시간을 바꿈으로써 비장·역관들과의 담화한 시간을 유추하도록 설정한 것일 수도 있기 때문이다. 그렇다면 「진덕재야화」를 수록하는 과정에서 이 일정을 왕민호와의 필담을 인시에서 유시로 기록하여 의도적인 오류로 일부 누락한 것이 아닌가 추측해 볼 수도 있다.

따라서 이승수가 "분량이 많고 주제의 독립성이 강해 일기 안에 담기 어려웠다." 한 견해를 근거로, 수록하기 어려운 내용을 일부러 감추거나 제거한 것으로 판단하는 것보다는 12일의 일부 내용을 기록하지 않음으로써 그 날짜를 담화한 시간으로 유추하도록 한 것으로 보아야 할 것이다.

이와 같은 일정을 고려하면, 연암은 비장·역관들과 동일한 공간에서

---

89   「태학유관록」, 『국역 열하일기』 I , p.375.

90   「혹정필담」서, 『국역 열하일기』 II , p.9. 이가원은 번역을 '수십 장'이라고 했으나 원문은 '易數三十紙'(「혹정필담」, 『연암집』14권, 한국문집총간, 한국고전번역원, 한국고전종합DB.)으로 되어 있다.

91   김혈조는 16시간이라고 주석을 통해 밝혔을 뿐 의문을 제기하지는 않았다.[김혈조 역, 『열하일기』(개정신판)2권, p.395.]

함께 누워 이야기할 시간이 없었음을 알 수 있다. 대부분의 경우 연암은 특별한 행사가 있는 날에는 사신들과 동행을 했으나 그렇지 않은 날 한낮에는 중국의 문인·학자들을 더러 만나면서 한가롭게 지냈다. 낮에 비교적 한가하게 보낸 연암은 저녁 무렵부터는 여유 있게 문인·학자들과 밤늦도록 많은 필담을 나눴다. 반면 비장·역관들은 낮에 삼사(三使)가 공식·비공식 행사에 참여하는 데 수행하느라 바빴기 때문에 고단하여 초저녁에 일찍 잘 수밖에 없었다. 따라서 이와 같은 저녁의 일정을 보면 비장이나 역관과 함께 이야기를 나누기는 어려웠을 것이다.

이런 일정이 있었음에도 이가원은 「옥갑야화」가 이루어진 것이 13·14일 양일 중에서 벗어나지 않을 것[92]이라고 추정했다. 그러나 이것은 일정을 세심하게 고려하지 않은 결론이다. 차라리 저녁이나 밤중의 기록이 없는 12일을 추정할 수는 있을 것이다. 12일을 제외하고 열하에서 전체 일정 중에서 밤늦게까지 비장이나 역관들과 한담을 나눌 기회는 없었다. 따라서 그들과 한가하게 누워 한담을 나누었다는 것은 설정이다.

⑶ '연상와어(連床臥語)'의 상황 설정

나아가 연암은 신분상으로 비장들과 함께 누워 이야기할 처지가 아니었다. '모든 비장과 더불어 머리를 맞대고 밤들어 이야기를 했다'는 것은 앞에서 지적한 대로 저녁 식사 후에 누워서 이야기를 나눈 상황으로 이해해야 할 것이다. 비장들과 이야기를 나누다가 연암이 자신의 처소로 간 것으로 보기는 어렵다. 여행 중에는 오가면서 비장들과 이야기를 나누기는 했으나 저녁에 그들과 담화를 했다는 것은 허구적 개연성일 뿐이

---

92   이가원, 『연암소설연구』, p.587.

고 실제로는 불가능했다.

　비장이나 역관들과 함께 누워 이야기했다는 것은 신분상으로 보아 설정된 상황이라고 할 수 있다. 12일 저녁의 일정을 기록하지 않아 이날 「진덕재야화」를 구술한 것으로 의심할 수도 있으나 연암이 그들과 함께 이야기할 처지가 아니었다. '여러 비장·역관들과 진덕재에서 밤에 이야기를 나누었는데 이런 이야기가 있었다'라고 한 것으로 보아 연암이 그들과 이야기를 한 것으로 볼 수 있지만 앞에서 지적한 대로 밤에 그들과 함께 이야기할 상황이 되지 않았을 것이다.

　이 상황을 '여러 비장·역관들과 진덕재에서 밤에 이야기를 나누었다(與諸裨譯夜話進德齋)'라고 한 「진덕재야화」보다는 좀 더 구체적으로 '모든 비장들과 더불어 머리를 맞대고 밤들어 이야기(與諸裨連牀夜語)'[93]라고 한 「옥갑야화」가 서두 부분에 구체적인 상황을 잘 표현되어 있다. 즉 당시 상황은 밤에 여러 비장과 역관들이 침상에 나란히 누워 밤새 이야기를 했다고 한 것으로 볼 수 있는데, 침상에 나란히 누워 이야기를 했다는 것은 두 가지 상황에서 이해할 수 있다.

　하나는 이야기를 하기 위해 비장·역관들이 연암의 거처로 가는 경우이고, 하나는 연암이 비장·역관들이 머무는 곳으로 갔을 것이라는 추정이다. 그러나 이야기를 하기 위해 5~6명의 비장이나 역관들이 양반인 연암의 처소로 가서 이야기를 나눴다는 것은 불가능했을 것이기 때문에 연암이 그들의 방으로 갔을 것으로 보아야 할 것이다. 따라서 연암이 이야기를 하기 위해 일부러 그들이 머무는 공간에 간 것이 된다. 그렇다면

93　　김혈조는 "침상을 나란히 붙여놓고 밤새 이야기를 주고받았다."로 번역했다.[김혈조 역, 『열하일기』(개정신판)3권, p.274.]

연암이 그들과 함께 누워 이야기를 하다가 마치고 거기서 그들과 함께 잔 것인지 아니면 되돌아간 것인지는 불분명하다.

그러나 이 대목을 이렇게 궁색하게 따져서 이해하기보다는 기록의 전후 맥락으로 보아 잠을 자기 위해 누웠다가 이야기를 했다고 하는 것이 자연스러운 상황이 될 것이다. 그러면 연암이 그들과 함께 잠을 자기 위해 누운 것이 된다. 아마도 여행 중이었으므로 그들과 함께 숙소를 사용하면서 자려고 누웠다가 이야기를 한 것으로 상황을 정리했던 것으로 볼 수 있다. 그러나 이러한 설정은 여행이라는 비정상적인 상황에서 있을 수 있는 일쯤으로 인식하도록 한 것에 불과하다. 연암은 신분상 양반으로, 더구나 정사의 자제군관으로, 그들과 함께 누워 이야기 할 수가 없었을 것이다.

열하에 도착한 첫날 저녁인 「태학유관록」의 8월 9일 자 기록에는 "오른편 행각에 들어가니, 역관 세 사람과 비장 네 사람이 한 구들에 누워 자는데 목덜미와 정강이를 서로 걸치고 아랫도리는 가리지도 않았다."[94]라고 기록한 것을 보면 연암이 그들과 함께 침상에 누워 밤늦도록 이야기 했을 것으로 보이지 않는다. 다만 이 기록에서 방담에 참여한 사람들의 수효를 추측할 수 있다. 만일 잠을 자는 상황에서 몇몇이 이야기한 것이 아니라, 처음부터 한담을 했을 경우, 비장과 역관이 한 공간에서 머물렀던 점을 고려하면 한담에 참여한 사람이 많으면 6명이니 비장이나 역관 모두가 참여한 것이고, 3~4명으로 보면 절반이 참여한 것이 된다. 당시 열하로 간 역관은 3명 비장은 4명이었[95]으며 연암이 담화에 참여한 것까

94　「태학유관록」, 『국역 열하일기』 I , p.347.

95　비장은 박명원(朴明源)이 주명신(周命新), 부사 정원시(鄭元始)는 정창후(鄭昌後)와 이서구(李瑞龜), 서장관인 조정진(趙鼎鎭)은 조시학(趙時學)을 선택하여 데리고 갔고, 역관은

지 합하면 8명이 있었던 것이 된다. 그렇다면 대화에 참여한 사람 이외에 나머지는 듣거나 잠을 잤을 것이다. 그러나 이런 대충 벗고 자는 곳에서 연암이 누워 대화를 했을 것 같지는 않다.

이 일기의 기록을 근거로 하면, 「진덕재야화」의 내용처럼 그들과 함께 더불어 구술할 여건이 되었을지라도 누워 자면서까지 담화를 할 수 있는 처지는 아니었을 것으로 추측된다. 그것은 시간적인 여유도 없었거니와 신분상의 격차로 불가능했다. 진덕재에서 비장과 역관들은 저녁에 곧장 대충 입고 곯아떨어져 잤으나 연암은 혼자 거닐거나 담화를 했다. 그리고 별도의 거처에서 잠을 잤다. 이와 같은 상황은 열하의 태학관이나 연경의 서관에서만이 아니라 여행 도중에서도 마찬가지였을 것이다.

연암은 신분상 양반으로 그들과 함께 누워 이야기 할 수 있는 처지가 아니었다. 이야기를 위해 일부러 그들과 함께 누운 것이라고 할 수도 있겠으나 이 역시 신분상으로 불가능했을 것이다. 당시의 지배계층이었던 양반은 양란 이후 신분제도가 붕괴되었다고 할지라도 제한적 특혜로 인한 특권의식은 변화하지 않아서 과거의 급제라든가 족보를 중히 여기면서 가문을 소중하게 생각하는 습속이 그대로 남아 있었다.[96]

아무리 연암이 일찍이 「방경각외전」에서 신분을 초월한 인간의 보편적 가치를 주장했던 열린 사고의 소유자라고 할지라도 공적인 여행에서 신분을 초월한 행동을 했을 것 같지는 않다. 그래서 초고본 계열인 「행계집(杏溪集)」에 수록된 「옥갑야화」에는 "침상에 **나란히 누워서** 이야기를

홍명복(洪命福), 조달동(趙達東), 윤갑종(尹甲宗)이 수행했다.(「막북행정록」, 『국역 열하일기』 I, p.310.)

96 이장희, 「양반·농민층의 변화」, 『한국사』13권, 국사편찬위원회, 1978, pp.460~466.

하였다(行還至玉匣 與諸裨連床臥語)"[97]라고 구체적으로 기록했으나, 퇴고한 「옥갑야화」에는 '모든 비장들과 더불어 **머리를 맞대고 밤들어** 이야기했다(與諸裨**連牀夜語**)'라고 하였던 것으로 보인다. 실제로 연암은 침소가 그들과 달랐다. 「태학유관록」 8월 9일 자 기록에 의하면 "상방(上房)에 들어가니 하인들이 휘장 밖에 누워 코를 골고 정사도 이미 잠들었다. 짧은 병풍 하나를 격하여 나의 잠자리를 보아 놓았다."[98]라고 하여 열하에서 연암의 침소가 정사인 박명원과 같은 방이었음을 알 수 있다.

그리고 연암은 열하를 떠날 때 소회(所懷)를 밝힌 바 있는데, "하물며 나는 우리 부자(夫子, 공자)님을 모시고 엿새 밤을 지낸 곳임에랴. 더군다나 자고 나온 곳이 신선하고 화려하여 저절로 잊히지 않는다."[99]라고 하여, 태학관의 명륜당에서 잤던 것에 대해 흡족하면서도 애틋한 마음을 드러내고 있다. 이것은 비장이나 역관들이 잤던 모습과는 전혀 다른 것으로, 잠자리가 소홀하지 않았음을 의미하는 것으로 볼 수 있다.

연경의 서관에 머물렀을 때도 "정사(正使)는 정당(正堂)에 들고 가운데 뜰에는 동서 양당(兩堂)이 있어 부사와 서장관이 나누어 들고 나는 전당(前堂, 정당)에 거처하였다"[100]고 하였다. 이것으로 보아 여기서도 또한 연암이 밤에 여러 비장·역관들과 침상을 나란히 누워 밤새 한담을 나눴을 것이라는 가설은 성립이 안 된다. 더구나 비장·역관은 당시의 처지가 일찍 잘 수밖에 없는 형편이고 보면 밤새 담소를 나눴다고 하기는 어

---

97 초고본 계열의 「행계집(杏溪集)」의 「옥갑야화」에는 "行還至玉匣 與諸裨**連床臥語**"라고 기록하여 '침상에 나란히 누워서 이야기를 한 것'을 좀더 구체화하여 설정했었다.(정재철, 『『열하일기』 「옥갑야화」 수록 허생후지 연구』, 앞의 책, p.121.)

98 「태학유관록」, 『국역 열하일기』 I, p.346.

99 「환연도중록」, 『국역 열하일기』 I, p.399.

100 「황도기략」, 『국역 열하일기』 II, p.426.

렵다.

다만 열하에서 연경으로 귀환하는 과정에서 숙박 시설이 여의치 않았을 것이나 그동안의 상례로 보아 정사와 함께했을 것으로 짐작된다. 일례로 의주에서 연경에 이르는 과정의 기록에서 그 증거를 찾을 수 있다. 의주에서 연경으로 갈 때 통원보와 요양의 중간 지점에 있는 연산관(連山關)에서 일박(一泊)을 했는데, 이때를 기록한 7월 6일 자에는 연암이 자다가 가위에 눌려 잠꼬대하는 것을 정사가 깨웠다[101]고 했다. 이런 기록으로 보아 정사와 같은 침소에서 머물렀음을 알 수 있다.

따라서 비장과 함께 나란히 누워 한담을 했다는 것은 어느 곳에서든지 전혀 불가능한 상황 설정이라고 단정할 수 있다. 연암이 여행 도중에 비장이나 역관들과 말을 나누기는 했어도, 열하나 연경으로 가는 중간이나 다른 어느 곳이 되었든 그들과 저녁에 누워 한담을 나누기는 어려웠을 것으로 보인다.

이런 사정을 미루어 보아 「옥갑야화」의 한담이 이루어진 시간이나 공간의 배경을 중심으로 추정하면 역관이나 비장이 함께 침상에 누워 있으면서 한담을 했다는 상황적 전제는 사실과 달랐으리라고 본다. 따라서 침상에 나란히 누워 함께 이야기를 나눴다는 진술을 옥갑으로 돌아와 함께 누워 자면서 담화를 했을 것이라고 피상적으로 추측하는 것은 무리인 것을 알 수 있다.

따라서 양반이 비장·역관과 함께 같은 침상에 누워 밤늦도록 이야기했다는 상황 제시는 의도적 설정이라고 할 수 있다. 이것을 모르지 않았

101　연암은 자다가 꿈을 꾸면서 가위에 눌려 버둥대다가 깼는데, 당시에 대해 이렇게 기록했다. "정사가 마침, '연암' 하고 부른다. 내가 오히려 어리둥절하여, '이게 어디요' 한즉, 정사는, '아까부터 가위에 눌린 지 오래야.' 한다."(「도강록」, 『국역 열하일기』 I, p.85.)

던 연암이 이렇게 설정한 것은 여행이라는 특수한 환경에서 상황의 제시를 통해 그들로부터 얻어진 서두 이야기들을 자연스럽게 나열하면서 허생의 이야기를 끼워 넣은 것을 합리화하려는 조치였을 것이다.

이와 같이 의도적으로 편목의 명칭을 부여하고 서두에서 상황을 제시한 것은 『열하일기』에 「옥갑야화」를 기행문인 것처럼 수록하고 「허생전」을 끼워 넣기 위한 방편이었음을 알 수 있다. 이것을 입증할 증거는 작품 구조에서도 드러난다.

5) 담화의 시기와 공간

한편 공간적 배경과 관련해서 구술하였던 시기에 대해 조금 살펴볼 필요가 있다. 연암은 「진덕재야화」와 「옥갑야화」의 공간을 달리하면서 구술된 시기도 다르게 유추하도록 했다. 「태학유관록」의 진덕재에 대한 기록을 근거로 한다면, 「진덕재야화」는 열하의 태학(太學)에 있었던 진덕재에서 담화한 것으로 보이지만, 「막북행정록」의 진덕재에는 '두 주방이 들었다'고 한 기록으로 보아 연암이나 비장·역관은 다른 재실에 머물렀을 것이다. 그러므로 「진덕재야화」는 진덕재가 아닌 다른 재실에서 거처하면서 구술한 것이라고 할 수 있다.

연암이 태학에 머물렀던 시기는 8월 9일부터 14일 사이가 된다. 연암은 12일 저녁을 기록하지 않아 담화한 날짜를 12일로 추측하도록 설정했다. 하지만 앞에서 「태학유관록」에 8월 9일부터 14일까지의 일정을 정리한 것에서 보았듯이 당시에 일정으로 보아 그 기간에 한가롭게 비장이나 역관들과 이야기를 나눌 수 있는 형편이 아니었다.

한편 옥갑이라는 지명을 중심으로 살펴보면, 구술을 하였을 것으로 예상되는 시점은 열하에서 연경으로 귀환하는 과정인 8월 15일부터 20일 사이인 17일로 추측하도록 설정했다. 옥갑이라는 지명은 없지만 유추하거나 오류로 판단할 수 있는 석갑이 있었고, 그곳에서 머물렀을 것으로 짐작되는 17일의 숙박 장소를 고의(故意)로 기록하지 않은 것으로 보인다.

고의성으로 판단할 수 있는 것은 옥갑에 대해 독자가 사실 여부를 확인할 수 있는 빌미를 주지 않으려고 감추거나 유추가 불가능하도록 하였기 때문이다. 후에 누군가가 옥갑에 대해 추궁할 리야 없었겠지만 혹 따져 묻는 사람이 있어 궁지에 몰렸을 경우 석갑의 오류 혹은 실수라고 변명할 여지를 둔 것으로 보인다. 그러나 이날 17일 석갑에서의 숙박은 이미 앞에서 설명했듯이 불가능했다.

또 하나 변명의 여지는 날짜와 장소를 분리해서 추측할 수도 있다. 꼭 17일 석갑에 맞출 것이 아니라, 어느 날이든 비장이나 역관들과 한담을 하고 그 지명을 석갑과 비슷한 옥갑이라고 했을 수도 있기 때문이다. 그러면 8월 17일 혹은 다른 날짜에 열하에서 연경으로 가는 중간 지점에서 구술한 것으로 설정한 것이 된다. 그러나 그렇게 했을 가능성은 전혀 없었다.[102]

따라서 이런 날짜에 대한 추정은 장소와 마찬가지로 의미가 없다. 왜냐하면 연암의 처지에 따라 두 작품을 기술하는 태도가 달라졌기 때문이다. 귀국한 뒤에 『열하일기』를 집필하면서 「진덕재야화」를 구성하였을 때는 정확성을 바탕으로 하여 한 편의 글을 지으려고 하였다. 그래서 공

102　한편 옥갑을 연경으로 추정했던 김영동은 비장·역관들과의 대담이 이루어진 시기를 열하에서 연경으로 돌아온 8월 20일로 보았다.(김영동, 『증보 박지원 소설연구』, p.177.)

간적 배경을 실제의 지명인 진덕재로 선택하면서 날짜를 12일 하루를 비워 두어 그날 한담을 한 것처럼 설정을 하였다.

그러나 연암 자신의 주변 여건이 변화되자 개고의 필요성을 절감했고 그 과정에서 「옥갑야화」로 편명을 수정하게 되었는데 그때는 진실성보다 허구적인 요건을 강화하는 태도를 보였다. 그 결과 석갑을 염두에 두고 거기에 맞추어 날짜를 17일로 상정하고 지명도 알 수 없는 옥갑으로 설정하였던 것이다. 이러한 변모는 연암의 글쓰기 태도와 관련해서 볼 수 있는 것으로, 의도에 따라 작동되는 그의 치밀성을 보여 주는 하나의 방식에 불과하다.

따라서 「옥갑야화」와 「진덕재야화」에 대한 장소와 날짜에 대한 추적은 이본(異本) 연구가 아닌 이상 큰 의미가 없다. 「옥갑야화」의 내용이 어느 특정 지역과 연관된 견문을 기록한 것이 아니고 개인화된 일화를 모은 것이라는 관점에서 보았을 때, 옥갑이 되었든 진덕재가 되었든 글의 내용과 관련해서 보면 어느 곳이 되어도 무방하고 또 다른 곳이어도 상관이 없다. 굳이 장소와 날짜도 밝혀낼 의미가 없다.

그런데도 굳이 장소를 밝히려는 것은 이 글이 『열하일기』라는 기행록에 수록된 한 편의 글이기 때문에 이에 대한 호기심이 발동하여 해명한 것이다. 그리고 「진덕재야화」를 「옥갑야화」로 바꾸어야만 했던 이유가 존재했다면 그것은 연암의 글쓰기 기본적인 태도와 다른 상황에 의한 불가피함이 내재해 있었기 때문이다.

그럼에도 주로 「옥갑야화」만을 거명하는 이유는 바뀐 「옥갑야화」라는 편명이 「진덕재야화」보다 더 많이 알려졌기 때문이다. 그간에 연구자들이 「옥갑야화」를 주로 언급한 이유는 「진덕재야화」로 제목이 된 것은 필사본으로만 존재했던 것임에 반해 「옥갑야화」의 제명을 단 것은 인쇄본으로 출판되었고 「허생전」의 출처가 「옥갑야화」로 인식되었기 때문이다.

이러한 이유로 이 편목을 「옥갑야화」로 통칭하면서 옥갑이란 지명에 대한 논의가 이루어지고 있는 것이 현실이다.

그리고 이로 인해 이 지명과 관련해서 여러 가지 가능성을 제기하고 있는 것 또한 사실이다. 다만 앞에서 살펴본 바와 같이 대개의 경우 옥갑을 실제 지명으로 인식하고 구체적인 장소를 추적하기도 하고, 한편에서는 비유적 공간으로 보기도 했다. 『열하일기』의 다른 편목들과 달리 시간이나 장소를 추정할 수 있는 요소가 하나도 없기 때문에 기회가 있을 때마다 논자들에 의해 추정되고 있다.

그러나 동일한 내용의 작품이 편목 명칭에 따라 작성된 날짜와 배경이 다르다는 것을 이 작품이 허구일 수 있다는 의혹을 갖도록 한 구체적 증거의 하나로 본다면 더 이상 이에 대한 논의는 무의미하다고 할 수 있다. 반면에 이처럼 공간적 배경에 의혹을 가진 의도는 「허생전」을 둘러싼 논의에서 연암의 진의를 구명하는 논리적 근거의 일부가 될 수 있다고 판단되기 때문이다. 「허생전」에 대한 해석이 내적 구조로만 해명할 것이 아니라 외적 요소와 함께 규명해야 하는 필연적 이유는 바로 여기에 있다.

3. 작품 구조상의 의도적 장치

「옥갑야화」의 전반적인 성격을 구명하기 위해서는 작품의 주제와 주제를 형상화한 서술구조를 살펴보아야 한다. 특히 앞의 여섯 편의 일화(逸話)와 허생 이야기를 총체적으로 살펴봄으로써 유기적 관련성을 확인해야 할 것이다. 이를 통해 연암이 허생의 이야기를 「옥갑야화」의 수록하기 위해 어떤 방식으로 전혀 다른 형식인 일화들을 묶어 하나의 이야기틀로 형상화했는지를 확인할 수 있다. 그리고 이로써 「옥갑야화」를 『열하일기』에 수록한 궁극적 의미를 이해할 수 있다.

「옥갑야화」의 전체 구조는 이가원의 역주본(譯註本)으로 민족문화추진회에서 편집하여 출간한 『국역 열하일기』를 중심으로 살펴보고자 한다. 이 책은 1968년에 초판 출간한 것을 1976년에 수정하여 재판본으로 다시 발행했다. 「옥갑야화」는 전체의 구성이 본문·「허생후지」Ⅰ·「허생후지」Ⅱ·「차수평어(次修評語)」의 모두 네 부분으로 되어 있다.[103]

본문에는 7편의 이야기가 들어 있고, 후지가 두 편으로 나누어 편집되어 있는데, 허생이 명나라 유민(遺民)이라고 한 「옥갑야화」의 후지를 「허생후지」Ⅰ로, 허생의 이야기의 출처인 윤영에 대한 것을 기록한 「진덕재야화」의 후지를 「허생후지」Ⅱ로 수록하였다. 「차수평어」는 박제가(朴齊家, 1750~1805)가 간단하게 평가한 기록을 수록한 것으로, 차수(次修)는 박제가의 자(字)이다.

「옥갑야화」는 이와 같이 크게 네 부분으로 편집되었지만 실상은 본문과 후지, 차수평어로 구성되어 있다고 하겠다. 그러나 네 부분을 내용상으로 구분한다면 본문의 허생의 이야기와 나머지의 일화들로 나누어야

---

103 『국역 열하일기』Ⅱ(수정재판본)에 수록한 「옥갑야화」의 이러한 편집 구조는 김혈조 번역의 『열하일기』(개정신판, 3권)에서도 같은 형식으로 되어 있다. 그러나 리상호 역본은 「옥갑야화」 본문과 「허생전」을 별도로 구분하여 각각 제명(題名)을 달았고 후지는 「진덕재야화」의 후지는 빼고 「옥갑야화」의 후지만 별도 제명이 없이 「허생전」 뒤에 이어 수록했다. 이것은 1932년 박영철이 자연경실본을 저본으로 간행한 『연암집』 중에서 『열하일기』 부분인 별집(11~15집) 중 제14집의 「옥갑야화」를 토대로 했기 때문으로 보인다. 다만 『연암집』 14집 별집의 「옥갑야화」 본문에는 「허생전」을 별도로 구분하지 않고 다른 일화와 동일하게 단락으로 구분하여 나열했고, 후지는 「옥갑야화」의 후지만 수록했다.

할 것이다. 전체의 서사구조가 본문이 허생 이야기를 위주로 편성되어 있고, 허생을 중점적으로 다룬 「허생후지」I · II와 「차수평어」가 「허생전」의 보유편과 같은 구실을 하고 있기 때문이다.

이러한 편성은 여행담을 기록한 것이라는 선입견을 갖도록 하면서, 그에 대한 구체적이면서도 자세하게 제시한 기록이라는 인상을 강하게 주고 있다. 특히 「허생후지」I · II를 첨부하여 작품의 주인공과 작가의 관계를 심도 있게 제시하여 독자에게 신뢰감을 획득하려는 노력이 보인다.

내용상 주목을 필요로 하는 것은 연암이 「옥갑야화」의 이야기 구성 방식으로 일화를 방담(放談)하는 희곡의 형태를 택하였고 삽입 지문(地文)이라고 할 수 없는 '어떤 이가 말하기를(有言)'로 연결되어 있으며 그것을 액자식 구성으로 펼쳐 놓은 것이다. 이러한 구성 형식은 대화의 내용상 인과관계가 없고 이를 설명하는 지문도 없이 나열하여 첨가하거나 제거하기에 아주 용이하다. 즉 많은 일화를 나열하면서 거기에 허생의 이야기를 끼워 넣어도 하등 의심을 할 것이 없는 방법이었다. 연암은 방담을 가장하여 배열하기 쉬운 장치인 액자식 구성을 이용하여 자신이 '하고자 했던 이야기', 즉 의도된 이야기인 허생의 이야기, 「허생전」을 끼워 넣을 수 있는 여지(餘地)를 만들 수 있었다.

더구나 삽입 지문을 제거하여 여행담을 그대로 수집하여 생경한 모습으로 수록한 것처럼 구성했다. 이에 대한 결과로 액자식 구성의 특성을 중심으로 「옥갑야화」를 진단할 수 있는 실마리를 제공하게 된 것이다. 그런데 이야기를 전개하는 데 필수적인 정보인 동기(motive)가 제시되어 있지 않은 것도 의문을 제기하기에 충분하다. 어떤 상황에서 하필(何必)

비장[104]들과 밤늦게까지 누워 이야기를 하게 되었는지 그 이유가 없다.

1) 「옥갑야화」의 이야기 구조

「옥갑야화」의 이야기 구조를 살펴보기 위해서는 먼저 이야기의 짜임새가 어떻게 이루어졌는지 하는 형식의 문제와 이야기의 내용이 무엇이고 그것을 말하게 된 동기는 무엇인지 등을 살펴야 할 것이다. 먼저 「옥갑야화」의 구성은 담화의 형태로 된 개별적인 이야기를 구술한, 비장들과 연암이 옥갑이라는 곳에서 밤중에 이야기한 일곱 편을 모아 놓은 형식을 취하고 있다. 여행 중에 있었던 일이라는 사실을 분명히 밝히기 위해 담화를 한 사람들이 비장이라는 것과 공간적 배경으로 여행 중에 머물렀을 것으로 추측되는 옥갑을 제시하였다. 기행록에 첨부해도 무방하도록 구체성을 확보하기 위해 치밀하게 조직한 것이다.

그러나 「옥갑야화」는 서두가 옥갑으로 돌아와 침상에 누워 이야기하였다는 것에서부터 시작하면서도 연암이 그들과 누워 이야기하게 된 동기가 전혀 언급되어 있지 않다. 서사문학은 모티브가 강력할수록 긴장감이 커지고 갈등의 진폭도 넓어진다. 이를테면 서사문학의 구성상 발단에서 보이는 모티브는 사건이나 행동에 대한 심리적, 사회적 혹은 철학적인 이론—궁극적으로는 인과에 대한 어떤 이론—등 동인(動因)으로 인과관계를 형성하는 내적 구조와 관련되어 있으면서[105] 주제를 형성하게

---

104 「국역 열하일기」에 수록된 「옥갑야화」는 '비장', 김혈조 「옥갑야화」는 '비장·역관'으로 되어 있다. '4) 설정된 서두의 상황 (1) 「옥갑야화」의 서두'(p.133)의 각주 78.

105 르네 웰렉·오스틴 워렌, 앞의 책, p.346.

되는데, 이 작품에는 전혀 나타나 있지 않았다. 특히 양반인 연암이 그들과 함께 누워 이야기하게 된 비정상적인 상황에 대한 모티브를 제시하지 않고 바로 대화로 이어진 것이다.

더구나 이야기가 비정상적인 상황에서 이루어진 것을 감안하면 공간 설정에 대한 동인(動因)이라도 언급되어야 한다. 즉 철저한 신분사회의 일원으로 양반인 연암과 중인 계층인 비장이 함께 누워 이야기를 하게 된 구체적인 이유가 존재해야 한다. 엄격한 계급이 상존(尙存)했던 상태에서 파격의 상황이 전개된 원인에 대해 연암은 아무 설명 없이 대뜸 '옥갑에 돌아와서~'라고 서두를 펼쳐 놓은 것이다. 이러한 설정은 여행 중이라는 특수한 상황을 이용하여 그럴 가능성은 충분히 있을 것이라는 전제하에서 진술한 것으로 보인다. 아마도 여행 중에 있을 수 있는 상황이거나 한낱 일화로 여겨 탓할 사람이 없을 것이라고 지레짐작했던 것으로 보인다.

그러나 여행 중일지라도 연암의 신분을 전제하면 적어도 양반—연암은 보통의 양반이 아니다. 정사인 박명원의 삼종제로, 금성위 박명원은 당시의 왕인 정조의 고모부—인 연암이 어떤 사정으로 그들과 더불어 누워 밤새 이야기를 하게 되었는지 그 동기에 대한 설명이 필요했었을 것이다. 그럼에도 불구하고 연암이 그들과 함께 누워 이야기를 하게 되었는지 그 이유를 설명하지 않았다.

이러한 의문은 「진덕재야화」의 경우에도 마찬가지다. 숙소가 분명하게 나누어져 있었는데 어떤 사정으로 그들과 함께 이야기하게 되었는지 그 이유를 해명하지 않았다. 이것은 아마도 「옥갑야화」의 방담이 여행 중에 사소한 이야기 정도의 것이라는 일화의 성격을 암시하면서, 허생의 이야기 또한 그런 부류에 불과한 '허접한 이야기 한 토막'으로 위장한 것일 수도 있다. 그러면서 한담에 허생의 이야기를 쉽게 첨가하기 위한 발상에만 집중했던 것이거나 해명이 궁색한 것에서 나타난 결과인 듯하다. 결국 이야기하게 된 이유를 드러내지 않고 「옥갑야화」가 여행 중에 있었던 한담의 하나로 설정하였던 것이다.

서술 형식상 특이점을 살펴본다면, 첫째는 서두에서 일화는 비장의 대화의 방식으로 인과관계가 없이 비논리적인 상태에서 병렬식으로 열거되어 있을 뿐 동기가 드러나지 않았다. 그러나 허생의 이야기를 제시하는 부분에서는 그 동기가 분명하게 드러난다. 일화는 처음부터 인과관계 없이 배열하여 1화에서 6화까지는 화제의 연속성이 별로 없으나, 6화의 비장이 아닌 왜어(倭語) 역관으로 부자가 된 변승업(卞承業, 1623~1709)[106]에 이은 7화의 「허생전」은 서로 연계되어 인과관계가 명백하다. 6화에서 7화로 이어지는 과정에서 이야기가 비약되면서 지엽적이긴 하지만 연계성을 가지고 있다.

6화에서 어떤 발화자가 변승업이 만년(晩年)에 많은 돈을 흩어 버린 이유를 말한 것에 이어서, 연암은 윤영에게서 들었던 변승업의 부자가 된 이야기를 덧붙였다. 즉 변승업이 돈을 모아 일국의 으뜸이 된 것이 허생으로부터 십만 냥을 얻게 된 뒤부터였다고 했다. 그리고 이 변승업의 화식에 대한 이야기에 뒤이어 허생 이야기를 펼쳐 놓은 것이다. 허생이 어떻게 돈을 벌어 변승업에게 주었는지를 설명하면서 허생의 이야기를 펼쳐 놓은 것이다. 이는 허생의 이야기를 펼쳐 놓게 된 동기를 분명하게 제시한 것이라고 할 수 있다.

---

106 변승업은 현종 · 숙종 연간의 왜어(倭語) 역관으로 거부(巨富)였다. 『승정원일기』에 "변승업(卞承業)은 일국(一國)의 부자(富者)인데 …… 변승업은 자헌대부로서 동지중추부사의 실직(實職)을 지냈으니 비갈(碑碣)을 만들어야 합니다."라고 기록했다.[『승정원일기』 영조 10년(1734, 갑인) 5월 3일 무인.] 이상각, 『조선의 역관 열전』, 서해문집, 2011, pp.142~147.

이렇게 되어 허생의 이야기는 6화와 짝을 이루고 있어, 두 이야기가 함께 어느 부분에 놓여도 무난하게 되어 있으나 마지막에 배치함으로써 「옥갑야화」 전체의 정점(頂點)을 확보할 수 있었다. 이것은 허생의 이야기를 구성의 단계상 절정에 배치함으로써 대단원에 이르게 한 것이어서 이야기의 핵심이 허생의 이야기임을 암시하고 있다. 이로써 연암이 의도적으로 허생의 이야기를 끼워 넣은 것에 대한 당위성을 설명할 수 있었을 것이다. 이렇게 본다면 6화의 발화자가 변승업에 대한 일화를 말한 것조차도 연암이 허생의 이야기를 제시하기 위한 장치로 의도적으로 배치하였을 것으로 추측할 수 있다.

둘째, 일화는 처음부터 직접화법에 의한 대화를 정돈하지 않고 나열하는 방식으로 전개되었다. 「옥갑야화」의 이야기 구조는 희곡처럼 대화가 '어떤 이가 말하기를(有言)'이라는 유명무실한 삽입 지문에 의해 대사로 전개되다가 6·7화에 이르러 서사적 형태로 제시되었다. 즉 서두의 일화의 서술자는 '어떤 이가 말하기를'이라고 간단하게 제시한 뒤에 발화자의 말을 직접 인용하였다. 발화자인 비장들이 밤새 이야기한 대화를 작가의 손질 없이 생경한 채로 그대로 나열한 것처럼 일화를 제시한 것이다. 이것은 연암이 「옥갑야화」가 열하의 기행문의 일부임을 표명하기 위해 여행 도중의 방담(放談)을 정제(整齊)되지 않은 채 그대로 묶어 놓은 것처럼 서술 형식을 취했기 때문이다.

이런 결과로 정제되지 않은 이야기들은 허생의 이야기를 제외한 나머지로서 서사구조를 제대로 갖추지 못하고 즉흥적인 대사에 의해 전개되어 일화의 범위에 머물러 있다. 이 일화들은 발화자에 따라 서로 다른 인물이나 사건에 대한 자신의 개별적인 인식을 바탕으로 즉흥적이고 돌발적인 야화(夜話)로 전개되다가 6화에 이르러 변승업의 부에 대한 화제가 등장하자 7화에서 변승업의 화식(貨殖)에 이어 허생의 이야기로 이어지게 된 것이다.

셋째, 이야기가 야화라고 하는 것을 편목의 명칭에서 제시하였다. 일반적으로 '야화(夜話)'라고 하는 것은 잠자리에서 잠들기 전에 심심풀이로 하는 이야기로 '야화(野話)'의 성격을 가지고 있다. 일정한 주제를 심도 있게 논의하는 것이 아니고 정해진 줄거리도 없이 단편적인 이야기를 이어 가는 것이 특징이다. 이런 의미에서 야화(夜話)는 일화의 성격을 가지고 있다.

주로 세상에 널리 알려지지 않은 숨은 이야기로서의 일화(逸話, anecdote)는 대개 단일 사건이나 모티프(motif)로써 구성되어 있는 짤막한 서사체(敍事體)를 의미한다. 그래서 워렌(Austin Warren, 1914~1986)은 액자소설을 일화와 소설의 교량적 역할을 하는 것[107]이라고 하였다. 일화는 주로 개인이나 사건과 관련된 것인데, 이재선(李在銑)은 그 특징을 다음과 같이 정리했다. 첫째, 서술 형식이 짧고 소박하고 비장식적(非裝飾的)이며, 둘째, 내용이 주로 역사적 인물의 개성적이고 인간적인 숙련에 관련된 이야기이며, 셋째, 객관적 사건 묘사에 의한 함축적인 간결성과 하나의 핵심 구성의 충격력이 중요한 요건이고, 넷째, 비상한 돌발성이나 1회적인 사건 발생에 집중되어 있다.

그리고 일화의 또 하나의 특징은 무엇보다도 그 내용이 대중의 추앙을 받던 역사적 인물들의 삶에서 임기응변적이고 기지적(機智的)인 혹은 희극적인 언행과 혹은 이문(異聞)과 관련이 되고 있다는 점에서 사실성을 띠며, 처음부터 핵심적인 요소만 전승하려 하기 때문에 그 묘사가 매우

---

107 르네 윌렉·오스틴 워렌, 앞의 책, p.353.

짧고 단순하다는 점이 핵심이다.[108] 주로 개인, 특히 역사상의 명사나 일사(逸士)들의 기행(奇行)에 대한 대중적인 관심으로 반복 전승되며, 흔히 교훈이나 오락을 위한 예화로서 이야기되기도 한다. 시간이 흐름에 따라 그 일화의 사실 여부는 알 수 없을 정도로 변모되기도 하고, 똑같은 일화가 각각 다른 개인에게 부수되기도 하며, 심지어는 허구적이거나 전설적 인물에게 부수되는 일도 많다.[109]

이와 같은 관점을 근거로 이재선은 「옥갑야화」의 일화적 속성을 제시했는데, 첫째, 재미있고 흥미 있는 행동 연계 속에 한 임의의 인물이 다루어졌다기보다는, 특정한 개성이 예각적이고 요점적인 언설에 의해 그려져 있다. 이 경우 1회적 사건이 중요하다. 둘째, 서술 방법이 중요한 개성에 핵(核)을 두고 있다. 셋째, 한 인물이 돌연 그의 특성을 드러내는 긴장된 순간이 중요하며 흔히 교훈적 경향 및 설득적 수단이 될 수 있다. 넷째로 시공(時空)의 틀이 비교적 근소하고 구조와 문장이 간결하다. 다섯째로, 문체적 매개는 주로 기지적(機智的)이란 점[110]이라고 하여, 일반적으로 언급된 일화의 성격에서 보이는 성향과는 어느 정도 유사함을 언급했다.

그러나 이러한 견해는 「옥갑야화」의 수록된 일화의 전반적인 특성을 제대로 설명한 것이라고 하기 어려운 부분도 있다. 이를테면 허생의 이야기는 기지적이라고 할 수 있으나 이를 제외한 나머지 일화들은 기지적이라든가 함축적인 간결성, 혹은 핵심 구성의 충격력 같은 것이 드러났

108　이재선, 앞의 책, p.39.

109　조희웅, 「일화(逸話)」, 『한국민족문화대백과사전』, 한국학중앙연구원, 인터넷판.

110　이재선, 앞의 책, p.112.

다고 하기보다는 신의를 배반하고 화식에 몰두했던 사람과 그렇지 않은 사람을 대조하여 제시한 것이다. 따라서 어떤 인물의 개성에 핵심을 두었다기보다는 개인의 의식 속에 존재하는 임의의 인물에 대한 인상을 선택하여 피력한 정도이다.

이런 면에서 「옥갑야화」의 일화들은 역사적 사실에 기반을 둔 것이 아니고, 어느 개인의 단일한 사건과 관련된 이문(異聞)을 중심으로 한 발화자들 개개인의 진술을 묶은 것이라고 할 수 있다. 그러면서 발화자들의 개인적인 진술은 한 인물의 생애나 사건을 요점적으로 정리되어진 것이라고 하기보다는 순간적으로 떠오르는 인상에 바탕을 둔 것이었다. 그러나 이야기의 성격상 서두의 일화들은 역관들의 중국 여행에서의 이문에 집중되어 있도록 한 것으로 볼 수 있다.

반면에 허생의 이야기는 이러한 성격의 일화가 아니고 완전한 서사적(敍事的) 형태를 가진 글이다. 이런 이유로 「옥갑야화」에서 허생의 이야기 부분만 따로 떼어 내어 독립된 작품으로 보기도 하고, 반면에 이런 관점에 대해 이의를 제기하여 이 「옥갑야화」 자체를 완결된 작품으로 보기도 하며,[111] 그 일환으로 「옥갑야화」를 액자소설로 보기도 한다.[112]

(1) 화제의 인물 역관(譯官)

「옥갑야화」에서 일화를 말한 사람은 비장이라는 신분만 노출하였을 뿐 누구인지 구체적으로 알 수 없다. 하지만 대화 속의 화제의 인물은 역관이었다. 비장들이 역관들의 일화(逸話)를 펼쳐 놓은 것이다. 역관들을

---

111 김명호, 『열하일기 연구』, p.192.
112 이재선, 「연암 소설의 해석학적 문제」, 《진단학보》44호, 진단학회, 1978, pp.158~160.

화제의 인물로 삼았던 것은 그들이 당시 열하와 연경을 여행하면서 현지
인들과 소통이 가능한 특별한 존재이었을 뿐만 아니라, 중국 여행을 통
한 많은 경험을 가지고 있어서 우월한 존재이면서 풍부한 화제를 가지고
있었기 때문이었다.

거기다가 삼사(三使)가 쉽게 거동할 수 없는 상황에서 역관들은 많은
곳을 다니며 견문을 넓혔고 다양한 물품을 구입하여 중국과의 무역에서
도 중요한 역할을 하기도 했다. 역관들은 고답적인 소중화주의 논리에
갇혀 있던 조정관리나 선비들과 달리 민족과 국가의 경계를 넘나들며 외
교적으로나 상업적으로 숱한 성공을 일궈냈다.[113] 그뿐 아니라 공사무
역 특권을 이용하여 남다른 부를 축적할 수도 있었다. 특히 이들은 유
독 서적을 구입하여 문화의 전파를 담당했고, 나아가 많은 이윤을 남기
기도 했다.[114] 이와 같이 역관이 사행을 통해 재물을 축적하였다고 하는
사회적 통념을 바탕으로 해서 그들을 이야기의 대상으로 삼은 것으로 볼
수 있다. 더구나 담화를 하였던 비장들은 신분상 역관보다 하층이었고
여행하는 현지에서 활동이 역관을 능가할 수 없어 약간의 열등한 형편이
었으므로 역관들의 비위(非違)를 이야기의 대상으로 삼는 것은 흥미 있
는 일이었을 것이다.

이러한 관점에서 보면 화제의 대상을 역관으로 설정한 것은 그들이 연
행 중이라는 당시의 상황에 맞는 화제의 중심적 인물이었고, 또 그들은
사행무역(使行貿易)의 당사자들이었기 때문으로도 볼 수 있다. 그들은
역관이라는 신분을 이용해 양국을 오가며 경제활동을 하여 세간의 주목

---

113 이상각, 앞의 책, p.6.

114 신익철, 앞의 책, pp.188~203.

을 받았기 때문이기도 하다. 여기에다 연암은 연경으로 가던 중에 책문에서 청나라 상인들과 역관들의 조우(遭遇)의 광경에서 긴밀한 모습을 보여 주기도 했[115]는데, 자신의 가지고 있던 통념에다가 여행 중에 목격한 역관의 동태를 본 것이 바탕이 되었을 것으로 보인다.

역관은 여러 부류가 속해 있던 중인(中人) 가운데 최상층의 위치에 있었다. 잡과(雜科)를 통해 선발되어 관직 승진에 제한이 있었지만 역관은 단순한 통역을 넘어 문서 작성, 정보 수집 등 다양한 실무를 담당하여 전문성과 외교 활동의 중요성으로 전문 지식층으로 인정받았다. 중국 등에 사행(使行)을 갔을 때 개인적으로 무역을 할 수 있었기 때문에 이를 통해 상당한 재산을 모을 수 있었다. 또 선진 문물을 빠르게 접하고 그에 대한 지식을 축적할 수 있었으므로 조선 후기 근대화의 한 축이 되기도 하였다.

이 역관들은 사행을 따라 외국에 자주 드나들면서 밀무역(密貿易)을 부업으로 삼았다. 이들의 밀무역은 중국을 왕래하는 역관들에 의해 주로 이루어졌는데 이들에 의해 수입된 사치품이나 약재 또는 서적은 양반계급의 수요에 충당되었다. 특히 17세기 후반부터 18세기 초반 시기는 청과 일본 사이의 중개무역도 활발히 진행되었던 역관들의 전성기였다. 당시 역관들은 조선 후기 상업의 발달과 화폐경제의 발달과 함께 새롭게 부상한 계층[116]으로, 17·18세기 대청(對淸) 무역의 상업적 주체들이었다.

역관은 그 이전부터 있었지만, 그들이 사회경제사적으로 크게 부각된

115　「도강록」, 『국역 열하일기』 I, p.37~38.

116　정석종, 『조선후기사회변동연구』, 일조각, 1984, p.128.

것은 조선 후기 대청 무역의 상업적 주체로서 경제력을 축적하면서부터
이다. 그들은 서얼(庶孽)들과 함께 중서(中庶)로 지칭되며 양반 계층의
외곽에서 나름대로 신분적 안정을 누려 왔으나, 양반 사대부들의 모멸
적인 대우를 받아야만 했다. 그러나 이들은 17·18세기 대청 무역을 계
기로 상당한 재력을 축적하면서 지적 수준이나 의식도 높아졌다. 이에
따라 그들은 위항시사(委巷詩社)의 중심적 역할을 하기도 했다.[117]

　역관들의 이러한 무역 행위는 중개의 역할을 하기도 했다. 17세기 초
가시화되었던 명청교체(明淸交替)의 흐름에도 불구하고 중개무역의 중
심지로서 조선의 위치는 변하지 않았다. 그로 인해 중국 사행에 참여한
역관들이 중국에서 물품을 구매해 와 상인들에게 넘기면 이들 물품은 왜
학 역관(倭學譯官)을 매개로 일본에 수출되었다. 이러한 과정을 통해 역
관들은 막대한 이윤을 남길 수 있었다. 이에 따라 17세기 후반부터 18세
기 초반 사이에는 무역으로 큰돈을 모은 역관들이 많았다. 따라서 당시
역관들은 통역만 했던 것이 아니라 무역에 있어서도 상당히 중요한 역할
을 했음을 알 수 있다.[118] 이러한 인물의 대표적인 이야기가 변승업의 경
우이다.

　한편 이들의 이야기가 당시의 상업 세계의 현실적 반영이라는 관점에
서 보면 이 야화는 사행무역의 문제점을 우회적으로 지적하는 것이라고
볼 수 있다. 그러나 이러한 것을 역관들이 스스로 말했다고 하기에는
부담스러웠기에 「옥갑야화」에서는 역관을 제거한 것으로 볼 수 있을 것
이다.

117　서인석, 앞의 글, pp.745~746.

118　신해순, 「중간계층」, 『한국사』10권, 국사편찬위원회, 탐구당, 1977, pp.604~607.

　이와 같이 허생의 이야기를 포함한 「옥갑야화」의 다양한 일화에서 핵심을 이루는 부분은 조선 후기에 부상한 상인 계층의 세계에 역관이 뛰어들어 활약하였다는 이야기들이다. 그런 면에서 그들의 경제적 축재(蓄財)를 위한 행동에서 나타난 신의와 의리의 문제가 화두였다. 따라서 이들의 화제가 경제활동과 그 바탕에 인간적 면모를 드러내는 신의와 이해(利害), 그리고 의리였던 것으로 볼 수 있다. 또는 그들의 이러한 경제 행위 가운데서 신의(信義)의 문제뿐만 아니라 경제력을 통한 의기·의협의 세계를 보여 주고 있음을 알 수 있다.

　그럼에도 불구하고 발화자를 실명으로 제시한다는 것은 역관에 대한 세평이 너그럽지 못한 데서 발화자가 자칫 고발자가 될 수 있어 익명으로 제시한 것으로 볼 수 있다. 이는 배려처럼 보이지만, 비장 역관들로부터 오며 가며 들은 역관들의 이야기를 구체화한 설정의 방법일 수도 있다.

　그리고 야화의 대상 인물로 역관을 선택한 것은 그들이 야담에서 볼 수 있는 흔한 소재였기 때문이기도 했다. 유몽인(柳夢寅)의 『어우야담』과 이원명(李源命)의 『동야휘집』 등에서 역관과 관련한 야담을 연구한 홍나래는 야담에서 역관들이 계속 주목을 받은 데에는 그들이 외국 인사들과 유착 관계를 맺고 화려한 언변으로 기지 있게 문제를 해결하는 능력을 보인다거나 새로운 서적과 문물을 접하여 국내로 이를 유입하는 문화적 역할을 수행한 점도 있지만, 무엇보다도 공적이거나 사적인 무역을 담당하여 막대한 돈을 벌어 부자가 되면서 사회적 영향력이 커진 데 있다[119]고 했다.

119　홍나래, 「야담 속 역관 인물형과 돈에 관한 문제의식 고찰」, 《동남어문논집》57호, 동남어문학회, 2024, pp.289~290.

이로 인해 야담에서 부와 재물에 대한 관심의 이면에, 급격히 늘어난 자본이 신분 질서를 와해시키고 사치를 조장하며, 돈을 물신화함으로써 인륜을 어그러뜨릴 수 있다는 경계심이 반영된 것이다. 사대부들은 역관을 의리보다 돈을 중시하는 존재로 보면서 그들이 외교 실무에서 치하되거나 경제력을 기반으로 사회적 영향력이 커지는 것을 탐탁지 않게 여겼다.[120] 또한 민중들이 역관의 인물상과 돈의 의미와 가치에 대해 질시와 우려를 드러내어 문제를 제기한 것이다. 결국 당시 사회문화적 긴장과 변화 속에서 막대하게 발생하고 축적된 부, 그리고 새롭게 사회적 영향력을 행사하게 된 신흥 부유층에 대한 사민(士民)의 반응이 야담이라는 형식으로 표출된 것이라고 정리할 수 있다.

(2) 익명화된 발화자

「옥갑야화」에는 7편의 독립된 이야기가 들어 있는데 이 이야기들은 발화자에 의해 한 편씩 제시되었다. 각각의 이야기는 첫머리가 '어떤 이가 말하기를(有言~)'으로 시작하여 발화자가 익명화(匿名化)되어 있다. 반면에 대화 속의 인물은 실명(實名)으로 제시하였고 그 인물은 발화자가 임의로 선택한 사람들로 주로 화식과 의리라는 묶음 속에 놓여 있었다. 그러나 이와 같은 이야기들은 다음에 이어지는 다른 이야기와 연속적, 혹은 직접적으로 연계되어 있지 않고 그 자체로 매듭을 이루고 있어 하나의 이야기 단위 역할을 하고 있다.

이야기의 발화자는 익명화되어 알 수 없지만 당시 열하로 간 비장은 주명신(周命新)·정창후(鄭昌後)·이서구(李瑞龜)·조시학(趙時學) 등

120   홍나래, 앞의 글, p.289.

네 명이었고, 역관은 홍명복(洪命福)·조달동(趙達東)·윤갑종(尹甲宗) 등 세 명이[121]어서 그 윤곽을 어느 정도 알 수는 있다. 「진덕재야화」의 경우라면 담화자를 비장과 역관으로 볼 수 있는데, 발화자의 수효가 실제 열하에 갔을 때의 숫자와 비슷하다. 이것을 근거로 대화와 발화자를 직접 연계하기는 어려우나 대화에 참여한 사람의 구체적인 이름을 쉽게 추정할 수 있다.

이것을 감안하면 대화에 참여한 사람은 비장과 역관 7명 중에서 연암을 포함하여 많으면 7명이었을 것이고 적으면 3~4명이었을 것이다. 이야기는 모두 7편으로, 「진덕재야화」의 경우 연암이 말한 허생의 이야기를 제외하면 6편이 남는다. 이를 근거로 하면, 대화에 참여한 비장이나 역관 7명 가운데 6명이 돌아가며 이야기를 한 것으로 추정할 수 있다. 다만 일부 인물이 1회 이상 이야기에 참여했다면, 실제 참여 인원은 그보다 더 적었을 가능성도 있다. 「옥갑야화」의 경우라면 비장 네 명이 돌아가면서 한 번이나 두 번 이야기를 했을 것으로 보인다.

「진덕재야화」를 중심으로 보면 일화에 참여한 사람의 수와 당시에 열하를 갔던 사람의 수효를 비슷하게 맞추어 놓은 것 또한 당시에 야화가 실제로 진덕재에서 이루어졌었다고 하는 것을 암묵적으로 신뢰할 수 있도록 한 설정이라고 할 수 있다. 그러니까 「진덕재야화」는 공간의 명칭뿐만 아니라 대화에 참여한 숫자까지 고려하여 일화의 편수를 조정해 실제 열하에서 있었던 일로 그럴듯하게 구성한 것으로 볼 수 있다. 그러면서 『열하일기』를 기술할 때 일기문과 편목을 서로 연계하였던 것을 「진덕재야화」에도 그대로 반영하고 있음을 알 수 있다. 따라서 이것은 사행단

---

121 「막북행정록」, 『국역 열하일기』 I, p.310.

을 줄여서 간 열하의 태학관에 머물렀을 때나 열하에서 연경으로 돌아올 때를 전제했을 경우에만 해당되는 것이고, 옥갑을 연경이라고 가정한다면 달라질 수 있다.

그런데 서두의 6편의 일화에서 발화자를 익명화한 것은 여러 관점에서 그 이유를 추측할 수 있다. 그 하나는 대화 속의 인물이 실명으로 제시되었을 때 진위 여부의 문제를 야기할 수 있기 때문이다. 당사자가 그런 말을 한 일이 없다고 부정했을 때 발생하게 되는 문제, 즉 거짓을 기록한 것이라는 오명을 방지하기 위해 선제적으로 해결한 것일 수 있다.

더구나 일화의 내용 중 일부는 역관들이 중국을 왕래하면서 상행위를 했던 부도덕한 일면을 비판하고 있으면서 발화자들이 중국인에 대한 비호감을 피력했기 때문[122]에 익명화한 것으로 볼 수 있다. 즉 일부 역관들의 부정적인 행위를 주된 내용으로 하고 있어 발화자인 비장·역관들이 다른 역관들로부터 항의를 받을 수 있을 것을 염두에 둔 배려였을 것으로 보인다. 특히 역관이 담화에 참여하여 역관의 이야기를 한 것은 독자들의 인식에 나쁜 영향을 미칠 수도 있고, 역관들에게 문제를 제기할 수 있는 여지를 만들 수 있었을 것이다.

이처럼 발화자를 익명으로 제시한 것이 개인정보의 노출로 인해 생기는 여러 문제를 방지하기 위한 것으로 볼 수도 있지만, 근본적으로는 이야기의 상황 설정이 중요할 뿐 구체적인 실명(實名)을 제시할 필요가 없었을 것이라고 인식했을 수도 있다. 익명화한 중요한 이유는 단지 구성상의 설정을 하기 위해 여행 중에 들었던 이야기를 펼쳐 놓기 위한 방책이 필요했을 뿐 역관의 비행(非行)을 고발할 의도가 있었던 것이 아니었

---

122 박기석, 「옥갑야화와 허생전」, 앞의 책, p.310.

기 때문이다.

그러나 이야기의 구성과 관련해서 발화자를 익명화한 이유를 본다면, 실명 대신에 가명(假名)을 사용하여 허구적인 성격을 노출하는 것보다 차라리 익명화하여 이름을 제거함으로써 실제성을 은폐한 것처럼 보이도록 한 것이라고 볼 수 있다. 연암이 의도한 것은 이 부분으로 보인다. 즉 익명화한 것은 '이름을 밝힐 수는 없지만 누군가 말한 것은 사실이다.'라는 함의(含意)를 피력하고 있는 것이다.

이러한 제시 방식은 고도의 술수에 의한 장치로 볼 수 있다. 만일 가명으로 제시하면 허생의 이야기 자체가 허구인 것을 드러내는 것임과 동시에 연암의 창작임을 스스로 말하는 것이 되어 『열하일기』에 수록하는 의미가 상실된다. 이것은 앞에서 언급한 바 있는 편목의 명칭을 바꾼 것에서 보았듯이 실제인 것처럼 하면서 허구적 상황을 전제로 했던 것과 같은 맥락이다. 이와 같이 발화자를 가명으로 제시하지 않고 익명화한 것은 발화가 구체적 사실임을 말하면서 이야기 속의 인물의 실명을 공개함으로써 대화 내용이나 인물에 대해 구체성을 확보하려는 의도를 보인 것이다.

한편 「진덕재야화」의 경우, 이야기의 발화자들에 비장뿐 아니라 역관이 포함되어 있어 그들이 자신들의 이야기를 중심 화제로 삼았던 담화에 참여한 것으로 되었다. 이것은 이야기 주체인 역관이 자신들과 연관된 이야기를 한 것처럼 설정하여 이야기의 신뢰성을 높이기 위한 것이라고도 추측할 수 있다.

⑶ 독립된 7개의 일화와 그 구성

「옥갑야화」의 7개의 독립된 이야기 중에서 허생의 이야기를 뺀 나머지의 서술구조는 각기 다른 인물이나 사건을 단편적으로 제시하여 일관성이 없는 일화적 성격을 지니고 있는 비서사화된 구조다. 역관들의 의리와 신의라는 주제의 측면에서는 하나로 묶어 볼 수 있으나 서술구조 자체는 파편화되어 있다.

일화별로 이야기를 제시한 방식을 보면, '어떤 이가 말하기를'로 이어지는 도입부에 이어 일화가 단편적으로 제시되어 있다. 다시 말하면 이야기의 맥락이 인과관계나 화제의 연속에 의해 이어지지 않고 단편적으로 제시되어 있다. 제1화는 서두를 '연경은 옛날에는 ~'이라고 시작했으나, 이것은 '어떤 이가 말하기를(有言~)'를 생략한 것으로 볼 수 있다. 2화는 '어떤 이가 말하기를 이지사 추는(有言李知事樞)', 3화는 '어떤 이가 말하기를 당성군 홍순원은(有言唐城君洪純彦)', 4화와 6화도 '어떤 이는 또~(有言~)'라고 시작하여 약간 다르게 번역했으나, 이것은 이가원이 『국역 열하일기』Ⅱ(수정재판본)의 「옥갑야화」를 번역하는 과정에서 조금씩 달리 표현한 것으로 원문(原文)은 모두 '어떤 이가 말하기를(有言~)로 되어 있다.[123] 다만 5화는 '옛날 이곳에서 물건을 매매할 때는'이라고 하여 인심이 옛날 같지 않음을 말하고 있을 뿐이나 이 또한 '어떤 이가 말하기를'이 생략된 것으로 발화의 형식은 같은 것으로 볼 수 있다. 7화는 앞에서의 서술자와 달리 '나도 역시 말하였는데 윤영이란 사람이~(余亦言有尹映者)'라고 이야기를 시작하여 서술자가 '나(余)'로 바뀌어 있음을 알 수 있다.

이러한 서술구조를 전제하고 「옥갑야화」 전편을 볼 때, 기록을 한 연

---

123 7편의 서두의 원문을 보면 다음과 같다. 제1화 **(有言)**燕京舊時風俗淳厚, 제2화 **有言李知事樞**, 제3화 **有言唐城君洪純彦**, 제4화 **有言朝鮮商賈熟主顧鄭世泰之富**, 제5화 **(有言)舊時買賣**, 제6화 **有言卞承業之病也**, 제7화 **余亦言有尹映者**. 김혈조 번역본인 『열하일기』(개정신판)에는 '어떤 이가 말하기를(有言~)'이라고 해야 할 부분을 모두 생략하면서 행간을 띄워 대화를 단락으로 구분했다.

암이 서술자가 되어 '우리 일행이' '옥갑에 돌아와서'라고 이야기를 시작하여야 하나 생략하였던 것으로 볼 수 있다. 그리고 기록한 자신은 빠진 상태에서 대화 사이에 '어떤 이가 말하기'라고 해설자처럼 이야기를 이끌어 나가다가, 허생의 이야기를 하면서 비로소 자신을 드러내며 방담에 참여하여 전체의 이야기를 전달하는 역할을 하고 있다. 마치 음악의 모음곡에서 곡(曲)과 곡을 이어 주는 프롬나드(promenade)와 같은 구실을 하고 있다. 따라서 「옥갑야화」는 기록자로서 1인칭 관찰자 시점이 되어 자신이 제삼자에게서 들은 이야기를 독자에게 전달하는 형식으로 되어 있을 뿐 일화에 대한 해설이나 평가는 없다. 이와 같이 대화에 의해 전개된 작은 단락들은 연결이 단속적(斷續的)으로 이어지면서 주제와 연계되고 있음을 알 수 있다.

이야기의 연계성은 '옥갑에 돌아와서~'로 시작되는 도입에 이어 일행들이 돌아가면서 서로 다른 인물이나 사건에 대한 이야기를 주고받는 형식으로 되어 있다. 따라서 '어떤 사람이 말하기를~' 하고 일화를 제시하면 그 일화에 이어 말하는 이가 동일한 인물이나 사건에 대해 참여하는 것이 아니라 또 다른 인물과 사건에 대해 자기의 주관적인 인상(印象)을 중심으로 제시하고 있어 이야기는 분절화(分節化)되어 있다. 이 독립된 일화들은 앞에서 언급했듯이 발화자 개인의 의식 속에 혼재(混在)되어 있는 것 중에서 임의로 선택한 인물의 신의와 부(富)와 관련된 사건을 제시한 것이다. 따라서 이야기는 인과관계가 없이 아주 산만하게 제시되어 있는데 그 이유는 한 개인에 의해 일관성 있게 정리된 진술이 아닐 뿐만 아니라, 화제를 일정하게 한정한 것도 아니기 때문이다. 이것은 후술하겠지만 연암이 여행 중이나 다른 곳에서 들었던 이야기를 마치 방담한 것처럼 의도적으로 산만하게 기술한 것일 수 있다.

일화는 각기 다른 발화자에 의해 각기 다른 인물과 사건에 대한 즉흥적이고 돌발적인 사건을 구술한 것을 기록한 형태로 제시되었다. 그래서 일화는 발화자가 순간적인 판단을 통해 돌출적(突出的)이며 요점적인 언어 행위로 비교적 간결하게 제시한 것이다. 그뿐 아니라 요점적 언어 행위로 나타난 일화들은 특정인의 특별한 삶의 한 단면을 보여 주는 하나의 기이한 사건에 대한 화자 개인의 인상이나 판단을 주 내용으로 구성되어 있다. 그러나 큰 테두리에서 보면 5편의 이야기들이 조선 역관(譯官)들의 중국 사행무역과 관련된 일화(逸話)[124]들이 주류를 이루고 있다는 측면에서 하나의 맥락을 이루고 있다고 하겠다.

이러한 이야기의 발화 방식은 화제(話題)를 치밀하게 추적하는 것이 아니라 느슨한 상태에서 근근이 대화를 이어 가면서 발화자가 자유롭게 한담에 참여하고 있음을 알 수 있게 해 준다. 그러나 대화의 내용이나 형식은 모두가 유사하지 않다. 이야기 전체는 일화적 요소를 갖추고 있으나 2화는 단순한 인물 소개 정도이고 5화는 물건 매매의 신뢰성에 대한 것이어서 단순한 소견을 제시하는 것에 불과할 뿐 인물과 사건에 의한 일화적 요소도 제시되어 있지 않다. 이러한 구성 형식은 '어떤 이가 말하기를'이라고 하면서 쉽게 이야기를 첨가하거나 제거하기에 용이한 면이 있다. 연암이 이와 같은 일화를 열거하는 대화 방식을 선택한 것은 허생의 이야기를 쉽게 첨부할 수 있는 방법임을 알았기 때문이었을 것이다.

이와 같은 이야기 구조는, 일화적 성격조차 충분히 갖추지 못한 2화와 5화를 제외하더라도, 나머지 또한 인물·사건·배경이 서로 달라 서사

---

[124] 서인석은 이를 '상인의 모습 내지 의협의 모습을 가진 역관의 세계'라고 하였다.(서인석, 「「옥갑야화」의 세계와 「허생전」」, 앞의 책, p.742.)

적으로 일목요연하게 정리되어 있지는 않다. 그럼에도 전체적으로는 하나의 주제로 집중되는 인상을 주고 있다. 그런 측면에서 2화와 5화는 비록 서사적 구성 요건을 채우지 못했으나 화제의 연결 요소로 작동하고 있는 것으로 볼 수 있다.

이를테면 1화에서 의리 없었던 역관의 이야기에 이어 2화에서 군자다운 풍모를 보인 이추의 이문(異聞)을 짤막하게 제시하였고, 3화는 이름난 역관 홍순원과 관련한 의리 있게 보은한 이야기이고, 4화는 은혜를 잊지 않은 중국인의 순박하고 후덕함을 제시하였으며, 5화에서 변해 버린 중국 상인들의 신의 없음을 이야기하여 그 원인이 역관들에게 있음을 넌지시 말하고 있다. 이와 같은 이야기의 전개는 화자의 변동에 따라 주인공과 사건도 바뀌고 있지만, 화제(話題)는 연경을 드나드는 비장 · 역관들 사이에 기담(奇談)으로 전해 오는 역관 자신 혹은 비장이 인식한 역관들의 이야기라는 점에서 유사성을 지니고 있다.[125]

그러나 제시된 인물들은 거의 일반화되다시피 잘 알려진 이야기를 나열한 것으로 보인다. 서두에서 연경의 예전 풍속을 언급하면서 연경의 풍속이 순후하고 의리가 있었다는 것을 전제하면서 이야기를 시작하고 있다. 그래서 1화에서는 이름을 밝히지 않았지만 의리가 없었던 역관 이야기를 펼쳐 놓은 것이다. 그리고 그 이후에는 의리 있었던 인물들의 이야기를 보여 주고 있는데 주로 유명 인사들이다. 2화의 역관 이추, 그는 군자의 기풍이 있었던 역관이다. 3화의 보은단(報恩緞) 이야기의 주인공으로 이름난 역관 홍순언, 4화의 우리나라 상인들에게 단골로 익숙했던 연경의 부상(富商) 정세태, 6화의 변승업은 왜어 역관이지만 거부(巨

富)였던 인물이고 보면 이들은 역관들 사이에서 이미 잘 알려진 인물들이며, 5화는 당시 중국에서 물건을 매매할 때 의리가 사라진 상태를 제시하고 있다. 일화들을 이렇게 제시한 것은 연암이 여행 중에 들었던 잘 알려진 이야기를 나열한 것으로 추측할 수 있다.

이제 7개의 야화의 내용을 좀 더 정리해 보면, 제1화는 연경이 옛날에는 풍습이 순후했는데 축재에 대한 욕망이 컸던 악덕한 역관이 단골이었던 순후한 중국 상인을 속여 치부하였다가 천벌을 받았다는 일화로, 핵심은 중국 상인의 순후한 인심을 역이용한 조선 역관의 비윤리적인 배은망덕을 강조하여 신의(信義)를 주장하고 있다는 것이다. 강명관은 이것이 금전적 가치로 환원할 수 없는 가치, 경제적 행위에 선행하여 암묵적으로 존재하고 있는 '순후한 풍속'[126]에 의해 형성된 것임을 말하고 있다. 주인공은 배은망덕한 역관이어서 익명화(匿名化)되었고, 1750년 무렵의 일이어서 연암이 연행한 1780년을 기준으로 삼으면 30년 전의 일화이다. 변 부자와 허생 사이의 신의를 암시하고 있는 복선이라고 볼 수 있다.

2화는 역관 이추(李樞, 1675~1746)가 40여 년간 연경을 드나들었던 대청 외교에 뛰어난 역관이었으나 돈 이야기를 해 본 적이 없고 시류(時流)에 초연하여 군자다운 풍모가 있었다는 그에 대한 인상(印象)만 간략하게 제시하였을 뿐 서사는 없다. 이추에 대한 『통문관지(通文館志)』의 기록에는 임금이 그가 청렴함을 안다고 하였다고 하면서, 그는 "성품이 재물에 마음을 두지 않고, 남에게 베풀어주는 것을 좋아하였으며, 남의 곤궁을 잘 도와주었으며, 자신의 자손을 위해 재산을 불리는 일을 하지

---

126 강명관, 앞의 책, p.72.

않았다."[127]라고 한 것으로 보아 그의 올곧은 성품을 알 수 있다. 숙종·영조 연간에 연경을 33번이나 수역(首譯)으로 갔었던 그가 돈에 관심을 두지 않았다는 것은 허생이 변 부자에 돈을 다 주고 빈손이 된 것과 같은 군자다운 풍모와 연계해서 볼 수 있다.

3화는 비교적 서사적 요건이 잘 갖추어져 있다. 명나라 만력(萬曆, 1573~1620) 연간이고 임란 전인 16세기 후반의 이름난 역관 홍순언(洪純彦, 1530~1598)이 창기(娼妓)로 팔린 여인을 구해 준 의협적인 행동으로 중국인의 신망을 모은 일화인데, 제1화의 배은망덕한 역관과 대조되는 인물로 신의와 보은을 지킨 존재임을 제시하고 있다. 서얼(庶孼) 출신인 홍순언은 조선 사신들이 해결하기 가장 어려웠던 대명외교 업무 중 하나[128]인 종계변무(宗系辨誣)[129]에 큰 공을 세운[130] 역관으로 연경에 갔

127 김지남, 세종대왕기념사업회 편집부 역, 『국역 통문관지』2, 세종대왕기념사업회, 1998, pp.48~49.

128 이혜순, 「종계변무(宗系辨誣)와 조선 사신들의 명나라 인식」, 《국문학연구》36호, 국문학회, 2017, p.95. 조선왕조실록에는 중종부터 선조까지 종계변무에 대해 12건의 기록이 있다.

129 종계변무는 명(明)에 태조 이성계(李成桂) 가문의 세계(世系)[종계(宗系)]가 잘못 전해진 것을 올바르게 고치려고[변무(辨誣)] 약 2백 년간 노력했던 과정을 일컫는다. 1518년(중종 13) 명 사행을 다녀온 이계맹(李繼孟)에 의해 종계가 개정되지 않은 채 명(明) 법전인 『대명회전(大明會典)』에 '이인임의 아들'이라는 기록이 고쳐지지 않고 그대로 있었을 뿐 아니라 '1375년(우왕 1)부터 1392년(태조 1)까지 왕씨 4왕(王氏四王―공민왕, 우왕, 창왕, 공양왕)을 시해했다'는 내용이 추가되었음도 확인하고, 수차에 걸쳐 수정을 요구했으나 거절당했다. 1589년(선조 22)에는 성절사(聖節使) 윤근수(尹根壽)가 수정된 『대명회전』 완질을 가져왔으나 홍무제의 유시(諭示)로 내용을 고치지 않고 내용 말미에 조선의 요청을 받아들여 부기(附記)하는 형식으로 기재하는 것으로 종결되었다.(「종계변무」, 『한국사연대기』, 국사편찬위원회, 우리역사넷.)

130 『선조실록』18권, 선조 17년(1584년) 11월 1일 계유. "종계(宗系) 및 악명(惡名) 변무 주청사(辨誣奏請使) 황정욱(黃廷彧)과 서장관 한응인(韓應寅) 등이 칙서를 받아가지고 돌아왔는데, 황제가 『회전(會典)』,[대명회전(大明會典)―인용자] 가운데 개정한 전문(全文)을 기록하여 보여 주었다."라고 하여, "백관의 품계를 올려주고 특수한 사죄(死罪) 이하의 죄인을 사면하였"는데 이때 "상상통사(上通事) 홍순언(洪純彦) 등에게는 가자하"였다.

을 때, 몰락하여 기녀(妓女)가 된 여인을 구해 주었는데 그 여인이 예부 시랑 석성(石星)의 계실(繼室)이 되어 후에 연경으로 간 홍순언을 만나 보은했다는 일화를 소개했다. 홍순언의 일화는 『통문관지』의 기록[131] 외에도 40여 종의 '보은단(報恩緞) 이야기'와 함께 주로 보은과 관련하여 전해지고 있다.

4화는 등장인물이 역관이 아니고 조선인들과도 친숙했던 연경의 부상(富商)인 정세태(鄭世泰)[132]에 대한 일화이다. 그가 죽은 뒤에 예전에 그의 고용인이던 상인 하나가 영락(零落)한 그의 손자를 돌보아 준 보은에 관련된 일화로 은혜를 저버리지 않는 신의 있고 순후한 인심을 보이고 있다. 서두의 일화들이 주로 역관과 관련된 이야기이었음에도 조선 상인들의 주고(主顧)였던 정세태의 일화를 첨부했던 것은 그가 조선의 역관들과 깊이 관련되어 있었기 때문으로 볼 수 있다.[133]

5화는 등장인물이나 사건이 없이 매매 과정에서 중국 상인들의 신용이 예전 같지 않다는 간단한 상황 설명으로 제1화와 연계되어 있다. 즉, 매매 과정에서 물건을 속이는 이러한 상황에 이르게 된 원인이 조선의 타락한 역관이 화식에 집착함으로 말미암아 신의가 상실된 데 있음을 말하고 있다. 이것은 변 부자와 허생의 신용과 비교했을 때 상반되는 면이 있다. 내용 중에 정축년(丁丑年)에 있었던 2번의 국상(國喪)을 언급하고 있어 1757년(영조 33년)임을 알 수 있다.

131 김지남, 앞의 책, p.23.

132 정세태에 대한 기록은 『영조실록』64권 영조 22년(1746년) 12월 15일 등을 비롯해서 여러 군데에서 보이며, 『승정원일기』 영조 2년(1726년) 10월 8일 등 곳곳에 언급되어 있다. 그 외 김창업의 『노가재연행일기(老稼齋燕行日記)』4권(1713 계사, 정월 17일) 등에도 언급되어 있다.

133 정세태는 역관들의 주고(主顧), 즉 단골 상인이었다고 한다.(강명관, 앞의 책, pp.86~90.)

  이처럼 1화부터 5화까지의 일화들은 중국 상인들과 조선의 역관들의 재산 축적과 관련된 것으로 재화의 가치보다 더 나은 신의와 보은의 문제를 집중적으로 거론하여 현재 연경의 사람들이 순후하지 못한 원인이 조선의 역관들에게 있음을 말하고 있다.

  이와 같은 화식(貨殖), 신의(信義), 보은(報恩)에 관한 이야기를 다룬 뒤, 제6화에서는 화제가 당대 최고의 왜어(倭語) 역관이자 조선의 대표적 갑부로 성장한 변승업의 일화로 전환된다. 이 과정에서 이야기의 중심도 화어(華語) 역관에서 왜어 역관으로 옮겨 간다. 어떤 사람이 변승업이 병이 들어 만년(晩年)에 재산을 많은 사람에게 나누어 준 이야기를 하자, 바로 이어 제7화에서 연암이 변승업 이야기를 받아 '나는 일찍이 윤영(尹映)이란 이에게 변승업의 부(富)에 관한 이야기를 들었다'고 하면서, 윤영이라는 사람에게서 들은 허생에 대한 이야기를 서술하고 있는데, 이것이 이른바 「허생전」이다.

  이 대목에 이르러 변승업의 화식으로 화제가 바뀐 것은 의도적이다. 왜냐하면 5화까지의 이야기의 배경이 된 것은 당시의 연경 여행과 관련된 화어 역관들의 행위가 화제의 중심이었으나 변승업은 왜어 역관으로 화제가 될 수 없으며, 화식으로 재물을 모은 사람임에는 틀림없지만 신의나 보은에 관련된 사건의 인물이 아니기 때문이다. 거기다가 뒤에 이어진 허생의 이야기는 허생이 역관도 아니고 화식의 과정도 역관들과는 달라서 앞의 일화들과는 성향이 같지 않다.

  이렇게 보면 6화에서 '어떤 이가 말하기를'이라고 한 '어떤 이'는 연암일 수도 있다. 왜냐하면 전편의 일화들과 연관성이 없는 변승업을 화제로 삼은 것은 연암이 허생의 이야기를 끌어들이기 위해 의도적으로 화제를 바꾼 것으로 보이기 때문이다. 서두에서 일화들을 제시한 것과는 동떨어지기는 했어도 역관이면서 화식으로 재물을 모아 일국의 갑부가 된 변승업의 일화를 펼쳐 놓으면서 허생의 이야기를 이어 말할 수 있게 의도적으로 만든 것으로 볼 수 있다.

따라서 앞의 일화들의 주인공들이 주로 화어 역관으로 화식을 도모했던 것과는 달리 6화에서 왜어 역관 변승업의 일화로 징검다리를 놓아 7화에서 서두의 일화와 전혀 연계되어 있지 않은 다른 부류의 인물인 허생을 자연스럽게 제시할 수 있었다. 변승업은 허생의 이야기를 꺼내기 위한 매개적(媒介的) 인물인 셈이다. 변 부자의 이야기로 화제가 전환된 것은 허생의 이야기를 제시할 수 있는 동기를 부여한 것으로, 그로 인해 이야기의 흐름이 매끄럽게 이어질 수 있었다.

이런 관점에서 보면 6화는 7화와 짝을 이루는 것으로 자신이 오래전부터 구상한 허생의 이야기를 전개 과정에서 자연스럽게 끼워 넣을 수 있는 장치의 일부로 마련한 것이라고 할 수 있다. 이것은 바꾸어 말하면 「허생전」을 수록하기 위해 화어 역관들과 관련된 화식 이야기를 앞에다가 배치하면서, 그 뒤에 조금은 다르지만 역관으로 거부가 된 변승업을 화제로 삼았고 이어 허생에 대한 이야기를 제시한 것이라고 할 수 있다.

연암은 이와 같이 허생의 이야기를 끼워 놓을 수 있는 방안을 마련하면서 발화자들을 통해 부분적으로 현실적인 비판을 시도했다. 발화자들이 언급한 일화 중 1~4화에서 신의와 성실을 실천한 이상적 인물과 그렇지 못한 인물을 형상화하여 대조를 통해 비판한 것이었고, 5화에서는 돈에 대한 탐욕 때문에 상인 사이에 전제되어야 할 믿음(信義)이 붕괴되어 버린 사행무역의 현실을 고발했다. 특히 '몸을 망쳐서 재물을 증식하는(亡身以貨殖)' 사행무역 주변의 세태를 통해 당위적으로 존재해야 할 인간 사이의 믿음이 붕괴된 상황을 제시함으로써 역관들의 행태를 고발하고 있다.

이와 관련하여 김종철은 이 도입부의 세계를 신의(信義)와 의협(義俠)

의 세계로 이해하고 있는데, 이것은 당시 상업 세계의 현실적 반영이란 점에서 주목할 필요가 있는 것이라고 분석했다. 그러면서 그는 "이 도입부를 현실의 반영에서 나아가 연암이 적극 주장하고자 한 어떤 의미가 담겨있다고 볼 수는 없을까. 즉 연암이 비로소 그러한 세계를 발견한 것이 아니라 경제적 주체로서 인간이 마땅히 지향해야 할 무엇을 강조하고자 했다고 볼 수 있"[134]음을 언급하면서, 이것을 좀 더 구체적으로 살펴서, 비장들이 한 이야기들은 돈이나 치부담(致富談) 자체가 아니라 돈과 관련된 인간의 문제를 다루고 있다는 것에 주목할 필요가 있다고 지적했다.

즉 1화가 신의의 문제를 다루었고, 2화는 돈에 초연한 인간상을 보여주고 있으며, 3화는 돈을 의로운 일을 위해 쾌히 쓰고, 그 은혜를 입은 사람은 반드시 보답하는 의리를 보여 주고 있고, 4화는 옛 주인과의 정분을 생각하여 자기 재산을 반분하여 그 손자를 돌보는 의리를 보여 주고 있으며, 5화는 중국의 단골 상인인 주고(主顧)와 조선의 상인 사이에 신용이 없어진 것을 말하고 있고, 6화는 자신의 돈을 자기 개인의 것으로 생각하지 않고 만민의 삶을 위한 것으로 생각하는 인간상, 즉 돈을 하늘이 잠시 자기에게 맡긴 공물(公物)이라고 생각하는 인간상을 보여 주고 있다는 것을 지적하였다.

따라서 그는 "연암이 도입부에 등장하는 이야기들을 통해 돈 자체 또는 돈을 버는 일 자체에 절대적인 가치를 부여하는 것이 아니라, 돈으로써 이룰 수 있는 인간적 가치 혹은 돈을 버는 과정에서 실현해야 할 가치에 중점을 두고 있었으며, 이것은 신의(信義), 의로움, 인간적 긍지, 공

---

134 김종철, 「옥갑야화(玉匣夜話) 이해의 시각」, 앞의 책, p.149.

공성 등이 그 구체적인 가치의 세목들로 형성되어 있다. 이것들이 인간이 인간답게 사는 데 필요한 가치들이라면 연암은 부(富)의 축적을 그 자체로서만 중시하는 것이 아니라 인간다운 삶을 실현하기 위한 필요불가결한 요소로 보았다"고 하면서, 그것은 거꾸로 인간다운 가치의 실현과 무관한 부의 축적은 무의미하다는 주장일 수 있는 것[135]이라고 했다. 이러한 견해는 재화인 돈이 인간다운 삶을 실현하기 위한 도구이므로 그 자체가 인간의 가치를 변질시켜서는 안 된다는 것에 주목한 것으로 볼 수 있다. 삶의 도구인 재화로 인해 인간의 본질적 가치가 훼손되어서는 안 된다는 것이다.

비슷한 견해로 박일용은 이와 관련해서 파생되는 문제를 사단(四端)과 연계하여 해명하려고 시도했다. 즉 연암이 사단의 실천 문제를 '돈'과 연관시켜 형상화함으로써, 그 속에 내재된 이율배반성을 부각시켰다는 것이다. 이렇게 함으로써 독자들에게 탈법적 사행무역을 통해 번 '돈'으로 유가(儒家) 이념에 부합한 행위를 했다는 이야기가 과연 현실성이 있는 것일까 하는 의문을 불러일으켰다[136]고 하여 모순성을 지적하기도 했다.

그런 면에서 서두의 일화를 배치한 것을 전략적인 것임을 그는 주장했다. 그는 서두에서 서술자가 자신이 끌어낸 인물을 부정적으로 형상화하였다고 하면서 그 이유를 그들이 사행무역을 치부 기회로 삼아 탈법적으로 부를 축적한 인물들이기 때문이라고 했다. 그들은 자신의 배를 불리기 위해 국고를 축내고 국부를 유출시키면서 사치 풍조를 조장하여 민생에 폐해를 입힌 존재일 뿐만 아니라 '돈'을 위해 사기(詐欺)도 서슴지

---

135 김종철, 앞의 글, p.149.

136 박일용, 「「옥갑야화(玉匣夜話)」 '서두 이야기'의 서사 전략과 문제의식」, 앞의 책, pp.328~329.

않아서, 현실 세계에 배금주의를 만연시킨 장본인들이라는 것이다. 달리 말해 그들은 물신적(物神的)인 '돈'의 지배를 받아 갖은 수단을 동원하여 돈을 축적한 인물들임을 지적했다.[137]

한편 강명관은 서두의 일화가 역관과 상인 혹은 상업에 관련된 이야기이며, 핵심 제재를 은(銀) 혹은 화폐로 파악하고, 화폐로 인한 경제적 변화에 맞서 화폐에 선행하는 가치가 존재해야 한다는 당위를 주장한 것이라고 하면서, 그 가치가 윤리일 수도 있고 신의일 수도 있고 생명일 수도 있다[138]고 했다. 어쨌든 서두에 대한 해석은 이러한 유교적 이데올로기에 의한 속물적이고 비도덕적인 면에 판단의 근거를 둔 것이다.

서두에 대한 이러한 유교적 이데올로기에 의한 속물적이고 비도덕적으로 판단할 근거가 될 수 있는 견해를 제시한 것은 작품 구조상으로 보았을 때 뒤이어 나타나는 허생의 면모를 부각시키는 도입부의 역할을 한 것으로 볼 수 있다. 다시 바꾸어 말하면 화식과 신의의 문제를 서두의 일화에서 제시한 것은 현실적인 감각에 맞게 풀어 나간 허생의 등장을 자연스럽게 펼치기 위한 마중물이었음을 알 수 있다.

따라서 「옥갑야화」 전체 구조상으로 보면, 일화의 주인공들을 통해 화식(貨殖)에서 의리와 신의를 문제 삼은 것으로, 이야기의 정점에 역관으로서 입지전적인 인물인 변승업을 화제에 올림으로써 대화는 전환하여 연암이 허생에 대한 이야기인 7화를 말할 수 있는 계기를 마련하게 된 것이다. 그러므로 전체적인 구성의 단계로 보면 핵심은 허생의 이야기가 그 정점에 놓여 있음을 알 수 있다.

137 박일용, 앞의 글, p.345.

138 강명관, 앞의 책, p.106.

이런 관점에서 보면 앞의 6편의 이야기는 허생의 이야기를 끌어내기 위한 도입부인 것이다.[139] 그것은 1화에서 6화까지가 5쪽에 불과하지만 「허생전」을 이루고 있는 부분은 13쪽이라는 분량[140]으로도 확인할 수 있으며, 또한 「허생후지」Ⅰ·Ⅱ와 「차수평어」도 허생과 관련된 내용으로 집중되어 있어 「허생전」이 핵심임을 증명하고 있다. 이처럼 「옥갑야화」의 핵심은 견해의 차이가 있겠지만 「허생전」으로 보는 것이 마땅할 것이다.

더 나아가 「옥갑야화」 전체를 「허생전」으로 보아도 무방할 것이다. 왜냐하면 6편의 단편적인 예화를 통해 부분적인 주제의 암시가 이루어지고 후반부인 「허생전」 부분에서 본격적인 주제가 점진적으로 구체화되는 방식으로 구성되었기 때문이다. 따라서 앞의 일화들은 「허생전」의 주제를 확충하기 위한 소주제들을 제시해 놓은 것이라고 할 수 있다. 즉 서두의 일화들은 '돈으로 의를 실현하는 인물을 그린 이야기들'[141]이나 돈과 관련된 인간과의 문제를 제시한 것으로서 도입부라고 할 수 있는데, 그중 홍순언 일화에 대해 김석회는 「허생전」의 서사세계를 가장 원활하게 열어 주는 물꼬의 구실[142]을 해 주고 있다고 했다. 그러나 실상은 서두의 전편이 물꼬와 같은 역할을 한다고 할 수 있다. 전체적으로 보면 앞의 일화들은 도입의 구실을 하고 있고 「허생전」에서 이를 총체적으로 아우르면서 주제를 완성하는 양상이라고 볼 수 있다. 결국 작품의 내용의 근간을 이루는 서사적 요건들을 보면 「옥갑야화」의 이야기 구성은 「허생전」

---

139 임형택, 「한문단편 형성과정에서의 강담사」, 《창작과비평》49호(1978, 가을), 창작과비평사, p.110.

140 「국역 열하일기」Ⅱ를 근거로 했다.

141 김종철, 앞의 글, p.151.

142 김석회, 「홍순언 일화의 배치와 변용」, 박기석 외, 「열하일기의 재발견」, p.425.

에 초점이 맞추어져 있다고 정리할 수 있다.

⑷ 액자형의 일화

「옥갑야화」의 독립적인 이야기 구성 방식을 액자식 구성의 관점에서 해석한 학자는, 앞서 언급했듯이 이재선이다. 그는 허생의 이야기만을 따로 떼어 「허생전」으로 보는 것에 대해 「옥갑야화」 전체를 하나의 작품으로 보아야 함을 주장하였다.[143] 그는 그 근거를 액자식 구성이라는 형식 논리로 설명했다. 「옥갑야화」의 일련의 이야기가 액자 속에 포함된 형태라고 하면서, 서두는 6개의 일화를 포함하는 도입 액자이고, 전체는 순환 액자의 성격을 지니고 있다고 했다.[144] 이러한 그의 주장은 「옥갑야화」에서 「허생전」만 연구의 대상으로 삼았던 종래의 연구 태도에 대해 새로운 관점을 제시한 셈이다.

액자식 구성을 중심으로 구체적으로 세밀하게 살피면, 「옥갑야화」의 7개의 이야기는 도입 액자 속에 포함되어 있고 전체의 종결 액자는 없다. 그중에서 서두의 도입 부분의 6개의 이야기는 대등하게 나열된 것이면서 6화가 7화의 별도의 액자를 형성하고 있어 전체적으로는 순환 액자이다. 액자 속에 여러 개의 내부 이야기가 들어 있는 구조이다.

다만 그중에서 내화(內話)의 하나인 허생의 이야기는 또 다른 액자의 형태를 지니고 있다. 즉 허생의 이야기에 앞서 '나도 역시 이에 대한 (윤영으로부터 들은) 이야기를 했다.'에서부터 '이제 (허생에 대한) 윤영의 이야기를 적으면 다음과 같다.'라고 한 것까지는 허생의 이야기 부분의

143　이재선, 앞의 책, pp.110~114.

144　이재선, 앞의 책, p.114.

외화(外話)에 해당한다. 그리고 허생의 이야기가 내화인 셈이다.

그러나 이 허생의 이야기는 도입 액자는 있으나, 결말이 '허생이 집을 비우고 어디론지 떠나 버렸다.'로 대단원이 이루어져 내화의 결말로 종결 액자만 있고 그 외화의 결말은 없어서 외화의 종결 액자도 없다. 또한 본문이 여기서 모두 종결되어 「옥갑야화」 전체의 결말 액자도 역시 없는 셈이다. 후지에서 언급한 허생 혹은 허생의 아내에 대한 윤영의 말[145]이나 허생의 이야기를 전한 윤영에 대한 연암의 언급이 본문에는 없는 채로 종결된 것이다. 뒤의 후지는 별첨이어서 「옥갑야화」의 본문과 별개로 보아야 할 것이다.

따라서 내화인 허생의 이야기를 중심으로 액자를 보면, 중심에 허생의 이야기가 있고 그 바로 바깥쪽의 외화가 윤영의 말이고, '나'가 비장이나 역관들에게 윤영에 대한 이야기를 한 것은 그다음의 외화인 것이다. 윤영이 '나'에게 해 준 이야기와 '나'가 비장들에게 들려준 이야기, 즉 두 서술자에 의한 두 겹의 액자 속에 허생의 이야기가 들어 있는 것이다. 밖에서 안으로 집중되는 두 개의 액자 속에 허생의 이야기가 놓여 있는 것이다.

이러한 구조는 '나'가 윤영에게서 들은 이야기를 역관들에게 해 주었다고 하는 외화에서 이야기의 주체는 연암이 되지만, 윤영이 전달해 준 「허생전」의 내용을 이루는 부분인 내화(內話)의 이야기의 주체는 연암이 아니고 윤영이 된다. 그리고 윤영이 허생의 이야기를 전달한 자체는 3인

---

[145] 「허생후지」II에서 윤영을 두 번째 만났다가 헤어질 때, "노인(윤영)은 '허생의 아내 말씀이요, 참 가엾더군요. 그는 마침내 다시 주릴 거요'하면서 혀를 찼다."라고 했는데, 만일 이것이 7화의 끝인 "허생이 어디론가 떠나버렸다." 다음에 놓여 있었다면 내화의 종결 액자가 될 수 있을 것이다. 그리고 그다음에 연암의 말이 덧붙여진다면 가장 바깥의 종결 액자가 될 것이다.

칭 전지적 시점이 되어 연암은 허생 이야기에 개입이 불가능하게 된다. 이렇게 함으로써 내화인 허생의 이야기는 연암의 영향권에서 벗어나고 있다.

이것을 이재선은 "제7화는 공간과 사교(社交) 관계를 밝힌 서경적(序景的) 형식의 액자와 다시 인증적인 제2액자에 의해 2중적으로 싸여 있다."[146]라고 했다. 이와 같이 두 겹의 액자 속에 허생의 이야기를 담아 둔 이유는 전적으로 연암 자신의 창작이 아님을 간접적으로 강조한 것이라고 할 수 있다. 이러한 이야기 구조로 허생 이야기의 발설자는 윤영이고 자신은 전달자에 불과한 것임을 분명히 한 것이다.

이와 같은 관점에서 보면 6화는 7화와 대등한 독립된 일화이면서 7화 전체와 관련해서 보면 7화의 도입 부분으로 볼 수 있다. 이것은 '나'가 윤영에게서 들은 이야기를 끌어내는 계기를 제공해 주고 있기 때문이다. 더구나 5화가 중국과 관련하여 인심이 변화된 상황을 말하고 있던 것에서 갑자기 화제를 전환하여 변승업에 대하여 말함으로써 '나'가 7화인 윤영에게서 들은 이야기를 자연스럽게 제시할 수 있는 길을 열어 준 것이다.

그러나 이와 같이 액자소설이라는 관점에서의 구성 형식을 근거로「옥갑야화」를 한 편의 소설로 보는 이유 이외도 이야기 전체가 신의(信義)와 성실(誠實)이나 의리, 혹은 화식을 주제로 한 다양한 이야기를 묶어 놓은 것이라는 측면에서 보면 전체를 한 편으로 보는 것은 타당성이 있다. 즉 신의와 이해(利害)가 주류인 세속 인심에 반하여, 이(利)를 추구하는 상인이나 이와 결탁한 역관들이 지나치게 탐리(貪利)에 휘둘리지 않

---

146 이재선, 앞의 책, p.113.

고 신의를 숭상하는 이야기로 맥락을 이루고 있기 때문이다. 그러면서 쉽게 지울 수 없는 것이 허생 이야기의 완벽한 서사성이다. 하지만 액자 소설로 묶었을 때 이 부분을, 즉 완벽한 서사성을 지닌 허생의 이야기를 야화에 불과한 서두의 일화들과 어떻게 구별해서 이론을 전개할 것인가 하는 문제는 여전히 해소되지 않는다.

(5) 완벽한 서사구조, '허생 이야기'

이쯤에서 소설로서의 허생의 이야기 부분을 조금 짚고 넘어가야 할 것 같다. 앞에서 작품의 내용의 근간을 이루는 서사적 요건들을 보면「옥갑 야화」의 이야기 구성은 「허생전」에 초점이 맞추어져 있다고 했다. 이것은 서두의 일화와 허생 이야기의 서사구조를 비교하여 같은 부류의 일화가 아닌 것임을 설명하기 위한 것이다. 즉 앞에서 제시한 일화들의 서술 구조와 이와 달리 완벽한 서사구조를 갖춘 허생의 이야기를 살펴봄으로써 서두의 일화들이 붙여진 것임을 입증할 수 있는 계기가 될 수 있을 것으로 보인다. 따라서 「허생전」의 작품 전모를 따져 보겠다는 것이 아니라 서두의 일화와 허생 이야기의 서사구조의 차이를 설명하기 위한 조치일 뿐이다.

소설 허생의 이야기를 논급(論及)하기 전에 일부에서 『열하일기』를 소설적 관점에서 이해하고 있는 것을 잠시 살펴보고 넘어가야겠다. 모두가 다 그런 것은 아니지만 『열하일기』 전체를 소설로 이해하려는 시도에서 좁은 개념의 소설 문학 그 자체보다 서사 장르라는 포괄적 관점에서 검토해 보는 것은 의미 있는 일이기 때문이다.

김명호는 『열하일기』를 소설로 이해하려는 이유에 대해 당대 현실에 대한 창의적 표현으로서의 창신(創新)을 강조해 마지않은 연암 자신의 문학관과 아울러, 소설이라는 장르가 근대문학의 대표적인 존재로까지

성장하기에 이르는 문학사의 일반적 추세 등을 고려할 때, 『열하일기』의 소설적 특징을 부정적으로 볼 수 없다[147]고 했다.

그는 소설적 특징으로 첫째 『열하일기』는 여행 도상의 체험을 평면적으로 서술한 것이 아니라, 장면 중심의 입체적인 묘사를 추구함으로써 더욱 생생하게 전달하려고 하고 있다는 점을 들었다. 그는 『열하일기』의 도처에서 연암이 보고 겪은 사건들을 아무리 사소한 것일지라도 무심히 보아 넘기지 않고 세심하게 관찰하고 이 장면 구성을 통해서 풍부하고도 흥미 있는 체험담으로 재현해 내고 있음을 지적했다.[148]

그리고 그는 연암이 장면 중심적인 묘사를 추구하는 대목에서는 대화를 적실(的實)하게 구사하여 이를 더욱 생생하게 하고 있다고 하면서, 특히 문답 장면에서 우리말 대화는 문어체의 고문(古文)으로 표현하고 중국말 대화는 굳이 구어체 백화문(白話文)으로 표현한 것은 『열하일기』가 지닌 소설적 성향 중의 또 다른 특색[149]으로 보았다.

그리고 『열하일기』가 지닌 소설적 경향은 장면 중심적인 묘사나 대화의 빈번한 구사와 아울러 유기적 구성에 있어서 뚜렷이 나타난다고 했다. 그러나 『열하일기』의 일기체 부분은 편년체(編年體) 사서(史書)와 흡사하게 시간적 순서대로 서술하고 있어 내용상 중복이나 산만함을 피하기 어렵다. 이 같은 단점을 보완하기 위해 연암은 체제상 기사체적(記事體的) 방식을 곁들이거나 귀환 과정을 생략하는 이외에도, 곳곳에 일종의 복선을 설정하여 가급적 사건의 서술을 짜임새 있고 흥미롭게 만들었

---

147 김명호, 『열하일기 연구』, p.206.
148 김명호, 『열하일기 연구』, p.209.
149 김명호, 『열하일기 연구』, p.211.

다고 했다.[150] 그러면서 이와 같은『열하일기』의 서사적 구성은 근원적으로 사기(史記)와의 영향 관계 속에서 이해될 수 있을 것이라고 했다. 그러나 허생의 이야기를 이와 같은 관점에서 전체적으로 이해하기는 어렵고 다만 부분적으로는 부합하는 부분이 없지는 않다.

이러한 견해는 김일렬이 연암 문학의 특성을 지적한 것과 같다. 그는 연암이 문학작품을 일상어와 시속어를 적극 활용하였는데 그 대표적인 예로『열하일기』에서 시속어를 최대한으로 활용하여 사실적·독창적·자주적으로 썼으며 특히 기이하고 해학적인 내용을 거침없이 삽입시킴으로써 연암체라는 새로운 문체를 만들었다[151]고 지적한 바 있다.

이와 같은 견해들은『열하일기』에 수록된 내용들이 고전소설적 서술구조를 가지고 있다는 점에 주목한 것이다. 다만 이를 입증하기 위해서는 소설사적인 측면에서 세밀한 연구와『열하일기』의 개별적인 연구의 집적이 더 있어야 할 것이다.

① 뛰어난 서술 구조

「옥갑야화」에서 허생 이야기를 서두의 일화들과 비교해 보면 결이 다르게 제시되어 있음을 알 수 있다.[152] 인용 과정이 일화들은 '어떤 이가 말하기를'이라고 하면서 짤막한 이야기를 제시한 것과 달리 연암은 변승업이 부자가 된 연유를 말하고 나서 "허생은 끝내 자기의 이름을 드러내

150　김명호, 『열하일기 연구』, pp.215~216.

151　김일렬, 『고전소설신론』, 새문사, 1998, p.77.

152　임형택은 이를 두고 '전체에서 달걀의 노른자위처럼 또렷하'다고 했다.(임형택, 「연암의 경제사상과 이용후생론」, 임형택·김명호 외, 『연암 박지원 연구』, 성균관대학교출판부, 2014, p.53.)

지 않았으므로 세상에서는 그를 아는 이가 없었다 한다. 이제 윤영의 이야기를 적으면 다음과 같다."라고 한 뒤에 "허생은 묵적골에 살고 있었다."라고 시작하여 서술 시점을 전지적 시점으로 바꾸었다. 그러면서 서두에서 대뜸 인물과 배경을 제시하였는데 이것은 일반적인 고전소설에서 보이는 시작 방식과는 전혀 다른 모습이다.

그리고 고전소설에서 일반적으로 보이는 전기적(傳奇的) 요소나 사건의 우연성 혹은 비현실성이 배제되는 대신에, 허생 이야기는 과거가 아닌 현재로서의 당대 사회를 반영하였고, 인물도 평면적 인물이 아니고 입체적인 인물[153]이며, 구성상으로 볼 때 사건은 단순한 시간 순서가 아닌 인과관계에 의해 계기적으로 지속되고 있다. 그뿐 아니라 상투적 표현을 탈피하여 사실적으로 표현하는 등 서사문학으로서의 완벽한 구조를 갖추고 있다. 이러한 허생 이야기의 완벽한 서사구조는 서두의 일화가 서사적 요건을 갖추지 못한 것과 비교하면 심하게 차이가 나는 것을 쉽게 알 수 있다. 이렇게 보면 허생의 이야기는 서사구조상으로 단편적인 일화가 아니라 완벽한 소설적 구성을 가지고 있음을 알 수 있다.

이것을 좀 더 구체적으로 살펴보면, 상투적인 추상적 배경이 제거되고 17~18세기 조선 사회의 구체적인 현실이 배경으로 제시되어 있어 당대 사회의 문제를 제기할 수 있는 요건을 구비하였고, 근대소설 이후에 나타나는 전형적 인물을 주인공으로 삼아, 고전소설에서 보이는 인물과는 전혀 다른 모습을 보여 주고 있다. 고전소설의 주인공은 대개

---

153 사건의 전개에 따라 성격이나 태도가 변화하는 인물을 입체적 인물이라고 한다. 일례로 허생은 과일 장사나 쌀을 수출하여 많은 이득을 보았으면서도 변 부자에게 "그대는 어찌 날 장사치로 대우한단 말인가"(「옥갑야호」, 『국역 열하일기』Ⅱ, p.304)라고 자기부정을 하면서 양반임을 말하고 있다.

탁월한 능력을 가진 인물로 개인의 이익이나 행복을 위해서보다는 자신이 속한 집단이나 국가의 이익과 행복을 위하여 역경을 극복하는 위대한 일을 수행하고, 그 결과 집단의 추앙을 받게 되는 인물이다. 다시 말하여 개인적 가치보다도 집단적 가치를 우선하여 실현하고 성공한 인물이 주인공이다.

그러나 양반인 허생은 경제적으로 무능력한 한 개인으로 집단의 이익이 아닌 자신이 추구하는 가치를 실현하고자 하는 인물이다. 당시에 벼슬에 오르지 못하고 독서인으로 살고 있었던 그는 사대부 집단에서 이질적 존재이어서 기피되고 있었기 때문에 백면서생이었고 가난했다. 따라서 허생은 당시에 관료가 되지 못한 남산골 유역에 살고 있는 무수한 양반들의 일면을 보여 주어 하나의 인물 유형을 제시하고 있다. 이런 관점에서 보면 연암은 허생이라는 인물을 통해 당시의 관리로 등용되지 못한 보편적 지식인의 한 전형을 보여 주는 것과 동시에, 인류의 보편적 가치를 탐색하며 시대를 고민하는 통찰력 있는 개성적인 인물을 제시하고 있다고도 할 수 있다.

또한 허생의 아내도 순박한 현모양처라는 전통적 가치관에서 벗어나 있다. 그녀는 현실의 삶의 요체가 되는 굶주림을 고민하며 해결 방안을 허생에게 적극적으로 요구하면서, 허생에게 순종만 하는 것이 아니라 주관적 견해를 통해 하늘과 같은 남편에게 반박할 수 있는 역량을 가지고 있는 인물이었다. 그뿐 아니라 허생의 아내는 당시 양반사회의 주된 가치 형성의 방식인 독서를 통한 학문의 궁극적인 의미에 대한 질문을 던지고 있다. 허생의 아내는 현실과 유리된 관념적 가치관에 대한 반발을 보이고 있는데, 이것은 실사구시와 이용후생이라는 관점에서 학문을 추구해야 한다는 견해를 보인 것이다.

거기다 작품 내에서의 사건은 삽화적으로 독립되어 나열된 것이 아니라 계기적(繼起的)으로 일어나면서 인과관계가 명확한 구성을 이루는 한편 개연성을 가지고 있다. 특히 발단 부분처럼 제시된 6화에서 허생의 이야기를 제시하는 대목은 자연스러운 전개로 이루어지고 있다. 5화까지 역관들이나 역관과 관련된 이야기로 전개되다가 역관으로서 큰 부(富)를 이룬 변승업의 이야기로 이어졌다. 그리고 변승업의 부가 조선 최고의 상태에 이른 것을 말하면서, 그 이유가 허생이 10만 냥을 준 것에 있다고 하였다. 따라서 변승업이 거부(巨富)의 반열에 오른 것이 허생의 덕분이었음을 말하였다. 결국 허생의 이야기의 모티브는 변승업의 화식(貨殖)이 된다. 그러면서 허황됨 없이 자연스럽게 허생의 이야기를 논리적으로 펼쳐 놓게 된 것이다.

이와 같은 변승업에서 허생의 이야기로의 계기적 흐름은 마치 현대소설에서 김동리의 「무녀도」나 「등신불」 혹은 최인호의 『상도(商道)』나 이청준의 『당신들의 천국』 혹은 이인화의 장편소설 『영원한 제국』의 발단 부분과 닮아 있다. 이와 같은 이야기의 흐름은 의도적인 조작 같은 껄끄러운 거슬림이 없이 자연스럽게 몰입되어 반감을 갖거나 이의를 제기하기 어렵게 되어 있다.

한편 야담(野談)의 관점에서 허생 이야기가 서두의 일화들과는 차별이 되는 것으로 파악하기도 한다. 이승은은 야담과 소설의 관계를 수용미학적 측면에서 서사의 넘나듦으로 포착하면서, 그 사례로 「옥갑야화」 속 허생을 구연(口演)의 상황이나 발화의 방식, 그리고 이를 기록하는 형식과 주제로 미루어 보아 본래 야담에 가까운 것으로 파악하여 소설의 전 단계로 인식하였다.[154] 그는 허생 이야기에서 치부담이나 군도담, 시사

---

154 이승은, 「「옥갑야화」 속 '허생 이야기'를 통해 본 조선 후기 야담과 소설의 관계」, 《동방한

삼책을 근거로 야담에 자주 등장하는 소재였음을 언급하면서 그에 가까운 것[155]이라고 했다.

그럼에도 불구하고 이 작품이 전(傳)이나 소설로 인식될 수 있었던 까닭은 작품을 구성하는 요소들이 이상적 선비로서 허생이라는 인물을 형상화하는 데 있어서 성공적으로 구현해 냈기 때문이라고 했다. 허생 이야기에는 선비가 주체로서 세계에 대응해 나가는 이야기가 내재해 있으며, 실제로는 야담적인 존재성을 지니고 있었던 허생을 주인공으로 한 이 작품이 인물의 행적에 대한 포폄을 통해 가치를 전달하고자 했던 전이나, 주체와 세계의 대결을 그린 소설로 이해될 수 있는 여지가 충분하였기 때문[156]이라고 했다. 이와 같은 주장도 허생이라는 인물이 지향하고 있는 세계가 개인적인 가치에 있음을 말하고 있는 것이다.

② 비판적 리얼리즘의 「허생전」

따라서 연암은 「허생전」에서 치밀한 서사구조뿐만 아니라, 작품의 내용을 통해 당시 지식인 사회의 총체적 상황을 인류 보편의 가치문제와 존재론적 문제로 제기하였다. 그는 주인공 허생을 통해 지식인이 지향해야 할 미래의 방향을 작가 특유의 감수성과 통찰로 형상화하고 있다는 점에서 주목할 만하다. 이것을 루카치(G. Lukács, 1885~1971)식으로 말하면 '삶의 외연적 총체성의 형상화'[157]라고 할 수 있을 것이다. 연암의 이러한 문학적 역량을 오로지 당시의 현실을 꿰뚫어 볼 수 있는 투철

문학》제80집, 동방한문학회, 2019, p.235.

155 이승은, 앞의 글, p.223.

156 이승은, 앞의 글, p.23.

157 G. Lukács, 반성환 역, 『소설의 이론(Die Theorie des Romans)』, 심설당, 1985, p.55.

한 통찰력과 역사를 바라보는 남다른 혜안(慧眼), 그리고 현실의 고민을 극복하려는 의지의 소산에서 도출된 결과라고 할 수 있다. 여기에 사마천(司馬遷)의『사기』와 한유(韓愈)와 소식(蘇軾)의 문학적 정신이 바탕이 된 것임은 말할 나위도 없다.

특히 연암은 보수성이 강한 권력 지향적인 환경에 익숙한 전형적인 양반 가문의 후손이었다. 이런 가운데서도 그는 진보적인 사상과 그것을 문학으로 표현했다는 점에서 주목을 요구하게 된다. 더욱이 조선의 지배계층인 양반은 관리가 되어 정치에 참여하였을 뿐만 아니라 사회적 신분이 높고 경제적 능력이 우월하며 정치 · 사회 · 문화의 주인공이 되어 조선 사회를 이끌어 가는 최고의 사회 계층이었다.[158] 따라서 전통사회에서 양반의 신분은 법적 제도와 사회적 통념에 의해 형성된 것으로 기득권자로서 관료가 될 수 있는 예비적 존재를 의미한다. 더욱이 폐쇄적인 양반 조직의 구조는 그들에게 선택적이고 우월한 지위를 보장했다. 이러한 양반사회의 핵심적인 일원이었던 연암은 기득권 세력 안에서도 최고의 권력층의 영향권 안에 존재해[159] 있었으면서도 문학을 통해 조선 후

158　변태섭,『한국사통론』(개정판), 삼영사, 1990, p.279.

159　연암의 가문은 양반 중에서도 전형적인 권세 가문에 속한다. 그의 선조(先祖) 박동량(朴東亮)의 아들인 박미(朴瀰, 1592~1645)는 선조(宣祖)의 부마(駙馬)인 금양위(錦陽尉)이고, 연암의 삼종형(三從兄)인 박명원(朴明源, 1725~1790)은 영조(英祖)의 부마인 금성위(錦城尉)로 정조의 고모부다. 이와 같이 그의 집안은 왕실과도 인척 관계에 있었다. 영조 때의 성리학의 대가이며 지중추부사(知中樞府事)와 지돈녕부사(知敦寧府事)를 역임한 노론(老論)의 거물인 여호(黎湖) 박필주는 연암의 재종조부이며, 그와 사촌으로 연암의 조부인 박필균(朴弼均, 1685~1760)은 경기감사를 지냈고, 박명원의 친조카로 대사헌을 지낸 박종덕(朴宗德)과 우의정을 지낸 박종악(朴宗岳)의 형제는 연암과 아주 가까운 족질(族姪)이다. 이뿐 아니라 그와 함께 공부했거나 여행을 다녔던 벗들도 권세 가문의 후손들이었고 성인이 된 이후에는 권력의 핵심이 되기도 했다.(박종채, 앞의 책, pp.52~54. pp.242~250.)

기 사회에서 권력구조의 병폐를 적극적으로 지적하고 비판하였다.

이와 같이 작품을 통해 사회의 부정적인 면을 사실적으로 비판·묘사하여 새로운 대안을 제시하고 있다는 점에서 엥겔스(Friedrich Engels, 1820~1895)가 말한 '리얼리즘의 승리(The Triumph of Realism)'와 유사한 면을 보이기도 했다. 세계관의 보수성을 뛰어넘는 리얼리즘적 창작 방법의 힘을 강조하여 비판적 사실주의의 예술적 성취를 해명하였던 엥겔스는 보수 왕당파 반동주의자였던 발자크(Honoré de Balzac, 1799~1850)가 자신의 계급적 공감과 정치적 편견과는 반대되는 작품을 써서 귀족의 몰락과 부르주아의 발흥을 냉철하게 반영하고, 미래의 참다운 인간들을 당시의 현실적 사회에서 보았다고 하여 발자크 소설의 위대함을 리얼리즘의 승리[160]라고 하였으며, 엥겔스는 그를 리얼리즘 글쓰기의 최고의 모델로 여겼다.[161]

이런 관점에서 보면 연암은 정치적인 보수성을 잠재적으로 가지고 있으면서도 문학을 통해 당시 사회의 부조리와 제도적 모순을 고발하면서 새로운 대안을 제시하여 진보적인 성향을 보였다고 하는 측면에서 발자크의 면모와 닮았다.

하우저(Arnold Hauser, 1892~1978)는 에밀 졸라(Émile Zola, 1840~1902)가 발자크의 세계관이 발현된 요소와 잠재적 요소 사이의 대립을 규명하고, 한 작가의 재능은 그의 의식적인 확신과 상반될 수 있음을 지적한 것을 언급한 바 있다. 하우저에 의하면, 이러한 잠재적 요소와 상반된 문학으로서의 성향을 발견하여 정의를 내린 사람은 엥겔스

160　마르크스·엥겔스, 김영기 역, 『마르크스·엥겔스의 문학예술론』, 논장, 1989, p.90.

161　폴 프라이, 정영목 역, 『문학이론(Theory of Literature)』, 문학동네, 2019, p.399. 프라이는 '엥겔스의 문학적 영웅은 발자크'라고 했다.

였다고 했다. 그는 엥겔스가 작가의 정치적 입장과 예술 창작 사이에서
서로 모순된 면을 과학적 탐구 방식으로 연구하여 예술사회학 분야에서
큰 공헌을 했다고 하였다.

그리고 그는 엥겔스가 예술적 진보성과 정치적 보수주의는 완전히 양
립할 수 있으며, 현실을 충실하고 올바르게 묘사하는 모든 정직한 예술
가는 본래 그 시대에 계몽적 해방적인 영향을 끼친다는 것이 명백해진다
고 했다. 그러한 예술가는 자기도 모르는 사이에 반동적·반자유주의적
요소들의 이데올로기의 밑바닥을 이루는 인습과 상투어, 타부와 도그마
들을 파괴하는 데 도움을 준다[162]고 했음을 하우저는 밝혔다. 이것은 엥
겔스가 1888년 4월 하크네스(Harkness)에게 보낸 편지 중에 그에 대한
설명이 자세하게 피력되어 있다.

> 발자크의 위대한 작품은 훌륭한 사회의 되돌릴 수 없는 몰락
> 에 대한 끊임없는 비가(悲歌)이며, 그의 동정(同情)은 모두 몰락
> 의 판결을 받은 계급에 대한 것입니다. 그러나 이 모든 것에도
> 불구하고, 그가 가장 깊이 동정하는 신사들과 부인들, 즉 귀족들
> 로 하여금 행동거지를 취하게 할 때보다 그의 풍자가 더 예리하
> 고 그의 반어적 표현이 신랄했던 적이 없습니다. …… 그리하여
> 발자크는 자기 자신의 계급적 공감과 정치적 편견에 역행할 수
> 밖에 없었고 그 자신이 애호하는 귀족들의 몰락의 필연성을 보
> 았으며 그들을 더 나은 운명을 받을 가치가 없는 사람들로 묘사

---

162 A. 하우저, 백낙청·염무웅 공역, 『문학과 예술의 사회사』(현대편), 창작과비평사, 1975,
    p.49.

합니다. 그리고 그는 다가올 미래에 홀로 발견될, 미래의 실제적 인간을 보았습니다. 저는 이러한 점을 리얼리즘의 가장 위대한 승리의 하나로, 그리고 발자크의 가장 위대한 행적의 하나로 보고 있습니다.[163]

여기에서 주목할 것은 '자신의 계급적 공감과 정치적 편견에 역행할 수밖에 없었다'는 작가의식과 '귀족들의 몰락의 필연성을 보았으며 그들을 더 나은 운명을 받을 가치가 없는 사람들로 묘사하'고 그 묘사를 통해 '그는 다가올 미래에 홀로 발견될, 미래의 실제적 인간을 보았다'는 발언이다. 발자크는 자신의 정치 이념과 다르게 귀족의 몰락을 보고 그들의 삶을 묘사하면서 거기서 새로운 미래의 인간을 보았다는 것이다.

이렇게 발자크의 소설을 이해한 엥겔스는 예술적 진보성과 정치적 보수주의가 양립할 수 있다고 하면서 현실을 충실하고 올바르게 묘사하는 모든 정직한 예술가는 본래 그 시대에 계몽적 해방적인 영향을 끼친다고 한 것이다. 이러한 영향은 당시 현실에서 볼 수 있었던 바로 그 계급 내에서 현실을 뛰어넘을 수 있는 미래의 참다운 인간들을 볼 수 있게 한다는 것이다.

연암의 경우도 정치적 보수주의의 테두리에 머물러 있으면서 작품으로는 진보성을 띄고 있었다. 그의 소설에서 엥겔스가 지적한 '현실에서 볼 수 있었던 바로 그 계급 내에서 현실을 뛰어넘을 수 있는 미래의 참다운 인간'을 그려 냈던 것이 「방경각외전」이었다. 연암이 초기작에서 보인 인물들은 그의 정치적 견해와는 전혀 다른 인물들이었으며 그들은

---

163 마르크스·엥겔스, 앞의 책, p.90

미래의 참다운 인간들로 당시 현실에서 볼 수 있었던 바로 그 계급 내에서 존재했던 인물들이었다. 그가 20대 초반부터 30대에 이르기까지 지은 「방경각외전」에 수록된 작품들은 당대 사회적 모순을 어떻게 극복해야 할 것인가를 잘 보여 주고 있다. 여기에 수록된 구전(九傳)은 「방경각외전」의 「자서(自序)」에서 언급한 대로 인물의 유형별로 바람직한 인간상을 구축함으로써, 지향해야 할 인간의 가치 있는 삶의 전형을 보여 주고 있다.

특히 「광문자전」에서는 궁한 거지인 광문을 통해 외모나 신분을 초월한 공존과 평등을 주장하였고, 「마장전」에서는 송욱·조탑타·장덕홍이라는 세 인물을 통해 새로운 인간관계를 제시하였다. 그리고 「양반전」을 통해서는 천작(天爵)인 선비가 장사치(商賈)와 뭐가 다르냐고 하면서 양반사회의 병폐를 지적하였다. 거기에다가 연행 이후에는 『열하일기』에 「호질」을 수록하여 선비를 더러운 존재라고 탄식하며 유학자의 위선과 아첨, 이중인격 등을 신랄하게 비판하여 조선 후기 사회의 가치관의 붕괴를 고발하는 등 지배계층인 양반사회가 몰락해야 할 것을 주장하였다. 그뿐 아니라 「허생전」에서는 직접 집권 계층의 무능과 당시 사회제도의 모순되고 불합리한 모습을 비판하기도 했다. 이를 통해 그는 미래 사회의 새로운 인간상을 보여 주면서 인류의 보편적 가치인 자유롭고 정의로우며 평등한 삶을 말하고 있다.

작품을 통해 드러난 연암의 사유 세계는 당시 현실에서 전망할 수 있었던 미래의 참다운 인간들이 당시의 제도에서 계몽적인 영향을 파급시키게 하는 것이었다. 다만 이러한 작품의 주인공들과는 달리 연암은 제도권 밖으로 탈출을 도모하지는 못하였고, 체제 안에서 벼슬을 했다. 그러나 그는 출세를 보장하는 과거의 응시를 기피하여 출세 지향적인 권유들을 거부하였을 뿐만 아니라 명예·이익·권세를 추구하려고 하지 않앉다. 그가 초시(初試)에 장원을 하였으면서도 회시(會試)를 포기한 것은 이와 같은 그의 의식에 잠재된 가치관과 문학 정신이 반영된 것으로 볼 수 있다.

그는 대대로 이어 온 명문 가문의 자제로 제도권에 속해 있었기 때문에 주변에는 고급 관리가 많았고, 그 자신도 선비로서 훈련을 받았으며 그를 통해 양반뿐만 아니라 관리의 자질을 갖추었다. 그가 젊었을 때 비록 과거를 거부하고[164] 백면서생을 지향했지만, 그의 집안은 전형적인 사대부 집안으로 권력의 지근거리에 있었다.

그뿐 아니라 그와 가까웠던 벗들도 권력의 핵심부에 있었다. 끊임없이 연암을 후원했고 선공감 감역으로 추천한 우의정 유언호(俞彦鎬, 1730~1796)는 늘 가까이하면서 그를 보살폈으며, 김창집(金昌集, 1648~1722)의 증손자로 영의정을 지낸 김이소(金履素, 1735~1798)와 공조좌랑을 지낸 김이중(金履中, 1736~1793), 대사헌을 지낸 김이도(金履度, 1750년~1813) 형제, 연암은 이들과 함께 김창협(金昌協)의 아들인 김원행(金元行)을 사숙했으며, 대제학과 판서를 지낸 황경원(黃景源, 1709~1787)의 종제로 판서를 지낸 황승원(黃昇源, 1732~1807) 등은 산사(山寺)를 찾아다니며 과거 공부를 같이 했던 가까운 벗들이다.[165]

---

164 한 예로 연암은 양반사회의 법도에 따라 과거를 마지못해 보았으나 급제에 관심이 없었다. "매번 과거시험이 있을 때마다 과거시험을 주관하는 사람이 반드시 끌어다 급제시키려 하였으나, 선군(연암—인용자)은 그 의도를 간파하고 혹은 응시하지 않거나 혹은 응시는 하되 시권을 제출하지 않으셨다. 하루는 과장(科場)에 있으면서 고송(古松)과 노석(老石)을 그리니, 세상에서는 서투르고 물정을 모른다고 비웃었다. 그러나 이는 대개 달갑게 여기지 않는 뜻을 보이신 것이었다."(박종채, 앞의 책, pp.30~31.) 그리고 연암은 경인년(1770년)에 감시(監試)에 응시해 모두 초종장에서 장원을 하고도 회시(會試)에서 시권을 제출하지 않고 나왔다. 이 소식을 들은 장인 이보천은 기뻐했다고 한다.(박종채, 앞의 책, pp.37~38.)

165 박종채, 앞의 책, pp.29~30.

이외에도 그가 교유했던 주변의 인물들은 명문가의 후손들이었으며 권력의 중심부에 있었다.[166] 이로 보면 그의 지근거리에서 상종했던 많은 사람은 권력의 핵심의 자장권(磁場圈) 내에 있었기 때문에 그는 권력자들에 의해 포위되어 있었다고 할 수 있다.

그리고 후에 그 자신 또한 음서(蔭敍)에 의해 벼슬을 했다고 하는 것은 그의 의식 속에 보수성을 완전히 탈피했다고 볼 수 없다. 물론 그의 주변에는 홍대용을 비롯한 이덕무, 박제가, 유득공 들과 같은 진보적인 성향을 가진 학자들도 있었지만 그들도 정조(正祖)의 지근거리에서 규장각의 검서관이라는 벼슬을 하고 있었다는 측면에서 보면 반체제적인 급격한 성향이 아니라 제도권에서 개혁적 성향을 지니고 있었던 인물들이었음을 알 수 있다.

그러면서도 연암은 작품을 통해 현실의 모순을 극복해야 함을 역설하면서 미래지향적 인물이 나아가야 할 기대의 지평선을 인류의 보편적 가치에 두었던 것은 분명하다. 문체반정 과정이나 그 이후 그가 보인 태도에서 알 수 있듯이 그는 제도권 내에서 자신이 탈출하여 은둔하거나 혹은 적극적으로 타협하지 않으면서 작품으로 비판적 정신을 고수하였음을 볼 수 있다. 연암이 제도나 체제에 대해 비판적이었다고 해서 그들을 배척하거나 절연한 것은 아니다. 그는 그 체제 안에서 머물러 있으면서 문학적 행위를 통해 체제에 대한 부정적인 자신의 사유 세계를 비판적인 시각으로 구현해 내고 있었다. 그러나 그의 문학적 행위는 선전·선동적인 것이 아니고 수사에 의하거나 설화적 기법을 차용하여 교묘하게 표현하는 방식으로 구체화하였다.

166　박종채, 앞의 책, pp.52~55.

이와 같이 연암은 기득권자 중에서도 권력의 핵심 범위에 속해 있었으면서도 삶의 영역과 달리 작품에서는 반(反) 제도적인 경향을 드러냈다. 이것은 장인 이보천(李輔天)을 통해 『맹자』를 익혔고, 처숙인 이양천(李亮天)에게서 『사기』를 배우면서 사마천의 글쓰기를 터득한 것과 관련이 있었을 것이다.[167] 이러한 글공부를 통해 유학(儒學)에 깊이 침윤되어 있었으면서도 양반사회의 타락상에 비분을 느꼈고, 거기에 사마천의 발분저서(發憤著書)의 정신이 강렬히 투영[168]된 글을 써 드러내었음을 알 수 있다.

따라서 연암의 이러한 글의 성향은 일부 제도권에서 비난의 대상이 될 수밖에 없었을 것이다. 더욱이 안의현감 당시에는 『열하일기』로 말미암아 문체의 타락을 초래했다는 비판을 정조(正祖)로부터 직접 받았던 처지이고 보면 심적 부담은 무척 컸을 것으로 보인다. 그러나 연암은 거기에 굴복하여 작품을 훼손하지 않았고, 정조에게 자송문을 지어 바치지도 않았다.

이런 까닭으로 「허생전」을 「옥갑야화」에 한 편의 야화로 가장하여 『열하일기』에 수록하였던 것이다. 이러한 보수주의적 제도권에서 진보적인 예술을 구현한 차원에서 연암을 본다면, 엥겔스가 현실을 충실하고 올바르게 묘사하는 모든 정직한 예술가는 본래 그 시대에 계몽적 해방적인 영향을 끼친다고 한 것에 가장 부합된 인물일 것이다. 따라서 그의 비판적 리얼리즘을 지향했던 「허생전」, 그리고 그것과 같은 글쓰기의 점정

---

167 연암은 『사기』의 「열전(列傳)」을 읽으면서 '전(傳)'이라는 전통적인 산문 형식을 익혔고, 이를 통해 그의 문학적 역량을 드러내는 계기가 되었다. 연암은 그가 지은 전에서 『사기』와 유사한 표현을 썼으며 『사기』에 출처를 둔 고사성어를 무수히 원용하고 있다.[김명호, 「연암문학과 사기(史記)」, p.34.]

168 김명호, 「연암문학과 사기(史記)」, p.42.

(點睛)인 「호질」을 비롯한 그의 작품들은 엥겔스의 표현대로라면 리얼리
즘의 승리라고 해도 좋을 것이다.

　이상에서 「옥갑야화」의 전체적인 구조와 관련해서 허생의 이야기의 서
사구조와 문학적 성과를 간략하게 살펴본 이유는 6개의 일화와 허생의
이야기의 구성 방식을 비교하여 그 차별성을 언급하기 위한 것이다. 따
라서 「허생전」의 서사구조와 내용에 대한 본격적인 탐색은 별도의 연구
가 필요하다.

2) 의도적 장치로서의 이야기 구조

　앞에서 「옥갑야화」의 이야기 구조가 이와 같이 이루어진 것은 연행과
관련된 것임을 슬며시 노출하기 위한 방편이었음을 주로 언급했다. 그
러나 허생의 이야기를 연행 중에 있었던 일화로 위장하는 방법이 쉽지
않았다. 허생의 이야기는 역관들의 중국 경험이 반영된 기이한 이야기
가 아니라 국내의 돈과 관련된 이야기여서 관심도가 떨어지는 것이었
다. 허생의 이야기를 「구외이문」에 삽입할 수도 있었으나 우리나라에 국
한되는 이야기여서 연계하기가 쉽지 않았을 것이다. 그런 면에서 야화
의 방식을 택하여 「옥갑야화」의 마무리에 수록한 것도 매끄럽지는 않으
나 논란을 비켜 갈 수 있을 것이라고 판단했을 것이다. 이제 「옥갑야화」
에서 의도적 설정된 장치가 의미하는 바를 어떻게 구체화했는지 살펴보
도록 한다.

　「옥갑야화」의 이야기 구조와 관련하여 설정된 장치를 정리하여 그 의
미를 살펴본다면, 첫째, 화제의 인물로 역관을 택했다는 것은 시의성
과 흥미적 요소가 부합된 적절한 선택이었다. 역관은 여행 중에서 이

국적 흥미를 불러일으키는 소재를 축적한 시의적절한 인물이면서, 흥미적 요소도 적지 않다. 그뿐 아니라 역관은 외국 여행에서 언어를 소통할 수 있어 정보를 수집할 수 있는 가장 유력한 존재이기도 하다. 특히 수차에 걸친 연행으로 현장의 정보를 취득한 역관들은 사행 무역을 통해 부를 축적하여 선망의 대상이었으면서 한편으로는 질시의 대상이었다. 따라서 여행 중에 역관들에 대한 이야기는 구미를 돋우는 화제가 될 수 있었다. 그런 의미에서 『열하일기』에 수록하기에 적절한 인물이었다.

둘째, 대화체의 설정을 들 수 있다. 일화의 사건이나 인물을 드러내는 방식으로 연극처럼 대화체를 선택했다. 이것은 표면적으로 생경하면서 정제되지 않은 비장이나 역관의 대화 자체를 그대로 배치하여 발언자의 언어 행위가 그대로 노출된 것처럼 가장(假裝)하고 있다. 이 대화는 연암이 정리·편집한 것을 기술한 것이 아니라, 발화자가 말한 내용을 가감 없이 그대로 기술한 것처럼 제시했다. 특히 일화에서 대화의 형식만을 차용함으로써 서사적 구성은 자세한 지문을 생략하여 특별히 치밀하고 논리적인 요건을 더하지 않아도 되었다. 이런 결과로 일화에서 화자의 개별적인 대화 내용이 정리되지 않았고 산만하게 노출하였다.

이와 같은 장치는 이야기의 출처가 비장 혹은 역관임을 뒷받침하도록 작용하면서, 그들과 함께 한담했다고 함으로써 연암 자신은 전달자일 뿐 일화에 개입하지 않았음을 분명히 하려는 의도로 보인다. 즉 이것은 실제 역관들의 이야기일지라도 정리하여 잘 짜인 이야기로 구성하지 않고, 대화 중에 불쑥불쑥 개입된 이야기인 채로 방치함으로써 연암의 창작이 아님을 입증하려는 의도가 깔려 있는 것이다. 김영동은 이를 두고 7화가 자신의 작품이 아닌 것을 위장하기 위하여 6개의 순환 액자를 장치하였다[169]고 했는데, 결국 위장을 위한 방법이라는 측면에서 보면 같은 의도를 지적한 것이라고 할 수 있다.

셋째, 허생의 이야기를 제외한 6개의 일화는 서사적 구성 요건이 허술하다. 일화들은 각각의 단일한 사건을 제시할 뿐 배경이 미진하고, 거기에다 발화자를 통해서 인물이 제시되고 있어 인물의 성격 창조가 이루어지지 못하고 있다. 일화들은 대화를 통해 사건을 제시하면서 배경이나 인물을 갖춘 경우도 있지만, 인물이나 배경이 없이 상황 설정으로 끝나기도 하여 구성이 허술하기 이를 데 없다. 이것은 현장에서의 대화라는 형식이 가지고 있는 취약점을 그대로 노정(露呈)한 것으로 보인다. 발화자의 말을 그대로 옮겨 제시함으로써 발화 속의 인물의 성격이 단편적이며 간접적으로 나타나게 된 것이다.

이재선은 이것을 '막연한 이야기들'[170]이라고 하였는데, 이렇게 구성된 것은 발화자가 대화 중간에 순간적으로 개입하면서 상황에 맞는 일화를 제시하여 그 일화가 서사적 구성 요건을 충족시키지 못한 대화의 형태를 그대로 두었기 때문이다. 이와 같이 된 원인은 서두의 일화들이 단지 「허생전」의 도입의 구실을 하는 것임과 동시에 당시 역관들의 실제 대화라는 것을 드러내기 위한 방편으로 이용되었기 때문이다. 그러면서도 내용상으로는 이러한 일화들이 화식과 의리라는 연관된 주제를 제시하고 6화에서 허생의 이야기를 도출하기 위한 모티브를 제공하여 유기적 관련성을 갖게 하였다.

넷째, '허생의 이야기' 부분의 서술구조가 탁월한 것을 들 수 있다. 서

---

169 김영동, 『증보 박지원 소설연구』, p.175.
170 이재선, 앞의 책, p.113.

두의 일화와 달리 허생의 이야기는 치밀하게 잘 짜인 서사적 구성을 가지고 있다. 대화체로 이루어진 서두의 6개의 일화와 허생 이야기 부분이 다르다는 것은 두 가지 관점에서 이해할 수 있다.

하나는 서두의 일화들이 비장이나 역관이 저녁에 누워 역관들과 관련된 이야기를 한 것을 연암이 윤색하여 정리한 것이 아니라 들은 이야기 그대로라는 의미를 피력함으로써 허생의 이야기도 윤영으로부터 들은 것 그대로라는 의도를 드러내고 있는 것이다. 그래서 그들의 대화 내용을 세련되게 다듬지 않았고 내용도 마치 연상작용에 의한 의식의 흐름처럼 화제가 질서 없이 전개되었던 것으로 볼 수 있다.

또 하나는 미리 써 놓은 허생의 이야기 부분에 서두의 일화를 덧붙인 것으로 볼 수 있다. 이미 「허생전」으로 창작한 것을 독립된 작품으로 제시할 수 없어 제목을 제거하고 서두의 일화와 하나로 묶은 것이라고 할 수 있다. 이것은 허생의 이야기를 온전하게 보존하면서 합리적인 방법으로 수록하기 위함이었다. 이런 까닭으로 허생의 이야기를 위해 나머지들이 짜맞추어진 듯한 인상을 주고 있는 것이다.

이것을 다른 관점에서 보면, 연행 도중에 비장이나 역관들에게서 들은 이야기를 그대로 옮겨 적은 것을 서두의 일화로 삼았을 수도 있다. 허생의 이야기를 「진덕재야화」에 담아 놓을 무렵 서두의 일화를 다듬을 수 있는 여유가 없었기에 그대로 둔 것이 아닌가 하는 의문을 제기할 수도 있다. 그러나 「진덕재야화」가 이루어질 무렵에는 앞에서 언급한 것처럼 의도적으로 설정했을 가능성이 더 크다고 할 수 있다.

따라서 이러한 설정을 마련한 것은 아마도 「허생전」을 다 완성하고 나머지 부분들을 보완하는 과정에서 이루어진 것으로 보인다. 즉 「진덕재야화」의 일화들을 쓰면서 동시에 「허생전」을 쓴 것이 아니라, 이미 완성된 「허생전」을 『열하일기』에 수록하기 위한 방안을 마련하기 위한 방법으로 앞에다 일화들을 배치하고 뒤에 허생 이야기와 후지를 첨부하였던 것이다.

이런 경향을 잘 보여 주는 것은 「진덕재야화」보다 「옥갑야화」이다. 「진덕재야화」는 미진하지만 열하에서 쓴 일기 문체 기록인 「태학유관록」과 서로 관련되었던 부분이 있는 것에 비해 「옥갑야화」는 전혀 연계된 부분이 없다. 이것은 퇴고 과정에서 「옥갑야화」로 고치면서 열하에서 연경까지의 일기 문체인 「막북행정록」에서 석갑을 차명하여 옥갑이라고 하고, 「환연도중록」에서 8월 17일 숙박 장소를 밝히지 않은 선에서 해결하였을 뿐, 「환연도중록」에 구체적으로 더 연계시키지 못했던 것이다. 만일 처음부터 「옥갑야화」로 편목명을 삼고 열하와 연경 사이에서 구술했거나 쓴 것으로 마련했다면 「환연도중록」에 「옥갑야화」와 관련된 설명이 있었을 것이다.

다섯째, 이와 관련해서 허생의 이야기를 쉽게 첨부할 수 있는 방법으로 액자식 구성 방법을 이용했다고 하는 것은 탁월한 선택이었다고 할 수 있다. 허생의 이야기를 중심에 두고 거기에 주제가 유사한 몇 세대 전의 일화들로 잘 알려진 것을 취사선택해서 얼마든지 첨부하거나 제외할 수 있기 때문이다. 결과적으로 나열한 여러 개의 일화 중에 허생의 이야기가 끼어 있는 것이 어색하지 않게 된 것이다. 따라서 액자식 구성은 아주 자연스럽게 이야기를 첨부할 수 있는 방법이었다. 이런 이유로 서두에서 이야기를 하게 된 동기가 생략되었고, 그 이후 6화와 7화 사이에 인과관계가 이루어졌을 뿐 나머지는 별도로 첨부된 것처럼 구성하였다.

여섯째, 익명으로 된 발화자들이 일화의 출처를 밝히지 않고 직접 전달하는 방식을 취하고 있는 것에 비하여, 허생의 이야기는 그 이야기를 전달하는 서술자인 '나', 즉 연암이 허생의 이야기를 전달해 준 사람의 이름을 '윤영'이라고 구체적으로 밝히고 있다. 서두의 일화의 발설자는 익명화하였으면서도 자신이 말한 허생의 이야기의 출처를 명확하게 밝힌 것은 자신의 창작이 아님을 분명히 하여 문책을 면하려고 했기 때문이다. 이것은 「호질」의 출처를 자신이 다 밝힘으로써 더 이상 밝힐 수 없도록 완벽하게 봉쇄하려고 했던 것과는 정반대이다.

일곱째, 앞에서 지적했듯이 허생의 이야기 부분이 1화에서 6화까지의 분량에 배가 넘는다. 이것은 「옥갑야화」의 일화의 핵심이 어디에 있는가를 잘 말해 주고 있다. 더구나 6화마저도 허생의 이야기를 제시하기 위한 도입으로 본다면, 「옥갑야화」의 나머지 일화의 골격은 1화의 '한 역관'과 홍순언과 연경 부자(富者) 정세태 이야기로 요약된다. 그러나 이들의 일화는 비교적 서사적 요건을 잘 갖추고 있으나 모두 단편적인 사건을 제시하고 있기 때문에 그 분량이 많지 않았던 것으로 풀이할 수 있다. 이런 면에서 보면 서두의 일화들은 허생의 이야기를 펼치기 위한 도입부 같은 역할을 하고 있다고 할 수 있다.

여덟째, 내용을 구체화하는 방법으로 일화에 등장하는 인물을 발화자인 비장 혹은 역관들에 의해 제시하도록 설정하고 그들의 생활에서 반영된 제재들을 화제로 제시함으로써, 사실 여부와 관계없이 동행했던 역관이나 비장이 여행 중에 들려준 이야기의 내용일 것이라는 신뢰감을 줄 수 있게 하였다.

연암은 이렇게 내용을 구성함으로써 「옥갑야화」가 열하의 기행문의 하나임을 표명하기 위해 여행 도중의 방담(放談)을 묶은 것으로 그 형식을 구체화했다. 결국 「옥갑야화」와 같은 이야기 구조를 택한 것은 당시의 현실적 여건에서 자신만의 독특한 글쓰기를 유지하면서 모나지 않게 작품을 수록하여 안전하게 공개하기 위한 방편이었을 것이다.

이러한 행위는 현실을 비판하고자 하는 발분저서의 열정과 그것을 묶과하지 않는 녹록지 않은 현실의 상황에서 일종의 줄타기의 결과였음을 알 수 있다. 이러한 연암의 행위는 사마천의 『사기』를 통해 문학을 인간의 삶과 시대 현실의 밀접한 관련 속에서 이해하고 실천하기 위한 부득이한 문자 행위였을 것이다. 자신의 글쓰기를 실현하기 위해서 현실에서 스스로 찾아 해결할 수 있는 방안을 창안한 것이다. 그럼에도 불구하고 연암은 자신이 창작했을 것이라는 독자의 추측에서 벗어나기 위해 후에 「진덕재야화」를 「옥갑야화」로 바꾸고, 후지에서 이야기의 출처를 모호하게 하면서 한편으로는 허생의 실체를 알 수 없게 수정하여 「허생전」의 창작자로서의 책임을 모면하려고 했던 것이다.

결국 허생의 이야기를 제외한 나머지 「옥갑야화」의 서두의 일화들이 조잡하게 된 것은 허생의 이야기를 『열하일기』에 수록하려는 연암의 집요한 의도와 치밀한 계획에 의해 이루어진 장치라고 할 수 있다.

4. 「허생후지」의 수정(修正)

연암은 「진덕재야화」와 「옥갑야화」에 각각 후지를 써서 윤영과 허생에 대한 보충 설명을 덧붙였다. 이것은 연암이 『열하일기』 중 「호질」이나 「반선시말(班禪始末)」·「환희기(幻戲記)」·「황교문답(黃敎問答)」 등 몇 편에 발문(跋文)처럼 글을 쓰게 된 취지를 밝히는 '후지(後識)'[171]를 썼던 경우와 같다. 후지는 주로 본문에 대한 자신의 소감이나 쓰게 된 동기 등 본문에서 피력하지 못했던 부분을 보충하여 설명하는 해설의 수준이었

---

171 김혈조 역본 『열하일기』에는 「덧붙이는 이야기」로 구분하였다.

다. 그러나 「진덕재야화」와 「옥갑야화」에 후지를 붙인 것은 해설이나 후일담 정도가 아니라 설득을 강요하는 듯이 기술되었다. 더구나 「진덕재야화」와 「옥갑야화」는 제목만 바꾸었을 뿐인데 후지는 내용이 전혀 다르게 기술되었다. 그 전모를 살펴보도록 한다.

연암은 「진덕재야화」와 「옥갑야화」에 후지를 덧붙여 의도적인 장치의 면모가 부각되도록 했다. 이 후지는 『열하일기』를 번역하고 출판하는 과정에서 조금 혼란스럽게 소개되었다. 앞에서 제시한 텍스트인 『국역 열하일기』는 이가원이 1966년에 『열하일기』를 두 권으로 번역한 것인데, 이 『국역 열하일기』Ⅱ 의 「옥갑야화」에 후지를 두 편 수록했다. 다시 말하면 「옥갑야화」의 본문 다음에 「허생후지」Ⅰ 과 「허생후지」Ⅱ를 첨부한 것이다.

여기서 문제가 발생했다. 「옥갑야화」 모든 판본에 「허생후지」Ⅰ · Ⅱ가 동일하게 수록되어 있는 것이 아니다. 「허생후지」Ⅰ 은 「옥갑야화」(주설루본)에 있는 후지를, 「허생후지」Ⅱ [172]는 「진덕재야화」에 있는 것을 이가원이 『국역 열하일기』를 편집하는 과정에서 「옥갑야화」의 본문 다음에 동시에 「허생후지」 두 편을 수록하면서 번호 'Ⅰ' · 'Ⅱ'를 붙인 명칭이다. 따

---

[172] 이가원은 「진덕재야화」의 '허생후지Ⅱ'라는 제목은 모든 필사본에 다 있는 것이 아니고 일부에만 있으며, 원전을 '주설루본을 좇아 추록하였다'(『국역 열하일기』Ⅱ, p.313, 각주 27.)고 주석을 달았으나 이것은 오류인 듯하다. 그의 『연암소설연구』에서 주설루본에 수록된 것은 「진덕재야화」가 아니고 「옥갑야화」이며, 「진덕재야화」는 일재본(一齋本), 옥류산관장본(玉溜山館藏本), 녹천산장본(錄天山館藏本) 세 종에 수록되어 있다고 하면서, "일재본이 가장 양본(良本)이어서 원전인용에는 일체 이 일재본을 이용하기로 하였다"(이가원, 『연암소설연구』, p.586.)고 하였다. 이것으로 보아 『국역 열하일기』Ⅱ 에 수록된 「진덕재야화」의 후지인 「허생후지」Ⅱ 는 주설루본이 아니라 일재본이 원전(原典)일 가능성이 크다. 김명호도 "이 후지는 일재본 · 다백운루본 · 수당본 · 만송문고본 등 소수 필사본에만 있다"고 하면서, "「진덕재야화」야말로 초고에 가장 가까운 테스트임을 말해주는 것"이라고 했다.[김명호, 『열하일기 연구』(수정증보판), p.497.]

라서 순서에 따른 번호도 아니고, 이 둘이 어느 한 본(本)에 모두 있는 것도 아니다.[173]

그리고 저술한 순서로 보면 「진덕재야화」의 후지인 「허생후지」Ⅱ가 먼저 집필된 것이고,[174] 「옥갑야화」의 후지인 「허생후지」Ⅰ이 나중에 쓴 것[175]인데 순서가 뒤바뀌어 번호를 붙인 것이다. 그러면서 그 이후 『열하일기』 번역서들은 이가원의 『국역 열하일기』와 동일하게 후지 Ⅰ · Ⅱ를 그대로 함께 수록했다.[176]

이본 연구를 통해 『열하일기』의 변개 과정을 살펴본 김혈조는 『열하일기』 전체에서 가장 긴 문장이 교체된 것은 「옥갑야화」에 수록된 「허생전」

---

173 김혈조는 자신이 소장한 법고창신재본에는 두 개의 후지가 모두 수록되어 있다고 했다.(김혈조, 「조선후기 서책의 검열과 소통」, p.27. 각주 34.)

174 정재철은 '연암이 「진덕재야화」를 「옥갑야화」로 바꾸면서 허생후지의 내용을 교체'하였다고 했다. (정재철, 「『열하일기』 「옥갑야화」 수록 허생후지 연구」, p.121.) 「진덕재야화」의 후지를 쓰고 난 뒤에 「옥갑야화」로 편명을 바꾸면서 「허생후지」도 바꾼 것이다.

175 이가원이 『국역 열하일기』Ⅱ에서 「옥갑야화」의 부록으로 「허생후지」Ⅰ · Ⅱ를 집필 순서와 다르게 배치한 것은 「옥갑야화」를 수록하고 그의 후지인 '허생후지'를 「허생후지」Ⅰ로 명칭을 부여하고 그 외 추가하여 「진덕재야화」의 후지를 참고 자료로 뒤에 수록하면서 「허생후지」Ⅱ라고 한 것으로 보인다.

176 이가원의 『국역 열하일기』Ⅱ(수정재판본)에서 보인 후지의 순서를 따른 것의 대표적인 것은 김혈조 번역의 「옥갑야화」『열하일기』(개정신판)3권]이다. 김혈조 역본 『열하일기』는 처음(2009년판)에서는 박영철이 자연경실본(自然經室本)을 토대로 편집 · 간행한 것을 저본으로 삼았다가, 개정신판에서 초고본을 저본으로 택했다[김혈조 역, 「역자 서문 1, 개정판을 펴내며」, 『열하일기』(개정신판)1권, 2017, p.10]고 했는데, 그렇다면 초고본인 「진덕재야화」 후지를 먼저 게재하고, 추가로 「옥갑야화」의 후지를 수록했어야 했다. 그러나 그렇게 하지 않고 『국역 열하일기』Ⅱ(수정재판본)의 순서를 따라 「허생후지」Ⅰ · Ⅱ를 수록했다. 다만 북한에서 1955년 리상호 역본으로 출판되었던 『열하일기』(하권, 보리, 2004)의 「옥갑야화」는 본문과 「허생전」을 별도로 구분하였고 후지는 「진덕재야화」의 후지는 빼고 「옥갑야화」의 후지만 별도 제명이 없이 「허생전」 뒷부분에 수록했다. 이와 같이 한 것은 『연암집』14권 별집에 수록된 것과 같은 계열의 『열하일기』의 「옥갑야화」를 저본(底本)으로 번역하였기 때문으로 보인다.

후지'[177]라고 했다. 그는 대체로 초고본 혹은 초고본 계열에 수록된 후지 즉 일재본, 옥류산장본, 만송문고본 등에만 수록되어 있는 「진덕재야화」의 후지에 '허생 이야기의 창작 배경을 설명하는 글'을 수록하였다. 그리고 '이후에 출현한 개작 필사본인 충남대본을 비롯해서 모든 필사본의 「옥갑야화」에는 이 내용이 삭제되고 다른 후지가 실려 있다'고 했다. 다른 후지는 「옥갑야화」의 후지로 보인다. 연암은 「진덕재야화」의 후지에서 창작 배경을 언급한 윤영에 대한 기록을 「옥갑야화」 후지에서 삭제하였고, 그 대신에 허생이 유민(遺民)이며 허씨일지도 모른다고 기술했다. 이에 대해 김혈조는 허생의 '정체와 조선 관료들의 박약한 북벌 의지를 정체불명의 중들에게 꾸지람을 듣는 등 새로운 내용으로 교체되었는데 이것은 북벌의 허구성을 보다 보완한 내용으로 보인다'고 지적했다. 그는 이와 같이 '전적으로 달라진 내용으로의 교체는 저자 연암이 아니고서는 할 수 없는 것'[178]이라고 하여 후지의 교체가 후대에 필사 과정에서 고쳐진 것이 아니라 연암의 손에서 이루어졌음을 밝혔다.

연암이 「진덕재야화」에 후지를 덧붙인 이유는 본문에서 제시한 '허생의 이야기'에 대한 보충 설명이 필요했기 때문이다. 비장과 역관들과의 한담에 뒤이은 허생의 이야기는 비장이나 역관들이 말한 것을 연암이 듣고 옮겨 적은 것이 아니라 연암이 그들에게 들려준 것이다. 따라서 연암이 비장·역관들에게 들려준 허생 이야기의 출처를 밝혀야 할 필요성이 있음을 감지하고 후지를 쓴 것으로 보인다.

「진덕재야화」 서두의 일화에서 비장이나 역관들의 대화가 누군가에 의

177　김혈조, 「조선후기 서책의 검열과 소통」, pp.27~28.
178　김혈조, 「조선후기 서책의 검열과 소통」, p.28.

해 변승업에 이르렀을 때, 연암은 그들의 대화에 참여하면서 윤영이라는 사람을 통해 변승업의 부(富)에 대한 이야기를 들었다고 보충하면서 변승업의 부(富)가 일국의 으뜸이 된 것은 허생이 은(銀) 십만 냥을 주었기 때문이라고 말하였다. 그러면서 화제는 윤영의 말을 덧보태 전하는 연암에 의해 변승업에서 허생으로 이동하여 그의 이야기를 펼치게 되었다. 그러나 연암은 윤영에게서 허생의 이야기를 들었다고 하는 것으로는 허생 이야기의 출처를 제시하는 근거로 미흡하다고 판단했던 것으로 보인다. 그래서 객관적 자료를 제시한 것이 후지이다.

이런 면에서 보면 허생 이야기의 입수 경로에 대한 해명이 객관적인 타당성 면에서 「호질」과 다른 것을 알 수 있다. 「호질」은 문자 해독이 불가능한 '객주(客主)의 주인→계주 장터에서 구매→연암과 정 진사가 베낀 것'이라는 입수 경로가 분명하여 연암의 개입의 여지가 없었음을 강조했다. 그러나 허생의 이야기는 제보자인 윤영에게만 의존하고 있어 출처가 취약하다고 스스로 판단했던 것으로 보인다. 이 취약성을 극복하기 위한 방안으로 후지를 기록한 것이다. 허생의 이야기의 유일한 출처인 윤영을 통해 전달 과정을 구체적이면서 분명하게 밝힘으로써 이야기에 실제성(實際性)을 부여하면서 동시에 자신의 창작이 아님을 간접적이지만 확실하게 밝혀야 할 필요성을 인식한 것이다. 그래서 그것을 후지를 통해 설명한 것으로 보인다. 이렇게 해서라도 연암은 허생의 이야기로 파생될지도 모르는 귀책사유가 자신에게 있는 것이 아님을 분명하게 밝힘으로써 발화자 또는 전달자의 책무 이상의 역할에서 벗어날 수 있을 것이라고 판단한 것이다. 결국 후지의 필요성은 허생의 이야기의 출처가 취약한 것을 보완하기 위해 설정된 장치의 필요가 절실한 데서 비롯된 것이다. 이와 같은 판단은 연암 자신이 허생의 이야기에서 허생이 문제적 인물[179]임을 알고 있었다는 것을 의미한다. 이 문제적 인물을 온전히 보호하기 위해 후지를 두 번이나 쓴 것이다.

연암이 후지를 덧붙인 또 다른 이유는 본문에서 미진하게 기술된 부분을 후지를 통해 덧붙여서 방담(放談)의 내용이 구체성을 갖게 하면서, 한편으로는 그것으로 독자의 신뢰감을 획득하려고 했던 것이다. 처음에 그는 출처를 밝혀서 실제성을 입증하는 것이 이야기의 진실성을 부여하는 하나의 방식이라고 인식했던 것으로 볼 수 있다. 그래서 편명을 「진덕재야화」라고 명명(命名)하여 방담이 이루어진 곳을 쉽게 추측할 수 있도록 하였고, 「막북행정록」의 8월 8일 자에서 열하의 태학에 있는 진덕재라는 공간적 배경을 구체적으로 언급하는 것과 동시에 날짜도 12일 저녁의 일정을 비워 두어 신뢰성의 근거를 뒷받침했다.

그러나 퇴고 과정에서 연암은 편목의 명칭을 「진덕재야화」에서 「옥갑야화」로 바꾸면서[180] 본문은 '여러 비장 역관과 진덕재에서 밤에 이야기를 나누었는데 이런 이야기가 있었다.'라고 한 첫머리를 '옥갑으로 돌아와서'로 손질하고 나머지는 그에 맞게 약간의 내용을 바꾸었지만 본래의 후지는 대폭 바꾸어 수정(修訂)이 아닌 수정(修正)을 하여 또 하나의 후지를 남긴 모양새가 되었다. 후지의 수정은 자구(字句)나 문맥을 고친 것이 아니라 글의 내용 자체를 바꾸어 버린 것이다. 바꾸면서 허생의 존

---

179 소설에서 문제적 주인공을 언급한 것은 루카치(György Lukács)와 골드만(Lucien Goldmann)이다. 루카치는 문제적 주인공을 세계사적 개인으로 설명을 했고(『소설의 이론』, 심설당, 1985, p.100., 『역사소설론』, 1987, pp.190~191.), 골드만은 소설을 문제적 주인공이 타락된 사회에서 타락된 방식으로 진정한 가치를 추구하는 과정의 이야기라고 정의했다.(『소설 사회학을 위하여』, 청하, 1982. p.20.)

180 김영동은 바꾸어 쓴 시기를 연암이 안의현감으로 부임한 다음 해인 1792년 남공철의 편지를 받은 이후로 보았다. 1780년에 연행한 지 12년이 지난 뒤이다.(김영동, 『증보 박지원 소설연구』, p.204.)

재에 대해 조선이라는 국적과 허씨라는 성(姓)을 부정하였고, 윤영은 언급하지도 않았다. 결국 이러한 일련의 과정은 허생 이야기의 본문을 다치지 않기 위해 보완하는 방법으로 구상했던 것이다.

이 후지를 살펴보려는 목적은 두 편의 후지에서 연암이 「허생전」을 온존(溫存)히 보존하기 위해 어떤 설정을 하였으며, 자신의 창작이 아님을 어떻게 방어하고 있는가 하는 점을 중점적으로 검토하기 위한 것이다. 이미 앞에서 편목의 변경을 설명하면서 선후를 추정한 바대로 저술한 순서를 「진덕재야화」에서 「옥갑야화」로 명칭을 변경한 것으로 전제하면, 「진덕재야화」의 후지를 「허생후지」Ⅰ로 하고 「옥갑야화」의 후지를 「허생후지」Ⅱ로 했어야 했다. 아니면 '「진덕재야화」의 후지', '「옥갑야화」의 후지'라고 했어야 했다. 그럼 지금부터 집필된 순서에 근거해서 후지의 내용을 검토해 보도록 한다.

1) 실체적 존재에서 은폐된 '윤영'

「진덕재야화」의 후지인 「허생후지」Ⅱ는 「허생전」의 출처를 설명하여 자신의 창작이 아님을 말하고 있으면서 전달자인 윤영과의 관계를 집중적으로 진술하고 있다.

「허생후지」Ⅱ의 내용은 세 개의 단락으로 되어 있다. 이 세 개의 단락은 연암과 윤영(尹映)의 만남을 단계적으로 구성한 것이다. 그는 세 단락으로 나누어진 글에서 처음 윤영과의 만남 이후의 이야기를 시간 순서에 따라 단계별로 언급하였다. 처음 단락에서는 연암이 윤영을 처음 만나 허생에 대한 이야기를 직접 듣게 된 과정을 설명한 것으로 자신과 윤영과의 관계를 제시하여 밀착되었고, 두 번째 단계는 17년이 지난 뒤에

서북(西北) 지역으로 유람을 갔다가 다시 윤영과 상봉하였는데 이때 윤영이 자신을 부정(否定)하여 거리가 생겼으며, 세 번째 단계는 그 후 윤영을 다시 만나지 못한 채 어떤 노인에 대한 소문이 윤영과 흡사하다는 풍문을 피력함으로써 아주 멀어진 것이다.

연암은 이 과정에서 정보제공자인 윤영에 대해 구체적으로 언급하였는데 이것은 아주 의도적인 면을 보이고 있다. 이 전개 과정에서 연암은 윤영의 실체를 명확하게 제시하려고 하였는데 이것은 윤영과 자신과의 관계를 분명히 밝히고 있다. 이 관계는 연암과 윤영의 거리감으로 나타나고 있다. 거리감은 시간이 흐를수록 점점 멀어지게 된다. 이것은 윤영에 대한 연암의 태도를 보여 주는 것이다. 윤영은 연암과 거리가 멀어질수록 알 수 없는 노인으로 만들어져 끝내는 신분을 확인하기 어려운 인물이 되었다. 윤영과의 관계를 이와 같이 제시하여 허생의 이야기의 출처를 어느 누구도 확인할 수 없게 하였다. 이 후지에서 연암은 이야기의 출처를 구체적으로 밝히면서 역설적으로 제보자를 철저하게 은폐하고 있다.

(1) 윤영의 만남과 지우기

윤영과의 친소(親疎) 관계는 단락을 구분하여 단계적으로 제시했다. 첫 만남과 두 번째 해후(邂逅), 그리고 풍문으로 알 수 없는 노인의 이야기를 통해 윤영과 동일화하는 과정으로 구성되었다. 이 과정에서 정보제공자인 윤영의 실체를 구체적으로 제시했다가 뒤에서 삭제하는 지경에까지 이르렀음을 볼 수 있는데, 이것은 당시의 연암의 주변적 상황과 관련이 있었을 것으로 추측된다.

단락 순서에 따라 단계적으로 윤영과의 관계를 기술하여 후반으로 갈수록 윤영과의 거리가 점진적으로 멀어지다가 끝내는 단절되고 있음을 볼 수 있다. 처음에는 실제적 사건임을 드러내기 위한 방편으로 자신과 직접 관련되어 있음을 구체적으로 보여줌으로써 윤영과 서술자인 연암이 아주 밀착되어 있다. 그러다가 점차 뒤로 가면서 일정한 거리를 두었고, 윤영의 성(姓)과 이름을 바꾸어 낯선 인물로 만들어 거리를 더 멀리 두더니, 끝내는 풍문을 이용해 알 수 없는 노인으로 치부하여 아주 멀어져 단절되는 것을 발견할 수 있다.

이것을 단락에 따른 단계별로 자세하게 살펴보면, 첫 번째 단락에서는 서두에서 자신이 윤영을 만나 허생에 대한 이야기를 직접 들었던 것을 명시하였다. 이야기를 입수하게 된 정보를 독자에게 직접 제공하여 자신과의 관련성을 언급함으로써 자신과 제보자인 윤영에 대한 거리를 밀착시켜 이야기를 듣는 이에게 구체적이고 사실적인 느낌을 갖도록 했다. 그러면서 자신도 청자로서 전달자일 뿐이고 이야기 제보자는 윤영임을 분명히 밝혔다, 이것은 자신이 허생의 이야기를 창작한 것이 아님을 명시적으로 공언한 것이다.

「허생후지」II 에 의하면, 연암은 20세 때(1756년) 서대문의 봉원사(奉元寺)에서 글을 읽고 있었는데, 거기에서 손님으로 와 있으면서 도가(道家)에서 말하는 도인술(導引術)을 하고 있던 윤영(尹映)을 처음 만났다. 그는 가끔 허생의 이야기를 비롯해서 염시도(廉時道)·배시황(裵是晃)·완흥군(完興君) 부인 등의 이야기를 며칠 밤에 걸쳐 끊이지 않고 들려주었는데, 그 이야기가 거짓스럽고 기이하고 괴상하고 흘황하기 짝이 없었으나 들음직하였다[181]고 했다. 이 진술에서 허생의 이야기도 같은 부류라는 것을 언급하여 이야기의 내용과 성격, 출처 등 기본적인 정보를

---

181 「허생후지」II, 『국역 열하일기』II, pp.313~314.

독자에게 구체적으로 제시한 것이다.

윤영이 허생의 이야기와 함께 들려준 염시도 · 배시황 · 완흥군 부인 등은 모두 의롭거나 나라에 공을 세운 자들인데, 이들의 이야기는 조선 후기에 많이 유행했던 구비적(口碑的) 서사물[182]이었다. 연암이 허생과 관련된 이야기에 이 세 사람을 함께 언급한 것은 이 글을 읽었던 당시 사람들이 허생 또한 그들과 같이 의로운 삶을 보낸 것으로 이해할 수 있다고 생각하도록[183] 설정한 장치이기도 하다. 즉 이들과 함께 허생을 언급함으로써 허생 또한 모든 사람에게 귀감이 될 만한 인물임을 간접적으로 피력한 것이다.

그러나 허생의 이야기를 윤영으로부터 들었다고 진술하여 이야기의 출처를 분명히 하였으나 이 또한 어디까지 진실이고 어느 부분이 꾸며 낸 것인지는 알 수 없다. 즉 스무 살 무렵 봉원사에서 머무르며 글을 읽었던 것은 사실이지만 거기서 윤영을 실제 만나 허생 이야기를 들었다는 것은 확인이 불가능하다. 그뿐 아니라 허생 이야기를 해 준 사람이 윤영이 아닌 다른 사람인데도 신분을 감추기 위해 윤영이라고 했을 수도 있다. 자신의 실제의 경험과 허구적 요소를 얼만큼 결합하였는지 가름하기가 어렵다.

윤영을 두 번째 만난 것은 17년이 지난 뒤였다. 1773년 봄에 '서쪽으로 구경을 갔다가 평안도 성천(成川)의 비류강(沸流江)에서 배를 타고 흘골산(紇骨山) 12봉 밑에'까지 갔다. 거기에 있던 '조그마한 초암(草庵)'에서 윤영을 만났다. 이 두 번째 만남에서 연암은 자신이 허생의 이야기

---

182 강명관, 앞의 책, pp.350~351.

183 정재철, 「『열하일기』「옥갑야화」 수록 허생후지 연구」, p.124.

를 전(傳)으로 지으려고 했다는 사실과 윤영이 스스로 자신의 실체를 감추고 있다는 사실을 언급했다. 처음에 연암은 윤영의 근황과 허생 이야기와 관련된 부분에 대해 말하면서, 변화한 윤영의 실체를 구체적으로 독자에게 전달하고 있다.

이 두 번째 만남에서 주목할 것은 윤영의 말을 통해 연암이 허생의 이야기를 전(傳)으로 지으려고 했다는 사실과 연암이 한유(韓愈)에 경도되었다고 하여 그의 문학적 성향도 노출했다는 점이다. 윤영이 연암에게 "자네 일찍이 허생을 위해서 전(傳)을 쓰려더니 이젠 글이 벌써 이룩되었겠지."라고 물었으나, "나는 아직 짓지 못했음을 사과했다."라고 했다. 이것은 두 가지 관점에서 주목할 필요가 있다. 하나는 자신이 「허생전」을 지으려고 했다는 의미이고, 또 하나는 지으려고 했으나 그때까지 짓지 못했다는 진술로 볼 수 있다. 후자는 자신이 「허생전」의 창작을 간접적으로 부인한 것이 된다. 그리고 한두 가지 모순이 있다고 질문을 했으며, 그는 이에 대해 즉시 대답을 해 주었다. 이것은 허생의 이야기의 내용 중 상당 부분이 윤영의 견해임을 암시하고 있다.

그러나 완성하지 못한 이유가 윤영에게 질문한 '한두 가지 모순' 때문인지 아니면 다른 사정이 있는지는 언급하지 않았다. 다만 윤영이 "자네 창려[昌黎, 한유(韓愈)]의 글을 읽더니 의당……" 하고 말을 맺지 못한 대목에서 연암이 20세 무렵 한유에게 몰두했었다는 사실과 한두 가지 모순이 한유의 문학 정신과 관련이 있었을 것이라고 추측할 수 있을 뿐이다. 자신의 학문적 영역의 바탕이 한유에 있음을 간접적으로 말하고 있다. 이 대화를 통해 연암은 윤영으로부터 허생의 이야기를 듣고 자신이 전으로 완성하려고 했으나 그때까지 짓지 못했다는 사실을 직접 밝힌 것임을 알 수 있다. 연암이 구전 설화와 같은 이야기를 정리하여 '허생입전(許生立傳)'한 것이라고 하여 전을 만들었음을 밝힌 것이지만 정리 과정에서 다분히 자신의 의도가 개입되었음을 시사하고 있다. 그러나 한편 짓지 못했음을 사과했다고 하는 것은 자신이 창작을 완성하지 못했음을 언급하여 스스로 창작을 부정한 것이기도 하다. 도피할 뒷문을 마련해 둔 것으로 볼 수 있다.

그리고 또 하나 중요한 사실은 두 번째 만남을 통해 윤영을 은폐하고 있다는 사실이다. 즉 윤영의 변화된 모습을 진술함으로써 새로운 면모를 보이고 있다. 이 대목은 중요한 의미를 갖게 된다. 앞 단락에서 제시한 윤영을 이어진 문장에서 제거한 것은 또 다른 의미를 내포하고 있기 때문이다.

대화 중에서 윤영이 자신을 은폐하는 과정이 제시되어 있다. 그 과정을 보면, 노인은 대화 중에 내가 "윤 노인." 하고 부르자 "내 성(姓)은 신(辛)이요, 윤이 아니거든. 자네 아마 그릇 안 것일세."라고 말하여, 다시 이름을 물었더니 "내 이름은 색(嗇)이라우."라고 하여 "윤영이 아니냐"고 물었더니 노인은 화를 내고 극구 부인했다. 자신은 윤영이 아니라 신색(辛嗇)이라고 했다. 이것은 윤영을 신색으로 변경한 것이다.

그렇다면 자신에게 허생의 이야기를 전해 준 윤영을 신색으로 변경한 이유는 무엇일까? 두 번째 만났을 때 '열여덟 해가 지났지만 그의 얼굴은 늙지 않았다. 나이 팔십이 넘었음에도 걸음이 나는 듯하였던' 그가 '나를 보고 깜짝 놀라는 듯이 기뻐하며 서로 위안의 말'을 했었다. 그랬음에도 윤영이 자신의 이름이 신색이라고 주장한 것은 은폐하기 위한 계기를 만든 것이다.

연암이 이런 장치를 통해 정보제공자인 윤영을 은폐한 이유는 무엇일까? 윤영이라는 존재가 노출되고 확인되는 것에 대한 우려 때문이었을 것으로 보인다. 그래서 이름을 신색으로 바꿈으로써 윤영의 현존성에 의문을 갖게 하면서 점진적으로 발설자의 실체를 확인할 수 없는 인물로 바꾼 것으로 추측할 수 있다. 허생의 이야기를 윤영이라는 사람에게서 들었지만 그가 누구인지 모른다고 한 것이다. 이렇게 함으로써 허생의 이야기를 연암에게 전달해 준 발설자는 구체성을 상실하게 된 것이다.

이것은 뒤이어 진술된 윤영에 대한 추측성 진술에서 더욱 분명하게 드러난다. 연암은 그에 대해 "나는 그제서야 그 노인이 이상한 도술(道術)을 지닌 분임을 알았다. 그는 혹시 폐족(廢族)이나 또는 좌도(左道)·이단(異端)[184]으로 난을 피하며 자취를 감추는 무리인지도 알 수 없는 일이다."[185]라고 추측을 덧붙여서 윤영의 신분을 폐족이거나 좌도·이단의 무리로 추정하면서 알 수 없는 비정상적 인물이라고 단정 지었다. 이것은 허생의 이야기에서 반체제적인 내용이 자신의 견해가 아니고 신색의 견해라는 것을 넌지시 암시함으로써 그에게 책임을 전가하여 자신과의 관련성을 제거한 것이다.

즉 허생의 체제 비판적인 태도는 전적으로 전달자인 반체제적 기인(奇人)인 윤영 혹은 신색의 견해라는 것을 간접적인 방법으로 밝힌 것이다. 특히 윤영을 기피적 인물인 좌도 이단의 무리로 제시하여 자신과의 관련성을 철저히 차단하려는 의도였다. 이렇게 함으로써 이야기의 출처를 분명히 밝히는 한편 윤영에 대한 추적이 불가능하게 하였다.

이런 장치를 통해 연암은 윤영이 범인(凡人)이 아님을 암시하면서 자신

---

184 비변사에서 사행시 재거(賫去) 사목(事目)을 바친 일이 있었는데, 그때 첨부한 항목에 의하면 다음과 같다. "1. 모든 좌도(左道)의 불경(不經)한 말과 이단(異端)의 요탄(妖誕)한 말에 관계되는 서적과 잡술(雜術)의 방서(方書)는 일체 엄히 막되, 역관과 삼사신 소속은 물론하고 몰래 사는 일이 있으면 그곳에서 적발하여 불사르고 장문하여, 범한 자는 중형에 처하고 사신은 엄히 다스리며 서장관은 그 지방에서 만부(灣府)에 정배(定配)한다."[「備邊司進使行賫去事目」, 『정조실록』24권, 정조 11년(1787년) 10월 10일 갑진.] 이처럼 좌도(左道)가 옳지 못한 도라면, 이단(異端)은 불교를 가리키는 것으로 대단히 엄격하게 다스렸다.

185 「허생후지」II, 『국역 열하일기』II, p.315.

과 윤영과의 관계에 대해 독자들의 유추적 접근과 판단을 차단시키려고
했다. 첫 단계에서 윤영의 실체를 분명하게 제시한 것은 허생의 이야기
가 자신이 꾸며 낸 허구가 아니라는 것을 밝히기 위한 것이었다. 그러나
이것이 오히려 자신과의 관련성이나 전달자의 구체적 실체가 드러남으로
써 파생되는 문제를 유발시켰고 이를 차단할 필요를 인식하였던 것이다.

그래서 두 번째 단계에서 이야기의 출처를 감추기 위해 윤영을 신색으
로 이름을 바꾸어 윤영의 실체를 은폐하여 허생의 반체제적 저항적 태도
는 자신과 무관한 것임을 분명히 할 수 있게 된 것이다. 결국 연암은 두
번째 단계에서 윤영과 단절함으로써 출처가 너무 구체적인 것에 대해 우
려했던 것을 해소하면서 허생의 반체제적 성향은 윤영의 견해일 뿐 자신
의 견해가 아님을 드러낸 것이다. 이와 같이 후지 서두에서 처음에는 윤
영으로부터 전달되었다는 실제성을 극대화하였다가 뒤에 와서 윤영의
실체를 감춘 모순된 기록을 한 것이다.

이 대목에서 간과할 수 없는 것은 윤영이 허생의 이야기와 함께 말했
다고 하는 염시도·배시황·완흥군 부인 등은 모두 의로운 활동을 했
던 인물이라는 공통점을 가지고 있다는 사실이다. 이것은 허생을 이들
과 같은 부류에 넣음으로써 의로운 인물로 규정한 것이다. 그리고 이 이
야기를 해 준 눈동자가 형형(熒熒)하게 번뜩이는 도인은 기이한 뜻을 품
은 선비로 혹 망한 집안의 후손이거나, 유가가 아닌 좌도 이단의 몸으로
사람을 피하여 자취를 감춘 무리일지도 모른다는 추측을 하여 윤영은 곧
허생과 같은 부류의 인물로 유추하도록 했다. 현실에 적응하지 못해 몰
락하였지만 의로운 선비라는 공통분모를 도출할 수 있기 때문이다.

연암이 윤영을 만났다고 제시한 기록은 이 두 번뿐이다. 어디까지가
사실이고 허구인지는 알 수가 없으나 허생 이야기의 정보제공자를 이
렇게라도 밝힘으로써 이야기의 출처를 명확히 하려고 했던 것은 분명

하다. 다만 이러한 정보제공자의 신분을 제공함으로써 연암이 창작했을 것이라는 의혹에 대해 어느 정도 해명이 될 수 있었을지는 알 수 없었다. 특히 연암이 심리적으로 꺼림직하게 여겼던 것은 시사삼책과 관련한 허생의 행위였을 것이다. 그래서 이 허생의 행위를 윤영과 관련지어 진술함으로써 자신에게 쏠리는 의혹을 전가하려고 했던 것이다. 즉 허생의 이야기는 자신의 창작이 아니고 더구나 허생의 행위는 자신이 고안한 것이 아니라, 윤영이 전해 준 거짓스럽고 기이하고 괴상하고 휼황하기 짝이 없었던 내용 중의 일부임을 강조한 것이다.

두 번째 단계에서 간과할 수 없는 것은 실제의 경험과 허구적 요소를 결합한 듯한 기법을 사용하고 있다는 것이다. 17년이 지난 뒤에 윤영을 만났다는 것은 구체적 사실이 아닐지라도 연암이 평양 여행을 했던 것은 사실이다. 실제로 연암은 1771년 3월 24일 이덕무·백동수 등과 평양을 방문했고, 2년 뒤인 1773년 3월 25일에도 이덕무·유득공과 함께 파주·황주 등을 거쳐 평양으로 여행을 했었다.[186]

그러나 여행 중의 일을 자세하게 기록하였던 이덕무는 평양 여행과 관련해서 두 편의 시[187]와 「계사춘유기(癸巳春遊記)」를 썼는데, 어디에도 여

---

186 이덕무의 아들인 이광규(李光葵)가 기록한 「선고 적성현감 부군 연보상(先考積城縣監府君年譜上)」에는 1771년 "3월 24일, 황주(黃州)와 평양에 있는 경치 좋은 곳들을 구경하였다. 이때, 공의 종형인 판서공[(判書公), 경무(敬懋)]이 황해 절도사(黃海節度使)로 있었는데 족질(族姪) 광섭(光燮)이 무과에 급제하였으므로 공과 함께 유람을 간 것이다. 연암(燕巖) 박지원(朴趾源)과 공의 처남 백공(白公) 동수(東修)가 동행하여 개성 만월대(滿月臺)에 이르러 헤어졌다."라고 했고, 1773년 "3월 25일, 다시 평양을 유람하였다. 연암(燕巖) 박지원(朴趾源)과 영재(冷齋) 유득공(柳得恭)이 함께 갔다. 이때 지은 계사춘유기(癸巳春遊記)가 있다"고 기록했다.(「부록 상」, 「선고 적성현감 부군 연보 상」, 『청장관전서』제70권, 한국고전번역원, 1981, 한국고전종합DB) 이후 『청장관전서』의 인용은 이 자료를 이용했다.

187 「아정문고」2권에는 파주를 떠나면서 쓴 시인 「조발파주 시여연암령재 작관서지유(早發坡州. 時與燕巖冷齋. 作關西之遊)」 다음에 평양에서 쓴 시인 「주중 망부벽루 시우익밀 우중

행 중에 연암이 노인을 만났다는 기록이 없다. 그런데도 "그 뒤 계사년(1773년) 봄에 서쪽으로 구경 갔다가 비류강에서 배를 타고 십이봉 밑까지 이르자 조그만 초암(草庵) 하나가 있었다."라고 하여 윤영을 만났다고 기록했다. 그렇다면 이것은 자신의 여행했던 사실을 근거로 윤영을 만났었다는 일화를 덧붙여서 신색이 실제의 인물임을 밝힘과 동시에 기이한 노인으로 구성한 것으로 볼 수 있다.

다만 김영동은 여행에서 기이한 일은 사소한 것까지를 기록했던 이덕무가 당시의 「계사춘유기(癸巳春遊記)」에 그와 같은 기인과 관련된 기사를 기록하지 않은 것을 지적하고 허구일 것이라고 했다.[188] 그러나 1771년에 연암과 이덕무의 처남 백동수(白東修)와 평양에 갔을 때 만월대에서 헤어졌다는 기록을 보면, 이덕무와 헤어진 뒤에 갔을 것이라고 추측할 수 있도록 한 것일 수도 있다, 그러나 그의 연보를 중심으로 확인하면 20살(1756년)에 윤영을 만났고, 그로부터 17년 뒤인 1773년에 두 번째 평양을 방문했던 시기와 윤영을 두 번째 만난 시기가 같다. 이를 근거로 하면 연암은 두 번째 평양을 방문했던 사실을 토대로 윤영을 만난 것처

(舟中望浮碧樓. 時雨盆密. 雨中)과 「동연암영재금우문 연회릉라도서미취봉저 신필각부(同燕巖泠齋金又門. 沿洄綾羅島西微醉篷底. 信筆各賦)」 두 편의 시가 있다.(「아정문고」2권, 『청장관전서』제10권.)

188   김영동, 앞의 책, p.205. 김영동은 「계사춘유기(癸巳春遊記)」에 1773년 3월 25일부터 28일까지의 일기에서 파주에서 잤다는 기사는 있으나, 평양을 유람했다는 기록은 없다고 하면서 「아정유고(雅亭遺稿)」2(『청장관전서』제70권)에 '雨中. 同燕巖泠齋金又門. 沿洄綾羅島西微醉篷底. 信筆各賦', '舟中望浮碧樓. 時雨盆密'가 있는 것을 보고 가서 평양에서 구경을 했던 것으로 추측했다. 그러나 이덕무 연보에는 "신묘년(1771.4.)에 연암(燕巖) 박지원(朴趾源)과 공의 처남 백공(白公) 동수(東修)가 동행하여 개성 만월대(滿月臺)에 이르러 헤어졌다."라는 기사와 1773년 "윤 3월 25일, 다시 평양을 유람하였다. 연암(燕巖) 박지원(朴趾源)과 영재(泠齋) 유득공(柳得恭)이 함께 갔다"는 기사도 있다.(「선고 적성현감 부군 연보 상」, 「부록 상」, 『청장관전서』제70권.) 따라서 이 시는 두 번의 방문 중에 지은 것일 수 있다.

럼 설정을 한 것으로 보인다.

이와 같은 설정은 연암이 윤영과 관련해서 허생의 이야기의 제보자를 사실화하기 위해 의도적으로 자신이 갔던 서북 지역 여행에다가 윤영의 이야기를 덧붙여 실제의 일인 것처럼 추측하도록 한 것이라고 할 수 있다. 이러한 서술 기법은 처음에 봉원사에서 윤영을 만나 허생의 이야기를 들었다는 것에서 허구와 구체적 사실을 분간해 낼 수 없는 것과 같은 것이다.

세 번째 단계에서는 알 수 없는 광주(廣州) 신일사(神一寺)의 한 노인인 이 생원을 윤영과 연계하여 진술한 것이다. 특히 이 세 번째 단계의 언급은 믿을 수 없는 풍문에 의한 이야기를 통해 윤영을 유추하여 전달하였는데, 이것은 빈약한 근거임을 스스로 노출하고 있으면서도 기정사실로 단정하고 있는 것이다.

> 그리고 또 광주(廣州) 신일사(神一寺)에 한 노인이 있어서 호를 삿갓 이 생원이라 하는데, 나이는 아흔 살이 넘었으나 힘은 범을 껴잡았으며, 바둑과 장기까지도 잘 두고 가끔 우리나라 옛일을 이야기할 제 언론이 풍부하여 바람이 불어오는 듯했다. 남들은 그의 이름을 아는 이가 없으나 그의 나이와 얼굴 생김을 듣고 보니 윤영과 흡사하기에 내가 그를 한번 만나보려 하였으나 이룩하지 못하였다. 세상에서는 물론 이름을 숨기고 깊이 몸을 간직하여 속세를 유희(遊戲)하는 자가 없지 않은즉 어찌 이 허생에게만 의심할까 보냐.[189]

189 「허생후지」II, 『국역 열하일기』II, pp.314~315.

이 인용문의 내용은 윤영이 이 생원이라는 결정적인 단서가 없음에도 풍문을 전하면서 윤영과 밀착시키고 있다. '옛일을 이야기할 제 언론이 풍부하'지만 '그의 이름을 아는 이가 없으나 그의 나이와 얼굴 생김을 듣고 보니 윤영과 흡사하'여 '내가 그를 한번 만나 보려 하였으나' 못 만났다는 진술은 확인되지 않은 것으로 연암의 주관적 판단이다. 자신이 실제로 만나지도 않았으면서도 단정한 이유는 나이와 생김새가 단지 유사하다는 풍문뿐이었다.

그런데도 풍문을 이용한 추측을 통해 윤영을 속세를 유희(遊戲)하는 노인으로 치부하여 추적할 수 없는 존재로 만들었다. 이름이 신색이라고 추측하고 좌도·이단으로 단정하여 차단하였던 것을 다시 풍문을 통해 알 수 없는 존재로 제시한 것이다. 연암은 윤영과 전혀 관련이 없는 헛소문을 확인하지 않은 채 이 생원을 윤영과 동일시한 것을 보여 주고 있다. 이름도 알 수 없는 사람임에도 불구하고 나이와 얼굴 생김새가 비슷하고 힘이 세며 언론이 풍부하다는 풍문에 주관적으로 판단한 자신의 진술을 덧보태서 그를 실제 인물로 단정 짓고 추상화하여 신비롭게 장치한 것이다.

실제의 윤영도 아니고 풍문에 의해 흡사한 인물인 이 생원에 대한 소문을 단서로 제시하고 그것을 확인하지 못한 상태에서 윤영이라고 단정적인 태도를 보인 것은 논리적 근거가 아주 빈약한 것을 이렇게 해서라도 보완하려고 했던 것이다. 이것은 아마도 비슷한 시기에 실제로 있었던 풍문을 연암이 후지에 수록하여 동일화한 것으로 추측된다.[190] 그래서

---

190 임형택은 이 생원이 『파수록(破睡錄)』에 나오는 이평량(李平凉)과 동일 인물인 듯하다고 했다. 『파수록』이 1742년에 지어진 것으로 추정되고 나이 60 전후에 떠돌아다니다가 신일사에 머물렀던 것으로 추정된다고 하면서 윤영이나 이 평량이 같은 방외인에 속하는 유형

연암은 그와 동일시하고 끝내 윤영으로 단정하였던 것이다.

　이렇게 하여 연암은 자신도 알 수가 없는 존재로 치부함으로써 윤영과의 거리는 아주 단절된 것이다. 또 하나의 잠금장치를 통해 윤영의 신분을 독자가 확인할 수 없도록 봉인(封印)해 버린 것이다. 따라서 후반으로 가는 과정에서 그가 만났던 윤영은 실체적 존재가 아니라 허구적 인물이 된 것이다. 그리고 '이름을 숨기고 깊이 몸을 간직하여 속세를 유희(遊戱)하는 자가 없지 않은즉 어찌 이 허생'이라고 하여 허생에 대한 의구심을 해소하려고 했다. 즉 이름을 숨기고 속세를 유희하는 허생과 같은 인물이 없지 않다고 해서 이 생원인지 윤영인지 알 수 없는 인물을 허생과 동일시하기도 했다.

　이와 같이 연암은 처음에 아주 구체적 인물이었던 윤영을 두 번째 만남에서 기인화하였고, 세 번째에서는 실제 만나지도 못한 상태에서 풍문을 이용하여 광주(廣州) 신일사에 90세가 넘은 한 노인으로 변형시켜 언급하여 그와 동일인으로 유추하도록 하였다. 두 번이나 만난 제보자인 윤영을 세 번째 단계에서 정체가 불분명한 존재로 만들어 신분을 알 수 없는 기인으로 결론지은 것이다. 연암이 끝내 풍문을 이용하여 유사한 인물로 추정함으로써 허생 이야기의 제보자인 윤영은 단순한 이야기꾼이 아니라 세상을 피하고 자취를 감춘 방외인(方外人)이 된 것[191]이다. 이렇게 함으로써 윤영의 실체는 모호해져 허구적 인물이 되었고, 이야기는 있을 수 있는 가능성만을 확인한 채 연암은 윤영으로부터 단절된 것이다.

의 인물로 보는 데 무리가 없을 것이라고 했다.(임형택, 「한문단편 형성과정에서의 강담사」, p.111.)

191　김종철, 「옥갑야화 이해의 시각」, pp.142～143.

⑵ 윤영을 은폐한 의미

결국 연암이 윤영을 은폐하는 것이 필요했던 건 그에 대한 실체적 존재로서의 접근을 차단하여 허생의 이야기는 하나의 설화에 불과하며 윤영은 이야기꾼에 지나지 않다고 하여 「허생전」을 보호하기 위한 조처였을 것이다. 그 이유는 우선 정보제공자를 은폐하여 추정이 불가능하도록 함으로써 '허생입전(許生立傳)'의 책임을 모두 윤영에게 전가할 수 있는 여지를 만들 수 있었기 때문으로 풀이할 수 있다. 제보자인 윤영을 사실 확인이 불가능하도록 애매모호하게 설정하여 허구적인 인물로 만듦으로써 연암은 허생의 이야기와 일정한 거리를 두는 효과를 가져와 유학(儒學)으로 무장한 보수 세력인 양반 지배계층의 추궁에 대비해 자기 탈출을 기도하여[192] 책임을 모면하려고 했던 것으로 볼 수 있다.

그에 대한 구체적인 예가 윤영을 '혹시 폐족(廢族)이나 또는 좌도(左道)·이단(異端)으로서 남을 피하여 자취를 감추는 무리인지도 알 수 없는 일'이라고 기술함으로써 자신과 윤영과 사이에 거리를 현격(懸隔)하게 둔 것에서 알 수 있다. 이러한 진술은 자신이 윤영과 다른 존재임을 명확히 함으로써, 그들과 어울렸을 것이라는 추측을 제거하고 방어하여 자신에게 쏠릴 공격의 실마리를 애초에 없애 버린 것이라고 할 수 있다. 이렇게 하는 것이 허생의 이야기를 공개할 수 있는 최선의 방책 중의 하나로 생각한 것이다.

다시 말하면 연암이 이 「허생후지」Ⅱ에서 처음에는 윤영의 실명(實名)을 제시하여 자신이 윤영과의 첫 만남에서 허생의 이야기를 들은 것을 기록하였음을 강조하여 허생 이야기를 들었다고 하는 진술이 허구가 아

---

192   김영동, 『증보 박지원 소설연구』, p.204.

니고 구체적인 사실임을 제시하였다. 후에 두 번째 만남을 설정하여 그이후에는 윤영의 이름을 신색으로 바꾸고 그의 신분을 모호하게 만들었으며, 헤어질 때는 윤영을 폐족이거나 좌도 이단의 무리로, 세상을 피하고 자취를 감추는 무리인지도 알 수 없다고 추정함으로써 그와의 직접적인 관계를 단절한 것이다.

결국 성명을 바꾼 것은 이와 같이 좌도·이단의 무리일지도 모르는 운영과의 단절을 시도하기 위한 포석이었던 것이다. 그다음에는 들려오는 풍문을 통해 윤영의 신분을 철저하게 숨기고 있다. 이렇게 함으로써 허생의 이야기의 신뢰를 위해 윤영이라는 제보자를 설정하였다가 격리하여 자신은 단순히 자료를 수집한 이야기 전달자 혹은 기록자에 불과함을 역설한 것이다.

이러한 변화는 허생의 이야기 내용과 발화자로서의 자신의 처지를 고려한 것으로 볼 수 있다. 이에 대해 김종철은 "이러한 제보자와의 사실관계의 거듭된 진술은 두 가지 의미를 갖는다고 할 수 있다. 하나는 허생 이야기의 사실성을 강화하는 역할을 하는 것이고, 다른 하나는 허생 이야기의 실질적인 화자(話者)를 연암 자신이 아니라 윤영으로 미루는 역할을 하는 것이다. 애초 옥갑에서 비장들과 이야기를 돌아가며 할 때, 연암은 윤영에게서 들은 이야기를 단순히 전하는 투로 말했다. 이 후지에서도 연암은 거듭 윤영에게 허생에 대해 질문하는 모습을 보이고 있어 자신은 의문점을 물어보는 처지를 견지하여 윤영의 이야기를 전하는 위치에 있음을 보이고 있다. 이처럼 연암 자신이 허생 이야기에서 한 발 빼는 모습은 윤영에게 아직 허생을 위한 전(傳)을 짓지 못하고 있노라는 사과의 말을 하는 데서 분명히 드러난다."[193]라고 했다.

193　김종철, 앞의 글, pp.141~142.

그러나 이 과정에서 연암은 내면적으로 갈등이 있었을 것으로 보인다. 즉 연암은 처음에는 윤영을 제시하여 자신의 체험을 통해 실제로 확인된 객관적 사실로 단정하여 전달함으로써 독자의 신뢰성을 확보하려고 했으나, 지나치게 구체성을 부여함으로써 독자의 유추나 판단이 가능해지자 다시 실체를 감추어야 하는 자가당착에 봉착한 것이다. 그러자 그는 작가로서의 입장이 모호해진 상태에서 자신의 현실적 처지를 고려한 쪽으로 선회함으로써 작품과 자신에 대해 보호막을 친 것으로 볼 수 있다. 그래서 연암은 윤영을 은폐함으로써 끝내 그를 허구화하였고 허생의 출처로 자신에게 파급될 수 있는 요인을 봉쇄했던 것이다. 앞에서 연암이 윤영에 대해 정보를 제공하는 과정에서 정보제공자인 윤영에 대해 집중적으로 언급하였는데 이것은 아주 의도적이라고 말한 바 있다. 의도적이라 함은 바로 이러한 것을 두고 말한 것이다.

이런 과정에서 연암은 후지를 통해 자신을 비난했던 사람들이 사용했던 말을 구사함으로써 자신에 대한 비난의 의미를 되새기게 하고 했다. 이를테면 처음 단락에서 윤영의 이야기를 듣고 그 이야기가 '거짓스럽고 기이하고 괴상하고 휼황하기 짝이 없었으나 들음직하였다'[궤기괴휼(詭奇怪譎)]고 한 것이나 마지막 단락에서 '세상에는 물론 이름을 숨기고 깊이 몸을 감추고 공손하지 않게 사는[완세불공(玩世不恭)] 사람'이 있음을 말했는데, 이때 사용한 '궤기괴휼'이나 '완세불공'은 당시의 사람들이 연암의 글을 비판하면서 흔히 사용했던 말들이었다.[194]

이것은 처남 이재성이 쓴 연암의 제문인 「제박연암문(祭朴燕巖文)」에서 잘 나타나 있다. 그는 "이에 공을 헐뜯는 사람들, 더더욱 빌미를 얻었

---

194 정재철, 「『열하일기』 「옥갑야화」 수록 허생후지 연구」, p.124.

지요. 세상을 마음껏 농락했다 여기고, 궤기(詭奇)한 말인 우언(寓言)을 사용하여 본심이 아닌 해소(諧笑)를 구사하여 세상을 조롱하여 불공하다 하였지요."[195]라고 하였던 데서 확인할 수 있다. 즉 그는 자신을 비난하는 데 사용했던 말을 다시 사용하여 그들에게 그 의미를 되새기게 한 것이다. 그리고 연암의 문장을 비판하는 자들에 대해 우언을 가리켜 궤변(詭辯)으로 세상을 마음껏 농락한 것이라고 비난하고, 해소를 가리켜 비정(非情)한 말로 세상을 조롱한 것이라고 공격하였음을 언급한 것이다.[196] 결국 후지에서 '궤기괴휼'이나 '완세불공'을 연암이 사용한 것은 어떤 상황에 해당하는지를 직접 설명함으로써 자신은 그러한 사람이 아니라는 것을 해명한 것이라고 할 수 있다.

이 과정에서 짚고 가야 할 것은 이 후지가 단계별로 제시되었는데 이 단계가 제법 긴 시간대에서 이루어졌다는 점이다. 즉 처음 만남인 20세 무렵에서부터 세 번째 단계까지 약 27년이 넘는 기간에 만남이 이루어진 것이다. 처음 만났을 때가 연암이 20세였던 1756년이었고, 두 번째 만남은 그로부터 17년이 지난 연암이 37세인 1773년이었다. 이때 노인의 나이는 80이 넘었다고 했다. 세 번째 풍문을 접했을 때는 노인이 90세가 넘었다고 했다. 이를 근거로 추론하면 처음 봉원사에서 만났을 때 윤영은 60세 초중반이었고, 풍문을 접했을 때 연암은 47세쯤 되었을 때이다. 이 무렵 즉 1783년 무렵 연암은 『열하일기』를 완성하였다.[197] 후지는 이

195 『연암집 부록(附錄)』, 단국대학교 동양학연구원, pp.20∼21.[於是剌公, 益得機縫. 寓言則詭, 捽闔牢籠. 諧笑非情, 狎玩不恭. 정재철, 「연암 문학에 대한 당시대인의 인식」, 《열상고전연구(洌上古典研究)》제57집(2017.6), 열상고전연구회, p.43. 재인용.]

196 정재철, 「연암 문학에 대한 당시대인의 인식」, pp.43∼44.

197 간호윤, 『연암평전』, 소명출판사, 2019, p.374.

보다 좀 더 뒤에 썼을 것으로 보인다. 연암은 이때 허생의 이야기를 「진덕재야화」에 수록하였고 후지를 덧붙였던 것이다. 그러면서 자신과 윤영과의 거리를 확대하여 확인할 수 없게 만든 것이다. 허생의 이야기를 들려준 윤영을 알 수 없는 인물로 제시함으로써 허생의 출처는 알 수 없게 된 것이다. 즉 연암은 허생의 출처에 대하여 아는 바가 없음을 암묵적으로 강조한 것이다.

이 후지에서 보인 변화의 단계는 「진덕재야화」를 쓰고 난 뒤에 연암의 글쓰기 태도와 관련된 심리적인 변화 과정이 고스란히 담겨 있다고 할 수 있다. 처음에 진실을 드러내려는 태도가 현실적인 문제에 봉착했을 때 독자가 추측할 수 있는 근거를 차단하려고 제보자를 은폐하고 기인화했던 것이다. 더 이상 진실된 글쓰기가 허생의 이야기를 보호하고 자신을 방어하기 어렵다고 판단되자 허구화한 것이다. 자신이 창작했을 것이라는 의혹을 받을 수 있다는 생각에 이르자 이를 차단하기 위해 윤영을 체제에 저항하는 좌도·이단의 무리라고까지 추정하도록 하여 철저하게 은폐한 것으로 보인다.

또 다른 측면에서 고려해 볼 수 있는 것은 좌도·이단의 실제의 인물로 숙종 연간의 북벌론자인 윤영(尹鍈)과의 관련성을 차단하려고 했던 것은 아닐까 추측할 수 있다. 더구나 윤영의 행동에서 연암 자신이 유추되거나 「허생전」이 자신의 작품으로 추정되는 것을 방지하기 위해서라도 차단은 필요했다. 이 부분에 대해서는 뒤에서 논의할 것이다. 그리고 「진덕재야화」의 후지를 덧붙임으로써 허생 이야기가 떠돌아다니는 설화일 뿐이고 자신이 창작한 것이 아님을 분명히 하였으며 또한 발설자를 추적할 수 없게 한 것이다. 이에 대한 것도 뒤에서 자세히 살펴보도록 할 것이다.

　이런 측면에서 임형택은 허생 고사를 제보한 윤영을 강담사로 규정[198] 하여 일정한 거리를 두고 말하기도 했다. 그는 '윤영의 허생 고사는 연암의 천재적 영감을 자극하여 걸작 「옥갑야화」를 낳게 하였다'[199]고 주장하였다. 그러나 강명관은 연암의 주변에 있었던 박제가·이덕무·유득공 등의 저술에 윤영이나 신색에 대한 기록이 전혀 보이지 않고 더욱이 만사를 꼼꼼하게 기록했던 이덕무에게도 기록이 전혀 남아 있지 않다고 하여 윤영과 신색에 대한 연암의 이야기는 허생의 출처를 감추기 위한 허구일 가능성이 대단히 높다[200]고 했다.

　한편 후지 마지막 대목에 의심스러운 부분은, "세상에는 물론 이름을 숨기고 깊이 몸을 간직하여 속세를 유희(遊戱)하는 자가 없지 않은즉 어찌 이 허생에게만 의심할까 보냐."[201]라고 마무리를 지은 것이다. 인용문의 전반부의 내용을 보면 윤영에 대한 설명으로 보기 십상인데, 마지막에서 이제까지 언급이 없던 허생을 윤영에 대한 진술에 해당하는 뒷자리에 언급한 것이다. 즉 "어찌 이 윤영에게만 의심할까 보냐."라고 해야 할 것을 "어찌 이 허생에게만 의심할까 보냐."로 언급했는데 이것은 잘못 기록한 것인지, 아니면 의도적으로 허생을 언급하여 허생 또한 윤영과 같은 인물이라는 것을 암시한 것인지는 알 수 없다.

　그러나 「옥갑야화」로 명칭을 변경하기 전에 쓴 것임을 고려한다면 의도적으로 쓴 것으로, 허생도 속세를 유희하는 윤영과 같은 부류의 인물임을 언급한 것으로 볼 수 있다. 「진덕재야화」의 허생의 이야기에서 허

198　임형택, 「한문단편 형성과정에서의 강담사」, p.112.

199　임형택, 「한문단편 형성과정에서의 강담사」, p.118.

200　강명관, 앞의 책, p.352.

201　「허생후지」II, 「국역 열하일기」II, p.315.

생의 반체제적 행위에 대한 파급이 크게 우려할 것이 없다고 생각했을 당시에는 윤영을 은폐하는 것으로 종결짓는 것이 합당할 것으로 여겼으나, 후에 「옥갑야화」로 명칭을 변경해야 할 지경에 이르렀을 때 문제의 심각성을 깨닫고 「옥갑야화」의 후지를 새롭게 써서 허생에 대한 해명을 다시 시도했던 것으로 보인다.

2) 변형된 허생의 신분

한편 「진덕재야화」를 「옥갑야화」로 이름을 바꾸고 덧붙인 후지인 「허생후지」 I [202]에서는 「진덕재야화」의 후지에서 윤영의 실체를 은폐하였던 것에서 한 발 더 나아가 허생의 실체를 모두 바꾸었다. 이것은 허생의 신분에 대한 설명이 추가로 필요할 만큼 당시의 사태가 심각했음을 말해 주고 있다.

(1) 허생과 유민(遺民)

「옥갑야화」의 「허생후지」 I 에서는 유민(遺民)을 주로 언급하고 있다. 하나는 허생이 유민이라는 것이고, 또 하나는 유민인 승려에 대해 언급하고 있다. 먼저 전체의 내용을 정리하면 처음에 허생이 명나라 유민(遺民)이고 성도 허씨가 아닐 가능성이 있다고 한 것이고, 둘째는 경상감사 조계원이 유민인 승려에 의해 구출되는 일화를 소개하였고, 이어 송

---

202 정재철에 의하면, 「연암집초고보유」에는 이 후지를 옮겨 쓰고 「서허생사후(書許生事後)」라는 제목을 달았다고 한다.(정재철, 『『열하일기』 「옥갑야화」 수록 허생후지 연구』, p.129.)

시열이 유민인 승려에 대해 언급한 것이다. 그런데 이 과정에서 허생이나 유민에 대한 정보의 출처가 분명하지 않은 '혹자(或者)의 말'을 인용했다. 진술하는 과정에서 동원된 수법은 「허생후지」Ⅱ의 세 번째 단계에서 이용했던 풍문과 동일한 혹자의 말을 다시 두 차례에 걸쳐 사용하여 자신의 견해의 논리적 근거로 삼은 것이다.

첫 번째 풍문은 「허생후지」Ⅰ의 허두(虛頭)에서, "혹자가 이르기를, '그이는 황명(皇明)의 유민(遺民)이야'라고 한 것이다. 숭정(崇禎) 갑진년(甲辰年) 뒤로 명의 사람들이 많이들 동으로 나와 살았으니 허생도 혹시 그런 분이라면 그 성은 반드시 허씨가 아니리라고 생각한다."[203]라고 한 '혹자(或者)'의 말을 인용한 것이다. 숭정 갑진년은 명나라의 의종(毅宗) 17년[1644, 청의 세조(世祖) 원년인 순치(順治) 1년]으로 그해에 의종이 사망하자 명나라 사람들이 청나라에서 살기를 포기하고 명나라와 유대 관계가 돈독한 동쪽, 즉 우리나라로 망명했는데 허생은 그때 망명한 많은 사람 중에 하나라고 어떤 사람의 말을 근거로 추측했다. 그러면서 그의 성(姓)이 허씨가 아닐 수 있다고 한 것이다. 국적(國籍)과 성을 바꾸어 허생에 대한 정보를 수정한 것이었다.

그런데 당시 사회에서 국적과 성을 바꾸는 것은 그야말로 존재를 부정하는 것으로 신분상에서 중대한 문제였다. 그럼에도 혹자의 말로 추측하여 신분을 바꾸면서 존재를 부정한 것이다. 이러한 추측을 통해 허생의 신분을 새롭게 바꾼 것은 허생이 조선인이 아니고 명나라 유민이라고 하여 국적을 바꾸는 것에서 끝나지 않고, 허씨가 아닐 수도 있다고 하여 성마저 감춤으로써 철저하게 허생의 존재를 은폐하고 부정하였다고 할

---

203 「허생후지」Ⅰ, 『국역 열하일기』Ⅱ, p.310.

수 있다.

그러나 이러한 추론은 출처를 알 수 없는 누군가의 말을 인용한 것으로 근거가 분명한 것이 아니어서 객관적 자료가 될 수 없으므로 신뢰하기 어려운 것이다. 그럼에도 풍문을 통한 추측으로 윤영에 대한 정보를 왜곡하였던 것처럼 또 풍문으로 허생의 신분을 은폐하는 증거 자료를 삼은 것이다. 즉 풍문을 이용하여 허생을 불투명한 역사의 편린(片鱗) 속의 한 무명인으로 정리하였던 것이다.

사실 풍문은 세속에서 전하는 말로 믿거나 말거나 수준의 정보이었다. 세속에서 전하는 말이나 혹자가 전하는 말이나 모두 그 출처를 믿을 수 없다는 측면에서는 동일하다. 다만 세속은 집단을 지칭하는 것이어서 개인을 지칭하는 혹자보다는 개연성이나 신뢰성의 측면에서 보면 좀 더 보편적이라고 할 수 있다. 이러한 사소한 차이가 있으나 세속에서 전하는 말이나 혹자의 말이나 동일하게 풍문임에는 틀림없다. 그럼에도 구체적인 사실을 확인한 것이 아닌 '세속에서 전하는' 권력자의 말을 덧보탬으로로써 풍문을 신빙(信憑)할 만한 자료의 근거로 제시하였다.

두 번째 풍문을 이용한 것은 당대의 명문세족으로 권력에 있던 두 사람의 행위에서 볼 수 있다. 출처를 알 수 없는 풍문을 믿음직스러운 것으로 격상시키기 위해 그는 두 사람의 권력자의 말을 추가로 인용하였다. 그 첫 번째는 북벌론자로 소현세자를 시종(侍從)했던 판서 조계원(趙啓遠, 1592~1670)인데, 그가 경상감사가 되어 순행하던 중 청송에서 이인(異人) 같은 두 승려(僧侶)를 만났다는 일화를 첨부했던 것이다. 이 일화에서 명나라 유민인 듯한 두 승려로부터 조계원이 모욕을 당하고 곤욕을 치르는 장면을 제시하여 그가 나약하고 무지한 인물임을 보여 주면서 북벌론의 허구성을 비판하였다.

그리고 이 세속의 이야기인 조계원의 일화를 역사적 사실로 입증하기 위해 송시열(宋時烈)을 언급한 것이다. 승려로부터 모욕을 당한 조계원이 후에 그 이인 같은 승려에 대해 송시열에게 물었는데 이에 대해 송시열은 '명나라 말년의 총병관(總兵官)일 것'이라고 추측하였다. 연암은 풍문이지만 조계원의 질의 대한 송시열의 추측을 부연하여 허생의 유민설을 뒷받침하면서 북벌론에 대한 비판을 곁들였던 것이다.

송시열은 존주대의(尊周大義)와 복수설치(復讐雪恥)를 역설해 효종의 북벌 의지와 부합하여 북벌 계획의 핵심 인물로 발탁되었고 마침내 북벌론자의 주축이 되었다. 연암은 북벌론의 핵심 인물이라고 할 수 있는 송시열과 조계원의 입을 통해 당시 국제 정세에 둔한했던 북벌론자들이 망한 명나라의 총병관들에게 조롱당하는 무능력과 무지함을 표현한 것이다.[204] 이와 같은 진술은 풍문을 역사적 사실과 연계함으로써 독자에게 신뢰성을 주려고 노력한 흔적으로 보인다.

그러나 그 이면에는 책임 회피의 일면을 드러내고 있다. 허생의 이야기의 출처를 「진덕재야화」의 후지에서 제보자인 윤영으로 제시하였다가 「옥갑야화」에서는 '혹자(或者)'의 말로 바꾼 뒤에 허생의 신분을 풍문에 의한 추측을 통해 명나라 유민이며 성(姓)조차 알 수 없는 인물로 변경한 것이다. 결과적으로 이런 신분의 변경으로 자신과의 관련을 부인하고, 그 실체적 진실에 대한 판단을 독자에게 전가함으로써 책임을 회피한 것이라고 할 수 있다. 이러한 허생에 대한 정보를 변경하는 과정에서 경상감사였던 조계원과 성리학의 대가이며 대표적인 북벌론자인 송시열의 추측성 발언을 통해 그 풍문을 구체적 사실로 입증하려고 했던 것이다.

이와 같이 두 사람의 권위를 이용함으로써 독자들로부터 신뢰성을 획

---

204 정재철, 『『열하일기』 「옥갑야화」 수록 허생후지 연구』, p.131.

득함과 동시에 사대부 계층으로부터의 공격을 피할 수 있게 한 것이다. 이것은 이야기의 주인공인 허생에 대한 객관적 사실을 더 이상 구체적으로 표명할 수 없게 되자 주인공에 대한 추적을 둔화 또는 불가능하게 하려고 의도적인 장치를 한 것이다. 풍문에 불과한 것을 권력자의 권위를 이용하여 신뢰성을 부여하려고 시도한 것이다. 그러나 신뢰성을 부여하기 위한 권위자의 말 또한 그들 자신의 말이 아니라 풍문으로 접한 추측이어서 허언(虛言)을 실제적인 것으로 포장하여 근거로 삼은 것이나 다름없다.

이렇게 기록한 태도를 두고 서인석은 '기존의 설화들을 객관적인 견지에서 기록만 한다는, 단순한 기록자의 수준에 머무는 듯한 연암의 수법'이라고 하면서, '그는 기존의 설화적 전통에 크게 의존하여 허생에 대한 다양한 이야기를 소개하고 있어 제보자에 의해 「허생전」이 완성된 것'임을 암시하면서 이러한 '이야기의 수집 과정 내지 수집 자료를 거의 그대로 보여 준다는 태도를 보이고 있다'[205]고 했다.

이와 같은 진술로 바뀐 「허생후지」 I 에서는 「진덕재야화」의 후지에서 허생에 대한 정보제공자였던 윤영에 대한 언급은 흔적도 없이 사라졌고, 허생은 유추할 수 없는 인물로 제시되었다.

⑵ 허생의 은폐의 의미

연암은 허생의 실체를 왜 감추려고 했을까? 그것은 앞에서 지적한 대로 작품 안에서 허생의 체제에 대한 비판적 태도 때문이었을 것이다. 이 비판적 태도가 연암의 의사일 수 있을 것이라는 혐의에서 벗어나려는 술

---

205 서인석, 앞의 글. p.749.

책으로 보인다. 허생의 실체적 존재를 자신과 동일시하거나 그의 조작으로 인식할 수 있을 것으로 판단한 연암이 그 단서를 조기에 제거하는 것이 필요하다고 생각했을 것이다.

연암이 『열하일기』의 원고를 가까운 사람들에게 보여 주면서 일부가 유출되어 많은 사람이 읽게 되었고, 연암은 그 반응에서 나타나는 문제가 심상하지 않은 것을 느꼈다. 이에 연암은 「진덕재야화」의 후지에서 제보자인 윤영을 제거한 후에 허생마저도 고쳐야 할 필요성을 인식하고 「옥갑야화」로 편명을 바꾼 뒤 이에 대한 후지를 새롭게 써서 허생에 대한 정보를 수정한 것이다. 권력 집단에 대한 부정적인 태도나 실세 권력을 매도한 허생의 성향이 보수적인 체제 내에서 용인될 수 없는 것이라고 판단한 연암은 그 비난이 자신에게 쏠릴 것을 감지하고 허생의 실체를 자신과 유리시킬 수 있는 방안을 찾았던 것이다.

그러나 허생의 이야기에서 내용을 일부 변경하지 않고는 뾰족한 대안이 없던 연암은 후지를 써서 다시 해결하려 한 것이었다. 그는 후지에서 가장 쉬운 방법인 풍문을 이용해 허생의 존재를 추적이 불가능하도록 조작하여 그의 존재를 부정하고 자신과의 관련을 차단하는 방안을 선택했다. 출처를 알 수 없는 사람들의 말인 풍문을 인용한 것은 주인공을 감추기 위한 하나의 방편으로, 풍문으로 전하던 것을 문자로 기록한 자신의 책임을 모면하기 위한 것일 뿐이다. 신뢰할 수 없는 근거임에도 독자를 호도(糊塗)하기 위해 인용한 것으로 보인다. 그러나 연암 자신도 이것을 신뢰하기 어려운 것으로 판단하고 역사적인 인물인 조계원과 송시열을 내세워 그 권위를 이용해 신뢰성을 부여하였던 것이다.

이렇게 허구화함으로써 윤영에 관한 정보를 은폐했던 「진덕재야화」의 후지와 허생의 실체를 은폐한 「옥갑야화」의 후지로 제보자와 이야기의 주인공 모두를 알 수 없는 혹은 추적할 수 없는 상태를 만들어 은폐(隱

蔽)하거나 부정해 버린 것이다. 이렇게 한 것은 연암의 주변적 환경이나 심경의 변화로 내용을 보존하는 방법이 후지를 수정할 수밖에 없었기 때문이었을 것이다. 간단하지 않은 주변적 상황과 그에 따른 심경의 변화는 후지 개고의 결정적인 이유였던 것으로 보인다. 이에 대한 것은 뒤에서 상세하게 논증하도록 할 것이다. 박기석이 '두 번에 걸친 후지를 쓰면서까지 연암 자신과의 거리를 일정하게 확보하기 위해 노력을 기울인 것은 혹시라도 미칠지 모르는 화(禍)를 미연에 방지하려고 한 장치'[206]라고 한 것도 이 때문이다. 그러나 박기석이 연암이 '일정한 거리를 확보'하려고 했다고 했으나 사실은 일정한 거리가 아니라 자신과 단절한 것이라고 할 수 있다. 그리고 이 과정에서 「진덕재야화」에서 「옥갑야화」로 편목을 바꾸었을 것으로 보인다.

이렇게 후지를 수정한 이유를 정치적인 상황의 변화에서 그 원인을 찾아 분석하기도 하였는데, 김영동은 "40대 중반까지만 하더라도 연암은 강렬한 현실 비판의 정신이 충만해 있었고 객기도 서슴지 않았다. 그러나 쉰 살 이후 음직(蔭職)을 제수받아 체제 내적 인물로 전환되자 심경의 변화를 일으켰던 듯하다. 작자 자신을 위장하기 위해 장치한 윤영 같은 이단의 인물을 회심작에 그대로 두는 것은 패관소품을 질시하는 정조의 문체반정책과 관련시켜 보더라도 유학자로서 다소간 꺼림직했을 것이다."라고 추측하면서, 연암이 허생을 명(明)의 유민으로 설정하고 조선 성리학의 권위인 북벌론자 송시열까지 동원하여 후지를 다시 썼으며, 원작의 명칭이 「진덕재야화」이던 것을 「옥갑야화」로 개작하고 작품의 서

---

206 박기석, 『연암소설의 심층적 이해』, p.313.

두도 바꾸었을 것으로 짐작된다[207]고 했다.

김영동의 이와 같은 추측은 제목과 후지를 바꾼 시기를 특정하기 전에는 단정하기 어려운 일이지만, 『열하일기』의 초고를 마무리한 것이 1783년이고, 벼슬살이를 처음 시작한 것이 50세인 1786년이다. 그리고 이상황(李相璜)과 김조순(金祖淳)의 궁궐 내 독서 사건이 1789년이고, 부교리(副校理) 이동직(李東稷) 상소(上疏)와 채제공에게 비변문체(不變文體)를 시행하라는 정조의 명령이 내려진 것이 1791년이다. 그 여파로 남공철(南公轍)이 지제교(知製敎)에서 파직되고, 연암에게 자송문을 지어 바치게 하라는 명을 받은 것은 1792년이며, 그 남공철의 편지를 받은 것은 연암이 안의현감에 있을 때인 1793년 정월이라는 사실과 관련해서 보면 제목을 바꾸고 후지를 고쳐 썼던 상황을 어느 정도 짐작할 수 있다. 즉 후지의 개작은 작품 외적 상황이 원인이 되어 나타난 결과로 짐작할 수밖에 없다.

결국 연암은 자신과의 관련성을 차단하기 위해 제보자 윤영을 은폐하고 주인공인 허생을 명의 유민이고 성(姓)도 허씨가 아니라고 추정하여 그에 대한 의혹을 최대한 부풀리면서 특정 인물로 추정할 수 없도록 조처(措處)하였다. 이와 같이 연암은 이중의 장치로 주인공인 허생과 제보자인 윤영의 신분을 모호하게 함으로써 추정이 불가능하도록 함과 동시에 간접적으로 자신의 창작이 아님을 철저하게 단정하면서 전달자임을 강조했다. 「옥갑야화」의 후지를 통해 허생의 실체와 제보자를 독자가 추측할 수 있는 여지를 없애 버린 것이다. 이렇게 함으로써 허생의 이야기의 골격을 완벽하게 유지하여 문제적 자아인 허생은 당시의 몰락한 양반

---

207 김영동, 「옥갑야화」, 『증보 박지원 소설연구』, p.180.

의 전형적인 모습을 간직할 수 있었다.

이렇게 본다면 후지를 개고한 그의 노력은 작품의 내용은 그대로 둔 채 허구를 가장하여 리얼리티를 극대화하면서 최소한으로 작품에 대한 변명을 한 것임을 알 수 있다. 즉 「허생전」을 완벽하게 보존하면서 자신을 철저하게 방어한 것이다.

⑶ 북벌론에 대한 비판 강화

그러나 이 과정에서 쉽게 납득할 수 없었던 것은 북벌론에 대한 부정적 견해를 「허생전」보다 더 강하게 피력한 것이다. 허생의 이야기로 위태로움을 감지했다면 주목을 받을 수 있는 내용을 후지에서 강조할 필요는 없었을 것이다. 되도록이면 주목을 덜 받게 하는 것이 상책이었을 것이다. 이것은 다른 관점에서 보면 후지로 관심을 유도하려고 한 것인지, 아니면 북벌론에 대해 부정적인 면을 보완하여 정면으로 비판하려고 한 것인지 단정하기 어렵다. 허생 이야기의 본문을 전제로 하면 후자일 가능성이 크다. 본문에서 허생의 북벌론을 더 강조하여 그 주장의 정당성을 입증하려는 의도로 볼 수도 있다.

우선 「옥갑야화」의 후지인 「허생후지」 I 는 「허생전」의 후반부에서 제시한 북벌론의 허구성에 대한 비판을 보완하는 것으로 볼 수도 있다. 앞에서 지적했듯이 「허생후지」 I 에는 북벌론과 관련된 한 편의 예화를 첨부했는데 주도적 인물은 조계원과 송시열에 대한 것이다. 그 첫 번째는 평소 북벌을 주장했던 인물로 소현세자를 시종(侍從)했던 판서 조계원에 대한 것이다.[208] 이 조계원이 위태로운 처지에서 대처하는 것을 통해 무

---

208 성균관 유생인 "조계원(趙啓遠) 등이 상소하여 친정(親征)할 때에 거가를 호종(扈從)하여

능함을 드러내고 있다. 그가 경상감사가 되어 순행하던 중 청송에서 이인(異人) 같은 두 승려(僧侶)를 만났다는 일화를 첨부했다. 이 예화에서 조계원이 명나라 유민인 듯한 두 승려로부터 모욕을 당하고 곤욕을 치르는 장면을 구체적으로 보여 주었다. 이를 통해 그가 나약하고 무능한 인물이며 그가 주장한 북벌론은 허구적인 것임을 비판하였다.

특히 한 승려가 조계원에게 "너는 헛된 소리를 치며 출세를 하여 감사의 자리를 얻은 자가 아니냐."라고 하면서, "네가 평소에 여러 사람들과 있을 때는 언제나 큰소리를 하면서 몸에는 갑옷을 입고 창을 잡아 선봉(先鋒)을 맡아서 대명(大明)을 위하여 복수와 설치(雪恥)를 하겠다고 떠들더니, 이제 보아 몇 리의 걸음도 못 걸어서 한 발짝에 열 번 헐떡이고, 다섯 발걸음에 세 번을 쉬려고 하니 이러고서 어찌 요(遼)·계(薊)의 벌판을 맘대로 달릴 수 있겠느냐."[209]라고 질책함으로써 관학 유생(館學儒生)이었을 때부터 북벌론을 주장했던 그의 허위성을 간접적으로 폭로하였는데, 이것은 마치 허생이 어영대장 이완을 질책하는 것과 같은 맥락으로 볼 수 있다. 연암은 「허생후지」 I 의 이 두 번째 예화에서 유민인 승려를 등장시켜 조계원의 무능을 지적해 그의 북벌론의 허위성을 폭로한 것이다.

이어진 예화에서도 역시 혹자가 전하는 이야기를 중심으로 제시하였다. 앞에서의 조계원 일화에 등장하는 두 승려가 명의 유민임을 역사적 사실로 입증하기 위해 송시열의 언급이 필요했던 것이다. 승려로부

적을 치도록 할 것을 청하니, 상이 너그러이 답하였다."[『인조실록』4권, 인조 2년(1624년) 1월 28일 계미.] 그리고 1641년 청나라에서 "세자와 대군(大君)을 함께 가자고 강요하여 빈객 최혜길(崔惠吉), 보덕(輔德) 조계원(趙啓遠) 등이 따라갔다."[『인조실록』42권, 인조 19년(1641년) 9월 7일 경진.]

209 「허생후지」 I , 『국역 열하일기』 II , p.311.

터 모욕을 당한 조계원이 후에 그 이인 같은 승려에 대한 것을 송시열에게 물었는데, 이에 대해 송시열은 '아마도 명나라 말년의 총병관(總兵官) 같아 보이네.'라고 추측하고, 두 중은 산해관에서 지휘하던 손승종(孫承宗)의 부하일 거라고 추정하였다. 연암은 풍문이지만 조계원의 질의에 대해 송시열이 허무맹랑한 추측을 부연하여 허생의 유민설을 뒷받침하면서 북벌론에 대해 비판을 했던 것이다.

송시열은 효종 즉위 초(1649년)에 정치적 소신을 장문으로 진술한 「기축봉사(己丑封事)」[210]를 올렸는데, 그 내용 중에 특히 존주대의(尊周大義)와 복수설치(復讐雪恥)를 주장한 것이 효종의 북벌 의지와 부합하여 북벌론의 핵심 인물로 발탁되었고 주축이 되었다. 연암은 북벌론의 핵심 인물이라고 할 수 있는 송시열과 조계원을 통해 당시 북벌론자들이 망한 명나라의 유민들에게서조차 조롱당하는 무능력과 무지함을 표현한 것이다. 이와 같은 진술을 통해 허생이 명나라 유민일 것이라는 풍문을

---

210 「기축봉사(己丑封事)」는 우암(尤庵) 송시열(宋時烈, 1607~1689)이 1649년(효종 즉위년) 효종(孝宗, 재위 1649~1659)에게 국정 운영의 방향에 대해 조언하기 위해 제출한 것으로, 그의 북벌론(北伐論)의 핵심을 알 수 있는 부분이다. 『송자대전(宋子大全)』5권에 수록된 그 내용 일부를 보이면 다음과 같다. "삼가 원하건대 전하께서는 마음에 굳게 정하시기를 '이 오랑캐는 임금과 아버지의 큰 원수이니, 맹세코 차마 한 하늘 밑에 살 수 없다.'라고 하시어 원한을 축적하십시오. 그리고 원통을 참고 견디며 말을 공손하게 하는 가운데 분노를 더욱 새기고, 금화를 바치며 와신상담(臥薪嘗膽)을 더욱 절실히 하여 계책의 비밀은 귀신도 엿보지 못하게 하소서. 또한 의지와 기개의 견고함은 제(齊)나라의 맹분(孟賁)과 위(衛)나라의 하육(夏育)이라도 빼앗지 못하도록 하시고, 5~7년 또는 10~20년까지도 마음을 늦추지 말고 우리 힘의 강약을 보며 저들 형세의 성쇠를 관찰하소서. 그러면 비록 창을 들고 죄를 문책하며 중원을 쓸어 말끔히 우리 신종 황제의 망극한 은혜는 갚지 못하더라도, 혹 관문(關門)을 닫고 약속을 끊으며 이름을 바르게 하고 이치를 밝혀 우리 의리의 원만함은 지킬 수 있을 것입니다. 성패와 이둔(利鈍)은 예견할 수 없더라도 우리가 군신 · 부자의 사이에 이미 유감이 없다면, 굴욕을 당하고 구차하게 보존하는 것보다 훨씬 낫지 않겠습니까?"(「송시열의 북벌론」, 「조선 후기 청과의 관계」, 『사료로 본 한국사』, 국사편찬위원회, 우리역사넷.)

역사적 사실로 둔갑시킴으로써 독자에게 신뢰성을 주려고 노력한 흔적으로 보인다.

그런데 연암은 이 후지에서 왜 허생을 명나라 유민으로 설정했으며, 북벌론자들인 조계원을 무기력한 인물로 제시하는 데 이 유민을 이용했고, 송시열은 이 유민을 부정하지 않고 총병관, 혹은 손승종(孫承宗, 1563~1638)일 것이라고 추정했는지를 살펴보아야 할 것이다. 이것은 아마도 당시의 민심을 반영한 것으로 보인다. 1644년(인조 22) 청이 북경을 점령하고 명 황족 중 일부가 중국 남부로 도주하여 남명(南明) 왕조를 세우자, 명나라의 지식인들 가운데 조선으로 망명해 들어온 사람들도 생겨났다. 이들을 '황조(皇朝)의 유민'이라고 하였는데 이들의 숫자는 수십만에 달했던 요민(遼民)에 비할 바 아니었지만, 명조에서 관직을 역임한 명벌(名閥) 출신들이 다수 포함되었다는 점에서 당시 조선 사회에 큰 영향을 주었다.[211] 이들은 왜란 당시 조선에 베푼 은혜를 상기시키며 조선인들의 후대를 기대하였을 것이었으나 민중들의 태도는 탐탁지 않게 여겼다.

한편 이러한 경향을 대명의리론관 관련해서 볼 수도 있다. 이는 남공철(南公轍)의 글에서 볼 수 있다.

지금 우리나라 온 지역에서 유독 명을 생각하고 명을 존숭하는 것을 대의(大義)로 삼고 있지만 그(명 유민의) 후손에 이르러서까지 좋아하는 경우는 드물며 만한(滿漢)을 구별하려 하지도

---

211 우경섭, 「조선후기 귀화 한인(漢人)과 황조유민(皇朝遺民) 의식」, 《한국학연구》27호, 인하대학교 한국학연구소, 2012, p.340.

않으니 어찌 군자의 불쌍히 여기는 마음이겠는가![212]

　이 글은 남공철이 1807년 연행 당시 자신의 시문을 들고 가 조강(曹江, 1781~?), 이임송(李林松, 1770~1827), 진희조(陳希祖, 1767~1820) 등[213] 청조 인사들에게 보이고 그들로부터 서문을 받아 와 1815년 스스로 편찬한 문집 『금릉집』에 수록한 「자지(自識)」의 일부 내용이다.[214] 이 인용문에서 남공철은 '명을 생각하고 명을 존숭하는 것을 대의(大義)로 삼고 있는' 대명의리론을 인정하면서도 민심이 명의 유민의 후손은 좋아하지 않는다고 한 것이다. 19세기에는 북학이 대세를 이루며 대명의리론이 더 이상 현실적인 힘을 발휘하지 못하는 단계에까지 이르렀던 것이다.

　홍대용이 대명의리론을 근본적으로 회의(懷疑)하면서 대명의리론은 큰 전기(轉機)를 맞게 된다. 그것은 대명의리론을 적극적으로 폐기하자는 주장으로 표출되기보다는 남공철과 같이 만한(滿漢) 차별론으로써 대명의리를 소극적으로 환기하거나 아예 언급하지 않는 형태로 나타나게 되었다.[215] 남공철이 연암의 문하와 잘 어울렸던 것으로 보아 그 또한 북학파의 면모를 보이고 있어 대명의리론에 대해 비판적이어서 이러한 견해를 보인 것으로도 볼 수 있다.

212　남공철, 「자지(自識)」, 「금릉집서(金陵集序)」, 『금릉집(金陵集)』. 今靑邱一域, 獨以思明尊明 爲大義, 而至其遺黎子孫, 則鮮相愛好, 不欲區別滿漢, 豈仁人君子惻怛之心乎!

213　세 사람 모두 당시 중국에서 문장으로 이름이 난 자들이고 옹방강(翁方綱, 1733~1818)과 관련이 깊은 인물들로 추청된다.[안순태, 「남공철의 연행 체험과 대청의식(對淸意識)」, 《국문학연구》36호, 국문학회, 2017, p.209.]

214　안순태, 앞의 글, p.207

215　안순태. 앞의 글, p.211.

안순태는 남공철의 대명의리론이 부친 남유용에게서뿐만 아니라 이덕무로부터도 영향을 받아 형성되었거나 강고해졌을 가능성이 높다고 하면서, 남공철이 16세 되던 1775년경부터 시작하여 이덕무가 죽게 되는 1793년까지 지속적으로 이덕무와 교유하였던 사실을 언급했다.[216] 남공철은 젊은 시절 연암 문하와 활발히 교유하였는데 그 가운데 이덕무와 특히 친밀하였다. 남공철의 이러한 글에서 설령 당시의 사대부 계층에서의 인식은 아닐지라도 대명의리론에 대한 북학파의 민심이었을 수 있다. 그런 의미에서 연암은 명나라 유민을 언급했던 것으로 볼 수 있다. 따라서 그들의 일부로 '명나라 유민인 듯한 두 승려'와 명벌(名閥) 중에 한 사람으로 무장(武裝)인 손승종이라고 송시열이 추측한 내용을 후지에 담은 이유는 북벌론에 대한 부실한 인식과 유민에 대한 민심을 함께 드러내는 데 있었다.

이것을 김혈조는 이 '조선 관료들의 박약한 북벌 의지를 정체불명의 중들에게 꾸지람을 듣는 내용을 의도적으로 첨가했다'[217]고 했다. 그리고 이 일화에는 북벌론을 가장 선두에서 주장한 송시열과 명나라 말기에 청나라와의 전장에서 선봉에 섰던 손승종을 등장시켜 북벌론의 허구성을 더욱 강화하는 장면을 연출하였던 것이다. 정재철은 이를 두고 "결국 연암은 「허생후지」I 에서 효종 대에 북벌 계획의 핵심 인물이었던 조계원과 송시열의 입을 통해 당시 북벌론자들이 실행할 능력이나 의지나 방안도 없이 북벌의 명분만 앞세워 공론이나 일삼고 있다는 주제를 선명하게

216　안순태. 앞의 글, p.219.

217　김혈조, 「조선후기 서책의 검열과 소통」, pp.27~28.

드러낸 것"이라고 했다.[218]

그러나 이러한 후지에서의 서술은 북벌론의 허구성에 대한 비판을 강화하려는 의도에서 비롯된 것이기도 하겠지만, 그들의 북벌론의 허구성만을 비판한 것이 아니다. 오히려 연암은 북벌을 주장하는 관리들의 청나라에 대한 인식이나 북벌에 대한 현실적 인식과 대응 방식이 잘못되어 북벌을 위한 구체성이 결여된 허무맹랑한 것임을 폭로한 것이라고 할 수 있다. 「허생전」에서 제시한 북벌론은 대의(大義)를 온 천하에 외치고자 한다면, 첫째로 천하의 호걸을 얻어야 하고, 둘째로는 간첩을 써야 한다[219]고 했던 허생의 제안을 조선의 관료들이 이해하지 못하는 처지를 후지에서 보완하여 제시한 것이라고 할 수 있다. 따라서 후지에서 북벌론을 제기한 것은 허생을 통해 제시한 북벌론의 당위성을 강조하여 그 주장을 입증하려는 의도로 보인다.

다만 「허생후지」I · Ⅱ에서 연암이 풍문이나 세속에서 전하는 말을 빈번하게 이용했던 것은 당시에도 구전 설화로 유통되던 허생 설화와 동일시하려는 의도를 드러낸 것이 아닌가 추측할 수도 있다. 자신이 구술한 허생의 이야기가 창작이 아니라 구전된 허생 설화 중에 하나임을 주장하기 위한 것일 수 있다. 풍문으로 전하던 허생 설화를 윤영이 자신에게 들려준 것이고 자신도 다른 사람에게 들은 이야기를 비장들에게 전달해 줬다고 함으로써 또 다른 전달자로 자처한 것이다. 후지에서 반복적으로 풍문이나 세속의 이야기를 제시한 것은 바로 전달자라는 데 핵심이 있었던 것으로 보인다.

---

218 정재철, 「『열하일기』 「옥갑야화」 수록 허생후지 연구」, pp.130~131.

219 「옥갑야화」, 『국역 열하일기』Ⅱ, p.309.

한편 「허생후지」 Ⅰ · Ⅱ에서 이와 같이 윤영의 은폐하거나 「허생전」을
자신이 창작하지 않았다고 부정하는 것은 17세기 중반의 북벌론자인 윤
영(尹鍈)의 관련성을 차단하는 것이거나 혹은 민간에 전승되던 설화의
실제 인물인 17세기 후반의 허생 허호(許鎬)와 관련된 또 다른 설화의 한
편으로 치부하려고 했던 것이 아닐까 의심할 수도 있다. 이에 대한 것도
뒤에서 자세히 밝혀 볼 것이다.

5. 허구화를 위한 의장(意匠)의 흔적들—소결

　이상 앞에서 작품의 본문 내용과 후지를 분석한 것을 토대로 정리하
면, 우선 허생의 이야기는 야화가 아니라 전(傳)의 형식이다. 다만 「허생
전」을 제목이 없이 야화들과 함께 수록한 것은 미연에 화(禍)를 방지하고
자 처음부터 의도했던 것으로 보인다. 이 화(禍)를 방지한다고 하는 것
은 첫째는 「허생전」을 무리 없이 온전하게 보존하는 것이고, 둘째는 자
신의 창작이라고 주장하는 세력에 대하여 자신의 창작이 아니라고 적극
적으로 방어하는 것이었다. 이런 의도가 분명하게 나타난 것이 「허생전」
의 명칭을 없애고 야화집으로 꾸민 것이다. 허생의 이야기가 서두의 야
화와 같은 부류의 이야기라고 하는 변명의 여지를 만들 수 있었다. 설령
「허생전」의 의미가 격하될 수 있을 지라도 온전하게 보존하기 위한 방책
이면서, 한편으로는 자신의 창작이 아니라고 에둘러 부정하여 적극적으
로 방어한 것이다. 후지를 덧붙였던 것은 자신과 「허생전」의 관계에 선
을 그어 적극적인 방어를 시도했던 것으로 풀이할 수 있다. 따라서 「옥
갑야화」는 이 화를 방지하기 위해 다양한 방법으로 설정한 결과의 산물

이라고 할 수 있다. 이와 같은 전제 아래에서 「옥갑야화」를 살펴보면 『열하일기』의 다른 편목과는 이질적이면서 다양한 설정으로 허구화한 흔적을 많이 발견할 수 있다.

첫째, 이야기의 화자로 비장이나 역관을 선택한 이유는 그들이 수차에 걸쳐 연행을 한 경험을 가지고 있을 개연성이 큰 집단이기 때문이다. 연행을 한 경험을 가지고 있다는 것은 이야기에 특별한 내용을 지니고 있는 것을 의미하기도 한다. 특히 이들은 양반 계층의 사절단이 동선(動線)에 제약이 있었던 것과는 달리 여행지에서 온갖 곳을 다니면서 잡다한 일들을 보고 경험하였기 때문에 이야기의 내용이 풍부하였다. 따라서 그들이 연행에서 겪은 이야기가 국내에서 쉽게 들을 수 없는 연경이라는 이국(異國)에서의 경험담이라는 것이 흥미를 자극할 수 있었을 것이다. 또한 이야기의 내용이 역관들의 부정적인 행위까지 언급해도 집단적으로 크게 반발할 수 없는 중인 계층이라는 것도 이들을 화제의 중심으로 삼았던 이유 중에 하나였을 것으로 볼 수 있다.

둘째, 야화라는 형식을 취한 것은 어떠한 이야기 형식에 구애되지 않고 자유롭게 펼쳐 놓을 수 있기 때문이다. 이것은 이야기가 비논리적이고 다소 허황되어도 크게 논란의 대상이 될 것이 아니기 때문이다. 더구나 연행의 경험에서 얻어진 이국적인 느낌의 이야기는 흥미적 요소로 작동될 수 있어 화제가 될 만하였다. 그런 의미에서 서두의 일화는 중국에서의 경험을 기록한 것으로 인식될 수 있을 것이며 「허생전」도 연행 중에 있었던 잡담에 불과한 일화라는 느낌을 줄 수 있고, 한편으로는 자신의 창작이라는 사실을 쉽게 은폐할 수 있을 것으로 판단했을 것이다.

셋째, 편목의 명칭을 「진덕재야화」에서 「옥갑야화」로 바꾸었다는 것은 이야기의 제목과 작품의 공간적 배경을 이루는 특정 지명(地名)과의 상관성이 없다는 뜻이다. 즉 「진덕재야화」라고 했을 때, 조선의 사행단이 열하의 태학에 머물렀던 여러 숙소 중에 하나인 진덕재는 비장이나 역관이 실제로 머물렀던 곳이 아님에도 구체적 명칭을 사용함으로써 현재성을 띠게 되었다. 이런 결과로 이야기의 시간과 장소를 배경으로 하는 경험적 사실에 근거한 것이 되어 실제성이 확고해진다. 더욱이 「태학유관록」의 기록[220]과 연계하여 보면 「진덕재야화」에서 대화를 나눈 사람의 수효와 유사한 상황이어서 사실성과 진실성을 기본으로 했던 그의 글쓰기의 태도에 손색이 없는 표현이다. 그러나 이것을 「옥갑야화」로 바꾸어 다른 지명 '옥갑'을 제시한 것은 경험적 사실에 근거한 구체적 공간이 아니라 특별한 의미가 없는 허구적 설정에 의한 공간임을 스스로 입증하는 것이 된다.

그리고 허구적 공간을 실제인 것처럼 설정하기 위해 연암은 이야기의 구성을 치밀하게 가공화했다. 「진덕재야화」는 열하의 태학관에 머물렀을 때 매일 밤에 만난 사람들을 기록했으나 8월 12일 밤에는 있었던 일을 기록하지 않았고, 「옥갑야화」는 석갑과의 혼란을 부추기기 위해 옥갑이라고 지칭하면서, 연경으로 돌아가는 도중의 숙박 장소를 모두 기록했으나 석갑을 지날 무렵인 8월 17일은 숙박한 곳을 밝히지 않았다. 이렇게 함으로써 겉으로는 구체적인 사실인 것처럼 하면서 실질적으로 날짜와 장소를 누락하여 사실을 확인할 수 없게 만들었다. 이것은 결과적으로 동일한 사건의 이야기가 시간과 공간의 배경이 서로 다르다고 하는 것임을 스스로 드러내어 「옥갑야화」가 허구임을 인정할 수 있는 여지를 만들었던 것이다. 따라서 편목의 변경은 특정 지역과의 관련성을 부정하는 것과 동시에 작위적인 장치를 덧보태어 실제인 듯하면서도 허구적

---

220 「태학유관록」, 「국역 열하일기」I, p.347.

인 것임을 입증해 주는 것이라고 하겠다.

　넷째, 서두의 상황 설정도 허구라는 사실을 방증하고 있다. 서두의 상황 설정을 두 가지 관점에서 보면, 하나는 서두를 "여러 비장·역관과 진덕재에서 밤에 이야기를 나누었는데 이야기는 이렇다."(「진덕재야화」)라든가, "비장들과 더불어 머리를 맞대고 밤들어 이야기를 했다"(「옥갑야화」)고 했는데 이것은 허구적 상황의 진술이다. 「진덕재야화」에서 '여러 비장·역관'이 「옥갑야화」에서는 '비장'이라고만 하여 역관을 빼고 비장만 언급했던 것도 실제적 상황이 아니라 허구적 상황의 제시였기 때문에 문제가 될 것이 아니다.[221] 오히려 역관이 자신들의 부정적인 면을 스스로 드러냈다고 하는 것보다 비장들이 타자의 관점에서 진술했다는 것이 독자나 당사자들에게 덜 충격적이었을 것이다.

　또 하나는, 이야기 서술자인 연암이 그들과 더불어 머물면서 밤늦도록 침상에 누워 한담을 한 것처럼 되어 있으나, 시간상으로나 신분상으로도 그렇게 할 수 있는 상황이 아니었다. 따라서 비장·역관과 잇대어진 침상에서 더불어 밤늦도록 한담을 나눴을 것이라는 상황의 진술은 허구다. 여행 중에서도 신분의 차이가 엄격해서 자신의 의지와 관계없이 신분이나 주변의 상황으로 비장이나 역관들과 밤늦도록 침상에 누워 한담을 한 것으로 볼 수 없다. 더구나 열하에서는 연암이 밤늦게 비장·역관들과 한가하게 방담을 나눌 시간적 여유가 없었다. 그럼에도 이와 같이 서술한 것은 방담의 구체성을 마련하기 위해 배경을 설정하면서 여행이라는 특수한 환경에서 이루어질 수 있는 상황임을 독자들이 인지하도록

221　김영동은 역관들의 이야기이기 때문에 일부러 역관은 빼고 비장만 언급한 것으로 판단했다.(김영동, 『증보 박지원 소설연구』, p.178.)

의도적으로 구상한 것으로 보인다.

다섯째, 「옥갑야화」가 의도적 설정이라는 흔적은 이야기의 핵심이 허생의 이야기라는 것에서도 발견된다. 이것은 앞의 6편의 이야기와 허생의 이야기의 구성 방식이 다른 데서 확인할 수 있다. 전체의 이야기 7편 중에서 6편은 일화(逸話)의 수준에 불과하지만, 허생의 이야기는 전으로서 소설적 구성을 완벽하게 갖추고 있다. 이러한 확연한 차이는 서두 이야기의 서술구조와 허생 이야기의 서술구조가 다른 것에서도 드러난다. 특히 앞의 6편의 이야기들이 주제적인 면에서 앞뒤로 연결되는 요소를 갖고 있기는 하지만 부분적으로 다소 이질적이면서 줄거리를 제대로 갖추지 못한 것도 있다. 이러한 것에 비해서 허생의 이야기는 탄탄한 이야기 구조를 제대로 갖추어 문학적 성과가 어느 정도 이루어진 것[222]이라고 할 수 있다. 따라서 앞의 일화들에 비해 허생의 이야기는 일화가 아니라 완벽한 서사구조를 구비하고 풍부한 이야기로 구성한 한 편의 소설이라고 해야 할 것이다.

결국 6편의 '야화'가 부수적이고 지엽적이라면 허생의 이야기는 본편인 셈이다. 전체 이야기의 구성과 관련해서 보면 앞의 일화들은 도입의 구실을 하고 있고 허생의 이야기 부분에서 이를 총체적으로 아우르면서 주제를 완성하는 양상이라고 볼 수 있다. 또한 「후지」나 「차수평어」가 허생의 이야기에만 집중되어 있는 것도 허생의 이야기가 핵심이라는 증거이다. 따라서 이와 같은 구성 형식은 「옥갑야화」가 「허생전」을 숨기기 위한 도구라는 것을 실증적으로 보여 주는 증거라고 할 수 있다. 연암은 핵심이 되는 허생의 이야기를 온전하게 간수하기 위해 잘 포장하여 전체가

222　서인석, 앞의 글, p.745.

하나인 듯이 구성하여 서두의 일화들을 꿰맞추어 배치한 것이다.

여섯째, 이야기의 전개 방식이 액자형 구성으로 된 것은 허생의 이야기를 완전하게 보존하기 위한 방식으로 여행 중에 들었던 이야기들에 허생의 이야기를 쉽게 삽입하기 위한 방편이었다. 특히 액자식 구성은 대화에 의해 전개된 일화를 쉽게 첨가하거나 제거할 수 있는 방법이다. 이런 결과로 연암은 이야기의 전개를 위해 특별한 구성의 단계에서 필요한 지문의 제시나 구성의 인과관계를 치밀하게 조직해야 하는 원리를 작동해야 할 필요가 없었으며, 나열된 일화들은 단속적(斷續的)으로 전개하기에 아주 용이한 방법이었다. 그러나 본문의 7편의 글을 액자소설로 규정하여 허생의 이야기도 그중에 하나로 보느냐 아니면 서두의 예화를 「허생전」의 도입부로 보는가 하는 서술 형태에 대한 문제는 여전히 논란의 대상이 될 수 있다.

일곱째, 편목의 명칭에 따라 『열하일기』에서 배치가 달라졌다는 것도 의도적인 장치에 하나였다. 편목의 명칭을 「진덕재야화」로 했을 때에는 열하에서 연경으로 떠나기 전인 「환연도중록」 앞에 두어서 열하의 진덕재에서 방담을 했던 것임을 암시적으로 드러냈고, 「옥갑야화」로 명칭을 바꾸었을 때는 열하에서 연경으로 가는 중간에서 일을 가장하여 「구외이문」 다음에 배치한 것이다. 이것은 진덕재나 옥갑이라고 추정할 수 있는 곳에 의도적으로 편목의 위치를 배치하였던 것이다. 이와 같이 편목의 명칭에 따라 『열하일기』에서 「옥갑야화」의 편목의 위치가 달라졌다. 이것은 의도적인 장치를 통해 방담이 이루어진 장소를 유추하도록 설정한 것이다.

여덟째, 후지의 상이함도 의도적 장치의 일부이다. 후지는 작품의 출처와 내용을 보충 설명해 주고 있다. 주로 후지는 허생의 이야기 제공자인 윤영과 작품의 주인공인 허생에 대한 정보의 출처를 제시하고 있다.

「진덕재야화」의 후지는 제보자인 윤영과의 관계를 통해 출처를 명확하게 제시하여 자신의 창작이 아님을 분명히 하였다가, 후반으로 가면서 윤영을 기인화하여 알 수 없는 인물로 만들어 허생 이야기의 출처를 모호하게 하였다. 「옥갑야화」의 후지는 허생을 명나라 유민이며 성(姓)도 허씨가 아니라고 추정하여, 조선인이 아니고 성을 알 수 없는 인물로 설정해 허생을 실존적 인물이 아닌 허구적 인물로 유추하도록 했다. 이것은 허생을 어떤 인물로도 유추할 수 없게 차단시키도록 했던 것이다. 따라서 후지를 통해 이야기의 제보자인 윤영이나 이야기 속의 주인공인 허생도 모두 비현실적 인물로 추적이 불가능하게 되었다. 이것 또한 「옥갑야화」라는 틀 속에서 허생의 이야기를 보존하는 것이 미진하다고 인식하였거나 연암 자신에게 집중되는 외부적 상황에서 자기검열의 결과로 대처해야 할 필요성을 인식하였을 때 연암이 취한 의도적 장치이다.

아홉째, 연암은 「진덕재야화」 후지에서 자신의 구체적 경험에 허구적 요소를 결합하여 독자에게 신뢰성을 부여하고 있다. 봉원사에서 윤영으로부터 허생의 이야기를 들었다는 것이나 윤영과의 두 번째 만남을 피력했던 '서쪽으로 구경'을 간 평양 여행 중에 성천에서 윤영을 만났다는 기록은 실제로 갔던 여행에다 덧붙인 허구적 진술일 가능성이 있다. 서북 지역으로 여행을 갔던 것은 사실인데 거기에 윤영을 만났다는 이야기를 첨부한 것으로 볼 수 있다. 그리고 연암이 20세 무렵 북한산이나 봉원사에서 머무르며 책을 읽었던 적은 있다. 그러나 거기서 윤영을 만났다는 것이나 허생의 이야기를 들었다는 것은 어디까지가 사실이고 허구인지 알 수 없다. 사실로 보는 견해가 대부분이며 거기서 들은 이야기를 토대로 한 것으로 본다.

열 번째, 후지에서 윤영을 은폐하거나 허생의 신분을 유민으로 변경하는 데 연암이 풍문이나 세속에서 전하는 말을 이용했던 것은 당시에 풍문으로 전하였던 허생 설화에 기대려고 했던 것으로 볼 수 있다. 허생의 이야기를 자신이 창작한 것이 아니라 허생 설화 중에 하나임을 주장하기 위한 수단이었던 것이다. 풍문으로 전하던 허생 설화를 윤영이 자신에게 들려준 것이고 자신도 비장들에게 그 이야기를 전달해 줬다고 함으로써 전달자로 자처한 것이다. 후지에서 반복적으로 풍문이나 세속의 이야기를 제시한 것은 바로 전달자라는 데 방점이 있었던 것이다. 이는 연암에게 중대한 문제였다.

이와 같이 여러 곳에서 보이는 작위적인 설정들은 「옥갑야화」가 그럴듯하게 꾸며 놓은 소설임을 입증해 주는 중요한 단서가 된다. 소설은 '그럴듯함(plausibility)'을 통해 이야기가 신뢰감과 설득력을 가지고 독자에게 전달될 수 있을 때 최고의 이상에 도달할 수 있다. 따라서 이야기들이 실감 나게 제시되어야 하는 것은 서사의 기본 원칙이고, 이야기를 신뢰할 수 있게 진술하는 것은 작가의 책무인 동시에 작가의 재능에 속하는 것이라고 할 수 있다. 그래서 독자를 감동시킨 많은 소설은 그럴듯하게 썼다. 소설을 허구의 문학이라고 하는 이유가 여기에 있다.

아마도 연암은 이러한 사실을 인지하고 있었던 듯하다. 연암이 진실만을 기록하였다는 진술은 「옥갑야화」 후지에서 작위적인 설정들을 통해서라도 실제인 듯이 이야기를 꾸미는 결과로 나타난 것이다. 다만 처음에 전으로 썼을 때는 리얼리티를 바탕으로 한 것이라면 『열하일기』에 수록하기 위해 편목화했을 때는 「허생전」이라는 명칭을 감추고 일화에 불과한 정도로 인식하도록 변모시킨 것이다. 「진덕재야화」라는 명칭을 사용할 당시까지만 해도, 연암은 후지를 통해 비교적 그럴듯한 구성 태도를 유지하고 있었다. 그러나 이후 제목을 「옥갑야화」로 바꾸면서, 후지를 활용해 내용을 다른 형태로 변개하여 그럴듯함을 새롭게 연출한 모습을 확인할 수 있다.

　이와 같이 다양한 방법으로 치열하게 '허생입전(許生立傳)'을 완성하여 연암 소설의 정점에 놓이게 된「허생전」은 리얼리즘 문학의 정수라고 할 수 있다. 임병양란으로 인한 사회변동으로 몰락한 양반으로서의 전형적 인물인 허생을 통해 연암은 18세기 중반 조선의 사회적인 문제점을 묘파(描破)한 것이다. 이것은 당대 사회의 평범한 개인의 삶을 세밀히 관찰하여 그 사회의 모순성을 찾아내는 리얼리즘 문학의 기본적인 태도와 잘 부합하는 데서 확인할 수 있다. 그가 일화들과 허생의 이야기를 함께 수록하면서 리얼리티를 구현한 것은 탁월한 수법의 결과이었다.

　다만「진덕재야화」를「옥갑야화」로 바꾸면서 서두와 후지를 교체하여 허구적으로 설정한 개작은 무엇보다도 자기검열의 차원에서 이루어진 예방적 조치의 결과로 보아야 할 것이다. 따라서 허구적 설정은「허생전」으로 인한 필화사건이 일어나 권력이나 타인에 의해 산삭(刪削)되거나 멸실(滅失)되는 사태를 피하기 위한 가장 적극적인 방어의 수단이었을 것으로 판단된다.

　『열하일기』의 원고가 전체적으로 완성되기도 전에 일부의 원고가 유포되어 많은 지식인들이 읽는 것이 유행처럼 되었다. 그리하여 수많은 필사본이 전사(轉寫)되었다.[223]『열하일기』가 이와 같이 유포되어 광범위한 독서층을 형성하게 되자 보수적인 문인이나 유학자들의 비판과 비난이 거세지게 되었다. 이러한 상황이 전개되자 연암은 당시에 눈에 보이지 않은 사회적 검열이 작동되고 있음을 직감했으며, 직간접적인 압력으로부터 허생의 이야기를 보호하기 위한 대책을 마련해야 했다. 야화로 구성한 이야기 속에 허생의 이야기를 숨긴 것으로 보아 처음부터 이러한

223　김혈조,「조선후기 서책의 검열과 소통」, p.10.

상황을 염두에 두지 않았던 것은 아니나 의외의 격렬함에 더 강력한 구체적 대안이 필요했던 것이다. 이뿐 아니라『열하일기』의 경우도 전면적으로 검토하였을 것으로 보인다.

　의외의 격렬함이란 앞에서 지적했듯이『열하일기』의 초고를 마무리하고 계속 퇴고를 거듭하던 중에 일어난 일련의 사태를 의미한다. 연암은 1786년 50세에 유언호(俞彦鎬)의 천거로 종9품인 선공감역으로 난생처음 벼슬살이를 시작하였다. 그리고 뒤이어 1789년에 이상황(李相璜)과 김조순(金祖淳)의 궁궐 내 독서 사건이 비롯된 이후, 채제공(蔡濟恭)에게 비변문체(丕變文體)를 시행하라는 정조의 명령과 부교리(副校理) 이동직(李東稷)의 상소(上疏)로 문체반정에 대한 논의가 이루어지자 연암은 논란 한복판에 서게 되기도 했다. 마침내 연암은 남공철(南公轍)을 통해 정조에게서 자송문을 지어 바치라는 전갈을 받았고 이덕무·박제가 등도 이런 어명(御命)을 받았다.

　좋은 작품으로 만들려는 작가의 열정에 의해 개작이 이루어지기도 했으나 그 못지않게 타의에 의해 개작이 이루어지기도 했었다. 따라서「옥갑야화」이외에도『열하일기』의 완성에는 검열에 의한 개작과 교열에 의한 수정이 병존했던 것으로 보인다. 연암은 자기검열에 의거해 부득이하게 개작을 함과 동시에 정본(定本)을 만들려고 하는 자발적인 수정을 지속하였던 것이다. 따라서 자의나 타의에 의한 개작과 교정을 함께 진행하였을 것으로 생각된다.[224] 그러나 사회적 압력에 의해 개작을 하였을지라도 이러한 개작은 작가인 연암 자신에 의한 자기검열로 개선과 개악이 함께 이루어졌다고 할 수 있다. 이런 이유로 김혈조는 우리 문

224　김혈조,「조선후기 서책의 검열과 소통」, p.30.

학사에서 『열하일기』만큼 파란의 중심에 서서 외풍을 맞은 책도 없다[225]
고 말했다.

김혈조는 이와 같은 권력의 핵심부에서 빚어진 연암의 글에 대한 논의
뿐 아니라, 보이지 않는 사회적 검열이 당시 시회를 주도했던 사대부들
에 의해 이루어졌음을 주장했다. 그리고 그는 다방면에 걸쳐 이루어진
개작을 대략 일곱 가지 유형으로 분류하여 제시한 바 있[226]는데 그중 몇
가지 유형을 보이면 다음과 같이 정리했다.

첫째, 명(明)과 청(淸)의 국호, 연호, 황제의 시호를 어떻게 표기하는
가 하는 문제는 대단히 중요한 것으로, 관념과 현실 중 어느 것을 더 중
요하게 생각하는가를 평가하는 기준이 될 것이라고 했다. 숭명반청(崇
明反淸) 의식이 하나의 국시로 통용되어, 민족의 건전한 이성을 마비시
키고 있었던 정황을 감안하면, 이에 대한 표현 문제는 일종의 사상 검증
의 차원에서 중요한 척도가 된다는 것으로 대단히 예민한 문제라고 했
다. 사실 그의 글을 두고 오랑캐의 연호를 썼다고 노호지고(虜號之稿)라
고 폄하했으며 이에 대해 연암이 심하게 분노한 사실은 앞에서 언급한
바 있다.

둘째, 천주교(서학) 및 서양 문물과 관련한 용어의 사용이나 관심에
대한 문제였다. 신유사옥(辛酉邪獄) 이후에 불필요한 오해를 사거나 혐
의를 받을 만한 흔적을 지워야 할 필요가 있었던 것으로 보인다. 천주교
교리를 삭제함은 물론, 천주교와 관련된 일체의 용어, 나아가서 서양의
기물을 고치거나 삭제하였는데 이 또한 연암에 의해 이루어졌다.

---

225   김혈조, 「조선후기 서책의 검열과 소통」, p.10.

226   김혈조, 「조선후기 서책의 검열과 소통」, pp.14~30.

셋째, 여성의 미모, 성적인 연상을 불러일으키는 내용, 혹은 성행위 등에 관한 묘사의 문제이다. 연암은 크게 구애되지 않고 기탄없이 솔직하게 직서(直敍)하였으나 이러한 묘사는 대체로 도덕적 체모라는 거름망을 피하지 못하고 다른 내용 혹은 표현으로 교체되었다.

넷째, 우리 일상어를 살려서 이를 한자화하여 표현한 것에 대한 문제이다. 연암은 평소 우리의 지명·생활어·속담·고사 등을 한자화하여 한문 문장에 과감하게 섞어서 사용하였으나 이것이 저속하다는 비판을 받았다. 그 외에 양반의 체통, 특히 연암의 체모와 관련한 부분의 개작 문제였다. 초고본의 서술과 묘사에는 연암이 양반의 체통과 법도에 크게 구애받지 않고 소탈하고 자유로운 인간적 면모를 보이는 내용과 표현이 그대로 들어 있었다. 그러나 전사본에는 이를 뜯어고침으로써 연암을 아주 근엄하고 고답적인 인간 유형으로 만들어 놓았다고 다양한 관점에서 지적했다.

이와 같은 자기검열 중에서 유독 심했던 것은 「허생전」이다. 편목의 명칭을 바꾸고 후지를 두 번씩이나 써서 정보제공자 윤영과 주인공 허생을 유추할 수 없게 조작했다. 그러나 이 과정에서도 실제적인 것이었음을 입증하기 위해 개인의 여행 일정이라든가 떠도는 소문을 적절하게 이용하여 그럴듯하게 만들어 독자가 신뢰할 수 있도록 하는 것을 잊지 않았다. 「허생전」에 대해 연암이 이와 같은 태도를 취한 것은 당시 권력층의 의식을 지배하던 북벌론과 같은 시사적인 것과 깊이 관련되었기 때문이다.

「허생전」에 대한 이와 같은 조심스러운 자기검열은 작가 자신에게만 있었던 것이 아니다. 그의 손자인 박규수(朴珪壽)가 평양감사가 되었을 때 그 아우 박선수(朴瑄壽)가 조부인 연암의 문집을 간행하자고 건의했는데, 박규수는 평소에 유림의 기롱(譏弄)과 비방(誹謗)을 받았다는 이유로 「호질」과 「허생전」을 문제 삼아 『연암집』의 간행을 거절했다고 한다. 검열은 이처럼 가족에 의해서도 이루어지고 있음을 알 수 있다.

이러한 자기검열로 텍스트를 임의로 고치는 행위에 대해 김혈조는 전반적으로 『열하일기』가 좋은 쪽으로의 교정이 된 것이 아니고, 오히려 반대쪽으로의 훼손이라고 하면서, 뒤틀림을 바로잡는다는 명분으로 더욱 뒤틀리게 만들었으며 이러한 『열하일기』의 훼손은 텍스트를 아주 버려 놓았을 뿐 아니라, 작가의 창조적 정신조차 무색하게 만들 정도로 텍스트를 난자(亂刺)하였다고 지적했다.[227]

그런 면에서 「허생전」의 본문을 고치지 않고 의도했던 대로 보존하기 위해 후지를 써서 주변적인 혹은 지엽적인 부분을 허구적으로 설정하거나 손질하여 원문을 그대로 살려 냈다. 원문을 살려 내기 위한 집념은 25년이 넘는 기간 그의 내면에 응축되었던 정신적 소산을 오롯이 드러내는 것이기 때문이었다. 이를 위해 진실된 글쓰기라는 자신의 소신마저도 저버리기까지 했다. 이것은 그만큼 「허생전」에 대한 연암의 애정과 집착이 강했던 탓이라고 할 수 있다.

227　김혈조, 「조선후기 서책의 검열과 소통」, p.10.

4
장

「옥갑야화」의 의도적 설정의 필요성

1. 의도적 설정의 동기

연암이 연행록의 일부인 것처럼 만든 「진덕재야화」를 「옥갑야화」로 편목의 명칭을 바꾸면서 작품의 서두를 고치고 후지를 다시 쓴 이유를 앞장에서 자기검열의 결과라고 했다. 자기검열의 결과로 「진덕재야화」에서 허생의 이야기를 실재화(實在化)했던 것을 「옥갑야화」라고 이름 바꾸어 허구화하려고 시도했던 것이다. 「진덕재야화」라는 편목으로 썼을 때는 허생의 실재성을 강조하여 수록하는 데 몰두했었다면, 편목의 명칭을 바꾸었을 때는 「허생전」을 온전하게 보존하기 위한 집념으로 허구성을 강조한 것이다. 그리고 문학적 장치로 처음부터 구성한 「허생전」에서 미흡하다고 여긴 부분을 후지를 통해 보완한 것이다. 이러한 것들은 모두 설정된 장치들에 의해 완성되었다. 이와 같이 처음에 문학적 장치로 설정했던 요소들을 후지를 통해 다시 보완 변경한 것은 그 당시의 상황이 간단하지 않았기 때문이다. 그래서 당시의 사정을 몇 가지 측면에서 살펴보고자 한다.

허생의 이야기를 보존하기 위해 여러 과정을 거치면서 치밀하게 고치게 된 연유는 스스로 중요하게 여겼던 북벌론을 비롯한 반체제적인 작품의 내용이 새로운 국면에서 문제의 핵심으로 작용했기 때문으로 볼 수 있다. 연암이 야심을 가지고 허생의 이야기를 전으로 완성했으면서도 막상 작품이 다 되었을 때는 독자의 반응이라는 또 다른 문제에 봉착했다. 연암이 사소하지만 의도적인 설정을 통해 「진덕재야화」를 완성하였을 때도 파장을 염두에 두었을 것으로 보인다. 특히 후지를 첨부했던 것은 허생의 행적으로 보수적인 양반 계층에 반발이 만만치 않을 것임을 어느 정도 알고 있었기 때문이었던 것으로 볼 수 있다. 그는 이미 비판적인 내용을 글로 썼다가 커다란 파장이 예상되자 자기검열을 통해 소각한 경험이 있었다.

1) 「역학대도전」 소각의 경험

연암은 30대 초반에 「역학대도전(易學大盜傳)」을 썼는데, 그 서문에서 "세상이 말세로 떨어져 허위만을 숭상하고 꾸미니 시를 읊으면서 무덤을 도굴하는 위선자요 사이비 군자라네. 은자인 체하며 빠른 출세를 노리는 짓을 예로부터 추하게 여겼느니, 이에 역학대도전(易學大盜傳)을 짓는다."[1]라고 하여 준엄한 태도와 야심 찬 포부를 가지고 작품을 완성했는데 후에 그는 이 작품을 불태워 버렸다. 이것을 연암이 죽은 뒤에 박종채가 유실된 「봉산학자전(鳳山學者傳)」 항목에다가 연암의 처남인 이재성의 말을 빌려 다음과 같이 기록했다.

「역학대도전」은 당시에 선비로서의 명성을 빌려 권세와 이권을 몰래 사들여 기세등등한 자가 있어서 부군(府君, 연암—인용자)이 이 글을 지어 기롱(譏弄)한 것인데, 대개 노소(老蘇)의 변간론(辨姦論)과 같은 취지에서 나온 것이다. 나중에 그 사람이 패가망신당하자, 부군이 마침내 이 글을 불살라 버렸으니, 대개 선견지명이 있었던 것으로 자처하고 싶지 않기 때문이었다. 상편 「우

---

1   「자서」, 「역학대도전」, 「방경각외전」, 『연암집』8권. ("世降衰季. 崇飾虛僞. 詩發含珠. 愿賊亂紫. 逕捷終南. 從古以醜. 於是述易學大盜.")

상전」에 결락이 있고 하편들이 유실된 것은 권질(卷帙)상 연결되어 있었기 때문에 다 함께 없어진 것이다.[2]

이 인용문은 소각의 이유를 이재성의 말처럼 개인의 문제로 축소하여 불태웠다고 하기보다는 이 글이 당시 유교적인 양반사회에 미치는 파장이 클 것으로 생각하고 없앤 것으로 볼 수 있다. 박종채가 『연암집』 외집과 별집에 수록할 『열하일기』를 교정하면서 문체가 순정하지 못하다는 세간의 의혹을 불식시키려는 의도에서 원문의 내용을 대폭으로 수정한 것[3]이라는 견해를 감안하면, 박종채의 이러한 부연(敷衍)은 어떤 한 개인의 입장을 고려했다기보다는 사회적인 상황이 먼저 고려된 것으로 이해하도록 한 것이다. 그리고 전반적으로 연암이 당시의 조선의 반청풍조에 저촉될 우려가 다분한 내용들을 대폭 개작했으며 이와 아울러 지나치게 해학적이거나 세부 묘사에 치중하여 소설적 취향을 드러내고 있는 구절들을 무난한 표현으로 수정했다[4]는 견해를 수용한다면, 「역학대도전」의 소각(燒却) 역시 개인에 국한된 문제가 아니었기 때문으로 풀이할 수 있다.

30대에 이러한 일을 겪은 연암이 20여 년이 넘는 세월을 보내고 쓴 허생의 이야기를 「역학대도전」처럼 폐기할 수는 없었던 것은 당연한 일이다. 그래서 그 대안으로 다양한 방법의 설정을 통해 방어막을 준비했던 것으로 풀이할 수 있다. 그러나 「허생전」을 여행 중에 취사선택한 서두

2   「봉산학자전」, 「방경각외전」, 『연암집』8권.
3   정재철, 「박종채의 『열하일기』 교정과 편집」, p.45.
4   김명호, 『열하일기 연구』(수정증보판), p.573.

의 일화와 함께 수록한 「진덕재야화」를 『열하일기』의 한 편목으로 첨부하는 것으로는 어딘가 미흡하다고 판단했을 것이었다. 더욱이 『열하일기』에는 이미 「호질」을 일기의 내용으로 함께 「관내정사」에 수록한 터이고 보면, 연행록을 가장한 「진덕재야화」에 「허생전」이라는 폭발력이 강한 작품까지 수록하여 두 작품이 동시에 공개되었을 경우 그 저항이 클 것이라고 예상했을 것이다.

사실은 「호질」의 경우도 당시의 유자(儒者) 또는 선비로 자칭하면서도 권력에 추종하여 유가(儒家)의 진의(眞義)를 해쳤던 화이론자인 김종후(金鍾厚, 1721~1780)의 정치적 행적을 비난하여 그 부류의 인물인 북곽 선생의 모델로 하여 썼을 가능성이 높은 것[5]이라고 한다면, 그것을 감추기 위해 철두철미하게 자신이 쓴 것이 아니고 베껴온 것임을 다중(多重)의 장치[6]를 통해서 강조했던 이유를 이해할 수 있을 것이다.

거기다가 그는 작품 말미에 「호질후지」를 덧붙이면서 '이 편(篇)이 비록 지은이의 성명은 없으나 대체로 근세 중국 사람이 비분(悲憤)함을 참지 못해서 지은 글일 것'이라고 하여 지은이를 알 수 없지만 중국의 사람이 창작한 것으로 추론하도록 하였고, 그 까닭을 다음과 같이 덧붙였다. "요즘 와서 세운(世運)이 긴 밤처럼 어두워짐에 따라 오랑캐의 화(禍)가 사나운 짐승보다도 더 심하며, 선비들 중에 염치를 모르는 자는 하찮은 글귀나 주워 모아서 시세에 호미(狐媚)하니, 이는 바로 남의 묘혈(墓穴)

---

5   강명관, 앞의 책, p.25.

6   글을 읽을 줄 모르는 점포 주인, 그 주인이 계주 장터에 사 왔고, 따라서 누가 쓴 것인 줄도 모르고, 그것을 자신과 눈이 좋지 않고 경박한 정 진사와 함께 베꼈다고 한 것. 정 진사는 눈이 희미했고(「관내정사」, 『국역 열하일기』 I, p.240.), 좀 경솔한 면이 있어 달을 해로 착각하기도 했다.(「일신수필」, 『국역 열하일기』 I, p.191.) 그리고 후지를 덧붙여 보충 설명을 했다.

을 파는 유학자(儒學者)[7]로서 시랑(豺狼) 같은 짐승으로도 오히려 먹기를 달갑게 여기지 않은 것이 아닐는가 싶다."[8]라고 하여 우리나라의 유학자를 염두에 둔 듯하지만, 중국 역사를 비판하는 듯한 태도를 취하면서 남의 나라의 일임을 극구(極口) 강조하였다.

그러면서 마지막에, "이 편은 애초엔 제목(題目)이 없으므로 이제 그 글 중에 '호질(虎叱)'이란 두 글자를 따서 제목을 삼아 두어 저 중원의 혼란이 맑아질 때까지 기다릴 뿐이다."[9]라고 하여, 「호질」이라는 제목만 자신이 붙였음을 밝힘으로써 자신의 창작이 아님을 거듭 강조했다. 그런데도 민경속은 "이 글은 선공감역인 연암의 수법과 혹사하다"고 평을 담은 편지를 유만주에게 보낸 일이 있었다.

그러나 이에 비해 「진덕재야화」는 완벽하게 자신의 창작이 아닌 것을 드러내는 데 미흡했다고 생각한 것이다. 그것의 절실함을 인지한 연암은 정치적인 면에서 기득권층인 보수적인 세력을 중심으로 반발이 거대하게 작동되면 그들과의 충돌이 발생할 것을 예상하고 미리 피하기 위해서 후지의 변개(變改)는 불가피한 것으로 판단하였을 것이다. 그런 까닭으로 「진덕재야화」에 허구적 요소가 적잖았음에도 다시 이것을 다시 「옥갑야화」로 바꾸면서 「후지」에서 풍문에 의한 기인의 허무맹랑한 이야기로 둔갑시키게 된 것이다.

따라서 『열하일기』나 허생의 이야기 자체가 가지고 있던 내용이 당시

---

7   '남의 묘혈(墓穴)을 파는 유학자(儒學者)'라는 표현이나 '무덤을 도굴하는 위선자요 사이비 군자라네'(「역학대도전」의 서문)는 표현의 방식이나 내용이 의미하는 바가 같다.(「자서」, 「역학대도전」, 「방경각외전」, 『연암집』8권.)

8   「호질후지」, 『국역 열하일기』Ⅰ, p.277.

9   「호질후지」, 『국역 열하일기』Ⅰ, p.279.

에 불가피했던 여러 가지 요인으로 수정할 수밖에 없었던 것을 다양한 관점에서 살펴볼 수 있었을 것으로 보인다. 그러나 연암은 수정하는 과정에서 허생 이야기의 본문은 끝까지 고치지 않고 후지를 작성함으로써 본문에 대한 변명처럼 덧붙였다. 다만 구체적으로 「옥갑야화」의 수정이 언제 어떤 이유로 이루어졌는지 알 수 없다. 아마도 큰 틀에서 『열하일기』를 퇴고하는 과정에서 이루어졌거나 그보다 훨씬 후에 여러 이유로 수정 보완하는 과정에서 이루어졌을 것으로 보인다.

2) 『열하일기』의 탈고와 퇴고

이를 위해 먼저 『열하일기』의 저술 과정을 살펴보면 크게 두 단계로 볼 수 있다. 첫째 단계는 초고의 작성 단계이다. 초고는 연행 당시인 1780년 6월 24일 아침 압록강을 건너는 것부터 시작하여 연경에 도착한 후 열하로 갔다가 8월 20일 연경에 되돌아온 것까지를 현지에서 일기 형식으로 기록했다. 여기에다가 연경에 도착한 뒤인 8월 21일부터 9월 17일까지는 따로 일기를 쓰지 않았고, 방문한 곳에 대한 기록을 별도로 정리해 「황도기략」, 「알성퇴술」, 「앙엽기」처럼 각각의 편목으로 수록했다. 따라서 1780년 5월 25일 한양을 출발하여 6월 23일까지 의주에서 머물렀던 기간과 9월 17일 연경을 출발하여 10월 27일 귀국할 때까지는 기록하지 않았다.

그러므로 『열하일기』는 전체 약 5개월 154일간의 일정 중에서 68일의 일정을 기록한 일기문과 연경에서의 28일간의 기록, 그리고 열하에서의 6일간의 일기와 별편이 전부이다. 이렇게 보면 열하에서의 그 많은 기록은 불과 엿새 동안에 이루어진 일을 기록한 것임을 알 수 있다. 이 전체의 기간에서 일기문처럼 쓴 기록은 여행 과정을 날짜와 기상 상태, 지명, 이동 거리, 주변의 지리적 환경과 문화적 전통, 여행 중에 있었던 각종 사건, 기타 특이 사항 등으로 잘 정리했다. 특히 여행 중에 정사(正使)를 비롯한 삼사(三使)의 지시 사항이나 논의된 것들을 비롯한 연암 주변의 사람들과의 사소한 대화나 일들과 현지에서 만난 중국 사람들과 나눈 필담의 초고(草稿), 비문(碑文)이나 각종 서적을 발췌한 것들, 그 외의 각종 문건과 현장에서 본 것에 대한 자신의 소감을 기록한 메모들이 이에 해당한다고 볼 수 있다.

연암은 이러한 1차 기록을 10월 27일 귀국 즉시[10] 서울의 평계(平谿)[11]의 처남 중존(仲存) 이재성(李在誠)의 집과 황해도 금천 연암골의 집을 오가며 정리했던 것으로 보인다. 일기 형식이 아닌 글들은 대개 이 과정에서 정리하여 집필된 것으로 볼 수 있다. 특히 귀국할 때 가지고 온 원고 보따리를 내용별로 분류하여 편목의 차례라든가 분류된 글들의 서문이나 후지(後識) 등을 첨가하였을 것이다.

그리고 일기 형식의 글에 사서(史書)의 인용을 위한 역사와 지리에 대한 고증도 추가하였을 뿐만 아니라, 「피서록」에서 인용한 이덕무의 「청비록(淸脾錄)」이나 연암의 6대조인 박동량(朴東亮)의 「기재잡기(寄齋雜

10　귀국 즉시 원고를 작성했을 것이라는 추측은 가까운 친구인 석치(石痴) 정철조(鄭喆祚, 1730~1781)와 관련해서 유추할 수 있다. 연암이 『열하일기』를 집필하는 과정에서 연경에 대한 기억이 헝클어졌을 때 지도 제작에도 조예가 있었던 정철조에게 『팔기통지(八旗通志)』를 참고하여 연경 지도를 그리게 했다는 기록이 「황도기략」의 「황성구문」에 있다. 그런데 그가 1781년에 죽었다. 이로 보아 귀국 즉시 원고를 정리하기 시작했던 것으로 볼 수 있다. 그는 그림을 잘 그려 어진(御眞)을 모사(摹寫)하는 데 입참하도록 명령을 받기도 했다.[『정조실록』12권, 정조 5년(1781년) 9월 4일 계묘.]

11　평계는 장인 이보천(李輔天)이 살던 집이 있었던 곳인데 1777년에 장인이 죽은 이후 처남 이재성이 머물러 살았다. 1780년 연암이 금천 연암골에서 다시 서울로 돌아온 이후 이 집에서 살았다.

記)」, 남구만(南九萬)의 「약천집(藥泉集)」을 비롯해서 중국의 「태평광기(太平廣記)」와 「속신선전(續神仙傳)」 등을 포함하여, 왕사정(王士禎)의 『감구집(感舊集)』, 학성(郝成)의 「용재소사(榕齋小史)」 등 많은 서적에서 장황하게 인용하였다.

그 이외에 「경개록」이나 「반선시말」과 같이 『열하일기』의 전체적인 글의 흐름과 이해를 돕기 위한 글들과 「심세편」처럼 중국에 대한 연암의 정치적 견해를 피력한 글들은 메모해 두었던 자료들을 바탕으로 삼았고 거기에 자신의 견해를 원고 정리하면서 기록했을 것으로 보인다.

두 번째 단계는 퇴고의 과정이다. 앞에서 언급했듯이 『열하일기』가 언제 탈고했는지는 정확하게 알 수 없다. 다만 「피서록」 마지막에 오조(吳照, 1755~1811)의 시를 인용하고 당시 그의 나이가 30세라고 기록한 것[12]을 보면 1785년에도 원고를 쓰고 있었으며, 그 이후 퇴고가 이루어지고 있었던 것으로 보인다. 탈고한 원고는 정리 과정에서 내용을 추가하거나 고치거나 편목의 위치를 바꾸는 개작이 지속적으로 이루어졌을 것으로 보인다. 이런 일련의 과정을 짐작할 수 있는 것은 이본의 형성 과정을 통해 알 수 있다. 이 이본 형성 과정을 보면 편목의 위치와 전체 편수와 명칭이 이본에 따라 달랐음을 알 수 있다.[13]

이 퇴고 과정에서 일부의 경우는 초고가 완성되기도 전에 원고가 유출되어 그것을 트집 삼아 비난을 하기도 하여 수정이 불가피했을 것으로 보인다. 비난을 했던 인물로 연암과 경쟁 관계에 있던 문인 유한준(俞漢

12　「피서록」, 『국역 열하일기』Ⅱ, p.226.

13　정재철, 「『열하일기』「옥갑야화」 수록 허생후지 연구」, pp.110~115., 정재철, 「박종채의 『열하일기』 교정과 편집—연암산방본을 중심으로」, 《대동한문학》59집, 대동한문학회, 2019, pp.9~16.

雋)이 있다. 그는『열하일기』의 문체로 인해 연암이 정조(正祖)의 질책을 받은 것을 기화로『열하일기』에 대해 '오랑캐의 칭호를 쓴 원고[노호지고(虜號之藁)]'라고 비방하는 여론을 선동하였다고 한다.

이에 대해 연암은 「도강록 서(序)」에서 명나라가 망한 뒤에도 조선에서 청의 연호를 쓰지 않고 명(明)의 연호인 숭정(崇禎)을 몰래 쓰고 있는 것에 대해 개탄한 바 있다. 특히 명나라 왕실이 망한 후에도 조선에서는 숭정을 연호로 삼은 뒤 '후삼경자(後三庚子)'라고 하여 세 번째로 돌아온 경자년이라고 하여 1660년과 1720년 뒤에 세 번째 경자년이고 하여 1780년을 표기했던 것이다. 연암이 이러한 현실을 비판하면서 개탄한 것은『열하일기』의 초고의 내용 중에 일부에서 청의 연호(年號)를 쓴 것을 문제 삼은 것에 대한 반박을 겸해서 자신의 견해를 피력한 것으로 보인다. 즉 「도강록 서(序)」는 초고로 인해 발생한 문제인『열하일기』에서 '오랑캐의 칭호를 쓴 원고'라고 비방한 것[14]을 염두에 두고 쓴 것으로 추측할 수 있다.

퇴고의 과정은 이와 같이 반발이 심했던 내용들뿐만 아니라, 일기 형식의 일부 사소한 내용도 고쳐졌을 것으로 보이는데 7월 10일의 기록에 '금일(今日)'이라고 하지 않고 '이날(是日) 아주 더웠다.'라고 한 것과 같은 것이다. 따라서 일기 형식으로 된 기록 중에도 상당 부분의 내용이 보정(補正)되었을 것으로 보인다.

---

14   연암은 자신의 저서를 '노호지고'라고 한 것에 대해 "그네들이 떠들어 대는 '오랑캐의 칭호를 쓴 원고(虜號之藁)'란 무엇을 가리킨 것인지 알 수 없소. 연호(年號)를 말한 것이오? 지명(地名)을 말한 것이오? 이 책은 잡다한 여행 기록에 불과한 것이라, 있건 없건 잘 되었건 못 되었건 간에 본래 세도(世道)와는 관계가 없는 것이거늘, 애초부터 어찌 춘추대의(春秋大義)에 견주어 논한 적이 있었으리오? 그런데 지금 갑자기 어떤 사람이 나타나 현자(賢者)에게 완전무결함을 요구하듯이 한다면 이는 지나친 일이오."라고 그의 처남에게 편지로 토로했다.[「답이중존서(答李仲存書)」(3),『연암집』2권.]

예를 들면, 「태학유관록」에서 8월 14일 자에 말(馬)에 대한 장황한 기록이 있는데 이는 당시 사정으로 보아 현장에서 그와 같은 긴 글을 쓸 수 있는 형편이 아니었다. 혹정 왕민호와 대화를 하다가 말 떼를 보고 난 뒤에 말에 대해 덧보태 쓴 글이다. 이외에도 「금료소초」처럼 열하에서 왕사정(王士禎)의 『향조필기(香祖筆記)』에서 「금릉쇄사(金陵瑣事)」와 「요주만록(蓼洲漫錄)」을 보고 정리한 것을 왕민호에게 주고 연경에 와서 책을 더 구하지 못했다고 밝힌 것도 뒤에 정리하는 과정에서 기록한 것임을 입증한 것이다. 사정이 어떻든 탈고 이후에도 이와 같이 꾸준하게 퇴고를 했지만 그 과정이 간단하지 않았음을 이재성에게 보낸 편지에서 볼 수 있다.

이따금 낡은 초고를 펴 보면 우수마발(牛溲馬勃)이 함께 나타나니, 스스로 즐길 것도 못 되는데 누가 다시 보아 주겠소? 더욱 이 중간에는 우환과 초상으로 간수해 둘 겨를조차 없었고, 또 벼슬길에 나선 이후로는 더욱더 유실되어, 겨우 그 이름만 남아있었으니 도올(檮杌)과 같은 가증스러운 존재가 되고 말았소.[15]

이 편지는 연암이 지속적인 퇴고를 거듭하는 과정에서 우여곡절이 많았음을 언급한 것이다. '우환과 초상'이란 연암이 50세 되던 해(1786년) 7월에 선공감 감역으로 벼슬길에 나선 뒤에 일어난 일로, 그 이듬해 1월에 부인 이(李)씨와 7월에 형 희원(喜源)이 별세하였고, 그 이듬해 3월에는 전염병으로 맏며느리가 사망하였으며 장남인 종의(宗儀)가 위독한 끝

---

15   「답이중존서」(3), 『연암집』2권.

에 회생하는 등 그의 집안의 우환과 상사(喪事)를 이른 말이다. 그리고 1892년에는 안의현감으로 가기 전 경관(京官)에 머물러 있는 동안 그의 절대적 후원자였던 삼종형 박명원이 작고했다. 이러한 어려운 가정사와 친지의 사망에 거기에 벼슬살이까지 하느라고 원고를 제대로 간수할 수 없는 형편이어서 퇴고에 전념할 수 없음을 안타까워한 것이다.

그럼에도 불구하고 이어진 퇴고는 좋은 글을 만들기 위한 자신의 의지에 따라 이루어지기도 했겠지만, 그보다도 외부적 요건에 의해 수정되었을 것으로 추측되는 부분도 있다. 주지하는 대로 가장 대표적인 사건으로는 안의현감 당시인 1793년의 문체반정과 1801년 신유사옥(辛酉邪獄)과 관련해서 수정이 가해졌을 것으로 추측할 수 있다.

특히 문체반정은 정조가 연암의 『열하일기』의 필체를 닮은 글들로 인해 "근래 선비들의 추향이 점점 저하되어 문풍(文風)도 날로 비속해지고 있다. 과문(科文)을 놓고 보더라도 패관소품(稗官小品)의 문체를 사람들이 모두 모방하여 경전 가운데 늘상 접하여 빠뜨릴 수 없는 의미들은 소용없는 것으로 전락하였다. 내용이 빈약하고 기교만 부려 전연 옛사람의 체취는 없고 조급하고 경박하여 평온한 세상의 문장 같지 않다."[16]라고 지적하였고, "문풍(文風)이 이와 같이 된 것은 그 근본을 따져 보면 모두 박 아무개의 죄이다. 『열하일기』는 내 이미 익히 보았으니 어찌 감히 속이고 숨길 수 있겠느냐? 『열하일기』가 세상에 유행한 뒤에 문체가 이와 같이 되었으니 당연히 결자해지(結者解之)하게 해야 한다"는 정조의 지적이 남공철(南公轍)의 편지에서 보이는 것처럼 당시의 글들이 패관소품체로 변한 원인이 연암에게 있음을 지적한 바에야 어떻게 고치지

---

16   『정조실록』36권, 정조 16년(1792년) 10월 19일 갑신.

않을 수 있었겠는가. 그리고 신유년(1801)에 천주교에 대한 대대적 탄압이 벌어지고 친족과 제자들의 신변에 이상이 생기자, 『열하일기』 중 천주교와 관련된 내용이 물의를 빚을까 염려하여 수정하는 조치를 취했던 것이 아닌가 한다.[17]

수차에 걸친 수정으로 인해 여러 필사본이 존재할 수밖에 없었는데, 이것은 『열하일기』의 정본이 부재하게 되는 상황이 되었다. 현재 번역된 이가원의 『국역 열하일기』는 자신이 소장하고 있던 수사본(手寫本)이나 수택본(手澤本)을 근거로 하면서 여러 이본도 참조하여 종합 정리한 교정본을 토대로 번역·편집한 것이고, 김혈조 번역의 『열하일기』는 처음의 번역본(2009년도 판)이 1932년 박영철(朴榮喆)에 의하여 편집·간행된 『연암집』에 수록된 『열하일기』를 저본으로 하였던 것이었으나, 2017년 개정판에서는 자신이 소장한 초고본 계열의 법고창신재본의 내용을 바탕으로 수정하여 간행한 것이다.[18] 따라서 번역된 책의 본문이나 편목의 위치가 조금씩 다른 것은 퇴고 과정에서 뒤바뀐 여러 수정본이 존재하면서 완결지은 정본(定本)이 없기 때문에 빚어진 결과이다.

이런 외부적인 간섭으로부터 「허생전」을 보호하기 위해 연암이 의도적으로 설정할 수밖에 없었던 구체적 요인이 어떻게 작동했는지 살펴볼 필

17 　김명호, 「『열하일기』 이본(異本)의 재검토」, 《동양학》제48집(2010년 8월), 단국대학교 동양학연구소, 2010, p.15.

18 　김혈조, 「역자 서문1, 개정판을 펴내며」, 『열하일기』(개정신판)1권, p.10. 이것은 처음 간행했을 때 「옥갑야화」를 수록하였던 것을 개정판에서 초고본으로 교체하면서 저본으로 삼은 것은 자신이 소장한 법고창신재본인데, 서두의 내용으로 보아 「진덕재야화」는 아니고 초고본 계열에 가까운 「옥갑야화」로 보인다.(김혈조의 「조선후기 서책의 검열과 소통」, p.27. 각주 34.) 한편 북한에서 번역한 리상호 역 『열하일기』(보리, 2004)는 원전을 밝히지 않았으나, 1932년 박영철(朴榮喆)에 의하여 편집·간행된 『연암집』에 수록된 『열하일기』를 저본으로 하였던 것으로 보인다.

요가 있다. 특히 권력의 핵심부에서 존재했던 정치적 상황과 보수적인 독자로 기득권층인 양반사회의 반발 또한 무시할 수 없었을 것으로 보인다. 그리고 동명이인이었던 또 다른 윤영(尹鍈)과의 문제, 그리고 허생과 관련된 설화를 빙자하여 자신의 창작이 아님을 적극 방어하여서 돌파구를 마련했던 것 등 몇 개의 항목으로 나누어 살펴보도록 한다.

2. 문체반정과 『열하일기』

1) 수정 보완의 배경

연암이 『열하일기』를 탈고한 이후에 퇴고를 거듭한 이유는 여러 가지가 있겠으나 그중에 하나는 당시의 정치적인 상황과도 관련이 있었을 것으로 추정할 수 있다. 연암의 집안은 대대로 노론(老論)의 집안[19]이기는

---

19   연암의 집안은 노론계였다. 『과정록』에 "내 증조부 일곱 형제 집안이 의론이 각자 갈라졌지만, 유독 우리 집과 종가만은 엄하게 본디의 언론을 지켰다."(박종채, 앞의 책, p.239)라고 했는데, 연암의 증조부는 칠 형제로 여기서 종가란, 맏이인 박태두(朴泰斗)의 후손을 지칭한 것인데 노론의 거물인 여호(黎湖) 박필주가 그의 아들이며, 영조의 부마이고 정조의 고모부(사도세자의 누이인 화평옹주의 남편)인 박명원이 증손자다. 그리고 연암의 증조부는 여섯째인 박태길(朴泰吉)로 경기감사를 지낸 노론의 맹장이었던 박필균이 그의 아들로 연암의 조부이다. 그러나 둘째였던 박태만(朴泰萬)과 그의 증손자인 재원(在源), 좌원(左源), 우원(右源)은 소론이었다. 집안이 갈라졌다고 하는 것은 이를 두고 말한 것이다. 이와 같이 연암의 재종조부와 그의 조부는 모두 노론(老論) 거물로 탕평을 거부했었다. 그뿐 아니라 장인 유안재 이보천도 노론계였다.(김명호, 『열하일기 연구』, p.50.) 그러나 연암은 소론이었던 재원의 형제들과 아주 가까워 정이 도타웠다고 했다.(박종채, 앞의 책, p.273.)

했어도 연암은 정치색을 드러내지 않았다.[20] 연암은 과거를 포기한 이후에 되도록 정치에 무관심하기 위해 여행을 다녔다.[21] 그런데도 정조 즉위 초에 홍국영(洪國榮, 1748~1781)의 전횡(專橫)이 심해지자, 1778년 유언호(俞彦鎬)와 백동수(白東脩)는 연암에게 황해도 금천의 연암골로 이거(移居)하도록 권유했다. 당시 상황을 기록한 박종채에 의하면, 이조참의였던 유언호가 찾아와 "자네는 어쩌자고 홍국영을 그토록 크게 거슬렸나. 독기를 심하게 품고 있으니 화를 헤아릴 수가 없네. 저가 보복하려 한 지 오래지만 다만 조정 관료가 아니어서 늦추고 있었던 것이네. 다음 차례는 자네에게 닥칠 걸세."[22]라고 눈물을 흘리면서 떠나기를 재촉했다고 했다.

한편 창강 김택영(金澤榮)은 "친구 백영숙(白永叔―백동수의 자)이 밤에 선생을 찾아와 말하기를 '자네의 벗 홍낙성(洪樂性) 공은 사도세자의 원수 무리로 사람들에게 지목되었네. 홍공이 위태로우면 자네 또한 안전하기 어려울 것이니, 숨어야 하지 않겠는가.'라고 하여 권유하였다고 기록했다.[23] 두 기록이 모두 개인의 견해이긴 해도 홍국영과 관련되어 있

---

20   『과정록』에 의하면 연암과 '가장 깊이 뜻이 맞는 분은 교리였던 박재원(朴在源)과 금성공 박명원(朴明源)'이라고 하면서 박재원은 소론을 주장하는 집안이었으나 서로 당론(黨論)을 거론한 적이 없다고 했다.(『과정록』, pp.253~254, 273~274.) 김윤조는 이러한 진술이 박종채가 『과정록』을 집필하면서 연암을 가능한 정치적 격랑으로부터 멀리하여 여러 가지 시비를 차단하려고 했던 데서 기인한 것으로 볼 수도 있다고 했다. 이런 이유로 그는 『과정록』이 기록된 19세기 초반 정치적 상황도 고려되어야 한다고 주장했다.(김윤조, 「『과정록』에 나타난 연암의 몇 면모」, 한국학연구소 편, 『18세기 조선 지식인의 문화의식』, 한양대학교 출판부, 2001, pp.70~71.)

21   박종채, 앞의 책, p.43.

22   박종채, 앞의 책, p.55.

23   김택영, 남춘우 역, 「박연암선생전(朴燕巖先生傳)」, 『소호당문집』제9권, 부산대학교 점필재연구소, 2018, 한국고전종합DB.

었던 것은 틀림이 없다. 그러나 이러한 개인의 기록보다는 당시의 구체적인 상황으로 유추하는 것이 오히려 합당할 것으로 보인다.

과거를 포기하고 벼슬과는 거리가 멀었던 연암에게 홍국영의 화가 미칠 것을 염려했던 이유는 여러 가지가 있었겠으나, 정조가 즉위 4일 만에 홍국영을 승정원 동부승지로 삼아[24] 그가 권력의 핵심부에 이르면서 반대파를 숙청하였던 것과 관련이 있어 보인다. 즉 왕위 교체기인 정조 즉위 초에 홍국영을 중심으로 권력 투쟁이 빚어졌는데, 이때 정조의 왕위 계승에 반대하고 사도세자의 처벌에 관여한 세력의 인물들인 홍인한(洪麟漢)·정후겸(鄭厚謙) 등을 숙청한 것이다. 연암은 이런 정치적 사건에 깊이 관련되어 있지 않았지만 그의 지근거리에 있었던 족형이나 족제들의 행위와 관련이 있어 그 파장이 연암에게 미칠 것을 우려하였던 것으로 보인다. 그에 대해서 간략하게 살펴보도록 한다.

박종채의 기록에 의하면, 가까운 친척 가운데 연암과 가장 깊이 뜻이 맞은 사람은 박재원과 박명원, 그리고 박명원의 조카 박종덕이라고 했다.[25] 박재원의 집안은 소론을 주장했지만 박재원은 뜻과 기상이 굳고 발라서 의논 중에는 연암과 공감하는 바가 많았다고 했다. 그리고 박종덕은 박명원에게 의논을 요청하면 박명원은 연암에게 문의하라고 했었다고 한다. 따라서 이들과는 당론과 관계없이 가까이 소통하는 처지였다. 이런 이유로 연암은 홍국영을 논척했던 일파의 배후 세력으로 인식되었던 것으로 보인다.

---

24 「홍국영(洪國榮)을 특별히 발탁하여 승정원 동부승지로 삼았다(特擢洪國榮爲承政院同副承旨)」, 『정조실록』 1권, 정조 즉위년(1776년) 3월 13일 갑신. 정조는 1776년 3월 10일 즉위했다.

25 박종채, 앞의 책, pp.253~254.

이들이 관직에 있으면서 상소로 홍국영의 만행을 규탄하여 징벌을 받게 되었다. 우선 정조가 즉위하고 홍국영이 득세하자 연암의 삼종질인 대사헌 박종덕(朴宗德, 1724~1779, 그의 큰아버지가 박명원이다.)이 정조 즉위년(1776년)에 정조의 총애를 믿고 무례하게 구는 홍국영을 비판하였던 사건이 있었다. 이에 홍국영이 대신(臺臣)에게 박종덕을 탄핵하도록 사주했으나 정조는 박종덕을 파직하고 전리(田里)로 방축(放逐)하라고 명하였던 것을 들 수 있다. 이때 그의 동생 박종악 또한 이에 연좌되어 기장현(機張縣)에 유배되었다.[26]

또 하나의 사건은 2년 뒤인 1778년 연암의 삼종형으로 홍문관 교리(校理)였던 이천(而川) 박재원(朴在源, 1723~1780)의 상소[27]와 관련된 것이다. 사헌부 장령(掌令)을 거쳐 사간원 헌납(獻納)으로 있던 박재원은 1778년(정조 2년) 6월에 홍국영의 누이가 정조의 빈(嬪)으로 들어가는 것을 적극 반대하고, 중궁전(中宮殿)의 건강이 진실로 회임(懷姙)할 수 없는 상태인지를 양의(良醫)를 맞이해 진찰하며, 필요하다면 치료해 보기를 청하여 막았다.

그리고 2년 뒤에 그는 재차 상소를 올려 홍국영의 전횡을 비판하고 처

26　『정조실록』2권, 정조 즉위년(1776년) 11월 19일 정해. 박종악은 그 뒤 곧 유배에서 풀려나오기는 했으나 10여 년간 등용되지 못하다가, 군직(軍職)을 받으면서[『정조실록』22권, 정조 10년(1786년) 10월 23일 계해] 관직에 올라 후에 좌의정을 지냈다.

27　무술년(戊戌年, 정조 2년, 1778년) 상소를 지칭함. 『정조실록』5권[정조 2년(1778년) 6월 5일 계사]의 기록에 의하면, "이때에 홍국영(洪國榮)의 누이가 장차 빈어(嬪御)의 간택(揀擇)에 들게 되자 박재원이 항소(抗疏)를 올린 것인데, 홍국영이 공좌(公座)에서 화를 내며 욕을 하여 기필코 중상(中傷)하려고 하다가, 마침내 임금의 성명(聖明)함을 힘입어 무사하게 되었다."라고 하였다. 그러나 이 상소와 연암이 직접 관련되었는지는 확인할 수 없다. 다만 소론이었던 '박재원은 당론을 초월하여 매양 일이 있을 때마다 연암을 찾아 자문하였다'고 하는 기록으로 보아 이 무렵 연암골로 이거한 것은 이와 아주 무관하지 않은 듯하다.(박종채, 앞의 책, p.254, 273.)

형을 촉구했다.[28] 그는 이 상소로 바로 사사(賜死) 당했으나 홍국영도 쇠락하게 되었다. 특히 홍국영이 퇴출될 당시 정조가 인정전(仁政殿)에서 홍국영(洪國榮)에게 선마(宣麻)할 때 홍국영이 "언로는 나라의 원기(元氣)이므로 열리지 않아서는 안 되는데, 근년 이래로 말이 옳고 그른 것을 물론하고 말 때문에 정죄당한 자가 이따금 있으니, 박재원(朴在源)·서욱수(徐郁修)·신상권(申尙權) 등이 이것입니다. 이런 사람들을 모두 용서하면 또한 간언(諫言)을 오게 하는 방도가 될 것입니다."[29]라고 아뢴 것으로 보아 박재원의 상소가 홍국영의 퇴출과 처형에 큰 영향을 주었던 것으로 보인다.

연암이 금천 연암골로 간 것은 시기적으로 추산해 보았을 때, 박재원의 1차 상소인 무술년(1778년) 상소와 관련이 있었던 것으로 추측된다. 연암은 이와 같은 사건이 진행되는 동안에 직접 관여한 바는 없으나 홍

---

28 박재원은 정조 4년에도 재차 상소를 올렸다. 『정조실록』에 의하면, 헌납 박재원(朴在源)이 홍국영의 처형을 건의하는 상소를 올렸다. "홍국영(洪國榮)의 죄는 종사(宗社)에 관계되는데 일률(一律)을 청하지 않으니 무슨 까닭입니까? 대저 홍국영이 임금을 업신여긴 죄는 그가 고휴(告休)하는 글에 스스로 남김없이 말하였습니다마는 '곤치가 망극하다(梱治罔涯)'는 넉 자는 더욱이 아주 흉패(凶悖)합니다. 아! 그도 사람인데 어찌하여 차마 이런 말을 합니까? 우리 중궁 전하(中宮殿下)께서는 곤덕(壼德)이 일찍부터 드러나시고 영문(令聞)이 날로 밝게 퍼져나가 팔도의 신민이 모두 음공(陰功)을 따르고 기리며 우러러서 내치(內治)에 바탕을 이루어 우리 성상의 관저(關雎)·규목(樛木)의 교화를 돕고 있으신데 그가 어찌 감히 넉 자의 부도(不道)한 말을 방자하게 글에 써서 청문(聽聞)을 의란(疑亂)할 생각을 할 수 있습니까? 이것은 그 흉역(凶逆)의 속마음이 대계(大計)를 막은 것과 한 꿰미에 꿴 것인데, 근일 논계(論啓)하는 글에 한 번도 언급한 것이 없으니 신은 의혹됩니다. 신은 홍국영을 빨리 현륙(顯戮)해야 한다고 생각합니다."[『정조실록』9권, 정조 4년(1780년) 3월 9일 무자.] 결국 홍국영은 박재원 두 차례의 상소가 계기가 되어 몰락하게 되었다.(박종채, 앞의 책, p.254. 각주 195.) 이 상소로 박재원은 이해 6월 22일에 사사되었으나 이틀 뒤인 6월 24일에 탕척되었다.[『정조실록』9권, 정조 4년(1780년) 6월 24일.] 후에 1789년 채제공의 증직(贈職) 요청으로 홍문관 부제학으로 추증하였다.[『정조실록』27권, 정조 13년(1789년) 1월 11일 무진.]

29 『정조실록』8권, 정조 3년(1779년) 9월 28일 기유.

국영 일파에 대해 비판적인 언사를 서슴지 않았고, 특히 당론은 달랐지만 박재원이나 박종덕이 연암을 자주 찾아와 의론하였으므로 혹시 배후 세력으로 오해를 받을 것 같은 위기를 감지한 우인들이 피신할 계책을 권유했던 것으로 보인다.[30] 특히 박재원의 상소와 그로 인한 사사(賜死)에 이르는 과정에서 주변의 권유 이전에 연암이 스스로 택한 것일 수도 있다. 연암골로 이거한 이후 그는 독서와 사색과 가르침으로 소일하다가[31] 1780년 홍국영의 몰락으로 한양으로 되돌아왔다. 이 무렵 박명원의 권유로 열하로 가게 되었던 것이다.

이러한 일을 겪은 경험이 있었으므로, 혹여 『열하일기』로 말미암아 필화(筆禍)를 입을까 염려하여 퇴고 과정에서 수정하였던 것으로 보인다. 특히 50세(1786년)에 이조판서 유언호(俞彦鎬, 1730~1796)의 천거로 벼슬을 하면서도 정치적 색채는 완전히 탈색했다.[32] 그 후 안의현감을 하면서는 오로지 목민에 힘썼을 뿐 권력에는 관심을 두지 않았다.

연암이 이와 같이 변화하게 된 이유를 앞에서도 언급했듯이 김영동은 나이 듦과 벼슬을 하게 된 데서 그 원인을 찾았다. 김영동은 연암이 쉰 살 이후 음직(蔭職)을 제수받아 체제 내적 인물로 전환되자 심경의 변화를 일으켰던 듯하다고 했다. 그렇다고 해서 집권 세력과 결탁했다는 것

---

30   박종채, 앞의 책, pp.253~254.

31   박종채, 앞의 책, pp.59~60.

32   음사(蔭仕)로 출사하자 젊었을 때 교분이 있었던 노론 벽파(僻派)의 심환지(沈煥之, 1730~1802), 정일환(鄭日煥, 1726~1797) 등이 자파로 끌어들이려 다투어 찾아왔으나, 연암은 우스갯소리로 쫓아 버렸다고 한다.(박종채, 앞의 책, pp.85~86.) 그 후 심환지는 벽파의 핵심이 되었다. "경자년(1780년) 이후로 조신(朝臣)이 또다시 분당(分黨)되는 조짐이 있어, 이명식(李命植)·서유린(徐有隣) 등 한 떼의 사람을 시파(時派)라 칭하고, 김종수(金鍾秀)·심환지(沈煥之) 등 한 떼의 사람을 벽파(僻派)라 칭하였는데,"[『정조실록』25권, 정조 12년(1788년) 4월 23일 을묘.]

은 아니고 체제에 대해 비판적인 행동보다는 자신의 직무에 충실한 공복 (公僕)이 된 것으로 보인다. 그래서 작자 자신을 위장하기 위해 장치한 윤영 같은 이단의 인물을 회심작에 그대로 두는 것은 패관소품을 질시하 는 정조의 문체반정과 관련해 보더라도 유학자로서 다소간 꺼림직했을 것[33]이라고 진단하였다.

사실 연암은 청년기에 사회비판 의식이 강한 작품을 썼었다. 이 작품 들이 작가의식을 가지고 쓴 습작[34]이라고 하지만 현실 문제를 비판한 창 작이라는 점에서 보면 당시 사회 현실에서 개인의 삶의 문제를 사실적인 수법에 의해 제기하고 있으면서 그 이면에는 당시 현실에 대한 준열한 비판 정신이 담겨 있다.

이러한 비판 정신은 처숙인 이양천(李亮天)으로부터 사마천(司馬遷) 의 『사기(史記)』를 배운 것과 주변의 인재들과의 토론이 큰 영향을 끼쳤 을 것으로 보인다. 특히 연암은 32세 때 가족을 장인 이보천(李輔天)의 본가인 경기도 성남 근방에 있는 석마(石馬)로 보내고, 백탑[35] 부근의 전

---

33 김영동, 『증보 박지원 소설연구』, p.180.

34 「방경각외전」의 마지막 편인 「봉산학자전(鳳山學者傳)」을 삭제한 부분에 종간(宗侃, 종채 의 아명)은, "이상 아홉 편의 전은 다 아버님이 약관 시절에 지은 것으로서, 집에 장본(藏 本)이 없어 매번 남들에게서 얻어 왔다. 예전에 아버님께서 이들 작품을 없애 버리라고 하 시며 말씀하시기를, '이것은 내(연암)가 젊었을 적에 작가에 뜻을 두어 작문하는 법을 익히 기 위해서 지은 것인데, 지금까지도 더러 이 작품들을 칭찬하는 사람들이 있으니 몹시 부 끄러운 일이다.'라고 하셨다."라고 기록하였다.[「봉산학자전(鳳山學者傳)」, 「방경각외전」, 『연암집』8권.]

35 백탑은 현재의 종로구 탑골공원 자리에 있던 하얀 대리석 소재의 국보 제2호 '원각사지십 층석탑(圓覺寺址十層石塔)'을 지칭한 것이다. 원각사는 원래 흥복사(興福寺)라는 이름의 고려 시대 고찰이었는데, 조선 태조 때 조계종의 본사가 되었다가 1504년(연산군 10년)에 폐사되었다. 백탑시사 동인이 활동하던 시대에는 백탑과 보물 제3호로서 1471년(성종 2) 에 건립된 '대원각사비'만이 남아 있었다. 이러한 까닭에 백탑시사 동인들은 백탑을 '조계 종본탑' 혹은 '종본탑'이라고도 불렀다.[남재철, 「백탑시사(白塔詩社) 일고」, 《한국한문학연

의감동에 혼자 거처했다. 이때 이웃한 이덕무(李德懋), 서상수(徐常修), 유득공(柳得恭), 유금(柳琴) 등과 교유하고, 박제가(朴齊家), 이서구(李書九) 등을 제자로 삼았다. 이들을 중심으로 백탑시사(白塔詩社)[36]를 결성하여 조선 후기 한시(漢詩) 4대가로 부르는 이덕무, 유득공, 박제가, 이서구 등을 포함하여 서상수, 윤가기(尹可基), 이희경(李喜經), 백동수(白東脩) 등 젊은 청년들에 홍대용, 정철조(鄭喆祚) 등과 함께 약 십여 년간 활발하게 교유하며 창작 활동을 하였을 뿐만 아니라, 고금의 치란과 흥망의 원인과 제도의 연혁, 농공의 이익과 폐단, 화식(貨殖), 악률(樂律), 육서(六書), 산수(算數), 산업 경제 등을 토론하기도 하였다.[37] 이런 일련의 행동은 연암에게 집단지성을 통해 가치관을 형성하는 데 큰 영향을 주었을 것으로 보인다.

그러나 50세에 음직(蔭職)으로 벼슬에 임하자 현실 비판보다는 자신의 소임에 충실하여 목민에 힘썼을 뿐 출세를 위해 노력하지 않았다. 그 증거로 후에 음관(蔭官)은 과거시험에 응하라는 왕명으로 응시하기는 했으나 시권(試券)을 내지 않았으며, 지방 소재 제릉령(齊陵令)으로 있을 때는 직책을 핑계 삼아 응하지 않았던 데서 확인할 수 있다.[38] 그는 더 이상 출세에 대한 욕망이 없었고, 체제에 대한 비판도 하지 않으려고 했던 것

구》49집, 한국한문학회, 2012, p.353. 각주 5.]

36 남재철, 앞의 글, pp.352~359.

37 박종채, 앞의 책, pp.43~48.

38 연암은 선공감 감역으로 벼슬을 시작한 2년 뒤에, 음관(蔭官)은 과거에 응시하라는 왕명을 받아 응시는 했으나 시권(試券)을 제출하지 않았다. 그 이후에도 여러 차례 음관을 대상으로 한 과거를 시행했으나 그는 지방(경기도 개풍군)에 있는 제릉령[齊陵令, 태조의 비(妃) 신의왕후(神懿王后)의 능을 관리하는 직책]임을 핑계 삼아 직소(直所)를 벗어나 갈 수 없다고 하여 응시하지 않았다.(박종채, 앞의 책, pp.84~85.)

으로 보인다. 따라서 『열하일기』가 사회적 논란이 되는 것을 바라지 않았을 것이다.

이런 의미에서 본다면 「옥갑야화」의 후지를 두 번에 걸쳐 쓴 것도 사회적인 논란이 되거나 혹은 자신에게 미칠지 모르는 화를 미연에 방지하기 위해 설정한 장치일 것이라고 할 수 있겠다. 그러나 좀 더 면밀히 살피면 『열하일기』에 애초에 허생의 이야기를 「진덕재야화」라는 편목으로 수록한 것 자체가 허생의 이야기로 인해 자신에게 미칠지 모르는 화를 사전에 방지하려고 설정한 장치일 것이다. 따라서 후지의 변모도 이러한 차원에서 『열하일기』의 수정·보완의 일환으로 이루어진 것으로 볼 수 있다.

2) 개작의 이유, 문체반정

『열하일기』를 수정·보완했던 이유는 여러 가지가 있겠지만 그중에 하나는 당시의 정치권력이 추구했던 이념이나 사회적 통념에 기반한 가치관과 밀접한 관련이 있었다. 이를테면 정조는 유교적 정치 질서의 회복을 위해 숭명반청(崇明反淸)과 반서학(反西學)이라는 풍조 위에 외척의 정치 간여 배제를 통한 탕평책을 기조로 중앙집권적 관료제를 강화하였다. 이를 위해 규장각을 설치하여 정책 기구로 삼아 효과적인 개혁을 추진하고 인재 양성을 통해 관료 세력의 새로운 관학풍의 진작을 도모했다.

그래서 김명호는 개작의 이유를 설명하면서 "서양 문물이나 오랑캐인 청에 대해 편견 없이 서술함으로써 당시 조선의 반서학(反西學) 반청(反淸) 풍조에 저촉될 우려가 있는 내용들도 개작의 중요 대상으로 삼았다"[39]고 했다. 이것은 기존의 유학자들이 고수했던 숭명반청주의를 뒷받침하는 주자학에 대한 비판을 완화하려는 태도로 분석할 수 있다. 따라서 개작이 벼슬살이 이후에 이루어진 것이라면 유언호의 천거로 선공감 감역으로 임명된 50세인 1786년 이후가 될 것이고, 문체반정 이후라면 안의현감이었을 때인 1793년 1월 남공철의 편지를 받은 이후일 것이며, 신유사옥(辛酉邪獄)과 관련된 것이라면 1801년 이후가 될 것이다.

그러나 천주교와 관련된 신유사옥으로 수정한 것 외에는 당시 이런 상황으로 어느 작품이 어떤 과정을 거쳐 어떻게 고쳐졌는지는 이본을 추적하여 대조하기 전에는 확인할 수가 없다. 다만 「진덕재야화」를 「옥갑야화」로 바꾼 것도 작품의 내용과 자신과의 거리를 확대하려는 것으로 보이며, 박제가가 평(評)한 「차수평어」가 일부 이본에서 삭제했던 것[40]도 그중에 하나라고 추정할 수 있다.

『열하일기』가 대중들에게 유포되는 과정에서 최초의 유포자는 다른 사람이 아닌 연암 자신이었다. 자신이 쓴 글의 일부를 가까운 이들에게 보여 주거나 읽어 주었던 것이다. 이에 대한 예화로 남공철(南公轍)이 지은 「박산여묘지명(朴山如墓志銘)」에는 당시에 『열하일기』에 대해 기록한 부분이 있다. 연암이 그의 족손(族孫)인 산여(山如) 박남수(朴南壽, 1758~1787)의 벽오동관(碧梧桐館)에 이덕무·박제가·남공철 등과 함께 모였을 때, 연암이 긴 목소리로 자기가 지은 『열하일기』를 읽었다고 한다. 이때 박남수가 연암에게, '선생의 문장이 비록 잘 되었지마는, 패

---

39   김명호, 『열하일기 연구』(수정증보판), pp.569~570.

40   일부 이본에서 「차수평어」가 사라진 것을 신유사옥의 경색된 정국에서 박제가가 종성부(鍾城府)에 정배(定配)된 것과 가까운 친구였던 이희경·이희영 형제가 참수당한 사건과 관련이 있는 것으로 판단된다.[『순조실록』3권, 순조 1년(1801년) 9월 15일 기축.]

관기서(稗官奇書)를 좋아하였으니, 아마 이제부터는 고문(古文)이 진흥되지 않을까 두려워하옵니다.'라고 했다.[41] 이 기록으로 보아『열하일기』는 연암에 의해서 부분적으로 전파되었고 측근인 족손마저도 비판했던 것으로 보인다.

연암의『열하일기』가 대중적 인기를 얻으면서 이런 문체는 당시에 유행했던 것으로 볼 수 있다. 특히 그의 글이 문체반정 촉발의 장본이 된 것은『열하일기』의 내용 중 일부가 대중뿐만 아니라 궁중에까지 알려지면서 또 다른 양상을 보이게 된 데에 그 원인이 있었다. 유득공은 자신이 쓴「열하일기」에서 당시의 상황을 이렇게 적었다.

연암은 약관에 글을 잘 지어 이름이 서울에 떠들썩하였다. 이윽고 불우하여 과거에 급제하지 못한 채 연경에 사신 가는 족형 금성도위(錦城都尉)를 따라 열하에 갔다 돌아와서『열하일기』20권을 지었는데, 탄식과 웃음, 노여움과 꾸짖음에다 우언(寓言)이 버무려져 있었다. 그 가운데「상기(象記)」,「호질(虎叱)」,「야출고북구기(夜出古北口記)」,「일야구도하기(一夜九渡河記)」등의 글은 극히 걸출하고 기이하여 당대의 사대부들이 전하여 베끼고 빌려 보는 것이 여러 해가 되도록 그치지 않았다. 이 책이 마침내 대궐에까지 들어가서 이런 분부(순정문을 지어 바치라는 분부—인용자)가 있게 된 것이다.[42]

---

41 남공철,「박산여묘지명(朴山如墓志銘)」,「묘지(墓誌)」,『금릉집(金陵集)』17집., 이가원,「열하일기 해제」,『국역 열하일기』Ⅰ, p.7.

42 유득공(柳得恭), 김윤조 역,「열하일기」,『고운당필기(古芸堂筆記)』3권, 한국고전번역원, 한국고전종합DB.

이와 같이 당시의 사정을 기록하여 당시에 『열하일기』가 광범위하게 퍼져 있었던 상황을 보여 주고 있다. 이렇게 『열하일기』가 궁중에까지 전파되어 급기야는 문체반정을 초래하게 되었다. 문체반정과 관련된 전반적인 것은 기왕의 논문[43]이 상당하고, 이 소논문에서 장황하게 다루는 것은 마땅하지 않음으로 접어 두고, 촉발된 과정을 연암과 관련해서 보도록 한다.

박남수의 지적은 예언처럼 많은 사람이 패관기서를 좋아하여 '고문의 진흥'에 문제가 생기게 되었고, 이로 말미암아 패관문체는 보수적인 사대부 계층에 많은 논란을 제공했다. 이와 같이 패관문체로 된 소품이 문제되는 시기에 기폭제가 된 것은 궁궐 내에서의 독서 사건이었다.

정미년(丁未年, 1787)에 서학 교수(西學敎授) 이상황(李相璜)과 김조순(金祖淳)의 독서 사건은 정조가 패관문체에 대해 민감하게 반응한 계기가 되었던 것으로 보인다. 그 이유는 그가 본래 '철두철미 경학에 근거한 문학을 주장하는 도문일치론(道文一致論)과 경국(經國)에 기여하는 현실 긍정의 문학을 고평[44]하였고 청조의 문학을 배격하였는데 궁궐 내에서 숙직을 하던 관리들이 패관소설을 읽다가 발각되었기 때문이었다.

정미년에 이상황(李相璜)과 김조순(金祖淳)이 예문관에서 함께

43　많은 논문이 있으나 김명호의 「정조의 문예정책과 문체논쟁」(『열하일기 연구』, pp.263~289.)은 지나치게 정치적인 면에 의존하지 않고 정조의 문예정책을 고려하여 균형감 있게 기술했다.

44　김명호, 『열하일기 연구』, p.264. 김명호는 정조가 국초(國初) 이후 중기에 이르는 시기의 권근(權近), 서거정(徐居正), 이정구(李廷龜), 장유(張維) 등 관각 문인들의 작품을 칭찬하는 한편 명·청 문학의 나쁜 영향에 물들어 타락한 문체를 혹평했다고 했다. 그리고 정조는 명·청의 소품문을 사학(邪學)으로 규탄하였던 서학(西學)과 동렬에 놓고 비판했음을 지적했다.(『열하일기 연구』, p.265.)

숙직하면서 당(唐)·송(宋) 시대의 각종 소설과『평산냉연(平山 冷燕)』등의 서적들을 가져다 보면서 한가히 시간을 보내고 있었다. 그런데 상(上)이 우연히 입시해 있던 주서(注書)로 하여금 서학 교수(西學教授) 이상황이 하고 있는 일이 무엇인가를 보게 하였던 바 이상황이 때마침 그러한 책들을 읽고 있었으므로 그것을 가져다 불태워버리도록 명하고서는 두 사람을 경계하여 경전에 전력하고 잡서들은 보지 말도록 하였었다. 이상황 등이 그때부터 감히 다시는 패관소설을 보지 않았는데 지금 와서 남공철이 대책(對策)에 소품의 어투를 인용한 것을 인하여 마침내 공함(公緘)을 보내 그의 답을 아뢰도록 명하였던 것이다. 그것은 그 사람들이 나이 젊고 재주가 있었으므로 그들로 하여금 실학에 힘쓰도록 하여 그들의 뜻과 취향을 보려 함이었다.[45]

정미년(1787년)에 이상황과 김조순의 궁궐 내의 독서 사건으로『평산냉연』같은 패관소설이 궁내에까지 확산된 것이 일시에 드러난 것이었다. 이들이 읽었던『평산냉연』은 청나라 초부터 중엽에 걸쳐 대거 성행한 재자가인(才子佳人) 소설로 그의 전형이 되었을 뿐 아니라 가장 많이 팔리고 영향력이 컸던[46] 작품이다. 당시에 이 독서 사건을 통해 이러한 상황을 인지하고 심대한 관심을 보인 정조는 엄하게 질책하며 책을 몰수하여 소각하도록 지시하고 패관소설의 독서를 금지했었다. 그리고 남공철에게 대책문을 쓰도록 명령했다. 이후 청으로부터 유입되는 명말(明

<hr>

45　『정조실록』36권, 정조 16년(1792년) 10월 24일 기축.
46　최수경,「청초 재자가인소설에 나타난 서술과 작가의식의 특징」,《중국어문논총》22집, 중국어문연구회, 2002, p.357.

末)·청초(淸初)의 문집(文集)과 패관잡설(稗官雜說)의 유입을 금지하였고, 규장각을 통한 문신의 교육을 강화하도록 하였다.

이에 따라 사행사에게 패관문학과 관련된 책의 유입을 금지했다. 1787년(정조 11년) 10월 비변사(備邊司)에서 사행할 때 반입이 가능한 품목을 만들어 정조(正祖)에게 바쳤는데, 이를 본 정조가 다음과 같이 하교하였다.

> 서책으로 말하면 우리나라 사람의 집에 넘치고 찬 것이 모두 당본(唐本)인데, 이미 나온 본에서라도 탐독하면 해박한 사람이 될 수 있고 문장도 만들 수 있을 것이니, 선비가 다시 무엇하러 많이 사겠는가? 가장 미운 것은 이른바 명말(明末)·청초(淸初)의 문집(文集)과 패관잡설(稗官雜說)이 더욱이 세도(世道)에 해로운 것인데, 근래의 문체(文體)를 보면 경박하고 촉급하여 관각(館閣)의 대수필(大手筆)이 없는 것이 다 잡된 책이 많이 나온 데에서 말미암은 것이다. 법을 만들어 금지할 것은 없더라도 사신인 자가 그중에서 심한 것을 금할 수 있다면 오히려 아주 없는 것보다 나을 것이니, 이 뜻을 사신이 알게 하라. 잡술의 글로 말하면 원사목 가운데에 특별히 과조(科條)를 세워서 반드시 매우 금하도록 하라.[47]

정조는 청조의 문학을 배격하여 '명말(明末)·청초(淸初)의 문집(文集)

---

47 「비변사진사행재거사목(備邊司進使行賫去事目)」, 『정조실록』24권, 정조 11년(1787년) 10월 10일 갑진.

과 패관잡설(稗官雜說)이 더욱이 세도(世道)에 해로운 것'이라고 하면서, "근래의 문체(文體)를 보면 경박하고 촉급하여 관각(館閣)의 대수필(大手筆)이 없는 것이 다 잡된 책이 많이 나온 데에서 말미암은 것"이라고 하여 유입되는 책을 제한했던 것이다.

이 무렵 정조는 패관문학이 성행하고 있음을 이미 알고 있었던 것으로 보인다. 정조는 정언(正言) 이경명(李景溟)이 서학의 폐단을 말하면서 엄히 가리기를 청하자 묘당(廟堂)에서 논의하기를 명했다.[48] 이에 채제공(蔡濟恭)이 이마두(利瑪竇, 마테오리치)의 『천주실의(天主實義)』를 읽은 것을 언급하면서 '인륜을 손상하고 파괴하는 설'이라고 하자, 정조는 논의 끝에 이르기를 '근본을 따져 보면 오로지 유생들이 글을 읽지 않은 데서 말미암은 일'이라고 하면서, "근래 문체(文體)가 날로 더욱 난잡해지고 또 소설을 탐독하는 폐단이 있으니, 이 점이 바로 서학(西學)에 빠져드는 원인이다."라고 단정하여 서학의 유포와 패관문체로의 변화를 동일시하였다. 정조는 "근일에는 경학이 쓸어버린 듯이 없어져서 선비라는 자들이 장구(章句)에 좋은 글귀를 따다가 과거 볼 계획이나 하는 데 지나지 않고, 그렇지 않으면 또 이러한 이학(異學)의 사설(邪說)에 빠지고 있으니 어찌 크게 탄식할 만한 일이 아닌가."[49]라고 하여 패관문학의 확산을 서학(西學)의 유포와 관련해 이해하고 개탄하여 강력하게 단속을 지시했다.

그리고 1791년 전라도 진산에서 양반 천주교도인 윤지충(尹持忠)이 유교식 제사를 폐한 사건이 불거지면서 천주교에 대한 강경 조치를 내리는

---

48 「정언 이경명이 서학을 엄히 가리기를 청하다.」, 『정조실록』26권, 정조 12년(1788년) 8월 2일 신묘.

49 「서학 유포 상황에 관해 논의하다.」, 『정조실록』26권, 정조 12년(1788년) 8월 3일 임진.

대신 사학(邪學)을 물리치려면 무엇보다도 정학(正學)을 먼저 밝혀야만 한다고 하여 서학을 금할 것과 패관소품부터 금하라[50]고 했었다. 그로 인해 패관문학의 단속과 서학에 대한 탄압이 시작되었고 중국으로부터 서적의 수입이 규제되는 등 정국이 경색되었던 것이다. 이와 함께 문단에서도 도문일치(道文一致)의 주장이 팽창하면서 패관소설적 신문체의 유행에 대한 비판이 대두하였다.[51] 그리고 마침내 1791년 2월 12일 정조는 '비변문체(丕變文體)' 즉 문체반정의 뜻이 있음을 알렸다.

요즈음 문체(文體)도 점차 그 수준이 낮아지는데 어떤 사람은 초계문신(抄啓文臣)의 제도를 시행한 뒤로 온 세상이 나쁜 것을 본받아서 그렇다고 말한다. 대체로 초계문신 제도를 시행한 것은 크게 문풍(文風)을 변화시키는 효과를 보려고 한 것인데 이제 도리어 이와 같은 폐단이 생기게 되었으니, 장차 어떤 방법으로 구제할 수 있겠는가. 문체가 옹졸한 자는 모두 과거시험에 합격시키지 않는다면 저절로 교정이 되지 않겠는가. 일반 산문의 경우는 사육문(四六文)과 다른데, 또 어찌 볼 만한 작품이 없단 말인가. 경은 유생들을 깨우쳐주어 조정에서 문체를 크게 바꾸려고 한다는 뜻을 알게 하라.[52]

---

50   「전라도 관찰사가 죄인 윤지충과 권상연을 조사한 일을 아뢰다.」, 『정조실록』33권, 정조 15년(1791년) 11월 7일 무인.

51   김명호, 『열하일기 연구』, p.22.

52   『정조실록』32권, 정조 15년(1791년) 2월 12일 정사. "今反因此有弊, 則亦將以何術可救? 文體之涉於局促者, 竝不賜科, 則自可矯變歟? 至於行文, 異於四六, 則又何無可觀之作耶? 卿曉諭諸生, 俾知朝家必欲**丕變文體之意**."

정조는 좌의정 채제공에게 초계문신 제도가 잘못 시행되는 것을 언급하면서 새로운 방법을 찾으라고 한 것이다. 그리고 뒤이어 '유생들을 깨우쳐 주어 조정에서 문체를 크게 바꾸려고 한다(丕變文體)'는 뜻을 알게 하라고 명했다. 초계문신은 정조의 명으로 37세 이하의 당하관 중에서 젊고 재능 있는 문신들을 의정부에서 선발하여 규장각에 위탁 교육을 시키고, 40세가 되면 졸업시키는 인재 양성의 장치를 강구한 제도였다. 이것은 조선 전기의 사가독서(賜暇讀書) 제도나 독서당(讀書堂) 제도를 시대에 맞게 재편제한 것이다.

정조는 재교육 과정에서 문풍을 변화시키려 한 것이 오히려 인재가 점차 격이 떨어지고 문체(文體)도 점차 그 수준이 낮아진다는 점에서 유생들에게 조정에서 문체를 바꾸려고 한다는 것을 공표하라고 한 것이다. 그러나 이렇게 지시한 근본적인 이유가 일반적인 수준에서 문체가 옹졸하거나 저하된 사육문(四六文)과 달라져 볼 만한 글이 없다는 것에서 비롯된 것이다.

독서 사건이 일어난 지 5년이 되는 1792년 10월 정조는 정미년(1787년)에 이상황(李相璜)과 김조순(金祖淳)의 독서 사건에서 드러난 패관소설의 독서를 금지하는 대책문을 작성하도록 남공철에게 지시하였다. 그런데 이 대책문에 패관문자를 인용하고 있다고 승정원에서 문제를 제기하였던 것이다. 이에 정조는 다음과 같이 전교를 내렸다.

승정원이 서학 교수(西學敎授) 이상황(李相璜)의 함답(緘答)에 관해 아뢰자, 전교하기를, "일전에 보니 초계문신 남공철의 대책문은 패관문자(稗官文字)를 인용하고 있었고, 상재생(上齋生) 이옥(李鈺)이 지은 표문(表文)은 순전히 소품(小品)의 체재를 본받고 있었다. 이옥이야 한미한 일개 유생이므로 그렇게 심하게 꾸짖을 것까지야 없겠지만 그래도 반장(泮長)을 특별히 단속하여 승보 시험의 시부(詩賦)에도 그렇게 불경(不經)스런 문체는 엄히 금하도록 아울러 명했었다. 명색이 각신(閣臣)이고 또 문청공(文淸公)의 아들이라는 자가 가훈을 어기고 임금의 명령도 저버리고 그렇게 금령을 범하는 일을 하다니 어찌 몹시 놀랍지 않겠는가. 옛날 유자(儒者)들도 이단(異端)의 글들을 인용하는 일이 많았으니 참으로 이른바 '주인을 꼭 물어 무엇하리'인 것이다. 이단은 물론이고 비록 패관체의 글이라도 그 글이 혹 이치에 가깝다거나 그 말이 사람에게 도움을 주는 것이고 그것이 구미에 맞아 모방한 것이 아니라 별생각 없이 그냥 써 본 것이라면 이는 공적인 죄에 불과한 것이다. 그런데 공철이 대책문 중에 인용한 골동(古董) 등의 말은 그것이 비록 그를 배척하는 뜻으로 쓴 것이기는 하지만 만일 그 학문을 즐기지 않았다면야 그 책을 볼 리가 있었겠는가. 더구나 그 출처를 따져보면 이치에 어긋나고 사람에게 해를 주는 것으로 음란한 음악이나 사특한 여색 정도가 아닌 경우이겠는가. 특별히 초계(抄啓)문신을 불러 더욱 엄하게 신칙(申飭)하고 이어 공철로 하여금 마음을 바꾸어 바른길로 돌아오기 전에는 대궐에 들어오더라도 감히 경연에 오르지 못하게 하고 대궐을 나가서도 감히 집안 사당에 절을 드리지 못하게 했던 것이다. 이것이 어찌 다만 공철 한 사람의 문체 때문에 그랬겠는가.'"[53]

<hr>

정조는 이 글에서 정조 자신의 스승인 문청공[文淸公, 남유용(南有容)]의 아들이면서 각신(閣臣)이고 초계문신인 남공철이 쓴 대책문에 패관문자(稗官文字)를 인용하고 있었음을 지적하고 이를 문책하도록 한 것이다. 그런데 새삼 1787년에 있었던 일을 5년이 지난 후에 와서 이상황·김조순의 독서 사건을 문제 삼아 남공철에게 대책문을 쓰게 하고, 당사자인 이상황의 상임(庠任)을 해임시키고 김조순(金祖淳)과 심상규(沈象奎)도 공초를 받게 하였다.[54]

독서 사건이 일어난 당시에는 크게 문제시하지 않았다가 5년이 지난 뒤에 느닷없이 문제를 제기한 것이나, 남공철이 쓴 대책문을 승정원에서 문제를 삼았던 까닭은 알 수 없다. 간혹 이것을 정치적인 판단과 관련해서 이해하기도 한다.[55] 승정원에서 남공철의 대책문에 패관문자를 인용하였다고 문제를 제기하자 정조는 남공철을 지제교에서 삭탈하라고 지시했다.[56] 그러자 남공철은 다음날 즉시 함답(緘答)[57]을 올렸고, 정조

54　『정조실록』36권, 정조 16년(1792년) 11월 3일 무술.

55　김명호는 1792년 10월부터 정조가 문예정책과 관련해서 취한 일련의 조치들은 당시의 복잡한 정국을 배경으로 한 것이라고 했다. 그는 문체 파동의 정치적 배경을 신기현(申驥顯)·윤영희(尹永僖) 사건과 관련해서 이해했다. "1792년 정조는 윤영희 사건으로 궁지에 몰린 채제공을 비호하려고 애쓰는 가운데 문예정책을 추진했다"고 하였다.[김명호, 『열하일기 연구』(수정증보판), pp.324~328.]

56　"일전에 남공철(南公轍)의 대책(對策) 중에도 소품(小品)을 인용한 몇 구절이 있었다. 그가 누구의 아들인가. 나도 문청(文淸, 남공철의 아버지 남유용(南有容)의 시호)에게서 배웠지만 지성으로 가르치고 인도해 주었기에 비로소 글을 짓는 방법을 알았다. 그의 문체는 고상하고 전중(典重)하여 요사이의 문체에 비할 바 아니었으므로 나도 그 문체를 매우 좋아하고 있다. 그런데 그런 아버지의 아들로서 그러한 문체를 본받는다면 되겠는가. 오늘 이 하교가 있었음을 듣고서 마음을 고쳐먹고 다시 올바른 길로 가기 전에는 그가 비록 대궐에 들더라도 감히 경연에 오르지는 못할 것이며 집에 있으면서도 무슨 낯으로 가묘(家廟)를 배알하겠는가. 공철의 지제교(知製敎) 직함을 우선 떼도록 하라."[『정조실록』36권, 정조 16년(1792년) 10월 19일 갑신] 당시 남공철은 규장각의 직각이면서 지제교를 겸임했다.

57　내용상 문제가 된 것은 『일성록』에 남공철이 올린 함답에서 볼 수 있는데, "며칠 전 대책(

는 그를 전직(前職)에 복직시키고 그 함답 내용을 조지(朝紙)에 반포하여 이후 문풍을 엄히 할 것을 명하였다.[58] 남공철이 문책을 당한 것은 그가 쓴 대책문의 내용에 '골동(古董), 서화(書畫)'와 같은 단어를 썼는데 이것이 패관문자라고 하여 조정(朝廷)에서 논란이 된 것이었다. 이덕무도 문제의 발생 원인을 "남직각(南直閣, 남공철)이 대책(對策)에 '고동서화(古董書畫)'의 넉 자를 쓴 데서 시작되었소."[59]라고 박제가에게 보내는 편지에서 밝혔다.

그런데 정조는 남공철 대책과 관련된 사건이 있기 일주일 전쯤 다시 청나라로부터 패관 서적의 수입을 금하도록 명령했다. 1792년(정조 16년) 10월 19일에 동지상사로 떠나는 정사 박종악(朴宗岳)을 접견하는 자리에서 청나라로부터 패관류 서적의 수입을 금하고 소설 문체 사용의 금지를 명하였다. 정조는 특별히 정사인 박종악에게 '과문(科文)에서 패관소품(稗官小品)의 문체를 모방하는' 사람들이 있는 것이 청나라의 책으

對策) 중에 골동(古董), 서화(書畫) 등의 말은 패관의 문체를 공격하기 위한 의도로 썼는데 결국 그것을 답습하는 꼴이 되었습니다."라고 한 것에서도 확인할 수 있다.[『일성록』, 임희자 역, 정조 16년 임자(1792) 10월 25일 경인, 한국고전번역원, 2009, 한국고전종합DB.]

58   정조는 "공함 발송에 관한 전교와 답통(答通)의 공초(供招)를 조지(朝紙)에 반포하여 많은 사람들이 다 보게 하라"고 하면서 "지금 이 처분은 생각 없이 한 일이 아니다. 문풍(文風)이란 세도와 관계되는 것이기에 남공철 한 사람으로 많은 선비들이 타산지석을 삼게 하고자 함이다. 직책으로나 지위로 보아 나와 아주 가까운 각신들도 조금도 가차 없이 금지하고 꾸짖고 하여 부끄러움을 알게 하는데, 더구나 나이 젊은 유생으로서 승보시(陞補試)의 과제(課製) 사이에 발을 내디디고 후일 모두 경·사대부가 될 자들이겠는가. 우선 반시(泮試)에서부터 만일 전교를 따르지 않는 자가 있으면 한결같이 태학의 법전 격례(格例)에 따라 바로 선비들이 모이는 곳에다 죄과를 쓴 판자를 매달아 두고 더 심한 자는 북을 치며 성토하고 그 다음가는 자는 매를 때리고 그 사실을 기록하여 괄목할 만한 실효가 있도록 하라."라고 했다.[『정조실록』36권, 정조 16년(1792년) 10월 25일 경인.]

59   이덕무, 「박재선(朴在先) 제가(齊家)에게 보내는 편지」, 「아정유고」제7권, 『청장관전서』제20권.

로 말미암은 것임을 강조하고 수입을 금지하도록 조처를 지시하였다.[60]
정조는 이와 같이 지시하면서 동석(同席)했던 대사성 김방행(金方行)에
게 이르기를 소설 문체 사용하는 것을 금지하라고 하면서, 이미 같은 해
9월에 구일제(九日製)에서 수석을 하여 회시(會試)에 직보한 성균관 유
생인 이옥(李鈺, 1760~1813)이 생원시에 합격하였으나 패관문체를 썼
으니 승보시(陞補試)에 배제하라고 지시하였다. 그리고 정조는 승보 시
험의 시부(詩賦)에도 패관문자 같은 불경(不經)스러운 문체를 엄히 금하
도록 하였다.[61] 이옥을 승보시에서 배제한 것은 그가 지은 표문(表文)이
순전히 소품(小品)의 체재를 본받고 있었기 때문이었다.

그리고 열흘쯤 뒤인 11월 6일 부교리(副校理) 이동직(李東稷)이 상소
(上疏)를 올려 신기현(申驥顯)·윤영희(尹永僖)·채제공(蔡濟恭)·이가
환(李家煥)을 처벌하라고 요청하였다. 이동직은 이 상소문 중에 이가환
을 비판하면서 패관소품에 대해 언급하고 경전(經傳)을 언제나 별 쓸모
없는 것으로 보고 있으니 그들 문장은 문장이라고 말할 수도 없이 저속
함을 주장했다.[62] 그러나 이때 정조는 바로 "비록 비답은 내렸으나 금령

---

60   정조는 "어제 책문의 제목 하나를 내어서 위서(僞書)의 폐단에 관해 설문을 해보았다. 근
     래 선비들의 추향이 점점 저하되어 문풍(文風)도 날로 비속해지고 있다. 과문(科文)을 놓
     고 보더라도 패관소품(稗官小品)의 문체를 사람들이 모두 모방하여 경전 가운데 늘상 접
     하여 빠뜨릴 수 없는 의미들은 소용없는 것으로 전락하였다. 내용이 빈약하고 기교만 부
     려 전연 옛사람의 체취는 없고 조급하고 경박하여 평온한 세상의 문장 같지 않다. 세도와
     유관한 것이어서 실로 작은 걱정이 아니다. 이러한 폐단의 근원을 아주 뽑아서 없애버리
     려면 애당초 잡서(雜書)들을 중국에서 사오지 못하게 하는 것이 제일이다."라고 명하였다.[
     「동지 정사 박종악 등에게 당판의 수입 금지와 소설 문체 사용의 금지를 명하다」, 『정조실
     록』36권, 정조 16년(1792년) 10월 19일 갑신.]

61   『정조실록』36권, 정조 16년(1792년) 10월 24일 기축.

62   「부교리(副校理) 이동직(李東稷) 상소(上疏)」, "국가에서 전후로 인재 선발을 하면서 단
     지 문장 한 가지만을 보고 하였지만 괴이한 귀신같은 무리라면 비록 하찮은 재예(才藝)가
     있다고 치더라도 그것을 가지고 죄를 가릴 수는 없는 것입니다. 하물며 그들의 문장이라

에 저촉되는 말이 많으니 원소(原疏)는 승정원으로 하여금 태워버리게 하라."라고 했다.

한편 정조는 패관문체를 폐기하고 순정문으로 일신하기 위해 남공철의 대책문 파동 이후 그해 12월 16일 성균관 유생을 대상으로 친시(親試)를 실시했는데 그때 합격한 사람들에게 다음 날 재시험을 실시하였고 성적에 따라 시상하였다. 그리고 승지와 사관, 성균관 당상관과 숙직한 병조의 당상관과 당하관, 규장각 검서와 교서관 교리 등에게도 부(賦)를 지어 바치게 하였다. 이때 성대중·유득공 등 6명을 우등으로 뽑았으며, 그중에서 유독 잘 썼던 성대중(成大中)을 3품 외직 후보로 천거케 한 뒤 북청부사로 임명했다.[63] 북청부사가 된 성대중은 그다음 해 1월 5일 규장각에서 공문을 통해 "고금의 문체 중 어느 것이 옳은지 그른지 조목별로 의견을 제시하고, 임금의 은혜에 감사하는 산문과 한시를 지어 바치라"는 정조의 하교를 받고 장문의 서문을 갖춘 오언고시 「감은시서(感恩詩敍)」를 지어 바쳤[64]는데, 이 시는 북청부사에 특별히 임명된 데 대한 감사의 시였다. 그는 서얼(庶孼) 출신으로 정조의 문예정책에 적극 호응하여 가장 빛을 본 인물이었다.[65]

는 것이 학문상으로는 대부분 이단(異端) 사설(邪說)들이고 문장이래야 순전히 패관소품(稗官小品)을 숭상할 뿐입니다. 누구나 알고 있는 경전(經傳)을 언제나 별 쓸모없는 것으로 보고 있으니 그들 문장은 문장이라고 말할 수도 없습니다."[『정조실록』36권, 정조 16년(1792년) 11월 6일 신축.]

63   『일성록』, 정조 16년(1792년) 12월 18일 임오.

64   김명호, 『열하일기 연구』(수정증보판), p.339.

65   김명호, 『열하일기 연구』(수정증보판), p.365.

3) 남공철의 서신과 연암의 답신(答信)

연암은 안의에서 벼슬을 할 때 남공철의 편지를 받음으로써 문체반정의 사태를 심각하게 느꼈을 것이고 그로 인해 위축될 수밖에 없었을 것이다. 남공철은 그 편지에서 자신이 대책문으로 어려움을 겪고 난 정황을 기록하여 보냈다. 그런데 남공철이 연암에게 편지를 보내게 된 당시의 사정은 유득공의 다음과 같은 글에 잘 나타나 있다.

상(上, 정조)이 요즈음의 문체가 비속하고 낮다 하여 여러 차례 윤음(綸音)을 내려 사신(詞臣)을 꾸짖고 패관소설(稗官小說)을 엄금하였으며 또한 여러 검서관(檢書官)은 신기(神技)를 힘써 숭상하지 말라 신칙(申飭)하였다. 북청부사(北靑府使) 성대중(成大中)이 홀로 법도를 좇았기에 매양 그에게 포상을 더하였는데, 내각(內閣)에 명하여 술자리를 열어 시를 읊어서 그의 출발에 총영(寵榮)을 내렸다. 서영보(徐榮輔)·남공철(南公轍) 두 직각(直閣)과 강산(薑山) 이 승지[李承旨, 이서구(李書九)]가 그 자리에 있었으니 모두 당대 시문의 대가들이다. 검서관은 나와 이 무관[李懋官, 이덕무(李德懋)]이 참석하였으니, 지극한 영예라 이를 만하다. 이날 남(南) 직각은 성상의 뜻으로 편지를 써서 안의현감(安義縣監) 박지원(朴趾源)에게 다음과 같이 유시(諭示)하였다. "『열하일기(熱河日記)』는 내가 이미 읽어보았다. 다시 아정(雅正)한 글을 짓되 편질(編帙)이 『열하일기』와 비슷하고 『열하일기』처럼 회자될 수 있으면 괜찮겠지만 그렇지 못하면 벌을 내릴 것이다."[66]

  이 기록은 남공철이 연암에게 편지를 보내기 전의 궁궐 내에서의 상황을 보여 주고 있다. 패관문체의 단속을 위해 정조 자신이 직접 검서관들에게 엄히 타이르는 한편 법도에 맞게 글을 쓴 사람에게 포상하였고, 연암에게는 『열하일기』와 같은 규모로 아정(雅正)한 글을 짓도록 요구했음을 볼 수 있다. 정조는 자신이 요구한 대로 글을 써서 바쳤던 성대중(成大中)을 북청 부사로 승급시킴으로써 더욱 자극했던 것이다. 특히 유득공은 이 글에서 정조가 『열하일기』를 읽었다고 했음을 밝히면서 연암에게 『열하일기』처럼 회자될 수 있는 명편의 글을 지어 바칠 것이며, 그렇지 못하면 벌을 내릴 것이라고 하는 편지를 보내도록 남공철에게 엄명했다고 했다.

  안의(安義)현감으로 1년을 보낸 57세 때인 1793년(정조 17년) 정월 16일에 연암은 규장각 직각(直閣)인 남공철(南公轍, 1760~1840)로부터 한 통의 편지를 받게 되는데 그 내용의 일부는 다음과 같다.

---

[66] 유득공, 「열하일기」, 『고운당필기(古芸堂筆記)』3권. 이 내용은 이덕무가 부여 원(元)이었던 박제가에게 보낸 편지에도 들어 있다. "요즘은 성 비서(成祕書)가 대궐에 부(賦)를 지어 올렸는데, 붉은 비점(批點)이 눈부시게 빛났소. 그리하여 곧 전(箋)을 올려 사은하게 하고 북청도호부사(北靑都護府使)로 임명하였는데, 직각(直閣) 남공(南公, 남공철)이 이를 위하여 전별연을 베풀었소. 여기에 참예한 사람은 직각(直閣) 서공(徐公, 서영보)·강산(薑山, 이서구) 승선(承宣), 그리고 나와 혜보(惠甫, 유득공)인데 운(韻)을 내어 다 같이 시(詩)를 지었으니, 이는 성상의 명령에서였소. 미천한 필부를 덮어 주는 그 성대한 뜻과 문풍(文風)을 크게 진작하는 그 덕음(德音)을 또박또박 정성스럽게 각신(閣臣)에 내려 선포하게 하셨소. 보령재(保寧宰)의 감은문(感恩文)과 부여재(扶餘宰)의 송죄문(訟罪文)도 함께 올리게 하였으니, 이 역시 이날 은유(恩諭)에 관계된 것이었소. 이에 대해서는 이미 각신의 관칙(關飭)이 있었으니, 이미 받았으리라 믿소."[「박재선(朴在先) 제가(齊家)에게 보내는 편지」, 「아정문고」제7권, 『청장관전서』제20권.]

지난번에 문체(文體)가 명(明)·청(淸)을 배웠다 하여 임금님의 꾸지람을 크게 받았고 치교[穉敎, 심상규(沈象奎, 1766~1838)] 등 여러 사람과 함께 함추(緘推)를 당하기까지 하였습니다. 저는 또 내각(內閣)으로부터 무거운 쪽으로 처벌을 받아 죗값으로 돈을 바쳤습니다. 그 돈으로 술과 안주를 마련하여 내각에서 북청 부사(北靑府使)로 부임하는 성사집[成士執, 성대중(成大中, 1732~1809)]의 송별연을 벌였는데, 대개 사집(士執)은 문체가 순수하고 바르기 때문에 이런 어명이 내렸던 것입니다. 낙서[洛瑞, 이서구(李書九, 1754~1825)] 영공(令公)과 여러 검서(檢書)가 다 이 모임에 참여하였으니, 문원(文苑)의 성사(盛事)요 난파(鑾坡)의 미담이라, 영광스럽고 감격스러워서 이에 아뢰는 바입니다.

어제 경연(經筵)에서 천신(賤臣, 남공철)에게 하교하시기를, '요즈음 문풍(文風)이 이와 같이 된 것은 그 근본을 따져보면 모두 박 아무개의 죄이다. 『열하일기』는 내 이미 익히 보았으니 어찌 감히 속이고 숨길 수 있겠느냐? 이자는 바로 법망에서 빠져나간 거물이다. 『열하일기』가 세상에 유행한 뒤에 문체가 이와 같이 되었으니 당연히 결자해지(結者解之)하게 해야 한다.' 하시고, 천신에게 이런 뜻으로 집사(執事)에게 편지를 쓰도록 명령하시면서, '신속히 순수하고 바른 글 한 편을 지어 급히 올려보냄으로써 『열하일기』의 죗값을 치르도록 하라. 그러면 비록 남행(南行) 문임(文任)이라도 주기를 어찌 아까워하겠는가? 그렇지 않으면 마땅히 중죄가 내릴 것이다.' 하시며, 이로써 곧 편지를 보내라는 일로 하교하셨습니다.

이런 임금의 말씀을 들으면 필시 영광으로 여기는 마음과 송구한 마음이 한꺼번에 뒤섞일 줄 상상되오나, 다만 이 '순수하고 바른 글 한 편'은 진실로 졸지에 지어 내기는 어려울 터이니, 어떻게 하려고 하시는지 모르겠습니다. 이는 실로 유교를 돈독히 하고 문풍을 진작하며 선비들의 취향을 바로잡으시려는 우리 성상의 고심과 지덕(至德)에서 나온 것이니, 어찌 감히 그 만에 하나나마 보답하지 않을 수 있겠습니까?

하물며 집사는 허물을 자책하고 속죄해야 하는 도리상 더욱이 잠시라도 늦추는 것이 용납되지 않는 처지이나, 그 제목을 정하기가 딱하게도 쉽지 않으니, 명·청의 학술을 배척하는 한두 권 글을 지어서 올려보냄이 좋지 않겠습니까? 아니면 영남(嶺南) 산수기(山水記) 한두 권이나 혹은 서너 권을 순수하고 바르게 지어냄이 좋지 않겠습니까? 이렇게든 저렇게든 막론하고 두어 달 안에 올려보내심이 어떨는지요? 편지를 보낸 것은 이 때문이며, 이만 줄입니다.[67]

남공철이 이와 같이 다급하게 편지를 보내 연암에게 강요하다시피 순정(純正)한 글을 요구한 것은 긴박했던 당시 조정에서의 상황을 그대로 반영한 것이었다. 남공철은 이 편지에서 문체가 비속하게 된 것에 대한 정조의 책망과 그 원인이 연암에게 있으며 이를 해결하기 위해 연암이 문풍을 진작할 수 있는 순정문을 써서 바치라고 간곡하게 권했다. 특히 정조가 『열하일기』를 보았다고 한 것과 요즈음 문풍(文風)이 이와 같이 된 그 근본 원인이 연암에게 있음을 경연(經筵)에서 언급했다는 것을

---

67 「원서(原書) 부(附)」, 『연암집』 제2권. 이 남공철의 편지는 「답남직각공철서(答南直閣公轍書)」의 덧붙여져 있다. 남공철의 편지는 그 전해인 1792년 12월 28일 보낸 것으로 되어 있다.

편지로 알렸다. 그는 정조가 연암을 '법망에서 빠져나간 거물'이라고 지칭하며 결자해지(結者解之)하라고 명령하는 한편, 순정문을 써서 바친다면 남행(南行) 문임(文任)까지도 줄 수 있다고 한 정조는 말을 편지로 기별한 것이다. 남공철은 연암의 글 쓰는 태도나 내용을 이해하고 있었던 듯이 '순수하고 바른 글 한 편'이 어렵다고 판단하고, 이에 대한 대책으로 명·청의 학술을 배척하는 한두 권 글이나 영남(嶺南) 산수기(山水記) 한두 권이나 혹은 서너 권을 순수하고 바르게 지어 보내 달라고 당부까지 한 것이다.

연암이 남공철의 편지를 받았을 무렵에 이덕무와 박제가도 자송문(自訟文)을 지어 바치라는 분부[68]를 받았다. 이 사실은 이덕무가 박제가에게 보내는 편지에서 밝혔는데, 그는 "대개 이 일은 남 직각(南直閣)의 책문에서 '고동서화(古董書畫)'의 넉 자를 쓴 데서 시작되었소. 중원을 흠모하고 소설(小說)을 좋아한 것이 근일의 고질적인 폐단이 되었는데 성상의 책망이 준엄하여 남공(南公)과 옥당(玉堂) 이상황(李相璜)에게 문계(問啓)의 명이 내리기까지 한 것은 이미 저보(邸報)에 났으니 형은 응당 보았을 것이오. 그 뒤에 심 대교(沈待敎, 심상규)와 김 대교(金待敎, 김조순)를 차례로 문계하였는데 이는 저보에는 나지 않았소. 아, 이는 참으로 순수하고 고아한 풍습을 만회하고 큰 문운(文運)을 진작시키는 일

---

68 이 무렵 즉, 연암이 남공철로부터 서신을 받은 지 나흘 뒤(1793년 1월 20일)에는 이덕무에게, 전 해 겨울에는 박제가에게 자송문(自訟文)을 지어 받치라는 왕명을 받았다고 했다. 이덕무의 아들 이광규가 기록한 연보에 의하면, "(계축년, 1793년) 1월 20일 자송문(自訟文)을 지어 올리라는 명을 받았다. 임자년(1792) 겨울에는 상이 부여수(扶餘守) 박공 제가(朴公齊家)에게 명하여 자송문을 지어 올리게 하였는데 이에 이르러 또 공에게도 이를 지어 올리게 한 것이다. 이때 공은 병세가 위독해서 미처 지어 올리지 못하였는데 임종(臨終)에 이르러서도 응제(應製)가 늦어짐을 걱정하였다."[이광규, 「선고적성현감부군연보(先考積城縣監府君年譜下)」, 앞의 책.]

대 기회요."라고 하여 당시의 사정과 새로운 문운의 진작을 시도해야 할 시기임을 분명히 하였고, 이어지는 내용에서 소설에 대한 부정적 견해를 보이기도 했다.[69] 그리고 이덕무는 박제가에게 자송문 작성 요령을 다음과 같이 제시하였다.

> 형은 모름지기 십분 상세히 살펴 곧 허물을 뉘우치고 착하게 되며 성은에 감사하고 죄과를 자인하는 뜻으로 한 편의 고문이나 칠언절구 10여 수를 짓되, 문(文)이든 시든 그 사의(辭意)를 극히 순수하고 아담하게 잘 꾸밀 것이요, 혹시라도 부화한 말을 쓰지 않을 것이며, 자구 간에는 소위 세속에서 말하는 소설(小說) 및 명나라 말엽, 청나라 초기에 사용하던 일종의 저속 경박한 말을 삼가 쓰지 않기를 바라오. 남(南)·이(李) 두 학사(學士)는 이미 사도(邪道)와 이단(異端)을 물리치는 시문을 지어 올렸다고 하니, 형도 다 지었거든 빨리 적어 올려 내각에 들이시오.[70]

이와 같이 구체적인 방법을 예시하면서 속히 지어 올리라고 하였다. 이때 이덕무는 병세가 위중하였음에도 1월 24일 자송문을 지어 바치고 그다음 날 운명했다.[71] 이상황·김조순의 독서 사건에서 비롯된 파문이

---

69 그는 "소설은 곧 『삼국지연의(三國志演義)』 같은 등속인데, 이는 음탕과 도둑질을 가르치고 인륜과 교화를 해치는 것이라, 왕정에 있어 엄격히 금지되어야 하기 때문에 우리의 무리가 통절히 배척하는 것이오. 이것이 형에게 누가 되는 것은 아니나, 형의 성질이 남달리 괴벽하고 우리 예의(禮義)의 나라에 생장하여 도리어 우리와 다른 천리나 먼 중원의 풍속을 사모하는 것이 늘 한스럽게 생각되었소."라고 하여 당시의 관각문인들의 소설관의 일단을 피력했다.[이덕무, 「박재선(朴在先) 제가(齊家)에게 보내는 편지」, 앞의 책.]

70 이덕무, 「박재선(朴在先) 제가(齊家)에게 보내는 편지」, 앞의 책.

71 이덕무, 「선고 적성현감 부군 연보」, 앞의 책.

연암과 이덕무, 박제가 등에게까지 미친 것이었다.

남공철이 다급하게 권유하는 편지를 보냈던 것은, 이와 같이 정조가 대책문을 쓴 남공철을 문책하는 것과 동시에 문체가 패관소품체로 바뀌게 된 장본(張本)을 『열하일기』라고 지목하면서 연암에게 '신속히 순수하고 바른 글 한 편을 지어 급히 올려보냄으로써 『열하일기』의 죗값을 치르도록 하라'고 하여 결자해지(結者解之)를 명령하였던 데에 그 원인이 있었다.

그러나 연암은 이에 바로 응하지 않았다. 그 이유는 남공철의 편지에서 만일 정조의 명령을 이행했을 때에는 비록 "'남행(南行) 문임(文任)'이라도 주기를 어찌 아까워하겠는가? 그렇지 않으면 마땅히 중죄가 내릴 것이다."라고 하여 음관(蔭官)이지만 문임인 홍문관이나 예문관의 종2품 벼슬인 제학(提學)에 임명할 수 있다고 하였기 때문이다. 이것은 순정문을 강요하면서 회유한 것이라고 볼 수 있다. 그러나 연암은 새로 순정문을 써서 바치지 않았다. 그 이유를 박종채는 다음과 같이 기록했다. 정조가 연암에게 잘못을 반성하고 바른 글을 지어 바치면 음직으로 문임 벼슬을 주는 것도 아깝지 않다고 한 것은 스스로 반성하는 길을 열어 준 것인데, 이 말에 부응하여 우쭐하여 글을 지어 바친다면 이것은 마치 바라서는 안 될 문임을 바라는 것이 되는 것이다. 따라서 바라서는 안 될 것을 바라는 건 신하된 자에게 큰 죄이기 때문에 순정문을 써서 바칠 수도 없었다. 그렇다고 안 쓸 수도 없는 상황이었다[72]고 설명했다. 연암은 남공철의 편지에 대한 답장을 다음과 같이 써서 보냈다.

<hr>

[72] 박종채, 앞의 책, p.136.

금년(1793) 정월 16일에 형이 지난 섣달 28일 띄운 서한을 받고서 비로소 형이 내각(內閣, 규장각)에 재직하고 있음을 알았으며, 바삐 서한을 펴 보고 또한 평안히 계심을 알았소이다. 그런데 반도 못 읽어서 혼비백산하여 두 손으로 서한을 떠받들고 꿇어 엎드려 머리를 땅에 조아렸소.

대개 사신(私信)이기는 하지만 임금의 명령을 받든 것이라, 처음에는 당황스럽고 두렵더니 뒤따라 눈물이 마구 쏟아졌소. 진실로 위대한 천지는 만물을 기르지 않음이 없고, 광명한 일월은 미물이라도 비추지 않음이 없음을 알게 되었소. 그러나 글방의 버려진 책이 위로 티끌 하나 없이 맑은 대궐을 더럽힐 줄 어찌 생각이나 하였겠소?

이곳은 천 리나 동떨어진 하읍(下邑)이지만 임금의 위엄은 지척(咫尺)이나 다름이 없고, 이 몸은 제멋대로 구는 일개 천신(賤臣)이건만 임금의 말씀은 측근의 신하를 대할 때나 차이가 없으며, 엄한 스승으로서 임하시고 자애로운 아버지로서 가르치시어 임금의 총명을 현혹시킨 죄로 처형을 가하지 않을 뿐만 아니라 도리어 한 편의 순수하고 바른 글을 지어 속죄하도록 명하셨으니, 서캐나 이 같은 미천한 신하가 어이하여 군부(君父)께 이런 은애(恩愛)를 입는단 말이오.

아! 명색이 선비로 이 세상에 태어난 자가 몸소 요순(堯舜)과 같은 임금이 교화를 펴는 시대를 만나고도, 물줄기가 모여 강을 이루듯이 화목하고 평온한 음향을 발하고, 『서경(書經)』·『시경(詩經)』과 같은 저작을 본받아 임금의 정책(政策)을 아름답게 표현함으로써 국가의 융성을 드날리지 못하니 이는 진실로 선비의 수치입니다. 더구나 나 같은 자는 중년(中年) 이래로 불우하게 지내다 보니 자중하지 아니하고 글로써 장난 거리를 삼아(以文爲戲), 때때로 곤궁한 시름과 따분한 심정을 드러냈으니 모두 조잡하고 실없는 말이요, 스스로 배우와 같이 굴면서 남에게 웃음거리를 제공했으니 진실로 이미 천박하고 누추하였소이다.

게다가 본성마저 게으르고 산만해서 수습하고 단속할 줄 몰라, 자기도 모르는 사이에 화로(畫蘆)·조충(雕蟲) 따위의 잔재주가 이미 자신을 그르치고 또한 남까지 그르쳤으며, 부부(覆瓿)·호롱(糊籠)에나 알맞은 글로 하여금 혹은 잘못된 내용이 전파됨에 따라 더욱 잘못되도록 만들었습니다. 차츰차츰 패관소품(稗官小品)으로 빠져든 것은 저도 모르게 그렇게 된 것이요 이리저리 굴러다니다가 위항(委巷)에서 흠모를 받게 된 것도 그러길 바라지 않았는데 그렇게 되고 만 것이었습니다. 문풍(文風)이 이로 말미암아 진작되지 못하고 선비의 풍습이 이로 말미암아 날로 퇴폐하여진다면, 이는 진실로 임금의 교화를 해치는 재앙스러운 백성이요 문단의 폐물이라, 현명한 군주가 통치하는 시대에 형벌을 면함만도 다행이라 하겠지요.

제 자신은 웅대하고 전중한 문체를 거역하면서 후생들이 고문(古文)의 법도를 계승하려 하지 않음을 탄식하고, 벌레 울고 새 지저귀는 소리나 좋아하면서 '옛사람들은 듣지도 못한 것이다'라고 말했으니, 이로 말하자면 나나 그대나 마찬가지로 죄가 있다 하겠소. 지금에 와서는 도깨비가 요술을 못 부리고 상곡(桑穀)의 재앙이 저절로 소멸하게 되었으니, 그 본심을 따져보건대 비록 잔재주에 놀아난 결과이기는 하지만 이는 진실로 무슨 심보였던가요? 스스로 종아리를 치며 단단히 기억을 해야겠소.

허물을 용서하고 죄를 용서하시니 임금의 덕화(德化)에 함께 포용되었음을 확실히 알았으며, 마음을 고치고 생각을 바꾸어 청아(菁莪)에 거의 자포자기하지 않게 되었으니, 이는 나나 그대나 죽도록 같이 힘쓸 바요. 어찌 감히 지난날의 허물을 고치고 뒤늦게나마 만회할 것을 급히 도모하여 다시는 성세(聖世)의 죄인이 되지 않도록 하지 않으리오.[73]

연암은 이 서신을 통해 자신의 글이 중년(中年) 이래로 불우하게 지내면서 곤궁한 처지에서 시름과 따분한 심정을 드러낸 것으로 자중하지 아니하고 쓴 글이며 장난 거리를 삼아(以文爲戱) 써서 때때로 모두 조잡하고 실없는 말이었음을 고백하면서, "스스로 배우와 같이 굴면서 남에게 웃음거리를 제공했으니 진실로 이미 천박하고 누추하였소."라고 자탄하였다. 그리고 자신의 글은 참신함이 없이 단순하게 남을 모방한 것이며 자구(字句)를 수식한 글[화로(畵蘆)·조충(雕蟲)]에 불과하여 항아리 덮개로 삼거나 농(籠)이나 바르기에 족한[부부(覆瓿)·호롱(糊籠)] 시원치 않은 글이라고 하였다. 또한 패관소품(稗官小品)으로 빠져든 것은 자신도 모르게 그렇게 된 것임을 토로하고 위항(委巷)에서 흠모를 받게 된 것도 그러길 바라지 않았는데 그렇게 되고 만 것이었다고 시인했다. 결국 문풍(文風)이 진작되지 못하고 선비의 풍습이 이로 말미암아 날로 퇴폐하여진다면, 이는 진실로 임금의 교화를 해치는 재앙스러운 백성이며 문단의 폐물이라고 하면서, 현명한 군주가 통치하는 시대에 형벌을 면함만도 다행이라고 스스로 자신의 책임을 인정했다. 연암은 답신에 이러한 자신의 심경을 적어 보낸 것이었다.

<hr>

73 「남 직각(南直閣) 공철(公轍)에게 답함(答南直閣 公轍 書)」, 『연암집』제2권.

그러나 연암은 답신에서 "지난날의 허물을 고치고 뒤늦게나마 만회할 것을 급히 도모하"겠다고 했으나, 그 즉시 순정문을 써서 바치지 않았다. 그는 별도의 조치가 있으면 그때 "예전에 지은 글 몇 편과 안의에 와서 지은 글 몇 편을 뽑아 서너 권의 책자로 만들어 두었다가 임금님께서 또다시 글을 지어 올리라는 분부를 내리시면 그때에 가서나 분부를 받들어 신하의 도리를 다할까 하오."[74]라고 순정문을 써서 바치라고 재촉하는 주변 사람들에게 말했다.

결국 그는 새로 순정문을 써서 바치지 않고, 남공철에게 고문(古文)으로 편지를 지어 보내는 것으로 종결을 지었다. 정조는 이로 인해 연암을 현직에서 파직하지 않고 남공철이 받은 연암의 편지를 보고 재주에 다시 감탄하여 더 이상 문제를 삼지 않았다고 한다.[75] 이것은 연암의 편지가 패관문체를 벗어난 고문의 형태의 글이었고 그 내용 또한 완곡하게 잘못을 뉘우치는 것으로 피력했기 때문이며 한편으로는 연암에 대한 정조의 애정에서 비롯된 것이라고 볼 수 있다. 정조의 이러한 처분으로 보아 정조가 당시에 연암에게 내린 견책 처분은 징계보다는 회유의 성격이 더 강한 것[76]으로 볼 수 있다.

사실 정조는 연암의 문체에 대하여 드러난 것처럼 부정적이지 않았던 것으로 보인다. 패관문체의 문제가 남공철의 대책문으로 확산되기 전인 1790년 4월에 간행한 이덕무·박제가·백동수가 저술한 『무예도보통지(武藝圖譜通志)』의 「어왜제론(御倭諸論)」을 정조가 읽고 '여러 편이 원만

---

74   박종채, 앞의 책, pp.135~136.

75   창강(滄江) 김택영(金澤榮)은 "임금은 그의 재주에 탄복하고 다시 죄를 묻지 않았다."라고 기록했다.[김택영, 「박연암선생전(朴燕巖先生傳)」, 앞의 책.]

76   김명호, 『열하일기 연구』, p.276.

하여 좋다.'라고 하면서, '이것이 연암의 문체(此燕岩體也)'[77]라고 하였다는 것을 보면 연암의 문체에 대해 긍정적이었음을 알 수 있다.[78]

이러한 예는 그 후 정조가 특별한 경우에 연암에게 글을 쓰도록 명령했다는 데서도 확인할 수 있다. 이를테면, 정조는 경술년(1790)에 자신의 고모부인 금성위 박명원이 작고하였을 때 자신이 신도비(神道碑)를 짓기로 하면서 연암에게 묘지명(墓誌銘)[79]을 쓰라고 하였다든가, 1793년 이덕무가 작고하자 정조는 행장을 연암이 짓도록 하였다는 것[80]이 그 예이다.

그러나 그 후 서학과 관련해서 패관문체의 폐해를 인식하고, 남공철의

77 박종채, 앞의 책, p.134. 이 기록은 『과정록』에만 있다. 『무예도보통지』는 24종의 무예에 대한 기록인데 내용 중에는 「어왜제론」이 없다.(이덕무 · 박제가, 임동규 역, 『무예도보통지』, 학민사, 1996.) 『과정록』을 『나의 아버지 박지원』으로 번역한 박희병은 이 부분에 각주를 붙여, "「어왜제론」은 원제가 「비왜론(備倭論)」이고 이 글이 수록된 것은 『무예도보통지』이 아니고 정조의 명령으로 유득공 · 박제가 · 이덕무가 편찬한 『병지(兵志)』인데 이것을 박종채가 착각한 것"이라고 했다. 그리고 이 책은 우리나라와 외국의 병제(兵制)를 기술한 것으로 이덕무는 4개의 논(論)을 썼는데, 「주군제론(周軍制論)」 · 「당군제론(唐軍制論)」 · 「명군제론(明軍制論)」 · 「비왜론(備倭論)」이 그것이라고 했다.(박희병 역, 『나의 아버지 박지원』, 돌베개, 1998, p.108.) 이덕무의 문집인 『청장관전서』 제24권 「편서잡고(編書雜稿)」4에는 '병지(兵志)', '비왜론(備倭論)'이 수록되어 있다.

78 그러나 박종채의 이러한 진술에는 약간의 의문이 든다. 『무예도보통지』가 완성된 기사를 보면, "검서관(檢書官) 이덕무(李德懋) · 박제가(朴齊家)에게 명하여 장용영(壯勇營)에 사무국을 설치하고 자세히 상고하여 편찬하게 하는 동시에, 주해를 붙이고 모든 잘잘못에 대해서도 논단을 붙이게 했다. 이어 장용영(壯勇營) 초관(哨官) 백동수(白東脩)에게 명하여 기예를 살펴 시험해 본 뒤에 간행하는 일을 감독하게 하였다."[『정조실록』 30권, 정조 14년(1790년) 4월 29일 기묘.]라고 하였다. 물론 이덕무 · 박제가 · 백동수가 연암과 가까워서 도왔는지는 모르나 정조가 이를 두고 칭찬했다면 글을 쓴 당사자들인 이덕무 · 박제가에 해당할 것으로 보인다.

79 「삼종형수록대부금성위겸오위도총부도총관증시충희공묘지명(三從兄綏祿大夫錦城尉兼五衛都摠府都摠管贈諡忠僖公墓誌銘)」, 「묘지명(墓誌銘)」, 「공작관문고」, 『연암집』 제3권.

80 박종채, 앞의 책, p.136. 연암이 쓴 이덕무의 「행장(行狀)」은 『청장관전서』 제20권의 간본 「아정유고」 제8권 부록(附錄)에 있다.

대책문에 대해 승정원에서 문제를 제기하자 점차 '문풍(文風)이 날로 비속해지고' '과문(科文)에서도 패관소품(稗官小品)의 문체'를 많은 사람이 모방하면서[81] 정조는 문체를 단속하라고 지시했다. 그러는 한편 패관문체의 장본으로 연암을 지칭하고 순정문을 요구했던 것이다. 그러나 지시만 하였을 뿐 그 결과를 확인하거나 문책하지는 않았다. 이러한 데서 문체반정 파문 후에도 연암에 대한 정조의 호의적인 태도를 확인할 수 있다.

이러한 정조의 태도는 그 이후의 사례에서도 볼 수 있다. 안의현감을 마치고 1797년 연암이 면천 군수로 임명되었을 때 입시(入侍)하고 사은하라는 명령으로 정조를 알현(謁見)했다. 그때 정조는 문체를 바꾸었느냐고 묻고, 대답을 기다리지 않고 바로 '좋은 재주를 가지고 있으면서 하필이면 그와 같은 문체를 쓰는가'라고 하면서 지금 좋은 글감이 있으니 글을 한 편 지으라고 하였다.[82] 그리고 이어 제주 사람 이방익(李邦翼) 표류 사건[83]에 대한 글을 지어 올리라고 하여 연암이 즉시 「서이방익사(書李邦翼事)」한 편을 지어 바쳤다[84]고 한 것도 연암에 대한 정조의 관심이 변화하지 않았음을 보여 주는 예가 될 수 있다.

또한 1799년 농업 장려를 위해 널리 농서를 구한다는 정조의 윤음(綸音)을 받들어 연암이 『과농소초(課農小抄)』와 「한민명전의(限民名田議)」

---

81 『정조실록』36권, 정조 16년(1792년) 10월 19일 갑신.

82 『승정원일기』, 정조 21년(1797년) 윤 6월 27일 을축, "上曰, 久聞爾才華, 而未能一試矣. 爾之文體, 今果善變乎? 趾源曰, 伏承下敎, 惶恐, 不知所達矣. 上曰, 以若才華, 何必爲如是文體乎? 方有好材料, 欲令爾作一文字. 濟州漂海人李邦翼事蹟甚奇, 爾聞之乎? 趾源曰, 略聞其事矣.". 박종채, 앞의 책, p.154.

83 『정조실록』46권, 정조 21년(1797년) 윤 6월 20일 무오.

84 「이방익(李邦翼)의 사건을 기록함(書李邦翼事)」, 「서사(書事)」, 『연암집』권6 별집.

를 진상했는데, 이에 대해 정조가 '좋은 경륜문자(經綸文字)'를 얻었다고 칭찬하면서 장차 연암에게 농서대전(農書大全)의 편찬을 맡겨야 하겠다[85]고까지 했던 것이나 좌승지였던 이서구를 통해 정유재란 당시 공을 세운 명나라 지휘관인 경리(經理) 양호(楊鎬)와 상서(尙書) 형개(邢玠)의 제문을 짓게 은밀히 정조가 지시한 것[86]에서도 연암의 글에 대해 호의적이었음을 알 수 있다. 이와 같이 연암의 문체에 대해 호의적이었던 것은 정조가 그의 글에서 무엇이 문제인지를 어느 정도 이해했기 때문으로 볼 수 있다.

이재성이 연암에게 보낸 편지에서 『열하일기』가 문제가 된 것을 "연암의 글이 필력(筆力)이 고상하고 강하나 사용하는 글자는 그다지 굳세고 예스럽지는 않습니다. 다만 전아하고 법도에 맞는 작품을 사람들이 읽어본 적이 없고, 『열하일기』가 온 세상에 너무 유행하였기 때문입니다."라고 지적하면서 "약간의 조롱한 듯한 말투만을 가려서 덜어낸다면 이것이 바로 순정한 글"이라고 조언을 했었다.[87] 아마 정조도 이와 비슷한 판단을 하지 않았을까 생각된다.

그리고 이러한 시각은 순조(純祖) 때 평안도 암행어사였던 서능보(徐能輔, 1769~1835)가 암행한 사항들을 보고하자 임금이 하교하기를 "이는 마땅히 박연암의 작품처럼 기술해야겠다. 가장 잘된 것은 『열하일기』이고, 『과농소초』에는 좋은 의론이 가장 많다"[88]고 하였던 것도 연암의 글의 장점에 대한 보편적 시각을 보여 준 것이라고 할 수 있다. 다만 이

---

85 박종채, 앞의 책, p.168.

86 박종채, 앞의 책, p.153.

87 박종채, 앞의 책, p.135.

88 박종채, 앞의 책, pp.303~304.

러한 기록의 대부분이 박종채의 『과정록』에 의존한 것이어서 다른 문헌에서의 고증이 필요해 보인다.

그러나 연암이 남공철에게 보낸 답신을 보면, 문체반정의 파문을 통해 『열하일기』의 내용이 자신의 의도했던 것과는 달리 보수적인 권력 계층에서 부정적으로 인식되는 패관문체라는 점에서 필자로서의 책임을 일정 부분 인정하는 일면이 없지 않다고 판단한 것으로 보인다. 이런 연암의 태도는 현감으로서 왕에 대한 예의와 사의(謝意)로 볼 수도 있으며, 한편으로는 홍국영으로 인해 금천의 연암으로 도피했던 것이 트라우마로 작동한 결과였을지도 모른다. 1778년(42세) 그는 유언호가 서울을 떠나라고 하여 가족을 이끌고 연암골로 갔을 때, 평소 의론이 곧이곧대로 바르기만 하여 날카로운 말이 너무 드러나서 화를 불렀다[89]고 생각하고 자취를 거두어 은거하려고 했던 것이다.

그렇다고 할지라도 안의현감으로 있던 당시에 받은 남공철의 편지는 그에게 커다란 충격이었을 것이다. 그러나 그 후에도 이런 파란을 겪으면서도 연암이 글쓰기의 태도를 바꾸지 않고 수정만 했던 것은 그가 벼슬에 연연해하지 않았기 때문인 것으로 이해할 수 있다. 그것은 『열하일기』가 벼슬살이의 하자(瑕疵)의 꼬투리가 되지 않았다는 것에서 확인할 수 있다. 다만 어느 정도 위축이 되었을 수도 있었을 것이다. 그래서 부분적으로 수정을 했던 것으로 보인다. 「옥갑야화」의 경우에도 허생의 이야기 부분은 그대로 보존하면서 내용과 직접적인 상관이 없는 제목과 서두만 부분적으로 수정하거나 후지를 전면 개고한 것으로 볼 수 있다.

89 박종채, 앞의 책, p.56.

3. 보수적 세력의 반발

한편『열하일기』를 퇴고하는 과정에서 미완성된 원고가 일부 유출되면서 긍정적으로 수용한 부류[90]가 있었는가 하면 일부에서는 필사된 원고에 대해 부정적인 태도를 보이기도 했는데 이런 태도에 대해 연암은 비판으로 대응하면서 부분적으로 수정하기도 하였다. 연암은 특히 권력을 장악하고 있던 보수적인 세력으로부터 유교를 돈독히 하고 문풍을 바르게 해야 한다고 공격을 받자 자신의 집필 의도와 달리 읽히고 있는 사태에 대한 불만과 우려를 표명하기도 했다.

그런데 탈고가 반도 아니 되어 남들이 이미 전하고 베껴서 드디어 온 세상에 두루 퍼져 돌아다녀서 거두어 간직할 도리가 없게 될 줄을 누가 알았겠는가? 처음에는 몹시 두려워 스스로 후회하여 가슴을 치며 크게 탄식하였으나 종내(終乃)는 어쩌는 도리 없이, 그대로 내버려둘 뿐이었다. 심지어 그 책의 꺼풀도 보지 않았으면서 툭하면 다른 사람을 따라 헐뜯고 비방하는 자들을 난들 어쩌겠는가?[91]

『열하일기』의 원고를 가까운 사람들에게 보여 주었던 것이 전사되어 두루 퍼진 것에 대한 후회와 안타까움이 드러나 있다. 본의 아니게 원고

---

90 대표적인 인물로 김창집(金昌集)의 증손인 김이도(金履度)가 있다.(박종채, 앞의 책, p.141.)

91 박종채, 앞의 책, p.69.

의 일부가 외부에 알려지고 전사본이 난무하게 되면서 1780년대 후반 연암의 의도와는 전혀 달리 많은 사람이 원고의 일부를 읽었고 그로 인해 연암의 작가적 명성이 점차 드높아졌다. 연암은 고의적(故意的)으로 패관문체를 쓰려고 했던 것이 아니고 여행의 기록을 충실하게 하려고 했을 뿐이며, 더구나 대중적 인기에 영합하려고 했던 것도 아니었음을 앞의 남공철에게 보내는 편지에서 밝힌 바 있다.

그럼에도 불구하고 『열하일기』에 대한 반응은 김이도(金履度, 1750~1813)가 『열하일기』를 춘추대의에 밝은 책[92]이라고 했던 것처럼 긍정적인 부분이 있기도 했지만 이보다는 부정적인 면이 노출되었는데, 대개의 경우 그의 문체를 문제 삼아 패관문체로 몰아붙였고, 나아가 패관문체를 확산시킨 장본인이라는 누명을 쓰게 되었던 것이다. 특히 탄식한 것은 '책의 꺼풀도 보지 않았으면서' '다른 사람을 따라 헐뜯고 비방하는' 자들의 태도였다. 이러한 처지에서 부분적인 수정은 불가피했을 것으로 보인다.

1) 『열하일기』의 집필 의도

연암이 『열하일기』를 쓴 이유 중의 하나는 우리나라 사대부들의 청나라에 대한 이해 부족을 해소하려고 했었던 것으로 보인다. 대부분의 사

92　박종채, 앞의 책, p.141. 김이도는 (한족과 만주족을 가리기 어려운 상황에서—인용자) "매양 말을 할 때면 반드시 뒤섞어서 '오랑캐 종족이니'이니 '오랑캐 습속'이니 '오랑캐 제도'니 하니, 그것이 온당한지 알지 못하겠다. 존양(尊攘)의 의리에 엄격하고자 한다면 반드시 이 문제를 먼저 분명히 변별해야만 한다. 내가 본 바로는 『열하일기』야 말로 이 문제를 가장 분명하게 분별하였다. 나는 그래서 『열하일기』는 춘추대의에 밝은 책이다' 생각한다"고 했다.

대부는 청나라를 오랑캐의 나라로 간주하여 청과의 접촉을 부끄러운 것으로 여겨 기피하였다. 따라서 청나라를 다녀온 대부분의 사신은 여행 중에 청나라의 실정을 파악하기보다는 눈과 귀를 막고, 볼 것도 없고 배울 것도 없다고 단정하였음을 연암은 「심세편」에서 지적했다. 그는 이러한 잘못된 인식의 원인이 사신들이 가지고 있는 편파적인 사고였음을 간파했던 것이다.

그는 「심세편」에서 폐단의 원인을 첫째로 지벌(地閥)을 가지고 옛 사족을 깔보는 것, 둘째로 청나라의 예의 풍속이나 문물을 무시하고 잘난 척하는 것, 셋째로 청나라의 문무 인사를 만났을 때 거만하게 굴었던 것, 넷째로 청나라에는 대문호가 없다고 헐뜯은 것, 다섯째로 청나라에는 춘추대의를 이제는 읽을 것이 없다고 하여 반청의 기세가 보이지 않는다는 것 등을 지적하였다.[93] 연암의 이러한 문제의식은 당시 조선의 정국을 치밀하게 분석한 결과로 실질적인 대처 방안을 수립하는 데는 청나라에 대한 철저한 이해가 근본임을 주장한 것이다.

그러나 당시에 집권 세력들은 북벌론을 주장하기만 했을 뿐 구체적 대안을 위해서 반드시 살펴야 할 청나라에 대한 이해를 등한시했다. 결국 명분론만 존재했지 실질적인 북벌을 위한 구체적인 준비를 건너뛴 채 목표만 제시했을 뿐이었다. 이러한 상황에서 연암은 이와 같은 무모한 계획이나 방법으로는 해결할 수 없는 것으로 보고 좀 더 구체적인 대안은 청나라의 현재 상황에 대한 실질적인 이해가 선행되어야 한다고 확신했던 것이다. 그래서 그는 사신으로 가는 고위 관리들이 먼저 각성해야 할 것을 주문했다.

93　「심세편」,「국역 열하일기」 I , pp.438~439.

청(淸)이 일어난 지 140여 년에 우리나라 사대부들은 중국을 오랑캐라고 하여 부끄러워하고 비록 사신의 내왕은 힘써 하면서도, 문서의 거래라든지 사정의 허실은 일체 역관에게 맡겨 두고, 강을 건너 연경에 이르기까지 거쳐 오는 2천 리 사이에 각 주(州)·현(縣)의 관원과 관액의 장수들은 그 얼굴을 접해 보지 못했을 뿐 아니라, 또한 그 이름조차 모르고 있다. 이로 말미암아 통관(通官)이 공공연히 뇌물을 찾는데, 우리 사신은 그들의 조종을 달게 받고 역관은 황황히 받들어 행하기에 겨를이 없어서 항상 무슨 큰 기밀이나 숨겨둔 것 같은 것은 이야말로 사신들이 망령되이 자기편을 높은 체하는 데 허물이 있는 것이다. 사신이 담당 역관에 대하여 너무 의심을 하는 것은 정리가 아니요, 지나치게 믿는 것도 또한 옳지 않으니, 만일 일조에 걱정이 생기면 세 사신은 장차 말없이 서로 쳐다보고 한갓 담당 역관의 입에만 의존할 것이니, 사신된 자는 힘써 연구하지 않을 수 없을 것이다.[94]

이는 사신으로 가는 사람들의 소극적이고 옹졸한 행태를 꼬집은 것으로 청나라 사람들과 적극적인 소통을 강조한 것이다. 그동안 대부분의 사신은 역관을 통하지 않고도 청나라 선비들과 한자(漢字)를 통해 의사소통이 가능했음에도 꺼려 하여 접촉하지 않았던 것을 지적한 것이다.

이런 사실을 직시한 연암은 역관 입에만 의존하지 않고 실제의 것을 확인하기 위해 그들과 끊임없이 필담을 통해 청나라 탐구에 몰두한 것이다. 이현식은 연암이 대화를 통해서 그가 알고 싶어 했던 것은 두 가지

94   「행재잡록 후지」, 『국역 열하일기』 II, pp.327~328.

였다고 하면서, "하나는 새로운 지식 습득이고, 다른 하나는 시정 득실과 민정 향배를 알아채는 일이었다. 후자는 중원 선비들이 청나라 황실에 대해 어떤 속내를 가졌는가를 살피는 일이었다. 그가 이에 관심을 가진 이유는 이전에 이것을 살핀 사람이 드물었을 뿐만 아니라 조선 선비들은 아예 대화 자체를 회피해 왔기 때문이다."[95]라고 하였다. 연암이 열하에서 쉴 새 없이 청나라 문인들과 접촉하여 그들과 대화를 하면서 실상을 파악하려고 노력했던 것이 이 때문이었다.

「심세편」의 대부분 내용에는 연암이 청나라의 정확한 정보와 지식을 얻기 위해 얼마나 심대한 노력을 했는지를 곳곳에서 기술하고 있다. 이러한 노력에 대해 이 글에서 그는 당시의 엄격한 사상 통제 아래에서 청나라 탐구가 난신적자(亂臣賊子)로 몰릴 수 있는 모험에 가까운 행동이었음을 기록하고 있다.[96] 그래서 이현식은 「심세편」의 주제를 첫째, 필담과 관련해서는 조선 선비와 청나라 선비 사이의 필담 장애 요인, 필담 재개 요건, 필담의 목적과 요령 등이 주요 내용이라고 했으며, 둘째로 심세(審勢)와 관련해서는 주자 숭상 정책의 목표와 본질, 청나라 선비들의 주자 비판과 그 의미, 조선의 오해 등이 주요 내용이고, 셋째로는 청나라 학술과 사상에 관한 올바른 담론을 세우기 위한 대화와 확인의 권면이라고 했다. 이것이 심세편의 핵심적 내용이요, 주제[97]라고 정리했다.

95 　이현식, 「『열하일기』「심세편」, 청나라 학술과 사상에 관한 담론」, 《동방학지》제181집, 동방학연구소, 2017, pp.107~108.

96 　열하에서 연암과 많은 필담을 나눴던 윤가전(尹嘉銓)은 연암이 필담을 나누었던 최고위급 인물로, 그는 이듬해에 문자옥으로 처형되었고 많은 저서는 불태워졌다.

97 　이현식, 앞의 글, p.124.

　　따라서『열하일기』를 기록한 첫 번째 의도는 천하대세를 엿보기 위한 것으로 철두철미하게 청나라에 대한 정확한 이해를 목표로 한 것이었음을 알 수 있다. 한편 리쉐탕은「심세편」을 정리하여, 첫째로 청나라 사회 발전의 모습과 그 배후에 작동하는 정치 경제적 요소들을 탐구했고, 둘째로는 청나라 황제가 시행한 대외정책의 다양한 면모를 확인했으며, 셋째로 청나라의 시국 상황과 천하대세의 진운(進運)을 파악했다고 하였다.[98] 이러한「심세편」에 대한 견해들은 연암의 연행 목적이 어디에 있었던가를 잘 지적한 것으로 볼 수 있다.

　　이와 같이 연암이『열하일기』를 집필한 이유는 청나라에 대한 정확하고 실질적인 이해였다. 그래서 그는 많은 문인 학자와의 토론과 오가는 여행 중에 견문을 통해 이용후생에 유용한 것을 기록하여 알리려고 했던 것이었다. 이러한 그의 의도는 연행 과정에서 목도하게 된 문물제도와 부수적인 자연조건을 자세하게 기록하여 추상적인 개념에 머물러 있던 우리나라 사대부들의 견문을 넓게 하기 위한 것이라고 할 수 있다.

　　그리고 또 하나는 자신이 목격한 다른 세계의 새롭고 기이한 문물과 제도를 비롯한 문명이나 문화를 많은 사람에게 소개하려고 했던 것으로 보인다.「산장잡기」의「야출고북구기 후지」에서 "본국으로 돌아가는 날에 동리에서 다투어 병술로 위로하며 또 열하의 행정(行程)을 물을 때에는 이 기록을 내보여서 머리를 모아 한 번 읽고 책상을 치면서 기이하다고 떠들어 보리라"[99]고 했듯이, 일부 원고가 완성되자 몇몇 지인에게 보여 주었다.

<hr>

98　　리쉐탕,「필담을 통해 본 열하일기」,『연암 박지원 연구』, pp.266~275.

99　　「야출고북구기 후지」,『국역 열하일기』II, p.360.

연경을 방문하고 돌아와서는 큰 나라에서 보고들은 바가 꽤
서술할 만한 것이어서 산중(山中, 연암협)을 왕래할 때 붓이며
벼루를 지니고 다니며 행장(行裝) 속에 든 정리되지 않은 초고들
을 점검하여 노년에 여가를 보내는 마련으로 삼아 모아서 몇 편
의 책을 이루었지만, 애초에 후세에 전하려고 계획한 것은 아니
었다.[100]

연암의 이런 의도와는 달리 몇몇 지인에게 보여 준 원고가 돌고 돌면
서 헐뜯고 비방하는 것으로 되돌아오자 적잖게 실망했던 것이다. 그를
더욱 화나게 하고 실망스럽게 한 것은 제대로 읽지도 않고 헐뜯고 비방
했다는 사실이었다. 이처럼 연암의 의도와는 달리 도문일치를 주장하면
서 신문체를 비판했던 보수적인 문인들의 저항이 거세어지자 연암은 수
정 보완하여 방어적 태도를 보이기도 한 것으로 추정할 수 있다.

2) 『열하일기』에 대한 비판

『열하일기』에서 연암이 청나라에 대해 바르게 이해시키려는 의도는 오
히려 많은 사대부에게 반감을 불러일으키기에 충분했다. 명나라를 존주
대의에 의해 숭앙하면서 청나라를 이적(夷賊)으로 규정한 해묵은 반청의
식을 가지고 있었던 보수 세력들은 연암의 이와 같은 실사구시의 이념을
이해할 수 없었다. 연암에 대해 비판적이었던 세력들은 원고에서 작은

비난의 대상이 될 만한 곳을 찾아서 그를 공격했다.

예를 들면 당시의 『열하일기』에 대한 부정적인 반응은 유한준(兪漢雋)의 아들인 유만주(兪晚柱, 1755~1788)가 쓴 일기인 『흠영(欽英)』에 잘 나타나 있다. 『흠영』은 유만주가 21세 때인 1775년 1월 1일부터 죽기 직전인 1787년 12월 14일까지 13년간 쓴 일기이다. 이 일기에 유만주는 자신이 틈틈이 『열하일기』를 읽고[101] 그에 대한 소감을 일기에 독후감으로 남겼는데, 긍정적인 면도 있었으나 부정적인 내용이 많았다. 그 예로 「황교문답」을 읽고 우리나라 사대부들이 무식하기 짝이 없다고 하였으며, 김창업의 『연행일기』에 대비하여 『열하일기』를 소품이라고 폄하(貶下)[102]하기도 했다.

한편 이와 같이 유만주의 『흠영』을 통해 알 수 있는 것은 『열하일기』가 당시에 절찬리에 유포되고 있었다는 사실이다.[103] 그 기록에 의하면 「유리창기」[104]와 「일신수필」을 같이 읽은 재종형 유준주(兪駿柱), 「호질」을 읽고 편지를 주고받은 권상신(權常愼)과 민경속(閔景涑), 그리고 「호질」뿐 아니라 「혹정필담」까지 읽고 김상임(金相任) 등과 토론한 것을 기록했다. 이러한 개인의 기록을 미루어 보면, 당시의 독서 계층에서 『열하일기』가 광범위하게 읽혔을 것으로 짐작된다.

---

101 1786년 4월 23일 일기에는 용산에 있는 금성위 박명원의 별장인 세심정에 올라가 「연행음청기(燕行陰晴記)」를 읽었다고 했다.(유만주, 김하라 역, 「내가 사랑한 작가」, 『일기를 쓰다』1, 돌베개, 2015, p.196.) 그가 읽은 「연행음청기」는 『열하일기』의 초고본 계열의 원고이다.

102 김명호, 『열하일기 연구』(수정증보판), pp.352~353.

103 김명호, 『열하일기 연구』(수정증보판), p.355.

104 1786년 9월 24일 자 일기에는 "안평(安平, 이완중)이 박지원의 작품 「유리창기(琉璃廠記)」를 낭송하여 전해주었다."라고 했다.(『일기를 쓰다』1, p.233.) 이 「유리창기」는 「황도기략」의 일부분이다.(「유리창」, 「황도기략」, 『국역 열하일기』II, p.461.)

보수적인 적대 세력뿐만이 아니라, 매우 친분이 있었던 경우에도『열하일기』에 대해 부정적인 태도를 보였다. 앞에 조금 인용했던 남공철이 지은「박산여묘지명(朴山如墓志銘)」에는 당시에『열하일기』에 대한 이러한 반응이 잘 나타나 있다.

산여(山如) 박남수(朴南壽)는 연암의 족손(族孫)으로 노론의 당파적 입장이 투철했던 인물로 성균관 장의(掌議)를 지냈다. 남공철이 기록한 산여의 묘지명에 따르면, 연암이 박남수의 벽오동관(碧梧桐館)에 이덕무ㆍ박제가ㆍ남공철 등과 함께 모였을 때, 연암이 긴 목소리로 자기가 지은『열하일기』를 읽었다고 했다. 이때 박남수가 연암에게, '선생의 문장이 비록 잘 되었지마는, 패관기서(稗官奇書)를 좋아하였으니, 아마 이제부터는 고문(古文)이 진흥되지 않을까 두려워하옵니다.'라고 했다. 이에 연암이 취한 어조로, '네가 무엇을 안단 말이냐.' 하고, 계속해서 읽자, 산여 역시 취한 기분에 촛불을 잡고 그 초고를 불살라 버리려 하였다. 이에 연암은 몹시 분노하고 몸을 돌이켜 누워서 일어나지 않았다. 그때 이덕무가 거미 그림 한 폭을 그리고, 박제가는 병풍에다가 초서로 음중팔선가(飮中八仙歌)를 썼으며, 남공철은 연암에게, '이 글씨와 그림이 극히 묘하니, 연암이 마땅히 그 밑에 발(跋)을 써서 삼절(三絕)이 되게 하시오.' 하여 그 노염을 풀려고 하였으나, 연암은 짐짓 노하여 일어나지 않았다. 그 이튿날, 날이 새자, 연암이 술이 깨어서 옷을 정리하고 꿇어앉더니, "산여야, 이 앞으로 오너라. 내 이 세상에 불우한 지 오랜지라, 문장을 빌려 불평을 토로해서 제멋대로 노니는 것이지, 내 어찌 이를 기뻐서 하겠느냐. 산여와 원평(元平, 남공철의 자) 같은 이는 모두 나이가 젊고 자질이 아름다우니, 문장을 공부하더라도 아예 나를 본받지 말고 정학(正學)을 진흥시킴으로써 임무를 삼아, 다른 날 국가에 쓸 수 있는 인물이 되기를 바라네. 내 이제 마땅히 제군을 위해서 벌을 받으련다." 하고는, 커다란 술잔을 기울여 다시금 마시고 이덕무와 박제가에게도 마시기를 권하여, 드디어 크게 취하고 기뻐하였다[105]고 했다.

이 글에서 보이고 있는 일련의 사건이 있었던 시기는 산여가 1787년에 작고했으니 적어도 정미년(1787년) 궁궐 내 독서 사건이 일어나기 전의 일이었다. 이를 감안하면, 박남수의 지적은 문체반정의 핵심이었던 내용을 지적한 것으로 문단의 반응의 핵심이 어디에 있었던 것인가를 잘 보여 주고 있다. 고문을 숭상하던 박남수로서는 『열하일기』 중의 패관소품적 요소에 대해 그 의의를 제대로 인식할 수 없었음은 물론 심한 반발을 느꼈을 것이 당연하였다.[106] 더구나 박남수는 연암과 같은 집안의 손자뻘 인물이었으며, 연암이 연경으로 떠날 때는 특별히 전별시(餞別詩)로 「증행(贈行)」[107]을 써 줄 만큼 각별했으나 『열하일기』에 대해서는 술김이긴 했지만 부정적이어서 촛불로 태우려고까지 했었던 것이다. 그래도 연암은 이 전별시를 『열하일기』의 「피서록」에 수록하였다.

3) 연암과 유한준

연암에 대한 비판 중에 가장 잘 알려진 것이 『열하일기』에서 청나라의 연호(年號)를 사용한 것에 대한 시비를 제기한 경우가 대표적이다. 그리

---

105 남공철, 「박산여묘지명(朴山如墓志銘)」, 「묘지(墓誌)」, 『금릉집(金陵集)』17집, 한국고전번역원, 한국문집총간, 2001., 이가원, 「열하일기 해제」, 『국역 열하일기』Ⅰ, p.7.
106 김명호, 『열하일기 연구』(수정증보판), p.356.
107 「피서록」, 『국역 열하일기』Ⅱ, p.212.

고 청나라 연호를 사용한 것에 대해 가장 적대적 태도를 보이고 비난했던 주도적인 인물은 유한준(俞漢雋, 1732~1811)이었다.

연암과 유한준은 모두 당대 노론 명가(名家)의 후손으로 일찍부터 문장으로 이름이 높았던 사람들이었다. 이러한 연암과 유한준은 가문과 교우상의 얽히고설킨 연고로 젊은 시절부터 교분이 있었던 것으로 보인다.[108] 이는 젊은 시절에 연암이 유한준에게 답한 편지인 「답창애(答蒼厓)」가 「영대정잉묵(映帶亭賸墨)」에 아홉 편이나 수록되어 있다는 것으로 증명할 수 있다.[109]

그러나 두 사람은 문학관과 역사관에서 의견 차이로 대립했었다. 김명호는 그 원인을 법고창신(法鼓刱新)을 주장했던 연암과 의고주의(擬古主義)를 고수하는 유한준 사이에 일정한 간극이 있었을 것이라고 해명했다.[110] 그리고 박경남은 두 사람은 공히 가문을 통해 훈습(薰習)되어 왔던 존주대의(尊周大義)에 입각한 북벌 의식을 지니고 있었지만, 박지원은 홍대용, 박제가 등 북학파 문인들과의 교유와 스스로의 연행을 통해 적대적인 대청 의식을 탈피해 갔으며, 이러한 경험을 가지지 못한 유한준은 생애 끝까지 청(淸)에 대한 대결 의식을 벗어나지는 못했던 것으로 보인다[111]고 두 사람의 차별성을 제시했다.

이러한 연암과 유한준의 견해의 차이는 근본적으로 보수적인 것과 진보적인 현실 인식의 차이에서 비롯된 것이었다. 그러나 현실 인식의 차

---

108 김명호, 「박지원과 유한준」, 《한국학보》44집(1986년 가을호), 일지사, pp.56~57.

109 「창애(蒼厓)에게 답함(答蒼厓)」(1)~(9), 「영대정잉묵」, 『연암집』제5권. 창애(蒼厓)는 유한준의 호다.

110 김명호, 『열하일기 연구』, p.279.

111 박경남, 「유한준(俞漢雋)과 박지원—박종채(朴宗采)의 『과정록』 기록에 대한 재검토」, 《한국한문학연구》제78집, 한국한문학회, 2020, p.224.

이뿐 아니라 글쓰기 방식에서도 촉발된 비평을 통한 논쟁으로 확산해 첨예하게 대립하기도 했다. 다음 글에서 연암이 유한준의 글을 혹평한 것을 감안하면 쉽게 이해할 수 있다.

보내 주신 문편(文編)을 양치질하고 손을 씻고서 무릎을 꿇고 정중히 읽고 나서 말하오. 그대의 문장이 몹시 기이하다 하겠지만, 사물의 명칭이 빌려 온 것이 많고 인용한 전거가 적절치 못하니 이 점이 백옥의 티라 하겠기에 노형을 위하여 아뢰는 바요.

문장을 짓는 데에는 법도가 있으니, 이는 마치 송사하는 자가 증거를 지니고 있고 장사치가 물건을 들고 사라고 외치는 것과 같소. 아무리 사리(辭理)가 분명하고 올바르다 하더라도, 다른 증거가 없다면 어찌 이길 수가 있겠소. 그러므로 문장을 짓는 사람은 경전을 이것저것 인용하여 자기의 의사를 분명하게 밝히는 것이오. 『대학(大學)』은 성인(聖人)이 짓고 현인(賢人)이 이를 계술(繼述)하였으니, 이보다 더 미더울 게 없소. 그런데도 『서경(書經)』의 강고(康誥)에서 '극명덕(克明德)'을 인용하고 또 제전[帝典, 요전(堯典)]에서 '극명준덕(克明峻德)'을 인용하여 명명덕(明明德)의 뜻을 밝히고 있소.

관호(官號)나 지명은 남의 것을 빌려 써서는 아니 되는 것이니, 나무를 지고 다니면서 소금을 사라고 외친다면 하루 종일 길에 다녀도 장작 한 다발 팔지 못할 것이오. 마찬가지로 황제가 살고 있는 곳이나 제왕의 도읍지를 다 '장안(長安)'이라 칭하고 역대의 삼공(三公)을 다 '승상(丞相)'이라 부른다면, 명칭과 실상이 혼동되면서 도리어 속되고 비루한 표현이 되고 마오. 이는 곧 좌중을 놀라게 한 가짜 진공(陳公)과 얼굴 찌푸림을 흉내 낸 가짜 서시

(西施)의 꼴과 같소. 그러므로 문장을 짓는 사람은 아무리 명칭이 비루해도 이를 꺼리지 아니하고, 아무리 실상이 속되어도 이를 은폐하지 말아야 하오. 『맹자』에 "성은 다 같이 쓰는 것이지만 이름은 독자적인 것이다."라고 했듯이, 또한 "문자는 다 같이 쓰는 것이지만 문장은 독자적인 것이다."라고 하겠소."[112]

이와 같은 유한준의 글에 대한 연암의 예리한 비평은 시대에 대한 인식의 차이뿐만 아니라 그것을 표현하는 글쓰기의 방식에 대한 태도를 신랄하게 비판한 것으로 보인다. 연암은 '문자는 다 같이 쓰는 것이지만 문장은 독자적인 것'이라고 하여, 문체의 독창성을 지적하고 고루한 글쓰기에서 벗어나기를 충고하고 있다. 그러면서 명칭과 실상에 대해 언급한 것은 책의 제목을 『열하일기』라고 하여 오랑캐의 땅인 '열하'라는 명칭을 사용한 것을 유한준이 비난한 것에 대해 연암이 마치 반론을 제기한 것처럼 보이기도 한다. 오랑캐 땅의 명칭인 열하를 그대로 사용하였을 뿐임을 주장한 것이다. 이 글에서는 실상으로서의 대상을 인식한 것을 그대로 표현한 것일 뿐, 그에 대한 가치를 부여하여 표현한 것이 아님을 분별하여 설명한 것이다. 그래서 그는 '아무리 실상이 속되어도 이를 은폐하지 말아야 하오.'라고 충고한 것이다. 대상을 진실하게 그려 내는 데는 정확하고 사실적으로 표현되어야 함을 말한 것이다. 이것이 연암의 글쓰기의 기본 태도였다. 이러한 연암의 태도는 다음 글에서 확연히 드러난다.

112 「창애(蒼厓)에게 답함(答蒼厓)」(1), 『연암집』 제5권.

글이란 뜻을 그려내는 데 그칠 따름이다. 글제를 앞에 놓고 붓을 쥐고서 갑자기 옛말을 생각하거나, 억지로 경서(經書)의 뜻을 찾아내어 일부러 근엄한 척하고 글자마다 정중하게 하는 사람은, 비유하자면 화공(畫工)을 불러서 초상을 그리게 할 적에 용모를 가다듬고 그 앞에 나서는 것과 같다. 말이란 거창할 필요가 없으며, 도(道)는 털끝만 한 차이로도 나뉘는 법이니, 글로써 도를 표현할 수 있다면 부서진 기와나 벽돌인들 어찌 버리겠는가.[113]

글이란 있는 그대로를 표현하여 참된 의미를 드러내는 데 있다고 역설한 것으로, 이것이 연암의 지론임을 알 수 있다. 글을 옳게 표현하기 위해서는 부서진 기와나 벽돌 같은 것도 기록으로 남겨야 한다는 것이다. 글을 쓸 때는 그것이 어떤 것이든 간에 호불호, 선악, 참됨과 거짓됨을 가리지 않고 대상에 대해 가감이 없이 정확하고 분명히 기록해야 한다고 주장한 것이다. 연암은 글쓰기에 대한 올바른 태도를 있는 그대로 정확하게 그려 내는 것이라고 했던 것이다. 따라서 '경서(經書)의 뜻을 찾아내어 일부러 근엄한 척하고 글자마다 정중하게 하는 사람은, 비유하자면 화공(畫工)을 불러서 초상을 그리게 할 적에 용모를 가다듬고 그 앞에 나서는 것과 같'은 것이라고 힐난(詰難)하면서, 용모를 가다듬으면 아무리 훌륭한 화공이라도 그 참모습을 그려 내기 어려울 것이라고 했다. 그는 '글을 짓는 사람도 어찌 이와 다를 것이 있겠는가.'라고 반문하여 보수적인 글쓰기 태도를 견지하고 있던 도문일치론자들에게 비판적 태

---

113 「자서(自序)」, 「공작관문고(孔雀館文稿)」, 『연암집』 제3권.

도를 보이고 있다. 그는 진실한 글쓰기는 대상을 아름답거나 고상하게 표현하는 것이 아니라 정확하게 실체를 드러내는 것임을 초상화 그리는 것을 비유로 주장한 것이다. 이러한 연암의 글쓰기의 태도는 있는 그대로 재현하는 것이 가장 바른 것임을 지적하고 있다.

위의 편지 「창애에게 답함」의 인용문은 「영대정잉묵」의 「척독(尺牘)」에 수록되어 있는데 이것은 연암이 이 무렵까지 예전에 친구들과 주고받은 편지 중 부본(副本)으로 남아 있던 것 50여 건 전체를 묶은 것이다. 그 서문 말미에 "이것을 모아 한 권으로 묶어 방경각(放瓊閣)의 동루(東樓)에 보관한다. 임진년(1772) 맹동(孟冬) 상한(上澣)에 연암거사(燕巖居士)는 쓴다."[114]라고 한 것으로 보아 '1772년 10월 이전'으로, 이때를 기준으로 하면 연암이 이 서한을 보낸 것은 36세, 유한준이 41세 이전으로 추정할 수 있다. 나이가 다섯 살이나 더 많고 명성 또한 대단했던 불혹(不惑)의 유한준이 30대 중반의 연암을 찾아 문학과 관련해서 조언을 구하려 했던 것인데, 그런데도 연암은 그를 혹독하게 비판하는 글을 써서 보냈던 것이다. 아마도 유한준은 연암의 이러한 지적을 받았음에도 후에 『열하일기』의 원고 일부가 전사되어 많은 사람에게 읽히자 비판했던 것으로 보인다.

유한준은 일찍이 고문의 대가라는 평판을 얻었으며 주위로부터 '일세를 독보하는 문단의 거장'으로까지 추앙받았다. 당시에 도성(都城)에 호랑이가 나타났다가 소란을 피우고 죽임을 당한 일이 있었다. 그는 이 호랑이를 평한 「에호부(殪虎賦)」를 썼는데 사람들이 향후 백 년간은 이러한

---

114 "歲壬辰孟冬上澣, 燕岩居士, 書"[「자서(自序)」, 「영대정잉묵(映帶亭賸墨)」, 『연암집』제5권.]

작품이 나오지 않을 것[115]이라고 추앙했었다. 그는 문예의 독자적 가치를 옹호하면서 그의 전범(典範)을 진(秦)·한(漢)의 고문에 두는 도문일치에 의한 의고주의적 태도를 견지하고 있었다.[116]

그는 문학의 독자적 가치를 옹호하기 위해 도문논리를 주장하였다. 도(道)를 통한 문학의 완성을 주장하여 도가 지극하면 문장 또한 훌륭해진다고 했다. 그리고 도문일치론의 논리를 각자의 도를 긍정하는 각도기도(各道其道)의 설 속에 재배치함으로써 정주학뿐 아니라 각자의 사상에 입각한 모든 글의 가치를 인정하고, 정주학에 의해 배제, 폄하되어 왔던 이단적 사상과 문장에의 욕구까지를 긍정하는 새로운 도문관을 창출하고 있었던 것이다. 각도기도의 논리를 따라가면 최선에 이르는 길은 단지 정주학이라는 하나의 통로만 있는 것이 아니라 모두가 각자의 길을 끝까지 추구함을 통해 최상의 경지에 이를 수 있는 것이라고 한 것이다.[117] 인간 개개인의 삶 그 자체를 긍정하고, 각자가 자신의 도(道)를 중시하여 자신을 완성하는 과정에서 예술과 삶의 성취를 달성할 수 있다는 것이다.

그의 산문 창작이론을 집대성한 「문결(文訣)」은 문예 창작론이 지향하고 있는 본질적 성격을 드러내고 있다. 문장의 법도를 준수하여 내용과 형식의 조화를 강조하여 주제와 단락 간의 접속되는 연관 구조에 심도 있는 논의를 전개했다.[118] 그는 주제를 구성하는 요건 중에 가장 우선

---

115   임태홍, 「유한준(俞漢儁)」, 「율곡학파 인물이야기 2016」, 율곡학프로젝트, 2016, 율곡사업단 홈페이지.

116   김명호, 「열하일기 연구」, pp.278~279.

117   박경남, 「유한준·박윤원(朴胤源)의 도문분리 논쟁과 유한준의 각도기도론(各道其道論)」, 《한국한문학연구》42집, 한국한문학회, 2008, p.353.

118   유동재, 「「문결(文訣)」의 창작론과 그 문론사적(文論史的) 의의」, 《한국한문학연구》38집,

하는 것으로 박학(博學)을 주장했는데 이것은 사물이나 대상을 인식하는 것에 대상을 통한 자기 인식이 선행되어야 함을 의미한다.[119] 자기 인식은 필연적으로 많은 독서를 통해 이루어지는 것인데 그의 주된 독서는 고전(古典)이었다. 따라서 그는 시대에 대한 인식보다 고전을 표준으로 삼게 된 것이다.

그런데도 연암에게서 받은 이러한 지적은 문학관의 차이에서 빚어진 것이어서 보수주의적 글쓰기를 주장했던 유한준이 수용하기 어려웠을 것으로 보인다. 더욱이 명(明)나라를 끝없이 존경하고 선망하면서 보수주의적인 도문일치론자(道文一致論者)였던[120] 유한준은 청(淸)의 선진 문물을 수용하는 진취적이고 포용력 있는 연암의 태도에 대해 부정적일 수밖에 없었다. 유한준의 이러한 명나라에 대한 끝없는 존경과 선망은 그의 글에서 직접 확인할 수 있다.

1752년에 그의 종형(從兄) 유한소(俞漢蕭)가 진하 겸 사은사(陳賀兼謝恩使)의 서장관으로 연경에 갈 때[121] 영조가 청나라에서 금서로 되어 있는 여유량(呂留良)의 저서 『여만촌집(呂晩村集)』을 구입하여 오라고 명하였다.[122] 이에 대해 유한준은 감격적인 어조로 찬양하는 글을 지었다. 그는 "오호라! 명이 망한 후 사해(四海)가 청에 조회(朝會)하는데, 오직 조선만이 마음으로는 복종하지 않았으므로 대궐의 동쪽 대보단(大報壇)

한국한문학회, 2006, p.325.

119 유동재, 앞의 글, p.323.

120 김명호, 『열하일기 연구』, p.281.

121 『영조실록』75권, 영조 28년(1752년) 1월 28일 경인.

122 "敎曰予聞, 明人呂留良書, 爲虜所忌諱, 不行於世, 今汝往試求之, 可求而得取而來."[유한준, 「송종형지헌공부연서(送從兄持憲公赴燕序)」, 「자저준본(自著準本)(1), 『자저(自著)』, 한국고전번역원, 한국문집총간, 2000, 한국고전종합DB.]

을 세워 삼제(三帝, 명의 태조·신종·의종)를 제사 지내니 천하가 그 의리에 감화되었다"고 하면서, "우리나라는 나라가 작고 힘이 약해 마침내 천하에 뜻있는 사업을 할 수는 없"[123]지만 명나라를 사모하는 정성만은 열렬하여 임금의 이런 하교가 있게 되었다고 말한다.[124] 이는 춘추 의리를 중히 여기는 도(道)를 중시하여 자신을 완성하는 과정에서 예술과 삶의 성취가 이루어져야 함을 강조하고 있는 것이다.

이러한 연암과 유한준의 견해 차이는 『열하일기』에 대한 비방 사건으로 돌출되었다. 유한준은 『열하일기』를 두고 오랑캐의 연호를 사용한 책 즉 '노호지고(虜號之藁)'라는 네 글자로 비방하였다.[125] 유한준의 이런 주장은 김이도가 "이른바 오랑캐 연호를 썼다는 말은 더더욱 가소롭다고"[126] 강변(强辯)했음에도 당시의 반청 감정이 팽배해 있던 주류 양반사회의 풍조에 편승해서 상당히 주효(奏效)하여 그것이 비방하는 여론으로 나타난 것이다.

당시의 사대부 계층에서 명나라의 연호를 고집했던 것은 양난의 결과

---

123 "嗚呼 自明亡, 四海朝於淸, 獨朝鮮心不下, 故建大報壇於禁苑之東, 以祀三帝, 天下風其 義.", "惟我國國小力弱, 卒莫可有爲於天下."(유한준, 「송종형지헌공부연서」, 『자저』.)

124 그러나 유한소는 책을 구하지 못했다. 그는 돌아와서 "여유량(呂留良)의 저서 『여만촌집(呂 晩村集)』을 구입하여 가지고 오려 하였으나 저들이 팔려고 하지 않았으므로 단지 시초(詩 抄) 한 권만 구득하였을 뿐입니다. 이것이 전집(全集)은 아니지만 출처와 사적(事蹟)을 또한 살펴볼 수 있습니다."라고 아뢰었다.[『영조실록』79권, 영조 29년(1753년) 1월 11일 정묘.]

125 연암의 둘째 아들인 박종채(朴宗采, 1780~1835)가 기록한 『과정록』에 의하면, 박지원에 게 자신의 문장을 인정받지 못한 유한준이 평소 반감을 가져오다가 오랑캐의 연호를 사 용한 원고라는 의미의 '노호지고(虜號之稿)'로 『열하일기』를 비난하였다고 하였고(박종채, 앞의 책, pp.240~241.), 중년 이후 연암에 대한 비방으로 유한준이 파란을 일으켰다고 했 는데, 이는 『열하일기』에 대한 비방을 두고 언급한 것으로 보인다. 그리고 만년(晩年)에 는 묏자리 분규로 두 집안이 서로 원수지간이 된 것으로 기록하고 있다.(박종채, 앞의 책, pp.192~195.)

126 박종채, 앞의 책, p.141.

였다. 임진왜란으로 굳건해진 숭명사상(崇明思想)과 병자호란으로 조선 민중의 항쟁의식이 고조된 반청 감정이 연호를 사용하는 데서 문제로 작동된 것이다. 인조가 남한산성 출성(出城) 전에 합의한 강화조약의 기본 원칙에는 연호 문제가 주요 사안으로 채택되었다. 그것은 조선이 지금까지 사용해 오던 명의 연호인 '숭정(崇禎)'을 버리고 청의 연호인 '숭덕(崇德)'을 사용한다는 약속이었다.[127]

그러나 전쟁이 끝난 후에도 수개월간은 제대로 약속을 이행하지 않고 명나라의 연호를 사용했다.[128] 이러한 현상은 중앙의 각 관아에서뿐 아니라, 지방관아에서도 마찬가지였다. 이에 청은 수차에 걸쳐서 조선에 외교적 압력을 가하여 청국의 연호만을 쓸 것을 강요하였다. 중신들은 강하게 반대 의사를 표시하고 청나라 연호를 사용하는 것을 끝까지 거절하였으나, 결국 인조는 굴복하여 인조 15년(1637년) 1월 21일 이홍주(李弘胄) 등을 보내 국서(國書)를 받들고 오랑캐 진영에 가게 하였는데, 그 국서 끝에 "삼가 죽음을 무릅쓰고 아룁니다. 숭덕(崇德) 모년 월 일."이라고 하여 청의 연호를 처음 사용했다.[129] 그리고 한 달 뒤인 인조 15년 2월 28일 비변사(備邊司)에서 모든 문서에 숭덕의 연호 쓰기를 청하였고 이를 인조가 승인하여 공식적으로 사용을 허가하였다.[130]

그러나 이것은 연호의 문제로 청나라와 불필요한 분쟁을 막자는 데서 비롯된 것이었다. 이와 같은 일련의 과정에서 치욕을 당하면서 청나라

---

127 「반청의식의 고조」, 『신편 한국사』29권, 국사편찬위원회, 우리역사넷.

128 "상이 궁정에다 자리를 설치해 놓고 서쪽으로 중국을 향해 곡하고 절을 하였는데, 명나라를 위해서였다. 이 당시 안팎의 문서에는 대부분 청나라 연호를 썼지만, 제향(祭享)의 축사(祝辭)에는 그대로 명나라 연호를 썼다."[『인조실록』36권, 인조 16년(1638년) 정월 무인.]

129 『인조실록』34권, 인조 15년(1637년) 1월 21일 신유.

130 『인조실록』34권, 인조 15년(1637년) 2월 28일 무술.

와 약조했던 연호를 사용하는 것에 대한 거부감은 당시의 주류사회인 양반 사대부 계층에서는 청나라에 대한 적대 감정으로 고스란히 남아 있어 청의 연호의 사용을 극력 반대했던 것이다.

그러나 이 두 사람의 관계가 『과정록』이나 그것을 바탕으로 한 여타의 글들처럼 적대적 관계라기보다는 선의의 경쟁 관계였던 것으로 보인다. 유한준은 죽기 1년 전에 쓴 박사능(朴士能)의 문집에 써 준 서문에서 "미중(美中)은 재주와 기품이 특히 높아 문장으로 스스로 경지에 올라 규범을 따르는 것을 부끄러워하여 투식에서 벗어나 조소하고 풍자하며 문장을 유희로 삼았다. 대체로 모두 고아(高雅)하면서도 의기로운 사람이다."[131]라고 헌사(獻辭)를 바치고 있는 것으로 보아 적대적 관계이기보다는 선의의 경쟁 관계였음을 확인할 수 있다. 비록 연암이 작고한 지 4년여 뒤에 쓴 글이기는 해도 일부 알려진 것처럼 원수지간은 아니었던 것으로 보인다.[132] 특히 유한준은 연암의 「방경각외전」에 대해 그의 아들인 유만주에게 다음과 같이 일렀다.

이것은 하나의 기이한 글이다. 중인과 서얼과 일반 백성들 사이 있었던 이상하고 별난 일들을 잡다하게 취재해서 찬찬히 논하고 그 모습을 그려낸 것이 이렇게 핍진하고 절로 예스런 문장

---

131 유한준은 연암에 대해 다음과 같이 말했다. "美仲才品絕高, 其文自占地步, 耻入繩墨, 俳諧跳脫, 以文爲戲, 盖皆儒雅傑魁人也."[유한준, 「박사능문집서」, 「잡록」, 『자저(自著)』속집 책2, 한국고전번역원, 한국문집총간, 2000, 한국고전종합DB.]

132 박경남은 "『과정록』의 기술과 달리 유한준은 자신의 문집 어디에도 박지원에 대한 반감을 표시하거나 비난을 행한 곳이 없다. 오히려 유한준은 평생지기인 박윤원(朴胤源, 1734~1799)과 함께 박지원에 대한 무한한 그리움을 담은 글 하나를 그의 문집에 남겨놓았을 뿐이다."[박경남, 「유한준(俞漢雋)과 박지원—박종채(朴宗采)의 『과정록』 기록에 대한 재검토」, p.228.]라고 하여 『과정록』의 기록과는 달랐을 것이라고 했다.

을 이뤄냈다. 하늘이 주신 기이한 재주가 아니라면 그렇게 할 수 있겠느냐?

이에 대해 유만주는 다음의 논의를 1785년 11월 13일 일기에 기록했다.

> 이 글은 독자를 움직이는 힘이 넉넉하고 옛사람이 남긴 문장을 도습하는 법이 없습니다. 이 점이 가장 따라잡기 어려워요. 이 사람에게는 틀림없이 역사가로서의 재능이 있을 테니, 참으로 『삼강』의 일에 쓸 만합니다. 게다가 이렇게 한 걸음 물러서서 세상을 희롱하는 낙척불우의 마음을 품고 있으니, 이 사람을 저의 글쓰기에 주인공으로 끌어들인다면 아주 의미 있고 멋질 겁니다.[133]

이 기록으로 본다면 유한준 부자의 연암에 대한 생각은 아주 긍정적이었음을 알 수 있다. 그러나 연암은 당시의 『열하일기』로 말미암아 논란이 크게 일어나자 부분적으로 문제가 일어날 수 있는 부분들을 수정했을 것으로 추측된다. 특히 그가 「허생전」의 내용을 전적으로 수정하지 않기 위해서는 여러 장치가 필요했을 것이다.

이런 까닭으로 정재철은 연암이 「허생전」 뒤에 붙여 놓은 「허생후지」는 등장인물의 성격이나 사용된 용어로 보아 그의 글이 순정하지 못했다고 비판하던 유한준을 비롯한 보수 세력들이 자신을 공격하는 빌미가 될 수 있을 것이라고 판단하고 「진덕재야화」에 수록된 「허생후지」를 다른 내용

---

133 유만주, 『일기를 쓰다』, pp.233~234.

으로 교체한 것이라고 하였다. 그는 그 과정에서 연암이 『행계집』에 다시 쓴 「허생후지」를 『잡록』하(下)와 『열하일기』정(丁)으로 옮겨 적는 과정에서 그 내용을 자신이 「허생전」을 통해 보여 주고자 했던 북벌론의 허구성을 보다 강화하는 방향으로 수정하였다[134]고 하여 이본 형성 과정을 토대로 제시했다.

4) 비판에 대한 연암의 대응

반면에 『열하일기』의 원고가 부분적으로 탈고된 뒤에 그 일부가 외부로 유출되었을 때, 반응은 폭발적이었다.[135] 연암은 이것을 우려했다. 긍정적인 반응도 있었겠으나 그가 심려했던 것은 부정적인 반응이었을 것이다. 박종채는 이것을 다음과 같이 기록했다.

선군께서는 일찍이 탄식하며 말씀하셨다. '나는 중년 이래로 세상의 벼슬길에 마음이 없어서 점점 골계(滑稽)로 이름을 숨기려는 뜻이 있었고, 말세의 습속이 돌이킬 수 없이 되어 더불어 말을 할 만한 자가 없었다. 매양 사람을 대할 때마다 우언(寓言)과 소담(笑談)으로 미봉하고 대응해 나가는 방법으로 삼았으나 마음속은 언제나 울울하여 스스로 즐거워할 만한 일이 없었다. 연경을 방문하고 돌아와서는 큰 나라에서 보고 들은 바가 꽤 서

134 정재철, 「『열하일기』「옥갑야화」 수록 허생후지 연구」, p.132~133.

135 김명호, 「열하일기에 대한 문단의 반응」, 『열하일기 연구』(수정증보판), pp.352~357.

술할 만한 것이 있어서 연암협을 왕래할 때 붓이며 벼루를 지니고 다니며 행장 속에 든 정리되지 않은 초고들을 점검하여 노년에 여가를 보내는 마련으로 삼아 모아서 몇 편의 책을 이루었지만, 애초에 후세에 전하려고 계획한 것은 아니었다. 그런데 탈고가 반도 아니 되어 남들이 이미 전하고 베껴서 드디어 온 세상에 두루 퍼져 돌아다녀서 거두어 간직할 도리가 없게 될 줄을 누가 짐작이나 했겠는가. 처음에는 몹시 두려워 스스로 후회하여 가슴을 치며 크게 탄식하였으나 종내 어쩌는 도리 없이, 그대로 내버려 둘 뿐이었다. 심지어 그 책의 꺼풀도 보지 않았으면서 툭하면 다른 사람을 따라 헐뜯고 비방하는 자들을 난들 어쩌겠는가'하셨다.[136]

이 글의 내용이 사실이라면 처음부터 『열하일기』는 단숨에 써서 끝내려고 했던 것이 아니라 노년의 여가를 위해 마련한 것으로 볼 수 있다. 즉 두고두고 초고를 다듬으며 여생을 마칠 필생의 업으로 생각했던 것이다. 그러나 '애초에 후세에 전하려고 계획한 것은 아니었다.'라는 박종채의 진술은 연암의 의도를 잘못 이해한 것으로 보인다. 일반적으로 책을 쓰는 것은 널리 알리기 위한 것이거나 후세에 전하려는 데 그 목적이 있기 때문이다.

그런 의미에서 연암은 연경과 열하에서의 견문을 책으로 엮어 세상에 널리 알리고 후세에 전하려 했기에 원고를 말년에까지 다듬으려고 했었던 것으로 추측할 수 있다. 더욱이 벼슬을 하기 이전에는 우울한 마음으

<hr>

136 박종채, 앞의 책, pp.68~69.

로 우언과 소담의 글을 썼으나 연행 후에는 열하와 연경에서 보고들은
바를 후세에 전하기 위한 글쓰기를 하려고 했었던 것인데 원고가 일부
유출된 뒤에 파장이 심상치 않음을 알았던 것이다. 이같이 '온 세상에 두
루 퍼져' 예상하지 못한 폭발적인 반응을 불러일으키자 연암은 당혹스러
워했던 것이다. 그래서 '처음에는 몹시 두려워 스스로 후회하여 가슴을
치며 크게 탄식하였'으나 그 해결 방법을 찾을 수 없어 그대로 내버려둘
뿐이었다. 그러나 연암을 분노하게 한 것은 그 책의 꺼풀도 보지 않았으
면서 부화뇌동하여 다른 사람을 따라 헐뜯고 비방하는 자들의 행동이었
다. 그러한 반응의 일부를 보인 것이 다음과 같은 글이다.

「도강록」 등 여러 편의 구절을 모호하고 막연하게 말을 하면
서 함부로 평론하는 자가 있었다. 내가 「혹정필담(鵠汀筆談)」 한
편을 꺼내어 시험 삼아 읽어 보게 하였더니 그것이 무슨 말인지
알지 못할뿐더러 구두(句讀)를 붙이지도 못했다. 그의 문리(文
理)가 엉성하고 모자라기 이러함에도 오히려 남의 글을 논평하
다니 사람으로 하여금 무한히 참괴하게 만든다. 그러나 이는 오
히려 말할 것도 없는 경우이다. '오랑캐의 연호를 쓴 원고(虜號
之藁)'이라는 넉 자로써 비방을 날조하여 겁을 주고 욕하는 자는
너무나 어리석고 거칠어 분간할 줄 모르는 사람이니, 아하! 어찌
말을 하겠는가.[137]

연암은 독서 계층의 태도가 자신의 의도와 다르게 전개되는 것에 분노

를 넘어 절망하기도 했음을 볼 수 있다. 그가 참을 수 없는 참괴와 분노를 느꼈던 것은 글의 내용을 전혀 이해하지 못하여 어디서 끊어 읽어야 하는지조차 모르면서 모호하고 막연하게 평론한다고 하는 것과 일부의 지엽적인 것을 가지고 침소봉대하여 전체의 글을 비방하는 것이었다. 즉 글을 읽지도 못하면서 논평한다고 하는 태도에 대해 분노와 참괴함을 느꼈던 것이다.

특히 유한준의 노호지고라는 비방에 대해 연암은 처남인 이재성에게 서간문으로 자신의 심정을 토로하였는데, "그네들이 떠들어 대는 '오랑캐의 칭호를 쓴 원고(虜號之藁)'란 무엇을 가리킨 것인지 알 수 없소. 연호(年號)를 말한 것이오? 지명(地名)을 말한 것이오? 이 책은 잡다한 여행 기록에 불과한 것이라, 있건 없건 잘 되었건 못 되었건 간에 본래 세도(世道)와는 관계가 없는 것이거늘, 애초부터 어찌 춘추대의(春秋大義)에 견주어 논한 적이 있었으리오?"[138]라고 하여, 『열하일기』가 잡다한 여행 기록으로 시대를 구별하기 위해 이따금 청의 연호인 강희(康熙)나 건륭(乾隆)을 쓴 것인데, 이것을 사필(史筆)로 착각하여 트집 잡아 비방하는 것은 옳지 못하다고 하였다.

이미 연암은 『열하일기』 첫머리인 「도강록 서」에서 명이 망한 지 벌써 130여 년이 지났음에도 명나라 연호인 숭정(崇禎)을 고집하여 후삼경자(後三庚子)를 쓰려고 한다고 당시의 세태를 한탄한 바 있었다.[139] 그리고 그는 『열하일기』가 '애초부터 어찌 춘추대의(春秋大義)에 견주어 논한 적이 있었으리오.'라고 하면서 역사를 기록한 것이 아님을 분명히 하

---

138 「이중존에게 답함(答李仲存書)」(3), 『연암집』 제2권.
139 「도강록 서」, 「도강록」, 『국역 열하일기』 I, p.17.

였다.

　당시 기득권층에서 운위(云謂)하던 춘추대의란 무엇인가? 춘추대의의 핵심은 의리(義理)다. 「춘추(春秋)」는 노(魯)나라의 사관(史官)이 기록한 춘추시대 각국의 역사를 공자가 수정하고 정리한 책으로 노 은공(隱公) 원년(기원전 722년)부터 애공(哀公) 14년(기원전 481)까지 242년간의 역사가 기록되어 있다. 이 책은 단순히 사실만을 기록한 것이 아니라, 공자가 춘추시대 242년간의 사실을 바탕으로 자신의 사회적 이상과 정치적 관점을 표현한 책이다. 따라서 공자의 사회적 이상과 정치적 관점에 의해 구절마다 포폄(褒貶)의 의미를 함축하고 있는데, 이것을 '춘추대의(春秋大義)'라고 한다. 결국 공자가 지은 「춘추」의 뜻에는 중화(中華)를 높이고 이적(夷狄)을 물리치는 것보다 큰 의리는 없다는 의미가 있다.[140]

　이 춘추대의 사상은 병자호란 때 김상헌(金尙憲, 1570～1652)에서 형성되어 송시열(宋時烈)에서 완성되었다. 병자호란부터 조선말까지 맥을 이어 온 가장 구체적이고 뚜렷한 사상이었다. 병자호란 이후 청(淸)의 지배를 받으면서 「춘추」에서 나온 '중화를 받들고 이적을 물리친다[존화양이(尊華攘夷)]'는 춘추대의가 조선 사회의 중추적인 사상이 되었다.[141] 따라서 핵심은 청나라를 배격하여 명나라에 대한 의리를 지키는 것이었다. 명나라와의 의리를 지키기 위해 청을 배격해야 하므로 그들의 연호나 명칭을 써서는 안 된다는 것이 사대부 계층의 주된 논리였다. 이것을 근거로 연암의 『열하일기』에 명칭을 기록한 것을 탈 잡아 문제시한 것이다.

140　하영휘, 「유중교(柳重教, 1821～1893)의 춘추대의, 위정척사, 중화, 소중화」, 《민족문학사연구》60호, 민족문학사연구소, 2016, pp.164～165.

141　하영휘, 앞의 글, p.187.

그리고 그는 앞의 이재성에게 보낸 편지에서 열하 여행으로 "마음과 안목이 날로 새로워지니 예전의 보잘것없던 포부를 비웃게 됨과 동시에, 이 기상이 호연(浩然)해짐을 깨달았던 거요. 마침내 만리장성을 벗어나 북으로 대막(大漠)에 다다랐소. 이것이 바로 열하까지 여행하게 된 연유요."라고 기상의 호연을 드러내 안목이 넓어졌음을 밝힌 바 있다. 그리고 "귀국한 뒤에는 물의(物議)라곤 조금도 있지 않았으며, 도리어 나의 이 여행을 부러워하는 자까지 있었소. 산중살이가 심심하고 지루해서 묵혀 둔 원고들을 모아 몇 권의 책자를 편성하였으니 이것이 바로 『열하일기』를 짓게 된 연유요."라고 하면서 『열하일기』가 단순히 여행을 기록한 글임을 분명히 밝혔다.[142]

그런데도 『열하일기』를 마치 춘추인 것처럼 유한준이 노호지고라고 비방하자 연암은 크게 거칠고 천박하다고 했다. 그러나 한편 노호지고에 대한 이와 같은 분노의 글은 유한준뿐만 아니라 기존의 춘추대의론자들의 공격에 대한 반론을 제기한 것이기도 하다. 춘추대의론자들의 비난이 일었을 때 연암은 오히려 「도강록 서」에서 춘추대의를 옹호했던 자들에 대해서 한탄했다. 따라서 「도강록 서」는 한편으로 이런 물의에 대비한 글이었음을 방증해[143]주는 것이라고 할 수 있다.

여기서 짚고 넘어가야 할 것은 『열하일기』를 둘러싼 시비가 박종채의 『과정록』에서 언급한 것에 많이 의존하고 있다는 사실이다. 당시의 사정을 기록하는 과정에서 박종채는 지나치게 사사로운 감정을 드러낸 부분도 없지 않음에도 불구하고 전적으로 이에 의존하는 경우가 허다하

---

142 「이중존에게 답함」(3), 『연암집』 제2권.

143 이현식, 「「도강록 서」, 『열하일기』를 위한 위장」, 《동방학지》 제152집(2010년 12월), 연세대학교동방학연구소, p.200.

다. 더구나 『과정록』도 개고하는 과정에서 자신의 글로 연암에게 제기될 가능성이 있는 여러 가지 시비를 차단하기 위해 부분적으로 삭제가 이루어졌음을 감안하면 정확한 사정을 이해하는 문제는 간단하지 않아 보인다.

김윤조는 『과정록』의 이본 대조를 통해 열상고전 영인본 『과정록』에서는 부분적으로 삭제가 이루어졌다고 하였다. 그의 연구에 의하면, 박종채는 연암의 면모를 재정립하였음을 밝혔는데, 첫째는 연암에게서 소설가의 이미지를 덜어 내려고 했으며, 둘째는 연암의 지향점을 성리학 쪽으로 가까이 다가세우는 일이었고, 셋째는 연암을 가능한 정치적 역량으로부터 멀리 위치 지우려고 했다고 지적했다.[144] 그는 박종채의 이러한 행위가 『과정록』이 기록된 19세기 초반 시파(時派) 정권이 고착되고 안동 김씨 세도 정권이 확립된 시기인 점을 고려한다면 당시의 정치적 상황도 아울러 고려되어야 할 것[145]이라고 했다. 그런 결과로 김조순(金祖淳)이 연암을 일컬어 '맹자 구독도 떼지 못할 것'이라고 한 것을 삭제한 것이나, 김이도가 『열하일기』를 춘추대의에 밝은 책이라고 했던 것 등을 삭제한 것[146] 들을 예로 들었다.

144 김윤조, 「『과정록』에 나타난 연암의 몇 면모」, pp.69~71.

145 김윤조, 「『과정록』에 나타난 연암의 몇 면모」, p.71.

146 김윤조, 「『과정록』에 나타난 연암의 몇 면모」, pp.71~72.

4. 신유사옥으로 인한 개고(改稿)

외부적 요건으로 원고를 고친 것을 고찰하는 과정에서 주목해야 할 것 중에 하나는 『열하일기』의 많은 부분이 신유사옥으로 인해 변형되거나 삭제되었다는 것이다. 이를테면 당시의 정치적 상황이나 사회적 분위기를 주도했던 신유사옥이 『열하일기』에 미친 영향이 적잖았을 것으로 보인다. 좀 더 구체적으로 말한다면 하나는 신유사옥의 정치적 상황이고 하나는 그로 인해서 주변의 가까운 사람들의 신변에 직접적인 변화가 있었던 것이다. 정치적 상황이야 연암이 정치판에 기웃거리지 않아 크게 문제 될 것이 없었지만 친분이 남달랐던 족척이나 제자들 중에서 살상되는 피해자가 생겼을 때 심리적 충격을 받는 것은 당연한 일이다. 더구나 가까웠던 제자들의 목숨이 사라졌을 때는 아주 참담했을 것이다. 이런 상황이 『열하일기』의 내용을 수정하는 데 영향을 주었을 것으로 판단된다.

신유사옥과 관련해서 연암은 두 가지 관점에서 심리적 위축이 심했을 것으로 보인다. 하나는 정조가 죽은 뒤에 정치적으로 급격한 변화가 일어나면서 그의 입지가 좁아졌고, 또 하나는 그의 제자들 중에서 신유사옥에 직간접으로 연관이 있었던 것이다. 그것은 신유사옥이 단순히 서학과 관련된 것만이 아니라 정조가 승하한 후에 수렴청정하던 정순왕후(貞純王后)가 시파(時派)를 추방하기 위해 일으킨 정치적 사건이었기 때문이다.

정조가 죽자, 순조가 즉위 당일인 1800년 7월 4일 「등극반교문(登極頒敎文)」를 발표하였고, 뒤이어 정순왕후(貞純王后)는 예문관(藝文館)에서 올린 「수렴(垂簾) 반교문(頒敎文)」을 발표하여 수렴청정할 것임을 선언하였다.[147] 이로써 정순왕후는 친정(親政)할 수 있는 정치적 기반을 마련한 뒤 1803년(순조 3) 12월 수렴청정을 거두고 정치에서 물러날 때까지 합법적으로 정국을 운영했다.

순조 즉위년(1800년)에 차대(次對)를 하고 난 뒤에 대왕대비인 정순왕후는 언교(諺敎) 한 통(通)을 보내어서, "어찌하여 모년(某年)의 의리를 간범(干犯)한 자들이 처음 나쁜 선례(先例)를 만들더니 일종(一種)의 흉악한 무리들이 뒤에서 그 논의를 조술(祖述)하여 이에 감히 은밀하게 불만스런 마음을 품고 성궁(聖躬)을 헐뜯고 무함하여 다시 여지가 없게 한단 말인가?"라고 한 후에 "영묘조(英廟朝)의 모년(某年)의 처분은 만부득이한 거조에서 나온 것인데, 그러나 신하가 된 사람이 감히 이를 간범했다면 그 죄는 죽음으로도 용서받을 수 없다"[148]고 하교하면서 정국의 상황이 돌변했다. 정조 당시의 의리를 영조의 의리로 교체하면서 정국은 태풍에 휘말리게 된 것이다. 정조의 의리에 따라 집권 후반기 사도세자의 추숭(追崇) 의식에 동조했던 세력이 시파(時派)였고, 정순왕후가 영조의 임오의리를 천명하여 모두 역으로 뒤집는 것이었는데 여기에 동조했던 것이 벽파(僻派)였다.[149]

차대(次對)하고 보름쯤 지난 뒤인 순조 1년(1801, 신유) 1월에 드디어 정조 16년(1792, 임자)에 사도세자를 추숭하자는 '임자년 상소'를 올려서 사도세자와 관련된 '금령(禁令)'을 어긴 일에 관여된 세력에 대한 논척(論斥)이 이루어졌다. 사도세자와 관련된 '금령'은 크게 두 가지로 첫째,

---

147 『순조실록』1권, 순조 즉위년(1800년) 7월 4일 갑신.

148 『순조실록』1권, 순조 즉위년(1800년) 12월 18일 병인.

149 임혜련, 「정조 말~순조 초 김건순의 행보와 신유사옥」, 《한국학논총》51호, 국민대학교 한국학연구소, 2019, p.306.

사도세자의 죽음을 둘러싼 비밀을 감추기 위해 영조가 금령을 내렸고, 둘째는 선조(先祖)의 금령으로 왕위에 오르지 못한 세자에게는 난간석과 병풍석을 조성할 수 없다는 것이었다.

그러나 정조는 사도세자의 무덤인 융릉을 조성하면서 난간석과 병풍석을 세웠다. 이때 문제가 된 것은 첫째 금령이었던 사도세자의 죽음과 관련된 것으로 영조가 사도세자의 죽음에 대한 비밀이 담긴 '금등문서(金縢文書)'[150]를 숨겨 두었던 것이 알려진 것이다. 정조가 이 금등문서를 알게 된 것은 채제공(蔡濟恭)의 상소에 의한 것이었다. 계축년(1793, 정조 17) 여름에 채제공이 융릉(隆陵)을 조성하기 위해 화성 유수(華城留守)로 있다가 영의정이 되어 돌아온 뒤에 상소하여 다시 임오년의 참인(讒人)을 논하였던 것이다. 이 당시에 전개된 상황을 정약용은 갑인년(甲寅年, 1794)의 정치적 사건의 연장으로 기록했다.[151]

---

150 정조는 임오화변(壬午禍變) 당시 도승지였던 채제공으로부터 이에 대한 이야기를 들었다고 했다. "선대왕(先大王, 영조—인용자)께서 휘령전에 친림했을 적에 전 영상이 도승지로 입시하였었는데 사관을 문밖으로 물러가게 한 다음 선대왕께서 한 통의 글을 주면서 신위(神位) 밑에 있는 요의 꿰맨 솔기를 뜯고 그 안에 넣어두게 하였던 바 그것이 바로 금등 문서였던 것이다.(先大王臨徽寧殿時, 前領相以知申入侍, 而史官退出門外後, 先大王以一文字授之, 使之就神位下褥席, 拆縫而納之. 此是金縢書也.)"라고 하였다. 그리고 금등의 두 구절을 베껴 낸 쪽지를 여러 대신에게 보여 주게 하고는 "피묻은 적삼이여 피묻은 적삼이여, 동(桐)이여 동이여, 누가 영원토록 금등으로 간수하겠는가. 천추에 나의 품으로 돌아오기를 바라고 바란다."라고 하고, "'대고(大誥)'의 뜻을 모방하여 사람마다 그 뜻을 충분히 알고 있었으면 하는 생각에서이다. 지금으로부터는 다시 이를 빙자하여 이러쿵저러쿵 시끄럽게 구는 일이 있으면 사람마다 성토할 것이다. 오늘 이후로 사리를 천명할 책임은 오로지 경 등에게 있는 것이다."라고 했다.[『정조실록』38권, 정조 17년(1793년) 8월 8일, 9일 기사.]

151 "김종수(金鍾秀)가 말하기를, '임오년의 연차(聯箚)가 있은 뒤에 이 일을 다시 제기하는 사람은 역적이다.' 하고, 채 문숙공을 극력 공격하였다. 주상이 영고(英考, 영조) 금등(金縢)의 사(詞)를 내어 보임으로써 장헌세자(莊獻世子)의 뛰어난 효도를 밝히니 아무 일이 없었다. 이때 홍인호(洪仁浩)가 한공 광전(韓公光傳)을 대해서 또한 문숙공(文肅公)의 소(疏)를 공격하였는데 망발된 말이 많았다. 그래서 벼슬아치와 선비들이 일제히 홍인호를 공격하

정조 때 탕평정국 아래서 정치적 우위를 확보했던 남인 세력은 사도세자 문제에 있어서 정조의 입장을 뒷받침했다. 또한 이들은 바로 서학을 주도적으로 받아들인 집단이었다. 남인 세력은 정조를 도와 주요한 여러 개혁을 적극적으로 추진하였던 반면 노론(老論) 벽파(僻派)는 노비제도, 토지제도 등 정조의 다양한 개혁 정책에 반대하였다. 이러한 대립은 벽파 집권 직후에 일어난 신유사옥이 단순한 종교적 탄압뿐만 아니라 정치적 정적(政敵) 제거의 수단으로 이용될 가능성이 있었음을 암시한다.[152] 남인들을 비호해 주던 채제공과 정조가 죽으면서 정순왕후를 중심으로 한 외척 세력인 경주 김씨와 노론 벽파 세력은 정치적 문제를 일으키면서 사회적으로도 반윤리적이었던 문제를 해결한다는 이중의 효과를 노렸다.

정순왕후가 '사학징치령(邪學懲治令)'을 내리면서 사간(司諫) 박서원(朴瑞源)이 서학의 교주를 체포하고, 사학도(邪學徒)를 극형으로 다스리기를 요청하자, 집권 세력은 사학을 금지하고 사학의 무리를 소탕하기 위한 다양한 방법을 논의했다. 그 결과 정조 당시에 사학에 대한 교화 위주의 정책을 '사람을 살리기 좋아하는 성덕'으로 평가하였던 것을 순조 대에서는 사학에 대한 철저한 탄압과 사학의 무리에게 일벌백계의 극형을 불가피한 것으로 인식하고 실행에 옮겼다.[153]

그런데 이 금령을 어긴 자들에 대한 논척이 이루어지면서 노론 외척

였으니, 이것이 이른바 갑인년(1794, 정조 18) 사건이다."[정약용, 「묘지명(墓誌銘)」, 「문집(文集)」16권, 『여유당전서(與猶堂全書)』1집, 한국고전번역원, 한국고전종합DB.]

152 「신유박해의 목적—정치적 탄압」, 「신유박해」, 『한국사 연대기』, 국사편찬위원회, 우리역사넷.

153 「천주교 박해의 심화」, 「신유박해」, 『한국사 연대기』, 국사편찬위원회, 우리역사넷.

세력 내 판부사 박종악(朴宗岳, 1735~1795)의 관작이 추탈되었다.[154] 박종악은 죽은 지 이미 5년이나 되었는데 추탈한 것이다. 앞서 유배 간 서유린(徐有隣)과 관작이 추탈된 박종악 두 사람 모두는 '임자년 상소'를 올린 인물들이었다. 이외에도 남인계 내에서는 영남 유생들 1만 명이 사도세자의 신원을 촉구하는 상소인 '영남만인소'를 올려 사도세자 추숭을 요청했던 주동자 이우(李㙖)가 논척당했다. 소론계 내에서는 1792년 유성한(柳星漢)의 사도세자 복권 문제와 관련된 유생들의 상소인 '남학 유생 상소 사건'의 주동자 박하원(朴夏源)을 사주한 사람으로 심기태(沈基泰)·유협기(柳協基)·홍지섭(洪志燮)·이조원(李祖源) 등이 논척당했다.

이처럼 신유사옥에서는 노·소론, 남인 내에서 정조의 측근 세력과 사도세자를 추숭한 세력에 대한 대대적인 논척과 토죄가 있었다. 3월 소론계 정민시(鄭民始) 집안인 고(故) 판서 정창순(鄭昌順)의 관작추탈 요청이 있었고, 박종악·김희·채제공 등의 정조 연간 대신에 대한 관작추탈 계사가 이어졌다.[155] 이때 추탈된 박종악은 연암의 삼종질로 정조의 고모부인 박명원의 친조카로 아주 가까운 사이였다. 반면에 서학의 교주를 체포하고 박종악의 추탈을 합계(合啓)한 사간(司諫) 박서원(朴瑞源)도 족척(族戚)이었다.

그리고 또 하나의 일은 신유사옥이 천주교와 관련되어 있었던 그의 제자 이덕무·박제가·이희경(李喜經, 1745~?)·이희영(李喜英,

---

154 『순조실록』2권, 순조 1년(1801년) 1월 13일 경인. 삼사(三司)에서 박서원을 포함한 다수가 추탈을 합계(合啓)하였다.

155 김정자, 「순조 1년(1801) '신유옥사(辛酉獄事)'와 윤행임(尹行恁) 사사(賜死) 사건」, 《역사민속학》61집, 한국역사민속학회, 2021, p.159.

1756~1801) 등에게 직접 영향을 주었던 것이다. 이덕무와 박제가는 천주교의 독실한 신자로, 정약전(丁若銓)·정약용(丁若鏞)·권철신(權哲身)·이승훈(李承薰) 등과 함께 천주교 교리를 익혔던 이벽(李蘗, 1754~1786)과 아주 가까워 그가 죽었을 때 만사(輓詞)를 쓰기도 했다.

이들 중에서 박제가는 1801년 청나라에 네 번째 연행을 갔다 돌아왔다가, 사돈이었던 윤가기(尹可基)가 윤행임(尹行恁)의 문인인 임시발(任時發)의 괘서(掛書)사건[156]에 연좌되어 처형되자 그해 9월 함경도 종성(鍾城)으로 유배를 갔다[157]가 1805년 귀양이 풀렸으나 향년 56세로 사망하였다.

이덕무와 박제가와 아주 가까웠던 이벽은 이승훈을 신부가 되도록 강력하게 권유하기도 했었던 인물이다. 이승훈은 이가환(李家煥)의 생질이고, 정약종(丁若鍾)의 매형이어서 천주교와 밀접하게 관련이 있었던 터에 1783년 연경으로 아버지를 따라갔을 때 이벽은 그에게 신부를 만나도록 권유했고 천주교 서적을 구해 오라고 했다. 그 후 이벽은 『성교요지』를 저술하는 한편 천주교에 대한 지식을 동료 학자들에게 전하여, 후일 우리나라에서 자생적으로 천주교 신앙 운동이 일어나게 되는 계기를 만들었다.

그리고 1769년 연암을 스승으로 섬기고 백탑시사(白塔詩社)를 결성하였던 이희경은 연암의 수제자로 이용후생의 학문을 그대로 계승한 인물이고 박제가와는 둘도 없는 막역한 친구였다. 그는 무려 다섯 번이나 북경을 왕래했던 실학자였다. 연암과는 아주 각별하여 연암이 벼슬살이를

---

156 『순조실록』3권, 순조 1년(1801년) 9월 6일 경진.
157 『순조실록』3권, 순조 1년(1801년) 9월 15일 기축.

끝낸 뒤 병세가 더욱 심해져서 약 복용마저 금하였을 때도 처남 이재성(李在誠)과 이희경을 자주 불러 술상을 차려 놓고 담소를 했다.[158] 1805년 10월 20일에 연암이 운명하였을 때 그는 이재성과 함께 스승의 임종을 지켜봤었다.[159] 그는 동생 이희영이 참수당하고 연암이 작고한 뒤 종적을 감추었다.

이희경의 동생 이희영은 예수의 초상화를 가장 잘 그리는 화가였는데 연암의 아주 가까운 친구인 정철조를 사사하여 그림을 배웠다. 그의 세례명이 누가였다. 그는 1801년(순조 1년) 4월에 강이천(姜彝天) 등과 함께 신유사옥에 연루되어 서소문 밖에서 참수를 당하였다. 이희영이 "본래 김건순의 가객(家客)으로서 김건순과 더불어 주문모를 찾아가서 만나 보았으며, 야소상(耶蘇像) 3본을 본떠서 만들어 이를 황사영(黃嗣永)에게 보내기도 했다"고 공초(供招)한 것이 실록에 기록되어 있다.[160]

그 외 김건순(金建淳, 1776년~1801)이 있다. 그는 김상헌(金尙憲)의 7대손이고, 김창업(金昌業)이 고조부로 노론 대가의 후손인데, 연암을 지근거리에서 도왔던 친구인 유언호의 손녀사위였다.[161] 그는 천주교 신자인 권철신, 이가환 등과 교류하였고 이희영에게 천주교를 전하기도 했다. 김건순은 주문모(周文謨) 신부가 요청해 만나기도 했다. 그가 정치적으로 힘이 있는 노론 명가 출신으로 당시 남인 위주의 조선천주교회

---

158   박종채, 앞의 책, p.197.

159   정민, 『서학, 조선을 관통하다』, 김영사, 2022, pp.462.

160   『순조실록』2권, 순조 1년(1801년) 3월 29일 을사.

161   김건순의 처는 유한재(俞漢齋)의 딸인데, 유한재는 유언호(俞彦鎬)의 아들이다. 유언호는 연암이 20대였을 때부터 교유했던 친구로 후원자였다. 박종채는 교유했던 비슷한 연배로 유언호, 김이중, 신광온 등을 꼽았다.(박종채, 앞의 책, p.54.) 그는 연암이 음관으로 선공감역에 오르도록 천거했다.

가 당면한 현실적인 한계성을 극복하여 교세를 확장하여 교회의 입지를 세우는 데 상당한 효과가 있으리라 여겼기 때문이었다.[162]

김건순에게 연암을 만나보도록 강권한 사람은 이희영이었는데 연암은 김건순의 재주와 해박함에 천재였다고 했다.[163] 연암은 내가 한번 만나보기를 원했다고 하면서 처음 본 그를 막상 만나 보니 "가엾은 생각뿐이로구나. 그의 그릇됨을 보니 보배인데 이 보배를 간직하기에는 부족하니, 서글픈 마음 그지없다."[164]라고 하면서 애처로워했다. 박종채는 "건순은 사학에 물들어 제명에 죽지 못했다"[165]라고 『과정록』에 기록했다. 주문모 신부를 만나 천주교에 입교하여[166] 세례명이 요사팟(若撒法)이었던 김건순은 1801년 6월 1일(음력 4월 20일) 서소문 밖에서 참수형을 당했는데 그때 그의 나이는 26세였다.[167] 한편 「황사영백서(黃嗣永帛書)」에는 이벽과 이희영, 김건순 등의 이름이 올라 있다.

1801년 봄에 연암은 양양부사를 반년 만에 그만두었는데, 그해 4월에는 이희영이, 6월에는 김건순이 각각 서대문 밖에서 참수되었고 9월에는 박제가가 유배를 가는 것을 목도하게 되었던 것이다.

이와 같이 신유사옥을 겪으면서 주변에 있던 제자들이 참수당하거나

---

162 김문태, 「노론 천주교인 김건순」, 『신학전망』217호, 광주가톨릭대학교 신학연구소, 2022, p.43.

163 박종채, 앞의 책, p.219.

164 정민, 앞의 책, p.636.

165 박종채, 앞의 책, p.219.

166 『순조실록』2권, 순조 1년(1801년) 3월 29일 을사. 이 기사에 이희영과 김건순, 주문모의 관계가 잘 드러나 있다.

167 『순조실록』2권, 순종 1년[1908년, 대한 융희(隆熙) 2년] 3월 21일(양력). 김건순은 내각총리대신(內閣總理大臣) 이완용(李完用)의 건의로 탕척(蕩滌)되었다.

유배를 가는 일이 벌어지자 연암은 심리적으로 많이 위축되어서『열하일기』의 내용을 고쳤을 것으로 보인다. 따라서『열하일기』에서 많은 수정을 했던 것은 신유사옥 이후로 추측된다. 이외에 변형된 많은 부분에 대해 간략하게 살펴보고, 더 자세한 것은 이본의 형성 과정에서 살펴볼 일이니 여기서는 줄인다.[168]

김명호에 의하면, 도학자의 틀에서 벗어난 소탈한 언동이 기탄없이 생생하게 묘사된 부분들과 당시의 반청 반서학 풍조에 저촉될 우려가 다분한 내용들이 대폭 개작되었다[169]고 했다. 예를 들면 서학과 관련된 것들로「혹정필담」에서 연암이 지구 자전설과 천주교의 교리 그리고 중국에 전래된 경위 등에 관해 토론한 내용을 삭제하였고, 「망양록」에서 마테오 리치가 중국에 전래한 양금(洋琴)과 그것이 다시 조선에 전래된 경위 등을 소개한 내용을 삭제한 것 등을 들 수 있다고 하였다.

그리고 그는 필사된 이본인 「황도기략」에서 「천주당」과 「천주당화」의 제목을 각각 「풍금」과 「양화」로 바꾸고 나서야 본문을 온전하게 수록할 수 있었다고 하면서, 이와 같은 삭제 · 수정 조치는 아마도 순조 1년(1801)에 천주교에 대한 대대적 탄압이 벌어졌던 신유사옥과 관련이 있을 듯하며,『열하일기』중 천주교와 관련된 내용이 물의를 빚을까 염려하여 그러한 조치를 취했던 것이 아닌가 추측하였다.[170]

---

168   이본 연구는 김명호의 『열하일기 연구』(pp.27~47)와 「『열하일기』 이본(異本)의 재검토—초고본 계열 필사본을 중심으로」, 그리고 김문식의 「단국대 소장 연민문고 필사본의 자료적 가치」(《동양학》제43집, 단국대학교동양학연구소, 2008.), 강동엽의 『열하일기 연구』(일지사, 1988, pp.23~29), 서현경의 「『열하일기』 정본의 탐색과 서술 분석」(연세대 박사논문, 2008) 등이 있다.

169   김명호, 『열하일기 연구』, p.47.

170   김명호, 「『열하일기』 이본(異本)의 재검토—초고본 계열 필사본을 중심으로」, 앞의 책, p.15.

그리고 「옥갑야화」의 이본 중에는 박제가가 쓴 「차수평어」에서 그의 자(字)인 '차수(次修)'나 이름이 지워져 있고 '평어(評語)'만 인용된 경우도 있는데, 김명호는 이것을 차수가 신유사옥에 연루되었던 사실과 무관하지 않을 것으로 추측된다고 했다.[171] 앞에서 언급했듯이 박제가는 사돈이었던 윤가기의 괘서사건에 연루되어 종성으로 유배 갔다가 방축향리 된 후 1805년 죽었고[172] 거기다가 박제가는 참수당한 이희영과 행방불명된 이희경 형제와도 가까웠기 때문에 자(字)나 이름을 그대로 두기가 어려워 지웠을 것이다.

그리고 김명호는 평어의 내용 중에서 '이씨사설(李氏僿說)', 즉 이익의 『성호사설』이 지워진 것도 있는데, 이것은 이익이 신유사옥 때 숙청된 이가환 등 남인계의 선대(先代) 학자라는 점이 고려되었기 때문이었을 것이라고 했다.[173] 사실 이벽의 족손인 이가환이나 제자 권철신이 천주교에 직접 개입되어 신유사옥으로 1801년에 처형된 처지에서 『성호사설』의 명칭을 그대로 둘 수는 없었을 것이다.

앞에서 잠시 언급한 바 있지만 이러한 수정이 외부 세력의 직접적인 공격에 의한 것도 있지만 자기검열의 일부로도 볼 수 있다. 예를 들면, 「옥갑야화」에서 이완 대장에게 시사삼책을 제시하였는데 두 번째 계책에서 '김류(金瑬)와 장유(張維) 따위들의 집을 징발해서'라고 한 부분이 이본에 따라 다르게 되었다. 이를테면 일부 판본에는 김류와 장유로 되어

---

171 김명호, 「『열하일기』 이본(異本)의 재검토—초고본 계열 필사본을 중심으로」, 앞의 책, p.15. 각주 38.

172 『순조실록』5권, 순조 3년(1803년) 2월 6일 임인. 이 기사에 의하면 종성부(鍾城府)에 정배한 박제가(朴齊家)는 방축향리(放逐鄕里) 하였다.

173 김명호, 「『열하일기』 이본(異本)의 재검토—초고본 계열 필사본을 중심으로」, 앞의 책, p.15. 각주 38.

있으나, 다른 판본에는 '이귀(李貴)와 김류'로, 또 다른 판본에는 '훈척 (勳戚) 권귀(權貴)'로 되었다[174]고 연민은 지적했다.

이렇게 바꾼 것은 이들이 모두 인조반정의 공신으로 권력을 누렸던 사람들이라는 공통점이 있다. 특별히 김류와 장유, 이귀를 지적했던 것은 그들의 정치적 성향이나 이념에 의해 선택했다고 하기보다는 뒤에 '훈척 권귀'로 고친 것으로 보아 그들이 훈척으로 권귀를 누렸던 인물들의 대표적이라는 관점에서 지칭했던 것으로 보인다. 다만 김류가 남인이라는 점도 고려되었을 것으로 보이기도 하나, 연암은 지나치게 특정인을 지적한 것이 문제를 초래할 것으로 예상되자 '훈척 권귀'로 바꾸었던 것으로 보인다.

특별히 주목을 요하는 것은 개고의 과정이 연암 자신의 의도에 따라 이루어지기는 했지만, 상당 부분이 그 내용과 표현이 문제가 되어 마지 못해 개고(改稿)가 이루어졌다는 것이다. 더욱이 개고가 그 자신의 소견에 의해 이루어지기만 한 것이 아니라 그의 문인(門人)인 이덕무·성대중·유득공·박제가·이서구 등에 의해서도 이루어졌다. 이들은 '초고본 계열'의『열하일기』필사본을 열람하고 각자의 소견을 두주(頭註)나 평어를 써서 피력하였는데, 이것은 연암이 개고하는 데 자신들의 의견을 표명했던 것으로 볼 수 있다.[175]

174 「옥갑야화」,『국역 열하일기』I , p.308. 각주 11. 이가원은 각주에서 일재본·옥류산관본·녹천산관본에는 '김류(金瑬)와 장유(張維)'로, 수택본·서울대학본·대만영인본에는 '이귀(李貴)와 김류'로, 계서본·자연경실본·박영철본·광문회본·김택영본·김택영중편본·주설루본·국립도서관본에는 '훈척(勳戚) 권귀(權貴)'로 되었다고 밝혔다.

175 김명호는 "『잡록』(하)의 「옥갑야화」「허생전」에는 박제가의 두주(頭註)와 말미 평어가 있으며, 『열하일기』(정)의 「옥갑야화」「허생전」에는 성대중의 두주와 박제가의 말미 평어가 있다. 그리고 『열하일기』(리)에는 무려 45개나 되는 이덕무의 두주가 있다."라고 했다[김명호, 「『열하일기』 이본(異本)의 재검토─초고본 계열 필사본을 중심으로」, 앞의 책, p14.]

여기에 박종채가 완성본을 만들면서 개작을 하였는데 이것은 연암의 자기검열 이후에 일어난 것이어서 더 충격적이다. 정재철은 박종채가 1807년에 부친상을 끝낸 직후에 외집과 별집에 수록할『열하일기』의 편차와 원문을 대폭으로 수정하였음을 밝혔다. 그는 그 이유로 당시 사람들이『열하일기』를 전기(傳奇)나 해소(諧笑)의 작품으로 인식하거나, 이를 잘 읽었다고 말하는 사람들도 그 대의를 깊이 탐구하지 못한 것으로 생각하였으며, 특히『열하일기』의 문체가 순정하지 못하다는 세간의 의혹을 불식시키려는 의도가 자리하고 있었다[176]고 했다.

이러한 견해는 박종채가『연암집』을 판각하기 위해 정리한 고본(稿本)을 집에 간직하고 있으면서 밤낮으로 두려워했다[177]는 기록에서도 짐작할 수 있다. 『과정록』의 글쓰기 방식을 연구한 이강옥은 "박종채가『과정록』을 쓰면서 시종 염두에 둔 것은 세상 사람들에게 아버지를 어떤 모습으로 보일까 하는 것이다. 박종채는 (『과정록』의) 수정본을 내면서까지 아버지의 목표 형상을 부각시키려 애썼다."[178]라고 분석했다. 이러한 진술은 박종채가『열하일기』를 본의와 관계없이 조작했을 가능성을 짐작할 수 있다.

이외에도 개작이 연암의 선에서만 이루어진 것이 아니라 필사했던 문인(文人)들의 영향 또한 있었다는 것은『열하일기』가 작가인 연암의 의지와 관계없이 그야말로 만신창이의 모습으로 남아서 독자 앞에 나서게 되

---

176 정재철, 「박종채의 열하일기 교정과 편집」, 《대동한문학》제59집, 대동한문학회, 2019, p.43~45.

177 박종채, 앞의 책, p.303.

178 이강옥, 「박종채 『과정록』의 내용 형성과 글쓰기 방식」, 《한국한문학연구》39집, 한국한문학회, 2007, p.39.

었음을 말해 준다.[179]

이러한 관점에서 살펴본다면 애초에 연암은 필생의 일로 여기고 이미 탈고한 원고를 지속적으로 수정하고 보완하여 『열하일기』를 명편(名篇)으로 만들려고 했었으나 본래 의도와 다르게 변했던 것이다. 일부 원고가 유출되어 비판이 드세어지자 가급적 물의를 피하려고 문제가 될 듯한 부분에 대해서 개고를 거듭했을 것으로 보인다. 그뿐 아니라 한편으로는 후에 독자와 후손의 자기검열에 의해 변형된 『열하일기』도 상존(尙存)했음을 알 수 있다.

5. 동명이인(同名異人)에 대한 의혹의 해소

『열하일기』를 수정·보완하는 전반적인 과정에서 일반적으로 적용되었던 요인과는 달리 「진덕재야화」와 관련해서만 살펴볼 수 있는 대목이 있다. 이것은 봉원사에서 허생의 이야기를 전해 준 윤영(尹映)에 대한 것이면서 내용 전체와도 관련이 있어 보인다. 사실 「진덕재야화」의 후지에서 언급한 윤영은 연암이 만들어 낸 인물인지, 아니면 실제의 인물인지 혹은 어떤 특정인을 윤영이라는 이름을 붙인 것인지는 알 수 없다.[180]

---

179 김혈조, 「조선후기 서책의 검열과 소통」, 《한국한문학》제68집, 한국한문학회, 2017, pp.33~34.

180 임형택은 정체가 분명치 않다고 하면서, "윤영의 존재 역시 가공의 인물이 아니라고 본다"고 하고, "제보자로서 윤영의 실체를 일단 인정해야 한다"고 했다.(임형택, 「한문단편의 형성과정에서의 강담사」, 앞의 책, p.110.)

아마 만난 곳으로 봉원사(奉元寺)라는 사찰의 명칭을 구체적으로 제시한 것과 20세 전에 심한 우울증과 불면증[181]으로 정신적 방황이 있었고 그 후 북한산과 봉원사에서 책을 읽었다는 기록을 감안하면 구체적 사실일 가능성이 크다. 봉원사에서 만난 윤영이 실제의 인물이거나 아니면 윤영이라고 말할 수 있는 도인(道人) 같은 인물을 만난 것은 사실로 보인다.

그런데 이 후지에서 윤영을 도인에서 폐족 혹은 좌도·이단의 무리로 추측하도록 했고, 「옥갑야화」의 후지에서 윤영을 은폐한 것은 허생 이야기의 출처를 모호하게 하려는 것이기도 하지만, 한편으로는 폐족 혹은 좌도·이단의 무리일지도 모르는 부정적 인물을 허생 이야기의 단초로 삼은 것에 대한 부담을 덜기 위한 조치라고도 할 수 있다. 즉 「허생전」의 내용에서 이완 대장에게 제시한 시사삼책 중 북벌론에 대한 것은 좌도·이단의 무리의 주장으로 유추할 가능성이 커서 애초의 그 단서가 될 만한 인물을 제거한 것으로 볼 수도 있을 것이다.

이러한 관점에서 보면 「진덕재야화」에서 윤영을 은폐한 것은 실제 존재했던 북벌론자인 윤영(尹鍈, 1611~1691)이라는 구체적 인물에 대해 관심이 쏠리는 것을 차단하려고 했던 장치의 일부라고 추정할 수 있을 것이다. 지나치게 비약된 면이 없지 않으나 당시가 윤영(尹鍈)의 지대한 영향을 받아 대표적인 북벌론자가 되었던 동생 윤휴(尹鑴, 1617~1680)

---

181 "지계공이 일찍이 말씀하시기를, '존공께서는 20세 전후에 불면증이 있어 밤낮을 통틀어 눈을 붙일 수 없는 것이 혹 사나흘이 되곤 하여, 지켜보는 사람들이 위태롭게 여겼다.'"(박종채, 앞의 책, p.29.) 그리고 연암 스스로도 '지원(趾源)이 젊었을 때 심병(心病)을 앓은 적이 있었습니다.'라고 하였는데 이를 두고 말한 것으로 보인다.[「삼종질(三從姪) 종악(宗岳)이 정승에 제수됨을 축하하고 이어 시노(寺奴) 문제를 논한 편지(賀三從姪 宗岳 拜相. 因論寺奴書)」, 『연암집』제2권.]

가 반란을 도모했다는 죄목으로 죽은 이후 복권되었다가 다시 추탈(追
奪)되었던 시기와 맞물려 있었기 때문이다.

윤영의 아우인 윤휴는 1680년(숙종 6년)에 사사(賜死)되[182]었다가 1689
년(숙종 15년)에 복권이 되었다. 남인(南人) 계열에 속했던 그는 그 이후
집권 세력의 한 축이었던 남인의 부침에 따라 수차례에 걸쳐 복권과 추
탈을 거듭하였는데, 『열하일기』를 퇴고하던 무렵인 1795년(정조 19년)
에 다시 복권되었다가 1801년(순조 1년) 신유사옥으로 남인이 거세당하
면서 다시 추탈되었다.[183] 이와 같은 파벌에 의한 정치적인 사건이 초미
의 관심사가 되었던 시기는 연암이 안의현감으로 있으면서 『열하일기』를
계속 퇴고하던 시기였다. 이 대목에서 유의할 것은 연암이 1786년 『송자
대전(宋子大典)』을 교정하는 일에 참여하였는데, 이 책의 내용 중 윤휴
(尹鑴)에 대한 논의가 있었다[184]는 것으로 보아 연암이 윤휴나 윤영(尹鍈)
에 대해 알고 있었을 것이라는 사실이다. 물론 윤휴와 윤영에 대해 얼마
나 자세히 잘 알고 있었는가 하는 문제와 그것으로 인한 영향 관계는 좀
더 살펴야 할 것이다.

다만 이런 과정에서 윤영(尹鍈)에 대한 저간의 사정이 그의 심중에 혹
시 영향을 주지 않았을까 하는 추측을 해 볼 수 있다. 사소한 정치적인
입장의 차이에 의해 권력이 분화되고 타협하는 상황에서 권력층의 자장
권에 있었던 연암이 윤휴의 복권과 추탈되는 사건에는 초연(超然)했겠지

182　『숙종실록』9권, 숙종 6년(1680년) 5월 20일 무신.

183　윤휴는 그 뒤 100여 년이 지난 뒤인 순종(純宗) 때 내각 총리대신 이완용(李完用)의 건의
　　　로 탕척되었고[『순종실록』2권, 순종 1년(1908년, 융희(隆熙) 2년) 3월 21일(양력) 무신.], 후
　　　에 관작이 회복되었다.[『순종실록』2권, 순종 1년(1908년, 융희(隆熙) 2년) 4월 30일(양력)
　　　무신.]

184　박종채, 앞의 책, p.87.

만 득의의 작품에 불씨 같은 것이 남아 있는 것을 두고 보기는 쉽지 않았을 것이기 때문이다. 관점에 따라 차이가 있을 수 있겠으나 실제 인물인 윤영(尹鍈)이 봉원사에서 연암이 만난 윤영(尹映)과 흡사한 인상을 주고 있는 것은 사실이다. 80세까지 살았던 북벌론자이며 상당한 학식을 갖추었던 데다가 역적 윤휴의 형이어서 좌도·이단의 무리로 유추가 가능하며, 허생처럼 불우한 생활을 했고 그러면서도 독서를 지속했던 기인다운 면모는 윤영(尹映)과 허생의 이미지를 겹치게 하기도 한다. 따라서 봉원사에서 만난 윤영을 실제 인물인 윤영(尹鍈)으로 유추할 가능성이 없지 않을 것이라고 판단하고, 그것으로 의미가 확산되는 것을 제한하려고 했던 것이 아닌가 의심할 수도 있다.

처음에 쓸 때는 도인 같은 적절한 인물이어서 한자 표기만 바꾸고 후지에 윤영(尹映)의 이름을 올렸으나 윤휴가 추탈되는 시기임을 깨닫고 퇴고할 때 윤영을 빼고 허생의 신분도 바꾼 것이 아닌가 생각된다. 특히 연암이 윤영(尹鍈)과 윤휴와의 당시의 행적을 알고 있었다면 허생의 이야기에 이름 한자 표기는 다르지만 윤영을 그대로 두기에는 꺼림직했을 것이며 이로 인해 주저하는 바가 있어 은폐하는 수순을 밟았을 것으로 보인다. 이러한 유추의 가능성을 확인하기 위해 몇 가지 자료를 검토해 보기로 한다.

먼저 성호(星湖) 이익(李瀷, 1681~1764)의 『성호사설(星湖僿說)』에 기록된 윤영(尹鍈)에 대한 기록을 잠시 살펴보자.

내가 지도 한 첩(帖)을 얻었는데, 서북으로 위치한 저쪽 나라와 우리나라와의 경계가 상세히 기재되었으니 직접 답사하고 눈으로 보는 것이나 다름없었다. 이것은 근대 사람의 식견이나 역량으로는 이렇게 작성할 수가 없다. 옛적에 윤영(尹鍈)이란 사람은 윤씨 집안의 서자로, 이 충무공(李忠武公)의 외손이며, 이완평[李完平, 이원익(李元翼)]의 서녀(庶女)를 아내로 삼았다. 그는 완평의 총애를 특별히 받았고 본실에서 난 아우도 "형의 문장은 나보다 낫다." 하였으며, 『항부도기(恒符賭奇)』1첩(帖)을 제작했으니, 이는 조간(趙簡)의 사실에서 나온 명칭인데, 그 자손들이 잃어버리고 전해지지 않지만, 이 지도는 아마 그가 남긴 것인 듯하다. 그의 말에 의하면, "영고탑(寧古塔)은 숙신(肅愼)의 옛터이다. 한·당(漢唐) 이전에는 동북 지방에 강대한 나라나 큰 부족이 없고 우리나라만이 세력을 형성하고 있었다."[185]

여기에 등장하는 윤영(尹鍈)이 한자(漢字) 표기가 허생의 이야기를 전달해 준 윤영(尹映)과 다르긴 해도 실제 존재했던 인물임을 알 수 있다. 윤영(尹鍈)은 광해군이 세자였을 때의 스승[186]으로서 사헌부 대사헌을 지냈던 윤효전(尹孝全, 1563~1619년)과 그의 첩인 덕수 이씨 사이에서 태어난 서자(庶子)였는데, 그의 어머니 덕수 이씨는 충무공 이순신(李舜臣)의 서녀(庶女)였다. 따라서 윤영은 이순신의 외손자이다. 그리고 오리(梧里) 이원익(李元翼, 1547~1634)의 서녀가 일곱이었는데 윤영이 막내 사위였다.[187] 이와 같은 기록은 윤영의 서제(庶弟)인 윤휴의 행장에

---

185 이익, 임창순 역, 「천지문(天地門)」, 「동국지도(東國地圖)」, 『성호사설』제1권, 한국고전번역원, 1977. 한국고전종합DB.

186 이선아, 『윤휴의 학문세계와 정치사상』, 한국학술정보(주), 2008, pp.21~22.

187 "側室二男七女. 男孝傳, 悌傳. 壻金汝鉉·朴允章·尹誠·宋興築·李時行·李喬·尹鍈."[「행장(行狀)」, 『오리선생속집(梧里先生續集)』부록 2권, 한국고전번역원, 한국문집총간, 1990, 한국고전종합DB.] 이원익의 행장은 숙종 때 대사간·예문관대제학을 지낸 권유(權愈, 1633~1704)가 썼다. 그리고 이원익은 87세가 되었을 때 윤영을 불러 자신의 비명(碑銘)을 이준(李埈)에게 부탁하라고 하였다.[이준, 「비갈(碑碣)」, 『창석선생문집(蒼石先生文

도 기록되어 있는데, "공이 충무공 이순신의 사적 및 당시 여러 장수의 공로를 저술하여 한 편의 책을 만들었는데, 공의 서형이 충무공의 외손으로서 전해오는 사적에 대해 가장 상세히 알고 있었다."[188]라고 한 것에서도 확인할 수 있다.[189]

윤영(尹鍈)에 대한 기록 중에 특기할 만한 것은 그가 북벌에 뜻을 두었다는 것이다.[190] 그는 북벌을 목적으로 직접 지도를 그리려고 전국을 답사하고 북방을 탐험하여 개마고원과 토문강, 압록강의 서쪽까지 길이를 재고, 병마(兵馬)와 군량미로 조달할 전곡(錢穀)을 수송할 거리가 얼마나 되는지를 훤하게 다 알고 있었다. 앞에서 인용한 성호(星湖)의 지도와 관련된 기록은 이런 사정 때문에 생긴 것을 기술한 것이다.

숙종 때 예송(禮訟) 논쟁 당시 남인의 주요 논객이었던 문신 윤휴는 윤영의 영향으로 숙종 집권 초기에 북벌을 주장한 대표적인 북벌론자가 되었다.[191] 인조 14년(1636년)에 구언(求言)의 유지(諭旨)를 내렸는데 윤휴는 스무 살의 나이로 '만언소'를 지어 바쳤다.

集)』15집, 한국고전번역원, 한국고전총간, 2022. 한국고전종합DB.]

188 윤휴, 오규근 역, 「행장」(상) 기유년(현종 8년, 1669년) 11월, 『백호전서』부록2, 한국고전번역원, 1997. 한국고전종합DB., 정해은, 「17세기 후반 윤휴의 「제장전(諸將傳)」연구」, 《이순신연구논총》제33호, 순천향대학교 이순신연구소, 2020, pp.19~26.

189 정해은은 "윤휴가 이순신과 관련한 기록을 두 편 남겼는데, 그 배경에는 아버지 윤효전이 이순신의 서녀를 첩으로 들였기 때문이다. 이 인연으로 윤휴는 서형(庶兄) 윤영과 이순신의 주변 사람들을 통해 이순신과 그의 막료 및 주변의 무장들에 대한 정보를 수집하여 두 편 「통제사 이충무공 유사」와 「제장전」을 남겼다."라고 했다.(정해은, 앞의 글, p.39.)

190 정해은, 앞의 글, pp.18~19., 성영애, 「백호(白湖) 윤휴의 북벌론에 대한 심성사적(心性史的) 탐구—서형(庶兄) 윤영(尹鍈)의 자료를 통해서」, 《동방학》11권, 한서대학교 동양고전연구소, 2005, p.187., 각주 41.

191 정해은, 앞의 글, p.38.

우매한 신의 생각에는 의리에 의거하여 화친을 배척하고 싸우고 수비할 것을 결심해야 합니다. 강도의 수비 및 방어의 대비를 그만두고 서로(西路)의 보장이 되는 곳을 선택하여 성상께서 먼저 그곳에 가 주둔하시고, 또한 주변의 성지(城地)가 완고한 곳을 선택하여 장수와 상신(相臣)들이 나누어 점거하여 무기와 갑옷 등을 수선하게 하여 굳게 지키는 계책을 하도록 해야 합니다. 그리고 오랑캐의 기병이 쳐들어왔을 때에는 성벽을 굳게 지키고 들녘을 텅 비우는 전법을 사용하여 그들과 교전하지 않을 경우 저들은 저절로 후퇴하게 되고 우리는 더욱 정예로움을 축적하게 될 것입니다. 저들이 지쳐 돌아갈 때를 기다려 저들의 후미를 뒤따라 양쪽에서 공격하고 그들이 피곤한 때를 노려 추격할 경우 필시 승리할 수 있을 것입니다.[192]

이 글에서 윤휴는 화친을 배척하고 청을 공격하는 것과 수비하는 방안을 제시하여 전쟁에서 승리할 수 있다고 강력하게 주장했다. 그러나 그해 겨울에 남한산성이 포위되었다. 이러한 그의 생각은 그 뒤에도 지속되었고 구체화되었다. 윤휴는 1637년 정축하성(丁丑下城)으로 청나라 황제에게 인조가 삼두고배를 하고 군신의 의를 맺자 신하로서의 부끄러움을 자책하면서 치욕을 씻을 때까지 벼슬에 나아가지 않을 것을 결심하였다. 이로 인해 윤휴가 오랫동안 포의(布衣) 생활을 하였고, 그가 출사한 것은 1675년(숙종 1) 정월이었다. 윤휴 나이 59세였다. 윤휴는 유일(遺逸)로서 정4품 벼슬인 성균관 사업(成均館司業)의 관직을 받았다. 그

---

192   윤휴, 「행장」(상), 『백호전서』부록2, 을해년(인조 14년 1636년).

후 1680년 1월까지 만 5년 동안 활동하였는데 주로 사헌부 대사헌을 맡았으며, 사사되기 일 년 전에 의정부 우찬성에 올랐으나 상소를 올리고 사직했다.[193]

1675년 숙종이 윤휴를 불러 자강하는 방책을 논의할 때 그는, "지금 밖으로는 세 가지 일이 있는데, 북벌(北伐)이 첫째이고, 바다를 건너 정[鄭, 정금(鄭錦)]으로 명나라가 망한 뒤 대만을 근거로 한 반청 운동 세력)과 통하는 것이 둘째이고, 북(北)과 화호(和好)를 끊는 것이 셋째이며, 안으로는 숙위(宿衛)를 엄하게 하는 한 가지 일이 있습니다. 무릇 이몇 가지를 서둘러 꾀하지 않으면, 화환(禍患)이 반드시 올 것입니다."라고 하면서, "우리나라에는 스스로 10만의 정병(精兵)이 있고 양서(兩西)의 식량도 쉽게 장만할 수 있으므로 열흘이 못 되어 심양(瀋陽)을 차지할 수 있고, 심양을 빼앗고 나면 관내(關內)가 진동할 것이니, 일이 이루어지지 않을 염려가 없습니다."[194]라고 하여 북벌론을 강하게 주장했다. 윤휴가 이와 같이 북벌론자가 된 데에는 서형 윤영과 평생을 함께하면서 학문과 사상적으로 영향을 주고받았기 때문으로 보인다.[195]

윤영(尹鍈)에 대한 또 다른 기록은 영·정조 시대의 대표적 관각문인(館閣文人)으로 홍문관 대제학을 지낸 황경원(黃景源, 1709~1787)의 『강한집(江漢集)』을 들 수 있다. 이 책에는 "윤휴에게 서형(庶兄) 윤영(尹鍈)이 있었는데, 기략(氣略)을 좋아하여 열사(烈士)의 풍도가 있었다. 숭정 말에 과거에 응시하지 않고 명나라 황실이 청나라에 의해 무너

---

193 윤휴, 「연보」, 『백호전서』부록5.

194 『숙종실록』권2, 숙종 1년(1675) 2월 9일 정유. 비슷한 내용의 상소문이 행장에도 있다.[윤휴, 「행장」(상), 『백호전서』부록 2, 갑인년(1674) 7월 1일 상소.]

195 정해은, 앞의 글, p.24.

진 것에 분노하였다. 이에 『손오병법(孫吳兵法)』을 몰래 익혀서 청나라를 정벌할 대책을 만들어 스스로 드러내었다. 윤휴가 젊어서 서형인 윤영을 따라 그 설(說)을 얻어 거짓으로 명나라 황실을 받들어 헛된 명예를 거두었다."[196]라고 하였는데, 이 글에서 윤영의 기인다운 면모와 허생의 시사삼책과 관련하여 열사적인 풍모, 그리고 과거를 응시하지 않은 것에서 연암의 그림자가 어른거리는 것을 발견할 수 있다.

특히 황경원과 연암의 연관성을 고려하면 아직 영향 관계가 구체적으로 입증된 바는 없지만, 의심하기에 충분하다. 그가 젊었을 때 산속의 절이나 강가의 별장에서 글공부를 했는데 그때 함께 학업을 연마했던 벗들 10여 명 중에 김창집(金昌集, 1648~1722)의 증손인 김이소(金履素, 1735~1798)와 황승원(黃昇源, 1732~1807) 등이 있었다. 황승원의 종형(從兄)이 황경원이었다. 연암은 약관 때에 황승원의 종형인 황경원을 찾아 자신이 쓴 글을 보여 질정(叱正)을 하였더니 문형(文衡, 대제학)이었던 그는 "뒷날 나의 이 자리에 앉을 사람은 자네로구나."라고 하여 칭찬을 하기도 했다.[197] 이와 같은 만남을 통해 혹 윤영(尹鍈)의 존재를 알 수 있지 않았을까 추측할 수 있을 것으로 보인다.

그러나 황승원과 황경원으로 이어진 연결고리로 연암이 윤영(尹鍈)에 대해 얼마나 알고 있었고 그것이 어떻게 작동했는지를 확인할 수 없다. 다만 황경원이 「명배신전」에 수록된 「송선생 시열(宋先生時烈)」에서 윤휴와 윤영에 대해 기록한 것으로 보아 익히 알고 있었던 듯하다. 특히 당

---

196 황경원, 박재금·이은영·홍학희 역, '송선생 시열(宋先生時烈)', 「명배신전(明陪臣傳)」6, 『강한집』제32권, 이화여자대학교 한국문화연구원, 2018, 한국고전번역원. 한국고전종합 DB.

197 박종채, 앞의 책, p.23.

시 청나라에 대한 반감을 잘 드러낸 「명배신전」은 황경원이 송시열을 계승하여 대명의리를 극도로 강조하면서 그것을 절대화하는 입장을 보여주고 있다.[198] 그런 관점에서 황경원이 윤휴와 윤영에 대한 관심을 보인 것으로 볼 수 있다. 한편 연암은 『열하일기』의 친필 초고본으로 알려진 『연행음청』(곤)에 『강한집』에 실린 기문(記文)에서 뽑아 초록(抄錄)한 것이 9개 항목이나 있[199]는 것으로 보아 황경원의 서책을 읽었을 것으로 추측되어 영향을 전혀 배제할 수는 없을 것으로 보인다.

그 외에 성해응(成海應, 1760~1839)도 이와 유사한 기록을 남겼다. 그는 성대중(成大中, 1732~1809)의 아들로 아버지와 함께 정조 당시에 규장각 검서관으로 활동하였던 뛰어난 고증학자로[200] 방대한 저술을 남겼다.[201] 성대중은 서얼 출신이지만 영조의 탕평책으로 과거에 응시하여 급제한 뒤에 한직(閒職)에 있었으나, 정조의 문체반정에 적극 호응하여 가장 빛을 본 문인으로 특별히 북청부사로 임명되기도 했었다.[202]

성해응은 "정축년(1637)에 오랑캐와 강화가 이뤄지자 윤영이 이를 통탄스럽게 여겨 과거에 응시하지 않고 북벌의 방책을 연구하였다. 그래서 압록강 서쪽으로부터 도로의 거리와 험한 지세, 병마와 돈·곡식의

---

198 임유경, 「황경원의 「명배신전」 연구」, 《한국고전연구》8권, 한국고전연구학회, 2002, p.9.

199 박철상, 앞의 글, pp.294~299. 순서대로 보면 「성주충렬사(星州忠烈祠記)」·「최고운묘기(崔孤雲廟記)」·「청주황묘시기(淸州皇廟詩記)」·「관유안사당기(管幼安祠堂記)」·「청원루기(淸遠樓記)」·「열무정기(烈武亭記)」·「백상루기(百祥樓記)」·「수희도후기(水嬉圖後記)」 등 8종의 기문에서 초록했다. 「청주황묘시기」는 두 번 인용했다.

200 손혜리, 『연경재 성해응 문학 연구』, 소명출판, 2013, p.10.

201 성해응은 시 14권, 문 16권, 잡저 134권 모두 164권의 저술을 『연경재전집(研經齋全集)』 본집 3책, 외집 6책으로 발간하였다.(박종채, 앞의 책, p.284. 각주 324.)

202 「답남직각공철서(答南直閣公㯖書)」, 「원서(原書) 부(附)」, 『연암집』제2권.

규모에 대해 모두 훤히 다 알았다."[203]라고 하였다. 그러면서 윤휴와 윤영의 관계에 대해서, "(윤영이 지은)『항부동기(恒符同奇)』라는 책이 있는데 대체로 손자와 오기의 병법이었다. 그 동생 윤휴가 그 설을 이어받아 활용하여, 류혁연(柳赫然) 등과 함께 체찰사부를 재상 허적(許積)의 집 옆에 설치하고 널리 힘센 장사를 모집하고 무뢰배들을 불러들여서는 명실(明室)을 회복하겠다고 밝혔다. 하지만 실상은 실속 없는 명예였기에 윤영이 이를 경계했지만 따르지 않다가 마침내 죽임을 당하였다."[204]라고 기록했다. 그는 이미 알려진『항부동기』에 대한 언급이나 윤휴와의 관계와 북벌론을 위한 준비에 대한 것을 좀 더 구체적으로 언급하면서 끝내는 80세에 굶어 죽었다고 하면서 기이한 선비[205]라고 했다.

이런 사실을 통해서 윤영이 북벌론을 강하게 주장하였다는 사실과 오랑캐와 강화가 이루어진 것에 분개하여 과거에 응시하지 않았다는 사실을 주목할 필요가 있을 것이다. 그리고 이러한 그의 태도가 동생 윤휴에게 전승되었으나 그들의 소망은 미완으로 끝났다는 것은「허생전」끝부분이 허생이 사라진 것으로 대단원이 이루어진 것을 떠올리게 하기도 한다.

그리고 윤영이 편찬한 저서로『대소잡기(代嘯雜記)』가 있는데, 이 책은 불분권(不分卷) 39책의 필사본으로 현재 일본의 천리대학(天理大學)에 소장되어 있다. 겉장에 윤영이 편집했다는 의미로 '여강윤영집(驪江

---

203 성해응,「박승임 · 윤영(朴承任 · 尹鍈)」,「草榭談獻(초사담헌)」3,『연경제전집』권56, 한국고전번역원, 한국문집총간, 2001, 한국고전종합DB.

204 성해응,「박승임 · 윤영」, "有書曰恒符同奇. 盖孫吳之術也. 其弟鍈襲其說而用之. 與柳赫然等. 設體府廳於相國許積家側. 廣募力士. 招納無賴. 聲言復明室. 然鍈實虛譽也. 鍈戒之不從. 卒以誅死."

205 성해응, 앞의 책, "竟以窮餓終, 年八十. 朴承任等皆奇士也."

尹鍈輯)'이라 쓰여 있고, '윤영은 윤휴의 서형'이고 '완평의 사위이며 이 충무공의 외손'으로 '벼슬이 이문학관(吏文學官)이었다.'라고 부기되어 있다. 이 책은 대단히 방대한 분량으로 효종~숙종 연간의 당쟁에 대해 상세히 기록[206]했다. 이로 미루어 윤영의 관심이 임진왜란·병자호란·사색당쟁 등 주요 사건은 물론, 명·청과 일본 등과의 외교관계에까지 미치고 있었음을 알 수 있다. 이 책은 다산(茶山) 정약용(丁若鏞, 1762~1836)이 『여유당전서(與猶堂全書)』에서 우리나라의 국경이 구련성 지역까지였음을 설명하는 데 자료로 삼기도 했다.[207]

이것으로 보아 윤영(尹鍈)은 대단한 식견과 안목이 있었던 것으로 보인다. 더구나 그는 평생 벼슬을 하지 않았고 윤휴가 처형된 후 그의 아들조차 원지(遠地)로 유배되면서 자신이 직접 밭을 일구고 농업으로 생활하였으나 심히 가난하였다고 한다. 여름에는 비가 오면 지붕이 심하게 새어서 윤영이 직접 구들을 송곳으로 찔러 물이 흐르게 하여서 겨우 거주할 정도였으나, 이런 가운데에서도 명나라 신종(神宗) 때의 양명학자인 장황(章潢, 1527~1608)[208]이 지은 천문·지리·인문을 망라한 백과사전 같은 『도서편(圖書篇)』을 열람했을 정도로 독서에 힘썼다[209]고 하는 것은 대단한 독서가이면서 지식인이었음을 알 수 있다. 윤영이 이와

---

206 정해은, 앞의 글, p.24.

207 정약용, '구련성고(九連城考)', 「我邦疆域考(아방강역고)」4, 『여유당전서(與猶堂全書)』, 한국고전종합DB.

208 장황(章潢)은 마테오 리치를 만나 천문학과 지도를 제작하는 것을 배우기도 했고 그가 그린 지도를 책에 그려 넣었고, 리치는 장황을 통해 지식인의 삶을 접할 수 있어 예수의 선교활동에 심대한 영향을 주었다.(조지 듄, 문성자, 이기면 공역, 『거인의 시대: 명 말 중국 예수회 이야기』, 지식을만드는지식, 2016, pp.68~69.)

209 성해응, 「박승임·윤영」, "鍈家甚貧. 有一婢及水田數畝. 不給於用. 亦賣之自食. 夏月屋漏甚. 鍈錐埃而注之. 閱章潢圖書編."

같이 지리 대백과사전에 가까운 이 책을 읽었다는 것은 그가 상당한 지식을 섭렵했던 인물이라는 사실 이외에도 많은 계책을 마련할 수 있는 역량을 갖춘 인물이었음을 알려 준다.

그러나 이러한 부분적인 자료를 근거로 윤영(尹鍈)을 윤영(尹暎)으로 단정할 수는 없다. 다만 1786년 연암은 선공감 감역으로 있었을 때 김희(金憙, 1729~1800)의 추천으로『송자대전(宋子大典)』을 편수(編修)하는 일에 참여하였는데, 그때 그가 우암(尤庵) 송시열(宋時烈)의 편지 중에 윤휴의 일을 논한 대목이 전아(典雅)하지 못한 칭위(稱謂)가 있어 한두 글자를 삭제할 것을 건의했으나 받아들여지지 않았다[210]고 한다. 윤휴에 대한 논의에서 연암이 건의를 할 정도라면 윤영(尹鍈)을 전혀 모르는 바는 아니었을 것이다. 더구나 당시가 윤휴의 복권과 추탈이 이루어지던 시기였고, 윤영을 언급한『강한집』을 지은 황경원을 친히 알고 접할 수 있었다는 것 등을 근거로 한다면 윤휴나 윤영(尹鍈)을 어느 정도 알고 있었을 것으로 추측할 수 있다.

그렇다면 연암이 제보자로 제시한 윤영(尹暎)을 실제 인물인 윤영(尹鍈)을 통해 유추할 가능성이 있었을 것으로 보인다. 그러나 이것은 지엽적인 자료를 근거로 한 것이어서 확정할 수는 없다. 실제의 인물인 윤영

---

210 『역주 과정록』에는 '휴적지사(鑴賊之事)'와 관련되어 있음을 기록했다. '휴'는 윤휴를 지칭한 것으로 역적 윤휴와 관련된 것으로 보인다.(박종채, 앞의 책, p.87), 김윤조는 이 '휴적' '두 글자'에 대해 여호 박필주(연암의 종조부—인용자)는 '윤휴가 송시열을 '함장(函丈, 스승)'이라고 칭했던 것은 선생을 끌어내린 것'이었음을 이른다고 말했다.(김윤조, 「『과정록』에 나타난 연암의 몇 면모」, 『18세기 조선 지식인의 문화의식』, 한국학연구소 편, 한양대학교 출판부, 2001, pp.80~81.), 김명호, 「박연암 선생 연보」, 『열하일기 연구』, p.318. 김영동이 기록한 「박지원 연보」에는 "『송자대전』 편수에 참여하여 윤휴를 역적이라고 한 사항에 칭찬과 훼방이 혼합해 있어 이를 바로 잡으려고 했으나 뜻을 이루지 못한 것을 개탄했다"고 했다.(김영동, 『증보 박지원 소설연구』, p.390.)

(尹鍈)을 연암이 제보자로 제시한 윤영(尹暎)으로 인식하고 썼다는 확실한 근거가 없기 때문이다. 거기다가 윤영(尹暎)의 실체도 입증할 수 있는 형편이 아니다. 실제 인물일 수 있다는 것은 앞에서의 추론으로 어느 정도 가능성이 있을 뿐이다.

임형택도 강담사라는 측면에서 가능성을 주장하고 있다. 그러면서도 임형택은 윤영(尹暎)에 대해 정체가 분명치 않다고 전제하고 그의 존재 역시 가공의 인물이 아니라고 하면서, "제보자로서 윤영의 실체를 일단 인정해야 한다"고 주장했다. 그러면서 연암이 두 번째 만났을 때 80세를 근거로 17세기 말에 태어나 18세기 후반까지 활동했던 인물로 추정했다.[211] 윤영(尹暎)이 실제 인물이든 윤영(尹鍈)에서 유추된 인물 혹은 다른 인물에서 대체된 것이든 연암이 확장하여 가공(架空)한 인물임에는 틀림이 없을 것으로 보인다.

다만 「진덕재야화」의 「후지」에서 윤영(尹暎)을 은폐한 것이 당시의 윤휴의 복권과 추탈이 이루어지던 시기임을 감안하면 어느 정도 관련이 있었던 것으로 보인다. 특히 「허생후지」II 에서 윤영(尹暎)의 신분을 혹시 폐족이나 좌도·이단의 무리로 난을 피하여 자취를 감춘 인물로 추측한 것도 윤영(尹鍈)과 관련해서 또한 간과할 수 없는 대목이기 때문이다. 이것의 인과관계를 추적하기는 어렵지만 적극적인 북벌론을 주장하는 내용이 윤영(尹鍈)의 행위와 유사하여 좌도·이단의 반체제적인 인물로 각인될 수 있기 때문에 「진덕재야화」의 '후지'에서 제보자로 제시한 윤영(尹暎)의 실체적 사실을 제거하고, 「옥갑야화」의 '후지'에서 허생을 명의 유민이라고 재설정한 것이라고 추측할 수도 있다.

---

211 임형택, 「한문단편의 형성과정에서의 강담사」, p.110.

윤영(尹映)과 윤영(尹鍈)이 동일 인물이 아닐지라도 동명이인이라는 관점에서 보았을 때도 상당히 부담스러워 윤영(尹映)의 신분을 좌도·이단의 무리로 추측하고 제거했을 수도 있다. 물론 반론이 있을 수는 있다. 폐족 혹은 좌도·이단의 무리로 추측할 수 있는 인물은 많이 있고, 또한 이름도 똑같아야 할 필요성이 있는 것이 아니고 보면 윤영(尹映)이 윤영(尹鍈)일 필연적 이유는 없다. 다만 윤영(尹鍈)의 행적을 살피면 쉽게 윤영(尹映)으로 바꾸어 이미지를 전이(轉移)할 수 있는 자료였던 것은 틀림이 없다.

6. 허생 설화와의 관련성

또 다른 관점에서 살펴보면 자신이 지은 「허생전」을 구전(口傳)되던 허생의 설화 중에 하나로 치부하면서 자신의 창작이 아닌 것으로 판단하도록 유도하려고 했던 것이 아닌가 의심할 수 있다. 조동일은 "허생의 이야기가 구전설화로 여러 야담집에 수록되어 있는 것을 박지원이 나름대로 작품화 했"[212]다고 한 바 있다. 이런 진술이 있는 것으로 보면 연암은 자신이 쓴 허생에 관한 이야기를 당시에 구비전승되어 광범위하게 퍼져 있었던 설화 중에 하나로 인지하게 하여 그 시류에 편승하려고 했던 것으로 추측할 수 있다.

212 조동일, 「한국문학통사」3, 지식산업사, 1984, p.466.

이렇게 추측하는 이유는 후지에서 풍문이나 혹자의 말을 인용한 것이 다분히 구전된 설화의 속성을 보인 것으로 판단할 수 있기 때문이다. 그래서 연암은 허생의 신분을 「옥갑야화」의 「후지」에서 재설정하여 설화적 인물로 만들기 위해 명나라 유민설(遺民說)을 덧붙여 또 하나의 이본을 재생산했던 것일 수도 있다. 실제로 「허생전」을 민간전승으로 유포된 허생의 이야기에 변 부자를 결합하여 구성한 것으로 추론하기도 한다.[213]

「허생전」의 이야기 속에는 실존 인물에 다른 민간전승의 설화를 덧붙여 이야기를 구성할 수 있는 요건은 충분히 존재해 있다. 이렇게 판단할 수 있는 중요한 요건 중의 하나는 연암이 「진덕재야화」 후지에서 윤영이라는 노인에게서 허생의 이야기를 들었다고 밝힌 바 있는데, 연암은 이것을 바탕으로 '연암본 허생의 이야기' 즉 「허생전」을 재창조한 것임을 알 수 있다. 연암의 「허생전」이 '이야기꾼'의 설화를 바탕으로 한 또 하나의 허생 설화가 이루진 것이다.

「허생전」의 유사 설화는 비교적 많은 편이다. 임형택은 조선 후기 소설의 형성과 유통과정에서 중요한 역할을 담당했던 강담사(講談師)에 의해 이루어진 한문 단편의 형성을 고찰하는 과정에서 '허생고사의 연변(演變)'을 예로 들어 설명했다.[214] 그러나 그는 「허생전」의 연원(淵源)을 탐색한 것이나 연암과 동시대의 설화를 살펴본 것은 아니고, 19세기에 「허생전」이 어떻게 변화하였는지를 추적하여 설화가 한문 단편소설로 형성되는 경로를 탐색하는 일환으로 여겼을 뿐이다.

오히려 연암의 시대에서 「허생전」과 관련되었을 것으로 추측되는 설화

---

213 임형택은 허생의 치부 과정을 변(卞) 씨와 연계시켰다고 했다.(임형택, 「한문단편의 형성과정에서의 강담사」, p.117.)

214 임형택, 「한문단편의 형성과정에서의 강담사」, pp.113~117.

를 추적한 것은 박기석이다. 그는 「와룡처사유사(臥龍處士遺事)」[215]를 비롯해서 「오금(烏金)」『어우야담(於于野談)』, 「양주염야탐기산진삼천중화(楊洲廉也耽妓散盡三千重貨)」『파수록(罷睡錄)』, 「식보기허생취동로(識寶氣許生取銅爐」·「안빈궁십년독역(安貧窮十年讀易)」『청구야담』, 「영만금부처치부(嬴萬金夫妻致富)」『동야휘집(東野彙輯)』 등 여섯 편을 유형화하여 영향 관계를 분석했다.[216] 그리고 「식보기허생취동로」의 유형 설화로『계서야담(溪西野談)』에 수록된 「허생」과『해동야서』에 수록된 「식보기허생취연로(識寶氣許生取烟爐)」 등 네 편을 제시했다.

그러나 많은 설화 중에서 가장 주목을 끌었던 것은 「와룡선생유사(臥龍先生遺事)」에 기록된 와룡정(臥龍亭) 허호(許鎬)와 관련된 설화이다. 이것을 처음으로 언급한 것은 천태산인(天台山人) 김태준(金台俊, 1905~1949)이다. 그는 실제로 허생이 존재했다고『조선소설사』에서 밝혔는데, 그에 의하면, "허후산유사가 연암집에 나타난 설화와 너무도 부합한즉 실제 인물인 허후산(許后山)의 '남해경략(南海經略)'에 관한 설화가 사실이 진기하기 때문에 각색으로 변하여 구비로 훤전(喧傳)된다"고 하면서『허후산문집』에 「와룡선생유사(臥龍先生遺事)」의 일부 내용을 소개했다.[217] 이 글에서 박윤원(朴潤元)의 말을 인용하여 허생의 이름은 허호(許鎬, 1654~1714)이며, 자는 경원(京遠), 호는 주자(朱子)의 '와룡

---

215 『와룡정유집』에 수록된 「와룡선생유사(臥龍先生遺事)」의 오기(誤記)인지 아니면 이본인지 알 수 없다.

216 박기석, 「연암소설의 소재와 설화」, 『연암소설의 심층적 이해』, pp.88~89.

217 김태준, 『증보 조선소설사』, p.174. 김태준은 와룡선생과 후산을 동일인으로 보고 있으나 와룡선생이라고 자칭했던 사람은 허호(許鎬)이다. 후산은 허호의 후손인 후산 허유(許愈)인데 김태준은 동일인으로 착각했다.(이가원, 앞의 책, p.599.)『후산선생문집』은 허호의 문집이 아니고 후손인 허유의 문집으로, 허호의 문집인『와룡정유집』와 함께 그의 「와룡선생유사(臥龍先生遺事)」도 수록했다.

고사(臥龍故事)'에서 따온 와룡(臥龍)이라는 호를 썼다[218]고 했다.

그리고 김태준은 허호가 실제 인물이라는 것을 입증하려는 듯이 농암(農巖) 김창협(金昌協, 1651~1708)과도 친분이 있었던 인물이라고 했다. 그의 『조선소설사』에 의하면, 허생은 섬에 피신해 있다가 돌아와 남산골 누추한 오막살이에 살았고, 의관을 잘 갖추어 입고 종일토록 『중용』을 읽었다. 이때 조정에서는 몰래 북벌을 논의하던 중에 인재를 찾고자 하여 모(某) 장군이 밤에 은밀하게 그를 찾아와 방책을 논의하던 중에 여러 방책을 제시했으나 시행하기 어렵다고 하였다. 허생은 다음 날 다른 곳으로 가 버렸다고 기록하여 연암의 「허생전」과 유사함을 보이고 있다.

다만 「허생전」과 다른 것은 와룡이 섬으로 간 이유가 20세 무렵 호남지역의 한 절에 머물러 있을 때 노승이 못되게 굴어 패서 죽이고 섬으로 갔다는 부분과 화식과 관련된 부분[219]이다. 이 '와룡선생유사'를 소개한 김태준은 연암이 소박한 전설을 이용해 '점철(點鐵)하여 금을 만들었다'고 하면서 「계서야담(溪西野談)」의 허생을 「옥갑야화」의 허생과 비교하였다.

그러나 이가원은 김태준이 『조선소설사』에서 언급하기 전에 이미 면우(俛宇) 곽종석(郭鍾錫, 1846~1919)이 허호의 문집인 『와룡정유집(臥龍亭遺集)』 부록에 쓴 「묘갈명서(墓碣銘序)」에서 연암이 쓴 「허생전」의 허생과 「와룡선생유사(臥龍先生遺事)」의 허호와 동일인이라고 했음을 밝

218　이러한 허호에 대한 기록은 한국학중앙연구원의 한국역대인물 종합정보시스템의 '허호(許鎬)' 항목에 간략하게나마 게재되어 있는 것과 같다.

219　이 내용은 『와룡정유집』 제3권, 「부록」, 「유사(遺事)」에 있다.

했다.[220] 김진균도 허생과 허호의 관련성을 제기한 것이 최익한(崔益翰, 1897~?)으로, 1925년 1월 14일에 《동아일보》에 「허생의 실적實蹟)」을 발표하면서 「허생전」 주인공의 실제 행적을 발굴한 감격을 전하였다고 소개하였다.

허생이 곧 와룡정(臥龍亭) 허호(許鎬)인 것이 너무도 나의 의외의 발견이기에 이 유사(遺事)가 혹 「허생전」에 사실을 얼마쯤 가습(假襲)한 것이나 아닌가 하는 의심이 도리어 생기었다. 그후 얼마 아니되어 나의 노사(老師)이던 곽면우(郭俛宇)선생에게 허와룡(許臥龍)이 허생 여부임을 질문하였다. 선생은 말씀하되 "허생이 허와룡이던 것이 분명한 듯하다. 허와룡이 본래 나의 향읍인 고성(固城)의 와룡동에서 생거하였던 고로 그 기위비상(奇偉非常)한 사적은 나의 유소년부터 장로(長老)들에게 종종 들었던 것이다. 그리고 박연암의 「허생전」은 시휘문자(時諱文字)인 까닭에 오랫동안 간행치 못하였으니 영남 인사로서 경중선배인 연암의 허생전 유무도 알지 못하던 당시에 어찌 전(傳)의 사실을 가습할 수 있으랴. 이뿐 아니라 유사 저자인 허후산(許后山)은 나의 고노우(故老友) 허유(許愈)씨니 유사 저자 당시에 「허생전」과는 아무 연락(聯絡)이 없었고 다만 가전(家傳)한 일화와 단간(斷簡) 중에서 찬출(撰出)한 것이다." 한다. 나는 그제야 비로소 허생이 허호 와룡선생인 것을 의심 없이 인정하였다.[221]

---

220 이가원, 앞의 책, pp.600~601.

221 최익한, 「허생의 실적(實蹟)」, 《동아일보》(1925.1.14.). 김진균의 「허생 실재인물설의 전개와 허생전의 근대적 재인식」(《대동문화연구》 62집, 2008, 성균관대 대동문화연구원,

이 글에서 최익한은 허생이 허호인 것을 자신의 스승인 면우(俛宇) 곽종석의 고증으로 확인했다는 것을 밝힌 것이다. 최익한은 후산(后山, 許愈)이 쓴 실제 인물인 와룡정 허호(許鎬)의 유사(遺事)가 《동아일보》의 기록과 대의상 합치됨을 발견한 것이다. 최익한의 기록으로 「허생전」은 더 이상 가공의 소설이 아니며, 그 주인공 허생이 더 이상 소설의 주인공이 아닌, 실제 인물이 되는 것임을 확인한 것이다.[222] 이와 같이 곽종석이 허생을 와룡정으로 단정하는 것은 몇 가지 사실을 근거로 하고 있다.

곽종석이 단정하는 근거는, 첫째로 자신의 고향에서 와룡정의 사실을 익히 들어왔다는 것, 둘째로 박연암의 문자는 영남 인사가 구경해 보지 못했을 것이라는 것, 셋째로는 허후산은 자신의 노우(老友)로서 가전의 일화에서 유사를 찬출했다는 것이다. 이 세 가지 사실을 제시하자 최익한도 허생이 와룡정임을 믿어 의심치 않게 되었다는 것이다. 더구나 곽종석은 와룡정과 허후산을 익히 알 수 있었던 처지라서 더욱 깊은 신뢰감을 산출했을 것이다.[223] 다만 이것은 심증적인 가설에 불과하여 이 또한 설화의 범주를 크게 넘어서기는 어렵다고 할 수 있다.

그러나 면우가 와룡과 허생이 동일한 인물이라고 「와룡정유집」 부록의 「묘갈명서」에서 이미 밝혔다고 한 이가원의 지적을 근거로 한다면, 최익한이 《동아일보》에 허생의 실체가 허호라고 새롭게 주장한 것은 「와룡정유집」 부록의 「묘갈명서」를 읽지 못하고 쓴 것으로 추측할 수 있다.

p.268)에서 재인용.

222　김진균, 앞의 글, p.269.

223　김진균, 앞의 글, p.271.

　　그리고 김태준이 제기한 허호와 관련된 설화가 허생이라는 주장을 입증하기 위해서는 허생이 허호라는 것을 확인해 줄 확실한 증거가 필요하다. 그 구체적인 자료로 제시된 것이 「와룡선생유사」가 될 것이다. 현존하는 「와룡선생유사」는 허호의 6대손인 후산 허유(許愈, 1833~1904)가 쓴 문집으로 『후산선생문집(后山先生文集)』에 수록되어 있고, 유사의 내용과 비슷한 내용인 「묘갈명(墓碣銘)」『와룡정유집』에 각각 수록되어 있다. 『후산선생문집』은 후산이 죽은 지 6년 뒤인 1910년에 목판 19권 10책으로 간행하였는데 제19권 「유사」에 허유가 쓴 「육대조와룡정공유사(六代祖臥龍亭公遺事)」가 있고, 허호의 문집인 『와룡정유집』은 1959년에 간행되었는데 여기에는 곽종석이 쓴 「묘갈명」이 제3권[224]에 수록되어 있다.[225] 문제는 이 두 책이 1900년 이후에 제작되었다는 것이다. 혹시 출간 전에 전사본이라든가 다른 여타의 판본이 있는지를 확인하지 못한다면 김태준이 제시한 허생의 원형이 허호라고 단정할 수 없다.

　　김태준의 주장대로 「와룡선생유사」의 허호의 이야기가 실존 인물이며 성씨가 허씨이라고 할지라도, 허생은 그를 지칭한 것으로 단정할 수 없어 「허생전」과의 관련성을 추정할 수 있는 근거가 될 수 없다. 더구나 허유가 작성하여 『후산선생문집(后山先生文集)』이나 『와룡정유집』에 있는 「와룡선생유사」[226]를 연암이 읽었을 리는 없고, 또한 고성에서 구전되

224　제3권은 전편이 「부록」인데 끝부분에 곽종석이 쓴 「묘갈명(墓碣銘)」이 있다.

225　김진균, 앞의 글, p.267. 김진균은 "『와룡정유집』은 권1에 시 124수, 권2에 문(文) 10편으로 분량이 많지 않고, 권3에 부록으로 다른 사람이 지어준 창수시(唱酬詩)와 만사(輓詞), 그리고 행장(行狀), 유사(遺事), 묘갈명, 묘표(墓表)가 있다. 묘갈명에 의하면 전(傳)이 있다고 되어 있고 목차에도 전이 있는데, 정작 본문에는 전이 없다. 이 전이 혹 연암의 허생을 지칭하였던 것인데, 최종적으로 조판을 하는 과정에서 산삭한 것은 아닐는지 모르겠다."라고 하였다.

226　「와룡선생유사」를 작성한 사람이 허호의 6대손인 허유인 것을 감안하면, 그간에 구전되던

었을 것으로 보이는 허호의 이야기를 얼마나 알았는지도 알 수가 없다. 그리고 순조(純祖) 때 나온 「계서야담」에 수록된 「허생」을 연암이 읽고 「허생전」을 썼을 리야 더구나 없을 것임에도 그는 「허생전」과 비교했던 것이다.

그런 의미에서 「와룡선생유사」의 허호에 기대기보다는 이가원이 "당시 허생과 같은 유형의 인물이 가끔 문인(文人)·학자의 기록 중에 나났던 것은 간과하지 못할 문제였다."[227]라고 언급한 대로 당시 비슷한 인물들을 기록한 것이 많았다고 하는 사실에 주목해야 할 것이다. 박기석의 연구에 의하면, 당시에 「허생전」과 관련이 있을 가능성이 있는 유사 설화는 적지 않았던 것[228]으로 보여 이와 관련해서는 후속 연구가 필요하다. 그렇다면 허생은 많은 설화 중에 하나이거나 여러 설화 중에서 취사선택하여 형상화한 것이라고 보아야 할 것이다. 그런 의미에서 허호와 허생의 이야기의 관련성은 더 고찰해야 할 것으로 보인다.

따라서 단순하게 허생의 근원 설화가 허호라고 하기보다는 연암의 허생의 이야기, 즉 「허생전」은 실존했던 허호와 유사한 인물에다가 윤영(尹鍈) 혹은 윤휴의 북벌론을 덧붙이거나 그 외의 다른 민간전승을 덧입혀 이야기를 구성한 것이라고 하는 것이 오히려 설득력이 있지 않을까 생각한다.

창작자의 위치에서 좀 더 구체적으로 구성한다면, 윤영(尹鍈)을 이야기 전달자인 윤영(尹映)으로 삼고, 「와룡선생유사」에 등장하는 허호

허호의 생애를 허유가 기록한 것인지 아니면 다른 문서가 있었던 것을 참고로 재작성했는지는 알 수가 없다.

227   이가원, 앞의 책, p.601.

228   박기석, 「연암소설의 소재와 설화」, 『연암소설의 심층적 이해』, pp.86~103.

와 같은 인물의 삶에서 드러나는 우월한 행동에다가 변승업의 화식(貨殖) 이야기를 묶어, 「허생전」의 허생의 삶에서 보이는 활동을 근간으로 이야기의 틀을 마련하고, 그 뒤에 윤휴의 북벌론을 덧붙여 시사삼책의 골격을 삼고 나머지 부분들은 민간전승의 이야기를 덧붙이면 「허생전」이 될 수 있을 것으로 보인다. 혹시 연암은 허생의 이야기를 이런 가설에 의존해서 읽도록 독자들에게 유도하면서 자신의 창작이 아님을 간접적으로 암시한 것은 아니었을까? 그리고 연암의 「허생전」 이후 이와 유사한 설화들은 여기에 덧보태거나 빼서 다시 이야기를 만들었을 것으로 보인다.

임형택은 앞에서 언급했듯이 연암의 「허생전」 이후 이를 보고 쓴 아류의 글도 적지 않았음을 지적하였다. 그는 허생이 실재하였다는 사실을 증빙할 수 있는 자료가 없다고 하면서도 「한경지략(漢京識略)」의 내용을 통해서 허생이 실재 인물이었음을 알 수 있다고 했다. 「한경지략」은 유득공의 둘째 아들로 19세기 전반 규장각 검서관을 지냈던 유본예(柳本藝, 1777~1842)의 저작이다. 이 책에는 "옛날 허생이라는 사람이 이동(洞, 묵사동)에 은거하여, 집안은 가난하였으나 독서를 좋아하여 자못 (특이한) 사적이 있어서 연암 박지원이 그의 전을 썼다"[229]는 기록이 있다.

임형택은 연암의 「허생전」 이후의 것으로 「한경지략」 이외에 다음과 같은 이야기들을 언급했다. 『청구야담(靑邱野談)』의 '가난함을 이기고 십년 동안 주역을 읽은 이야기'인 「안빈궁십년독역(安貧窮十年讀易)」이나 『동야휘집(東野彙輯)』의 「여생(呂生) 이야기」와 『기문총화(記文叢話)』의

---

229 유본예, 장지연 역, 『한경지략—19세기 서울의 풍경과 풍속』, 아카넷, 2020, p.532.

「허생별전(許生別傳)」 등이 「옥갑야화」의 허생의 이야기와 흡사함을 지적했다.[230]

　연암이 「허생전」을 기존의 설화와 같은 부류 중에 하나로 인식하도록 한 것이라면, 「허생전」은 윤영이라는 매개인을 통해 전승된 설화를 연암이 자신의 작가의식에 맞게 형상화하면서 연행 중의 한담의 일부인 것처럼 전체의 이야기 틀을 재구성했던 것으로도 볼 수 있다. 다시 말하면 구전되는 설화적 문맥 속에 있는 허생을 윤영의 말을 빌려 현실적 문맥 속에 끌어들인 것이라고 할 수 있다. 그리하여 설화적 측면에서 이인·기인으로서의 허생이 조선 후기 사회경제를 바탕으로 당대 사회의 여러 문제를 날카롭게 포착하는 새로운 이인·기인으로 변모하였을 것이다.[231]

　이렇게 본다면 연암이 '소박한 전설을 이용해 점철(點鐵)하여 금을 만들었다'고 한 김태준의 평가나, 임형택이 '윤영의 허생고사는 연암의 천재적 영감을 자극하여 걸작 「옥갑야화」를 낳게 하였다'[232]고 주장한 대로 기존의 설화를 바탕으로 거편을 만들었던 것이다. 이런 면에서 연암은 윤영으로부터 들었던 설화를 근거로 기록하였을 뿐 창작이 아님을 핑계 삼았던 까닭을 알 수 있다.

　연암은 유전(流轉)하던 「와룡정유집」의 '와룡처사유사'와 같은 구비전승의 설화 내용 일부를 의도적으로 개작하면서, 평소에 자신의 생각에 부합하는 내용을 「옥갑야화」의 한 부분으로 삽입하고 지명을 알 수 없는

230　임형택, 「한문단편 형성과정에서의 강담사」, p.113.

231　서인석, 앞의 글, p.751.

232　임형택, 「한문단편 형성과정에서의 강담사」, p.118.

'옥갑에서의 야화'라고 한 것이 아닌가 추측할 수 있다. 그러나 임형택의 지적대로 윤영이 뛰어난 강담사로서 풍부한 화제에 능란한 익살과 재치로 고도의 이야기 수법을 체득하고 있었을 뿐만 아니라 그의 견식(見識) 또한 간단치 않았을 것[233]이라는 사실은 분명해 보인다.

7. 화(禍)를 피하기 위한 장치

지금까지 「옥갑야화」가 다양한 설정을 이용하여 변모하게 된 원인이 어디에 있었는가 하는 것을 『열하일기』와 「옥갑야화」의 퇴고 과정에서 작동했을 것으로 추정되는 몇 가지 부류를 통해 검토해 보았다. 검토한 결과 「진덕재야화」에서 「옥갑야화」로 변화한 것은 외부적인 영향을 고려한 작가의 의도적인 계획에 의해 다양한 양상의 장치를 통해 이루어졌음을 알 수 있다. 특히 『열하일기』의 내용 자체만으로도 혁신적인데, 그 어느 것보다 더 강한 메시지가 들어 있는 허생의 이야기 부분은 당시의 지배 계층인 권력층의 반발을 피하기 어려울 것으로 예상했을 것이다. 이에 따라 제도권의 저항을 둔화시킬 수 있는 방안이 필요했던 것이다. 더구나 자신의 의지와 관련 없이 문체반정의 장본(張本)이 『열하일기』라고 하였던 점을 고려하면 대책 없이 수수방관하기는 어려웠을 것이다. 거기에다 아주 가까운 주변의 사람들이 문책당하고 순정문을 강요당하는 처

---

233 임형택, 「한문단편 형성과정에서의 강담사」, p.117.

지에서 신유사옥의 혹독한 시련을 겪는 국면으로 전환되었던 사정을 감안하면 그 자신이 스스로 대안을 마련하는 것이 해결의 첩경임을 알고 퇴고를 했을 것이라고 짐작할 수 있다.

이런 처지에서 허생의 이야기에서 자신의 의도를 손상하지 않으면서도 반발을 무마할 수 있는 최적의 방편을 모색할 필요성이 있었을 것이고, 그 대안이 『열하일기』에 「옥갑야화」라는 한 편목을 만들어 수록하는 방법이었다. 그리고 기행록처럼 가장하면서 한편으로는 지나치게 진실성 혹은 사실성을 추구하여 기록한 것이 오히려 화근이 될 것을 우려하여 설정을 더하여 다시 허구적인 것으로 고친 것으로 볼 수 있다.

한편 「옥갑야화」의 이러한 허구적 장치를 통해 「허생전」을 마련할 수 있었던 반면에, 연암이 허생의 창작을 모색했던 것은 다른 관점에서 추정할 수 있음을 덧붙이고자 한다. 「허생전」을 오롯이 연암의 창작이라고 하기보다는 자신의 사상에 걸맞은 17세기 중반부터 18세기 초까지 살았던 전설 같은 이인(異人)들의 이야기를 집대성한 것에 자신의 지론(持論)을 덧입힌 것으로 볼 수 있다. 이렇게 본다면 무리한 추측이긴 하지만 1611년부터 1714년까지 생존했던 유별난 인물들의 행적을 중심으로 설계하여 재구성한 것이 「옥갑야화」의 「허생전」이라고 할 수 있을 것이다.

이런 추측의 근거는 「옥갑야화」 서두 6편의 일화 중에서 시간적 배경이 분명한 것들은 대개 17세기 말에서 18세기 중엽에 걸쳐 있다는 사실에 있다. 또한 일부 필사본의 「허생전」에서 이완(李浣)에게 천거했던 당대의 불우한 인재인 졸수재(拙修齋) 조성기(趙聖期)에 대한 두주(頭註)를 직접 연암이 첨가하여 이완은 1674년에 사망하였고 조성기는 1689년에 사망했다[234]고 기록한 것도 의도적인 것으로 보여 이와 관련해서 생각해 볼 수 있다.

그렇다면 앞에서 간략하게 언급했지만, 연암은 전의 형식에 맞게 「허생전」을 구성하기 위해 17~18세기에 살았던 인물을 중심으로 삼아, 허호(1654~1714) 같은 기이한 인물에다가 화식을 통해 일국의 부(富)를 좌지우지 했던 변승업(1623~1709)의 전설 같은 이야기를 추가하고, 북벌론을 주장했던 윤영(尹鍈, 1611~1691) 혹은 윤휴(1617~1680)의 이야기를 덧붙여 현실 개혁론을 주창하였던 것에서 이야기 구상의 암시를 받았을 것으로 보인다.

이러한 추측을 근거로 구체적인 「허생전」의 이야기 틀을 중심으로 구성해 본다면 『대소잡기』를 엮을 만큼 풍부한 지식을 가지고 있고 80세까지 살았던 윤영(尹鍈)을 이야기 전달자인 윤영(尹映)으로 삼고 허호 같은 기인의 삶에서 드러나는 기이하면서 탁월했던 행동과 지식인 윤영(尹鍈)의 기구한 삶을 근간으로 하여 묵적골 선비 허생으로 구체화한 것으로 볼 수 있다. 여기에 변승업의 화식 이야기를 묶어 변 부자로 삼은 다음에 윤휴의 북벌론을 덧붙여 시사삼책의 골격으로 이야기의 틀을 마련하고, 그 뒤에 나머지 부분들은 민간전승의 이야기를 덧입혀 이야기를 구성함으로써 사실과 허구가 뒤섞여 있는 민간 설화를 대폭 수용한 또 하나의 허생 설화인 「허생전」이 탄생한 것이라고 하면 설득력이 있지 않을까 생각한다. 이것을 폴 프라이(Paul H. Fry, 1944~) 식으로 말한다

---

234 김명호, 『열하일기 연구』(수정증보판), p.512. 김명호는 일부의 판본에 두주로 제시했음을 지적하면서, 두주로 생몰 연대를 밝혀 조성기가 이완보다 30세 이상 연하인데도 동시대 인물로 제시한 것은 「허생전」이 우언임을 드러내기 위한 것이라고 했다. 『국역 열하일기』 Ⅱ에는 원주(原主)로 졸수재만 기재했다.

면 텍스트는 세계 속에 있는 하나의 대상으로서, 사회적 힘들에 의해 생산되고 변형되며 유지[235]되는 일면을 보여 주고 있다는 것이다.

이렇게 유추하면 좀 지나친 면이 없지 않지만 전체적으로 보아 연암은 당시의 독자들에게 위에서와 같은 추측을 유도하여 자신의 창작이 아니라고 표면화했던 것은 아닌지도 의심해 볼 수 있다. 연암이 후지를 고친 목적이 허생의 이야기를 온전히 보존하기 위한 방편이기도 했고, 자신의 신변의 화를 피하기 위한 적극적 방어이기도 했지만, 한편으로 보면 유별난 인물들의 행적을 중심으로 재구성한 면이 있기 때문에 자신의 창작을 간접적으로 부정했던 것으로 볼 수도 있을 것이다.

연암이 내용을 끝까지 지킨 「허생전」은 자신의 앞 세대에 살았던 인물들을 중심으로 새로운 허생 설화를 재창작하여 자신의 작가정신을 드러낸 것으로 보인다. 자신이 인지하고 있었던 허생 설화를 자신의 세계 속에서 용해하여 또 다른 허생 설화라는 구조물로 생성한 것이다. 나아가 그 허생의 이야기는 종래에 자신이 창작했던 작품들과는 다르게 연암골의 은거와 연행(燕行), 벼슬살이 등의 삶의 역정에서 결정(結晶)된 지성적 성찰과 권력의 자장권 내에서 배태(胚胎)된 인류의 보편적 가치에 대한 탐구, 그리고 고전을 통해 응결된 비판 정신을 바탕으로 한 독특한 글쓰기의 태도가 오롯이 드러난 것이라고도 할 수 있다. 따라서 사반세기만에 이루어진 연암의 허생 이야기는 종래의 허생 설화를 문학적 정수(精髓)에 이르게 했음을 보여 주는 것이라고 할 수 있다.

연암은 1801년 양양부사를 끝으로 벼슬을 사직하고, 한양으로 돌아왔

---

235 폴 프라이, 『문학이론(Theory of Literature)』, p.374. 그는 "텍스트는 세계 속에 있는 하나의 대상으로서, 사회적 힘들에 의해 생산되고 변형되며 유지되고 파괴된다"고 하였다.

다. 15년간의 벼슬살이를 끝냈을 때 그의 나이는 65세였다. 1802년 봄
에 연암골로 가서 이광현(李光顯)의 도움을 받아 냇가에 정자를 짓고 수
개월을 머물렀다.[236] 이때 그는 연암골 집에 보관해 두었던 상자 속에서
초고(草稿)를 꺼냈으나 눈이 어두워 작은 글씨를 볼 수 없게 되자 "10여
년간 벼슬길에 놀다 일부의 좋은 책을 잃어버렸다"고 탄식하고 초고를
냇물에 떠내려 보냈다.[237] 연암골과 한양을 오가며 글을 썼고, 벼슬길에
도 퇴고를 계속하던 연암은 연암골에 두었다가 한가해지면 완성하려고
했던 일부의 초고들을 벼슬살이로 미처 이루지 못하고 버린 것이다. 연
암의 글쓰기와 퇴고는 이때까지였다.

236 박종채, 앞의 책, p.260.

237 김영동, 『증보 박지원소설연구』, p.393.

득의의 작 「허생전」의 창작 의도

1. 의지 표출의 방식으로서의 「허생전」

연암이 『열하일기』에 「옥갑야화」를 수록한 것은 「허생전」을 공개하기 위해 다소의 복잡한 문제를 해결할 수 있는 여러 가지로 고안(考案)하였던 방법 중에서 선택한 최선이었다. 이러한 방식을 선택한 것은 「허생전」을 그만큼 중요한 작품으로 인식했다는 것을 반증(反證)해 주는 것이다. 그러나 중요하게 인식했던 것은 작품에 담겨진 내용이 득의(得意)의 작이라는 데 있었으나, 섣불리 공개할 수 없는 것이라고 판단하면서 고충이 있었을 것이다. 내용을 구성하는 것 못지않게 공개하는 것에 대해 신중히 하였던 것은 「허생전」에 담겨진 득의의 내용이 당시의 사회적 현실에서 대단히 민감한 부분이었기 때문이다. 그렇다면 득의의 작품으로 스스로 공개를 주저했던 민감한 내용이라고 판단하였으면서 지엽적인 부분을 수정하면서 끝내 드러내려고 했던 의도는 무엇이었을까?

연암은 「허생전」을 한 편의 글로 짓기 위해 여러 가지로 고심했다. 그 흔적의 일부를 「진덕재야화」의 후지인 「허생후지」Ⅱ에서 볼 수 있음을 앞에서 지적했다. 연암은 1773년 봄에 서도(西道)를 유람하던 중에 성천(成川)에서 윤영을 만났다고 했다. 이 두 번째 만남에서 처음 허생의 이야기를 듣고 17년이 지나도록 전(傳)을 완성하지 못했음을 윤영에게 사과했다. 전을 그때까지도 짓지 못했다는 것은 「허생전」을 짓는 과정에서 난점에 봉착해 있었음을 스스로 고백한 것으로 보아야 할 것이다. 즉, 윤영으로부터 들은 허생의 이야기 중에 풀리지 않은 문제점인 '한두 가지 모순되는 점'이 있었고, 그것을 해결하지 못하여 글의 완성을 미루고 있었던 것이다. 윤영이 한두 가지 모순점을 해명해 주었지만, 그 뒤에도 여전히 전을 완성하지 못하고 있었다. 이런 가운데 연행(燕行) 이후 「허생전」이 완성되어 『열하일기』에 「진덕재야화」라는 편목을 만들고 거기에 「허생전」이라는 제명이 없이 수록하였다는 것은 고심했던 '한두 가지 모순되는 점'을 비롯한 내용상의 다른 문제까지도 일단 해결됨과 동시에 또 하나의 난점인 공개의 문제를 해결했음을 의미한다. 「허생전」이라는 제명을 쓰지 않고 수록한 것은 그 나름의 작품에 대한 안전판을 마련한 것으로 볼 수 있다.

연암이 서도 여행을 다녀온 이후 7년 뒤인 1780년 열하 여행 이후 『열하일기』를 기록할 당시에 「진덕재야화」가 마무리된 것으로 본다면 「허생전」을 『열하일기』에 수록하기까지 무려 24~25년이 넘는 시간이 필요했던 것이다. 그가 20세 때 봉원사에서 윤영으로부터 처음 듣고 44세(1780년)에 연경을 방문하고 귀국 즉시 서울 평계(平谿)에 살던 처남 이재성(李在誠)의 집과 황해도 금천군 연암골을 오가며 『열하일기』의 저술에 진력했던 것을 감안하면 퇴고의 기간을 빼더라도 무려 사반세기가 된다. 그는 왜 쉽사리 이 작품을 완성하지 못했고, 이 긴 시간에 그가 이 글에 담으려고 했던 것은 무엇이었을까?

그것은 시대적 소명을 발현할 수 있는 문학 정신의 구현이었을 것이다. 연암은 문학 정신을 구현할 수 있는 방식으로 전이라는 장르적 특성을 이해하고 있었다. 그리고 전을 통해 조선 사회의 구조적 모순의 변화를 도모하려는 자신의 사회개혁 사상으로서의 북학운동과 이용후생의 의지가 반영된 시대적 소명을 「허생전」이라는 거편으로 완성하였던 것이다. 그런 의미에서 어쩌면 「허생전」은 연암이 현실에서 실현할 수 없었던 자신의 의지를 표출하는 대상수단(代償手段)이었을 것이다.

2. '전(傳)'의 습득과 실천

이와 같이 연암이 20세에 접한 허생의 이야기를 오랜 세월이 지나도록 전(傳)으로 완성하지 못하다가 연행 이후에 비로소 「진덕재야화」라는 제목으로 작품화했다는 것은 작품 자체의 완성도를 높이려는 것과도 관련이 있었겠지만, 그보다는 오히려 연행 과정에서 견문이 그의 사상적 성숙에 크게 작용하는 기회가 되어 '한두 가지 모순되는 점'을 포함하여 난제들을 해결하여 작품을 완성할 수 있었을 것으로 추측할 수 있다.

연암이 20세에 허생의 이야기를 윤영으로부터 들었을 무렵에 그는 「방경각외전」에 수록된 아홉 편의 전(傳) 중에서 「마장전」·「예덕선생전」·「민옹전」 등을 지었다.[1] 이 작품들을 지을 무렵에는 그는 심한 불면증을 앓고 있었으나[2] 이러한 환경에서도 자신이 들었던 시정(市井)의 흥미로운 이야기나 직접 만난 인물을 대상으로 한 창작에는 긴 시간을 필요로 하지 않았었다. 그러나 허생의 이야기는 당시에 전으로 충분히 지을 수 있는 소재이었고 창작 능력이 충분했었음에도 짓지 못하고 24~25년 동안 머릿속에 담아 두고 있었던 것이다.

따라서 사반세기의 긴 시간이 필요했던 것은 그가 젊은 시절에 썼던 이야기와는 달리 「허생전」에 반드시 써야 할 것이라고 인식하고 있었던 것과 그것을 펼쳐 놓을 수 있는 방법을 모색하기 위한 것이었다. 즉 그에게 이 기간은 「허생전」에서 드러내고자 했던 것과 그것을 환기(喚起)할

---

1   김영동, 「초기 구전」, 『증보 박지원 소설연구』, pp.108~109.

2   박종채, 앞의 책, p.29., 「삼종질(三從姪) 종악(宗岳)이 정승에 제수됨을 축하하고 이어 시노(寺奴) 문제를 논한 편지(賀三從姪 宗岳 拜相. 因論寺奴書)」, 『연암집』제2권.

수 있는 그 '무엇'을 발견하고 숙성하기 위한 시간이었고, 그것을 구체화하기 위한 지속적인 탐색과 노력의 시간이었다고 할 수 있다. 이 시간은 단순히 방외인형(方外人形)의 인물로서의 허생이 아니라 사회의 변혁을 도모할 수 있는 개혁적인 정신과 북학 사상 등을 실천할 수 있는 인물로 그려 내기 위해서 연암 스스로의 사상적 성숙이 필요했던[3] 기간으로 볼 수 있다.

특히 연암이 돈독한 우의를 맺고 있었던 홍대용이나 박제가, 이덕무 등과 전의감동에서 북학을 토론하였을 때 그들은 이미 연경을 다녀온 후였다. 연행 경험이 없는 연암이 그들과 청조(淸朝)의 발달된 문물을 연구하면서 새로운 개혁 사상으로서의 북학론을 정립할 수 있었던 것이 1770년대 후반임을 감안하면, 연암골에서 다시 서울로 이거하고 열하를 다녀온 1780년 이후에는 독서나 토론으로 형성되었던 사유(思惟)의 세계가 이론적 한계에서 벗어나 청나라의 문물을 실제로 접한 경험을 통해 더 확장되고 심화되는 큰 변화가 있었을 것으로 보인다.

이것은 연암 자신이 쓴 글에서 확인할 수 있다. 연암은 처남 이재성에게 쓴 편지에서 "마음과 안목이 날로 새로워지니 예전의 보잘것없던 포부를 비웃게 됨과 동시에, 이 기상이 호연(浩然)해짐을 깨달았던 거요. 마침내 만리장성을 벗어나 북으로 대막(大漠)에 다다랐소. 이것이 바로 열하까지 여행하게 된 연유요."[4]라고 하여, 안목과 사유 세계의 확대가 열하에서 경험을 통해 이루어졌음을 말하고 있다. 그것이 열하까지 간 궁극의 의도였음을 드러낸 것이다. 따라서 연행 이후인 40대 중반의 연

---

3   김종철, 앞의 글, p.146.
4   「이중존에게 답(答李仲存書)」(1), 『연암집』제2권.

암이 「허생전」을 집필하고 있을 무렵에 그의 의식의 변화는 이론에 실제를 더한 것이어서 그의 사유 영역은 동북아시아의 세계와 천문(天文)의 영역으로까지 심화 확대되었고 이용후생의 지론은 더욱 분명하고 확고해졌을 것으로 보인다.

이런 견해를 구체적으로 피력한 박기석은 「허생전」을 「옥갑야화」에 수록한 이유에 대해 "연암은 책문(柵門) 안 조그마한 국경 마을의 중국인들의 삶의 모습을 보는 순간부터 중국 여행 내내 이용후생하는 중국인들의 삶의 모습을 경탄과 부러운 마음으로 대하였다. 연암은 그의 중국 여행의 최종 목적지였던 열하 여행을 마치고 귀환하면서, 그가 젊은 시절부터 계속 관심을 가지고 있던 이용후생과는 동떨어진 조선 사회의 구조적 모순을 떠올리고, 이제는 청나라 문물제도를 받아들여 우리 민족의 삶을 개선해야 할 것을 우회적으로 피력한 것이다."[5]라고 했다. 이는 「허생전」을 수록한 「옥갑야화」가 의도적으로 『열하일기』의 집필 과정에 첨부되었을 것으로 추측하고 있는 것이다.

다시 말하면 연행 후에 연암의 사상적 성숙과 「옥갑야화」의 생성은 짝을 이루고 있었던 셈이다.[6] 연암은 연행에서 비로소 중국의 현실을 목도하였고 거기서 자신의 사상에 대한 확신을 가지게 되었으며, 그러한 사상을 대변할 인물 중에서 하나의 표본으로서 허생을 마련할 수 있었던 것이다. 그리고 이를 통해 연암은 열하의 진덕재나 옥갑에서 자신이 허생의 이야기를 구술했다고 하는 '야화'의 배경을 찾을 수 있었던 것으로 볼 수 있다.

5   박기석, 「연암 박지원과 열하일기」, 『열하일기의 재발견』, p.30.
6   김종철, 앞의 글, p.146.

그렇다면 연암이 허생의 이야기를 듣고 24~25년 동안 장고(長考)를 거듭하면서 담으려고 했던 것은 무엇이었고, 그동안 허생의 내면을 지배하고 있었던 의식은 무엇일까? 이 작품의 내용을 살펴보는 과정에서 이런 의문점들을 해결해야 하는 것 또한 주된 문제 중에 하나다.

이것을 알아보기 위해 그의 내면세계를 지배했던 사유의 원천이 되는 정신적 배경을 그의 성장 과정에서 핵심적 역할을 했던 지적 습득 과정을 중심으로 살펴보기로 한다. 그 이유는 「허생전」의 문자적 맥락도 중요하지만 작품의 외적인 조건인 정치·경제·사회·문화적 환경을 포함한 당시의 사회 상황의 맥락에 대한 그의 의식적 반응도 중요하기 때문이다.

문학을 연구하는 데 외재적 접근에 대해 일찍이 주목했던 웰렉(René Wellek, 1903~1995)은 외재적 연구가 문학이 생산된 환경들에 대한 적절한 지식이 문학에 대한 많은 조명을 비추어 온 것임을 환기하면서 "모든 역사, 모든 환경적인 요인들이 하나의 예술작품을 형성한다[7]고 했다. 이에 대해 좀 더 구체적으로 제시한 것은 로이스 타이슨(Lois Tyson, 1950~)이다. 그는 "문학은 시간을 초월한 어떤 미학적인 영역에 존재하는 수동적 관조의 대상이 아니"라고 하면서, "다른 모든 문화적 표현과 마찬가지로 문학 역시 그것이 쓰인 시공간의 사회경제적·이데올로기적 조건이 낳은 하나의 생산물이다. 이때 저자가 그러한 점을 의식하고 썼는지는 중요하지 않다. 인간 존재가 그 자체로 자기를 둘러싼 사회경제적·이데올로기적 환경의 생산물이라면, 저자의 의도가 무엇이었든지 간에 작품 안에는 그러한 이데올로기가 일정한 형식에 따라 구현되어 있

7　르네 웰렉 외, 앞의 책, p.105.

을 것이기 때문이"[8]라고 했다. 그리고 그는 "모든 사회는 문화적 한계를 조직화함으로써 개인의 생각과 행동을 제약하지만, 동시에 개인으로 하여금 생각하고 행동하도록 한다"고 하여 개인의 정체성과 문화적 환경이 완전히 분리되지 않은 채 서로를 반영하고 규제한다[9]고 보았는데, 이것은 문자적 맥락을 사회적인 맥락에서 결코 분리해서는 안 될 것임을 강조한 것이라고 할 수 있다. 그 결과로 나타난 의식적 반응이 시대를 초월하여 동일한 상황에 놓여 있는 독자에게 감동을 줄 수 있기 때문이다.

테리 이글턴(Terry Eagleton, 1943~)도 "문학작품이 그 자체의 역사적 상황을 넘어서 얼마나 멀리까지 호소력을 가질 수 있는가는 그 상황에 달려 있다"고 하면서, "가령 인간의 어떠한 중대한 시기에, 즉 사람들이 세계를 뒤흔드는 전환을 경험한 시기에 발생한 작품이라면, 이 사실로 인해 활력을 얻어 매우 상이한 시대와 장소의 독자들에게 호소력을 가질 것"[10]이라고 했다. 역사적 맥락에서 작품을 이해해야 하는 이유를 제시한 것이다. 이것은 작가의 내면세계를 지배했던 현실에 대한 의식적 반응이 작품의 바탕을 이루고 있기 때문이다. 이와 같은 견해는 이미 "눈과 귀가 보고 듣는 바를 잘 드러내어서 그 형태며 소리를 곡진하게 그려내고 그 내용이며 상황을 남김없이 모두 따져서 드러내지 못함이 없다면 문장을 짓는 법도는 극진할 것이다."[11]라고 한 연암의 말에서도 입증된다. 당시의 현실을 바라보는 통찰력은 작가의 의식으로 구체화되어

---

8   로이스 타이슨, 윤동구 역, 『비평의 모든 것(Critical Theory Today)』, 앨피, 2021, p.158.

9   로이스 타이슨, 앞의 책, pp.592~593.

10   테리 이글턴, 이미애 역, 『문학을 읽는다는 것은(How to read Literature)』, 책읽는수요일, 2016, p.344.

11   박종채, 앞의 책, p.212.

나타나기 때문이다.

앞에서 말했듯 연암이 「허생전」에 담으려 했던 의도는 그동안 축적되었던 지적 세계를 기반으로 한 것에 연행에서 얻어진 견문들이 덧보태진 것으로 형성되었다고 할 수 있다. 연암이 「허생전」을 통해 근본적으로 제시하려 했던 당시 정치·사회적인 개혁 정신은 연행 이후 상당히 숙성·정리된 듯하다. 이런 개혁 정신의 세계는 그동안 주변의 인재들과의 부단한 토론과 열하에서의 충격적인 경험과 그리고 초년의 독서에서 성립된 것이다.

특히 「허생전」에 담긴 내면의 세계는 열하나 전감동에서 지속적인 토론이나 견문에서 얻어진 것도 많았지만, 그 저변에 흐르는 기조는 장인 이보천과 처숙 이양천의 가르침과 독서를 통해 습득된 것이 토대가 되었다. 나아가 이 토대를 이루고 있는 것이 사마천의 『사기(史記)』의 「열전(列傳)」과 한유(韓愈)의 비문(碑文)에서 영향을 받은 것임을 간과해서는 안 될 것이다. 그는 「열전」을 통해 전(傳)의 장르상 특징을 익혔으며, 실제로 창작함으로써 그 특장(特長)을 입증했다. 그리고 그가 한유의 비문에 관심을 가지고 있었다는 사실은 「진덕재야화」 후지에서 윤영을 통해 간접적으로 언급한 것에서 드러난다. 두 번째 윤영을 만났을 때 윤영은 연암의 독서에 대해, 한유에 경도되었음을 지적한 바 있다. 그리고 「열전」과 한유의 비문을 주목했던 것은 연암이 읽을 만한 것으로 사마천의 「열전」과 한유의 비지(碑誌)를 언급했다는 것[12]에서도 확인할 수 있다.

잘 알려진 대로 연암은 장인 이보천으로부터 『맹자(孟子)』를, 처숙(妻

12　박종채, 앞의 책, p.215.

叔)인 홍문관 교리 이양천(李亮天)으로부터 사마천의『사기』와 한유의 문(文), 두보(杜甫)의 시(詩)를 배웠다. 이로 인해 연암은 맹자나 사마천의 사상과,『사기』의「열전」을 통해 전(傳)의 문학적 형식을 이해했을 것으로 보인다. 김명호는 사마천이 '문학을 인간의 삶과 시대 현실에 밀접한 관련 속에서 이해'하였고, "문학이란 수신제가(修身齊家)에서 치국평천하(治國平天下)로 뻗어가는 자기완성의 길이 근원적으로 좌절되었을 때, 사인(士人)이 자신의 훼손된 삶을 만회할 수 있는 유일한 대상수단(代償手段)이었다"[13]고 했다.

사마천은 현실에서 못다 이룬 자신의 포부를 글로 펴 보임으로써 후세의 평판을 기대하는 바로 거기에 문학의 진정한 의미가 있는 것으로 보았던 것이다. 따라서 그는 '문학은 현실에서 못다 이룬 의지의 대상적 표출이며, 시속의 불의에 항거한 나머지 겪게 된 참담한 곤궁 속에서라야 위대한 문학이 창출될 수 있다'고 본 것이다. 그리고 사마천이 전(傳)의 형태를 취한 것은 '실제로 역사를 움직이는 것이 살아 있는 현실의 인간이기에 시대를 주도해 나간 이들의 삶을 탐구하면 그 시대의 본질을 파악할 수 있다고 본 데서「열전」의 체제가 착상'[14]되었기 때문이다. 그런 면에서 연암이 허생의 이야기를 전의 형식으로 구현한 것은 자신이 이루지 못한 포부를「허생전」을 통해 표출한 것이라고 할 수 있다.

이와 같은 사마천의 문학 정신은『사기』를 완성하는 과정에서 형성된 것이고,『사기』의 완성은 이능(李陵) 사건에 휘말려 궁형(宮刑)을 받게 된 비운에서 결정적으로 영향을 받은 것이다. 따라서 가혹한 개인적 시

13   김명호,「연암문학과 사기」, p.36.
14   김명호,「연암문학과 사기」, pp.38~39.

련을 통하여 그는 당대의 현실의 불의와 일반 대중의 고통을 절감하고 천도(天道)가 실현되지 않는 이 세상에서 인간은 어떻게 살아야만 할 것인가를 심사숙고하게 된 것이다. 『사기』가 발분저서(發憤著書)의 정신으로 충만한 것은 바로 이러한 사정에서 비롯된 것이다.[15]

허생이 이완 장군을 혹독하게 질책한 것도 이능 사건을 대했던 사마천의 태도와 미상불(未嘗不) 같다. 사마천이 패장인 이능을 두둔하고 한(漢) 무제(武帝)의 대흉노 정책을 반대했던 것처럼 본질을 은폐하고 명분만 내세운 북벌 정책을 연암이 비판했던 것으로 볼 수 있다. 사마천은 한 무제의 대규모 전쟁을 거듭한 결과 막심한 정치 경제적 혼란이 빚어지고 민생은 도탄에 빠졌는데도 이러한 폭정을 시정하기는커녕 황제의 권력에 빌붙으려고 하는 시속(時俗)에 이능이 희생되는 것을 차마 볼 수 없었기 때문이었다. 그 결과 사마천은 혹독하면서도 치욕스러운 시련을 겪었던 것이다.

연암은 사마천의 이러한 발분저서의 정신을 한편으로는 수치심과 분노(怒)로 이해했다. 이것은 「경지(京之)에게 보낸 세 번째 편지」에서 볼 수 있다. 연암은 "어린아이들이 나비 잡는 것을 보면 사마천(司馬遷)의 마음을 간파해 낼 수 있다"고 하면서, 비유를 들어 수치심과 분노를 어린아이들이 나비 잡는 것에서 유추했다. 즉 "앞다리를 반쯤 꿇고, 뒷다리는 비스듬히 발꿈치를 들고서 두 손가락을 집게 모양으로 만들어 다가가는데, 잡을까 말까 망설이는 사이에 나비가 그만 날아가 버립니다. 사방을 둘러보아도 사람이 없기에 어이없이 웃다가 얼굴을 붉히기도 하고 성을 내기도 하지요. 이것이 바로 사마천이 『사기』를 저술할 때의 마음

---

15 김명호, 「연암문학과 사기」, p.35.

입니다."[16]라고 했다.

이것은 '나'의 행위를 보고 있는 어떤 대상이 있음으로 해서 부끄러워지는 것이 아니라, '나' 자신의 행위에 대해 스스로 부끄러움을 느끼고 분노한다는 것이다. 이것은 '나'의 행위는 보는 사람이 있고 없는 것에 의해 달라지는 것이 아니라 스스로 인식하고 감각하는 것임을 말한다. 이런 면에서 보면 연암은 자신의 행위에 대해서 절대적으로 엄격했음을 볼 수 있는데, 이것이 바로 연암이 인식한 발분저서의 정신의 바탕인 것이다.

이러한 『사기』의 정신을 통해 연암은 『사기』의 「열전」이 "인간의 삶을 충실히 형상화하면서 이를 통해 그 시대의 진상과 이에 대한 자신의 비판적 견해를 제시하기 위해 극히 다채로운 서법(書法)을 구사"하면서, "인간의 삶이 어떠한 시대적 환경하에서 운명 지어지는가 주목하여, 해당 사실을 교묘히 편집·구성하고 여기에 간명한 논찬(論贊)을 덧붙임으로써 저자의 견해가 자연스레 드러나도록 했다. 아울러 이러한 암시적 표현법은 때로 시휘(時諱)의 저촉을 피하는 효과적 방편일 수도 있"[17]었기 때문에 반드시 「열전」을 읽어야 할 것으로 판단했었던 것이다. 연암이 허생의 이야기를 전의 형식을 취한 이유도 여기에 있다. 시휘에 저촉되는 것을 암시적으로 표현함으로써 자신의 의도하는 바를 거리낌 없이 피력하는 것이었다.

연암은 이와 같이 『사기』를 배우면서 사마천의 사상과 문학 정신을 배우게 되었다. 특히 위대한 문학이란 혹독한 현실적 곤궁의 소산이라고

---

16 「경지(京之)에게 답함」(3), 「영대정잉묵(映帶亭賸墨)」, 『연암집』제5권.

17 김명호, 「연암문학과 사기」, p.38.

하여 극도의 괴로움과 슬픔에 봉착했을 때 인간의 참된 본성을 회복한 순수한 심경에서 발분한 것이 그 어느 것과도 비교할 수 없는 최고의 것이라고 했다. 이러한 사마천의 문학을 배움으로써 본격적인 학업을 시작한 연암은 16세에 「항우본기(項羽本紀)」를 모방하여 「이충무전(李忠武傳)」을 지었고,[18] 20대 초반부터 전의 형태로 구전(九傳)을 쓰기 시작했다. 그런 그가 외전(外傳)임을 표방한 이 작품들의 허구화된 주인공을 통해서 당시 현실의 모순된 삶의 문제를 제시했던 것은 이미 사마천의 문학 정신이 내면화되었음을 입증하고 있는 것이라고 할 수 있다. 이와 같이 사마천의 문학 사상을 이해했던 연암은 전이라는 효과적인 양식을 통해 발분저서의 정신이 문학의 본질임을 인식하게 된 것이다.

또 연암이 한유(韓愈)의 비문(碑文)에 주목했다는 것도 『사기』의 「열전」에 관심을 두었다는 것과 같은 맥락에서 이해할 수 있다. 비문은 한 개인의 업적을 기록함으로써 기리는 것이다. 그런데도 판에 박아 낸 듯이 칭송 일변도가 되어서는 안 된다고 하면서 연암은 그 사람만의 정신과 전형을 기록해야 함을 강조했다.[19] 이것은 「열전」을 기록할 때 개인적 생애와 이에 대한 도덕적 평가를 곁들여 후세에 전하려는 것과 목적이 같기 때문이다.

예를 들면 한유의 비문 중에 대작(大作)에 속하는 「조성왕비(曹成王碑)」의 경우 당(唐) 현종(玄宗) 때 조성왕(曹成王)으로 봉작(封爵)된 이고(李皐)의 일대기를 기록하면서, 어사대부(御史大夫)가 되어 '이희열(李希烈)의 반란'을 토벌하는 과정에서의 신상필벌의 원칙과 찬란한 승리에

18　연암이 「이충무전」을 지었을 때, 처숙인 이양천은 "반고(班固)·사마천 같은 경지가 있다."라고 했다.(박종채, 앞의 책, p.22.)

19　박종채, 앞의 책, p.214.

대한 기록이라든가, 형주(荊州)와 양주(襄州)를 다스릴 때 관리를 단속하고 백성을 잘 다스리며 치열하게 살았던 탁월했던 삶을 기록하였음을 볼 수 있다.[20] 연암이 한유의 이와 같은 비문을 읽음으로써 비문의 당사자의 행적을 눈여겨보면서 그것을 글로 표현하는 방식에 주목했을 것으로 보인다. 천편일률적으로 칭송하는 내용을 기록한 것이 아니라 구체적인 삶을 기록하여 당사자의 행적을 포폄하려는 것이 비문의 본질적 성격이라고 본 것이다.

그의 제자였던 박제가가 연암을 일컬어 '오늘날 한유(韓愈)요, 소식(蘇軾)'[21]이라고 하여 '천하만대에 이어질 만한 문장'이라고 하였던 것도 연암의 문장에서 그들의 편린을 보았기 때문이었을 것이다. 그래서 박제가가 이몽직에게 선친의 묘지(墓誌) 작성자로 연암을 천거했다는 것은 그들처럼 명문을 잘 쓴다는 의미도 있었겠지만, 그것보다는 사마천 이후 그의 영향을 받은 한유나 소식의 문학적 정신을 가지고 있었다는 뜻으로 읽어야 할 것이다. 그리고 그는 "연암선생 문필은 사마천과 한유를 아우르니, 고금을 섭렵하여 깨달음을 얻었다네."[22]라고 하여 글의 경지

---

20   한유, 이종한 역, 「조성왕비(曺成王碑)」, 『한유산문역주(韓愈散文譯註)』4[비문(碑文)·묘지(墓誌), 소명출판, 2012, pp.6~14.]

21   박제가는 비문을 짓는 데 대해서, "다른 사람이 지었는데도 지위가 높은 자의 이름을 가져다 채워 넣기도 합니다. 이는 참으로 비루한 습속(習俗)입니다. 대저 그 전대를 위하여 썩지 않게 하고자 한다면 마땅히 천하에 전할 만한 글을 구해야지, 그 사이에 조금이라도 작위(作爲)가 끼어들어서는 안 됩니다. 그대들이 능히 이런 습속을 벗어 던질 수만 있다면 미중(美仲) 박지원 선생은 오늘날 한유(韓愈)요, 소식(蘇軾)입니다."라고 하면서, 이몽직에게 선친의 묘지(墓誌)를 지을 때 연암에게 부탁하도록 권유했다.[박제가, 정민 외 역, 「상중의 이몽직에게 답하다(答李夢直哀)」, 『정유각집』하, 돌베개, 2010, p.301.]

22   "연암선생 문필은 사마천과 한유를 아우르니, 고금을 섭렵하여 깨달음을 얻었다네, 이로부터 경륜을 내달려 이르노니, 아마도 허생이 규염객(虯髥客)은 아닐는지"[박제가, 정민 외 공역, 「5. 연암 박지원[(朴燕巖(趾源)]」, 「장난삼아 왕어양의 세모회인시 60수를 본떠 짓다[희방왕어양세모회인60수(戲倣王漁洋歲暮懷人60首)]」, 『정유각집』상, 돌베개, 2010,

가 사마천이나 한유의 이르렀음을 말하였는데, 이것은 그의 문학 정신이 어디에 있었는가를 잘 말해 주는 대목이다.

따라서 박제가의 이러한 부연(敷衍)은 연암이 한유의 글을 읽었던 것을 윤영이 한 말로 지적했던 것처럼 연암이 사마천이나 한유의 문학적 성향에 깊이 침윤되어 있었음을 증언하는 것이다. 더구나 연암은 젊었을 때 과거를 볼 때마다 반드시 한유와 두보의 고체를 본받아 지었다[23]고 했고, 고체시는 오직 창려(昌黎, 한유)를 배워 정경(情景)은 핍곤하고 필력이 막힘이 없었다[24]고 한 것은 그의 문학 세계가 한유에 깊이 침윤되어 있음을 말한 것이다. 특히 연암은 「이몽직(李夢直) 애사(哀辭)」에서 "그를 위해 이 애사를 지어 저 옛날 한창려(韓昌黎)가 구양생(歐陽生)에 대한 애사를 자신이 직접 썼던 일을 본받아서, 드디어 한 통을 써서 초정(楚亭)에게 주는 바이다."[25]라고 하여 그 본(本)을 한유의 글에서 취했음을 드러냈다. 이를 통해 한유의 문학 정신에 깊이 경도된 연암의 태도를 볼 수 있다.

그러나 연암은 사마천이나 한유의 글을 모방한 것은 아니다. 그는 "옛것을 본뜨되 진실로 '법고(法古)'하면서도 변통할 줄 알고 '창신(刱新)'하

---

p.239.] 박제가는 이 시에서 연암을 비롯하여 이덕무 · 유득공 · 홍대용 · 정철조 등 48명의 조선 시인과 10명의 중국 시인, 2명의 왜인(倭人)에 대한 시를 썼다.

23   박종채, 앞의 책, p.30.

24   박종채, 앞의 책, p.279.

25   후에 연암은 이몽직이 죽자 「이몽직(李夢直)에 대한 애사(李夢直 哀辭)」(『연암집』제3권)를 짓고 발문에서 창려(昌黎) 한유(韓愈)가 구양생(歐陽生)에 대한 애사를 썼던 것을 본을 삼아 초정 박제가에게 주었음을 밝혔다. 몽직은 연암의 제자인데 초정의 처남이었다.[김윤조, 「연암(燕巖)의 '이몽직애사(李夢直哀辭)'에 대하여」, 《한문교육연구》4권, 한국한문교육학회, 1990, pp.259~280.]

면서도 능히 전아(典雅)하다면, 요즈음의 글이 바로 옛글인 것이다."[26]라고 하여 내면의 정신을 법고창신으로 이해하고 그것을 본받아야 함을 역설했는데, 이것이 그의 문학론의 뼈대를 이루고 있다.

이러한 독서를 통한 문학 정신의 고양(高揚)과 연행(燕行)으로 사고의 영역이 확대된 연암은 사대부 계층으로 18세기 후반의 사회적 현실을 고찰할 수 있는 역량을 구비했을 것이다. 그로 인해 당시에 연암은 뜻을 같이하는 우인 문생들과 더불어 청조 중국의 발달한 문물을 연구하면서, 새로운 사회개혁 사상으로서의 북학운동을 정립할 수 있었을 것이다. 이 시기의 조선 사회는 사회경제적 변동에 따른 여러 가지 사회적 모순에 직면해 있었고, 그 해결책을 모색하는 과정에서 사회개혁 사상이 나타났다. 이 개혁 사상은 청나라에 대한 새로운 인식이 바탕이 되어 실사구시를 실천함으로써 이용후생을 이루어야 한다고 주장했다.

그는 사회문제를 객관적 입장에서 냉철하게 비판하고 청나라의 발달한 문물을 적극적으로 수용하려는 자세를 견지했다. 학문적 탐구심이 남달랐던 연암은 뛰어난 관찰력과 세상을 보는 통찰력으로 청나라의 선진 문물을 받아들이는 실사구시 정신을 실천했다. 이우성은 당시를 개혁 사상이 종래의 주자학과는 같을 수 없었고, 유교사상에 침윤된 선비로서의 자기반성과 그 극복 과정에서 권위주의에 대한 저항이라든가 인간성에 대한 긍정과 같은 경향이 나타나는 발전적 국면이었다[27]고 했다.

이러한 사회적 현실을 통찰할 수 있는 역량을 구비하였던 연암은 『사기』의 「열전」과 한유의 비지(碑誌)를 통해 습득한 창작 역량을 「허생전」으

<hr>

26 「초정집서(楚亭集序)」, 연상각선본(煙湘閣選本), 『연암집』제1권.

27 이우성, 「실학의 사회관과 한문학」, 『한국사상대계』 I (문학 · 예술사상편), 성균관대학교 대동문화연구원, 1973, pp.151~155.

로 승화시킨 것이다. 결국 연암이 18세기 후반의 사회적 현실을 조망할
수 있는 통찰력과 지적으로 심화 확대된 사유의 영역에 발분저서 문학적
역량을 집약하여 형상화한 인물이 허생인 것이다.

3. 현실의 적극적 응답으로서의 「허생전」

이런 관점에서 보면 연암이 '전'이라는 소설적 형식을 차용하여 「허생
전」을 쓴 것은 재미있는 이야기 한편을 들려주기 위해 쓴 것이 아니라 허
생이라는 인물을 통해 18세기 후반 조선 사회의 모순과 이를 극복할 전
망을 제시하려고 했던 것임을 알 수 있다. 이것은 그가 전(傳)이라는 전
통적 형식을 기반으로 하면서 무리 없이 펼쳐 놓을 수 있는 방법으로 문
학적 장치를 선택했었기 때문에 가능했다. 구체적인 사회적 환경에서
인물이 자신의 운명을 극복하는 과정을 제시하는 문학적 형식이 전임을
이해한 그는 그 인물을 허구적인 방법으로 위장하여 표현했다. 이것은
그가 뛰어난 문학적 역량을 구비하였기에 가능했다.

유득공이 지은 「열하일기 서」에는 일반적으로 글을 서술하는 방식으
로 우언(寓言)과 외전(外傳)의 두 가지 방식이 있음을 제시했다. 그는
글을 써서 교훈을 남기는 방식으로 철학인 역경(易經)과 역사인 춘추(春
秋)가 있음을 말하면서, 진리를 논한 철학의 미묘함을 변형시켜 표현한
방식으로써 우언, 그리고 사건을 기록한 역사를 변형시킨 외전에 대해
언급했다. 우언이란 자신의 주장을 직접 표현으로 고집하는 태도가 아
니라 다른 사물에 빗대어 의탁함으로써 그 주장을 객관화시키는 효과를

부각시키려는 의도가 담겨 있[28]는 것이고, 외전이란 역사가 변형된 것으로 필자에 따라 달라질 수 있는 것이라고 했다. 이 두 서술 방식을 잘 구사했던 사람이 장주(莊周)여서 그를 '저서가(著書家)의 웅(雄)'이라고 했다.

그런데 이 글에서 '장주의 외전에는 참됨도 있고 거짓됨도 있으나 연암의 외전에는 거짓됨이 없음을 알았노라.'라고 한 것은 연암의 글쓰기가 이러한 우언과 이치를 쓴 것임을 논하면서, 그의 글이 진실을 추구하는 데 있다고 주장한 것이다. 이러한 진술은 『열하일기』의 특징을 잘 지적한 견해로 볼 수 있다. 이것은 유득공의 사견이지만 연암이 우언의 수법을 구사했음을 지적한 것으로, 이러한 수법의 특성을 잘 드러낸 작품은 「호질」과 「허생전」이다.[29] 연암의 외전과 우언을 통한 글쓰기란 현재의 사회적, 정치적 현상을 알레고리적으로 소설화함으로써 표면적으로는 당대 현실을 비판하지만, 그 이면에는 거시적인 역사적 소명 의식이 통렬하게 작동하고 있음을 함축하고 있는 것이다.

이와 같이 연암은 이 외전에 우언이 결합한 형태 즉 허구적 진실을 문학으로 이해했음을 알 수 있다. 그는 문학을 역사에서 드러난 인물을 통해 작가가 진리를 미묘하게 드러내는 방식에 의해 이루어진 것으로 이해한 것이다. 거기다가 허생을 통해 현실에 비분하면서 뛰어난 자질을 지니고 있으나 경시된 것을 포폄을 통해 세상에 알리는 전의 특성을 「허생전」에서 잘 드러낸 것이다. 그리고 문학적 장치로 일화들을 나열함으로

---

28 윤주필은 우언을 '허구적 인물에 대한 담론'의 한 표현 방식으로 이해했다.(윤주필, 『한국우언문학사』1, 한국문화사, 2019, pp.4~5.) 이와 관련된 글로, 최옥근의 「우언 · 중언 · 치언에 나타난 장자 언어철학 연구」(성균관대학교 대학원 석사논문, 2000. pp.4~5.)가 있다.

29 김명호, 『열하일기 연구』. p.184.

써 또 다른 일화의 첨가나 제거가 용이하다는 것을 알고, 액자식 구성을 이용하여 한 편을 완성하였던 것이다. 「옥갑야화」를 액자식으로 구성하여 일화들과 함께 「허생전」을 수록함으로써 그가 이미 써 왔던 전의 구성법과는 다른 방식으로 표출하게 된 것이다. 전의 양식으로 허생의 이야기만을 드러낼 수 없을 때 그는 '야화'라는 또 다른 형식의 글을 이용하여 「허생전」을 감추어 수록한 것이다.

앞에서 지적한 대로 「방경각외전」에 수록된 아홉 편의 전(傳)에서 그는 이미 당시의 다양한 사람들에 대한 생생한 기록을 바탕으로 하여 세상의 인정과 세태를 자신의 시각으로 이해할 수 있는 능력을 가지고 있었다. 특히 30대 초중반까지에 아홉 편의 작품을 썼던 것은 '전'이라는 장르적 특성을 이해하고 있었기 때문에 가능했던 것으로 보인다. 그는 초기작들을 썼을 무렵 전의 형식을 잘 알고 있었음에도 허생 이야기를 듣고 「방경각외전」에 수록된 작품들을 썼던 것처럼 쉽사리 정리하여 창작하지 못하고 고민하고 있었다. 이것은 연행 이후에 해결된 것으로 보인다. 연행 이후에 여타의 문제가 해소되었다는 것은 연행 후 역사와 사회 전반을 조망(眺望)할 수 있는 통찰력이 깊고 넓어진 것으로 그 이후에나 「허생전」의 집필과 완성이 가능했음을 의미한다. 그리고 아무도 일찍이 가 보지 못한 열하 여행에서 있었던 잡다한 이야기들을 묶은 형식을 만들어 『열하일기』라는 거작에 편입할 수 있는 여지를 만들었고, 거기에다 액자 형식의 일화를 묶음으로써 형식적 요건도 완성한 것이다.

연암은 「허생전」을 집필하면서 자신이 젊었을 때 오랫동안 관심을 가졌던 과거(科擧)를 비롯한 관리 등용의 문제, 화식(貨殖)과 신의의 문제, 치부한 재물의 사용에 대한 문제, 그리고 현실적으로 중국 대륙의 실권자로 군림하고 있는 만주족 청나라에 대해 조선의 군주를 비롯한 사대부들이 지녀야 할 자세 등을 「허생전」을 통해 피력하려고 했던 것[30]이다. 매점매석에 의한 상술(商術)의 문제점을 드러내거나, 해외 무역을 실현해 보이거나, 북벌론의 모순을 폭로하는 등의 허생의 면모는 사상적으로 성숙한 연암의 면모이기도 한 것이다. 특히 허생을 통해 북벌을 부르짖으면서도 안일하게 허례허식과 자존자대(自尊自大)에 빠져 있던 당시 조선의 사대부들을 실로 통렬하게 비판하였고, 조선인들이 자부해 마지않던 고유의 풍속을 주변 이민족(異民族)들의 풍속과 다를 바 없는 것으로 보는 독특한 관점을 취함으로써 소중화주의와 그에 근거한 북벌론의 모순을 폭로하고 있었던 것[31]이다.

이러한 그의 사고(思考)의 성향은 당시의 기득권층으로부터 반감을 사기에 충분하였을 것이다. 더구나 인재 등용의 문제점을 제기한 것은 자신이 경험을 바탕으로 하여 과거제도의 불합리함을 지적한 것으로, 관리 등용의 문제점뿐만 아니라 이로 인해 파생되는 문벌적 정치체제까지 문제 삼은 것이었다. 더욱이 권력이 당쟁으로 문벌에 의해 파벌화된 것을 비판한 것은 당시의 집권 세력의 치부를 드러낸 것이어서 한 편의 글로서 내놓을 수 있는 간단한 문제가 아니었다. 더구나 집권 세력의 이러한 풍조가 단기간에 형성된 것이 아니라 오랜 역사 속에서 이루어지고 제도화된 것이기 때문에 기득권자들의 보수성이 강해 쉽게 개혁할 수 없었을 것이다. 특히 연암 자신도 이러한 문벌적 정치체제의 일원이었던 점을 감안하면 그의 개혁 정신은 존립하기 어려운 상태였다. 이러한 관점에서 보면 정치나 사회적 개혁이 불가능한 일임을 깨달아, 작품을 통

---

30 박기석, 「연암소설의 심층적 이해」, p.311.
31 김명호, 「열하일기 연구」, p.197.

해 구현해 보고자 하였던 것이 「허생전」을 지은 그의 의도였을 것이다.

결국 「허생전」을 짓기 위해 오랫동안 고심한 이유는 글의 짜임새보다도, 허생이라는 인물을 통해 드러내고자 한 개혁적 사상을 어떻게 정리하고 제시할 것인지, 그리고 그것을 어떤 방식으로 세상에 공개할 것인지가 쉽지 않았기 때문이라고 할 수 있다. 즉 「허생전」에 들어 있는 시사(時事)와 관련된 급진적인 내용들을 어떻게 표현할 것이며, 어떤 방법으로 제시할 것인가 하는 것이 관건(關鍵)이었다. 당시 상황으로 보아 연암의 이러한 사상들이 「허생전」의 발표로 공론화되는 것을 지배 세력은 용인하기 어려웠을 것이고, 대중적으로도 수용이 쉽지 않았을 것이다. 따라서 「허생전」을 단독으로 발표하면 쉽게 주목의 대상이 되어, 이로 말미암은 파장이 클 것이며 그에 따른 분란도 있을 것으로 예상하였기 때문에 발표는 대단히 신중히 해야 할 일이었다.

이러한 대중적으로 수용하는 것이 쉽지 않았던 처지였음을 잘 보여 주는 것이 아들 박종채의 진술이다.[32] 그는 1831년에 쓴 『과정록』의 마지막 부분에서 정리한 원고가 "아직 판각에 부치지 못하고 아직도 고본(稿本)으로 집에 간직되어 있어서 내가 밤낮으로 우려하고 두려워하는 바이다."라고 하였다. 그는 「허생전」을 거론하지 않았지만 「허생전」의 폭발력을 알고 있었기 때문에 두려웠던 것이다. 다음과 같은 기록에서 확인할 수 있다.

> 저자의 유고는 문고(文稿) 16권, 「열하일기」 24권, 「과농소초」 15권으로 총 55권이 고본(稿本)으로 가장(家藏)되어 있었는데

---

32 박종채, 앞의 책, p.303.

1829년 효명세자[孝明世子, 익종(翼宗)]의 분부로 규장각에 올렸
다가 1830년 세자가 죽자 돌려받았다고 한다. 그러나 저자의 문
집이 간행되기는 쉽지 않았던 듯하다. 1866년 손자인 박규수(朴
珪壽, 1807~1877)가 평안도 관찰사가 되자 그 아우인 박선수(朴
瑄壽, 1821~1899)와 문집의 간행을 의논했으나 「호질」이나 「허생
전」 등 유림(儒林)의 비난을 받는 글이 많다는 이유로 실행하지
못하였다. 박종채의 아들인 박규수는 우의정까지 지냈으며 박
선수도 공조 판서, 형조 판서 등을 두루 역임하였으므로 문집을
간행할 만한 경제적인 여건은 충분했으나 사림의 평가가 저자
의 문집을 발간할 형편이 아니었던 듯하다.[33]

박종채만 「허생전」을 두려워했던 것이 아니라 그의 아들들, 즉 연암의
손자들도 마찬가지였음을 알 수 있다. 이는 「허생전」이 더 큰 문제가 있
는 글임에도 오히려 당시의 독서층에서 아무도 문제 삼은 일이 없었기
때문으로 내심 더 두려워했던 것으로 보인다. 앞에서 지적했듯이 『열하
일기』의 일부분이 사대부들에게 알려졌을 때 「관내정사」에 수록된 「호질」
을 연암의 글로 의심하는 사람도 있었다.[34] 그러나 「허생전」은 「옥갑야화」
에 묻혀 있어 은폐되다시피 한 상태여서 독자들이 하나의 야화로 읽고

---

33 김성애, 「편찬 및 간행」, 『연암집(燕巖集)』, 「한국문집총간 해제」, 한국고전번역원, 2001, 한
    국고전종합DB.

34 유만주의 일기인 『흠영』(1786년 11월 1, 2일)에는 1786년 11월 1일 유만주가 독서광인 그
    의 벗 민경속에게 「호질」 필사본을 읽으라고 보내 주었다. 그다음 날 민경속은 「호질」을 돌
    려주면서 "이 글은 선공감역인 연암의 수법과 혹사하다"고 평을 담은 편지를 보내왔다고
    기록했다.(김명호, 『열하일기 연구』(수정증보판), p.354.)

넘어갔거나 「옥갑야화」 끝에 있어 주목하지 않았기 때문일 수도 있다. [35]
그뿐 아니라 연암 자신도 「옥갑야화」에서 허생을 이야기했을 뿐 그 이외
의 어느 글에서도 허생을 언급하지 않았다.

이처럼 당시에는 드러나지 않은 상태였지만, 가족들은 언제인가 「허생
전」이 알려지게 된다면 뒷감당이 어려움을 직감했었기에 두려웠을 수도
있었다. 「옥갑야화」에서 「허생전」을 발견하고 논평을 덧붙인 것은 연암
사후 반세기쯤 지난 시점에 김노겸[36]에 의해서였다. 그러나 추사 김정희
(金正喜)의 족숙(族叔)[37]인 김노겸도 만년(晩年)에 쓴 그의 문집인 『성암
집(性菴集)』에서 간략하게 피력했을 뿐 드러내 놓고 「허생전」을 운위(云
謂)하지는 않았던 것으로 보인다.

결국 연암이 「허생전」을 『열하일기』에 숨겨 넣은 것은 독립된 글로 전
파되는 것보다 『열하일기』에 수록하여 연행 중 견문의 일부로 가장(假裝)
함으로써 연암의 독창적인 글이라는 혐의에서 벗어날 수 있고 또한 세간
의 주목도 피할 수 있었기 때문이었을 것이다. 이런 편집 과정에서 작품
을 구성하는 방식에 대해 세심하게 고려했다는 것은 연암 자신도 허생의

---

35 이에 대한 구체적인 예로 유득공이 쓴 「열하일기」에서도 "「상기」·「호질」·「야출고북구기」
·「일야구도하기」 등의 글은 극히 걸출하고 기이하여 당대의 사대부들이 전하여 베끼고
빌려 보는 것이 여러 해가 되도록 그치지 않았다"고 하면서 「허생전」이나 「옥갑야화」를 언
급하지 않았다.(유득공, 「열하일기」, 『고운당필기』제3권, 고전번역서, 한국고전종합DB.)

36 김노겸은 19세기 초반에 관념화된 대명의리에 얽매여 있던 상황에서 국제 정세에 주의를
기울이 며 현실적인 시각에서 당면한 문제를 직시했을 만큼 식견이 있었다.[안순태, 「남공
철의 연행 체험과 대청의식(對淸意識)」, 《국문학연구》36호, 국문학회, 2017, p.225.] 그는
1812년 족질인 김정희(金正喜)의 동생인 김명희(金命喜)가 부친 김노경(金魯敬)을 따라
자제군관으로 연행할 때 「송종질성원수가대인입연병서(送從姪性原隨家大人入燕並序)」를
써서 주기도 했다.(유봉학, 「18, 9세기 대명의리론과 대청의식의 추이」, 《한신논문집》제5
집, 한신대학교, 1988, p.264.)

37 김노겸은 추사 김정희의 아버지인 김노경(金魯敬, 1766~1837)의 삼종제(三從弟)이다.(안
순태, 앞의 글, p.223.)

언행이 세간의 파문을 일으킬 소지가 충분하다고 인식했기 때문으로 풀
이할 수 있다. 이것은 「호질」도 같은 경우였지만 「호질」은 「관내정사」에서
충분히 소명이 되었다고 생각했으나 「허생전」은 그 어떤 방호막이 없었
다. 그래서 「옥갑야화」에 은둔(隱遁)시키고 허생에 대해 일체 언급하지
않았던 것이다.

따라서 연행 이후에 연암이 「허생전」을 완성하였다는 것은 「허생전」에
그의 사상적 체계를 집대성하여 수록한 것이라고 할 수 있다. 당시 그의
의식 세계는 열전에서의 발분저서의 정신과 한유의 문학 정신을 바탕으로
한 것에다가 연행에서 열린 세계에서의 견문과 다충적인 지근의 사람들과
의 심도 있는 토론을 통한 집단지성이 덧보태진 것이라고 할 수 있다.

이런 의미에서 보면 「옥갑야화」를 『열하일기』에 수록한 것은 연행 중의
기록을 위장하기 위함이었지만, 전체적인 맥락에서 본다면 『열하일기』
의 내용과 「옥갑야화」의 허생 이야기가 전혀 동떨어진 것만이 아니다.
왜냐하면 허생의 이야기 또한 『열하일기』의 수많은 내용의 연속성에 놓
여 있었기 때문이다.

이에 대해 임형택도 「옥갑야화」는 『열하일기』 전체의 주제, 이용후생의
사상과 천하대세의 전망을 한데 집약해 놓은 작품[38]이라고 했다. 더욱이
『열하일기』가 연암의 사상적 발전의 소산이었기 때문에 그것은 단순한
여행기가 아니라 풍부하게 제시된 실사(實事)를 통해 새로이 정립된 사
상의 올바름을 논증하고 다양한 표현 방식을 구사하여 사회변혁의 구상
을 펼쳐 보인 일대의 문장'이고, 보면 이와 같은 『열하일기』의 성격에 꼭
맞는 것이 허생의 이야기라고 할 수 있다.

38　임형택, 「연암의 경제 사상과 이용후생론」, 『연암 박지원 연구』, p.58.

따라서 『열하일기』의 기본 성격을 이해한다면 「옥갑야화」가 젊은 시절
의 저작인 「방경각외전」에 수록된 작품들과는 같은 차원에서 논의될 수
없음을 알 수 있다. 그것은 주제 면에서 「방경각외전」에서 제기된 사회
적 문제를 총괄하면서 나아가 이에 대한 연암의 적극적 응답을 제시한
작품'39이 「허생전」이라고 할 수 있다. 이 적극적 응답의 제시가 어떻게
이루어졌는가에 대한 평가는 차수 박제가(朴齊家)가 이미 「차수평어」에
서 밝힌 바 있다.

> 이는 대체로 규렴(虯髥)으로써 화식(貨殖)에 합친 것이었으나,
> 그중에는 중봉(重峯)의 봉사(封事), 반계(磻溪)의 수록(隨錄), 성호
> (星湖)의 사설(僿說) 등에서 말하지 못했던 부분을 능히 말하였
> 다. 문장이 더욱 소탕(踈宕)하고 비분(悲憤)하여 압수(鴨水) 이동
> 에 있어서의 유수한 문자이다.40

이 글에서 박제가는 「옥갑야화」의 기본 구조, 그리고 성격과 내용이 의
미하는 바를 간명하게 지적하면서 극찬했다. 그가 '규렴(虯髥)으로써 화
식(貨殖)에 합친 것'이라고 한 것은 허생의 이야기의 기본 서사구조가 당
나라의 전기소설(傳奇小說)로 위기에 처한 나라를 구하려고 하다가 섬으
로 가서 나라를 세운 「규렴객전(虯髥客傳)」을 닮았음을 지적하면서, 한
편으로 허생이 뛰어난 상업적 수완으로 재산을 증식하였던 것은 『사기』
의 「화식열전」의 기본 정신을 이어받았음을 간파해 내고 그 요체(要諦)를

---

39   김명호, 「연암의 현실인식과 전(傳)의 변모양상」, p.69.

40   「차수평어」, 『국역 열하일기』 II, pp.315~316.

설명한 것이다.

그리고 '중봉(重峯)의 봉사(封事), 반계(磻溪)의 수록(隨錄), 성호(星湖)의 사설(僿說) 등에서 말하지 못했던 부분'을 훌륭하게 말했다고 하는 것을 지적한 것이다. 즉 허생의 이야기가 사회개혁론을 펼쳤던 중봉 조헌(趙憲)의 「동환봉사(東還封事)」[41]에서 제시하지 못했던 것을 말했고, 현실의 개혁의 필요성을 파악하고 현실 문제를 해결할 수 있는 방책을 기록한 반계 유형원(柳馨遠)의 「반계수록(磻溪隨錄)」에서 언급하지 못한 것을 토로하였다고 한 것이다. 그뿐 아니라 광범위한 지식과 그것을 수용하는 태도와 실용적인 현실 구제책의 중요성을 설파한 성호 이익(李瀷)의 「성호사설(星湖僿說)」에서 보인 역량(力量)을 뛰어넘는 위대한 글이라고 평가한 것이다.

이와 같이 「허생전」에 담겨 있는 현실 개혁론은 「허생전」을 완성하기 위해 고심했던 기간만큼 오랜 시간 동안 숙성되었던 연암의 사상이 농축(濃縮)된 것이다. 더욱이 병자호란 이후 조선 사회의 밑바닥에 깔린 청족에 대한 부정적 인식과 적대감을 맹목적으로 드러낸 복수심의 결론인 북벌론의 허위성, 그리고 청족이나 그들의 문화에 대한 거부감 등을 비판하고 그 대안을 제시하였던 것은 그의 사상의 깊이와 폭을 보여 주고 있다. 더구나 기득권층의 무능과 탐욕을 신랄하게 비판하고 풍자한 데

---

[41] 김혈조 번역의 『열하일기』3권(개정신판, p.247.)에는 본문의 '중봉(重峯)의 봉사(封事)'에서 '봉사(封事)'를 '중봉 조헌이 중국에 다녀오면서 올린 상소인 「만언봉사(萬言封事)」'라고 했는데 이것은 조헌이 올린 상소 「동환봉사(東還封事)」를 잘못 풀이한 것이다. 「만언봉사」는 1574년(선조 7년) 1월에 당시 우부승지(右副承旨)였던 이이(李珥)가 선조에게 올린 상소문으로 『율곡전서(栗谷全書)』권5에 수록되어 있다. 일명 「갑술만언봉사(甲戌萬言封事)」 또는 「만언소(萬言疏)」라고도 한다. '봉사(封事)'는 옛날 중국 한대(漢代)에서 신하가 임금에게 상주(上奏)할 때 글을 검은 천 주머니 속에 넣어 봉하여 올림으로써, 그 내용이 사전에 밖으로 누설되는 것을 방지한 데서 생겨난 말이다.

다 정통 고문의 틀을 이탈한 개성적 문체는 파격과 도발이었다. 이러한 언어 행위는 주류 기득권층인 기존의 사대부층으로부터 반감을 사게 되어, 연암은 타기(唾棄)해야 될 대상으로 지목될 수밖에 없었다. 그럼에도 그는 선비로서의 자기반성을 통한 자아의 발견과 사회 전반에 만연한 성리학의 폐해를 극복하기 위한 현실적 대안을 이용후생이라는 탁월한 안목에서 도출된 방법론과 발분저서의 문학 정신을 통해 구현하려고 했던 것이다.

이러한 여건에서 연암은 허생의 이야기를 소설의 한 형식인 전의 양식으로 기록하되 드러나지 않게 하여 당대 사회의 모순과 갈등을 누구보다 예리(銳利)하게 표현했다. 특히 당시에 허황한 숭명사상(崇明思想), 완강한 보수주의 사상에 젖어 있는 사대부층을 그는 전이라는 형식으로 날카롭게 풍자했던 것이다.[42] 그것은 당대의 사대부들이 소설을 의식적으로 기피했기 때문에, 전의 형식으로 내용을 구체화하였으나 기행문의 일부인 것처럼 기록한 것이다. 「방경각외전」의 작품들처럼 전(傳)의 명칭을 취할 수 없었기 때문이다. 전으로 편목의 명칭을 제시해서는 안 될 것을 이미 알았던 그는 '야화(夜話)'라고 편목의 성격을 제시하여 부수적인 권력자들의 비판의 예봉을 피하려고 했던 것이다. 그렇게 하기 위해서 세련된 장치를 이용해서 위장을 시도했고 그것은 거듭된 개고의 과정을 거치며 이루어졌던 것이다. 이렇게 본다면 개고는 롤랑 바르트(Roland Barthes, 1915~1980)가 '소설이 환상화된 형식'[43]이라고 한 것에 의존해, 「허생전」은 연암의 모든 역량이 동원된 '환상화된 형식인 소설'

42 　김윤식, 「열하일기에 닫힌 사회의 지식인」, 김윤식·김현, 『한국문학사』, 민음사, 1974, p.47.

43 　롤랑 바르트, 변광해 역, 『롤랑 바르트, 마지막 강의』, 민음사, 2020, p.42.

을 완성하는 과정이었다고 할 수 있다.

따라서 「옥갑야화」를 『열하일기』에 수록했다는 것은 24~25년이 지나도록 「허생전」을 쓰지 못하던 상태에서 핵심이 되는 '한두 가지 모순되는 점'이 연행 후에 비로소 해결되었고, 젊은 시절부터 끊임없이 관심을 가지고 있었던 현실에 대한 비판적 사유들이 최정점의 지적 세계에 이르렀을 때 담을 수 있었음을 의미한다. 또 하나는 「방경각외전」에 수록된 작품들처럼 「허생전」을 제시하면 돌올(突兀)하여 역린(逆鱗)의 화로 겪게 될 큰 어려움을 감추어 피할 수 있는 방도를 마련했다는 것을 의미한다.

그런 의미에서 남의 이야기를 전달하는 형식과 약간의 의장(意匠)을 통해 당대 사회의 여러 제도적인 문제점을 지적하면서 미래지향적인 대안을 제시한 것은 이 허생의 이야기가 뛰어난 작품임을 말해 주고 있다. 그러나 「허생전」이 수록된 「옥갑야화」가 의도적으로 설정된 의장의 결론이라고 단정한다고 해서 텍스트로서의 「허생전」의 내부가 완벽하고 명석하게 해명될 것이라고 생각하지 않는다. 다만 제한된 해석의 범주의 틀에 갇혀 있거나 무질서하게 제시되었던 것을 어느 정도 정리하면서 섬세한 해석을 기대할 수 있다면 텍스트를 이해하는 또 다른 출발점이 될 수 있을 것이다.

김윤식은 연암이 『열하일기』라는 기행문의 형태를 통해 그의 비판 의식을 드러내 보이고 있다[44]고 했는데, 이에 덧붙인다면 그중에 가장 빛나는 작품 중 하나가 이러한 과정을 감내하며 이루어 낸 「허생전」이라고 할 수 있다. 그럼으로써 허생의 이야기는 연행 이후 연암의 사상적 성장이 이루어진 뒤 「옥갑야화」를 통해 위대한 작품 「허생전」으로 승화된 것이다.

---

44   김윤식, 「『열하일기』에 닫힌 사회의 지식인」, p.48.

결론:
지식인의 지난한 고심의 소산(所産),
「허생전」

『열하일기』에 「옥갑야화」를 수록하여 「허생전」을 숨겨 넣으려고 했던
것은 보수적인 기득권 세력의 엄혹했던 당시의 사회적 상황에서 「허생
전」을 허구화해야 하는 집요한 집념과 오랫동안 자신의 글쓰기의 신념인
진실성의 추구 사이에서 빚어진 결과이다. 더욱이 기득권의 체제 내에
서 고을 수령으로 있으면서 반체제적 냄새가 물씬 풍기는 「허생전」을 온
전하게 보호하는 일은 지난(至難)했다.

　이러한 상황에서 「허생전」을 자신이 지은 것이 아닌 윤영으로부터 들
은 허구적 이야기라는 논리를 제시하지 않으면 완고한 당시의 사대를 설
득하기 어려워 작품의 존재뿐만 아니라 자신의 신분에도 지대한 영향이
미칠 것이었다. 그렇다고 허생의 이야기가 거짓된 꾸며 낸 이야기라고
하는 것은 「옥갑야화」의 진실성에 대해 국한된 문제가 아니라 『열하일기』
전체에도 미치는 파장이 적잖았을 것이다. 그는 「허생전」을 살리기 위해
이 두 문제를 해결하려고 부단한 노력을 기울여 다양한 방법을 동원하여
문학적 장치로 설정하였다. 이것이 「허생전」이 여행기도 아니고 소설도
아닌 형태로 『열하일기』에 수록된 이유이다.

　그동안 일반 독서층에서는 「옥갑야화」를 기행문의 일부로 읽었지만 대
부분의 연구자는 소설로 보아야 한다는 인식에는 변함이 없었다. 7편의
이야기가 한 편의 소설을 구성한 것처럼 보였기 때문인데, 정작 『열하일
기』와 관련하여 「옥갑야화」의 작품 전체를 허구로 판단해야 하는 논리적
근거에 대한 논의는 이루어지지 않았다. 그 이유는 「허생전」에 대한 집
중적인 탐구가 당대 사회와 결부된 정치·사회·제도의 구조적 문제의
고발이라는 관점이나 관련 설화의 탐색, 화폐경제라는 관점에서의 해명
혹은 「옥갑야화」의 액자식 구성에 대한 논의가 집중되는 등 분화된 연구
가 있을 뿐, 다양한 설정으로 소설적 장치를 마련했던 연암의 의도를 확

인하려 하지 않은 까닭이다.[1] 이로 인해 대부분의 「옥갑야화」에 대한 연구는 『열하일기』 혹은 「허생전」 연구의 일부분으로만 이루어졌다.

그러나 「옥갑야화」는 연암이 「허생전」을 통해서 자신의 의도를 구현하려는 치밀한 노력의 소산이었기 때문에, 이에 대한 연구는 「허생전」을 이해하는 데 있어서 중요한 의미를 가지고 있다. 특히 「허생전」을 이해하는 다양한 방법론 중에서 연암의 의도를 파악하는 열쇠와 같은 것이 「옥갑야화」이므로 「허생전」 연구의 시작은 「옥갑야화」 전체를 해명하는 데에서 시작되어야 할 것이다.

「허생전」의 구상은 상당히 오랜 기간에 이루어졌다. 그것은 이야기의 내용을 구성하는 문제를 포함하여 자신의 사상적 편모를 드러내는 방식을 설정하기 위한 시간이 필요했기 때문이다. 연암은 허생의 이야기를 한 편의 글로 쓰기 위해 오랜 시간 몹시 고심했었던 것을 「허생후지」Ⅱ에 기록했는데, 그것은 글의 형식이나 구성에 대한 것보다는 당시의 현실에 대한 개혁적 성향의 내용과 관련된 것 때문이었을 것이다. 1756년 20세에 이야기를 듣고 언제 작품을 완성하였는지 알 수 없지만[2] 연암이 열하에 간 것이 1780년이고 『열하일기』의 탈고를 1783년이라고 보면 대강 25년이 넘는 세월이 흘렀다. 이 기간은 「허생전」이라는 한 편의 글이 숙성되는 기간이기도 했지만, 연암의 사유의 세계가 성숙되는 기간이기도 하다. 그리고 주목을 덜 받게 하기 위한 방책을 준비할 시간이 필요했었

---

1   김영동의 「옥갑야화」, 김종철의 「「옥갑야화」 이해의 시각」, 김진균의 「허생 실재인물설의 전개와 「허생전」의 근대적 재인식」, 박일용, 「「옥갑야화」 '서두 이야기'의 서사 전략과 문제 의식」 등이 있다. 강명관의 『허생의 섬, 연암의 아나키즘』은 「허생전」을 이해하기 위한 발판으로 서두의 일화를 화폐에 선행하는 가치라는 관점에서 분석했다.

2   「진덕재야화」 후지인 「허생후지」Ⅱ에 "평계 국화 밑에서 조금 마신 뒤에 붓을 잡아 쓴다." 로 보아 『열하일기』를 집필하고 있을 때 탈고한 것으로 보인다.(『국역 열하일기』Ⅱ, p.315)

을 것으로 보인다.

연암은「옥갑야화」를 연행의 기록인『열하일기』에 마치 기행문의 하나인 것처럼 수록했지만, 사실은 당시 연행과는 아무 관련이 없는 일화들을 기록한 것이다. 그 일화들은 비장들의 입장에서 접한 역관들과 관련된 것으로 보이나, 실상은 연암이 주로 연행 과정에서 비장이나 역관들로부터 습득한 일화들이다. 그래서 이 일화들은 17세기 후반에서 18세기 중엽까지에 역관들이 연행 과정에서의 겪었던 이야기이거나 혹은 그들에 대한 평판들로 이루어진 단편적인 대화들로 특별한 의미를 갖는 것들은 아니다. 연암은 이 일화들을 마치 당시의 연행 중에 비장들과 함께 어떤 특정의 장소인 진덕재나 옥갑에서 한담에 참여하여 구술(口述)한 것처럼 구성한 것이다. 그러나 연암이 그들과 더불어 특정한 장소에서 한담을 했다기보다는 어느 특정 시기에 역관들의 이야기에 대해 실제로 비장들이 말한 것처럼 배열한 것이라고 보아야 할 것이다. 따라서 이 글의 대화가 이루어진 것은 연행 중 장소를 알 수 없는 곳이나 연행 후에 구술된 것으로 볼 수 있다. 그래서『열하일기』를 정리하는 과정에서 이미 전(傳)의 형식으로 지어 놓았던 허생의 이야기에 나머지 일화들을 첨부·수록한 것이라고 할 수 있겠다.

별도로 써 두었던 것을 첨부했다고 하는 까닭은 여러 가지 이유가 있겠지만 그 무엇보다도 허생의 이야기를 제시하는 방법으로 액자식 구성을 이용했다는 것과 변승업에서 허생의 이야기로 이어지는 대목이 자연스럽게 전개되었기 때문이다. 액자식 구성을 착안한 것은 탁견이었다. 이야기의 구성 방식을 이와 같이 선택함으로써 연암은 일화들을 쉽게 첨부하거나 제거하기 용이하여 허생의 이야기를 눈에 거슬리지 않게 수록할 수 있었던 것이다. 서두의 일화들이 파편화된 느낌이 들기도 하지만 이것이 오히려 허생의 이야기가『열하일기』에 안착할 수 있는 적합한 요건이 될 수 있는 것이다.

그러나 액자식 구성 방식을 통해서 「옥갑야화」의 여섯 번째 변승업의 이야기에서 「허생전」 부분으로 이어지는 이야기의 흐름이 물 흐르듯 아주 자연스럽고 매끄럽게 이루어진 것은 이미 써 두었던 것을 첨부한 것임을 입증해 주고 있다. 연암은 허생의 이야기 부분을 역관들이나 혹은 역관과 관련된 일화에서 역관으로서 거부가 된 변승업의 이야기로 이어지다가 변승업의 부(富)가 조선 최고의 상태에 이른 것이 허생이 10만 냥을 준 것에 있다고 하면서 자연스럽게 허생의 이야기를 펼쳐 놓게 된 것이다. 이런 결과로 허생의 이야기가 본류(本流)인 것처럼 보이게 되었고, 또한 이것은 서술하는 의도나 태도가 서두 이야기들과 달리 「허생전」에 집중했음을 의미하는 것으로 볼 수 있게 된 것이다. 이와 같이 이야기의 흐름이 껄끄럽거나 부자연스러움이 없이 전개하였다는 것은 연암이 전(傳)을 구성하는 능력이 탁월했음을 보여 주는 것이다.

더 분명하게는 「허생전」을 감추는 효과를 드러내려고 앞에다가 역관들의 일화를 배치한 것으로 볼 수 있다. 만일 변승업 이야기에서 허생의 이야기로 이어지는 부분을 1화와 2화로 삼았다면 연암의 의도가 독자들에게 쉽게 노출되었을 것이다. 그런 까닭으로 맨 뒤에 허생의 이야기를 배치하면서 '허생전'이라고 하지 못하고 「진덕재야화」 혹은 「옥갑야화」라는 틀 속에 여타의 일화들과 함께 삽입하였던 것이다. 이것은 「허생전」이라는 제명으로 수록하지는 못할지라도 본문을 손상됨 없이 독립된 글로 수록하기 위한 방편이라고 생각했기 때문이다. 연암의 이러한 치밀한 설정 탓인지 유만주의 『흠영』에는 「호질」에 대한 논의는 있었으나 「허생전」에 대한 것은 없었다. 그러나 후대에 눈 밝은 사람들이 그 의도를 알고 「허생전」만을 따로 뽑아 독립된 작품으로 엮는 데 주저하지 않았다.

연암이「허생전」을「옥갑야화」에 굳이 첨부하려고 했던 것은「허생전」의 내용 때문이었던 것으로 추측할 수 있다. 연암은 연행 이후 청조의 발달된 문물을 접하고 난 뒤에 새로운 사회개혁 사상으로서의 북학론을 정립하고 당시의 문벌에 의한 파벌화된 정치제도와 그것을 부추기는 과거를 비롯한 인재 등용의 문제와 화식의 본질적 의미, 북벌론의 모순 등 조선의 현실 세계의 폐단을「허생전」을 통해 폭로하며 풍자·고발하려고 했던 것이다.

연암은 특히「허생전」에서 당시 집권 계층의 무능과 북벌론의 허위성을 발분저서의 정신으로 통렬하게 비판했다. 그는 전의 형식을 빌려 사마천이 고민했던 것처럼 당대의 현실적인 집권층의 불의와 그로 인한 일반 대중의 고통을 절감하고, 천도(天道)가 실현되지 않는 이 세상에서 인간은 어떻게 살아야만 할 것인가를 심사숙고해「허생전」으로 제시한 것이다. 연암은「허생전」의 이러한 내용이 당시의 보수적인 기득권층으로부터 반발을 유발할 것으로 예상하고 자연스럽고 안전하게 글을 발표하는 방식으로『열하일기』에의 수록을 선택했던 것으로 보인다. 그러나『열하일기』에 전의 형식으로「허생전」만을 그대로는 수록할 수 없어 연행과 관련된 일화들을 모았고 그중에 한 편으로 허생의 이야기를 첨부하여「진덕재야화」라는 이야기 한 편을 꾸몄던 것이다. 더구나「호질」을 다양한 술수로「관내정사」에 일기의 일부분으로 수록한 바가 있어 같은 방법으로 또「허생전」을 수록할 수는 없다고 판단했던 것으로 볼 수 있다.

『열하일기』의 일부의 글이 노출되면서 그 반응이 예상외로 민감하게 나타나 기존의 보수 계층을 비롯해서 정조까지 문체반정을 거론하는 처지에 이르게 되자 그는 퇴고 과정에서 민감한 내용에 대한 반발이 거세지기 전에「옥갑야화」로 제목을 바꾸면서 서두 부분도 개작했던 것으로 보인다. 당시 안의현감이었던 연암은『열하일기』의 수정이 불가피한 현

실을 목도하게 되었고 허생의 이야기는 초미(焦眉)의 사태에 직면할 것
으로 파악하고 문제의 핵심으로 떠오르기 전에 미연의 방지를 선택했던
것이다.

처음에는「진덕재야화」라고 하여 열하의 진덕재에서 진술한 것처럼 위
장하였으나 퇴고 과정에서「진덕재야화」를「옥갑야화」로 바꾸고 보완하
면서 발화자를 비장과 역관에서 비장만으로 제시하였고, 구체적 공간
으로 설정한 배경인 열하의 진덕재를 알 수 없는 지명인 옥갑으로 변경
한 것이다. 그것도 모자라 후지를 전면 개고하여 허생을 더욱 모호하게
만들면서 윤영은 알 수 없는 인물로 제외했다.「진덕재야화」후지에서는
윤영으로부터 전해 들은 이야기임에도 윤영을 이인 혹은 기인화하고 끝
내는 좌도 · 이단의 무리로 추론하여 허구적 인물로 만들었고, 결국에
「옥갑야화」의 후지에서는 허생마저도 명의 유민이며 성씨가 허씨가 아닐
수도 있다고 하여 존재를 알 수 없게 처리했다. 그뿐 아니라 편목의 위
치도「진덕재야화」가「환연도중록」앞에 있던 것을「옥갑야화」로 편목을
바꾼 다음에는「구외이문」뒤로 위치를 변경했던 것으로 추측된다. 즉
열하에서 있었던 일인 것처럼 편목의 위치를 배치했다가 열하를 떠나 연
경으로 가는 도중의 일로 바꾼 것이다. 이런 예방조치의 결과인지「허생
전」은 주목을 받지 않았다.

이러한 내용과 형식의 변개(變改)는 퇴고 과정에서 발생한 다양한 외
부적 상황 외에도 자신의 글쓰기 태도와 관련해서도 살펴볼 수 있다.
애초에는 후지를 통해「진덕재야화」의 내용이 서사적 요건이나 이야기
의 서술 방식의 기본적인 태도는 현실을 재현한 것처럼 하였다가「옥갑
야화」로 편목을 바꾼 다음에는 전적으로 허구적인 것임을 드러내는 것
이어서, 퇴고는 사실과 허구 사이에서 이율배반적인 양상을 띠게 된다.
이렇게 된 이유는「허생전」의 내용을 유지하기 위해 자신의 글쓰기의 근

본적인 태도와 외부적인 상황으로 말미암은 내면적 갈등과도 관련이 있었다.

　본래『열하일기』를 기술하는 연암의 기본적인 글쓰기의 태도는 진실성의 구현이라고 하는 것에 목표를 두었었다. 「열하일기 서(序)」에는 "나는 비로소 장주(莊周)의 외전(外傳)에는 참됨도 있고 거짓됨도 있으나, 연암 씨의 외전에는 참됨은 있으나 거짓됨이 없음을 알았노라."라고 한 유득공이 진술하였는데 이것은 연암의 글쓰기를 잘 이해한 것으로 보인다. 이러한 그의 글쓰기 태도로 말미암아 자신의 의도를 참되게 드러내려는 내면의 충동과 외부적인 현실을 도외시할 수 없는 현실적 여건 사이에서 심각한 갈등을 겪었을 것은 틀림없는 사실이다. 참됨을 기록하는 것을 긍지로 여겼던 그는 자신의 신조(信條)대로 「진덕재야화」를 기행문 같은 편목으로 위장하여 『열하일기』에 수록했던 것이다. 연암은 「진덕재야화」를 연행록인 『열하일기』에 수록하여 사실성(事實性)을 확보함과 동시에 발화자 혹은 창작자의 책임을 회피하면서 전(傳)이라는 소설의 형식을 취하여 허생의 이야기의 진실성을 획득하려고 했다.

　그러나 「진덕재야화」를 『열하일기』에 수록함으로써 너무 구체적인 기행의 일부가 되어, 동행하여 일정을 알고 있었던 사람들에게는 거짓됨이 드러나는 계기가 될 수 있어 참됨과 거짓됨의 자가당착(自家撞着)에 빠지게 되었다. 거기다가 허생의 반체제적 행위가 자신의 창작으로 판단될 것으로 인식했던 것이다. 이것을 해결하기 위해서 편목을 「옥갑야화」로 바꾸고 후지를 다시 쓰게 된 까닭이라고 할 수 있다. 자신이 평소에 생각하였던 지론을 피력하려고 하였으나 주저하는 바가 있어 이러한 방법을 선택하였지만 위장하는 과정이 쉽지 않았음을 엿볼 수 있는 부분이기도 하다.

　결국 진실된 현실성의 구현이라는 이상(理想)은 현실에서의 간단(間

斷)없는 제약으로 퇴고 과정에서 위장하거나 그 예봉을 둔화시킬 수밖에 없었다. 이런 연유로 필화(筆禍)를 염려하여 고치는 과정에서 처음에 사실을 추구했던 그는 태도를 바꾸어 두 편의 후지를 통해 오히려 허구임을 강조하는 모순된 결과를 보이고 있는 것이다. 연암은 허생의 이야기를 수록하면서 발화자인 윤영과 허생의 실제성을 밝힐 수 없는 곤핍(困乏)한 상황에 이르자 허구화가 불가피하게 되어 모순에 빠지게 된 것이다. 결국 당시의 사회적 상황과 글쓰기에 대한 자신의 태도로 사실(事實)과 허구(虛構) 사이에서 고민하다가 「옥갑야화」로 바꾸면서 그에 맞게 내용의 일부를 수정하여 그 해결책을 찾으려 모색한 것이다.

앞에서 제기한 첨부했을 것이라는 추론을 입증할 수 있는 것은 처음부터 본문 내용 곳곳에서 적지 않게 나타나 있는 장치를 통해 찾아볼 수 있다. 우선 「옥갑야화」의 구조상으로 보았을 때 서두의 화식과 신의에 대한 일화는 짜임새가 조잡하고 거칠며 지극히 단편적인 불완전한 형태로 허생의 이야기 부분과 큰 차이가 남을 볼 수 있다. 결국 이러한 공간적 배경을 암시하는 편목의 명칭과 조잡하고 거친 서두의 이야기, 뒤죽박죽인 후지는 기행문의 형태를 갖추기 위해 필요한 요소들인 것처럼 보이나, 이것 역시 「허생전」을 연행록으로 위장하여 수록하기 위한 허구적 장치였음을 확인할 수 있다. 그래서 최소한의 장치로 간략한 일정을 서두에 제시하였고, 특히 진덕재나 알 수 없는 장소인 옥갑을 제목으로 삼아 공간적 배경을 확보함으로써 열하의 태학이나 열하에서 연경으로 가는 도중 주변에 있는 공간을 가장하였다. 이것은 여행 중에 있었던 구체적 사실에 근거한 것임을 분명하게 밝히는 듯한 인상을 준 것이다. 거기다가 후지를 덧보탬으로써 독자가 더욱 신뢰하도록 하였다. 이러한 설정은 「허생전」을 공개하는 것이 쉽지 않은 상황으로 퇴고를 거듭하는 과정에서 실제성을 감추고 허구적인 면을 좀 더 완벽하게 드러내기 위해 지속적으로 시도되었던 것이다.

이러한 측면에서 보면 기행문처럼 쓴 「옥갑야화」는 허구적 장치를 이용한 일종의 소설에 가깝다. 그 이유는 첫째, 「진덕재야화」에서 「옥갑야화」로 제명을 바꾼 것은 진덕재나 옥갑에서의 일화가 아님을 의미한다. 내용은 그대로인 채 시간과 장소를 바꾸었다고 하는 것은 특정한 경험적 사실을 기록하는 기행문으로서는 있을 수 없는 일이다.

둘째, 옥갑이라는 지명은 석갑을 차명(借名)한 것일 가능성이 크다. 비장과 담화를 한 구체적 지명인 것처럼 진덕재를 제시했을 때 거짓된 기록이라는 누명을 벗기 위한 방편으로 모호하게 지명을 옥갑이라고 밝히면서 날짜는 꺼려 밝히지 않았다. 다만 진덕재가 되었든 옥갑이 되었든 비슷하게 유추될 수 있는 날짜에 숙박에 대한 기록을 하지 않아 독자가 추측하도록 했다.

셋째, 일기문처럼 된 일정의 기록에는 사소한 일에도 역관과 비장의 이름을 분명히 밝혔으나. 「진덕재야화」나 「옥갑야화」에서 밤에 더불어 이야기한 사람이 비장과 역관임에도 이름을 밝히지 않았다. 당시에 열하로 간 비장이 넷이고 역관은 셋이었다. 열하로 간 역관과 비장의 숫자는 「진덕재야화」의 발화자의 숫자와 엇비슷하다. 발화자의 이름을 밝히지 않은 것은 신분상의 문제였을 것이다. 혹 가명(假名)으로 쓸 수도 있었겠으나 사실성이 훼손될 우려가 있을 뿐만 아니라 야화 전체가 꾸며 낸 이야기로 인식될 수 있어 가명으로도 이름을 숨기지 않았다. 더욱이 꾸며 낸 것으로 인식되면 허생의 이야기 부분도 연암의 창작으로 간주(看做)할 가능성이 있다고 판단했을 것이다. 오히려 익명화함으로써 실제성을 강화할 수 있었다. 그러나 대화 내용의 인물은 실명으로 제시했다.

넷째, 「진덕재야화」를 근거로 한다면 열하에서 비장이나 역관과 한가하게 이야기할 겨를이 없었다. 연암은 공적(公的)인 업무를 수행해야 할 필요가 없어 낮에는 비교적 한가했으나 저녁에는 사람들을 만나느라고 바빴다. 그러나 비장이나 역관들은 낮에는 사신들을 수행하느라 바빴고 밤에는 고단하여 일찍 잤다. 연암은 열하의 태학관에 도착하자마자 만났던 윤가전과 기풍액을 만난 이후에는 이들을 비롯해서 혹정 왕민호, 학성 등을 밤마다 만나 필담을 나누었다. 14일 밤 윤가전과 이별을 고하고 떠날 때까지 12일만 저녁 일정의 기록이 없다.

다섯째, 연암은 그들과 함께 거처하지 않았다. '머리를 맞대고 밤늦도록 이야기를 했다'는 것은 함께 자면서 이야기를 했다는 의미로 읽힐 수 있으나 그럴 형편이 아니었다. 열하에서는 사이에 휘장을 치긴 했지만 정사인 박명원과 한방에서 잤으며, 연경에서도 연암은 정사와 함께 정당에 거처했다. 나머지 일정 등에도 정사와 함께 머물렀다. 열하에서 혹시 연암이 비장·역관의 숙소로 가서 그들과 잇대어진 침상에서 밤늦도록 더불어 한담을 나누다가 자신의 거처로 들어가 잤을 것이라고 유추할 수도 있겠으나 이것 또한 가능성이 낮다. 대부분의 일정에서 역관이나 비장은 초경에 이미 잠이 들어 있었고 연암은 밤늦도록 필담을 나누고 있었다. 더구나 양난 이후 당시의 일부 양반들의 신분이 몰락하여 지위를 상실하였거나 혹은 새롭게 상승했을지라도 지배계층으로서의 양반은 배타적인 신분적 우위를 누리고 있던 상황이었기에, 그들과 밤에 늦도록 한 자리에 누워 이야기할 처지가 아니었을 것이다. 따라서 함께 누워 밤늦도록 담화를 했다는 것은 허구적 장치이다. 그리고 「옥갑야화」의 경우에는 열하에서 연경으로 가는 중도에 옥갑에서 머물렀다는 것은 옥갑이라는 지명이 없으므로 애초부터 조작이라고 해야 할 것이다. 설령 석갑을 차용했다고 하더라도 날짜를 추적하면 석갑에서 머물렀을 가능성이 낮기 때문에 이 또한 고안된 장치에 불과하다.

여섯째 「허생전」이 시작되는 바로 앞부분이 문투나 전체적으로 짜임새 있는 구성으로 보아 이것은 이미 써 놓은 것을 삽입한 흔적임에 틀림이 없다. 그 근거는 앞의 비장들이 말한 일화와 달리 허생의 이야기를 치밀하게 구성했기 때문이다.

일곱째, 「옥갑야화」에 「허생전」을 모나지 않게 수록할 수 있는 방법은 액자식 구성법이었다. 더구나 액자형 구성은 서두의 일화와 허생의 이야기 사이에 구성상의 차이를 극복하기 위한 방법으로 적격이었다. 이 구성 방법을 사용함으로써 이미 써 놓은 한 편의 글을 모나지 않게 삽입하기에 용이했던 것이다.

여덟째, 서두의 이야기 전체에 동기가 없다. 양반의 신분으로 그들과 밤새 침상에 누워 이야기를 하게 된 연유를 밝히지 않았다. 그러나 허생의 이야기가 시작되는 부분에서는 동기를 분명하게 밝히고 있다. 서두의 일화의 동기가 제시되어 있지 않다는 것은 연경과 관련된 일화들을 수집 정리하여 수록한 것에 불과한 것임을 말하고 있는 것으로 보아야 할 것이다. 그리고 이외에 「허생후지」I · II를 추가하여 허생이 유민(遺民)이라고 하고, 이야기를 들려준 윤영을 유추할 수 없는 인물로 만든 것들은 용의주도한 장치를 설계한 결과일 것이다.

「허생전」을 『열하일기』에 수록하려고 내용을 변개한 것은 한편으로는 경상도 고성 지역에 유포되어 있던 허호와 관련된 허생 설화를 염두에 두고 그 변종으로 인식하도록 한 장치일 수도 있으며, 다른 한편으로는 허생의 북벌론이 윤휴 혹은 윤영(尹鍈)에까지 확대되어 좌도 이단의 이론으로 비약하여 동질화되는 것을 차단하려고 했을 수도 있다.

결국 연암은 의도적인 장치를 이용하여 『열하일기』에 수록하면서 「옥갑야화」의 내용이 꾸며 낸 거짓된 이야기라고 말하지 않고, 또한 열하 여행 중에 있었던 진실된 이야기라고도 말하지 않음으로써 독자가 새로운 방식의 독법으로 이해하기를 권유한 것이다.

「허생전」을 창작하는 어려움 못지않게 고심을 했던 것은 작품을 지어 세상에 알리는 방법이었을 것이다. 당시의 사회적인 사정이나 개인적인 입장에서 보면 작품을 공개하는 것은 호락호락하지 않았기 때문이다. 그런 의미에서 열하를 여행한 것은 두 가지 문제를 일거에 해결할 수 있는 계기를 마련해 준 것이다. 하나는 열하와 연경을 직접 보고 현지에서 여러 사람과의 만남을 통해 터득하게 된 새로운 지식은 그의 눈을 더욱 밝게 하여, 생각의 폭과 깊이를 더 넓혀 「허생전」의 사상적 영역을 심화 확대하는 계기가 되었고, 또 하나는 자신이 심사숙고하여 작성한 기록을 세상에 펼칠 수 있는 방법을 찾은 것이다. 『열하일기』라는 저작 속에 삽입하여 짐짓 기행의 일부인 것처럼 조작하여 「허생전」이라는 명칭을 제거하고 「옥갑야화」라는 편목 속에 다른 일화들과 함께 허생의 이야기를 수록한 것이다. 겉으로는 전(傳)의 형식은 은폐하고 기행문의 형식으로 기록였으나 내용은 애초의 창작 의도대로 고수한 것이다. 따라서 「옥갑야화」가 연행 중의 전(傳)이라는 명칭 대신에 야화(夜話)를 표방하면서 야화(野話)를 겉모습으로 드러내고 있으나, 일화의 일부인 허생의 이야기는 야화(夜話)도 야화(野話)도 아니고 「허생전」 그 자체로 존재하게 된다.

이러한 쉽지 않은 과정을 통해 연암은 자신의 지론을 펼칠 수 있는 방법을 찾은 것이다. 그만큼 「허생전」에 대한 열정과 애착이 남달랐음과 함께 지대(至大)한 고충을 읽을 수 있다. 사반세기 가까운 시간 동안 반드시 써야 할 이야기라고 생각한 이 「허생전」은 연암의 시대적 통찰력과 사명감에서 비롯된 것이라 할 수 있다. 선비의 올곧은 기개와, 역사와 미래를 관통하는 안목이 번뜩이는 득의의 작품이 「허생전」인 것이다. 「허생전」은 무엇을 쓸 것인가를 분명하게 알았던 지식인의 지난한 고심의 소산(所産)이었던 것이다. ▨

참고문헌

자료

- 박지원, 이가원 역, 『국역 열하일기』Ⅰ · Ⅱ, 수정재판본, 민족문화추진
  회, 1976.

- _____, 김혈조, 『열하일기』(개정신판)1~3권, 돌베개, 2021.

- _____, 김혈조, 『열하일기』1~3권, 돌베개, 2009.

- _____, 리상호 역, 『열하일기』, 보리, 2004.

- ──── , 신호열 · 김명호 공역, 『연암집』, 한국고전번역원, 한국문집총
  간, 2000, 한국고전종합DB.

- _____, 홍기문 역, 『나는 껄껄선생이라오』, 보리, 2004.

- 김노겸, 『성암집(性菴集)』권8. 국립도서관소장.

- 김지남, 세종대왕기념사업회 편집부 역, 『국역 통문관지』2, 세종대왕기
  념사업회, 1998.

- 김택영, 남춘우 역, 『소호당문집』제9권, 부산대학교 점필재연구소,
  2018, 한국고전종합DB.

- 남공철, 『금릉집(金陵集)』, 한국고전번역원, 한국문집총간, 2001, 한국
  고전종합DB.

- 노이점, 김동석 역, 『열하일기와의 만남 그리고 엇갈림, 수사록』, 성균
  관대학교출판부, 2015.

- 박제가, 정민 외 역, 『정유각집』, 돌베개, 2010.

- 박종채, 김윤조 역, 『역주 과정록(過程錄)』, 태학사, 1997.

- _____, 박희병 역, 『나의 아버지 박지원』, 돌베개, 1998.

– 서형수(徐瀅修), 이승현 역,『명고전집(明皐全集)』성균관대학교 대동문화연구원, 2017, 한국고전종합DB.

– 성해응,『연경제전집(研經齋全集)』, 한국고전번역원, 한국문집총간, 2001, 한국고전종합DB.

– 유득공, 김윤조 역,『고운당필기(古芸堂筆記)』제3권, 고전번역서, 한국고전종합DB.

– 유만주, 김하라 역,「내가 사랑한 작가」,『일기를 쓰다』1·2, 돌베개, 2015.

– 유본예, 장지연 역,『한경지략—19세기 서울의 풍경과 풍속』, 아카넷, 2020,

– 유한준,『자저(自著)』, 한국고전번역원, 한국문집총간, 2000, 한국고전종합DB.

– 윤휴, 오규근 역,『백호전서』, 한국고전번역원, 1997. 한국고전종합DB.

– 이광규,『청장관전서』제70권, 한국고전번역원, 1981, 한국고전종합DB.

– 이덕무·박제가, 임동규 역,『무예도보통지』, 학민사, 1996.

– 이이,『율곡전서(栗谷全書)』, 한국문집총간, 한국고전종합DB.

– 이익, 임창순 역,『성호사설』제1권, 한국고전번역원, 1977. 한국고전종합DB.

– 이준(李埈),『창석선생문집(蒼石先生文集)』15집, 한국고전번역원, 한국문집총간, 1991, 한국고전종합DB.

– 정약용,『여유당전서(與猶堂全書)』1집, 한국고전번역원, 한국문집총간, 2002, 한국고전종합DB.

– 한유, 이종한 역,『한유산문역주(韓愈散文譯註)』4[비문(碑文)·묘지(墓

誌)], 소명출판, 2012.

- 황경원, 박재금·이은영·홍학희 역,『강한집』, 이화여자대학교 한국문화연구원, 2018, 한국고전번역원. 한국고전종합DB.

-『승정원일기』, 한국고전번역원, 2002, 한국고전종합DB.

- 임희자 역,『일성록』, 한국고전번역원, 2009, 한국고전종합DB.

-『조선왕조실록』, 국사편찬위원회, 우리역사넷.

-『신편 한국사』, 국사편찬위원회, 우리역사넷.

-『한국사 연대기』, 국사편찬위원회, 우리역사넷.

-『사료로 본 한국사』, 국사편찬위원회, 우리역사넷.

저서

- 간호윤,『연암평전』, 소명출판사, 2019.

- 강동엽,『열하일기 연구』, 일지사, 1988.

- 강명관,『허생의 섬, 연암의 아나키즘』, 휴머니스트, 2017.

- 김동석,『노이점의 수사록 연구』, 보고사, 2016.

- 김명호,『열하일기 연구』(수정증보판), 돌베개, 2022.

- ______,『열하일기 연구』, 창작과비평, 1990.

- ______,『이조 후기 한문학의 재조명』, 창작과비평사, 1983.

- 김영동,『증보 박지원 소설연구』, 태학사, 1993.

- 김윤식,『한국문학사 논고』, 법문사, 1973.

- ______ · 김현,『한국문학사』, 민음사, 1974.

– 김일렬, 『고전소설신론』, 새문사, 1998.

– 김태준(金台俊), 『증보 조선소설사』, 학예사, 1939.

– ______, 최영성 교주, 『정본 조선한문학사』, 도서출판 심산문화, 2003.

– 김태준(金泰俊), 『비교문학산고』, 민족문화문고간행회, 1985.

– ______, 『한국문학의 동아시아적 시각』1, 집문당, 1999.

– 박기석 외, 『열하일기의 재발견』, 월인, 2006.

– ______, 『연암소설의 심층적 이해』, 집문당, 2008.

– 박수밀, 『열하일기 첫걸음』, 돌베개, 2020.

– 변태섭, 『한국사통론』(개정판), 삼영사, 1990.

– 손혜리, 『연경재 성해응 문학 연구』, 소명출판, 2013.

– 송재소 · 김명호 · 정대림 외, 『이조후기 한문학의 재조명』, 창작과비평사, 1983.

– 신익철, 『연행사와 18세기 한중 문화교류』, 한국학중앙연구원출판부, 2023.

– 윤주필, 『한국 우언문학사』1, 한국문화사, 2019.

– 이가원, 『연암소설 연구』, 을유문화사, 1965.

– 이상각, 『조선의 역관 열전』, 서해문집, 2011.

– 이선아, 『윤휴의 학문세계와 정치사상』, 한국학술정보(주), 2008.

– 이재선, 『한국단편소설연구』, 일조각, 1982.

– 이재운, 안대희 역, 『해동화식전』, 휴머니스트, 2019.

– 임형택, 『한국문학사 시각』, 창작과비평, 1984.

– ______, 김명호 등, 『연암 박지원 연구』, 성균관대학교 출판부, 2014.

- ＿＿＿ · 최원식 편, 『전환기의 동아시아 문학』, 창작과비평사, 1985.

- 정민, 『서학, 조선을 관통하다』, 김영사, 2022.

- 정석종, 『조선후기사회변동연구』, 일조각, 1984.

- 조동일, 『한국문학통사』3, 지식산업사, 1984.

- 황패강, 『조선왕조소설연구』, 한국연구원, 1978.

- 한국학연구소 편, 『18세기 조선 지식인의 문화의식』, 한양대학교 출판부, 2001.

- 『한국사상대계』I (문학 · 예술사상편), 성균관대학교 대동문화연구원, 1973.

논문

- 강창숙, 『열하일기』 연행노정의 장소와 경관에 대한 지리적 고찰」, 《문화역사지리》제31권, 한국문화역사지리학회, 2019.

- 김동석, 「노이점의 수사록에 대한 연구」, 《한국한문학연구》27집, 한국한문학회, 2001.

- ＿＿＿, 「장서각 소장 『옥진재시고』 연구―1780년 주명신의 북경 기행시를 중심으로」, 《장서각》32권, 한국학중앙연구원, 2014.

- 김명호, 「『열하일기』 '보유(補遺)'의 탐색」, 《동양학》제52집, 단국대학교 동양학연구소, 2012. 8.

- ＿＿＿, 「『열하일기』 이본(異本)의 재검토―초고본 계열 필사본을 중심으로」, 《동양학》제48집, 단국대학교 동양학연구소. 2010.

- ＿＿＿, 「박지원과 유한준」, 《한국학보》44집(1986년 가을호), 일지사.

- ＿＿＿, 「연암의 현실인식과 전(傳)의 변모양상」, 임형택 · 최원식 편, 『전환기의 동아시아 문학』, 창작과비평사, 1985.

- 김문식, 「단국대 소장 연민문고 필사본의 자료적 가치」, 《동양학》제43
집, 단국대학교 동양학연구소, 2008.

- 김문태, 「노론 천주교인 김건순」, 『신학전망』217호, 광주가톨릭대학교
신학연구소, 2022.

- 김미란, 「김노겸의 「유도봉기(遊道峯記)」에 드러난 독서와 산행의 모습」,
《한국한문학연구》제87집, 한국한문학회, 2023.

- 김석회, 「홍순언 일화의 배치와 변용」, 박기석 외, 『열하일기의 재발견』,
월인, 2006.

- 김성애, 「편찬 및 간행」, 『연암집(燕巖集)』, 「한국문집총간 해제」, 한국고
전번역원, 2001, 한국고전종합DB.

- 김영, 「연암을 읽는 두 가지 코드, 『사기』와 『장자』」, 《민족문학사연구》30
집, 민족문학사연구소, 2006.4.

- 김영동, 「『옥갑야화』의 분석적 고찰」, 《한국문학연구》11집, 한국문학연
구소, 1988.

- 김영진, 「민성휘(閔聖徽) 가문의 장서 연구─7대손 민경속과 유만주의
서적 왕래를 겸하여」, 《한국한문학연구》80집, 한국한문학회, 2020.

- ______, 「유득공의 생애와 교유, 연보」, 《대동한문학》(제27집), 대동한
문학회, 2007.

- 김윤식, 「열하일기에 닫힌 사회의 지식인」, 김윤식·김현, 『한국문학
사』, 민음사, 1974.

- 김윤조, 「『과정록』에 나타난 연암의 몇 면모」, 한국학연구소 편, 『18세기
조선 지식인의 문화의식』, 한양대학교 출판부, 2001.

- ______, 「연암(燕巖)의 '이몽직애사(李夢直哀辭)'에 대하여」, 《한문교육연
구》4권, 한국한문교육학회, 1990.

- 김정자, 「순조 1년(1801) '신유옥사(辛酉獄事)'와 윤행임(尹行恁) 사사(賜

死) 사건」, 《역사민속학》61집, 한국역사민속학회, 2021.

– 김종철, 「「옥갑야화(玉匣夜話)」 이해의 시각」, 《선청어문》28권, 서울대학교 국어교육과, 2000.

– 김진균, 「허생 실재인물설의 전개와 허생전의 근대적 재인식」, 《대동문화연구》제62집, 성균관대학교 대동문화연구원, 2008.

– 김치홍, 「묵적골의 허생과 그의 아내」, 《창조문학》128호~129호, 2023.3.6., 2023.6.1.

– 김태준(金泰俊), 「중국 내 연행노정고」, 『동양학』제35집 단국대학교 동양학연구소2004.2.

– 김하명, 「박지원 작품에 대하여」, 박지원, 홍기문 역, 『나는 껄껄선생이라오』, 보리, 2004.

– 김혈조, 「조선후기 서책의 검열과 소통」, 《한국한문학》제68집, 한국한문학회, 2017.

– 남공철, 「박산여묘지명(朴山如墓志銘)」, 「묘지(墓誌)」, 『금릉집(金陵集)』.

– 남재철, 「백탑시사(白塔詩社) 일고」, 《한국한문학연구》49집, 한국한문학회, 2012.

– 동화생(東華生), 「연암외집허생전(燕巖外集許生傳)을 독(讀)흠」, 《반도시론(半島時論)》1권4호, 1917.7.10.

– 동히슈부역슐, 「「허싱」―박연암 『열하일긔』에서 옴겨 씀」, 《신한민보》제499호, 1918.8.15. 제501호, 1918.8.29.

– 류준필, 「김태준의 『조선소설사』와 『증보 조선소설사』 대비」, 《한국학보》88호, 일지사, 1997.

– 리쉐탕, 「필담을 통해 본 열하일기」, 『연암 박지원 연구』, 성균관대출판부, 2014.

– 박경남, 「유한준·박윤원(朴胤源)의 도문분리 논쟁과 유한준의 각도기도

론(各道其道論)」,《한국한문학연구》42집, 한국한문학회, 2008.

— ______, 「유한준(俞漢雋)과 박지원—박종채(朴宗采)의 『과정록』 기록에
대한 재검토」,《한국한문학연구》제78집, 한국한문학회, 2020.

— 박일용, 「「옥갑야화」 '서두 이야기'의 서사 전략과 문제의식」,《고전문학
과 교육》17호, 한국고전문학교육학회, 2009.2.

— 박지원 찬, 이종준(李鍾濬, 8·9호)·이만무(李晚茂, 10호) 역, 「소
설—허생전」,《대한자강회월보》제8호(1907.2.), pp.69~70., 제9호
(1907.3.), pp.51~53., 제10호(1907.4.), pp.56~58.

— 박철상, 「연암 박지원 수고본 『연행음청』(곤)의 의미와 가치」,《한국실학
연구》제46호, 한국실학학회, 2023.

— 방민호, 「임화와 학예사」,《상허학보》26호, 상허학회, 2009.6.

— 서인석, 「「옥갑야화」의 세계와 「허생전」」,《운당 구인환선생 화갑기념논
문집》, 한샘, 1989.

— 서현경, 「『열하일기』 정본의 탐색과 서술 분석」, 연세대 박사논문, 2008.

— ______, 「연민선생과 『열하일기』 번역」, 『열상고전연구』26집, 열상고전연
구회, 2007.

— 서형수(徐瀅修), 이승현 역, 「사위 김원익 노겸에게 답한 편지(答金婿元
益魯謙) 해설」, 「서(書)」, 『명고전집(明皐全集)』제6권, 성균관대학교 대
동문화연구원, 2017, 한국고전종합DB.

— 성영애, 「백호(白湖) 윤휴의 북벌론에 대한 심성사적(心性史的) 탐구—
서형(庶兄) 윤영(尹鍈)의 자료를 통해서」,《동방학》11권, 한서대학교 동
양고전연구소, 2005.

— 신해순, 「중간계층」, 『한국사』10권, 국사편찬위원회, 탐구당, 1977.

— 안순태, 「남공철의 연행 체험과 대청의식(對淸意識)」,《국문학연구》36
호, 국문학회, 2017.

− 우경섭, 「조선후기 귀화 한인(漢人)과 황조유민(皇朝遺民) 의식」, 《한국학연구》27호, 인하대학교 한국학연구소, 2012.

− 유동재, 「「문결(文訣)」의 창작론과 그 문론사적(文論史的) 의의」, 《한국한문학연구》38집, 한국한문학회, 2006.

− 유봉학, 「18, 9세기 대명의리론과 대청의식의 추이」, 《한신논문집》제5집, 한신대학교, 1988,

− 유준상 · 김남일, 「「의문보감(醫門寶鑑)」의 편찬과 주명신의 행적에 대한 연구」, 《대한한의학원전(原典)학회지》제26권2호, 대한한의학원전학회, 2013.

− 윤경희, 「연행과 자제군관」, 《비평문학》38호, 한국비평문학회, 2010.

− 이강옥, 「박종채『과정록』의 내용 형성과 글쓰기 방식」, 《한국한문학연구》39집, 한국한문학회, 2007.

− 이선경, 「이광수의 고전 활용법―'허생 이야기'의 장르 개작 양상을 중심으로」, 《한국문학과 예술》24호, 사단법인 한국문학과예술연구소, 2017.12.

− 이승수 외, 「연암 박지원의 열하 행보(行步)와 문심(文心)」, 《한국한문학연구》제78집, 한국한문학회, 2020.

− 이승은, 「「옥갑야화」속 '허생 이야기'를 통해 본 조선 후기 야담과 소설의 관계」, 《동방한문학》제80집, 동방한문학회, 2019.

− 이우성, 「실학의 사회관과 한문학」, 『한국사상대계』I (문학 · 예술사상편), 성균관대학교 대동문화연구원, 1973.

− 이윤석, 「김태준《조선소설사》검토」, 《동방학지(東方學志)》제161집, 연세대학교국학연구원, 2013.3.

− 이장희, 「양반 · 농민층의 변화」, 『한국사』13권, 국사편찬위원회, 1978.

− 이현식, 「「도강록 서」, 『열하일기』를 위한 위장」, 《동방학지》제152집, 연

세대학교동방학연구소. 2010.

– _____, 『열하일기』「심세편」, 청나라 학술과 사상에 관한 담론」, 《동방학지》제181집, 동방학연구소, 2017.

– 이혜순, 「종계변무(宗系辨誣)와 조선 사신들의 명나라 인식」, 《국문학연구》36호, 국문학회, 2017.

– 임명걸, 『연대재유록(燕臺再遊錄)』에 나타난 유득공의 중국 인식 연구—「열하기행시주」와의 비교를 통하여」, 《새국어교육》104호, 한국국어교육학회, 2015.

– 임유경. 「황경원의 「명배신전」 연구」, 《한국고전연구》8권, 한국고전연구학회, 2002.

– 임태홍, 「유한준(俞漢雋)」, 「율곡학파 인물이야기 2016」, 율곡학프로젝트, 2016, 율곡사업단 홈페이지.

– 임형택, 「연암의 경제사상과 이용후생론」, 임형택 · 김명호 외, 『연암 박지원 연구』, 성균관대학교출판부, 2014.

– _____, 「한문단편 형성과정에서의 강담사」, 《창작과비평》49호(1978, 가을), 창작과비평사.

– 임혜련, 「정조 말~순조 초 김건순의 행보와 신유사옥」, 《한국학논총》51호, 국민대학교 한국학연구소, 2019.

– 장안영, 「18세기 지식인들의 눈에 비친 역관 통역의 문제점 고찰」, 《어문논집》제62집, 중앙어문학회, 2015.

– 정길수, 『조선소설사』의 비판적 검토—조선 후기 소설사를 중심으로」, 《한국한문학연구》65집, 한국한문학회, 2017.3.

– 정재철, 『열하일기』 초고본 계열의 이본 연구」, 《한국실학연구》제46호, 한국실학학회, 2023.

– _____, 「김택영의 『연암집』 편찬과 그 의미」, 《한국한문학연구》63권, 한

국한문학회, 2016.9.

– ______, 「연암 문학에 대한 당시대인의 인식」, 《열상고전연구(洌上古典研究)》제57집(2017.6). 열상고전연구회.

– ______, 「박종채의 열하일기 교정과 편집」, 《대동한문학》제59집, 대동한문학회, 2019.

– ______, 『열하일기』「옥갑야화」 수록 허생후지 연구」, 《대동한문학》제68집, 대동한문학회, 2021.

– 정해은, 「17세기 후반 윤휴의 「제장전(諸將傳)」연구」, 《이순신연구논총》제33호, 순천향대학교 이순신연구소, 2020.

– 조희웅, 「일화(逸話)」, 『한국민족문화대백과사전』, 한국학중앙연구원, 인터넷판.

– 최수경, 「청초 재자가인소설에 나타난 서술과 작가의식의 특징」, 《중국어문논총》22집, 중국어문연구회, 2002.

– 최옥근, 「우언·중언·치언에 나타난 장자 언어철학 연구」, 성균관대학교 대학원 석사논문, 2000.

– 최익한, 「허생의 실적(實蹟)」, 《동아일보》(1925.1.14.)

– 하영휘, 「유중교(柳重敎, 1821~1893)의 춘추대의, 위정척사, 중화, 소중화」, 《민족문학사연구》60호, 민족문학사연구소, 2016.

– 홍나래, 「야담 속 역관 인물형과 돈에 관한 문제의식 고찰」, 《동남어문논집》57호, 동남어문학회, 2024.

– 「반청의식의 고조」, 『신편 한국사』29권, 국사편찬위원회, 우리역사넷.

– 「송시열의 북벌론」, 「조선 후기 청과의 관계」, 『사료로 본 한국사』, 국사편찬위원회, 우리역사넷.

– 「신유박해의 목적—정치적 탄압」, 「신유박해」, 『한국사 연대기』, 국사편찬위원회, 우리역사넷.

- 「종계변무」, 『한국사연대기』, 국사편찬위원회, 우리역사넷.

- 「천주교 박해의 심화」, 「신유박해」, 『한국사 연대기』, 국사편찬위원회, 우리역사넷.

해외 문헌

- Barthes, Roland, 변광해 역, 『롤랑 바르트, 마지막 강의(La préparation du roman)』, 민음사, 2020.

- Dunne, George H. 문성자, 이기면 공역, 『거인의 시대(Generation of Giants)』, 지식을만드는지식, 2016.

- Eagleton, Terry, 이미애 역, 『문학을 읽는다는 것은(How to read Literature)』, 책읽는수요일, 2016.

- Fry, Paul H. 정영목 역, 『문학이론(Theory of Literature)』, 문학동네, 2019.

- Goldmann, Lucien, 조경숙 역, 『소설 사회학을 위하여(Pour une sociologie du roman)』, 청하, 1982.

- Hauser, Arnold, 백낙청 · 염무웅 공역, 『문학과 예술의 사회사 (Sozialgeschichte der Kunst und Literatur)』(현대편), 창작과비평사, 1975,

- Lukács, György, 반성환 역, 『소설의 이론(Die Theorie des Romans)』, 심설당, 1985.

- ______, ______, 이영욱 역, 『역사소설론(Der historische Roman』, 거름, 1987.

- Marx—Engels, 김영기역, 『마르크스 · 엥겔스의 문학예술론』, 논장, 1989.

- Tyson, Lois, 윤동구 역, 『비평의 모든 것(Critical Theory Today)』, 앨피, 2021.

- Wellek, René · Warren, Austin, 김병철 역, 『문학의 이론(Theory of Literature)』, 을유문화사, 1988.

찾아보기

정원시(鄭元始)
31, 38, 40, 41, 137, 143

정재철
28, 35, 36, 52, 53, 54, 60, 89, 92,
100, 103, 104, 108, 125, 133, 145,
207, 214, 226, 227, 230, 233, 243,
244, 262, 267, 329, 330, 348

정창후(鄭昌後) 31, 40, 96, 143

정철조(鄭喆祚) 279

정축년(丁丑年) 71, 174

정해은 354, 356, 360

제릉령(齊陵令) 279

조계원(趙啓遠) 238, 239

조달동(趙達東) 16, 40, 121, 144

조명위(趙明渭) 118

조선관 120

시학(趙時學) 16, 31, 143, 164

조정진(趙鼎鎭) 31, 38, 40, 143

조헌(趙憲) 404

조희웅 158

존주대의(尊周大義) 233, 240, 319

존화양이(尊華攘夷) 14

졸라(Émile Zola) 192

종결 액자 181, 182

종계변무(宗系辨誣) 173

좌도(左道) 52, 100, 192, 217

주고(主顧) 174, 177

주명신(周命新) 16, 31, 143, 164

주문모(周文謨) 343

주설루본 55, 206, 347

중존(仲存) 93, 266

지계공 93, 350

진덕재(進德齋) 93, 94

「자서(自序)」 58, 61, 62, 195, 322

「제박연암문(祭朴燕巖文)」 226

「조선소설사」 24, 423

조성왕비(曹成王碑)」 391, 392

「진덕재야화(進德齋夜話)」 17, 51

『정본 열하일기』 127

『정본 조선한문학사』 24

『조선한문학사』 24

『중편연암집(重編燕巖集)』 53

『증보 조선소설사』 23, 24, 365

(ㅊ)

차수(次修) 151, 346

찰십륜포(札什倫布) 42, 136

창려(昌黎) 393